南開詩學書系

民國詞話叢編

第八冊

MINGUO
CIHUA
CONGBIAN

孫克強
楊傳慶　／　編
和希林

社會科學文獻出版社
SOCIAL SCIENCES ACADEMIC PRESS (CHINA)

第八册目録

漚盦詞話

漚　盦◎著

　　漚盦，作者生平不詳。據《漚盦詞話》可知其爲江蘇吳江人，從事古典文學研究。著有《李後主與小周后》《詞之起源與音樂之關繫》等。《漚盦詞話》原連載於《雜志》1942 年第 10 卷第 2、3 期，1943 年第 10 卷第 5 期、第 11 卷第 1 期。本書即據此收錄。楊傳慶、和希林《輯校民國詞話三十種》收錄該詞話。

《漚盦詞話》目録

漚盦詞話

　　余年十五六，即好填詞，迄今二十餘年，自唐季歷兩宋以迄清人之詞集，靡不披覽。顧涉獵所及，未能深造，彌自愧也。今夏逭暑鄉間，晝長無俚，爰將平日與友人論詞之語，隨筆輯錄，共得百許條。按其體裁，於詞話爲近，因名之曰《漚盦詞話》。藏之行篋，未敢出以示人。會《雜志》索稿，錄副與之，俾分期刊載，聊充篇幅。他日續有所得，當排比而并刊之。漚盦識。

一　小詞之上乘

　　詞莫難於小令，以其體纖弱，明珠翠羽，未足方其清麗，要必有鮮妍之姿，而得雋永之趣，斯爲上乘。如李後主〔相見歡〕云：“剪不斷、理還亂，是離愁。別是一般滋味在心頭。”風神高秀，千古絕唱。求之清代詞家，如彭孫遹《延露詞》，極妍秀婉媚之致。〔生查子〕《旅夜》云：“夢好恰如真，事往翻如夢。起立悄無言，殘月生西弄。”〔浣溪沙〕云：“紅杏枝頭寒食雨，碧桃花外夕陽樓。千條弱柳縮春愁。”〔菩薩蠻〕云：“儂已不成眠，知伊更可憐。”又云：“春夢太分明，關人半日情。”〔玉樓春〕云：“江南無數斷腸花，枝上東風枝下雨。”又云：“人從春色去邊來，舟向夢魂來處去。”又如張砥中《洗鉛詞》，亦多綿邈飄忽之音。〔卜算子〕《送別》云：“已到別離時，那得多言語。酒似愁濃醉不消，芳草長亭暮。　　江上幾重山，都在銷魂處。但願伊心似我心，一任天涯去。"〔浪淘沙〕云："春柳暮烟含。燕醉鶯酣。飄綿舞絮恨相兼。雨打風吹收不了，又上眉尖。　　繫馬弄金銜。斜日厭厭。夢中歸路又誰諳。渺渺茫茫花一簇，説是江南。"〔清平樂〕云："祇恐春光無賴，背人先到西溪。"〔烏夜啼〕云："也知夢去還相見，無奈不成眠！"又如毛稚黄《鶯情詞》，〔江城子〕云："滄海月明都換淚，還道是，不成愁。"〔菩薩蠻〕《細雨》云："冥濛簾外如烟氣，積成一點花梢淚。"〔更漏子〕《得信》云："麝熏篆，脂抹印，一點淚痕紅暈。將拆處，更遲留，安排讀了愁。"〔鳳來朝〕《西湖春曉》云："覺愁來，覓愁無處。黯黯飛將去。去曉樹，冥濛許。"皆姿致幽渺，神味綿遠。低徊吟諷，輒覺靡靡蕩魄。可謂小詞之上乘矣。

二　一字之妙

詞之工拙，固非爭勝於一字，而昔人於此，亦復幾費斟酌。蓋以一字之妙，足令全詞生色也。晁無咎評歐陽永叔〔浣溪沙〕"緑楊樓外出秋千"句云："祇一出字，自是後人道不到處。"王静庵謂："歐九此語，本於馮正中〔上行杯〕詞：柳外秋千出畫牆。"予按王摩詰《寒食城東即事》詩有句云："秋千競出緑楊裏。"二公之用"出"字，蓋皆本此耳。

三　贈別之作

黯然銷魂者，別而已矣。是以贈別之作，每多佳什。唐人絶句："勸君更盡一杯酒，西出陽關無故人。"可謂絶唱。詞之音節宛轉，寫離別之情，尤婉於詩。柳屯田"楊柳岸，曉風殘月"之句，久已膾炙人口。至若"一番離別兩銷魂。馬上黄昏。樓上黄昏。"云云，不過造語纖巧而已。余最愛牛希濟〔生查子〕云："春山烟欲收，天淡稀星小。殘月柳邊明，別淚臨清曉。　　語已多，情未了。回首猶重道。記得緑羅裙，處處憐芳草。"情辭悱惻，令人黯然。又如白石道人〔長亭怨慢〕云：“漸吹盡，枝頭香絮。是處人家，綠深門户。遠浦縈回，暮帆零亂向何許。閱人多矣，誰得似長亭樹。樹若有情時，不會得青青如此。　　日暮。望高城不見，祇見亂山無數。韋郎去也，怎忘得玉環分付。第一是早早歸來，怕紅萼無人爲主。算縱有并刀，難剪離愁千縷。”語語幽咽，最爲感人深至。吾鄉（吳江）於有清三百年間，詞人輩出。其贈別之詞，如袁棠（湘湄）〔南樓令〕云：“載月返梁溪。看潮又浙西。對殘缸，絮語依依。問了行裝問僮僕，還再四，問歸期。　　落月畫檐低。鄰雞不住啼。到臨分，又勸添衣。纔出中門呼小住，怕門外，曉風凄。”郭麔（頻伽）〔洞仙歌〕云：“綺窗臨水，挂一重簾子。簾外垂楊畫船繫。道春風正好，催放輕橈，全不管，先把個儂催起。　　嘔啞聲未遠，轉個彎頭，眼底居然便千里。不見一重簾，簾外垂楊，又何況，隔簾雙髻。算臨別無言忒忽忽，有曲曲溪流，是伊清淚。”以淺近之語，寫纏綿之情，此境亦未易到。至若張砥中〔金縷曲〕云：“歲月難留住。嘆回頭，功名萬里，盡成塵土。我已銀絲生雙鬢，何況秋娘眉嫵。待還問，舊時歌舞。無限傷心言不得，解金貂，且醉青樓暮。歌乍闋，淚如雨。　　西風歷歷傳更鼓。倩江頭，曉來鴻雁，漫催行路。十五年間天涯客，纔是歸來一度。早又向，北燕南楚。馬上濛濛寒雨下，指萬山，樹黑無人處。獨自個，掉鞭去。”寫離情之外，別有身世之感，慷慨悲涼，又是一副筆墨矣。

四　清麗之辭

詞稱綺語，言情之作，固所不免。惟閨襜好語，吐屬易盡。率露之多，穢褻隨之。要當以清麗之辭，寫纏綿之思，樂而不淫，哀而不怨，斯爲名貴。如高青邱〔石州慢〕云：“落了辛夷，風雨頓催，庭院瀟灑。春來長恁，樂章懶按，酒籌慵把。辭鶯謝燕，十年夢斷青樓，情隨柳絮猶縈惹。難覓舊知音，把琴心重寫。　　妖冶。憶曾携手，鬥草闌邊，買花簾下。看鹿盧低轉，秋千高打。如今何處，縱有團扇輕衫，與誰更走章臺馬。回首暮山青，又離愁來也。"潘瀛選〔大有〕云："亞字牆邊，楝花風大，小樓中、簾捲人瘦。滿園林、參差綠草誰鬥。屏山水鳥背人數，也何曾、愛單嫌偶。惱恨柳色空濛，和烟鎖畫闌口。　　燈前懺，花底咒。小鴨戀紅衾，清清坐守。好夢曾騰，愁到醒時依舊。自謝了丁香後。愛無限、蜂侶蝶儔。十年事、凝想如無，閑思恰有。"袁湘湄〔清平樂〕云："月斜更短。尋到深深院。約略長廊三四轉。夢近不知人遠。　　投懷一笑含情。煩窩兩點分明。底事朝來相見，依然脉脉生生。"趙野航〔鳳凰臺上憶吹簫〕云："芍藥階前，酴醾架下，相逢一任低頭。認苔痕泥印，量遍春鈎。幾曲闌干遮斷，衣香在，人影全休。安排就。情濃似酒，緒亂如秋。　　知否。驚鴻瞥眼，除卻夢魂中，怎得勾留。願化成輕燕，飛傍朱樓。日日穿簾來去，鏡臺畔，好自凝眸。痴心甚，也知無分，聊與消愁。"賦情駘蕩，含思淒迷。語淡旨深，自然名雋。憶十年前，余嘗填〔洞仙歌〕兩闋。其一爲《拆書》云："瑤瑱小札，訝何人緘寄？落款分明李波妹。想雲箋叠了，纖手封將，松膠薄，輕抹唾痕香膩。　　中央書姓氏，四角看來，添注銀鈎幾行字：'除卻瘦腰郎，不許開械'。畢竟是女兒心細！更消息深防外人知，囑'付與爐灰，莫留塵世'！"其二爲《焚箋》云："鸞箋一炬，恨霎時銷滅。空裊絲絲篆烟碧。恁烟還易散，些子無痕，祇心上，冒起愁絲重叠。　　回環思錦字，掩抑含啼，麗句清辭鏤冰雪。小劫博山爐，一例寒灰；餘香在，尚堪憐惜。莫錯怨東風不多情，替片片輕吹，雙雙飛蝶。"此兩闋，尚屬辭意新穎，附錄於此，以就正於方家。

五　貧苦之詞

詞人大抵以貧困者居多，而其自寫貧困之境況，或強作達觀之語，則失之道學氣；或激爲悲憤之辭，則失之牢騷氣；或搬運典故，如"牛衣對泣"云云，則滿紙陳言，更是俗筆。昔人謂歡娛之詞難工，余謂貧苦之詞，亦復不易著筆。以其造語貴乎親切，而意境又須超曠也。近閱鄧廷楨《雙研齋詞》，有《贖裘》一首，姿態橫生，令人擊節。調倚〔買陂塘〕云：“悔殘春，爐邊買醉，豪情脫與將去。雲烟過眼尋常事，怎奈天寒歲暮。寒且住。待積取、叉頭還爾綈袍故。喜餘又怒。恨子母頻權，皮毛細相，斗擻已微蛀。　　銅斗熨，皺似春波無數。酒痕襟上猶浣。歸來未負三年約，死死生生漫訴。凝睇處。嘆毳暮氈廬，久把文姬誤。花風幾度。怕白祫新翻，青蚨欲化，重賦贈行句。”

（以上《杂志》1942 年第 10 卷第 2 期）

六　程子大

近代湘社詞人，易中實、叔由昆季，與王夢湘、陳伯弢、況夔笙、程子大齊名，稱湘中後六子。中實尤推重子大，謂：“子大閎識孤抱，用能別吾湘詞派而定一尊。”夔笙亦稱子大所著《美人長壽盦詞》：“於宋人近清真、白石，其緻密綿麗之作，又似夢窗。於清代近朱錫鬯，《載酒》《琴趣》兩集勝處，兼而有之。清而不枯，艷而有骨。”同時湘社外之詞人，亦盛稱子大。王幼霞謂：“其詞清麗綿至，取徑白石、夢窗、清真，而直入溫韋。”譚仲修謂：“湘社詞人，齊驅掉鞅。子大芳蘭竟體，騷雅羢緋。”然予觀子大綿麗之作，大抵氣體脆弱，運思纖巧。其佳句如：“月明昨夜倚闌干。祇是更無人與説春寒。”“眉痕鎖夢太無情。恨煞一簾春雨不分明。”（〔虞美人〕）“記取折枝花樣畫羅裙。記取裙邊書小字，詩瘦也，比儂家，瘦幾分。”（〔江城梅花引〕）“春夢剩些些。柳角簾遮。小桃花落謝娘家。溜却玉釵渾不管，愛彈雙鴉。”（〔浪淘沙〕）“此身願化作花箋。叠遍香閨指印玉纖纖。”（〔虞美人〕）“紅茜衫子不禁寒。生怕月兒移過小闌干。”（前調）“魂向夕陽銷盡，淡烟流水孤村。”（〔清平樂〕）“憑闌花第一，扶柳月初三。”（〔臨江仙〕）夔笙以爲得清真神髓，余謂此特拾浙派詞人之牙慧耳！顧獨愛其〔徵招〕〔西河〕諸闋，氣格蒼秀，魄力沉雄，戛戛獨造，不愧大家手筆。〔徵招〕《贈沈伯華》云：“狐奴磧外秋聲送，桑乾一條河水。落日共登臺，黯幽州千里。飄蓬吾與爾，怨關柳、祇催征騎。雁外天低，蜀邊人瘦，馬嘶愁起。　　擊筑少年場，今何似、人海兩鷗而已。自古帝王州，祇消磨才子。勸君須醉耳。況有個、雙鬟能倚。聽今夜、畫角吹寒，變一天霜氣。"〔西河〕諸闋，以其所占篇幅太多，不復徵引。

七　周迦陵

吳江周迦陵先生，古今體詩，規橅蘇黃，卓然大家。近年以其餘力，習倚聲之學，著有《匏盦詞》《信芳詞》各一卷。小令啼香怨粉，怯月淒花，不減南唐風格。慢詞俯仰悲歌，雄渾蒼茫，有傲睨一世之概。茲錄其小詞〔浣溪沙〕四闋云："憶昔妝臺燭乍停。代收鸞鏡索調箏。定情還把守宮盟。　　促坐渾忘更漏盡，擁衾不覺曉窗明。驚殘好夢是鶯聲。""殘夢惺忪被未溫。倚床聊把藥籠薰。落紅偏又點重茵。　　壓帳簾鉤纖似月，窺窗花影淡於人。最難排遣是黃昏。""涼月如丸冷照時。花陰沉寂漏聲遲。劇憐無處寄相思。　　紈扇慵歌金絡索，瑤琴愁按玉參差。強燒紅燭寫烏絲。""徙倚雕闌強自持。落花飛絮數歸期。為郎瘦損小腰肢。　　望斷青山空有約，拋殘紅豆不成詩。一春心事訴誰知。"又〔浪淘沙〕四闋，《叙》云："僕本畸人，生逢濁世。啼花怨鳥，空興淪落之思；依翠偎紅，易醒繁華之夢。織盡機中之錦，祇剩箋愁；題殘漢上之襟，獨工寫恨。流虹艷覯，還期緣結三生；秀水風懷，早已情忘兩廡。流風未沫，遭遇斯同。爰借俳詞，聊存影事。豪情逸興，都流浪於金迷紙醉之間；俯唱遙吟，極纏綿於燈炧酒闌之後。大雅君子，幸恕清狂；幼婦外孫，還祈賞析。"詞云："檐際雨颼颼。笛按梁州。江南回首又清秋。淒絕曲終人不見，無限離愁。　　往事記從頭。同倚高樓。月斜燈炧話綢繆。欲向羅幃尋舊夢，夢也難留。""咫尺泰娘嬌。新築香巢。荼蘼花下醉葡萄。蝶夢惺忪鶯語澀，真個魂銷。　　雲漢碧迢迢。風急天高。無情雨打可憐宵。冰簟銀床愁不寐，數盡更譙。""閑泛木蘭艭。十里橫塘。雨絲風片促歸裝。載得畫中人去也，妒煞鴛鴦。　　好事最難長。轉眼淒凉。烟波橋畔倦尋芳。綠意紅情收拾起，付與斜陽。”“春夢正朦朧。意密情濃。個中消息却愁儂。六曲銀屏遮不住，燭影搖紅。　　人去杳無踪。鸞鏡塵封。妝臺懶復綉芙蓉。欲寄相思何處是，雲樹千重。”

八　境界

王静安論詞，標舉境界。所著《人間詞話》，謂：“有境界則自成高格，自有名句。五代北宋之詞所以獨絶者在此。而境界非獨謂景物也，喜怒哀樂，亦人心中之一境界。故能寫真景物，真感情者，謂之有境界，否則謂之無境界。”余謂詞人觸景生情，感物造端；亦復融情入景，比物連類；故外界之物境與其内在之心境，常化合爲一。當其寫物境也，往往以情感之滲入，而鎔鑄爲主觀之意境，非復客觀之物境。當其寫心境也，往往藉景色之映托，而寄寓於外界之物境，非復純粹之心境。是故能寫“真景物”者，無不有“真性情”流露其間；能寫“真性情”者，亦無不有“真景物”渲染於外。心物一境，内外無間，超乎迹象，而入乎自然化境。自然化境者，詞中最高之境界。物境者，景也；心境者，情也；情景交融，則構成詞之境界。故情以景幽，單情則露；景以情妍，獨景則滯。譬若體態之與衣裳，膚貌之與粉黛，互相映發，百媚斯生。是以善言情者，多寄寓於景；善寫景者，多融入於情。如：“玉樓明月長相憶，柳絲裊娜春無力。”（温飛卿〔菩薩蠻〕）“花落子規啼，綠窗殘夢迷。”（同上）“春水碧於天，畫船聽雨眠。”（韋莊〔菩薩蠻〕）“樓前綠暗分携路，一絲柳、一寸柔情。料峭春寒中酒，迷離曉夢啼鶯。”“黄蜂頻撲秋千索，有當時、纖手香凝。”（吴文英〔風入松〕）“情如水，小樓薰被，春夢笙歌裏。”（吴文英〔點絳唇〕）“驚起半床幽夢，小窗淡月啼鴉。”（劉小山〔清平樂〕）“試問閑愁都幾許，一川烟草，滿城風絮，梅子黄時雨。”（賀鑄〔青玉案〕）此皆托景以寫情者也。如：“小窗斜日到芭蕉，半床斜月疏燈後。”（無名氏〔玉樓春〕）賀裳《詞荃》謂其寫迷離之況，止須述景，不言愁而愁自見。
"燕子漸歸春悄，簾幕垂清曉。"（韓持國〔胡擣練令〕）況夔笙謂此中有
人，如隔蓬山。但寫境而情在其中。又如："黃葉無風自落，秋雲
不雨长陰。"（孫洙〔河滿子〕）"月孤明，風又起，杏花稀。"（溫飛卿〔酒
泉子〕）"江上柳如烟，雁飛殘月天。"（溫飛卿〔菩薩蠻〕）皆"淡遠取
神，祇描取景物，而神致自在言外。"（借用夔笙語。）此融情以入景
者也。

九　寄托

詩人比物連類，寄托遙深，詞人亦然。余最愛玉田句云："楊
花點點是春心，替風前，萬花吹淚。"〔西子妝慢〕）"恨西風，不庇
寒蟬，便掃盡，一林殘葉。"〔長庭怨〕《舊居有感》）一寫春色，一寫秋
景，淡淡著筆，而感慨無窮，殊耐人玩味。又如賀方回（鑄）〔踏
莎行〕《咏荷花》云："斷無蜂蝶慕幽香，紅衣脫盡芳心苦。"下
云："當年不肯嫁東風，無端却被秋風誤！"辭旨哀怨，含蓄不盡，
自是騷雅遺音。

一〇　言情寄寓於景

唐人詩："曲終人不見，江上數峰青。"善寫悵惘之情。司馬
溫公〔西江月〕："笙歌散後酒微醒，深院月明人静。"更覺悵惘難
堪。較之柳屯田"今宵酒醒何處？楊柳岸，曉風殘月"。有過之，
無不及。故沈義父《樂府指迷》謂"以景結情最好"。余亦謂"善
言情者多寄寓於景"也。

一一　本色語

詞家有當行，多用本色語。如清真"最苦今宵，夢魂不道伊
行"。"天便教人，霎時廝見何妨！""許多煩惱，祇爲當時，一晌
留情。""多少暗愁密意，惟有天知！""拌今生，對花對酒，爲伊
淚落！"雖屬當行家語，爲後世詞人所推崇，然余終病其率直，殊

無意味。所謂"單情則露"也。本色語之動人者，多以淺顯之辭，達幽隱之情；造語貴乎曲折，則語愈轉而情愈深。如蕭淑蘭〔菩薩蠻〕："去也不教知，怕人留戀伊。"孫夫人〔風中柳〕："別離情緒，待歸來都告；怕傷郎，又還休道。"孫光憲〔謁金門〕："留不得，留得也應無益！"宋徽宗〔燕山亭〕："天遥地遠，萬水千山，知他故宮何處。怎不思量，除夢裏、有時曾去。無據。和夢也、新來不做！"此外不可多得，蓋質勝文之難也！

（以上《杂志》1942 年第 10 卷第 3 期）

一二　有我之境與無我之境

静安於境界中，分有我之境與無我之境。謂："泪眼問花花不語，亂紅飛過秋千去""可堪孤館閉春寒，杜鵑聲裏斜陽暮"，有我之境也。"采菊東籬下，悠然見南山""寒波澹澹起，白鳥悠悠下"，無我之境也。有我之境，以我觀物，故物皆著我之色彩。無我之境，以物觀物，故不知何者爲我，何者爲物。余謂詞人於物境心境，化合爲一，而自成詞境，在此境中，處處著我，斷無"無我之境"。"泪眼問花花不語，亂紅飛過秋千去。""可堪孤館閉春寒，杜鵑聲裏斜陽暮。"藉物境以寫心境，固爲"有我之境"。至若"采菊東籬下，悠然見南山"。"寒波澹澹起，白鳥悠悠下。"此乃融心境於物境，初非"以物觀物"之謂。必有超脱之心境，斯得超脱之物境；此物境者，固爲我心境之象徵，而妙合於自然化境，安得遂謂之"無我之境"！詞人自有詞心，以詞心造詞境，以詞境寫詞心，固處處著我，初無"無我之境"也。馮延已〔謁金門〕："風乍起，吹皺一池春水。"唐中主李璟戲問延已曰："吹皺一池水，干卿底事？"似可謂"無我之境"矣。顧此非"以物觀物"而專寫物境也，寫物即寫我，寫物境即寫心境，融心境於物境之中，而入乎自然化境，其高妙在此。蓋我心之未接於物，寂然不動，正若一池平静之春水；忽爲外物所感，則情緒撩亂，有不能自禁者矣。"風乍起，吹皺一池春水"，正此種心境之象征，固亦一"有我之境"也。至若范石湖〔眼兒媚〕下半闋:"春慵恰似春塘水,一片縠紋愁。溶溶泄泄,東風無力,欲皺還休。"雖其思路與延巳相似,而點明"春慵",又著"恰似"兩字,以示取譬於物境,辭意固較明顯,終不若延巳融心物於一境之爲高妙耳。詞人寫心境而取譬於物境者,多屬名句。如李後主〔相見歡〕"自是人生長恨水長東!"〔虞美人〕"問君能有幾多愁?恰似一江春水向東流!"〔清平樂〕"離恨恰如春草,更行更遠還生"等句,皆是也。

一三 隔與不隔

静安辯詞境,又有"隔""不隔"之別。謂:白石寫景之作,如"二十四橋仍在,波心蕩冷月無聲"(按此係〔揚州慢〕中之句。),"數峰清苦,商略黃昏雨","高樹晚蟬,説西風消息",雖格韵高絶,然如霧裏看花,終隔一層!……如歐陽公〔少年游〕《咏春草》,上半闋云:"闌幹十二獨憑春,晴碧遠連雲。二月三月,千里萬里,行色苦愁人。"語語都在目前,便是不隔。至云"謝家池上,江淹浦上",則隔矣!……白石"酒祓清愁,花消英氣",則隔矣。余謂凡詞之融化物境、心境以寫出之者,皆爲"不隔";了無境界,僅搬弄字面以取巧者爲"隔";"隔"無"不隔"之分野,惟在此耳。"謝家池上,江淹浦上","酒祓清愁,花消英氣",此數句皆僅在字面上搬弄取巧,謂之"隔"也,宜矣!至若白石〔揚州慢〕下半闋,乃感懷杜牧而作。杜牧詩云:"二十四橋明月夜,玉人何處教吹簫?"今白石之過揚州也(按白石於淳熙丙申至日過揚州。),昔時之簫聲,早已絶響,而美人名士,亦俱歸黃土,惟橋與月尚如故耳!故有"二十四橋仍在,波心蕩,冷月無聲"之句,不可謂非"語語都在目前",而含思凄惋,有弦外之音,真可謂千古絶唱!静安僅以寫景視之,自難領悟;其於白石之詞境,殆亦如"霧裏看花,終隔一層"歟!静安嘗推崇南唐中主詞"菡萏香銷翠葉殘,西風愁起綠波間"。謂"大有衆芳蕪穢,美人遲暮之感"。然則白石"數峰清苦,商略黃昏雨"。"高樹晚蟬,説西風消息。"

融心境於物境中，其遲暮之感，沉鬱之致，更是凄然欲絕；隔於何有？乃靜安獨賞南唐，貽譏白石！"故知解人，正不易得！"（即用靜安語。）

一四　咏雁

唐人詩"江頭數盡南來雁，不寄西風一幅書"，描摹入神，自是好詩。蓋當其"數雁"時，在每隻雁上，含有幾多熱望！誰知數盡來雁，而終不得一幅之書，又是幾多失望！凡此神情，悉流露於寥寥十四字中，此其所以能動人也。張武子〔西江月〕過拍："殷雲度雨井桐凋，雁雁無書又到。"襲取其意，而神情俱失！以視玉田"寫不成書，祇寄得相思一點！"含思綿邈，超神入化，不著刻鏤痕迹；於此可悟詞筆之高下。

一五　翻詞句入詞

好詞要有境界，要以我之詞心寫我之詞境，貴乎戞戞獨造，不容勦襲！清真融詩以入詞，昔人譏其"頗偷古句"，原非上乘。後之詞人，拾人牙慧，往往翻詞句以入詞。如徐山民〔阮郎歸〕："妾心移得在君心，方知人恨深！"乃脫胎於顧夐〔訴衷情〕："換我心，爲你心，始知相憶深！"聶勝瓊〔鷓鴣天〕："枕前淚共階前雨，隔個窗兒滴到明。"乃襲取溫飛卿〔更漏子〕："梧桐樹，三更雨，不道離情正苦。一葉葉，一聲聲，空階滴到明。"王士禎《花草蒙拾》亦謂："俞仲茅小詞云：'輪到相思沒處辭，眉間露一絲'，語本李易安'纔下眉頭，却上心頭'，其前更有范希文'都來此事，眉間心上，無計相回避'，李語特工耳！"他如蘇東坡〔卜算子〕："纔始送春歸，又送君歸去。若到江東趕上春，千萬和春住。"黃山谷〔清平樂〕："春歸何處？寂寞無行路。若有人知春去處，喚取歸來同住。"王碧山勦襲其意，加以變化，譜入慢詞云："怕此際春歸，過吳中路。君行到處。便快折河邊，千條翠柳，爲我繫春住。"祇是拾取昔人舌尖上幾句聰明語，愈刻劃，愈纖巧；愈變化，愈薄弱。要知，詞固有詞境，有詞心，以我之詞心，造我之詞境。譬若釀秫爲酒，繅繭爲絲，有其本源。若以他人已釀之酒，已繅之絲，而再釀之，再繅之，宜其所成者，質薄而味淡矣！頃閱《蕙風詞話》，載陳夢弻〔鷓鴣天〕詞："指剝春葱去采蘋。衣絲秋藕不沾塵。眼波明處偏宜笑，眉黛愁來也解顰。巫峽路，憶行雲。幾番曾夢曲江春。相逢細把銀釭照，猶恐今宵夢似真。"歇拍係用晏叔原"今宵剩把銀釭照，猶恐相逢是夢中"句，亦套語耳！乃蕙風謂"恐夢似真，翻新入妙！不特不嫌沿襲，幾於青勝於藍！"推崇過當，殆阿私之言歟！

一六　咏愁

李清照〔武陵春〕："聞說雙溪春尚好，也擬泛輕舟。祇恐雙溪舴艋舟。載不動、許多愁！"蔣竹山〔虞美人〕："樓兒忒小不藏愁，幾度和雲飛去覓歸舟。"詞筆清雋可喜，開後世纖巧一路。

一七　庾詞

南朝艷曲，好爲庾詞。庾詞猶隱語。如"蓮"隱含"憐"意；"芙蓉"隱含"夫容"——夫君之容貌之意；《子夜歌》："霧露隱'芙蓉'，見'蓮'不分明。""絲"隱含"相思"之意，"匹"隱含"匹偶"之意；《子夜歌》："始欲識郎時，兩心望如一，理'絲'入殘機，何悟不成'匹'！"又如《丹陽孟珠歌》："適聞'梅'作花，花落已成子。"其中"梅"字，隱含"媒"意。《華山畿》："將懊惱，石闕晝夜'題'，'碑'淚常不燥。"其中"題"字隱含"啼"意，"碑"字隱含"悲"意。大率取其諧聲，含情隱約，較風騷比興之旨，尤爲宛轉，耐人尋味。唐人作絕句，間有承其遺風者。如"東邊日出西邊雨，道是無'晴'還有'晴'"。"晴""情"諧聲，亦庾詞也。詞之小令，本以婉麗勝，而《金荃》《香奩》《花間》《尊前》諸集，絕少庾詞。惟牛希濟〔生查子〕云："新月曲如眉，未有團圞意。紅豆不堪看，滿眼相思淚。

終日劈桃穰，人在心兒裏。（桃穰中有桃仁，“仁”“人”諧聲。）兩朵隔牆花，早晚成連理。”通篇連類屬辭，含思婉約；兼比興之長，極庾詞之妙。蓋吾國文字多諧聲，聲既相諧，義亦雙關，遂成庾詞。此實爲吾國文學上獨擅之絕技，彼異域之士，以衍音成文者，不特無由獲此技巧，抑亦未易領悟其妙趣也。

（以上《杂志》1943 年第 10 卷第 5 期）

一八　詞之厚雄靈淡

詞之淡，在脫不在易。所謂脫者，天然好語，脫口而出。昔人云：“文章本天成，妙手偶得之。”又云：“得來容易却艱辛。”近代蕙風詞人更下一轉語云：“自然從追逐中來。”初非率易之謂也。丁飛濤曰：“月是何色？水是何味？芝蘭之香何香？水烟山霧之氣何氣？其間皆有自然化境。”此我之所謂詞之淡也。而此自然化境，惟妙手偶得之耳。余於飛卿詞，最愛其〔更漏子〕一闋（詞見前節。），以其語彌淡而情彌苦。他如韋莊〔女冠子〕：“不知魂已斷，空有夢相隨。除却天邊月，没人知。”李後主〔相見歡〕：“剪不斷，理還亂，是離愁。別有一般滋味在心頭。”皆姿致幽渺，神味綿遠；不假粉飾，自然入妙。又如張星耀（砥中）《洗鉛詞》〔烏夜啼〕：“也知夢去還相見，無奈不成眠。”彭孫遹（羨門）《延露詞》〔菩薩蠻〕：“春夢太分明，關人半日情。”陳玉瑾（廣明）《耕烟詞》：“夢裏和愁，愁時如夢，情似越梅酸。”（詞牌不復記憶。）郭麐（頻伽）《浮眉詞》〔賣花聲〕：“夾衣初換又添綿，祇是別來珍重意，不爲春寒。”袁棠（湘湄）《濃睡詞》〔阮郎歸〕：“歸期已近怕書來，書來未擬回。”許肇篪（壎友）〔蝶戀花〕：“喚到侍兒何處使？秋千架外尋梅子！”皆著墨無多，尋味不盡，亦異乎穠艷爲佳者矣。詞之厚，在意不在辭；詞之雄，在氣不在貌；詞之靈，在空不在巧；詞之淡，在脫不在易。有沉雄之氣魄，乃能有雄健之筆力；有雄健之筆力，乃能寫蘇辛一派豪放之詞。蓋詞之豪放，由於才氣之橫溢，初不斤斤於字句間也。清初陳維崧《迦陵詞》，氣魄絕大，骨力絕道，幾可突過蘇辛。其〔醉落魄〕《咏鷹》云："寒山幾堵。風低削碎中原路。秋空一碧無今古。醉袒貂裘，略記尋呼處。男兒身手和誰賭。老來猛氣還軒舉。人間多少閑狐兔。月黑沙黃，此際偏思汝！"是何等懷抱！有此懷抱，出語自豪。余嘗填〔臨江仙〕，歇拍云："一丸凉月照人間。老狐啼破冢，靈鬼嘯空山。"雖無多大魄力，自謂尚有意境。顧貞觀華峰營救吳兆騫一事，詞家記載綦詳，其〔金縷曲〕一闋，膾炙人口。所著《彈指詞》，自謂"不落宋人圈襀，可信必傳"。曹溶（秋嶽）評其詞"有凌雲駕虹之勢，無鏤冰剪彩之痕"。余最愛其〔青玉案〕："天然一幀荊關畫。誰打稿，斜陽下？歷歷水殘山剩也。亂鴉千點，落鴻孤咽，中有漁樵話。　　登臨我亦悲秋者，向蔓草平原泪盈把。自古有情終不化。青娥冢上，東風野火，燒出鴛鴦瓦。"又〔夜行船〕《登鬱孤臺》云："爲問鬱然孤峙者，有誰來，雪天月夜？五嶺南橫，七閩東距，終古江山如畫。　　百感茫茫交集也！懵忘歸，夕陽西挂。爾許雄心，無端客泪，一十八灘流下。"以飛揚跋扈之氣，寫嶔崎歷落之思，如渴驥奔泉，怒猊下坂，其品格當在東坡、稼軒之間。

一九　詞品

自袁綯謂："東坡詞當令關西大漢，執鐵綽板，唱'大江東去'；屯田詞可令十七八女郎，按紅牙拍，歌'楊柳岸，曉風殘月'。"後人奉爲美談，遂論詞派有婉約與豪放之分，此僅辨別其粗枝大葉耳！昔吾邑（吳江）郭麐頻伽與金匱楊伯夔仿司空表聖《詩品》之例，撰《詞品》各十二則，辨別極爲精細。茲摘録其精華於左。頻伽《詞品》：

幽秀　時逢疏花，娟若處子；嫣然一笑，目成而已。

高超　即之愈遠，尋之無踪；孤鶴獨唳，其聲清雄。

雄放　海潮東來，氣吞江湖；快馬斫陣，登高一呼。

委曲　美人有言，玉齒將粲；徐拂寶瑟，一唱三嘆。

清脆　芭蕉灑雨，芙蓉拒霜；如秋之氣，如冰之光。

神韵	明月未上，美人來遲；却扇一顧，群妍皆媸。
感慨	鉛水迸泪，鵾鷄裂弦；如有萬古，入其肺肝。
奇麗	鮫人織綃，海水不波；淒然掩泣，散爲明珠。
含蓄	陽春在中，萬象皆動；一花未開，衆緑入夢。
逋峭	清霜警秋，微月白夜；其上孤峰，流水在下。
穠艷	雜組成錦，萬花爲春；異彩初結，名香始熏。
名雋	名士揮麈，羽人禮壇；微聞一語，氣如幽蘭。

伯夔《詞品》：

輕逸	天風徐來，一葉獨飛；千里飄忽，鶴翅不肥。
綿邈	秋水樓臺，澹不可畫；時逢幽人，載歌其下。
獨造	洞庭隱鱗，蒼梧逸猿；元氣紛變，創斯奇觀。
淒緊	松篁幽語，獨客泛琴；落花辭枝，淒入燕心。
微婉	美人何許，短琴潛弄；捲簾緑陰，微雨思夢。
閑雅	茶烟晝清，鬻藤一枝；秋老茆屋，檐蟲挂絲。
高寒	俯視苔石，行歌長松；千葉萬吹，凛然嘘冬。
澄淡	鷺鷥立雨，浪花一肩；采采白蘋，江南曉烟。
疏俊	卓卓野鶴，超超出群；田家敗籬，幽蘭逾芬。
孤瘦	空山沍寒，老梅古愁；遥指木末，一僧一樓。
精煉	鈬心掏胃，韜神斂光；水爲沉流，星無散芒。
靈活	荷露入握，菊香到瓶；四無人語，佛閣一鈴。

其所標詞品，雖間有指工力者，如"獨造""精煉"，而大抵皆屬意境。要之，迹象可求，意境難辨。就詞之迹象言，則婉約與豪放之分，亦可得其大較。而就詞之意境言，則頻伽、伯夔之所標舉者，差可奄有衆妙。惟其間剖析微茫，可意會而不可言傳耳。

二〇　曲作詞看

《西厢》："繫春心，情短柳絲長。隔花陰，人遠天涯近。"在曲中，非當行出色之語，蓋北曲專重白描，不尚辭藻；若以此兩句作詞看，却是絶妙好詞。

二一 葉元禮

吾邑詞人，在郭麔以前卓然名家者，如女作家葉小鸞及葉元禮（舒崇）、徐釚（電發），其最著者也。元禮丰神雋逸，不減衛玠。其風流韵事，播於藝林，傳爲佳話。朱彝尊（竹垞）〔慶春澤〕一闋即爲元禮而作。元禮少時，嘗隨其兄學山（舒胤）過流虹橋（在今吳江城西門外。），有女子在樓上見而慕之，問其母曰："有與葉九秀才偕行者，何人也？"母漫應之曰："三郎也。"女積思成疾，將終，語母曰："得三郎一見，死無恨矣！"氣方絕，元禮適過其門，母以女臨終之言告。元禮入哭，女目始瞑。竹垞詞云："橋影流虹，湖光映雪，翠簾不捲春深。一寸橫波，斷腸人在樓陰。游絲不繫羊車住，倩何人、傳語青禽？最難禁。倚遍雕闌，夢遍羅衾。　　重來已是朝雲散，悵明珠佩冷，紫玉烟沉。前度桃花，依然開滿江潯。鍾情怕到相思路，盼長堤、草盡紅心。動愁吟。碧落黃泉，兩處難尋！"（見《江湖載酒集》。）元禮著有《謝齋詞》，啼香怨粉，怯月凄花；清雋秀麗，一如其人。嘗客會稽，每入市，窺簾者夾道。時宋副使琬，觀察越中，曰："是將'看殺衛玠'。"因招之入署讀書。（見朱彝尊《靜志居詩話》。）元禮既至西泠，遇雲兒於宋觀察席上，一見留情，時尚未破瓜也。雲兒居孤山別墅，密簡相邀訂終身焉。別五年，復至湖頭，則如彩雲飛散，不可踪迹矣！元禮撫今追昔，情不自禁，援筆賦〔浣溪沙〕四闋。（見徐釚《南州草堂詞話》。）其一云："仿佛清溪似若耶。底須惆悵怨天涯。青驄繫處是儂家。　　生小畫眉分細繭，近來縮髻學靈蛇。妝成不耐合歡花！"其二云："柳暖花寒懊惱時。春情脉脉倩誰知。簾纖香雨正如絲。　　團就鏡臺烏鯽墨，寄來江上鯉魚詞。此生有分是相思！"其三云："潛背紅窗解佩遲。銷魂爾許月明時。羅裙消息落花知。　　蝶粉蜂黃拼付與，淺顰深笑總難知。教人何處懺情痴！"其四云："斗帳脂香夜半侵。幾番絮語夢難尋。清波一樣泪痕深。　　南浦鶯花新別恨，西陵松柏舊同心。一番生受到而今！"雲兒即阿芸，元禮別有《寄阿芸》一律，可資考證。

二二 葉小鸞

葉小鸞字瓊章，一字瑤期，自號煮夢子，紹袁幼女。葉氏一門風雅，其母沈宜修（宛君）有《鸝吹詞》，姊紈紈（昭齊）、小紈（蕙綢）均善倚聲，而瓊章尤爲杰出。所著《疏香閣詞》，不特可冠《午夢堂集》（葉氏總集），在徐乃昌《小檀欒室彙刻閨秀百家詞》中，亦可壓卷。其〔如夢令〕《辛未除夕》云："風雨簾前初動。早又黃昏催送。明日縱然來，一歲空憐如夢。如夢。如夢。惟有一宵相共！"又〔踏莎行〕歇拍云："無端昨夜夢春闌，絲絲小雨花爲淚。"格韻高妙，氣體秀脫，方之漱玉，無多讓焉。年十九卒，紹袁哭之慟，作《續窈聞》云：余家恭設香花幡幢，敦延吳門泖巷大師，問以亡女瓊章。師曰："瓊娘向係月府侍書女史，因游戲人間，故來君家，今仍歸緱山仙府。"隨爲遣使招之。少頃即至，題句云："幛風瑟瑟女歸來，萬福尊前且節哀。"二語即止，似哽咽不能成者。又作師呈泖，有"從今別却芙蓉主，永侍猊床沐下風"之句；云："願從大師授記，不往仙府矣。"師云："皈依必須'受戒'，'受戒'必須'審戒'。我今一一審汝！"師云："曾犯殺否？"云："曾犯——曾呼小玉除花虱，也遣輕紈壞蝶衣。""曾犯盜否？"云："曾犯——不知新綠誰家樹，怪底清簫何處聲。""曾犯淫否？"云："曾犯——晚鏡偷窺眉曲曲，春裙親綉鳥雙雙。"又審"四口惡業"。"曾妄言否？"云："曾犯——自謂前生歡喜地，詭云今坐辨才天。""曾綺語否？"云："曾犯——團香製就夫人字，鏤雪裝成幼婦辭。""曾兩舌否？"云："曾犯——對月意添愁喜句，拈花評出短長謠。""曾惡口否？"云："曾犯——生怕簾開譏燕子，爲憐花謝罵東風。"又審"意三惡業"。"曾犯貪否？"云："曾犯——經營縹帙成千軸，辛苦鶯花滿一庭。""曾犯嗔否？"云："曾犯——怪他道蘊敲枯硯，薄彼崔徽撲玉釵。""曾犯痴否？"云："曾犯——勉弃珠環收漢玉，戲捐粉盒葬花魂。"師曰："子固一綺語罪耳！"

遂與之戒，名曰"智斷"，字絕際。其事雖窈渺難信，而所引皆瓊章詩句，足見其才思之敏妙也。

二三　湘湄詞

與頻伽研討倚聲之學者，曰袁棠，字湘湄。湘湄所著詞集，曰《洮瓊》，曰《濃睡》。其詞清雋綿麗，卓然名家。顧以布衣終老，無籍甚名，其詞亦遂湮没不彰。譚復堂獻，輯《篋中詞》，始選録之。余猶恨其表彰不力，未探驪珠。嘗屢爲摘句，以入詞話。兹更録其〔河傳〕〔唐多令〕兩闋，皆《篋中詞》所未選者也。〔河傳〕云："春曉。雨小。陰陰院宇，落紅多少。聽他雙燕呢喃。闌干。東風寒不寒。　　欠申微度吹蘭息，香幃揭。小玉低聲説。略從容。下簾櫳。休憀。羅衣添一重。"〔唐多令〕題爲《白門使院桐花下作》，詞云："濃緑結陰凉。疏花作穗長。漏苔階，點點斜陽。隔院不知誰拜月，飄一縷，水沉香。　　團扇記追凉。輕容玉色裳。倚梧桐，冷著思量。一樣黄昏人立地，多幾曲，短回廊。""湘湄舊藏宋帝賜周益公洮瓊硯，希世之寶也，故以名其館及詞。"聞之鄉先輩陳去病云。

（以上《杂志》1943 年第 11 卷第 1 期）

弢素詞話

石凌漢◎著

　　石凌漢（1871～1947），字雲軒，號弢素，自稱
"淮水東邊詞人"，安徽婺源人，久居金陵，爲名醫。
曾參與蓼辛詞社、如社等，自作詞集名《弢素》。羅克
辛曾輯録石凌漢論詞之語，成《弢素詞話》，原載《詞
學》第34輯（華東師範大學出版社，2015）。本書據
此收録。

《弢素詞話》目録

弢素詞話

一　周邦彥詞

美成上繼北宋，下開南宋，實爲兩宋之關鍵。其詞之鏡界，亦由屯田而出，能於秀麗中寓深厚，遂覺青勝於藍。蓋屯田之秀艷，稍溢即爲曲，美成加以深厚，故恰占詞之地位。其淡處傳神，遠處著想，層層脫換，而勾勒愈覺其高渾；步步推闡，而摶挽更覺其堅凝；錘煉泯迹，跌宕多姿，此宜學者也。其鋪排之鄰於堆垛，語句之涉於纖俗，或脫略太甚，或質直不文，此不宜學者也。詎可震其名而一概仿之耶?!

二　姜夔詞

清真渾化妍雅，白石清峭騷雅，在宋代各標一幟，其詞之美，由於音律之精也。清真渾化之境，非可貌襲，於是世之詞人，趨輕滑則效玉田，矜才氣則剽稼軒，炫穠麗則摹夢窗，師法何嘗不高，而學之不善，反蹈空衍粗獷板實之弊，惟白石之清峭騷雅，足以揉之。白石固詞人之換骨金丹，即專學其一家，亦足自立，但於其“清峭騷雅”四字，須相輔而行，未可徒學其清峭。此中消息，非可言宣，久久涵咏，自然默會。如欲學清真，取境於此，亦事半功倍焉。

三　王沂孫詞

世之評詞者謂碧山長於咏物，其論韙矣。碧山胸中別有事在，假物以宣，然非具沉鬱頓挫之筆，不能善入善出也。蓋碧山之詞，如書法大家，筆筆中鋒，而又筆筆藏鋒，柔厚清剛，兼而有之。宋代實罕其匹，豈周姜所能掩，又豈可儕諸玉田耶?!

周介存論學詞之次序，以聖與爲始境，殆以其清剛而不粗，不似稼軒之豪；沉鬱而能顯，不似夢窗之晦；且筆筆中鋒，其高者上合清真、石帚，而較草窗有骨，視玉田多意；其運古造局，亦較梅溪大雅；取爲初基，門徑正矣。

四　史達祖詞

梅溪先生之詞，張約齋稱其"分鑣清真，平睨方回"。戈順卿贊其"融情景於一家，會句意於兩得"。二公之論允矣。獨周介存執其詞中多用"偷"字，遂斥其人而鄙其詞，蓋因周草窗《浩然齋雅談》中，有"梅溪爲韓氏堂吏"一語而輕之也。半塘先生跋語辨之甚悉。然就詞而論，在宋代固特開一細膩之境，摹神造句，兩擅其長焉。

五　吳文英詞

夢窗本清真之詞境，以美麗富艷出之，脈落分明，臻於渾化，清真以後，一人而已！自張玉田私掩己之空滑，反以"七寶樓臺，拆碎下來，不成片段"相詆。世之空疏者，遂藉口而不學夢窗。元明兩朝，不足貴矣。清代詞人飆翠，毗陵派多宗稼軒，後參以白石、玉田。浙西派專宗玉田，其高者略涉白石。竹西派偏托白石之清峭，實近仿朱屬。而宗夢窗者甚罕。道光之季，元和朱酉生，頗能具體，惜未竟其才！後來彊邨研之二十年，允稱入室，而胡硯孫、張次山、張子苾亦偶能似之。近則邵伯褧、陳述叔心追形摹，其夢窗詞派將興歟？

六　張炎詞

玉田之詞，婉約娟媚，時有秀透之句，其妙者直翩翩欲仙，自是宋末一作家。廿餘年前，夔笙、實甫，均勸予學玉田，予恒佯許之，非敢菲薄玉田也，蓋深知國初以來，浙派詞家，均奉玉田為宗，沿襲既久，遂成庸腐，一入其中，不能戛戛獨造矣。且其時膽粗氣豪，方欲學美成以睥睨今古，學夢窗以藻耀山川，爭勝之心中之也。今老矣，括淡退讓，無人我見，反覺玉田之空靈閑雅，足以娛心寫意，故恒樂效之，以免刻心鏤骨之苦。惜二君仙逝，不能共談耳！

七　周密詞

草窗不如碧山之沉鬱，氣不如夢窗之雄厚，故難與二家抗衡；然辭之韶麗，句之圓美，守律亦甚嚴，不失為詞家正宗。惟其詞勝於意，故令人猝不能解，凡腹笥淵博者，不妨先研草窗，以為學夢窗之階梯，且亦不至流為空滑也。

（以上七則武酉山《論宋代七家詞》引，《金陵大學文學院季刊》第 2 卷第 1 期，1935；又鄭嘉荓《宋七家詞評》引，《中日文化月刊》第 2 卷第 6、7 合期編，1942）

八　治詞之道

知君（編者按：指武酉山。）年來於清代詞甚努力，然為學之道，須知由博反約，治詞亦然。治清詞後，必返治宋詞，宋代名家如林，結果必專研柳詞，蓋耆卿為宋詞之矩矱也。由柳詞再往前追求，則惟有楚《騷》《詩經》二書而已，因二書為千古詞章之祖，此治詞由博反約之道也。

九　宋七家詞次序

戈載《宋七家詞選》，實有眼光。惟七家次序排列未為至當，設若七家會宴，自當讓周美成坐首席，姜堯章第二，王聖與第三，吳君特第四，史梅溪第五，周公瑾第六，張叔夏第七。若柳屯田自外來，周美成須匆忙退席，揖屯田上坐，因周詞曾自柳詞脫胎而出者也。

（以上二則武酉山《聽鵑榭詞話》引，《文藝春秋》

第 1 卷第 8 期，1934）

一〇　明詞

自世鄙明詞，而明詞亦遂罕見，凡別集之流通，視人心之好尚，詎不信歟？使無鶩翁搜刊元詞，則彼七家亦終不顯耳。詞話夙少善本，非摭拾瑣事，即堅持私見，求如蕙風先生《詞話》，目中蓋鮮。詞律、詞韵已成絕學，其弊在判詞與曲而二之，所以詞豪反不如名伶也。紅友固多膠執，小舫尤爲武斷，順卿《詞韵》從之者衆矣，而馮蒿庵亦有微詞，聚訟紛如，安得此霞翁復起而一折衷之耶？《四庫》不收詞韵，未爲無見矣。《欽定詞譜》，當王者貴，未敢疵議。惟樓西浦先生之著作，求之不獲，亦憾事也。

（節録《石凌漢致趙尊嶽信札》，《趙鳳昌藏札》第十三册，國家圖書館出版社，2009）

· 29 ·

談　詞

夏仁虎◎著

　　夏仁虎（1874～1963），江蘇江寧（江蘇南京）人，字蔚如，號嘯庵、枝巢，別署枝翁、枝巢子、鍾山舊民等。清光緒戊戌年（1898）以拔貢身份參加殿試，後任職於刑部、郵傳部。辛亥革命後，曾任北洋政府國務院潘復內閣秘書長。後弃官從事著述，任北京大學、北京師範大學教授。1951年擔任中央文史研究館館員。學問淵博，著作涉及詩、文、詞、曲、方志等領域，著有《嘯庵詩存》《嘯庵詞》《零夢詞》《嘯庵文稿》《碧山樓傳奇》《舊京瑣記》《北京志》《枝巢四述》等。《談詞》爲夏氏《枝巢四述》之一種，民國三十二年（1943）北京大學排印，本書即據此輯錄。楊傳慶、和希林《輯校民國詞話三十種》收錄該詞話。

《談詞》目録

談　詞

談詞上

一　明體第一

詞爲詩餘，但詞之與詩，截然不同。此不能求之迹象，應在韵味神氣間，玩索得之。昔閱《儒林外史》小説，中載一事云：杜慎卿閲季某詩稿，見有句云"桃花何苦紅如此"，杜謂此句上添一"問"字，便是一句好詞云云。極爲嘆服。蓋此句置之詩中，并非佳聯，添一字入詞，便成雋語，此真教人爲詞之金針也。明乎此理，乃知詞與詩之所以不同矣。詞之發源，萬紅友《詞律》，以爲始於巴渝之《竹枝》，與唐初風行之《柳枝》。余案《竹枝詞》，祇是七絶二句，因其字簡而聲短，故每句四字一歇，三字一歇，而衆聲和之。如巴渝詞之"竹枝""女兒"，《采蓮子》之"舉棹""年少"，皆是也。下里之音，流傳最廣，沿至今日，猶有《蓮花落》詞，一人首唱，衆人曼聲和之，殆其遺音歟？《柳枝》之作，始於温飛卿之《咏柳》，祇是七言絶句。就是以觀，則紅友之推《竹枝》爲詞始，殆非確論。蓋里巷謳吟，由來已久，《擊壤》之歌，乃爲初祖。凡此所作，與詞何涉。且采巴渝《竹枝》，何不上攀《陽春》《白雪》乎？至於《柳枝》，尤爲非倫。飛卿《楊柳枝》八首，但以七絶咏柳耳。案《苕溪漁隱叢話》云："唐初歌

舞，多是五七言詩，後漸變爲長短句。"此説最明。唐代詩人，多
諳音律，詩成便付管色，若"渭城朝雨""黄河遠上"諸作，皆是
也。此外若無名氏之〔小秦王〕，皇甫松之〔采蓮子〕〔浪淘沙〕
諸作，并是七言絶句。蓋唐人七絶詩之能歌者，不必即爲詞，無庸
强爲拉合也。但詞之與詩，分途之始，既不易辨析，而今之稱詞
者，亦率曰長短句，曷若即用《漁隱叢話》之説。由詩變而爲長
短句，以爲詞之開始，較爲有據也。案唐人長短句，最先傳誦者，
爲李白之〔菩薩蠻〕〔憶秦娥〕。（有疑〔菩薩蠻〕詞非太白作者，今不具論。）
若字數最簡者，爲〔十六字令〕體，又名〔蒼梧謡〕，蓋一、七、
三、五成章也。以字數計，應始〔十六字令〕。以時代論，應先
〔菩薩蠻〕〔憶秦娥〕。此余見之不同於萬氏者也。詞之分體，短者
爲令，長者爲慢。唐與五代，但有令體。北宋以降，衍爲慢詞。
《草堂詩餘》及《詩餘圖譜》，乃强析爲小令、中調、長調，殊爲
無據。而舉世盲從，鮮明其誤，此亦不可不辨者。詞調之數，愈近
愈增。宋崇寧間，命周美成等討論古音，比律切調。於時有十二
律，六十家，八十四調。至柳耆卿遂增至二百餘調。逮清萬氏
《詞律》，乃收至六百六十調，千一百八十餘體。厥後徐誠庵作
《詞律拾遺》，則又增一百六十五調，三百一十六體。然萬氏所計
之數，殊不可信，蓋誤收古詩者有之，一調異名而兩收者有之。以
余所計，調至今日，亦決不止八百二十五之數。（合《詞律》與《補遺》
言之。）凡解音律，即能自製詞，如成容若詞之〔玉連環影〕，即爲
自製曲。其他名家，不少概見。三百年來，又添若干調，今人殊無
此統計也。古人製調命名，亦無定軌，大致不外因事因物，或采取
詞中一語。如〔暗香〕〔疏影〕〔紅情〕〔綠意〕，本祇一調，咏梅
則曰〔暗香〕〔疏影〕，咏荷則曰〔紅情〕〔綠意〕。又如〔解連環〕
〔望梅〕，亦是一調，清真作此調，有"信妙手、能解連環"句，因
名〔解連環〕。又有"望寄我、江南梅萼"句，因名〔望梅〕。此類
甚多，不可枚舉，乃皆非紅友所解，殊可怪也。（萬氏承明代詞學中衰之後，
而作《詞律》，不爲無功，特見書不多，又好武斷，其貽誤來學，亦不少，故先辨之。）大抵

初學爲詞，祇宜先取唐五代小令觀之，匪特觀覽，必須曼聲長吟，玩其音節。記熟幾十首名人小令，無事或閑悶時，隨意歌唱，（勝於皮黃及流行之桃花江多多矣。）久而自得其中滋味。然後起手學作，令人見之，不疑是詩，亦不是曲，便算有成。然後再談慢詞，此一定程式也。

二 諧聲第二

詞以入樂，則聲爲最重，然宮調之失傳久矣。憶余童而喜爲詞，七八歲時，甫知屬對，調平仄。秋風夜雨，忽得句云：“籬外芭蕉，窗前竹葉，一般風雨，兩樣作秋聲。”於是有“兩聲詞人”之目，然於音律茫然也。弱冠北宦京師，於時王半塘、況夔笙、朱彊邨諸詞流皆在，扣以宮調，亦皆不能言之。於時有鄭叔問（文焯），號爲精此道，然不克請教。得見閩侯陳薛道昭夫人（繹如同年之室），夫人蓋能審音者。謂余曰：“君能琴乎？”曰：“不能。”又問：“能簫笛乎？”曰：“不能。”夫人哂曰：“若然君姑求之彈與吹，然後始可與言。”退而習焉。不能成聲，憤而弃去，而詞興闌珊矣。乃刊所爲《嘯盦詞稿》六卷，謂將作一結束，不更談此。近十餘年，退隱舊京，乃復時時寄興。生平得力，在宋沈伯時之《樂府指迷》，其敢於放膽爲詞，則在其言腔律一段，特備錄之，以明宮調之難學，非但晚近，在南宋已然。不明宮調，未爲不可填詞也。《指迷》中云：腔律豈必人人皆能按簫填譜，但看句中用去聲字，最爲緊要。然後更將古知音人曲，一腔兩三隻參訂，如都用去聲，亦必用去聲。其次如平聲，却用得入聲字替。上聲，最不可用去聲字替。不可上去入，盡道是仄聲。便用得，更須停調參訂用之。古曲亦有拗者，蓋被句法中字面所拘牽，今歌者亦以爲硋云云。以上之説，可以指尋聲者之迷，而壯學詞者之膽。吾不畏大聲以告曰：近代號稱詞家，并無人能解宮調，即不佞亦其一也。憶得十年前，歸金陵，見老友之始學爲詞者。以宋名家詞一首，逐字錄其四聲，置玻璃板下，倚聲填詞，爲之甚苦。詞成，乃至不可卒讀。怪而問之，曰：“此彊邨所告也。”時彊邨居滬，爲詞壇老宿泰斗。

（名孝臧，號古微，清遺老。助王半塘刻《四印齋叢書》，自刻《詞學叢書》。）過滬，詣而詢曰："公嘗以此法召來學乎？教人盲從，傷辭害意，貽誤多矣。"彊邨力矢不承。余見其窘，徐釋曰："此亦無法之法，所謂夯幹也。吾輩既皆不解宮調，無以塞問者之望。姑以此法，令其練習，久而手漸熟，告以入聲分配三聲，及專嚴去聲之法，亦可以無大過矣。"彊邨撫手謂然。凡此之説，蓋爲習作慢詞（今稱長調。）者説法也。若初學爲令體，并此亦不必計，祇須多唱唐五代名家令詞，依仿爲之。既成之後，自己調聲曼吟，覺得響亮諧叶，能達胸所欲言，便爲成矣。至於詞韻，不是詩韻，亦不是曲韻。案詞始於唐，唐時別無詞韻之書，宋朱希真嘗擬應制詞韻，其書久佚。宋紹興二年，刊《菉斐軒詞林要韻》，阮芸臺家藏，而秦敦夫重刊之。其跋語謂疑是元明謬托，又疑此書專爲北曲而設。觀所分十九韻，且無入聲，信爲曲韻無疑。清初沈謙著《韻略》，同時趙鑰、曹亮武亦撰《詞韻》，皆未該括，李漁撰《詞韻》四卷，以鄉音分析。多爲不倫。先輩填詞，多遵《學宋齋詞韻》，但亦不能無誤。自戈順卿之《詞林正韻》出，始得其正，學者多應遵之。蓋戈韻之長處，參用中州韻，不以吳中鄉音爲準。其尤要者，則入聲本體不廢，其分配三聲，亦各有界限，非入聲字三聲皆可配也。此雖漸近細處，然自來填詞家，最忌落腔，丁仙現謂之落韻。姜白石云：十二宮住字，不容相犯。張玉田《詞源》論結聲正訛，不可轉入別腔。住字、結聲，即押韻。每調起畢，皆有定字。詞之諧不諧，恃乎韻之合不合，此不可不察也。吾之此説，近於過高，然宮調既已失傳，詞學將成絕響，故指出數書，令人易解易學。爲慢詞，有沈伯時《樂府指迷》中之簡易法；填詞覓韻，用戈順卿之《詞林正韻》，可無大過。至於初爲小令，則熟讀唐五代之名詞，自然音節遒亮。選聲之道，以此爲梯階可也。

三　設色第三

吾言設色，乃合命意、遣詞爲一談。蓋詞之源出於《騷》，

《騷》之源出於《詩》，《詩》三百篇，不外感興比賦之旨。而
《騷》之美人香草出焉，詞爲《騷》之流裔。觸物興感，因事寄
懷，所謂"意內而言外"者是也。是故詞之美者，有三長：曰聲
律調協，曰清空靈警，曰璀璨美麗。聲律之説，上章言之。若清空
靈警者意也，璀璨美麗者色也。意有餘而色不足者，可以成佳作，
如畫家之白描然。色雖具而意不足者，難以爲美詞，此昔人所以
譏夢窗詞如"七寶樓臺，拆下不成片段"者是也。（夢窗詞實不然，凡有
麗詞，必含精意，此特就其應酬慶祝諸作言耳。）今爲初學定選詞之法，若小令
詞語，別錄拙作近和溫飛卿〔菩薩蠻〕十四首，以見一斑。倘爲
慢詞，（令慢之詞并無分別，但以體强析之。）必須有佳對，有雋語，方成好
詞。姑就平日所愛誦者，略具一二，俾閱者知所擇焉。

佳對

稚柳蘇晴，故溪歇雨。（美成）

虚閣籠雲，小簾通日。（白石）

小雨分山，斷雲籠月。（田不伐）

落葉霞飄，敗窗風咽。（夢窗）

珠甃花輿，翠翻蓮額。（夢窗）

種石生雲，移花帶月。（翁處静）

斷浦沉雲，空山挂雨。（梅溪）

畫裏移舟，詩邊就夢。（梅溪）

疏綺籠寒，淺雲栖月。（丁宏）

調雨爲酥，催冰做水。（王清愛）

羅袖分香，翠綃封泪。（陳同甫）

做冷欺花，將烟困柳。（梅溪）

紫曲迷香，綠窗夢月。（李篔房）

霜杵敲寒，風燈搖夢。（夢窗）

問月賒情，憑春買夜。（丁湖南）

暗雨敲花，柔風過柳。（李篔房）

斷碧分山，空簾剩月。（樂笑翁）

接葉巢鶯，平波捲絮。（樂笑翁）

雋語

花影吹笙，滿地淡黃月。（石湖）

惟有兩行低雁，知人倚畫樓月。（仝）

波底夕陽紅濕。（趙彥）

是他春帶愁來，春歸何處，却不解帶將愁去。（辛稼軒）

妾心移得在君心，方知人恨深。（徐山民）

千樹壓西湖寒碧。

波心蕩、冷月無聲。

高樹晚蟬，説西風消息。

冷香飛上詩句。（均白石）

一般離思兩消魂，馬上黃昏，樓上黃昏。（劉小山）

自憐詩酒瘦，難應接許多春色。

爲春瘦了怕春知。（均梅溪）

春在賣花聲裏。（王貴英）

試花霏雨濕春晴。（韓蕭閑）

薄幸東風，薄情游子，薄命佳人。（周蕭齋）

怪別來，胭脂慵傅，被東風，偷在杏梢。（趙霞山）

不成又是教人恨，待倩楊花去問。（石湖）

寄相思，偏仗柳枝，待折向尊前唱，東風吹作絮飛。（陳西麓）

夢魂欲度蒼茫去，怕夢輕、還被愁遮。（草窗）

怕是斷魂江上柳，越春深越瘦。（王碧山）

雁風吟裂雲痕，小樓一縷斜陽影。（丁仲基）

帶天香吹動一身秋。

和雲流出，空山甚年，净洗花香不了。（均樂笑翁）

宋元名家，佳聯雋語，蓋不勝收。以上所列，姑就元陸輔之《詞旨》中所載，擇選言之，以見詞家造語之妙。又詞中慣用之虛字，純與詩文不同，概錄如下：

任、看、正、待、乍、怕、總、問、奈、愛、似、但、料、

想、更、算、況、悵、早、快、盡、嗟、憑、嘆、方、將、未、
已、應、若、莫、念、甚

以上諸字，蓋以領句，或作轉語，猶俗所謂行話也。

談詞下

半年以來，教諸生讀《花間詞》，頗有能作名家雋語者，頃更
擬教作慢詞，亦先言其大概如下。

四 辨格第四

詞之爲體，祇是令慢而已。短者曰令，長者曰慢。自顧從敬編
《草堂詞》，始分爲小調、中調、長調，但以字數分之，初無據也。
按詞之發源，起於唐之五七言絶句，若李太白之〔憶秦娥〕，溫飛
卿之〔菩薩蠻〕，皆是也。〔竹枝〕〔柳枝〕，更無論矣。後更加減
其字爲長短句，號爲令體，而其體始繁。在唐五代之詞，皆爲令
體。質言之，即用五七言詩變演而爲長短句而已。迨及宋初，提倡
燕樂，設大晟府，審音之士畢集，始由長短句之令體，衍而爲慢
詞。譬如《陽關》三奏，原來祇是七言詩一首，必三叠句而後成
曲。此叠出之句，後皆以字句實之，此即令慢之所以分也。今以曲
爲例，古曲本簡單，自魏良輔之水磨腔出，一字一句，曼聲長吟，
多作曲折，故板拍遂多。更舉一近例，如二黃調，在先輩若長庚諸
伶，雖實大聲宏，而轉折處甚簡，自譚叫天起，始一字作多數波
折，遂成嘽緩纏綿之腔調，同一理也。是故所謂慢詞者，即由令體
之散聲，填入字句而已。此説實發於朱子。欲征吾説，試觀詞調中
之〔浪淘沙令〕爲五十二字，〔浪淘沙慢〕即爲百三十三字之慢
詞。〔浣溪沙〕爲四十二字，〔浣溪沙慢〕即爲九十三字之慢體。
此類甚多，舉一可以反三。故吾教人爲詞，先令讀《花間》，學爲
令體。能爲令體，未有不能爲慢詞者矣。

五　趨向第五

慢詞始於北宋，五代以前無有也，至南宋而始極其工，至宋季而始極其變，若姜堯章氏，最爲杰出。（語本朱竹垞。）北宋詞人，多用令體。錄北宋詞，必首晏殊。試觀《珠玉詞》集中，其近於慢詞者，僅三、四闋，可知其時之風氣猶未開也。淮海信爲英杰，東坡究非内家，以坡老仙才，非聲律所能縛束也。自柳耆卿（永）、周清真（邦彦）始張而大之。蓋二人皆大晟之官，以審音名世，又有温婉麗密之詞，宜爲千古推崇。迨及南宋，人才輩出，閎詞麗制，足以名世，殆其時風氣使然歟？鄱陽姜夔，乃臻其極。蓋白石之詞，無一語拾人牙慧，亦無一字帶世間烟火氣。若自製諸曲，閱其旁譜，可信其音律之嫻熟。然前人論詞，猶有以白石爲生澀者，殆所謂下士聞道而大笑者矣。吾論學爲詞，北宋宜取清真，南宋宜取白石，此詞家之正軌也。此外讀淮海、東坡詞，以挹取其靈氣；讀子野（張先）、耆卿詞，以揣摩其雋語；讀碧山（王沂孫）、東山（賀鑄）詞，以增益其雅思；讀夢窗（吳文英）、玉田（張叔夏）詞，擷拾其詞采，而不學其堆垜；讀稼軒（辛弃疾）、改之（劉過）詞，推擴其氣勢，而不染其粗豪；讀梅溪（史邦卿）、竹屋（高觀國）詞，摹擬其蕴藉風流，而戒其軟媚。合取諸家，泛觀遍覽，固可啓發心思。任取一家，簡練揣摩，亦足自成格調。至若山谷（黃庭堅）之艷詞俳體，最宜切戒。蓋涪翁才氣太高，游戲三昧，無所不可，當時法秀道人已有作艷詞當墮犂舌地獄之譏。至於俳語，所用多宋代諺語，或江西方言，施之今時，皆不合，亦不可解。詞爲雅音，詎宜出此？（山谷其他詞，工力亦深，此但舉其艷詞俳體爲戒耳。）欲學慢詞，先定趨向。宋詞若毛氏之《六十家詞》，朱氏之《彊邨叢書》，已集大成，學者皆應泛覽。但浩如烟海，日力不給，故先舉其應法應戒者，爲之標準。

六　作法第六

或問作慢詞與作令體有異乎？曰：無以異也。慢體特就令體衍成，既如第一節所述矣。然亦有不同者，小令無須布局，慢詞則須先定局勢。今擬數法：一曰開門見山法，亦曰探驪得珠法。此注重起句法也。慢詞起句，或爲單句，或爲對句。今專述白石詞作法。如〔齊天樂〕《夜堂聞蟋蟀》云：“庾郎先自吟愁賦。”〔側犯〕《咏芍藥》云：“恨春易去，甚春却向揚州住。”此單句起也。〔法曲獻仙音〕《咏張彥功官舍》云：“虛閣籠寒，小簾通月。”〔玲瓏四犯〕《歲暮聞簫鼓》云：“叠鼓夜寒，垂燈春淺。”此對句起也。諸詞一起已將全題精神籠住。次計如何接下，有推襟送抱法，如〔齊天樂〕《蟋蟀》云：“露濕銅階，苔侵石井。”由階、井而轉入蟋蟀矣。如〔玲瓏四犯〕云：“倦游歡意少，俯仰悲今古。”已遞入感懷矣。其次應計上半闋如何住法，有瑟希鏗爾法，如〔齊天樂〕云：“夜涼獨自甚情緒。”雖住未住，餘音裊然，開下面許多意思也。繼作下半闋，須計算如何過脉，有輕舟暗渡法，如〔齊天樂〕云：“西窗又吹暗雨。”〔疏影〕《咏梅》云：“猶記深宮舊事。”云云，凡此皆引起下面許多文章，而於上半闋血脉，仍自聯貫。再次須計如何推廣法，作詞最忌死抱一題，毫無發展。又有登高遠覽法，如〔齊天樂〕云：“候館迎秋，離宮吊月，別有傷心無數。”便已遞入因物興感之意。於是更計如何煞尾，有湘靈鼓瑟法，須得“曲終人不見，江上數峰青”之妙，如平調〔滿江紅〕云：“又怎知人在小紅樓，簾影間。”〔念奴嬌〕《謝友人惠竹榻》云：“爲君聽盡秋雨。”〔法曲獻仙音〕云：“怕生平幽恨，化作沙邊烟雨。”凡此皆詞盡而意未盡也。此特略舉白石數詞數例，要知諸名家詞，無不然也。

七　審音第七

宮調之學，失傳久矣。余少而喜爲詞，求宮調之師，久不得，幾欲憤而捨弃詞學。既而讀沈與義《樂府指迷》曰：宮調不必人人俱解，不解宮調，未必不可爲詞家。乃知宋元以來，兹事久成絕學，不必陳義過高矣。清代有名詞家，祇是留意去聲字，或上去聲相連之字。蓋取古名家詞之同調者數闋，將其四聲比對，如其上去聲字皆相同者，加以圈出，認爲必須遵從之音。如不盡同者，加以點，認爲可以出入之字，此亦無法之法也。余十年前，得江南老友寄來詞稿，率多用名家著稱之調，而四聲并和者，心甚疑之。既而南歸，見諸老友之爲詞，率以名家舊詞，旁注四聲，按字尋求填寫，其事甚苦，甚以爲怪。（據云朱彊邨先生所告，然詢之彊邨，絶不承認。）夫宋人之號稱審音者，不祇周、柳、晁、姜數家，然此數家之詞，刊刻流傳，各本往往不同。即如《清真詞》（周邦彥），宋版猶有三種，而三版之中，往往歧異，（其詳見余所作《讀清真詞偶記》，兹不具錄。）俗刊流傳，更無論矣。孰爲正本而遵從之？是一疑問。倘盲從誤本，而致傷詞害意，豈非冤枉乎？又名家詞中之入聲字，多以分配平上去者，若必覓入聲字以從之，尤冤之冤也。余召諸生爲詞，祇是先將平仄聲分別清楚，已算大致不差。然後更將此調之諸名家詞中去聲字加以比較，數家相同，必須遵守，有不同者，可以隨便。如此，在今日之填詞家中，已算精緻者矣。至於宮調之法，余今看來，亦非甚難，但須先從樂工，學吹學彈。能吹能彈，再將方成培之《詞塵》（在《鐵畫樓叢書》中。）細細研究，彼於宮調原理，發揮殆盡，且能罕匹而喻。余老矣，更無此種精力與興趣，甚願青年精進者，努力求之，闡揚絶學，亦一大事業也。至於填詞與講宮調，可以分作兩事。有清一代，詞客如林，而號稱能解宮調者，已不過數人，今日更説不到矣。

八　附錄第八

　　行文須試難題，填詞須試難調，如〔秋霽〕〔露華〕〔絳都春〕〔繞佛閣〕〔氐州第一〕各調，難不勝舉，要須四聲悉合腔板，方稱完璧。

　　去上叠拍，詞中最多。蓋去聲勁而縱，上聲柔而和，交濟方有節奏。其至多者，〔掃花游〕調中凡六見，〔一枝春〕調中凡八見，〔花犯〕調中凡十二見，必須依句照填，缺漏不得，寧嚴勿疏。

四字對法，如〔齊天樂〕之"逼冷慈雲""催圓寶月"，宜兩仄兩平對兩平兩仄；〔望海潮〕之"孤柱駕鼇""神鈴怖鴿"，"駕"字換平不得，且必須去聲方響；〔惜餘春〕之"猗玗蔭坐上聲，戛玉敲簾"，"煎茶置鼎，劚笋携鉏"，"蔭坐""置鼎"，宜用去上方叶；〔法曲獻仙音〕之"飛鷗浮天""畫鷁翻雪"，第四五句云"柱角風濤，鏡中弦索"，須於兩聯中藏四入聲字，方是此調消息。如美成之"蟬咽涼柯，燕飛塵幕""倦脫綸巾，困便湘竹"；夢窗之"落葉霞翻，敗窗風咽"，"瘦不關秋，淚緣生別"，皆確守此例也。

句中有藏一短韵者。〔木蘭花慢〕之第二十六字，〔蘭陵王〕之第三十字，〔徵招〕過變之第二字是也。若〔鳳凰臺上憶吹簫〕過變之第二字，〔沁園春〕過變之第二字，或嵌或否，可不拘矣。熟調誤填者，如〔齊天樂〕之第五句："蕩得詩魂無據。""詩""無"二字，每誤作仄聲；第七、八句："倩幾摺蘿屏，半空留住。""半""留"二字，仄平恒誤更換。〔摸魚兒〕起云："跐闌干，綠蔭如許。""綠""如"二字，平仄互換；第四句云："落落是何年少。""是""年"二字平仄互換；過變云："臨流坐，消得花遲月早。清愁平子都掃。"將"花""月"二字平仄互換，而"清"字輒誤作仄，皆大謬。〔金縷曲〕第二、三句："看層層、蚪珠外吐，蠟花中苗。""蚪""中"二字萬不能用仄，"外""蠟"二字萬不能用平；第五、六句云："未了雲烟浩劫。更防著、仙心焦烈。""浩"字萬不能用平，"雲""仙""焦"萬不能用仄，乃向來沿訛襲謬，相沿已久。不知一字改移，關乎全闋，或正旁偏側，凌犯他宮，即非復本調音節矣。

清代詞人，自朱、厲而降，知音蓋希。辨體辨聲，萬《律》嚴於蕭《律》，然亦尚有見不到處，有見到而注律未詳處。凡句法之屬上屬下，字法之宜去宜上，最須辨認清晰。其辨認之法無他，則多讀古人之名作，以比較參詳，久自得之耳。

晚晴樓詞話

劉堯民◎著

　　劉堯民（1898～1968），名治雍，又字伯厚，雲南
會澤金鐘人。1937 年應雲南大學文史系主任徐嘉瑞的
邀請，到雲南大學講授詞曲和溫李詩詞。曾任雲南大學
中文系教授、系主任等職。著有《詞與音樂》《吳歌與
詞》《晚晴樓詞話》等。《晚晴樓詞話》原連載於 1943 年
《正義報·大千副刊》，後由劉榮平整理刊載於《詞學》
第十三輯（華東師範大學出版社，2001），本書即據此
整理。

《晚晴樓詞話》目錄

晚晴樓詞話

一　以知情論詞

楊昇庵《詞品》謂周晉僊云“《花間集》中衹有五個字”，即“絲雨濕流光”是也。我以爲此五字寫眼前實景固然眞實，然而境界狹小，不足爲奇，當以牛希濟的〔生查子〕二十字壓倒五代詞人：

　　　　春山烟欲收，天淡星稀小。殘月臉邊明，別淚臨清曉。

眞所謂“融情景於一家，全句意於兩得”（姜白石評史邦卿語。）者也。嚴格說來：作品之所以動人，不外兩個條件，即“想像闊大”“感情深刻”是也。前者是“知”的要素，後者是“情”的要素，二者中缺一既不可，而兩者兼具還要“闊大”與“深刻”纔能動人。如上舉之二十字寫別情，如是之深刻；寫春山旅行之曉景，如是眞實闊大，所以算得是壓卷之作。同一韻調有柳宗元的一首五言古詩：

　　　　鶴鳴楚山靜，露白秋江曉。連袂渡危橋，飛泉出林梢。

韻調相似而情調不類。若可比擬者有溫飛卿的一首〔憶江南〕：

梳洗罷，獨倚望江樓。過盡千帆皆不是，斜暉脉脉水悠悠。腸斷白蘋洲。

自來詞家或以〔菩薩蠻〕調爲溫集之冠，又或以〔更漏子〕調爲溫集之冠，余則以此調爲溫集之冠，蓋其適合於上舉之兩條件也。

王靜庵拈出"境界"二字評詞，固屬卓見，然稍嫌籠統含混。蓋其所謂"境界"者，不獨指對面之景物，即心中之哀樂亦爲"境界"（見《人間詞話》。）。與其將哀樂之情感亦屬之境界，不如將境界與情感析爲二事，既符合美學上"知""情"之條件，又眉目清楚，不致發生誤會也。質之識者，以爲何如？

二 詞中的印象描寫法

詞中有一種印象的描寫法，即在一切的紛亂景象中，單舉出一兩樣最深刻的印象來，使讀者起絕大的同情，如孫光憲的：

留不得，留得也應無益。白紵春衫如雪色，揚州初去日。

在一別的瞬間，眼前事物何限？單舉出"白紵春衫"來，就以這一樣是最深刻的印象。"弱水三千，衹取一瓢"，一瓢就可以代表三千也。

善能脫化前人好處的，莫如辛稼軒，在其〔金縷曲〕中便有：

易水瀟瀟西風冷，滿座衣冠似雪。

這便不啻若自其口出者也。若項蓮生之擬孫光憲曰：

留不得，留也不過今日。今日雲帆無咫尺，明朝何處覓？

這徒是襲其形貌而已，試問他能知道孫詞之精粹處在哪裏？

三 項蓮生詞

說起項蓮生來，在《人間詞話》中，曾經將他和納蘭成德、蔣鹿潭三人并論。靜庵先生說項、蔣二人不及納蘭，其實二人也可算是杰出之詞人。單說項蓮生罷，在浙派承朱、厲之後，家家自謂白石復生，玉田再世，專門較量音律，切磋字句，遺其大者遠者。蓮生雖係錢塘人，而不隨聲附和，觀其《乙稿自序》云：

> 近日江南諸子，競尚填詞，辨韵析律，翕然同聲，幾使姜、張俯首。及觀其著述，往往不逮所言，而弁首之辭，以多爲貴，心竊病之。余性疏慢，不能過自刻繩，但取文從字順而止。

可見他還以性靈爲主，不屑屑於韵律字句之間，盡有精彩絕人之語如：

> 怕相思，越相思，除非影兒權作伊。〔〔河傳〕〕
> 瘦應如我瘦，愁莫向人愁。〔〔臨江仙〕〕
> 莫便傷心，可憐秋到，無聲更若。滿寒江，剩有黄蘆萬頃，捲離魂去。〔〔水龍吟〕《秋聲》〕
> 津亭四望，夕陽紅在船尾。〔〔百字令〕〕
> 畫舫載來歌舞夢，玉簫吹破古今愁，舊時明月照迷樓。
> 〔〔浣溪紗〕《紅橋》〕
> 盼歸舟，我尚未能歸。休悵望，有闌干處，總是斜暉。
> 〔〔八聲甘州〕〕
> 更更更鼓凄凉，翠綃彈泪千行。并作一江春水，幾時流到錢塘？〔〔清平樂〕〕
> 翠被香添夜夜，瑣窗人喚卿卿。如今不是舊風情。愁醉

愁眠愁醒。　　倚幌疏燈明滅，過牆殘笛淒清。夢隨涼月繞階行。踏碎一枝花影。(〔西江月〕)

片雲籠月月籠花，花下珠簾簾外影。(〔玉樓春〕)

巧極可憐無巧計。依樣葫蘆，明日起相思。(〔蘇幕遮〕)

這些詞也不亞於成德，但可怪，他的長處仍和成德是一樣，都是以小令見長。這就可見專尚情感的詞，祇有小令可以適應條件。大約項蓮生對於小令，也特別用過些功，如他的《憶雲詞》中有好多擬《花間》之作，即可作證。

他的長調也有好的，如六首〔壼中天〕懷古詞，聲情激越，不愧作手。

四　毛奇齡鶴門詞序

江順詒《詞學集成》引毛奇齡《鶴門詞序》云：

大抵詞必有意、有調、有聲、有色，人人知之。若別有氣味在聲色之外，則人罕知者。驟得《鶴門詞》，適久客初歸，心思迷煩之際，不辨其何意、何調、何聲、何色。而徘徊纏綿，心煩意擾，一若醉裏思歸，燭邊顧影，使人輾轉不可解。在昔莊皇帝入宮，宮人焚色目所貢鵲腦，時方檢文書，忽若醉夢間，迷殢頓生，幢幢然，既而漸甚，亟命撤其焚而換其貢。當其時，未嘗有所聞有所見也。《鶴門詞》猶是矣。

《鶴門詞》不管是誰作的，而毛大可的這篇序，實在是獨闢千古之妙論，爲詩詞中開發從來所没有的境界，而與近代西洋詩歌裏所要求的"官覺"要素相吻合。因爲詩人祇要單得"情""理""意"三者完備，便爲無上的好詩。然而除了"情"字之外，誰還認得"官覺"的要素呢？"官覺"之中又分上等官覺如"聲""色"是，低等官覺如"香""味""温"等是。其中知道"聲"

"色"之妙的固然少。在一篇詩歌中，捨開"情""理""意"等等抽象的分子，專來求"聲""色"上官覺的效果，在中國如李長吉的詩，算是別開生面的作品了。然而誰更能進一步求下等官覺上"香""味""温"等的效果？就有時在古今詩詞中發現一二語，已算是少數，而作者也是出於無意之作，如近代詞人鄭叔問自詡他在少時有一句詩：

> 絕是熟梅好天氣，衣篝香裹夢江南。

這實在是好詩，但他的好處在哪裹？這是連作者也惘然的。古今詩詞中的警語，祇要涉及低等官覺的描寫的，都格外生色。如清真詞的"地卑山近，衣潤費爐烟"，何以妙？納蘭成德的"倦倚玉闌看月暈，容易語低香近"，何以妙？這是屬於香覺的。又如《姑溪詞》的"時時冰手心頭熨，受盡無人知處凉"，《樂章集》的"催促少年郎，先去睡，鴛衾圖暖"，孟昶的"冰肌玉骨清無汗，水殿風來暗香滿"，在詩中如韓冬郎的"自憐輸廐吏，餘暖在香韀"，近代如龔定庵的"秋飢在釧凉瓏鬆"，這些都是屬於温覺的。然而求其能出於意識的，在全篇之中都以低官覺爲中心，如法國象征詩人波特萊爾的《頭髮裏的世界》等篇，那是不可能的。

中國的舊詩人，什麼是"官覺"理論，夢都沒有夢見過，所以毛大可這篇序，實在是杰出的文字。但在他作序時，也不過是胡思亂想的，一時應酬之作，他又何曾知道這理論的真實的價值，而自己把來應用呢？

然而，這傾向不但在中國沒有，在西洋也是近代象征派纔發現的，日本上田敏在《幽趣微韵》一文裏説："今後的美術，不能不充滿吾人的復雜的要求，現經在詩人郭采（一八一一至一八七二）文裏，以襲用絢爛的色調爲不滿足，而要畫出朦朧的，不可思議的，而且是縹緲幽婉之妙的'陰影'。現在是更進一步，要把野花芳草之香傳達在詞章裏面，不是'形'，不是'色'，也不是'影'，這不是要捕捉那幽趣微韵充溢著的‘香’嗎?"

這段文字正可和毛大可的《鶴門詞序》對照著看。

五　司空表聖二十四詩品

司空表聖《二十四詩品》實是千古妙文,假如用鍾嶸《詩品》的歷史筆法來評判他,便是:"《二十四詩品》,其源出於焦贛《易林》。"因爲《易》是用四字句的韵語,把具象的境界來象征出千變萬化的抽象的心靈現象。司空表聖的《詩品》也是用四字韵語來把詩歌的各種境界具體化出來,所以兩樣東西是有淵源的。

以鑒賞的眼光來看《詩品》,也可以説是純粹的、最美的作品,勝過他的一切詩歌。其想象之豐富,詞藻之玲瓏,實在不容第二個人來續作的。所以清代的郭頻伽、楊伯夔二人的《詞品》,任他們如何的苦心經營,都不能超出《詩品》的範圍。由理論方面來説,詞也是詩之一種,在《詩品》裏的各種境界,未嘗不適用於詞裏,兩種《詞品》可以不作。由作品的眼光看來,詩國裏面的豐富復雜的境界,固然非一人的想像力所能網羅得完。祇要是一個詩人,把詩歌當爲一種歌咏的對境來寫詩,竭力發揮前人所没有發的詩境,這是不能禁止他的。無奈郭、楊二人的作品,并不能超出司空之外,究其極致不過有一二語够得上《詩品》而已,郭頻伽的如"幽秀"品:

千岩巉巉,一壑深美。路轉峰回,忽見流水。幽鳥不鳴,白雲時起。此去人間,不知幾里。時逢疏花,媚若處子。嫣然一笑,目成而已。

《委曲》品:

芙蓉初花,秋水一半。欲往從之,細石凌亂。美人有言,玉齒將粲。徐拂寶瑟,一唱三嘆。非無寸心,繾綣自獻。若往若還，且曰能見。

楊的如"輕逸"云：

> 悠悠長林，漾漾曉暉。天風徐來，一葉獨飛。望之彌遠，識之自微。疑蝶入夢，如花墮衣。幽弦再終，白雲逾稀。千里飄忽，鶴翅不肥。

從前讀龔定庵的《寫神思銘》，極愛他想像的豐富，筆調的玲瓏。現在想來，他這篇銘詞，却是摹仿司空《詩品》而作的，如"樓中有燈，有人亭亭。未通一言，化爲春星"，神似《詩品》，也可以把這篇作爲《詩品》的一篇，即名爲"神思"，未嘗不可！這也可見《詩品》感化之深。

六　詞之對句

詞是中國文學中精粹細膩的作品，而詞中的四字對句又是詞的精粹。凡是一個詞人，對於對句無不慘澹經營，精工刻鏤。假如對句不工穩，一篇詞就失其精彩。對句之於詞，就好象花之有心，人之有腦一樣的重要。它的好處是在以八個字包括盡無數的情調。對仗工巧，音調輕脆是次要的，尤爲要含蘊無窮，使讀者讀着有一種可以意會不可言傳之妙。

對於對句的用功鍛煉，是到南宋人纔見功夫的。似乎他們對於對句的用功，有時還要比全篇詞還要看重。所以我説南宋人的詞，有些是不必管他全篇，祇要把他的對句摘下來，用工巧的篆隸字，或玲瓏剔透的行楷字，寫在美麗的紙幅上，作爲對聯懸挂鑒賞，一個書齋要爲之裝飾得出色不少。

用短詩的眼光來看詞的對句，也盡可以和全詞脱離，而獨立成一種作品。在美學的"對稱"或"對比"的原理上，是很適應的。

　　詞的對句的性質是獨具的，和普通的對聯與六朝文的四字對句都不同，它是尖新巧妙，含蓄驪括。四六的對句如："苞碎春紅，霜凋夏綠。""方塘水白，釣渚池圓。"一望而知，不是詞的對句。

　　北宋詞的對句都還嫌功力不夠，如"霧失樓臺，月迷津渡""香冷金猊，被翻紅浪""亂石攢空，驚濤拍岸"等類都還嫌程度不足。就易安的"清露晨流，新桐初引"，是善用典實的對句，然而都嫌其太渾合了些，不足和南宋的對句相比擬。就中如柳詞的"艷杏燒林，緗桃繡野"，周詞的"稚柳蘇晴，故溪歇雨"等句，尚爲不可多得。

　　現在就陸輔之的《詞旨》裏的"屬對"中，摘出幾聯來，以見南宋詞人對句的一斑。

　　　　虛閣籠雲，小簾通月。(白石)
　　　　蟬碧勾花，雁紅攢月。(丁宏庵)
　　　　風泊浪驚，露零秋冷。(夢窗)
　　　　珠戲花典，翠翻蓮額。(樓金亮)
　　　　畫裏移舟，詩邊就夢。(史邦卿)
　　　　硯凍凝花，香寒散霧。(周草窗)
　　　　疏綺籠寒，淺雲栖月。(丁宏庵)
　　　　香茸沾袖，粉甲留痕。(施梅川)
　　　　調雨爲酥，催冰作水。(王通叟)
　　　　巧剪蘭心，偷粘草甲。(邦卿)
　　　　枕簟邀凉，琴書換日。(白石)
　　　　薄袖禁寒，輕妝媚晚。(孫花翁)
　　　　紫曲迷香，綠窗夢月。(李貫房)
　　　　暗雨敲花，柔風過柳。(前人)
　　　　向月賒情，憑春買夜。(丁湖南)
　　　　醉墨題香，閑簫弄玉。(竹窗)

断碧分山，空簾剩月。（以下玉田）
沙净草枯，水平天遠。
鶴響天高，水流花净。
開簾過雨，隔水呼燈。
行歌趁月，喚酒延秋。
鬢絲濕霧，扇錦翻桃。

此外如史邦卿的：

柳鎖鶯魂，花翻蝶夢。
草脚愁蘇，花心夢醒。
歌裏眠香，酒酣喝月。

李簨房的：

石笋埋雲，風篁嘯晚。
搗麝成塵，熏薇注露。

吴文英的：

墜瓶恨升，塵鏡迷樓。
檀欒金碧，婀娜蓬萊。

周草窗的：

碧腦浮冰，紅薇染露。
麝月雙心，鳳雲百合。
枝冷頻移，葉疏猶抱。（蟬）

又如王碧山咏蝉的警句"病翼驚秋，枯形閱世"之類的句子，一時也鈔不完，讀者可以自取各家的集子去看，自然理會得。可見南宋人對於詞真是雕心鏤骨，費盡心血之作，所以朱竹垞説詞到南宋纔工的話，實是不錯。但也有人説南宋人的詞，工夫工矣，但刻鏤太過，把真情打失，究其極致，不過如象牙花朵，但悦目而無香味，所謂吳夢窗的詞"如七寶樓臺，拆下來不成片段"。關於這一層問題復雜，俟爲專篇來討論，這裏不多説。

話是仍然説回來，南宋以後，到清代詞人，刻意姜、張，取徑吳、史，所以清詞中，有好些對句都可以追踪南宋。祇要看各家詞中，細心檢取，都值得賞玩，這裏恕不多引。祇記得史震林的《西青散記》中，有乩仙娟娟仙子，寫了多少怨詞，有一聯對句："瘦菊聊花，衰林且葉。"這種對句中用助動字真是別出一格，因爲以上所舉的對句，都不外是些名詞動詞組成的，很少用別種詞性。然而張炎已有"淺草猶霜，融泥未燕"之句，則散句之詞，係仿張作了。假若要推尋其源，不能不溯到杜甫的"古牆猶竹色，虛閣自松聲"的詩句，但這種句法在詩詞中不宜多用，聊見一二以備一格而已。

又江沅（鐵君）有"細慧煎春，枯禪蠱夢"之句，頗爲龔定庵所嘆服。這也真是精撰之作，然而仍逃不出王碧山的"病翼驚秋，枯形閱世"的範圍外，所以詞到南宋是走到了極點的話，是不錯的。

張炎《詞源》説："賀方回、吳夢窗皆善於煉字面，多於溫庭筠、李長吉詩中來。"故周密《浩然齋雅談》引賀方回語："吾筆端驅使李商隱、溫庭筠常奔走不暇。"此可見西昆體及於宋時之影響，尤爲以詞中須選清麗之字面，一時詞人苦於詞藻枯索，又要話語有來歷，所以祇有向溫、李詩中去討生活。然而，溫、李的詞藻又從何而來呢？完全是由作者厭弃了陳言套語，於是戛戛獨造，自鑄新詞。若果要求有來歷，又不免於陳腐了。

這種辦法到清代詞人，便奉爲圭臬，如鄭叔問至欲摘取溫、李詩中麗句，彙集起來以備作詞時選詞之用。這可見中國詩人的奴隸性，缺乏創造的精神，所以詞曲一道，翻來覆去幾多年，陳陳相因，千篇一律，真可慨嘆。

姚梅伯有警句：“抱月飄烟，想纖腰一尺。”這完全用溫詩的“抱月飄烟一尺腰”隨便改作一下，便爲己作。

七　取古人成句入詞

宋詞中如〔臨江仙〕等調中有五言的句子，詞人們往往取古人或前輩的現成句子用入，如賀方回用薛道衡的“人歸落雁後，思發在花前”，李易安用賈島的“春歸秣陵樹，人客建安城”等類。此風後來已不可見，祇有納蘭《飲水詞》用顧梁汾現成的梅花句：“一片冷香惟有夢，十分清瘦更無詩。”但這調〔望江南〕詞是專於作讚美顧詞的，和前例不同。

八　北宋南宋詞之別

周保緒的《介存齋論詞雜著》很有些獨到的見解，王靜庵先生《詞話》亦嘗引用過他的話。其中如：“北宋詞多就景叙情，故珠圓玉潤，四照玲瓏；至稼軒、白石一變而爲即事叙景，使深者反淺，曲者反直。”此數語真能道出兩宋詞的畛域。所謂“就景叙情”即是“情景融合爲一片，不能分離”。作者的自我没入於對象之中，不能分離。作者的自我没入於對象之中，不能分別孰爲主觀，孰爲客觀。“即事叙景”是作者的自我獨立於事象之外，用冷靜的態度來觀察外物，主客各自分離。簡言之，前者是“象征主義”，後者是“寫實主義”。在描寫法上當然有這兩種的方法對立着，不能分別優劣，若在感人之深上來看，前者却比後者要來得深刻動人些。

他如論蘇、辛優劣，也有特別的見解：

東坡每事俱不十分用力，古文書畫皆爾，詞亦爾。稼軒不平之鳴隨處輒發，有英雄語無學問語，故往往鋒穎太露，然其才情富艷，思力果銳，南北兩朝實無其匹，無怪流傳之廣且久也。世以蘇、辛并稱，蘇之自在處，辛偶能到，辛之當行處，蘇必不能到。二公之詞不可同日而語也。

蘇、辛并稱，東坡天趣獨到處，殆成絶詣，而苦不經意，完璧甚少。稼軒則沉着痛快，有轍可循，南宋諸公，無不傳其衣鉢，故未可同年而語也。

"蘇之自在""辛之當行"兩句，實在能把兩家的長短一語道破。因爲蘇東坡的詞純以自然勝，所以真情彌漫，瀟灑自如的地方，辛不及蘇。而辛守律謹嚴，詞采之精妙處，又勝東坡一籌。蘇以自然勝，而所以不免失之疏略，不按律度；辛以謹嚴勝，而有時不免"有意爲詞"，鋪陳詞藻，矜才使氣，如〔哨遍〕等類的長調，不過堆砌典故，往往令讀者生厭。又如"易水瀟瀟"最膾炙人口的〔賀新郎〕一調，不過把古來怨憤的故事傳說逗湊起來，成爲一闋詞，有何意味？反不若他的小令如"鬱孤亭下西江水"，實在是神韻絶妙，吟味無盡之作。此種堆砌典故已墮落於南宋之風氣裏面，實爲詞的一種厄運也。這點是辛不及蘇處。若論到豪邁雄放，擴大詞人的心胸，推廣詞調的題材，則蘇、辛是同樣的有功於詞。然而世人祇知道蘇、辛的豪邁，而罕有見到蘇、辛推廣詞的題材一點。因爲自從《花間》以來，除了"言情""寫恨"之作以外，幾乎便無詞可作，詞的天地祇是限定在兒女的閨房簾箔以內，看不見以外的大宇宙，這是如何的窄狹化。到蘇、辛來纔把題材擴大開來，祇要有所感觸的都可以入之詞裏，這實在是有功詞不小，而世人反看爲"外道"，殊非公論。關於這層，問題太復雜，想別爲專篇討論，這裏不多説了。

九　陳啓泰詞

長沙陳啓泰，清末爲蘇撫，工填詞，而嗜鴉片、麻雀，爲上海道蔡乃煌騰書醜詆，有"橫一榻之烏烟，叉八圈之麻雀"之語，陳閱之，氣厥死。（事見《宇宙風》半月刊第七期。）所著有《癯庵詞》，《青鶴雜志》第十五、十六期刊登其未刻詞若干闋，小令頗婉麗，今錄其一、二調如左：

醉太平

香殘茜襦，凉低翠簪。簾前小雨悟，壓梨花夢沉。　　鴛拋繡針，鶯停素琴。一鵑啼近樓陰，和東風怨吟。

謁金門

聲不住。春在亂鶯啼處。簾外海棠開半樹。芳心如欲訴。　　知是憎晴妒雨。道乞雲陰護取。偏又綠章無一語。詎言春不許。

卜算子

草色漸青青，減了梅花韵。道是春來不稱情，殘雪都消盡。　　睡起怯開簾，樓角冬風冷。道是春來果稱情，芳訊全無準。

一〇　范金鏞及其女詞

於老布處見范金鏞《蝶夢詩詞》，范係浙江人，清末時，來雲南當圖畫教員，人物花卉草蟲各種舊畫都工妙，但知道他的詩詞的人很少。此係鈔本，詞取徑於納蘭成德，眼光是不錯的，所以小令尤爲清腴，然面模仿太過。和王靜庵的詞同樣的沒有個性。又其長處祇是把前人的舊句拿來翻騰轉換，覺得無甚意思，沒有舉例的必要。

又有一册鈔本，係范金鏞的姑娘的詩詞，詩詞各三四十首，面目也和范金鏞一樣，玲瓏小巧一派。我祇取其兩句詩，題目是《移居》：

塵偏解事先對硯，風不知愁又展書。

這兩句詩用在詞的〔浣溪沙〕〔鷓鴣天〕調裏，便適得其分，用在詩裏，太嫌纖巧些。（但我平日主張詩詞不必分界限，這也無甚關繫。況且是女子的作品，也祇能得出纖巧玲瓏的女性詩詞而已。）

詞是一種軟性作品，應當是適合於女人了，殊不知不然。翻開古今的名媛詞來看，纖巧玲瓏的句子固然是數見不鮮，求其能把這種温柔纖細的情調發揮得盡致的，簡直可以説没有。詞的情調好比是春蠶的吐絲，千回百折，縈紆纏綿，一氣到底，拉開了來可以延長幾十丈。女性的詞就好像些割斷的絲，細是固然細膩，然而氣太短了，所謂"纔堪美聽中不覺已至尾聲"。仍然不能不求之男性詞人中，如南北宋諸詞家差可做到，還有未盡處。好象舊戲的旦角，仍然是男角勝過女伶，可見"陰柔之美"仍然是要氣魄，仍然是要"力"。"美"是産生於力的。

一一　過春山詩詞

過春山《湘雲詞》近接朱、厲，遠紹姜、史，誠爲一時名手，如對句"小雨啼花，深烟怨柳""絮迷蝶徑，苔上鶯簾""野館寒輕，春衫瘦减"舊恨消香，新怨倦酒"等句，置之南宋人集中，亦不失爲名句。

小詞如〔踏莎行〕：

寂寂簾櫳，深深院宇。碧桃花下聞人語。閑情尋遍小闌干，東風猶裹餘香縷。　　酒邊啼鶯，鬢邊飛絮。夕陽山色愁如許！游絲不解繫春宙，爲誰偏逐香車去？

〔柳梢青〕云：

落花流水，深沉院宇，寂寞年華。幾度消凝，樽前歌舞，江上琵琶。　　凄涼況是天涯。凝望處荒烟斷霞。綠樹啼鶯，紅樓飛絮，春在誰家？

春山字葆中，號湘雲，江南長洲人。詩亦清逸。王蘭泉稱其："家居市井，性愛邱樊。博通群籍，尤長於新舊唐書。嘗爲補遺糾誤，未及成而卒。"(《湖海詩傳》)

詩句如："涼風落山果，微雨長秋蔬。""亂山開夕照，獨鳥下寒樹。""雨餘芳草長，春冷雜花稀。""浩劫留詩卷，名山老布衣。""晴雲生古石，空翠落長松。""新霜變木葉，斜日亂溪流。""明燈臨水飯，欹枕對鷗眠。"皆自然清俊。

一二　吳錫麒

吳錫麒 (穀人) 天才豐富，駢文和詩詞都極精妙，或者嫌他有清麗而無沉鬱厚重，其實天才是多方面的，不能以一定的範型來規約他。有《正味齋集》，予家藏得一部，惜前年回家，忘記帶來，因那時興趣不在這些上。覺得他的駢文尤爲得意之作，而駢文中又以律賦爲工妙。

詞以王碧山爲宗，除了字句的錘琢外，他極注重意境。這因爲他具有清空的想象力，所以他在清代詞人中，較別的專在音律詞藻上用力的詞人，他是獨特有風味的。

〔齊天樂〕《咏蟬》後半闋云：

深窗愁更落葉漸。吟蛩暗替，身世如幻。碎雨槐邊，頹陽竹裏，訴盡故宫幽怨。秋陰滿院。便畫到鉢衣，也增凄惋。似磬飛來，踏莎山寺晚。

用落葉、斜陽、故宫、山寺、細雨等類爲背景來烘托，便把蟬的靈魂捕捉得了，這還可見姜、史、碧山的遠意，較別的堆砌典故者固有不同。

〔無悶〕《咏雪意》云:

> 寒壓雲低,遮絮護花,争得東風早晚?任凍雀梅邊,幾番偷眼。盡日陰晴不定,逼一綫樓頭斜陽短。寫成畫本,模糊粉墨,試看天半! 深院。小門掩。聽笛唱聲,玉龍曾唤。好料理尋詩,預商驢券。莫遣圓珠化泪,便惹起梨花春來怨。夢裏蝴蝶尋歸,定識灞橋人面。

這是描寫要下雪的景况,看他寫得活躍如現,并没有一點雪,而令讀者如坐在陰晴不定,冷氣逼人的境界裏面。尤爲以"凍雀梅邊,幾番偷眼,……"幾句真寫得細膩入微,較碧山的《雪意》還要勝過一籌。

一個詩人都有用慣的幾句慣語,也像説話一樣,各人都有一個慣語。吳穀人詩詞中好用"緑濛濛"的字樣,如〔梅子黄時雨〕中的"閑覷緑濛濛處,已金丸溅透",〔鎖窗寒〕《咏緑意》的"碧陰千樹,濛濛密密,香剩幾花明處"。

又如絶句:

> 宛然大酒肥魚社,各具壺觴各主賓。占得一方苔最厚,緑濛濛地坐詩人。

"緑濛濛地"三個慣語,實在是很好的慣語。

一三 姚燮

姚燮字梅伯,鎮海人,道光時詞人。有《疏影樓詞稿》。黄燮清《國朝詞綜續編》卷十五録其詞十九首,黄稱其詞跌蕩新警。兹姑不論其不讓人,蓋知梅伯之能詞者固不乏人,而知其對於劇曲,亦有精深之造詣者實少。

梅伯精音律能自度曲,《詞綜續編》中亦録其自度曲數闋。於研究詞之外，嘗搜集宋元以來雜劇傳奇，以及民間歌曲小調，匯其名目爲一書，名曰《今樂考證》。其於近代戲曲史料之重要，實不亞於王靜庵之《曲録》，鍾嗣成、賈仲名之正續《録鬼簿》，以及徐渭之《南詞叙録》等書。而世人鮮有知其書者，蓋其書僅爲手稿而尚未刊布也。是書之稿本爲平湖錢南揚於寧波舊書肆發見，後歸馬隅卿，馬死後，歸北大圖書館，聞不久其書即將影印出與世人相見。

聞其書體例雖不純，而所收戲曲目實多於王靜庵之《曲録》，故爲整理戲曲者所不可少之書。兹列一表於左以資比較：

《今樂考證》《曲録》比較表

	《今樂考證》	《曲録》
元雜劇	八十三家　六百九十一本（内無名氏一百本）	六十五家　四百七十四本
明清雜劇	一百七十家　三百五十二本（内無名氏八本）	四十家　四百五十六本（無名氏二百六十本）
明及清以前傳奇	一百十六家　三百〇一本（無名氏六十一本）	四十八家　二百九十八本（内無名氏一百二十本）
清傳奇	一百九十六家　七百二十二本（内無名氏二百五十本）	五十五家　七百四十本（内無名氏三百七十六本）

一四　莊棫

莊中白棫，同光中詞人，其詞溫柔和平則有之，至於精彩絕勝處則未見，而陳廷焯《白雨齋詞話》推爲凌踔姜、張，勝過溫、韋，殊爲推許過當，阿其所好也。

譚復堂與中白同時，至相善，光緒戊寅，中白卒於揚州，譚哭之痛，筆於《日記》曰：“月餘日出入寡歡，心志慘沮，覺非佳朕。忽得揚州書，乃莊中白訃也。鄆人逝矣！臣質已淪。茫茫六合，此身遂孤。懷寧一別，竟終古矣！二十餘年，心交無第二人，素車之約，亦不能踐，夢魂搖搖，更無熟路。再展遺文，遂有昨猶見佛，今日已稱我聞之嘆。"此記足見二人之交情，亦可見莊之深於情，無怪乎《白雨齋》稱其詞能上逼詩騷也。陳與莊爲中表。

一五　沈謙及楊花詞

沈去矜（謙），詞有"野橋南去不逢人，濛濛一片楊花雪"。又有"但蒙天捲地是楊花，不辨江南北"之句，寫楊花可謂入神，然皆自小山"夢魂慣得無拘檢，又踏楊花過謝橋"之句來也。

古今寫楊花詩詞之警句，前有李長吉之"楊花撲帳春雲熱"，後有小山之"過謝橋"，二者之意境皆幽細神秘，不可多得之名句。（雖東坡之楊花詞亦不及。）

去矜以〔薄幸〕一詞稱爲寫情聖手。

一六　高陽臺

〔高陽臺〕一調，在前後闋末二句之上，有三字一逗，或押韵或不押韵。押韵尤覺韵味悠揚，而《詞律》祇有一體，并不加以説明。大約用韵之體始於玉田，如：

夜沉沉。不信歸魂，不到花深。
更關情。秋水人家，斜照西泠。（《慶樂圖》）
更凄然。萬綠西泠，一抹荒烟。
莫開簾。怕見飛花，怕聽啼鵑。（《西湖春感》）

在周草窗、吳夢窗詞裏，還是用不押韵體，如夢窗：

自消凝，能幾花前，頓老相如。
莫重來，吹盡香綿，淚滿平蕪。（《豐樂樓》）
半飄零，庭上黃昏，月冷闌干。
最愁人，啼鳥清明，葉底清圓。（《落梅》）
未歸來，應戀花洲，醉玉吟香。

杏園詩，應待先題，嘶馬平康。（《壽毛荷塘》）

最無情，岩上閑花，腥染春愁。

莫登臨，幾樹殘烟，西北高樓。（《過鍾山》）

草窗如：

感流年，夜汐東還，冷照西斜。

問東風，先到垂楊，後到梅花。（《寄越中諸友》）

而王碧山詞如：

但淒然，滿樹幽香，滿地橫斜。

更銷他，幾度東風，几度飛花。（《詠梅》）

上闋“淒然”不用韻，下闋又忽用“銷他”，似乎是無意之作。此雖小處，但後人還沒有注意到。而此調又爲倚聲家最喜填之詞。

一七　宛委山

《樂府補題》：〔天香〕《宛委山房擬賦龍涎香》，宛委山即浙江玉笥山别名，清時浙撫進四庫未收書，高宗題名“宛委别藏”，即取義於此。

一八　新的文學要求用語新

前言宋時詞人的取材，多肯由温、李詩中，刺取他們的精艷的詞語來作詞，所以詞彩精妙無比。然而也有一部人，反對南宋詞，説他們是堆砌雕琢，毫無生趣，所謂“七寶樓臺，碎拆下來不成片段”等類的批評。這固然有片面的真實。但我們一想，不論哪種文學作品，總是代表人類的感覺與情趣，所謂新的文學即是代表人類的新感覺和新情趣。既要求其新，那末舊文學裏面所用的名詞，也一定要力求刷新，而另創造新的詞語，纔可以使讀者的感覺與情趣得到一番新的洗禮。唐末文學已經陳腐極了，不能不要求新的文學之產生。所以韓愈主張的"陳言之務去"一語，實在是新文學重要的條件。這句話我們不管他是想"務去陳言"以求勝古人，還是矜詡自己的獨創，但在我們的立場上看來，這句話確是可取的一句精要語。所以受著他的影響的如盧仝、樊宗師等人便刻意的去雕琢新名詞，遂蔚成光怪陸離的"元和體"。《唐語林》云："元和以後，文筆學奇於韓愈，學澀於樊宗師。歌行則學流蕩於張籍，詩章則學矯激於孟郊，學淺切於白居易，學淫靡於元稹，俱名元和體。大抵天寶之風尚黨，大曆之風尚浮，貞元之風尚蕩，元和之風尚怪也。"（歐陽修跋樊宗師的《絳守居園池記》云："嗚呼！元和之際，文章可謂盛極矣，其怪奇至於如此！"）怪雖然是怪誕，元和時代的文章，確能使讀者的耳目爲之一新的。樊宗師有名的"巍眼傾耳""粉紅駭綠"確是警奇的句調。而驚彩絕艷，含宮咀商的溫、李也恰生於這個運會當中，内中溫飛卿受李長吉的影響，而李長吉又直接受韓愈之影響。我們祇要看李長吉幼時作的那篇《高軒過》的詩，對於爲一代文宗的韓老夫子，是如何的傾倒。而這位老夫子平素所主張的"陳言之務去"的主張又是如何的深入於這位青年文學家的心坎裏，於是光艷奇異的四卷的長吉詩歌，便誕生而新鮮了世人的感覺。在這個時候，適然而新音樂已經醞釀成熟，適然而有一位頹廢的好接近樂工妓女的能"逐弦吹之音，爲側艷之詞"的溫飛卿，適然而四卷長吉詩歌已出而問世。他的飛卿詩集便直接胎息而放出光怪的異彩，便將他在詩裏所用的一番側艷之詞，尾隨著"弦吹之音"，便成功了劃時代的新文學的"詞"，他便成爲詞的不祧之祖。而他成功的淵源，却有上述的這一番經過。可知一種新文學的成立，不單是文體變更就罷了的，而語詞也要隨之變更。試看古文學中的《離騷》與《詩經》的用語，都是各自樹立，互不相襲，乃成其所以爲"新"。知道這一點，我們便知道溫飛卿何以是《花間集》中的首屈一指，便知道宋代有名的詞人如周、賀、吳等何以要祖述飛卿，何以字句詞藻都要取給於飛卿。這其間的消息是爲自來言詞的人所不知的，就有知道的，如近世鄭文焯欲抄撮溫、李的美詞名句，也祇算是知道當然而不知其所以然罷了。

一九　晏小山詞與東坡詞之偶合

晏小山詞："如今不是夢，真個到伊行。"東坡《初入廬山》詩亦有句云："如今不是夢，真個在廬山。"此想是偶合。

二〇　濩索涼州等爲北宋舊曲

余前在《病榻隨筆》中，曾録關於琵琶曲事數則，今又得東坡一帖（《答蔡景繁》帖。）："朐山臨海，石室信如所諭。前某嘗携家一游，時有胡琴婢就室中作濩索、涼州，凜然有冰車鐵馬之聲。婢去久矣，因公復起一念，若果游此，必有新篇，當破戒奉和也。"濩索、涼州、醉吟商、胡渭州等四曲名見《白石歌曲》，此可見曲係北宋舊曲也。

二一　姚華與邵伯絅論詞書

兩宋詞之變遷，近人貴築姚華以爲係音色之不同，其説頗爲新穎，録之以備一説：

五代北宋歌者皆用弦索，以琵琶色爲主器。南宋則多用新腔，以管色爲主器。弦索以指出聲，流利爲美；管色以口出聲，的礫爲優。此段變遷遂爲南北宋詞不同之一關鍵。譬如詞變爲曲，南北曲迥然不同，亦是弦索管笛之主器異爾。南曲戈陽、海鹽，可勿論已。以昆曲言，則聲情文情之別，一目瞭然，不必細校口齒也。故南曲之隔格，嚴於北曲，亦猶南宋詞之嚴於北宋也……至"流利""的礫"二語，鄙意以爲頗窺見南北兩宋詞家之秘，蓋流利非庸濫，的礫非生澀也。故所爲詞，亦於此慎之而已。（《與邵伯絅論詞書》，見《詞學季刊》二卷一號。）

二二　謝章鋌

讀謝章鋌（枚如）《賭棋山莊詞話》，知其人至性真情，故其論詞，性所欲言，滔滔動人，思觀其全集。冒廣生《小三吾亭詞話》稱其《賭棋山莊雜記》十二巨冊尚未付梓。今始得全集名《賭棋山莊所著書》，爲陳寶箴所刻於江西者，凡三十二冊。大部分爲詩文詞筆記，亦有關於經學之著作，如《說文閩音考》等，蓋其畢生精詣，仍爲詩古文詞。經史非其當行，故常以講學家爲平衍，考據家爲破碎也。然其詩文詞自有其真摯處，古文不倚傍，非秦漢，非桐城，不擺架子，不拘格式。如《華山游記》擺脫當時之考證游記，獨能真抒行踪，實繪風景，而亦無桐城派之爲古文格式所拘束，往往有削足適屨之弊。病榻中偏嗜游記之類，觀古文游記，輒奄奄思睡，獨於謝之此篇推爲拔萃，蓋以真性情爲文，自有其不磨之價值也。

其論詞反對當時講究聲律者之刻削性情，而推重蘇、辛，故其《酒邊詞》頗近於迦陵之豪放。今摘録其《與黃子壽論詞書》一節：

國初諸老奮興宗唐祖宋，詞學固爲最盛。復古不已，繼以審音，持論愈精，用功愈密矣。然漸流漸衰，耳食之徒，或襲其貌，而不究其心，音節雖具，神理全非，題目概無關繫，語言絕少性情。未及終篇，廢然思返，豈按呂協律之作，必爲是味同嚼蠟而復可乎？甚且冷典厄詞，輵轕滿幅，專以竹坨、樊榭咏物爲宗，則尤爲黃茅白葦矣！而其時之素諳聲律者，如藏園、夢樓諸公，其詞又未嘗不擺脫一切，言所欲言。

其論極反對咏物諸詞，故其《酒邊詞》中，盡删咏物之作，而丁杏舲《聽秋聲館詞話》乃撮其咏物之詞，是寶砥砆而弃珠玉也。

清代詞人論詞多以《説文》之"意内言外"一語爲定義，謝章鋌以爲空泛：

> 乾嘉以來，漢學盛行，學者見此義出於《説文》，遂奉爲長短句金針，不知旁訓非正訓也。雖然，凡爲文皆當意言兼美，則以"意内言外"論詞，未嘗不深中肯綮……

可知，"意内言外"一語，蓋出於清代經學家考證之迂闊，於詞之實際，毫無關繫。一切文學作品皆是"意内言外"，豈獨詞乎？以許叔重所詮之詞而詮數千年後唐宋之長短句，其義豈有當哉。

二三 高茶庵夫婦詞

《賭棋山莊餘集·書茶夢庵詞後》載仁和高茶庵（望魯）夫婦詞數首，風味清真，抄録如後：

高茶庵詞名《茶夢庵詞》，〔行香子〕《久不得内子書，譜此附家書後》云：

> 寒色衣邊。暮色燈前。聽征鴻響落長天。故園魚信，何事遲延？怕病相纏，貧相累，恨相牽。　　倦理鷗弦。懶擘鶯箋。寫離懷不盡纏綿。香消酒醒，静夜無眠。剩泪如泉，愁如雨，夢如烟。

婦姓陳名嘉，字子淑，詞名《寫麋樓遺詞》，附《茶夢庵詞》後。〔唐多令〕《外子客海昌，以詞見寄，譜小令答之》云：

芳事倏將殘。新愁鏡裏看。薄羅衣尚怯餘寒。不爲傷春非病酒，拼一味，病闌珊。　咫尺阻雲山。音盡寄便難。報高堂兩字平安。瑣屑家常君莫問，須努力，勸加餐。

〔好事近〕《己未冬月，得外子崇川見寄詞，知有歸意，即用元韵爲答》云：

風雪近殘年，悢受別離滋味？夢中儻許相隨，奈關山迢遞！　賴他征鴻帶書來，珍重萬金抵。料得羈愁難遣，早商量歸計。

〔踏莎行〕《花朝》云：

芳草侵階，落花辭樹，韶光一半隨流去。杏餳門巷又清明，踏青試約鄰家女。　旅雁初歸，流鶯欲語，垂楊綠遍閑庭宇。二分春色一分陰，一分不定晴和雨。

結語由東坡之“春色三分，一分塵土……”來，此種句法，開後世詞家無數巧語。

陳氏於太平天國時杭州失守，死於難，才人不幸，古今同慨。

二四　詞調

詞調中有適合於當時的音樂，而不適合於誦讀者，每覺詰齒聱牙，不易成誦。清顧彩的《草堂嗣響·凡例》云：“詞調中有連用數句，頻抑頻轉，如〔河傳〕等；有連不用韵，趱至五七句始一叶，如〔八六子〕等；有句爲連用平聲，如〔壽樓春〕等；有半腰轉平爲仄，不復歸平，如〔換巢鸞鳳〕等；有極長篇，屢用三字句，雜蕪無收煞，如〔六州歌頭〕等，推類而言，不可勝數。

此等當時想便於歌，今則不良於讀矣。"

詞之文學上之形式，固爲音樂所造成，大部分委抑曲折，文學與音樂極其諧美。然也有不數不能卷諧，如上所舉之例，是音樂與文學亦間有衝突之處，此不可不知。（即如《詞源》上所舉之"瑣窗明"等亦是此例。）

二五　晚清詞數種

最近購得晚清詞數種，略記於下：

《香宋詞》三卷，榮縣趙熙（堯生）著。堯生才思敏捷，嘗一夕賦蜀中景物絕句百餘首，一時名流爲之驚服。梁啓超晚年常與之酬唱，曾賦長詩代簡，簡堯生也。詞亦如其詩之敏贍，然不甚精細。

《碧栖樓詞》一冊不分卷，長樂王允晳（又點）著。《陳石遺詩話》稱又點工倚聲，觀是集詞，誠工於詩，詞格細膩勻凈，規規於前賢榘度，不敢自肆。

《三程詞鈔》一冊，寧鄉程霖壽（雨滄）、程頌芬（彥清）、程頌萬（子大）合著。三程中程頌萬名最顯，是冊非其全集，係門人九江呂傳元仿三蘇之例，合鈔爲《三程詞》。子大之詞名《美人長壽庵詞》，富麗精艷不讓於詩。

《雨屋深燈詞》一冊，番禺汪兆鏞（伯彥）著。兆鏞，粵中名士，平生獨擅倚聲，是冊功力深厚，自是南宋家法。隨筆有《椶窗九記》，論詞之雜説也。

《疏影樓詞》五卷，內中《畫邊琴趣》二卷、《吳涇賫唱》一卷、《剪燈夜雨》一卷、《石雲鑒雅》一卷，總名曰《疏影樓詞》。鎮海姚燮（梅伯）著。是集，繫附在《大梅山館全集》之後，欲購共詞，故并其全集購之。梅伯才思清麗警拔，頗似吳穀人，而挺奇鋭雋猶過穀人，當時與龔定庵、魏默深并稱，後人祇知龔、魏而不知梅伯，名場幸運，殆難推識也。詞如寶玉名珠，光艷動人，容細讀之。

《第一生修梅花館詞》二冊，內分《新鶯詞》《玉梅詞》《錦錢詞》《蕙風詞》《菠景詞》《二雲詞》《餐櫻詞》《菊夢詞》《存悔詞》九種，臨桂況周頤（夔笙）著。周頤與王幼遐、朱古微、鄭大鶴稱爲晚清四大詞人。論對於詞學之貢獻，朱爲最大；論作品之價值，一時瑜、亮，固未易軒輊也。

二六　名家解釋詞之名義

名家解釋詞之名義，有如下數條：張德瀛《詞徵》："詞與辭通，亦作詞。《周易孟氏章句》曰：'意内而言外也。'《釋文》沿之。小徐《説文繫傳》曰：'音内而言外也。'《韵會》沿之。言發於意，意爲之主，故曰'意内'；言宣於音，音爲之倡，故曰'音内'，其旨同矣。"

又："屈子《楚辭》，本謂之楚詞，所謂軒轅詩人之後者也。《東皇太一》《遠游》諸篇，宋人製詞，遂多仿學。沿彼得奇，豈特馬、揚已哉。"

宋翔鳳《樂府餘論》："宋元之間詞與曲一也，以文寫之則爲詞，以聲度之則爲曲。"

蔣劍人《芬陀利室詞話》："詞之合於'意内言外'與鄙人'有厚入無間'之旨相符者，近來諸多名家指不多屈。"

劉熙載《詞概》："《説文》解詞字曰'意内而言外也'。徐鍇《通論》曰：'音内而意外，在音之内，在言之外也。'故知詞也者，言有盡而音義無窮也。"

田同之《西圃詞説》："詞與辭通用，《釋文》'意内而言外也'。意生言，言生聲，聲生律，律生調，故曲生焉。"

《賭棋山莊集》（見前引。）："以音樂言爲'曲'，以歌詞言爲'詞'。白居易詩'一曲四歌八叠'。《客座贅語》引李後主《稽康曲舞詞》云：'……宜城烟酒生霧服，與群試舞當時曲。玉樹遺詞悔重聽，黄塵染鬢無前綠。'"

《杜楊雜編》："唐大中初，女蠻國貢雙龍犀，明霞錦……時號爲'菩薩蠻'，優者作女王'曲'，文士亦往往聲其'詞'。"

二七 中國文學的兩大系統

中國文學的兩大系統——

一是由內在的格律而演化，一是由外在的音樂而演化。

二八 史邦卿之詩

史邦卿之詩於世不少概見，周密《浩然齋雅談》稱其人在韓侂冑門下，招權納勢，炙手可熱，當時稱爲"梅溪先生"。謂其詩亦間有可觀者。於中卷中引其一首："二百六朝花雨過，柳梢猶爾畏春寒。晋官今日炊烟斷，行著新晴看看牡丹。"實清麗可喜，不愧其詞。

二九 威尼斯勞人閑暇時享樂音樂

閱《大公報》《世運代表團隨征記》記載，威尼斯的下午，一般勞人於閑暇時享樂音樂的情形，令人想起中國的"琵琶多於飯甑，措大多於鯽魚"的唐代。而今我們的民族是衰老了，常常是怕煩愛靜，在下午的閑暇時，多是躺在北窗的竹榻上養神，哪裏還有心弄音樂呢？

下午一時許，我們回到旅館午餐，忽然烏雲密布，暴雨驟作，選手們疲困之餘，都乘此機會在旅館裏休息。等到雨止天霽，已是夕陽西斜，全城幾十座教堂的鐘聲，一陣一陣的傳來，把這美麗的水都，籠罩在神秘的空氣中。選手們有的三五成群坐着游艇在碧波中蕩漾，有的在街頭巷尾逍遙散步，有的就在旅館前面小園裏坐着聽樂隊奏演。意大利的音樂是獨步歐洲歌壇的。威尼斯旅館裏所組織的五六個人的樂隊，到處皆是，曲調悠揚，音節清雅，在國內 (中國) 是難得聽得到的。中等以上的人在一天工作疲勞之餘，去買一杯咖啡或是冷飲，静坐着欣賞 (沒有跳舞。)，可以説是滿坑滿谷，足見他們對於音樂興趣之濃厚。

三〇　柳南隨筆言和聲

況蕙風《詞學講義》引虞山（應奎）王東漵《柳南隨筆》一則言和聲之説："桐城方爾止（夕）嘗登鳳凰臺，吟太白詩云：'鳳凰臺上，一個鳳凰游。而今鳳去耶？臺空耶？江水自流。'曼聲長吟，且咏且指，人皆隨而笑之。按唐人和聲之遺，殆即類此，未可以爲笑也。"

三一　史位存

史位存詞與過春山、趙函璞等并駕齊趨，詩也擅長。錢梅溪《履園詩話》載其一二聯頗清麗，《汴梁道中》云："雲垂平野星初上，馬走春沙夜有聲。"《有感》云："撲蝶會過春似夢，湔裙人去水如烟。"然後一聯直是詞人口吻矣。

三二　詞係承繼近體詩之系統

主張詞係承繼近體詩之系統者有兩説：

《四庫提要·詞曲類一》云："詞曲二體在文章技藝之間，厥品頗卑，作者弗貴，特才華之士，以綺語相高耳。然三百篇變而古詩，古詩變而近體，近體變而詞，詞變而曲，層累而降，莫知其然。究厥淵源，實亦樂府之餘音，風人之末派，其於文苑，同屬附庸，亦未可全斥爲俳優也。"

王國維《人間詞話》云："四言敝而有楚辭，楚辭敝而有五言，五方敝而有七言，古詩敝而有律絶，律絶敝而有詞。"

三三　施愚山蠖齋詩話

施愚山《蠖齋詩話》論作詩用"而"字、"焉"字、"哉"字、"之"字，有用得當而崛奇者，有用之不得當，如杜荀鶴之

"白髮多生矣，青山可住手"，五言律長城壞矣。

三四　宋词元曲的抒情性

《歷代詩餘·詞話》引陳子龍云："宋人不知詩而强作詩，其爲詩也，言理而不言情，終宋之世無詩。然其歡愉愁苦之致動於中而不能抑者，類發於詩餘，故其所造獨工。"此可見詞在宋時爲純粹之抒情詩。又王元美《藝苑卮言》云："元有曲而無詞，如虞、趙諸公輩不免以才情屬曲，而以氣概爲詞，詞所以亡也。"此可見詞至元代又失其抒情之價值，日益衰落，曲又代其地位而爲抒情詩矣。

三五　中國詩歌分兩系

余嘗論中國詩歌分兩系，一系爲視覺之演化，一系爲聽覺之演化。前者以自身之格律爲根據，後者以自身以外之音樂爲根據，詩歌之一切皆受音樂之支配。頃審閲舊《庸言》雜志，有近人馬瀛之《古樂考略》一篇，其文無甚精彩，惟末論："唐人律絕，皆可被之管弦者也，顧音束於聲律，辭局於偶儷，娛目有餘，言情不足，抑揚婉轉，固不如樂府遠甚。""娛目"一句是爲視覺化之詩之佐證。

三六　宋之有組織之樂曲分二類

余論宋之樂曲如大曲、法曲等有組織之樂曲可分二類，一爲"叙事詩"如大曲、法曲等，一爲"原始之歌劇"（南北曲在藝術中爲歌劇，此爲其原始之形式。）如轉踏曲是。此轉踏曲在《宋元戲曲史》中已論其有雜劇之雛形，而姚華之《菉猗室曲話》亦有一段論及此事："少游〔調笑令〕咏昭君，〔烟中怨〕樂昌公主、倩女回首。發端先作七言口號，即叠末二字以爲詞頭，謂之調笑轉踏。考其起源，出於樂語，而徐士俊評以爲前數行疑是元人賓白所自始，被之管弦，竟是董解元數段。此語非特足爲戲曲考源，更可以見詞曲轉移之迹。再以趙德麟〔商調蝶戀花〕述《會真記》事十闋證之，更昭然明白矣。"（原按：開首數語係引卓人月《古今詞統》語，故有徐士俊評語。）

三七　樂府之詩歌形式有三種

樂府中之詩歌形式有三種：一種是原來的詩歌形式，一字不變。一種是原詩入樂以後，原來的篇章拉亂，整齊的句子變成長短不齊的句子。一種是完全成爲音樂的形式，聲辭合寫，詰屈不能讀，以外一種是有聲無辭。

前一種的詩很多，舉凡采詩入樂的詩，因詩作樂的詩，咏樂府古題的詩，一些歌和唐人所謂的新樂府等類，和音樂不發生關繫的詩都是。第二種的例如“天上何所有”一章，下忽接上“甘露初二年”，上下文的文義不相連屬，祇是適合於音樂的便利而已。第三種的例，最古的如春秋時《國語》上的“伊兮遑兮，各聚爾有所待以歸兮”，以後到樂府時代的《漢鐃歌十八曲》等類是。

定型的詩有以下幾種：字數的定型，句數的定型，音節的定型，修辭的定型，用意的定型。

三八　隋唐九部樂中止清樂是中國樂

隋唐時九部樂中止清樂一部是中國樂，文康係康國樂，皆胡樂。余前有考證一篇，以王靜庵之精細尚未察此，《宋元戲曲史》之《餘論》中謂九部樂中止清樂與文康爲中國樂，可見古義之淪亡久矣。

三九　樂府時代詩歌與音樂分爲二途

《文心雕龍·樂府》篇曰：“故知詩爲樂心，聲爲樂體。樂體在聲，瞽師務調其器；樂心在詩，君子宜正其文。”可見樂府時代詩歌與音樂分爲二途，詩與樂分工，故不能得與音樂融洽之詩歌。

四〇　樂府時代長短句

《晉書·樂志》云：“荀勗以魏氏歌詩或二言、或三言、或四言、或五言與古詩不類，以問司律中郎將陳頏，頏曰：‘被之金石，未必皆當。'"此可見樂府時代雖有長短言，未必與音樂十分融洽如詞也。

四一　樂府與音樂發生關繫祇有三種

馮惟訥《古詩紀》分樂府爲九種，而確實與音樂發生關繫者祇因詩作歌、采詩入樂、因樂作歌三項而已。

樂府詩有兩類，一爲純粹爲文人製作之詩，與音樂毫無關繫，故其詩雖於視覺之鑒賞上圓滿，而完全不合音樂之條件，此種詩樂府詩之大半，多係整齊的。其有非整齊的長短句，係文士偶然弄筆，於音樂亦不適合。另一種即音樂的文學，聲辭合寫，長短不齊，可解不可解，如饒歌等類是。此二種詩一適於音樂而不適於文學，一適於文學而不適於音樂，必二者均衡發展，始可以言音樂的文學如詞是也。

四二　雜樂清樂燕樂價值之等差

白樂天《立部伎》詩云："堂上坐部，笙歌一聲衆側耳，鼓笛萬曲無人聽。立部賤，坐部貴，坐部退爲立部伎，擊鼓吹笙和雜戲，立部又退何所任？始就樂懸操雅音，雅音替壞一至此，長令爾輩調宮徵……"

此可見雜樂、清樂、讌樂價值之等差。

四三　唐代中國音樂的外國化

《樂府詩集・新樂府辭・法曲》序云："《唐會要》曰：'文宗開成三年，改法曲爲仙韶曲。'按法曲起於唐，謂之法部，其曲之妙者，有《破陣樂》《一戎》《大定樂》《長生樂》《赤白桃李花》，餘曲有《堂堂》《望瀛》《霓裳羽衣》《獻仙音》《獻天花》之類，總名法曲。白居易傳曰："法曲雖似失雅音，蓋諸夏之聲也，故歷朝行焉。"太常丞宋沇傳漢中王舊說曰：'玄宗雖雅好度曲，然未嘗使蕃漢雜奏。天寶十三載，始詔道調法曲與胡部新聲合作，識者深異之，明年冬，而安禄山反。'"

元稹《立部使》詩亦曰："宋沇常傳天寶季，法曲胡音忽相和。"此可見中國音樂的外國化。

微之《法曲》詩云："胡音胡騎與胡妝，五十年來競紛泊。"此可見外國文化之輸入中國，與中國人歡迎外來文化之踴躍不亞於今日，而縉紳先生憂之如大難之將來。

四四 晋書袁山松傳

《晋書·袁山松傳》曰："山松善音樂，舊歌有《行路難》，曲詞頗疏實，山松乃文其辭句，婉其節制，固酣歌之，聞此流涕。"此可見古樂府曲調節奏并不十分嚴密，不及後世之詞曲之絲毫不可假借也。

四五 樂府時代之詩與音樂之關繫

馮班《鈍吟雜錄》云："總而言之，製詩以協於樂一也；采詩入樂二也；古有此曲，倚其聲爲詩三也；自製新曲四也；擬古五也；咏古題六也；并杜陵之新題樂府七也。古樂府無出此七者矣。"此論樂府詩之種類，其實此七類中祇前四者與音樂發生關繫，餘三者皆冒樂府之名而已。

實際在樂府時代之詩與音樂之關繫祇有三種，《樂府詩集·新樂府詞序》云："凡樂府歌詞有因聲而作歌者，若魏之三調歌詩，因弦管金石造歌以被之是也；有因歌而聲者，若清商、吳聲諸曲，始皆徒歌，既而被之弦管是也。"除此二者以外，更有"采詩入樂"一種辦法，如漢鐃歌鼓吹曲，皆采自民間戰爭戀愛之詩歌，其詩歌之性質與音樂之性質不相應，後魏武帝使繆襲始改爲紀功述德之詩，使與音樂之性質符合。

三者之中采詩入樂與因歌作聲二者皆與音樂之節奏不合。因聲作歌，或者與音樂之節奏相近，然在樂府時代，詩樂之作者分工，詩自詩，樂自樂，作詩者未必能如後世之倚聲度曲，使詩歌之音節與音樂相符合，故《文心雕龍》言"瞽師調器，君子正文"，完全不相干。欲達到此目的，非如後代之温飛卿"能逐弦吹之音，爲側艷之詞"不行。此樂府時代之詩，不得謂之爲音樂之文學也。其詩仍與普通音樂分離之古詩雜體同樣。

四六　樂府之詩不得謂之音樂文學

樂府之詩有兩類。

一、樂人以音樂相傳之詩，聲辭合寫不可理解之詩。（此類詩文又以能理解之程度而分爲若干種。）

二、文士所作之詩歌。

兩種皆不得謂爲音樂之文學，前者有音樂而無文學，後者有文學而無音樂。

曹錫璜《漢詩總説》云："漢詩有前後絶不相蒙者，如《東城高且長》《天上何所有》《青青河畔草》，未可強合，亦不必以後人貫串法，曲爲古人斡旋。疑此等詩有前解後解之别，可分可合。如《十五從軍行》，在古詩三首内，則至'泪落沾我衣'爲一首，在樂府則分爲數解。十九首内分入樂府，散爲解者甚多，他如《白頭吟》《塘上行》，或增或減，多讀古詩自得之，今小曲每割諸曲合唱，亦是此意。"此可見舊詩入樂，祇求滿足音樂上之要求，而不計其次序顛倒之例，此由於不懂文義之樂工所爲，《文心雕龍》稱李延年善減裁舊詞者以此也。

四七　樂府與古詩并無分别

樂府時代入樂之詩皆普通文士所造之詩，所謂樂府與古詩并無分别，而明人何、李、鍾、譚輩遂謂樂府與古詩有分别，某詩是古詩，某詩是樂府，不啻痴人説夢，最可笑者如王漁洋之《師友詩傳録》：

問：樂府何以别於古詩？

答：如《白頭吟》《日出東南隅》《孔雀東南飛》等篇是
樂府非古詩；如《十九首》是古詩非樂府，可以例推。

馮班《鈍吟雜録》駁得最好："古人之詩皆樂也，文人或不嫻
音律，所作篇什，不協於絲管，故但謂之詩，詩與樂府從此分區。
又樂府須伶人知音增損，然後合調……伶工所奏，樂也；詩人所
造，詩也。詩乃樂之詞耳，本無定體，今人不解，往往求詩與樂府
之別。鍾伯敬至云某詩似樂府，某樂府似詩。不知何以判之……
如《文選》注引古詩，多云枚乘樂府詩，知十九首亦是樂府也。
漢世歌謠，當騷人之後，文多遒古，魏祖慷慨悲涼，自是此公文體
如斯，非樂府應耳……"

此論最是，清代論樂府最好之書當推《鈍吟雜録》。

四八　離開音樂詩歌發展的三個時期

要求詩歌的形式富於變化，不能不使詩歌服從於音樂，因爲
音樂是流動的，富於變化的，要提高音樂的價值，使音樂盡量地
發揮其變化性，詩歌隨之富於變化性了。

離開音樂的詩歌利用"演形"的中國文學，盡量地從視覺上
發展，到魏晋時候，詩歌的整齊的五七言詩正式成立，此爲第一
時期。在這時，守溫神珙等印度和尚介紹"演聲"的外國文學進
來，一般文士受其影響，便把雙聲、叠韵等類的東西注入進詩歌
裏面，想使詩歌成爲音樂化，然而四聲八病、清濁等種種的條件，
講得愈紛繁，愈没有成功，此爲第二時期。到唐時，一般詩人見永
明體之無成功，便不講那些極抽象的把握的四聲八病，而專講平
仄，於是詩歌的音樂性便具體化了，律詩便正式宣告成立，此爲
第三時期。

四九　樂府妃呼豨非摹寫風聲

費錫璜《漢詩總説》説樂府的"妃""呼""豨"是摹寫風

聲，真可發笑。

五〇 五言詩出於楚辭體

《漢詩總說》云："四言長短有兮字歌，是漢人古體，五言是漢人近體，詩到約以五言，便整齊許多，此語可爲知者道。"此可爲五言詩出於楚詞體之證。

五一 詞之產生

"詞之產生"章可分爲二節："中古文學之展望與詞之產生。""外國音樂之輸入與詞之產生。"

詞爲過去一切文學之完成，中古文學有三時期。

一、古詩——泛聲視覺化

二、齊梁——詩歌的音樂化 ⎫
　　　　　　　　　　　　　⎬ 詞
三、律詩——詩歌全部音調的視覺化 ⎭

齊梁體詩——要求內在音樂的諧和化。

沈宋律詩——要求內在音樂的定型化。

沈宋律詩音樂的定型化有二點不對。

一、不自然的定型。

二、不完備的定型。

傅增湘的《日本正倉院考古記》有"伎樂"一項，係日本奈良時代（西元六四五至七八一）盛行之樂舞。中有"伎樂面"，係樂舞時所用之假面："惟妓樂雖以'吳樂'爲名，然自其現存面具觀之，除婦女外，罔不高額深目，鷹鼻丰頤。自人種型觀之，或如西域人，或似印度人，其具中國色彩者，除一二婦女童子面外，實未之見。自其傳來時期言之，則當我國隋煬盛時，正在製定九部樂之際。九部樂中如西涼、龜茲、天竺等多半屬於外國樂系統，故'伎樂'中當亦含隋樂成分。"此可見九部樂中外國樂占大半部分，至今遺形猶存。又云："'獅子舞'所用樂曲，換頭乃'陵王破'，即'蘭陵王之入破也'。可見曲破一種在唐時已有獨立演奏之事矣。"

五二　樂府詩的三種類

樂府詩的三種類：

樂府詩 { ①有聲無辭之詩
②有聲有辭之詩
③有辭無聲之詩

五三　音樂文學的要素

音樂的文學的要素 { 文學的要素
音樂的要素 { 内在音樂的要素
外在音樂的要素

五四　關於襯字平仄虛聲犯聲

襯字，參看《古今詞話》之“襯字”條，及《詞學集成》卷二。

平仄有可移易者，有不可移易者，參看《古今詞話》卷上所引《柳塘詞話》一條。

虛聲，參看《古今詞話》卷上“虛聲”條。

犯聲之起，原於唐之劍器入《渾脱》，見《古今詞話》卷上引陳暘《樂書》。

五五　憶秦娥

〔憶秦娥〕是唐文宗時曲，見《古今詞話》引《樂府紀聞》卷上。

五六　樂府歌曲音節

樂府歌曲音節（前袁山松語參。）之疏略見《碧鷄漫志》卷一。

五七　古樂之中聲

古樂之中有中聲，見《碧鷄漫志》與《夢溪筆談》。

五八 推詞出於六朝樂府説之最早者

推詞出於六朝樂府説之最早者爲《曲洧舊聞》,見《詞苑萃編》卷一。

五九 拍謂之樂句

《碧雞漫志》:"拍謂之樂句。"沈雄《古今詞話》:"樂句,按拍板也。"皮日休:"鐵板都教樂句傳。"元宮詞:"不教軟舞珊瑚立,玉趾回旋樂句中。"又見《詞源》。《蕙園詞話》卷一云:"蓋詞之韵即曲之拍……"

六〇 唐時入樂者皆五七言絶句

唐時入樂者皆五七言絶句,俞仲茅《爰園詞話》謂六朝至唐樂府又不勝詰曲而近體出,意謂近體聲律諧合與音樂相近也。

六一 詞調音律之細

詞調音律之細,可參看《碧雞漫志》"記曲娘子"一段,《羯鼓録》中"以極柘枝解音般涉調"一段,《蓮子居詞話》卷一"歌家十六字外"一段,又《賭棋山莊詞話》卷八引毛稚黃語。

六二 詞中平仄不可移易者

詞中平仄不可移易者,可參看《填詞淺説》"側字起調説",《詞源·謳曲旨要》有"腔平字側莫參商"。《樂府雜録》,有王光祈《中國音樂史》下册九十七頁參看。

六三 由詞字面上可以譜出工尺

由詞之字面上可以譜出工尺,可參看《填詞淺説》,又當參看《賭棋山莊集》批評《碎金詞譜》一條。

六四　王國維清真先生遺事

王國維《清真先生遺事》云："讀先生之詞，於文學之外須兼味其音律……今其聲雖亡，讀其詞者，猶覺拗怒之中自饒和婉。曼聲促節，繁會相宜，清濁抑揚，轆轤交往，兩宋之間，一人而已。"此可見内在音樂與外在音樂之一致。

六五　將詞視爲一種樂譜

就詞之平仄陰陽可入樂，將詞視爲一種樂譜，此王述庵之論，參看《詞學集成》卷一，又當參看《西河詞話》卷一，參看《燕樂考原》卷一第三頁之注。

六六　不以古詩合樂

不以古詩合樂之故，《文心雕龍》謂多者則宜減之，明貴約也。古詩詞繁不能入樂亦其一端。

王昶《國朝詞綜序》："蘇、李詩出，盡以五言，而唐時優伶所歌，則七言絕句，其餘皆不入樂……"

汪森《詞綜序》："自古詩變爲近體，而五七言絕句傳於伶官。"

六七　康老子本事

康老子本事，見《古今詞話》上引《檮杌記》。

六八　湯玉茗汪森不明文學之系統之論

湯玉茗《花間集序》："古詩之於樂府，律詩之於詞，分鑣并轡非有謂先後。有謂詩降而詞，以詞爲詩之作，殆非通論。"

汪森《詞綜序》："自五七言絕句傳於伶官，長短句無所依，不得不變爲詞。"

以上二説皆不明文學之系統之論。

六九　填詞同一調而字數不同

昔人倚聲填詞均同一調而字數不同，參看《樂府指迷》"古曲譜"條下，又《花間集》中同一調而各家之句法不同，又《古今詞論》"鄒程村"一條，又《古今詞論》"楊升庵"一條。

七〇　句中韵

句中韵，參看《樂府指迷》，又《古今詞話》卷上"藏韵"條。

七一　東坡與山谷詞無外在音樂之證

李易安評蘇東坡詞爲"句逗不葺之詩"。（見《漁隱叢話》。）

晁無咎評山谷詞爲"不是當家語，自是著腔子唱好詩"。皆是無外在音樂之證。又《詞徵》卷一引"沈伯時"一條。

七二　和聲

和聲，參看《詞苑萃編》卷一引《樂府雜録》"白傅作楊柳枝"一條，又《詞徵》卷一"詞多以相和成曲"一條，又《古今詞話》卷上"排調"條，《詞學集成》引《聽秋聲館詞話》言和聲高腔。

七三　叠句

叠句，參看《詞苑萃編》卷一引《樂府紀聞》一條及《古今詞話》一條。又《古今詞話》卷上"叠句"條。朱子之叠字散聲皆有聲無辭。

七四　虛聲

虛聲，參看《古今詞話》卷上"虛聲"條。

七五　本意

本意，看《古今詞話》卷上"本意"條。又《遠志齋詞衷》

二條。

七六　曲名

曲名本於詞，參看《遠志齋詞衷》一條。

七七　襯字

襯字，參看《古今詞論》"沈天羽"一條，《詞學集成》卷二"宋小梧司馬"一條，"毛稚黃"二條，"萬紅友"一條，卷一"詞有定名"一條。

七八　詞樂多悲

詞樂多悲，參看《詞徵》卷五引"鄧析子"一條。

七九　小令本於絶句

小令本於絶句，見《词徵》卷一。

八〇　歌絶句之法亡

歌絶句之法亡，見《歲寒居詞話》，《苕溪漁隱》引《蔡寬夫詩話》，《客中漫談》引《四庫提要》語。

八一　論去聲

論去聲，當看《西圃詞説》"古人名詞"一條。（又蓮子）

《樂府指迷》溫飛卿〔更漏子〕，東坡三首〔陽關曲〕，皆照王維之"渭"字、"故"字去聲。

八二　簾外曉鶯殘月

溫飛卿〔更漏子〕有"簾外曉鶯殘月"，魏承班〔漁歌子〕有"窗外曉鶯殘月"，皆爲柳耆卿之"曉風殘月"自出。

八三　紅消香潤入梅天

王君玉"紅消香潤入梅天"誠爲名句,然皇甫松已有〔憶江南〕云:"蘭燼落,屏上暗紅蕉。閑夢江南梅熟日,夜船吹笛雨瀟瀟。人語驛邊橋。"此詞即爲藍本。後鄭文焯有"絶是熟梅好天氣,衣篝香裹夢江南"之詩。

八四　相對坐調笙

美成〔少年游〕"相對坐調笙"即由皇甫松〔憶江南〕之"雙鬟坐吹笙"來。

八五　溫飛卿木蘭花詞

溫飛卿〔木蘭花〕詞係一首仄韵七言律,集作古詩入調,又爲〔春曉曲〕。

八六　顧夐楊柳枝

顧夐〔楊柳枝〕云:"秋夜香閨思寂寥。漏迢迢。鴛幃羅幌麝烟消。燭光搖。　正憶玉郎游蕩去,無尋處。更聞簾外雨瀟瀟。滴芭蕉。"此詞有三字句,即由和聲變出,又如"知摩""知愁"等句,皆和聲也。

八七　蓋羅縫

近代曲辭中有〔蓋羅縫〕一調,各種樂書皆無解釋。考《唐書》,南詔有〔閣邏鳳〕,因刺史張虔陀私其妻,遂發兵反,以御史李宓發大兵南征,大敗,死者十八。楊國忠當國,反以捷聞。此係開元天寶間事,想曾哄動一時,故見諸樂歌與〔蘇幕遮〕〔菩薩蠻〕等曲,皆同出於南詔之樂曲也。〔蓋羅縫〕疑即〔閣邏鳳〕之轉音。考其曲之時代既相合,而所采入樂之二絶句"秦時明月漢進關""音書杜絶白狼西",皆歌咏萬里征戰之事情,即亦復相近,疑是也。

八八　纏聲

張文虎《舒藝室餘筆》云：“趙彥肅所傳開元鄉飲酒十二詩譜，皆一字一聲，朱子議之，然堯章旁譜亦復如是。今之水磨腔則有一字數聲者，取其曲折盡致，意即宋人所云纏聲。然則朱子所謂疊字散聲者，當時蓋亦有之，殆以其近於繁手淫聲，故不取歟？”此可謂纏聲之參證。

八九　慢曲

慢曲參看鄭叔問《詞源斟律》“謳曲旨要”。（《樂府餘論》）慢曲由大曲中截取出來，但要用繁聲，因大曲拍疏，白樂天所謂“曲淡節稀聲不多”。也見鄭叔問《詞源斟律》。

九〇　纏令之聲煩於慢曲

纏令之聲更繁於慢曲，玉田所謂纏令則用拍板也，此可見樂曲之進化。詞至於纏令則幾乎曲矣。

九一　艷拍

演繁露出泛艷，艷亦散聲，在拍爲艷拍。《謳曲旨要》有所謂宮拍艷拍，即花拍贈板之類也。

九二　古樂曲一拍爲一句

關於古樂曲一拍爲一句之證，可看《碧雞漫志》“蘭陵”條及《集異記》“瑞鷓鴣”事（見《古今詞話》調名考。）。及劉夢得依〔憶江南〕曲拍爲句，和樂天春詞。又詞中之〔十拍子〕前後闋恰爲十句，〔八拍蠻〕前後闋亦爲八句，皆可爲證。《教坊記》有〔八拍子〕〔十拍子〕。〔八拍子〕即〔八拍蠻〕。此“蠻”字與〔菩薩蠻〕之“蠻”相同，想非蠻夷之蠻，疑與“子”“兒”之意相同。

故〔八拍子〕謂之〔八拍蠻〕也，則舊説〔菩薩蠻〕之故實爲穿鑿矣。〔十拍子〕即〔破陣子〕，因恰有十句，故名〔十拍子〕。

九三 破律從腔

詞中凡遇五七言句子，多用律句，但有時爲音律所限，必須破律句以從聲調。五言句如〔八聲甘州〕之"一番洗清秋"，七言如〔金縷曲〕前後闋第二度之七言句，如鄭大鶴之"舊苑空陰無人見""縱使心枯貞柯在"。然一在別人亦往往不用腔而仍使律句，此大誤也。大鶴嚴於音律，於此等細微處亦不放過。

少游〔臨江仙〕起句"千里瀟湘挼藍浦"，此亦恐是破律從腔。萬紅友云："雖或不妨，然亦不必學夢窗〔戀繡衾〕起句'頻摩書眼怯細紋'。"紅友云"拗體"，而陳允平亦云："緗桃紅淺柳褪黃，銀鴐金鳳畫暗消。""豈盡皆作拗體耶？蓋皆破律從腔也。"紅友亦云："蓋此調聲響每句於叶韵上一字用仄聲，如李大古之'橘花風信滿園香'，園字用平，大謬。"

堯章自製曲〔淡黃柳〕換頭之五言句"明朝又寒食"亦破律從腔。〔定風波〕之七言句，蜕岩之"一樹瑤花可憐影"，下闋作"應是多情道薄幸"，"薄"字以入作平。耆卿之"終日厭厭倦梳裹，針綫閑拈伴伊坐"，此皆決不可從律之句也。

九四 唐人歌絶句用叠句法

唐人歌絶句用叠句法，其後遂變爲換頭雙調，看沈雄《古今詞話》"換頭"條。

九五 詞樂窮極哀樂

余在《丙寅隨筆》卷二卷三中論及詞樂，以律而論，已失古樂中聲（《宋史·樂志》引蔡攸言。）；以聲而論又窮極哀樂（《隋書·音樂志》），故爲其歌詞之長短句，亦窮極哀樂，校之從來之詩歌，可謂能盡情矣。沈雄《古今詞話》卷上"原起"條引王岱曰（云云），可爲此說之證。

九六　各詞初時用絶句

各詞調初時用絶句，除《樂府詩集》外，沈雄《古今詞話》論《唐詞紀》一條，征引詩詞之界説，可參看。

〔漁家傲〕又名〔水皷子〕，見《詞品》。〔浪淘沙〕亦名〔水皷子〕，見《唐詞紀》。（沈雄《古今詞話》。）

九七　教坊之貴族化

《教坊記》中所載曲名里巷之曲，觸目即是，而《宋史·樂志》云："民間創新聲者甚衆，而教坊不知也。"可見唐教坊之平民化，宋教坊之貴族化也。

九八　詞調穆護砂

詞調中之〔穆護砂〕一曲，昔年遍考各書，卒不能得其調名之來源，但知其爲譯音耳。穆護、牧護、木匄、摩醯，皆一名之轉。此調與西域之祆教有關，穆護之語，當然係西域人之語，究係何意，各書紛紛聚訟，莫衷一是，在前八年之《隨筆》曾有一則云：

> 《新唐書·回鶻傳》，有首領莫賀達幹，《沙陀傳》有莫賀城，大沙漠曰莫賀延磧。此莫賀即是"大"意，即由印度語之"摩訶"來，摩訶即是"大"的意思，由此推之，穆護亦即摩訶、莫賀之轉音，言大也。

此條所記，或者近實，可見摩訶一語，在西域係普通詞語，因"大"之一字在詞語中，爲應用最多之字。故佛書中摩訶之形容詞，應用在各方面。人名亦多取摩訶之名，如《西漢叢語》云："唐貞觀五年，有傳法穆護何禄將祆教詣闕。"此即以穆護取名之意,(《續通志》唐樂署供奉及回鶻之莫賀達干同曲中作"摩醯火羅",又或作"首羅"。)此與印度僧人有摩訶某某之意相同,皆以大尊之也。此風一流入中國,於是中國人亦有以之取人名者,《唐語林》卷六引顏魯公遺囑云:"是時汝必與二人同啓吾棺,知有異於常人之死,爾如穆護,天性之道,難言至此。"在穆護下有原注云:"穆護即魯公男碩之小名也。"此穆護用爲人名,亦如六朝時取人名之菩薩、菩提、羅漢等同例,皆用外國之名詞以爲時髦,亦如現代之中國人有名"張瑪麗""李約翰"同一用意。且魯公之男既名碩,碩即大意,故其小名取爲穆護,與其名表示有連帶之關繫。由此,益可證明穆護即大的意義,穆護砂即莫賀延磧,大沙漠也。可知此調係由大砂漠之西域地方傳來,積年疑義,一旦得渙然冰釋,可以浮三大白。

九九　詞之產生

詞之產生應當分作兩方面來敘述。一由詩歌與音樂的交流史上觀察詞之產生。一由音樂的發達史上觀察詞之產生。前者又可分作兩項來敘述:一由詩歌自身的音樂性發展的程序上觀察詞之產生;一由詩歌與音樂結合的程序上觀察詞之產生。前者即内在音樂的詩歌,後者即外在音樂的詩歌。

一〇〇　陳隋間清樂堂堂

陳隋間清樂有"堂堂"一曲,至唐時歸入法曲,故樂天詩云"法曲法曲歌堂堂"是也。按《全唐詩·歌謠類》大明寺壁語有"一人堂堂,二曜同光"之語,又調露初京城民謠云:"側堂堂,撓堂堂。""堂堂"想係當時之口語。

一〇一　詞之起源三分法

爲敘述之便利起見,關於詞之起源,當作如下三分法。
一、從詩歌的發達史上看詞之產生。

a. 自然音律的詩歌——古詩。

b. 一重音律的詩歌——近體詩。

c. 兩重音律的詩歌——詞。

二、從詩歌與音樂的交流史上看詞之產生。

a. 詩歌與音樂的結合時期。

甲、第一次結合的時期——古詩。

乙、第二次結合的時期——近體詩。

b. 詩歌與音樂的融合時期——詞。

三、從音樂的發達史看詞之產生。

一○二　和聲纏聲之同异

"和聲"與"纏聲"之同,同爲"裝飾音";其異,前者爲"固定裝飾音",後者爲"自由裝飾音"。

一○三　路岩贈妓行雲感恩多詞

《唐語林》卷四路岩贈妓行雲〔感恩多〕詞有"離魂何處斷,烟雨江南岸"。此二句係〔感恩多〕之首二句,蓋唐詞之逸句也,各書均不載。耆卿"今霄酒醒何處",機軸似從此出。〔感恩多〕調仄平兩韵,似〔菩薩蠻〕。

一○四　主張平仄與音樂相和

段安節《樂府雜録》爲主張平仄與音樂相和之説,將七調用四聲來分,見《通雅》。

一○五　白石旁譜證叠頭曲

《詞源·拍眼》條云"慢曲有大頭曲、叠頭曲"。大頭曲不知如何?叠頭曲蓋後片之起二字與前片之末二字之音相叠,故謂之叠頭曲,今以白石旁譜證之:

有當注意者,調中之譜字相重叠,而字面之平仄亦相重叠,

調名	霓裳中序第一	長亭怨慢	角招	徵招	凄涼犯	翠樓吟
前片末	久凢 顏色	幺可 如此	夕可 回首	𠆢佘 還是	𠃌糸 沙漠	人糸 風細
後片起	久凢 幽寂	幺可 日暮	夕可 猶有	𠆢佘 迤邐	𠃌糸 追念	人糸 此地

此可見平仄四聲之與音樂關繫之密切也。

雖不知其譜字當宮商之何字，但觀其前片末與後片起之二字之譜，兩字皆同，可知其音相叠，有如〔轉踏曲〕〔如夢令〕之叠二字者，此即所謂之叠頭曲也。

又當注意者，此種叠頭曲皆以後起之二字叠前末之二字，故譜字同，平仄四聲同，韵脚亦同。因前末之字是韵脚，後起既叠，故後起亦叠其韵脚，觀上表之 "幽寂" "猶有" "迤邐" "此地" 可知。由此推之，其他各調，雖無如白石之有旁譜，衹須看後片起二字有無韵脚爲斷，如後片起以二字爲韵者，皆叠頭曲也。如〔滿庭芳〕秦少游之 "消魂"，〔鳳簫吟〕晁補之 "香濃"，〔曲江秋〕楊無咎之 "清絶"，〔憶舊游〕張炎之 "留連"，〔瑞鶴仙〕史達祖之 "誰問" 皆叠頭曲也，其餘本此類推。

慢曲有大頭曲，叠頭曲，拽頭曲。叠頭已如上釋，大頭曲想係以長句起頭，不用兩字相叠起頭。拽頭是拖拽之謂，鄭叔問《斠律》謂拽宜用之曲中過片，是取其餘音纏綿不斷也。俟後當詳考。

一〇六 詞之拍式

詞之拍式有多種，《詞源》所謂之 "大頓小住當韵住" 之 "大頓"，或即曲之 "截板"，每句之末皆有 "截板"。《蜩廬曲談》論度曲謂"唱者遇截板既下，則腔可盡矣"。魏良輔曰："迎頭板隨字而下，掣板隨腔而下，截板腔盡而下。"截板疑即詞之"大頓"矣。

一〇七　謳曲旨要

《謳曲旨要》之"六均拍""八均拍""四揸句"等皆以時間而言，猶曲中之"三眼一板"皆記時也，此種"均拍"與一句之拍不同。

一〇八　關於四聲與腔調之關繫

關於四聲與腔調之關繫，可參看《集成曲譜玉集》之首冊談曲"論四聲陰陽與腔格之關繫"一條。

一〇九　香研居詞塵论新腔用韵处

《香研居詞塵》云："新腔雖無詞句可遵，第照其板眼填之，聲之悠揚相應處，即用韻處也。"觀白石旁譜，其用韵處之符號，多半相同，即所謂相應處也。

一一〇　白石旁譜中力之符號

白石旁譜中有"力"之符號，據張文虎《餘筆》云：《詞源》管色應指譜，"力"係小住。按《詞源·謳曲旨要》云："大頓小住當韵住。"則"力"既係小住符號，必用於韵脚處，而白石譜中此項符號甚少，一見於〔疏影〕之"江南江北"，"北"字下作"⿱"，再見於〔暗香〕之"江國"，"國"字作"⿰"，此二處皆在韵脚處。又見於〔淡黃柳〕之"馬上單衣惻惻"，"單"字作"⿰"，"正岑寂"之"正"字作"⿰"。又見於〔揚州慢〕之"漸黃昏"之"昏"字，作"⿱"，皆不在韵處，此不可解。

一一一　白石旁譜之韵脚多用の字

白石旁譜之韵脚多用の字，即高五·五之符號。

一一二　詞韵

詞有可用仄韵，可用平韵，及平仄通叶者，可看《詞徵》卷三。

一一三　詞中之拗句

謂詞中之拗句是最協律者，有孫月坡之《詞徑》（見《憩園詞話》引。）及萬樹《詞律》、況夔笙《蕙風詞話》。

一一四　詞中之四字對句猶爲詞之心髓

余前謂詞爲詩之精英，而詞中之四字對句猶爲詞之心髓，以其全詞之精神，即由此八字屭括之也。孫月坡《詞徑》亦云："詞中四字對句最要凝練，如史梅溪云'做冷欺花，將烟困柳'，祇八個字已將春雨畫出。"已先我言之。

一一五　詞調贊浦子

詞調有〔贊浦子〕，《夢溪筆談》卷二十五云："青堂羌本吐蕃別族……國初有胡僧立遵者，乘亂挾其主籛逋之子唃廝啰……人號瑕薩，籛逋者胡言'贊普'也。"原來如此，此與"蓋羅縫"同，皆以異族人名爲曲名。（張春治《西夏記事本末》作"瑕薩"。又云："唃廝，華言佛也，啰，華言男也。自稱佛男，猶中國之稱天子也。"）

一一六　風流子與轉應詞

〔風流子〕與〔轉應詞〕等皆六言絶句，中間加三字或兩字之和聲，遂變爲長短句。

一一七　唐語林所記曲名

《唐語林》卷七："唐末，飲席之間多以〔上行杯〕〔望遠行〕搜盞爲主，〔下次據〕副之。"皆曲名也。

《教坊記》曲名有〔一撚鹽〕，《唐語林》卷七："方幹……戲吳杰曰：'一盞酒，一撚鹽……'"

一一八　木蘭花一調

〔木蘭花〕一調，一三五七句之音數，疑皆短少。絕句不便唱，故毛熙震之詞於此數處，皆改作六字（兩句三言）。魏承班之詞於前闋之一三句作六字。大約六字猶嫌其多，遂有減字偷聲之〔木蘭花〕。此可爲絕句減字變成長短句之一證。

一一九　毛文錫醉花間

毛文錫〔醉花間〕祇是一首五言詩，惟首句多一字，成三言兩句耳。

一二〇　生查子換頭之腔

〔生查子〕換頭之腔疑多一音，故孫光憲作三言兩句，魏承班則作七言一句，已非五言詩矣。

一二一　詞樂高音

《宋史·文苑·劉詵傳》："詵上言：'周官大司樂禁淫聲、慢聲，蓋孔子所謂放鄭聲者。今燕樂之音失於高急，曲調之詞至於鄙俚，恐不足以召和氣……'"（關於歷代樂聲之高下，可參看《聲律通考》。）

一二二　古詞無定格

原始的詞如《雲謠集曲子》等類，完全是倚聲填詞，詞無定格，非常之有活氣。到成熟以後，花間詞人一出，詞便有定格，漸成爲列套數矣。這是文學變遷的一種重要現象，但花間都比宋以後還活動，不拘體式。（可參看《蓮子居詞話》卷一吳西霖之論。）

又《樂府指迷》："古曲譜多有異同，至一腔有兩三字多少者，或句法長短不等者，蓋被教坊改換。亦有嘌唱一家，多添了字。"

此可見古詞無定格，倚聲填詞以聲音爲準，文字上并無定格也。

一二三　詞之外在音樂與内在音樂圖

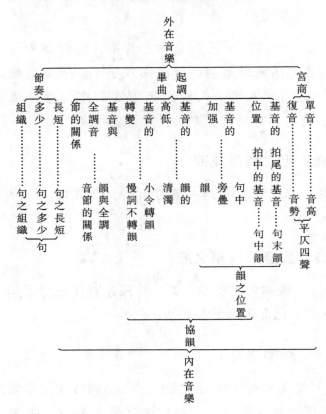

夢桐室詞話

唐圭璋◎著

　　唐圭璋（1901～1990），字季特，室名夢桐，江蘇南京人。1928 年，畢業於國立東南大學中文系。曾任中央大學、金陵大學、南京大學、東北師範大學、南京師範大學教授，兼任中國韵文學會會長。編著有《全宋詞》《全金元詞》《詞話叢編》等，著有《夢桐詞》《詞學論叢》等。唐圭璋先生《夢桐室詞話》曾前後兩次發表，首次於 1936 年至 1937 年連載於《中央日報》；二次發表於《中國文學》第一卷第二期（1944 年）。經合勘可知，後者對前者有所取捨。朱崇才曾將唐圭璋先生論詞文字合編爲《夢桐詞話》四卷，其中卷四乃《中國文學》所刊之《夢桐室詞話》，別題爲“辯證”，編入《詞話叢編續編》（人民文學出版社，2010）。本書據《中國文學》之《夢桐室詞話》點校整理。

《夢桐室詞話》目錄

夢桐室詞話

一　和番禺潘蘭史詞

番禺潘蘭史詞筆穠麗，與納蘭容若相近。世傳其〔蝶戀花〕《爲銀屏校書作》云："客裏雲萍情緒亂。便道歡場，説夢應腸斷。莫惜深杯珍重勸。銀箏醉死銀燈畔。　同是天涯何所戀。月識郎心，花也如儂面。東去伯勞西去燕。人生那得長相見。"此詞纏綿宛轉，一往情深。誠有白香山淪落江州之感。予嘗和之云："堤上千花如雪亂。心逐雲飛，苦被山遮斷。沉恨不須明月勸。泪珠自落紅綿畔。　虛擲今生無可戀。日守瓊窗，忍負春風面。不及畫梁雙語燕。天涯何必長相見。"一時遣興，亦何足以敵蘭史之沉著。

二　異曲同工之宋詞

詞人老去，每憶少年舊事，輒有沉著之音。以余所閲宋詞，覺章文莊、盧蒲江、劉龍洲三者爲最勝。調雖不同，而傷今感昔，各極其妙。使人讀之，竟日不歡。浪迹天涯者讀之，更不禁涕泪縱橫。章詞爲〔小重山〕，其後半首云："往事莫沉吟。身閑時序好，且登臨。舊游無處不堪尋。無處尋，惟有少年心。"盧詞爲〔江城子〕，其後半首云："年華空自感飄零。擁春醒。對誰醒。天闊雲閑，無處覓簫聲。載酒買花年少事，渾不似，舊心情。"劉詞爲〔唐多令〕，其後半首云："黃鶴斷磯頭。故人曾到否。舊江山、渾是新愁。欲買桂花同載酒，終不似、少年游。"章詞凄抑，頗有

"無可奈何花落去"之慨，而盧、劉之作，則悲壯激越矣。

三 梅屋小品

宋海鹽許棐，嘉熙中居於秦溪，自號曰"梅屋"，有《梅屋詩稿》及《梅屋詩餘》。詩多咏歌閑適，模寫山林，與江湖詩人最契，詩亦近之。詩餘有景宋本，大字精槧，秀逸絕倫。共十八闋，皆小令，饒有宋初氣息。南宋人詞，多長短雜陳，幽憤滿紙，惟此則特異。蓋心在江湖，早忘朝市之風塵矣。十八闋，闋闋皆佳，不圖風雨滿山，猶有出谷黃鶯也。如〔柳枝〕云："冷迫春宵一半床。懶熏香。不如屏裹畫鴛鴦。永成雙。重疊羅衾猶未暖。紅燭短。明朝春雨足池塘。落花忙。"末句自然生動，無慚名句。又如〔謁金門〕云："微雨後。染得杏腮紅透。春色好時人却瘦。鏡寒妝不就。 柳外一鶯啼畫。約略情懷中酒。困起半彎眉印袖。鬢鬆釵玉溜。"寫情寫景，刻畫入細，宛然《花間》遺韻。〔喜遷鶯〕云："鳩雨細，燕風斜。春悄謝娘家。一重簾外即天涯。何必暮雲遮。 釧金寒，釵玉冷。薄醉欲成還醒。一春梳洗不簪花。孤負幾韶華。"一往清麗芊綿，又復哀怨欲絕。其他諸闋，亦皆婉約可誦。

四 明人偽作陸放翁妻詞

陸放翁妻不當母夫人意，因出之。後游園相遇，翁悵然久之。爲賦〔釵頭鳳〕云："紅酥手。黃縢酒。滿城春色宮墻柳。東風惡。歡情薄。一懷愁緒，幾年離索。錯。錯。錯。 春如舊。人空瘦。淚痕紅浥鮫綃透。桃花落。閑池閣。山盟雖在，錦書難托。莫。莫。莫。"事見《耆舊續聞》及《齊東野語》《癸辛雜識》諸書。但未載其妻和詞。《耆舊續聞》僅載"人情惡。世情薄"和句，并以不得見其全闋爲恨，是全闋在宋已佚。乃明《詞統》卷十竟載其全闋云："世情薄。人情惡。雨送黃昏花易落。曉風乾。淚痕殘。欲箋心事，獨倚斜闌。難。難。難。 人成各。今非昨。病魂嘗似秋千索。角聲寒。夜闌珊。怕人尋問，咽泪裝歡。瞞。瞞。瞞。"案此并非和作，顯然明人僞作。"人情惡。世情薄"兩句，原係四五兩句和詞，竟乃顛倒其句，作爲起首二句，以下則換平韵足成之。世有悼放翁之遇者，當惜其和詞不傳，慎勿引此僞作以誣古人也。

五　陸放翁漁歌子

放翁詞有《渭南詞》二卷，雙照樓刻本。又有《放翁詞》一卷，汲古閣刻本。顧兩本皆無〔漁歌子〕，亦憾事也。《劍南詩稿》中有其五首，可據以增補。放翁詩詞，皆有豪放與閑適兩面，此特其閑適一面，頗令人有翛然出塵之想。其一云："石帆山下雨空濛。一扇香新翠箬篷。蘋葉綠，蓼花紅。回首功名一夢中。"其二云："晴山滴翠水拖藍。聚散漁舟兩復三。橫埭北，斷橋南。側起船篷便作帆。"其三云："鏡湖俯仰兩青天。萬頃玻璃一葉船。拈棹舞，擁蓑眠。不作天仙作水仙。"其四云："湘湖烟雨長蓴絲。菰米新炊滑上匙。雲散後，月斜時。潮落舟橫醉不知。"其五云："長安拜免幾公卿。漁父橫眠醉未醒。烟艇小，釣車腥。遙指梅山一點青。"

六　岳武穆又一首滿江紅

岳武穆舊傳〔小重山〕一首、〔滿江紅〕"怒髮衝冠"一首。但從無人知武穆尚有〔滿江紅〕一首，乃登黃鶴樓有感而作者。詞見武穆墨迹，云："遙望中原，荒烟外、許多城郭。想當年、花遮柳護，鳳樓龍閣。萬歲山前珠翠繞，蓬壺殿裏笙歌作。到而今、鐵騎滿郊畿，風塵惡。　　兵安在，膏鋒鍔。民安在，填溝壑。嘆江山如故，千村寥落。何日請纓提銳旅，一鞭直渡清河洛。却歸來、再續漢陽游，騎黃鶴。"墨迹原有二紙，一爲送紫岩張先生北伐詩，一即此詞。此在《岳鄂王集》及《金陀粹編》諸書俱無之。國難方殷，尚想英雄不置。特録出以壯士氣。

七　錢塘蘇小小詞

《春渚紀聞》曾載，司馬才仲初在洛下晝寢，夢一美姝牽帷而歌曰：“妾本錢塘江上住。花落花開，不管流年度。燕子銜將春色去。紗窗幾陣黃昏雨。”後五年，才仲爲錢塘幕官，爲秦少章道其事。少章因續其後云：“斜插犀梳雲半吐。檀板輕敲，唱徹〔黃金縷〕。夢斷彩雲無覓處。夜涼明月生南浦。”明夕，復夢美姝迎笑，遂與同寢。才仲爲寮寀談之，咸曰：公廨後有小小墓，得無妖乎。据此是前半闋爲蘇小小所作，後半闋爲秦少章作。但張耒《柯山集》、李獻民《雲齋廣録》，載此事顛末尤詳。且俱謂後半闋乃才仲所續，并無秦少章之語，似較《春渚紀聞》爲可信。

八　鍾隱非李後主之號

自米海岳《畫史》謂李後主號“鍾隱居士”，又號“鍾峰白蓮居士”“鍾峰隱者”，於是後人俱稱李後主爲“鍾隱”。不知鍾隱乃天臺人，以其隱居鍾山，遂爲姓名，蓋處士也。此説見李隱《畫品》。《畫史》失考。李日華《六硯齋筆記》言之更詳，其文云：“鍾隱天臺人，少穎悟不嬰俗事，卜居閑曠，結茅屋以養恬和之氣。好畫花竹禽鳥以自娛。凡舉筆寫象，必致精絕。尤喜畫鷂子、白頭翁、鳩鳥、班鳩，皆有生態。又長於花草棘樹木。其畫在江南者，悉爲李煜所有。”據此是鍾隱畫，爲後主所藏。而海岳未辨底蘊，即以爲後主所作，誤孰甚焉。沈括《補筆談》，亦謂江南書畫，惟鍾隱畫乃後主親筆，其誤與海岳同。

九　宋詞人高壽記

兩宋詞人，年在九十以上者有二人。其一趙孟堅，年九十七，有《彝齋樂府》。其二王庭珪，年九十三，有《盧溪詞》。年在八十以上者計有二十六人。其一陳堯佐，年八十二，有詞見《花庵詞選》。其二張先，年八十九，有《子野詞》。其三張昇，年八十一，有詞見《青箱雜記》。其四韓維，年八十二，有《南陽詞》。其五黃裳，年八十七，有《演山詞》。其六劉一止，年八十二，有《苕溪樂章》。其七孫覿，年八十九，有詞見《樂府雅詞》及《梅苑》。其八張綱，年八十四，有《華陽老人長短句》。其九米友仁，年八十，有《陽春集》。其十宋高宗，年八十一，有詞見《紹興府志》。其十一吳芾，年八十，有《湖山集》。其十二史浩，年八十九，有《鄮峰真隱大曲》。其十三洪邁，年八十，有詞見《絕妙好詞》及《夷堅志》。其十四楊萬里，年八十三，有《誠齋詞》。其十五陸游，年八十六，有《渭南詞》。其十六王炎，年八十一，有《雙溪詞》。其十七劉光祖，年八十一，有《鶴林詞》。其十八趙蕃，年八十七，有詞見《花庵詞選》。其十九崔與之，年八十二，有詞見《花庵詞選》。其二十徐鹿卿，年八十，有《徐清正公集》。其二十一陳韡，年八十三，有詞附《南陽集》內。其二十二趙葵，年八十一，有詞見《錢塘遺事》。其二十三留元剛，年八十二，有詞見《陽春白雪》。其二十四劉克莊，年八十三，有《後邨長短句》。其二十五徐經孫，年八十二，有《矩山詞》。其二十六牟巘，年八十五，有《陵陽先生詩餘》。此外六十、七十尤指不勝屈。亦可見宋詞人享大年者之眾矣。

一〇　補大典本小亨詩餘

元楊弘道叔能《小亨集》六卷，乃《永樂大典》本。其間共收詞七闋，非足本也。趙斐雲校輯宋金元詞，既采《大典》本，復從《永樂大典》八千八百四十五游字韵，增補一闋，共得八闋。然《遺山樂府》中，乃附見一闋，則又趙補所未及也。原詞見〔定風波〕"白髮相看"一闋序中，蓋留贈遺山者。詞云："邂逅梁園對榻眠。舊游回首一淒然。當時好客誰為最，李趙風流兩謫仙。

居接棟，稼鄰田。與君詩酒度殘年。飄零南北如相避，開歲還分隴上泉。"遺山即用其意，作〔定風波〕以答之。後之重刊《小亨集》者，可據此補遺。惟原集既佚，而吾人又不能盡見《大典》，其所佚，必不止此。遺山嘗贈弘道詩云："海內楊司户，聲名三十年。"又云："星斗龍門姓氏新，豈知書劍老風塵。"觀遺山之傾倒，可知弘道亦北方之巨擘也。焦竑《經籍志》載《小亨集》十五卷，倘得重見人間，亦樂事也。

一一 宋本東山詞補闕

宋《直齋書録解題》載賀鑄《東山寓聲樂府》三卷，《敬齋古今黈》載《東山樂府》別集，今并不傳。今傳殘本《東山詞》上一卷，虞山瞿氏藏，陶氏涉園景印，詞共一百九首，缺字頗多。其〔踏莎行〕一首云："山秀芙蓉，溪明罨畫。真游洞穴滄波下。臨風慨想斬蛟靈，長橋□□□□跨。　解組投簪，求田問舍。黄鷄白酒□□□。元龍非復少時豪，耳根洗凈功名話。"上下缺字，無從增補。偶閱《咸淳毘陵志》卷二十三，乃得其全。上句作"長橋千載猶橫跨"，下句作"黄鷄白酒漁樵社"。原闕隱晦已久，一旦重現，樂何如之。惟《志》書作〔鳳栖梧〕調，則非是也。

一二 題温日觀葡萄墨迹詞

昔人書畫題跋中，每見詩詞出集本以外者，至可玩味。如吴升《大觀録》卷十五曾載張玉田《題温日觀葡萄墨迹》一首〔八聲甘州〕，即爲《山中白雲》所無者。王半塘曾據《蓮子居詞話》補入《雙白詞》，然猶不知出自《大觀録》也。江賓谷《山中白雲疏證》卷一引玉田及沈欽詞，不知此圖尚有宋鄜州劉沆一首和作也。兹録出以補《疏證》，詞云："愛纍纍、萬顆貫驪珠，特地覓幽芳。想黄昏雲淡，夜深人静，清影橫窗。冷澹一枝兩葉，筆下老秋光。參透圓明相，日觀開荒。　最是柔髯修梗，映風姿霧質，雅趣悠長。更淋漓草聖，把玩墨猶香。珍重好、卷藏歸去，枕屏間、偏稱道人床。江南路，後回重見、同話凄涼。"

一三　學海類編中所收之僞詞話

《學海類編》一書，舊題曹溶編，爲書四百二十二種，亦可謂
洋洋大觀。然真本僅十之一，僞本則十之九，或改頭換面，別立書
名；或移甲爲乙，僞題作者。顚倒謬妄，不可殫述。所收詞話，如
彭孫遹《詞統源流》《詞藻》，李良年《詞壇紀事》《詞家辨證》，
皆非真本也。考《詞統源流》，即《詞苑叢談》之《體製》門原
文；《詞藻》即《詞苑叢談》之《品藻》門原文；《詞壇紀事》，
即《詞苑叢談》之《紀事》門原文；《詞家辨證》，即《詞苑叢
談》之《辨證》門原文。是諸書皆自徐虹亭《詞苑叢談》中抽出
一部，而僞題彭氏，炫人耳目。《四庫全書提要》云："以徐乾學
《教習堂條約》、項維貞《燕臺筆錄》二書考之，一成於溶卒之年，
一成於溶卒之後，溶安得采入斯集。或無賴書賈以溶家富圖籍，
遂托名於溶歟。"就此數種詞話觀之，亦顯然爲書賈所假托。近商
務印書館印《叢書集成》，嘗收《學海類編》。觀其統計詞話，猶
數此幾種，是尚未悉其底蘊，而爲書賈所蒙也。

一四　北宋狀元能詞者

詞極盛於兩宋，上自帝王宗室，下至釋道女流，無不能詞。狀
元之能詞者亦衆，茲以次寫之，以供撰詞史者之參考。宋太宗太
平興國五年狀元蘇易簡，有〔越江吟〕，見《湘山野錄》。太宗端
拱二年己丑狀元陳堯佐，有〔踏莎行〕，見《花庵詞選》。仁宗皇
祐五年癸丑狀元鄭獬，有〔好事近〕，見《花庵詞選》。仁宗嘉祐
八年癸卯狀元許將，有詞見《歲時廣記》、《花草粹編》及《欽定
詞譜》。神宗元豐二年己未狀元時彦有〔青門飲〕，見《花草粹編》。
神宗元豐五年壬戌狀元黄裳，有《演山集》。徽宗政和五年乙未狀元
何？有詞見《梅苑》及《夷堅志》。徽宗重和元年戊戌狀元王昂，
有〔好事近〕，見《花庵詞選》。徽宗宣和六年甲辰狀元沈晦，有
〔小重山〕，見《永樂大典》。以上北宋狀元能詞者，共九人。

一五　南宋狀元能詞者

南宋偏安，詞風不減，狀元之能詞者尤衆。計高宗紹興八年戊午狀元黃公度，有《知稼翁詞》。高宗紹興二十四年甲戌狀元張孝祥，有《于湖居士長短句》。高宗紹興二十七年丁丑狀元王十朋，有詞，見《全芳備祖》。孝宗乾道八年壬辰狀元王定，有〔鷓鴣天〕，見《翰墨大全》。光宗紹熙四年狀元陳亮，有《龍川詞》。寧宗嘉定十年丁丑狀元吳潛，有《履齋詩餘》。理宗紹定五年壬辰狀元徐杰，有〔滿江紅〕，見《大典》本《梅垫集》。理宗寶祐元年辛丑狀元徐儼夫，有〔西江月〕，見《陽春白雪》。理宗寶祐元年癸丑狀元姚勉，有《雪坡詞》。理宗寶祐四年丙辰狀元文天祥，有《文山樂府》。理宗景定三年壬戌狀元李珏，有詞見《絕妙好詞》。共十一人。合之北宋九人，共二十人。此皆就其有詞流傳者記之耳。

一六　誤以父詞爲子詞

宋黃昇嘗選《花庵詞選》，其中載胡仔之詞云：“乞得夢中身，歸栖雲水。始覺精神自家底。峭帆輕棹，時與白鷗游戲。畏途都不管，風波起。　　光景如梭，人生浮脆。百歲何妨盡沉醉。卧龍多事，漫説三分奇計。算來爭似我，長昏睡。”案此詞胡仔之父舜陟作，《花庵》誤選。胡仔《苕溪漁隱叢話》後集卷三十九載此詞云：“先君頃嘗丐詞，居射村作。”自言先君，當可確信。胡仔又記其先君江行阻風，嘗作〔漁家傲〕一詞云：“幾日北風江海立。千軍萬馬鏖聲息。短棹峭寒欺酒力。飛雨息。瓊花細細穿窗隙。
我本緑簑青篛笠。浮家泛宅烟波逸。渚鷺沙鷗多舊識。行未得。高歌與爾相尋覓。”乃近日朱古微輯《湖州詞徵》，亦收作胡仔詞，與《花庵》所選，正有同失。

一七　宋代女詞人張玉孃

宋代女士，以詩詞流傳至今，自李易安《漱玉集》、朱淑貞

《斷腸集》外，尚不多見。張玉孃字若瓊，松陽人，宋仕族女，少字中表沈佺，佺宣和對策第一人晦之後也。後父母有違言，玉孃不從。適佺屬疾，玉孃折簡貽佺，以死自誓。佺卒，玉孃亦以憂卒。所著《蘭雪集》，凡詞十六首，幾欲繼軌朱、李。惟傳本絶少，諸家書目，亦未著録。近宜秋館刻《宋人甲乙丙丁集》，始自孔氏微波榭鈔本迻録。孔氏原鈔，出自鮑氏《知不足齋》，而鮑氏又鈔自趙氏《小山堂》本也。明王詔爲之立傳，孟稱舜又爲之修墓，建祠，刊集，并爲之作《鸚鵡冢》傳奇。其人其事，始顯於世。顧自明迄今，言宋文學者，猶不數玉孃一家，豈非憾事。朱竹垞、陶鳧香《詞綜》俱未收一闋，想未見《蘭雪》一集也。顧嗣立《元詩選》曾選其詩二首，《四庫》別集類存目亦作元人，然按之傳文，當以宋人爲是。又朱古微《彊邨叢書》亦收宋《蘭雪集》，顧其署名爲張玉，則傳鈔者之誤云。

一八　古今詞語相襲

宋詞襲詩句者頗多，如歐公之"平蕪盡處是春山，行人更在春山外"，襲石曼卿詩"水盡天不盡，人在天盡頭"。趙德麟詞"重門不鎖相思夢，隨意繞天涯"，襲僧齊己詩"重城不鎖夢，每夜自歸山"。至詞與詞相襲，亦數見不鮮。如杜牧之〔八六子〕末句云："正消魂。梧桐又移翠陰。"秦少游〔八六子〕末句亦云："正銷凝。黃鸝又啼數聲。"此皆句法之相襲也。他如李後主詞云："歸時休放燭花紅，待踏馬蹄清夜月。"至鄭毅夫則云："歸去不須銀燭，有山頭明月。"顧敻詞云："換我心、爲你心。始知相憶深。"至徐山民則云："妾心移得在君心。方知人恨深。"此又詞意之相襲也。

一九　文卿同字之誤

宋儲泳，字文卿。金宗室從郁，亦字文卿。二人同字文卿，後人不察，遂有誤植之事。如《花草粹編》四載文卿〔西江月〕《題邯鄲王化呂仙翁祠堂》云："壁斷何人舊字，鎖寒隔歲殘香。洞天人去海茫茫。玩世仙翁尸往。　　　西日長安道遠，春風趙國臺荒。行人誰不悟黃粱。依舊紅塵陌上。"案此文卿乃從郁之字，詞原見《中州樂府》，又見《翰墨大全》。《花草粹編》即本此而署文卿。乃咸豐間，金繩武校印《花草粹編》，直將文卿改爲儲冰，在金氏方以爲姓名劃一，而不知謬以千里也。

二〇　成容若漁歌子

成容若雍容華貴，而吐屬哀怨欲絕，論者以爲重光後身，似不爲過。所作《飲水》《側帽詞》皆非全稿。自來有徐健庵、張純修、袁蘭村、周稚圭、張詩舲、汪珊漁、伍崇曜、許邁孫諸刻本，互有異文，亦互有闕略。伍刻据汪刻校訂，其三百四十二闋，最爲完備。然余尚補得五闋，其一闋爲〔漁歌子〕，風致殊勝。詞見徐虹亭《楓江漁父圖》。當時題者頗衆，如屈大均、王阮亭、施愚山、彭羨門、嚴蓀友、李甿庵、歸孝儀，及益都馮相國，皆有七絕咏之。惟容若題小令，詞云："收却綸竿落照紅。秋風寧爲剪芙蓉。人淡淡，水濛濛。吹入蘆花短笛中。"一時勝流，咸謂此詞可與張志和〔漁歌子〕并傳不朽。噫，世之刻容若詞者多矣，何以獨遺此闋。世之愛讀容若詞者亦多矣，又何可不讀此闋。今茲寫出，一爲容若表微，一供世人欣賞也。

二一　題馬遠松院鳴琴詞

《韵石齋筆談》有《題馬遠松院鳴琴》詞云："閑中一弄七弦琴。此曲少知音。多因淡然無味，不似那鄭聲淫。　　　松院静，竹樓深。夜沉沉。清風拂軫，明月當軒，誰會幽心。"相傳此詞楊妹子作。妹子亦稱楊娃，宋寧宗后妹，嘗以藝文供奉内廷。《詞林紀事》《歷代名媛詞選》，俱收楊妹子此詞。余案妹子無詞流傳，此乃張掄之詞，掄有《蓮社詞》，今《四印齋叢書》有刻本。詞中載《咏閑》十首，此其一也。妹子蓋借成句以題畫。後人不知成句所出，遂以爲妹子自撰，宋詞中憑空多出一家，百年來無異辭，是不可以不辨。

二二　好詞重字之嫌

秦淮海〔滿庭芳〕“梅英疏淡”一闋，亦絕妙好詞也。顧其上半闋末云：“柳下桃蹊，亂分春色到人家。”下半闋末云：“無奈歸心，暗隨流水到天涯。”前後兩“到”字，微嫌重複。因記宋黃公紹詞云：“年年社日停針綫。爭忍見、雙飛燕。今日江城春已半。一身猶在，亂山深處，寂寞溪橋畔。　　征衫著破誰針綫。點點行行淚痕滿。落日解鞍芳草岸。花無人戴，酒無人勸，醉也無人管。”詞寫旅況，亦頗沉著。惟前後重“針綫”二字，亦是微疵。又清初王漁洋《紅橋賦》詞云：“北郭青溪一帶流。紅橋風物眼中秋。綠楊城郭是揚州。　　西望雷塘何處是，香魂零落使人愁。澹烟芳草舊迷樓。”此詞爲漁洋司理揚州日作，一時傳誦，遍大江南北。然其中“郭”字重見，亦與秦、黃名作有同病焉。

二三　陶㥦香詞綜之誤

陶氏繼秀水朱竹垞之後，補輯《詞綜》二十卷，多從《陽春白雪》專集中輯出，内容繁富，足與朱書并行不廢。惟誤采之事，通人不免。陶氏選元人張養浩一首〔行香子〕云：“一葉舟輕。雙槳鴻驚。水天清、影湛波平。魚翻藻鑒，鷺點烟汀。過沙溪急，霜溪冷，月溪明。　　重重似畫，曲曲如屏。算當年、虛老嚴陵。君臣一夢，今古虛名。但遠山長，雲山亂，曉山青。”案此乃東坡之詞，膾炙人口已久，不知陶氏何以竟未辨此。但王蘭泉《明詞綜》亦嘗誤以李珣詞爲鐵鉉作，黃韵珊《國朝詞綜》誤以張孝祥詞爲清人作，近人選《詞品甲》誤以文徵明〔滿江紅〕詞爲宋人作。事同一例，均可謂失之眼前也。

二四　魯逸仲即孔方平

宋魯逸仲即孔方平之説，選詞者從無人發覆。自《花庵詞選》著魯逸仲之名，後世如《詞綜》《歷代詩餘》《欽定詞譜》諸書，皆沿魯逸仲之名，一若此人姓魯名逸仲者。予案《花庵》載逸仲〔水龍吟〕"歲窮風雪"一首，《梅苑》卷一即載之，但其下注孔方平，是逸仲與方平爲一人，或可憑信。至《碧鷄漫志》云："《蘭畹曲會》，孔寧極先生之子方平所集。序引稱無爲、莫知非，其自作者稱魯逸仲，皆方平隱名，如子虛、烏有、亡是之類。"是逸仲即方平之化名，確無疑義矣。梁任公嘗《記蘭畹集》一文，見《北平圖書館月刊》，知方平爲孔氏之字，而以爲其名無考。余檢厲樊榭《宋詩紀事》卷三十四云："孔夷，字方平，號滽皋先生，元祐中隱士劉攽、韓維之畏友。"是孔氏名夷，字方平。魯逸仲，其化名也。惜任公終不知之。又任公謂孔氏傳世之詞，惟《梅苑》中選存一首，不知《花庵詞選》卷八明載孔氏有〔南浦〕〔水龍吟〕〔惜秋慢〕三首，是又任公之疏矣。

二五 記復雅歌詞

今傳之宋人詞選，有《樂府雅詞》《陽春白雪》《花庵詞選》《絕妙好詞》《草堂詩餘》諸書，顧《復雅歌詞》一書，獨不流傳，誠可惜也。據陳振孫《直齋書錄解題》云："《復雅歌詞》五十卷，題銅陽居士編，不著姓名。末卷言宮調音律頗詳，然多有調而無曲。"是直齋當時，亦不詳此書爲何人所編也。惟明刻《重校北西廂記》引李邴〔調笑令〕，云出《復雅歌詞》後集，可知此書分前後集。豈前集二十五卷，後集二十五卷，共爲五十卷耶。未可臆斷也。又黄玉林《花庵詞選序》云："長短句始於唐，盛於宋，唐詞具載《花間集》，宋詞多見於曾端伯所編。而《復雅》一集，又兼采唐宋，迄於宣和之季，凡四千三百餘首。吁，亦備矣。"可知花庵當時已震驚此書之完備，而選詞止於宣和，是編者亦南渡初年之人。友人趙萬里先生嘗輯《復雅歌詞》，僅得十則，可謂大海一勺。安得此書重現於人間，亦大快事也。趙輯失收一首，兹并補之：《詞譜》卷一引《復雅歌詞》無名氏作〔憶王孫〕云："湖上風來波浩渺。秋已暮，紅稀香少。水光山色與人親，説不盡、無窮好。　　蓮子已成荷葉老。清露洗，蘋花汀草。眠沙鷗鷺不回頭，似應懼、人歸早。"此首不知何據，豈《詞譜》曾見原書耶。

二六　破陣子不始於晏殊

《詞律》卷九收〔破陣子〕一調，舉晏殊詞云："燕子來時新社，梨花落後清明。池上碧苔三四點，葉底黃鸝兩三聲。日長飛絮輕。　　巧笑東鄰女伴，采桑徑裏逢迎。疑怪昨宵春夢好，元是今朝鬥草贏。笑從雙臉生。"又《欽定詞譜》卷十四收〔破陣子〕一調，舉晏殊詞云："海上蟠桃易熟，人間秋月長圓。惟有擘釵分細侶，離別當多會面難。此情須問天。　　蠟燭到明垂淚，熏鑪盡日生烟。一點凄涼愁絕意，漫道秦箏有剩弦。何曾為細傳。"注云：此調始自此詞。余案：《詞律》《詞譜》之說皆非也。此調當以李後主詞為正格，原詞云："四十年來家國，八千里地山河。鳳閣龍樓連宵漢，玉樹瓊枝作烟蘿。幾曾識干戈。　　一旦歸為臣虜，沈郎潘鬢銷磨。最是倉皇辭廟日，教坊猶奏別離歌。揮淚對宮娥。"以萬紅友之博涉，以館閣諸臣之精力，而失收此首名著，亦可異也。又敦煌石室藏唐人《雲謠集》，亦有〔破陣子〕四首，惟第二句作五字句，餘悉同，是其由來愈久矣。

二七　張惠言詞選之誤

張惠言開常州詞派，所選詞，號稱謹嚴，自來學者，咸奉為圭臬。顧其間有誤收者，學者不可不知也。如王元澤〔眼兒媚〕云："楊柳絲絲弄輕柔。烟縷織成愁。海棠未雨，梨花先雪，一半春休。　　而今往事難重省，歸夢繞秦樓。相思衹在，丁香枝上，豆蔻梢頭。"案《捫蝨新語》云："王元澤一生不作小詞，或者笑之。元澤遂作〔倦尋芳慢〕一首，時服其工。今人多能誦，然元澤自此亦不復作。"觀《新語》所載，知元澤平生，僅作〔倦尋芳慢〕一首，未作〔眼兒媚〕也。至正本《草堂詩餘》載〔眼兒媚〕，原亦不注名氏，特其前為元澤之〔倦尋芳慢〕，於是陳鍾秀本及類編本《草堂詩餘》，遂一再涉前首而誤作元澤。朱竹垞《詞綜》、張惠言《詞選》，俱未能辨。傳誦後世，貽誤不淺。又所選秦少游〔生查子〕"眉黛遠山長"一首，亦沿《詞綜》之誤。《淮海詞》并無之。檢此詞，見宋本《于湖居士長短句》，是秦詞又于湖之誤也。

二八　董毅續詞選之誤

董毅，翰風先生外孫，詞學承常州淵源。所作《續詞選》，乃續張惠言《詞選》者，亦嘗與《詞選》合刻，其間亦誤選〔滿江紅〕一首。原詞云："斗帳高眠，寒窗靜、瀟瀟雨意。南樓近、更移三鼓，漏傳一水。點點不離楊柳外，聲聲祇在芭蕉裏。也不管、滴破故鄉心，愁人耳。　　無似有，游絲細。聚復散，真珠碎。天應分付與，別離滋味。破我一床胡蝶夢，輸他雙枕鴛鴦睡。向此際、別有好思量，人千里。"案董氏乃沿竹垞《詞綜》之誤，《詞綜》則沿後出《草堂詩餘》之誤也。此詞既不見宋本單刻《于湖詞》，又不見宋本《于湖文集·詞》，而《花庵詞選》錄于湖佚詞，亦不載此詞，是非于湖之作也。至正本《草堂詩餘》錄此首，原亦不注名氏，顧其前一首，乃于湖之〔憶秦娥〕詞，陳鍾秀本及類編本《草堂詩餘》遂涉前者而誤作于湖詞。三百年來，于湖蒙誣未雪，亦可慨已。

二九　以字爲名之非

《詞綜》收沈公述、王文甫、林少瞻、田不伐、万俟雅言、姚進道、潘元質、馬莊父、馮艾子、劉圻父諸詞家，或不知其人原名，而徑書其字；或誤以其字爲名，而以其名爲字。顛倒失實，貽誤殊甚。而館臣編《歷代詩餘·詞人姓氏錄》，及杜小舫所編之《詞人仕履》，俱沿訛襲謬，莫之能正。後人未嘗深考，亦不能一一檢舉原名。茲考訂之：沈公述，名唐，韓魏公之客，官大名簽判。王文甫，名齊愈，蜀人，齊萬之弟。林少瞻，名仰，侯官人，紹興十五年進士。田不伐，名爲；万俟雅言，名咏，俱充大晟府製撰。姚進道，名述堯，原書既收述堯，又收進道，一人析爲兩人，尤爲疏失。潘元質，名汾，金華人，見《自號錄》，此人從無人知其原名者，宋以來選本，僅書其字，今偶得發明，亦快事也。至於馬莊父，名子嚴；馮艾子，名偉壽；劉圻父，名子寰，皆當更正也。

三〇　文天祥之南樓令

《詞林紀事》載文天祥〔南樓令〕云："雨過水明霞。潮回岸帶沙。葉聲寒、飛透窗紗。懊恨西風催世換，更隨我、落天涯。

寂寞古豪華。烏衣日又斜。説興亡，燕入誰家。祇有南來無數雁，和明月、宿蘆花。"并引《耆舊續聞》云："文信國被執北行，次信安，館人供帳甚盛。信國達旦不寐，題詞於壁。"案《耆舊續聞》，陳鵠撰，鵠孝宗時人，何得見文信國被執。顯然謬誤。乃查今本《耆舊續聞》，果無此條。乃知後人引用前書，往往不足據，非覆校原書不可。又案，《歷代詩餘》引《中州樂府》語，謂馮子駿之詞不減文信國"雨過霞明"之句，檢雙照樓本、《彊邨叢書》本《中州樂府》，均無此語，則知欽定官書，亦不可信。元《草堂詩餘》引此詞作鄧光薦，自可無疑。且江刻《文山詞》亦無此詞，則尤不得以鄧詞誣文氏矣。

三一　烟中怨本事

秦少游詞有〔調笑令〕十首咏古人事。其中王昭君、樂昌公主、崔徽、無雙、灼灼、盼盼、崔鶯鶯、采蓮、《離魂記》九首事，人皆知之。惟《烟中怨》一首，人皆不知其本事。吳瞿安先生嘗舉以問汪辟疆先生。辟疆先生固治唐宋小説者，亦不省記，轉以詢余。余往嘉業堂藏書樓，閱明抄本《綠窗新話》，乃知其本事。《新話》蓋引南卓《解題叙》文云："越溪，漁者女，絕色能詩。嘗有句云：'珠簾半床月，青竹滿林風。'有謝生續云：'何事今宵景，無人解與同。'女喜而偶之。後七年春日，忽題云：'春盡花隨盡，其如自是花。'并謂生曰：'逝水難駐，千萬自保。'即以首枕生膝而逝。後二年，江上烟波溶泄，見女立於江中曰：'吾本水仙，謫居人間，今復爲仙，後倘思郎，復謫下矣。'"今觀少游原詞云："眷戀西湖岸。湖面樓臺侵雲漢。阿溪本是飛瓊伴。風月朱扉斜掩。謝郎巧思詩裁剪。能動芳懷幽怨。"正與本事吻合。向之疑滯，亦可豁然消釋矣。

三二　清真爲何大圭之訛

宋人詞集，每雜入偽作。《清真》一集，亦未能免。其〔水調歌頭〕《中秋寄李伯紀觀文》云："今夕月華滿，銀漢瀉秋寒。風纏霧捲宛轉，天陛玉樓寬。應是金華仙子，文喜經年藥就，（下闕五字。）收拾山河影，都向鏡中蟠。　　橫霜竹，吹明月，到中天。要合四海遙望，千古此輪安。何處今年無月，唯有謫仙著語，高絕莫能攀。我欲喚公起，雲海路漫漫。"案：此詞王國維以伯紀拜觀文學士時，在清真卒後，定爲偽作，誠爲卓識。然不知原作者果爲何人也。嘗閱陳元靚《歲時廣記》卷三十六有引《本事詞》一條云，"李丞相伯紀退居三山，寓居東報國寺。門下多文士從游。中秋夜宴，座上命何大圭賦〔水調歌頭〕"云云。是此詞乃何大圭之詞甚明，且所闕五字，作"傾出玉團圓"。既明其偽，復補其闕，是亦快事也。

三三　喻愁詞

《鶴林玉露》謂，詩家有以山喻愁者，杜少陵云"憂端如山來，澒洞不可掇"，趙嘏云"夕陽樓上山重叠，未抵春愁一倍多"是也。有以水喻愁者，李頎云"請量東海水，看取淺深愁"，李後主云"問君却有幾多愁，恰似一江春水向東流"，秦少游云"落紅萬點愁如海"是也。予謂詞家有以細密喻愁者，如秦少游云"無邊絲雨細如愁"是也。有以沉重喻愁者，如李易安云"祇恐雙槳舴艋舟，載不動、許多愁"是也。有以多量喻愁者，如呂渭老云"若寫幽懷一段愁，應用天爲紙"是也。設想新奇，各極其妙。至如賀方回云，"試問閑愁知幾許。一川烟草，滿城風絮。梅子黃時雨"，不言愁而愁自無窮，筆致空靈，意味更長。

三四　同字舜卿之誤

宋曾揆，字舜卿，號嬾翁，南豐人，有〔西江月〕詞，見《絕妙好詞》。元曾允元，字舜卿，號鷗江，太和人，有詞四首，見《鳳林書院草堂詩餘》。二人同字舜卿，後人詞選，遂有誤植之事。明《花草粹編》卷三載曾舜卿〔謁金門〕詞云："山銜日，泪洒西風獨立。一葉扁舟流水急。轉頭無處覓。　去則而今已去，憶則如何不憶。明日到聚應記得。寄書回雁翼。"此所謂舜卿，不知宋人抑元人。然此詞既不見《絕妙好詞》，又不見《草堂詩餘》，不知《粹編》何據。或竟非舜卿之作，而《粹編》誤署。金本《粹編》，改署曾揆，《詞綜》卷二十八又作曾允元，均無根之事，不足信也。

三五　叠字詞

詩句中有連三字者，如"夜夜夜深聞子規"，"日日日斜空醉歸"，"更更更漏月明中""樹樹樹梢啼曉鶯"皆是。詞中有"庭院深深深幾許"之調，亦此例也。至詩中有每句不離叠字者，如古詩云："青青河畔草，鬱鬱園中柳。盈盈樓上女，皎皎當窗牗。娥娥紅粉妝，纖纖出素手。"乃詞中亦有仿此例者，如葛立方〔卜算子〕云："裊裊水芝紅，脉脉兼葭浦。淅淅西風澹澹烟，幾點疏疏雨。　草草展杯觴，對此盈盈女。葉葉紅衣當酒船，細細流霞舉。"連用十八叠字，妙手無痕，在宋人詞中，亦創見之什也。

三六　四庫全書之誤

《四庫全書》集部李新《跨鰲集》，末有〔洞仙歌〕一首云："雪雲散盡，放曉晴庭院，楊柳於人便青眼。更風流多處，一點梅心，相映遠。約略嚲輕笑淺。　一年春好處，不在濃芳，小艷疏香最嬌軟。到清明時候，百紫千紅花正亂。已失春風一半。蚤占取韶光，共追游，但莫管春寒，醉紅自暖。"案此首李元膺詞，非李新詞也。新字元應，井研人。元膺北宋東平人，其名不詳。詞見《花庵詞選》卷五，膺與應形近，故《四庫》誤收之。《四庫》集部書，或有詞不收，或輯詞多誤，是在讀者補之正之也。

三七　李芸子非李芸庵

李芸子，字耘叟，號芳洲，邵武人。戴石屏嘗序其詞，黃花庵嘗載其一首〔木蘭花慢〕云："占西風早處，一番雨，一番秋。記故國斜陽，去年今日，落葉林幽。悲歌幾回激烈，寄疏狂、酒令與詩籌。遺恨清商易改，多情紫燕難留。　　嗟休。觸緒繭絲抽。舊事續何由。奈予懷渺渺，羈愁鬱鬱，歸夢悠悠。生平不如老杜，便如他、飄泊也風流。寄語庭柯徑菊，甚時得棹孤舟。"李芸庵名洪，揚州李正民之子，有《芸庵類稿》。《大典》輯本，其中亦有此詞，蓋誤以芸子為芸庵也。古老《彊邨叢書》，收李洪《芸庵詩餘》，即用《大典》輯本，亦未辨此為誤入之詞。

三八　移船出塞曲

"移船出塞"，晁次膺〔鴨頭綠〕中之句也。張表臣《珊瑚鈎詩話》云："予嘗語晁次膺曰：公〔鴨頭綠〕《琵琶》詞誠妙絕，蓋自'曉風殘月'之後，始有'移船出塞'之曲。"張氏盛稱此詞，其原文云："錦堂深，獸爐輕噴沉烟。紫檀槽、金泥花面，美人斜抱當筵。挂羅綬、素肌瑩玉，近鸞翅、雲鬢梳蟬。玉笋輕攏，龍香細抹，鳳凰飛出四條弦。碎牙板、煩襟消盡，秋氣滿庭軒。今宵月，依稀向人，欲鬥嬋娟。　　變新聲、能翻往事，眼前風景依然。路漫漫、漢妃出塞，夜悄悄、商婦移船。馬上愁思，江邊怨感，分明都向曲中傳。困無力、勸人金盞，須要倒垂蓮。拼沉醉，身世恍然，一夢游仙。"乃《詞林紀事》卷六既引詩話之文，又引晁次膺〔鴨頭綠〕"新秋近"一首，不知此首中，并無"移船出塞"語，此首實晁補之詞，宋本及毛本《琴趣外編》均載之。張宗橚誤引次膺詞，而反謂《琴趣外編》誤入，亦誤矣。

三九　黃州杏花村館題壁

謝無逸嘗過黃州杏花村館，題〔江城子〕於驛壁云："杏花村館酒旗風。水溶溶。揚殘紅。野渡舟橫，楊柳綠陰濃。望斷江南山色遠，人不見，草連空。　夕陽樓下晚烟籠。粉香融。淡眉峰。記得年時，相見畫屏中。祗有關山今夜月，千里外，素光同。"此詞極清婉，凡過此者，輒向驛卒索筆鈔錄。後卒不勝其擾，因竟以泥塗之。此詞此事見《苕溪漁隱叢話》後集卷三十三引《復齋漫錄》。乃《詞林紀事》既引《復齋漫錄》，而詞則載"一江春水碧灣灣"一首，誠不知何所見而云然。夫紀而不實，烏可不亟爲表出，以告讀是書者。

四○　宋伯仁烟波漁隱詞

宋代宋伯仁《烟波漁隱詞》二卷，見《四庫全書》詞曲類存目。原書爲《永樂大典》本，今海內不見傳本，而余所見之《永樂大典》，亦未覓得隻字。據《提要》云："其書蓋作於淳祐元年，取太公、范蠡、陶潛諸人，各繫以詞一首，又有瀟湘八景、春夏四時景，亦繫以詞，調皆〔水調歌頭〕也。"觀其詞名與《提要》所云，必有山林烟霞與江湖烟水之趣，惜并湮没而不彰。此集諸家書目未載，《詞綜·凡例》，舉未傳之目，亦無是目。四庫館臣幸得於《大典》中得此一家，而又屏之不錄。今日《大典》不可追尋，猶有空名垂世，亦徒令人欷歔不直云。

四一　小山同名之誤

北宋晏幾道，號小山，南宋蕭泰來，亦號小山，皆詞人也。顧以同號小山，遂有誤植之事。如《翰墨大全》丙集卷三，載〔滿江紅〕云："七十人稀，嘗記得少陵舊語。誰知道五園庵主，壽今如許。眼底青瞳如月樣，鏡中黑鬢無雙處。與人間、世味不相投，神仙侶。　　文漢史，詩唐句。字晉帖，碑周鼓。這千年勛業，一年一部。曄曄紫芝商隱皓，猗猗綠竹淇瞻武。問先生何處更高歌，凭椿樹。”此詞題作《壽大山兄》，注作“小山”。此小山即泰來，而大山則其兄崲也。《歷代詩餘》不知小山爲泰來，而徑改作晏幾道，可謂差以毫厘，失之千里矣。咸豐間，晏氏裔孫輯《小山詞》，亦收此詞，則又承《歷代詩餘》之誤，而未加辨正者也。自余溯流明源，後之研究小山詞者，其亦憬然悟乎。

四二　宋人父子能詞

宋詞風極盛，一門能詞者亦衆。茲詳紀之：（一）宋徽宗有《徽宗詞》。長子欽宗，有詞見《可書》及《宣和遺事》，九子高宗，有詞見《紹興府志》。　（二）晏殊有《珠玉詞》，子幾道有《小山詞》。（三）王益，有詞見《能改齋漫錄》，子安石有《臨川道人歌曲》，安石子王雱有詞見《捫蝨新語》。　（四）范仲淹有《范文正公詞》，子純仁有詞見忠宣公本集。（五）韓琦有詞見《能改齋漫錄》，子嘉彥有詞見《花草粹編》。（六）曾鞏有詞見《梅苑》，子肇有詞見《過庭錄》。（七）曾紆有詞見《樂府雅詞》，子惇有詞見《花庵詞選》。　（八）秦觀有《淮海詞》，子湛有詞見《花庵詞選》。（九）晁冲之有《冲之詞》，子公武有詞見《陽春白雪》。（十）米芾有《寶晉長短句》，子友仁有《陽春詞》。（十一）葛勝仲有《丹陽詞》，子立方有《歸愚詞》。（十二）朱松有詞見《南溪書院志》，子熹有《晦庵詞》。（十三）曹組有《箕潁詞》，子勛有《松隱詞》。（十四）史浩有《鄮峰真隱大曲》，子彌遠有詞見《四明樂府》。（十五）韓世忠有詞見《梁溪漫志》，子彥古有詞見《陽春白雪》。（十六）韓元吉有《南澗詞》，子淲有《澗泉詞》。（十七）周文璞有詞見《絕妙好詞》，子弼有詞見《陽春白雪》。（十八）牟子才有詞見《花草粹編》，子巘有《陵陽詞》。（十九）周晉有詞見《絕妙好詞》，子密有《草窗詞》。（二十）馮取洽有《雙溪詞》，子偉壽有《雲月詞》。（二十一）張樞有《寄閑集》，子炎有《山中白雲詞》。

四三　黃蕘圃不知張功甫

宋版張元幹《蘆川詞》，口上標功甫二字，蓋元幹之別字也。宋劉如《節操集》口上標倚松二字，《三公類稿》口上標南塘梅亭，其例正同。何義門跋《蘆川詞》，謂功甫是錢功甫，固爲大誤，而黃蕘圃跋云："余於姜白石詞中，知同時有功甫其人，喜甚，謂即是仲宗別一字。既又於《陽春白雪》中得張功甫詞二調，一係〔鷓鴣天〕，一係〔八聲甘州〕，然檢其詞句，與此詞中所載無合者，是又不得以仲宗功甫比而同之矣。且《陽春白雪》亦選張仲宗詞，似不應一稱功甫，一稱仲宗，事之無可發明者，有如此種是已。"案此跋奇甚。蕘圃校刊之學精絶，何以未討元幹時代，與白石絶不相及，安得白石同時有元幹耶，宜其糾繆不明也。蓋《白石詞》中及《陽春白雪》中之功甫，乃張鎡之字。鎡字功甫，號約齋，西秦人，居臨安，循王諸孫，有《南湖詩餘》流傳。蕘圃不知，可謂千慮一失已。

四四　宋人斥李易安論

前人盛稱男中李後主，女中李易安，極是當行本色。顧易安論時人詞，少所許可，不免啓宋人之訾議。彼謂：柳永詞語塵下。張子野、宋子京兄弟、沈唐、元絳、晁次膺，破碎不足名家。晏元獻、歐陽永叔、蘇子瞻，皆句讀不葺之詩。王介甫、曾子固不能作小歌詞。賀方回少典重。秦少游少故實。黃山谷多疵病。其言豪視一世，實未盡當。故胡仔《苕溪漁隱叢話》既引其語，復斥之曰："易安歷評諸公歌詞，皆摘其短，無一免者。此論未公，吾不憑也。其意蓋自謂能擅其長，以樂府名家者。退之詩云：'不知群兒愚，那用故謗傷。蚍蜉撼大樹，可笑不自量。'正爲此輩發也。"王灼《碧鷄漫志》亦曰："閭巷荒淫之語，肆意落筆，自古搢紳之家能文婦女，未見如此無顧忌也。"二氏詆之，可謂深刻矣。

四五　地志中之絶妙小詞

宋詞盛行，俊杰無限。舊方志中，間載逸詞，爲從來選本所未搜及者甚夥。如《紹興府志》載宋高宗詞十五首，《溫州府志》載王十朋詞十八首，《嘉定鎮江志》載仲殊詞十三首，皆可驚之發見。他如《景定建康志》載王淮詞，《太平府志》載王去疾詞，《光澤縣志》載昂霄詞，《永春州志》載王識詞，亦前所未聞。近閱《崇安縣志》，復得宋彭止一首，頗清新有味。詞云："夜來小雨三更作。近水處、小桃開却。玉女向曉掀朱箔。似與花枝有約。

綠池上、柳腰纖弱。燕子過、誰家院落。春衫試著香羅薄。無奈東風太惡。"止字應期，自號漫者，崇安人，嘗以詩謁辛稼軒。《翰墨全書》載其《壽平交五十》〔滿庭芳〕一首，獨無此首。近林子有輯《閩詞徵》，亦遺此首。是固不可以任其雜廁故紙堆中，而不表出之也。閩内政部曩藏方志頗多，惜被焚後，予始知之，使早知之，先遍閱一過，豈非快事。今則嘆惋而已。

四六　東坡改樂天詩詞

明《花草粹編》載郭生〔瑞鷓鴣〕詞云："烏啼鵲噪昏喬木。清明寒食誰家哭。風吹曠野紙錢飛，古墓壘壘春草綠。　　棠梨花映白楊樹。盡是死生離別處。冥漠重泉哭不聞，瀟瀟暮雨人歸去。"案《志林》云："東坡與郭生游寒溪，主簿吳亮置酒，郭生善挽歌，言恨無佳句，因爲略改樂天詩意歌之。座客有泣下者。"據《志林》言，是此詞乃東坡爲郭生作，而非郭生自作，後人承《粹編》之説，傳訛已久，第從無人覆案《志林》之説者，可異孰甚。又此詞《東坡樂府》不收，不妨據《志林》增補之。

四七　宋有三人字鵬舉

《四庫全書》《筠溪樂府提要》云："又有鵬舉座上歌姬，唱

〔夏雲峰〕一首。考岳飛與湯邦彥皆字鵬舉，皆彌遜同時。然飛於南渡初，倥偬戎馬，不應有聲伎之事。或當爲邦彥作歟。"案四庫館臣。祇知二人同字鵬舉，故非岳飛，即爲湯邦彥。不知宋寶文閣學士連南夫亦字鵬舉。筠溪所謂鵬舉，正連寶文也。原文明著連鵬舉座上，館臣不察，妄截去連字，而以意傅會，真可哂已。校記之事，當以是還是，以非還非，有明知其非而不可改者，況乎未必有當，更何可自作聰明，貽誤後人耶。

四八　宋詞用唐詩整句

宋詞用唐詩，或運化，或明用，所在多有，舉不勝舉。清真之"低鬟蟬影動，私語口脂香"，方回之"芭蕉不展丁香結"，知稼翁之"君向瀟湘我向秦"，無名氏之"雨打梨花深閉門"，皆整用唐詩，一字不移者也。然猶有整用四句唐詩者，如滕子京詞云："湖水連天天連水，秋來分外澄清。君山自是小蓬瀛。氣蒸雲夢澤，波撼岳陽城。　　帝子有靈能鼓瑟，淒然依舊傷情。微聞蘭芷動芳馨。曲終人不見，江山數峰青。"上、下闋之末皆用唐詩，可謂多矣。宋子京逢內家車子作詞，上闋云"身無彩鳳雙飛翼，心有靈犀一點通。"下闋云："劉郎已恨蓬山遠，更隔蓬山幾萬重。"亦四句用唐詩之例。近人謂研究宋詞，須研究溫、李之詩，實則初唐以下，盛、中、晚皆須研究，不僅限於溫、李也。

四九　天機餘錦咏項羽

錢大昕補《元史·藝文志》，嘗載《天機餘錦》之名，顧不知其卷數及編者姓名。《花草粹編》引詞十六首，趙輯此書據之，未能多出也。不知此書尚有三首爲趙氏所遺：其一見《柳塘詞話》卷三引無名氏〔輥紅〕一首，其二見《詞品》卷六引劉後邨〔沁園春〕一首，其三則《雨村詞話》卷三所引咏項羽一首也。咏項羽詞，古今不多，此首"頗有鞭虎驅龍之勢"，雨村謂"爲咏項羽第一詞"，亦不虛也。詞云："鮑魚腥斷，楚將軍、鞭虎驅龍而起。

空費咸陽三月火，鑄受金刀神器。垓下兵稀，陰陵道狹，月暗雲如壘。楚歌喧唱，山川都姓劉矣。　　悲泣喚醒虞姬，爲君死別，血刃飛花碎。霸業銷沉雖不逝，氣盡烏江江水。古廟頹垣，斜陽紅樹，遺恨鴉聲裹。興亡難問，高陵秋草空翠。”雨村，乾隆間人，是此書乾隆間尚存。海內藏書家，必有秘藏此書者，安得全集入目，亦平生快事也。

五〇　後庭花破子不始於金元

《欽定詞譜》中，收〔後庭花破子〕，以王惲爲正格，詞云：“綠樹遠連洲。青山壓樹頭。落日高城望，烟靠翠滿樓。木蘭舟。彼汾一曲，春風佳可游。”注云：“此調創自金元，有邵亨貞、趙孟頫詞及《太平樂府》《花草粹編》無名氏詞可校。”余案：《詞譜》之說非是。宋陳暘《樂書》云：“〔後庭花破子〕，李後主、馮延巳相繼爲之：‘玉樹後庭前。瑤草妝鏡邊。去年花不老，今年月又圓。莫教偏。和月和華，天教長少年。’”此詞雖不辨馮作抑李作，然此詞始於南唐，不始於金元，則無疑也。惟《遺山樂府》亦載此首，又顯係自陳書誤入也。後有重訂《詞譜》者，庶可據此改正。

五一　采石蛾眉亭題壁

宋韓南澗有《題采石蛾眉亭》詞云：“倚天絕壁。直下江千尺。天際兩蛾橫黛，愁與恨、幾時極。　　暮潮風正急。酒闌聞塞笛。試問謫仙何處，青山外、遠烟碧。”調名〔霜天曉角〕，載《樂府雅詞》。元《吳禮部詩話》亦謂此詞豪曠，未有能繼之者。顧黃叔暘《中興以來絕妙詞選》卷五錄入劉仙倫詞，蓋誤傳也。曾端伯與韓南澗爲同時人，所選必無誤。近趙斐雲輯宋金元詞，據《花庵》作劉仙倫詞，亦大醇中之微疵也。仙倫，廬陵人，有詩集行世，樂章尤爲人所膾炙。《花庵》稱其詞有吉州刊本，惜今未得寓目。

五二　嚴灘釣臺石刻

嚴灘釣臺，向有石刻〔水調歌頭〕云：“不見嚴夫子，寂寞富春山。空留千丈危石，高出暮雲端。想像羊裘披了，一笑兩忘身世，來插釣魚竿。肯似林間翮，飛倦始知還。　　中興主，功業就，鬢毛斑。馳驅一世，人物相與濟時艱。獨委狂奴心事，未羨痴兒鼎足，放去任疏頑。爽氣動星斗，終古照林巒。”此詞《釣臺集》作朱熹詞，但江標刻朱熹《晦庵詞》并無此闋。明陳霆輯《草堂遺音》，依舊本作胡明仲之作。《堅瓠六集》亦引朱文公語云：“頃年過七里灘，見壁間有胡明仲題詞刻石，拈出子陵懷仁輔義之語，以勵往年士大夫。爲之摩娑太息。後舟過，石不復存，或有惡聞而毀之也。獨一老僧能誦其詞，爲予道之，俾書之册。”據此，則非朱文公之作，明甚。

五三　一詞四見

自昔好詞流播，誤者頗多。《陽春》《六一》，無人能辨。蓋去古已遠，實證難尋，若執此以衡彼，往往失當。惟兩存之，庶無窒礙。予考此類互見之詞，凡數百事。尚有一詞三見者，如東坡〔青玉案〕云：“三年枕上吳中路，遣黃犬，隨君去。若到松江呼小渡。莫驚鷗鷺。四橋盡是，老子經行處。　　輞川觀畫君者暮，常記高人右丞句。作個歸期天應許。春衫猶是，小蠻針綫，曾濕西湖雨。”但《樂府雅詞》則以爲蔣宜卿作，而《陽春白雪》則以爲姚志道作。更有一詞四見，如〔清平樂〕云：“醉紅宿翠。髻嚲烏雲墜。管是夜來不得睡。那更今猜早起。　　春風滿搦腰肢。階前小立多時。恰恨一番雨過，想應濕透鞋兒。”此詞原爲石孝友詞，見《金谷遺音》，但《詞林萬選》作毛开詞，《草堂詩餘》別集作童瓮天詞，《詞綜》作詹天游詞。苟漫從後起之説，則上誣古人，下誤來學，誠不可不察。

五四 賀方回之死

程俱方回墓志，謂方回以宣和七年二月甲寅，卒於常州之僧舍，年七十四。但曾敏行《獨醒雜志》謂：方回前云「當年曾到王陵舖，鼓角秋風。千歲遼東。回首人間萬事空」。後方回卒於北門，門外有王陵舖，人皆以爲詞讖云。案此詞不見賀集，曾説蓋傳聞之誤也。知不足齋刻《侯鯖錄》，據曾文補闕，并闕王得臣《麈史》以此詞作李黃門之誤，實亦誤也。此詞不獨李史以爲李黃門詞，《過庭錄》及《艇齋詩話》皆以爲李作。且《陽春白雪》亦載方回〔謁金門〕云：「楊花落。燕子橫穿朱閣。當恨春醪如水薄。閑愁無處著。　　綠野帶江山絡角。桃葉參差前約。歷歷短檣沙外泊。東風曉來惡。」并有《自序》云：「李黃門夢得一曲，前遍二十言，後遍二十二言，而無此聲。余采其前遍潤一橫字，已續二十五字寫之云。」「楊花落」爲「當年曾到」之上半闋。據方回詞及其自序，「當年曾到」詞，爲李黃門所作之鐵證。《獨醒雜志》誤傳，鮑氏未考《自序》，反就其誤而牽合附會，失之甚矣。

五五 李後主之臨江仙

蔡絛《西清詩話》載：後主圍城中，作〔臨江仙〕云：「櫻桃落盡春歸去，蝶翻金粉雙飛。子規啼月小樓西。畫簾珠箔，惆悵捲金泥。　　門巷寂寥人去後，望殘烟草低迷。」其下闋三句，蓋詞未就而城破。《詩話總龜》《墨莊漫錄》并據蔡氏之説。於是劉延仲補云：「何時重聽玉驄嘶。撲簾飛絮，依約夢回時。」康伯可補云：「閑尋舊曲玉笙悲。關山千里恨，雲漢月重規。」予謂此詞未必在圍城中作，且亦并無闕文。《耆舊續聞》駁蔡説云：「余家藏李後主《七佛戒》經，又雜書二本，皆作梵葉，中有〔臨江仙〕，塗注數字，未嘗不全。後則書太白詞數章，是平日學書也。」其後三句云：「鑪香閑裊鳳凰兒。空持羅帶，回首恨依依。」據此，是後主之〔臨江仙〕，亦平日所書。其後城垂破時，倉皇中作「禱疏”。此禱疏墨迹，與平日墨迹，并落蔡條之手。蔡氏所得有殘缺，遂臆謂未就而城破。其實後主固有墨迹全文，而爲蔡氏所未得也。

五六　宋神宗詞

宋神宗有詞，知者鮮矣。古人詞選，不見稱引，後人未嘗專考，亦不知其有詞。今日試閲文學史、詞史類書籍，誰曾述及神宗一字者。一代帝王，偶有述作，亦等於鳳毛麟角，爰亟爲表出。其詞蓋見《後山詩話》，原文云：“武才人出慶壽宮，色最後庭，裕陵得之。會教坊獻新聲，爲作詞，號〔瑶臺第一層〕：‘西母池邊宴罷，贈南枝、步玉霄。緒風和扇，冰華發秀，雪質孤高。漢陂呈練影，問是誰、獨立江皋。便凝望、壺中珪璧，天下瓊瑶。　　清標。曾陪勝賞，坐忘愁、解使塵銷。況雙成與乳丹點染，都付香梢。壽妝酥冷，郢韵佩翠，麝卷雲綃。樂逍遥。鳳凰臺畔，取次憶吹簫。’”案《宋史·后妃傳》：武賢妃，始以選入宫，神宗元豐五年進才人。而裕陵亦正爲神宗。近《彊邨叢書》收入徽宗詞，蓋誤以裕陵爲祐陵耳。夫後山卒於建中靖國元年，何能記及徽宗事，即此已足證其誤，惜古老早歸道山，不及告之矣。

五七　杜鵑聲裏斜陽樹

少游詞傳唱當時，其在郴州旅舍之詞云：“霧失樓臺，月迷津渡。桃源望斷無尋處。可堪孤館閉春寒，杜鵑聲裏斜陽暮。　　驛寄梅花，魚傳尺素。砌成此恨無重數。郴江幸自繞郴山，爲誰流下瀟湘去。”此詞千古絶唱，東坡嘗書之扇。惟“斜陽暮”句，説法不一。山谷以“斜陽”與“暮”重複，疑原不作“暮”，米元章書此詞作“斜陽曙”，《郴州志》刻此詞作“斜陽度”，究不知原作果爲何字也。近見《項氏家説》“因諱改字”一條云：“歌者多因避諱，輒改古詞本文。後來者不知其由，因以疵議前作者多矣。如蘇詞‘亂石崩空’，因諱‘崩’字，改爲‘穿空’。秦詞‘杜鵑聲裏斜陽樹’，因諱‘樹’字，改爲‘斜陽暮’，遂不成文。”據項氏説，是原爲“斜陽樹”，而後人改作“斜陽暮”也。此亦新説，可補詞林一則掌故。

五八　東坡調陳季常詞

宋曾端伯《樂府雅詞·拾遺》，嘗載廖明略〔瑶池宴〕一首，未知何據。其詞云：“飛花成陣。春心困。寸寸。別腸多少愁悶。無人問。偷啼自搵。殘妝粉。　抱瑶琴、尋出新韵。玉纖趁。南風未解幽愠。低雲鬟，眉峰斂暈。嬌怨恨。”案《侯鯖録》載此詞本事云：“東坡云：琴曲有〔瑶池宴〕，其詞不協，而聲亦怨咽，變其詞作閨怨，寄陳季常云。此曲奇妙，勿妄與人。”觀東坡語及詞中語，明爲東坡調笑季常畏河東獅吼之詞，絶非明略之作。近日朱彊邨編《東坡樂府》，猶從《雅詞》之説，屏此詞而不録，亦失之眼前矣。

五九　柳永葬地

耆卿葬地之説有三：一、《避暑録話》謂王和甫葬之於潤州；二、《獨醒雜志》謂群妓葬之於襄陽；三、王漁洋謂耆卿葬地在儀征。此三説向不知孰是。近閲萬曆《鎮江府志》，始克論定。《府志》謂：耆卿死，旅殯潤州僧寺，和甫欲葬之，藳殯久無歸者。陳朝請乃於土山下市高燥地，親爲處葬具，耆卿始就窀穸。事見葛勝仲《丹陽集》《陳朝請墓志銘》，當可確信。且《府志》言：萬曆間，水軍鑿土土山下，得耆卿墓志銘，乃其姪所作，篆額曰“宋屯田郎中柳永墓志銘”。據此，則柳墓之在土山下，愈無疑矣。土山在丹徒縣西江口，以其與金山對峙，故易名銀山。前乎萬曆《志》，若嘉定《志》，至順《志》，皆無柳墓記載；後乎萬曆《志》，若《丹徒縣志》，皆云柳墓在土山下，蓋本之萬曆《志》也。嗚呼，耆卿生前既顛沛流轉，而死後又爲人所聚訟，無從酹酒一吊，誠可慨也。今予明之，襄陽、儀征之説，或可以不攻而自息矣。

六〇　宋人兄弟能詞

予既考宋人父子之能詞者，復考宋人兄弟之能詞者，以資研究詞史者之探討。（一）王安石弟安禮有詞，見《王魏公集》，弟安國有詞，見《花庵詞選》。（二）王琪有《謫仙長短句》，弟珪有詞，見華陽本集。（三）蘇軾有《東坡詞》，弟轍有詞，見《欒城遺言》。（四）曾鞏有詞見《梅苑》，弟布有詞，見《揮麈餘話》。（五）孔武仲有詞見《梅苑》，弟平仲有詞，見《能改齋漫録》。（六）韓絳有《南陽詞》，弟維有詞，附《南陽詞》內。（七）黃庭堅有《山谷詞》，兄大臨有詞，見《花庵詞選》。（八）秦觀有《淮海詞》，弟覯有詞，見《春渚紀聞》。（九）晁冲之有詞，見《樂府雅詞》，兄補之有《琴趣外編》。（十）蘇庠有詞，見《花庵詞選》，弟祖可亦有詞，見《花庵詞選》。（十一）謝逸有《溪堂詞》，弟薖有《竹友詞》。（十二）洪适有《盤洲詞》，弟邁有詞，見《夷志》。（十三）朱敦儒有《樵歌》，弟敦復有詞，見《過庭録》。（十四）黃公度有《知稼翁詞》，弟童有詞，附《知稼翁詞》內。（十五）樓鍔有詞，見《四明樂府》，弟鑰有詞，見《絕妙好詞》。（十六）樓扶有詞，見《四明樂府》，弟槃有詞，見《絕妙好詞》。（十七）李洪弟漳、泳、淦、湔有《花萼集》。（十八）陸游有《放翁詞》，弟淞有詞，見《絕妙好詞》。（十九）吳淵有《退庵詞》，弟潛有《履齋詩餘》。（二十）蕭㳇有詞，見《陽春白雪》，弟泰來有詞，見《絕妙好詞》。（二十一）嚴羽有《滄浪詞》，弟仁有《清江欸乃》，弟參有詞，見《花庵詞選》。（二十二）翁元龍有《處靜詞》，弟文英有《夢窗詞》。（二十三）李彭老有《筼房詞》，弟萊老有《秋厓詞》。

六一　蔣竹山賣花詞

竹山小詞，極富風趣，詩中之楊誠齋也。如“紅了櫻桃，綠了芭蕉”及“纔捲珠簾，却又晚風寒”，固已傳誦人口，他如《摘花》詞云："人影窗紗。是誰來折花。折則從他折去，知折去、向誰家。　　檐牙。枝最佳。折時高折些。說與折花人道，須插向、鬢邊斜。"情景宛然，逸趣橫生。至《賣花》詞，則有一首〔昭君怨〕，亦明白如話。詞云："擔子挑春雖小。白白紅紅都好。賣過巷東家。巷西家。　　簾外一聲聲叫。簾裏鴉鬟入報。問道買梅花。買桃花。"此詞汲古閣本《竹山詞》無，《彊邨叢書》本《竹山詞》僅有下半首。余幸見《永樂大典》，始獲其全詞。後有編"絕妙白話詞選"者，似不可少此。因念《大典》一書，誠我國之瓌寶，而今十九散佚，良可慨已。

六二　謝枋得寒食詞

晚宋忠藎，惟文信國有詞。陸秀夫、張世杰，俱不見有詞流傳也。曩閱《謝疊山文集》，嘗得〔沁園春〕一首，蓋鄆州道中咏寒食之作。詞云："十五年來，逢寒食節，皆在天涯。嘆雨濡露潤，還思宰柏，風柔日媚，羞看飛花。麥飯紙錢，隻鷄斗酒，幾誤林間噪喜鴉。天笑道，此不由乎我，也不由他。　　鼎中煉熟丹砂。把紫府清都作一家。想前人鶴馭，常游絳闕；浮生蟬蛻，豈戀黃沙。帝命守墳，王令修墓，男子正當如此邪。又何必，待過家上冢，晝錦榮華。"詞亦勘破塵網之語，與韓蘄王〔南鄉子〕相類。雖無沉雄之氣，足以激勵動。然景仰古人，搜討務盡，亦不可以其非出色當行而忽之也。

六三　李後主與曹勛

曹勛有《松隱文集》，中載二詞，與後主詞同。其一爲〔清平樂〕"別來春半"一首，其二爲〔玉樓春〕"晚妝初了明肌雪"一首。頗有據此以斷後主之誤者，故不得不爲後主辨證。案後主集久已失傳，後人所輯，誠有錯誤。如〔更漏子〕"柳絲長"一首爲溫庭筠之詞，〔長相思〕"一重山"一首，爲鄧肅之詞。若松隱二詞，則松隱之誤傳也，二主詞原注云："二詞傳自曹功顯節度家，云墨迹舊在京師一老居士處，故弊難讀。"曹功顯即曹勛，可知編《松隱文集》者，即以其家藏之墨迹，誤爲己作。二主詞大半從墨迹録出，故中主詞在盱江晁氏家，後主之〔謝新恩〕詞在孟郡王家，〔浪淘沙〕詞在池州夏氏家，〔采桑子〕〔虞美人〕二詞在王季宫判院家。何獨於曹氏家而疑之。

六四　毛子晋誤補名詞

自宋長沙《百家詞》不傳，毛子晋所刻《六十名家詞》，可謂詞學開山之功臣。但割裂卷數，任意分合，使原書面目，盡行混淆。且未經校讎，幾於無一家可讀。其子斧季重據各本細校，足償父失。六十家中，如《聖求詞跋》中補一首云："老樹渾苔，横枝未葉，青春肯誤芳約。背陰未返冰魂，陽梢已含紅萼。佳人寒怯，誰驚初曉來梳掠。是月斜窗外，栖禽霜冷，竹間幽鶴。　　雲澹澹、粉痕漸薄。風細細、凍香又落。叩門喜伴金尊，倚闌怕聽畫角。依稀夢裏，半面淺窺珠箔。甚時重寫鸞箋，去訪舊游東閣。"毛氏以爲此首與坡仙〔西江月〕并稱，集中不載，不知何故。按此首元人張翥詞，見《蜕岩詞》，毛氏所不知也。毛氏往往不加詳考，録僞作以妄補。他若《淮海》《清真》之增補，皆此類也。

六五　毛子晋誤删名詞

毛氏既誤補名詞，亦有誤删名詞者。復舉一例明之。如歐公〔清商怨〕云："關河愁思望處滿。漸素秋向晚。雁過南雲，行人回泪眼。　　雙鸞衾裯悔展。夜又永、枕孤人遠。夢未成歸，梅花聞塞管。"此詞見宋人《歐公近體樂府》，原無可疑。乃毛氏據《庚溪詩話》，以爲確是晏殊之作，乃删歐集而增入晏殊《珠玉詞》。但予復按《庚溪詩話》，原文云："紹興庚午歲，余爲臨安秋賦考試官。同舍有舉歐陽公長短句'雁過南雲，行人回泪眼'，因問曰：'南雲其義安在？'余答曰：'嘗見江總詩：心逐南雲去，身隨北雁來。故園籬下菊，今日幾花開。恐出於此耳。'"此又分明言"雁過南雲"一首,乃歐公之作。毛氏誤記,因而誤刪,殊不可從。吾人閱《六十家》,凡毛氏所增所刪,皆須考訂,切不可信之不疑。

六六　陳伯弢不知平陽客

武陵詞人陳伯弢亦近代作手,其《襄碧齋詞話》有論清真詞云:"清真〔大酺〕云'未怪平陽客',又〔月下笛〕云'最感平陽孤客'。按平陽帝都,見於《春秋》、《史》、《漢》,此'平陽客'未知何指。唐陳嘉言《宴高氏園》詩云:'人是平陽客,地即石崇家。'或所本也。"按清真〔大酺〕云:"未怪平陽客,雙淚落、笛中哀曲。"正是吹笛故事,語見《文選》卷十八馬季《長笛賦》。文云:"融既博覽典雅,精核數術,又性好音律,鼓琴吹笛。而爲督郵,無留事,獨卧郿平陽塢中,有雒客,舍逆旅,吹笛,爲《氣出》、《精列》相和。"此爲清真所本,亦人所共知者,不知陳氏何忽於此,而反引唐詩爲證。

六七　宋樞密胡公使虜詞

南宋中興名臣,如胡銓、趙鼎、李綱、李光諸人,皆有詞集流傳,獨胡樞密松年無人知其有詞。宋選集既未著錄,明選集亦未著錄,清朱、陶二氏《詞綜》網羅繁富,亦未輯及。間閱《雲麓漫鈔》,得悉胡公紹興間使虜歸,曾有〔石州詞〕二首,以餉同嗜。詞云:"歌闋陽關,腸斷短亭,惟有離別。畫船送我熏風,瘦馬迎人飛雪。平生幽夢,豈知塞北江南,而今真嘆河山闊。屈指數分携,早許多時節。　　愁絕。雁行點點雲垂,木葉霏霏霜滑。正是荒城落日,空山殘月。一尊誰念我,苦憔悴天涯,陡覺生華髮。賴有紫樞人,共揚鞭丹闕。"自述淹滯之久與行役之苦,真不減窮塞主之詞云。

六八　元曲原本宋詞

元張小山,曲中之杜工部也。所爲〔殿前歡〕云:"釣魚臺,十年不上野鷗猜。白雲來往青山在，對酒開懷。欠伊周濟世才，犯劉阮貪杯戒，還李杜吟詩債。酸齋笑我，我笑酸齋。"末句"酸齋笑我，我笑酸齋"，時人多有效之者。如貫雲石云："山翁醉我，我醉山翁。"馬九皋云："西施笑我，我笑西施。"吳西逸云："鶯花厭我，我厭鶯花。"衛立中云："雲心無我，我無雲心。"景元啓云："梅花是我，我是梅花。"凡此之類甚多，不可悉舉。偶閱宋劉過《龍洲詞》，見其〔沁園春〕"問訊竹湖"一首末句云："昌黎誤汝，汝誤昌黎。"乃悟元人曲子，亦於此脫胎也。

六九　李忠定公抗敵詞

李忠定公綱，忠肝義膽，發爲詩餘，亦慷慨沉雄。所作《梁溪詞》五十首，有四印齋刻本。《雲麓漫鈔》尚載公〔蘇武令〕一首，爲刻本所無，不可不亟表彰之。詞云："塞上風高，漁陽秋早。惆悵翠華音杳。驛使空馳，征鴻歸盡，不寄雙龍消耗。念白衣、金殿除恩，歸黃閣、未成圖報。　　誰信我、致主丹衷，傷時多故，未作救民方召。調鼎爲霖，登壇作將，燕然即須平掃。擁精兵十萬，橫行沙漠，奉迎天表。"此詞紹興初盛傳。初敘塞上荒涼景象，及國主蒙塵之慘。次敘孤臣報國忠忱，及救民宏願。末敘受知領兵，決心抗敵，必無不勝之理。入則宰輔，出則大將，天下安危，繫於一身，觀詞之吐露，可以識其精忠矣。

七〇　江南十咏

宋王琪有《江南咏》十首，所咏爲酒、柳、燕、雨、岸、雪、水、竹、月、草。相傳琪有《謫仙長短句》，顧無傳本。宋《花庵詞選》錄其柳、雨、岸三首，他未能盡睹也。偶閱《湖北通志》卷三十七"古迹"門，乃見十首原詞，并有十咏堂本事云："宋慶曆中，王琪出守興國州，作〔望江南〕十咏。紹興間，知軍事黃仁榮建堂，取十咏名之。"其《咏燕》一首云："江南燕，輕揚綉簾風。二月池塘春社過，六朝宮殿舊巢空。頡頏恣西東。　　王謝宅，曾在柱堂中。烟徑落花飛款款，曉窗驚夢語匆匆。偏占杏梁紅。”《能改齋漫録》嘗稱歐公極愛此詞，不知《花庵》何以不入選。《花草粹編》亦有十首，但無本事，想所本亦必湖北興國州舊志也。

七一　南宋戴栩無詞

焦竑《國史經籍志》：戴栩所著《浣川集》十八卷，今無傳本。有詞無詞不可知，《四庫全書》從《永樂大典》采掇編次，釐爲《浣川集》十卷。中載〔柳梢青〕一詞云：“袖劍飛吟。洞庭青草，秋水深深。萬頃波光，岳陽樓上，一快披襟。　　不須携洒登臨。問有酒，何人共斟。變盡人間，君山一點，自古如今。”案此首戴復古詞，見宋本《石屏居士長短句》。《永樂大典》及《四庫全書》皆敕撰官書，成非一人，書非一種，鈔撮凌亂，排綴混淆，自所難免。惟既誤於先，復沿誤於後，百世流傳，孰知其非是。栩永嘉人，與徐照、徐璣、翁卷、趙紫芝等同里。故其詩派，去四靈爲近。恐世有重其詩而兼其詞者，爰正其誤。

七二　欽定詞譜誤録江衍詞

宋《異聞總録》言：建中靖國元年，建陽江屯里立祠，事惠應廟神。邵武士人江衍謁祠卜，夜夢神歌。閽者止之曰：“神與夫人方坐白雲障下，調按新詞，汝勿遽進。”少選，神命呼衍，問曰：“汝知此詞否？”衍恐懼，謝曰：“世間那復可聞。”神曰：“此黃鐘宮〔錦纏絆〕也。”乃誦其詞云：“屈曲新堤，占斷滿林桂氣。畫檐兩行連雲際。亂山叠翠水回環，岸邊樓閣，金碧遙徙倚。柳陰低映，穠艷花光洵美。好昇平、爲誰初起。大都風物不由人，舊時荒壘，今日香烟地。”衍驚覺，即録而傳之，然無有能歌者。據此本事，則詞爲神所製，《欽定詞譜》卷十四以爲江衍作，誤矣。

七三　程垓非東坡中表

程垓正伯有《書舟詞》一卷，論者以爲不減秦七、黃九。顧自來以垓爲東坡中表，實大誤也。此説原始於楊升庵，毛晉從之，後人遂沿其説而莫辨。近人況蕙風云："據王季平《書舟詞序》，季平實與正伯同時。東坡卒於建中靖國元年辛巳，季平《書舟詞序》作於紹熙五年甲寅，上距東坡之卒凡九十三年。正伯與東坡安得爲中表兄弟乎。"予案況説極是，且檢《書舟詞序》，有云："正伯方爲當塗諸公以制舉論薦。"是正伯與季平同時，更爲可信，良足以證況説之成立也。竊見今日文學史及詞史諸書，仍有叙正伯爲東坡中表者，覽此亦可以知其非矣。惟是正伯雖非東坡中表，而其籍履行誼，皆不可考。尚書尤公，徒稱正伯之文過於詩詞，今并詩文亦不可見矣。

七四　草窗詞選之新發見

草窗周密集選宋南渡以後諸人詩餘，凡七卷，名之曰《絶妙好詞》。原書失傳已久，虞山錢氏祕藏鈔本，柯子南陔初得之，與其從父寓匏校刻以行。高士奇序謂兹選共一百三十二人，與今傳世者合。第近日顧鶴逸藏汲古閣鈔本《絶妙好詞》，多出李蕭一人，是誠驚人創獲也。其詞云："亂雲將雨。飛過鴛鴦浦。人在小樓空翠處。分得一襟離緒。　　片帆隱隱歸舟。天邊雪捲雲游。今夜夢魂何處，青山不隔人愁。"此詞原見卷二李泳下。泳有〔定風波〕一首，其下即此首。今本脱李蕭，後人遂誤連爲泳作，趙輯李氏《花菴集》亦收爲泳作，并非是。瞿鴖見告如此。

七五　仄韵慶清朝

詞調中有平韵〔滿江紅〕，未聞有仄韵〔慶清朝〕也。《詞律》卷十四載史達祖〔慶清朝〕，九十七字。又載王觀又一體，亦九十七字，皆平韵也。徐誠庵《補律》，亦不知有仄韵〔慶清朝〕。宋吳自牧《夢粱録》卷六載：孟冬行朝饗禮，都人瞻仰天表，御街遠望如錦。有人作〔慶清朝〕以咏其盛云："銀漏花殘，紅消燭淚。九重魚鑰歡聲沸。奏萬乘、祥曦門外。蓋聖君、恭謝靈休，謹訪景明嘉禮。天意好，祥風瑞月，時正當、小春天氣。　　禁街十里香中，御輦萬紅影裏。千官花底，控綉勒、寶殿搖曳。看萬年，永慶吾皇，撚指又瞻三載。"《詞律》作於清初，又行篋鮮書，固多遺漏。《補律》羼入曲子體，律亦不純。而今詞刻層出，超越往昔，重編《詞律》之事，蓋不可緩。有志者，曷傾其全力爲之。此仄韵〔慶清朝〕，亦可備一體也。

七六　驪山華清池題壁

楊升庵《詞品》卷二，嘗謂："昔於臨潼驪山之温湯，見元人石刻一詞曰：'三郎年少客，風流夢，綉嶺蠱瑤環。漸浴酒發春，海棠睡暖；笑波生媚，荔子漿寒。況此際曲江人不見，偃月事無端。羯鼓三聲，打開蜀道；霓裳一曲，舞破潼關。　　馬嵬西去路，愁來無會處，但淚滿關山。空有香囊遺恨，錦襪傳看。玉笛聲沉，樓前月下；金釵信杳，天上人間。幾度秋風渭水，落葉長安。'"案此非元人詞，乃金人僕散汝弼詞，調名〔風流子〕。當時四方傳誦，以爲清新婉麗，不減秦、晏。石刻文字見《金石萃編》卷一百五種引，末記刻石時間，乃正大三年重九。至其原石，在升庵時已磨爲別刻矣。

七七　稼軒詞辨僞

《稼軒詞》亦有誤入，梁任公嘗言之。惟不可考爲誰人之誤。記其〔滿江紅〕一首，當爲康伯可《順庵樂府》之誤。詞云："倦客新豐，貂裘敝，征塵滿目。彈短鋏、青蛇三尺，浩歌誰續。不念英雄江左老，用之可以尊中國。嘆詩書，萬卷致君人，翻沉陸。

休感慨，澆醽醁。人易老，歡難足。有玉人憐我，爲簪黃菊。且置請纓封萬户，竟須賣劍酬黃犢。甚當年，寂寞賈長沙，傷時哭。"《桯史》卷三自康伯可《順庵樂府》録此詞，并謂此與稼軒集中詞全無異。伯可蓋先四五十年，恐是辛讀康詞偶熟，漫書於紙。後之編者不察，遂以爲辛詞耳。任公若在，當爲首肯。計稼軒詞傳世者，共六百二十四首。去此一首，實得六百二十三首，宋人爲詞之多，無過於稼軒矣。

七八　宋詞創格

《詩經》分章，多有重句，極反復咏嘆之致。後世歌謠，亦往往重末句，倍見深婉。不圖宋人詞中，亦有一首重句，誠創格也。詞見趙長卿《惜香樂府》，調爲〔一剪梅〕。詞云："樹頭紅葉飛都盡，景物凄凉。秀出群芳。又見江梅淺淡妝。也囉，真個是、可人香。　　蘭魂蕙魄應羞死，獨占風光。夢斷高堂。月送疏枝過女牆。也囉，真個是、可人香。"此詞前後之末句，皆作"也囉，真個是、可人香"，最爲奇特。由此可見宋人當筵命歌，亦可自由添聲，以求趁韵協拍，使唱音更爲美聽。且"也囉"二字，元、明歌中習用，觀此亦可知爲宋人方言。

七九　徽欽蒙塵詞

徽欽二帝蒙塵，爲我國歷史上之奇耻大辱，而沿途經行，亦備極人間惨痛。觀《南燼紀聞》所載父子唱和之詞，真不堪卒讀。徽宗詞云："玉京曾憶舊京華。萬國帝皇家。金殿瓊樓，朝吟鳳館，暮弄龍琶。　　化成人去今蕭索，春夢繞胡沙。向晚不堪，回首坡頭，吹徹梅花。"此帝聞番人吹笳而作，與李後主"四十年來家國"一首，并有無限凄惋。欽宗和詞云："宸傳百載舊京華。仁孝自名家。一旦奸邪，天傾地拆，忍聽琵琶。　　如今塞外多離索，迤邐繞胡沙。萬里邦家，伶仃父子，向曉霜花。"父子蒙塵苦况，噴薄而出，尤爲沉著，無怪二帝當時歌不成曲，俱大哭不止也。

八〇　金本花草粹編之誤

明本《花草粹編》十二卷，或注人名，或注書名。注人名，或注字，或注號，漫無規律。然其來源，尚可辨識也。咸豐間，金繩武活字本《花草粹編》，既析爲二十四卷，又將不整齊之字號，一律改署姓名，而書名則刪去。此不獨迷厥本原，而無知妄改，尤爲學術罪人。卷四〔醉高歌〕“十年燕月”一首，原署姚牧庵，乃姚燧之號，而金本改作姚鏞。卷四〔西江月〕“壁斷何人”一首，原本《翰墨全書》，署作文卿，蓋元人姜彧之號也，而金本改作儲泳。卷五〔望漢日〕“黃菊一叢”一首，原署李和文，乃李遵勗也，而金本改作李龔。卷八〔南州春色〕“清溪曲”一首，原署汪梅溪，未詳何人，而金本改作王十朋。卷十〔高陽臺〕“紅入桃腮”一首，原署僧皎如晦，而金本改作僧揮。僧揮乃仲殊也。卷十一〔木蘭花慢〕“北歸人未老”一首，原署陳參政，不詳其名號，而金本改作陳與義。卷十二〔望梅〕“畫闌人寂”一首，原署王聖與，而金本改作王夢應。原本雖不整齊，尚無錯誤。金本改之而有誤，何如不改之爲愈也。

八一　王叔明

明朱存理《珊瑚木難》七，載王叔明〔憶秦娥〕詞云：“花如雪。東風夜掃蘇堤月。蘇堤月。香生南國，幾回圓缺。　　錢唐江上潮聲歇。江邊楊柳誰攀折。誰攀折。西陵渡口，古今離別。”叔明元人，名蒙，號黃鶴山樵，不知丁杏舲《詞綜補》何以以爲清初僧宏志所作，想誤記也。

八二　翠尊易竭

白石〔暗香〕“翠尊易泣”，清吟堂刻本《絕妙好詞》注云：“泣”當作“竭”。鄭大鶴引黃孝邁〔湘春夜月〕“空尊夜泣”句，以爲白石作“泣”之證，而不詳作“竭”所出。清真〔浪淘沙慢〕云：“翠尊未竭。憑斷雲，留取西樓殘月。”此作“竭”之證，鄭氏可謂失之眼前矣。至謂弇陽選本，本作“泣”字，坊本清吟堂改作“竭”字，亦非篤論也。

八三　元遺山佚詞

《遺山樂府》有凌雲翰編選本，張碩洲張調甫五卷本。《彊邨叢書》刻明宏治高麗本，較諸本爲善，且溢出廿餘闋。趙萬里又據《翰墨大全》補〔朝中措〕"驪珠光彩"一闋，〔感皇恩〕"水上覓紅雲"一闋。余見明楊端《瓊花集》亦載遺山一闋，則爲諸本所無，而萬里亦未補也。詞名〔望江南〕云："維揚好，靈宇看瓊花。千點真珠擎素蕊，一環明玉破香葩。芳艷信難加。　　如雪貌，綽約最堪誇。疑是八仙乘皎月，羽衣搖曳上雲車。來會此仙家。"

（本書參考采納朱崇才整理之《夢桐詞話》的部分校勘成果）

柯亭詞論

蔡嵩雲◎著

　　蔡嵩雲（1891～1950 年后），名楨，一作禎，字嵩雲，或松筠，號柯亭詞人。江西上猶人。早年求學於兩江優級師範學堂，爲清道人李瑞清高第。三十年代初，與盧前、邵瑞彭等同執教於河南大學。著有《柯亭長短句》《柯亭詞論》《詞源疏證》《樂府指迷箋釋》《作法集評唐宋名家詞選》等。《柯亭詞論》附録於《柯亭長短句》，作於 1944 年，刊於 1948 年。本書即據此整理。唐圭璋《詞話叢編》、張璋等《歷代詞話續編》均收録該詞話。

《柯亭詞論》目録

柯亭詞論

一　守四聲并無牽强之病

詞講四聲，宋始有之，然多爲音律家之詞。文學家之詞，分平仄而已。音律家之詞，原可歌唱，四聲調叶，爲可歌之一種要素。仇山村曰：“詞有四聲、五音、均拍、輕重、清濁之別。”即指可歌之詞而言。北宋如屯田、方回、清真、雅言諸家，南宋如白石、梅溪、夢窗、草窗、玉田諸家，大都妙解音律，所爲詞，聲文并茂。吾人學其詞，多有應守四聲者。且所謂音律家之詞，亦惟獨創之調，自度之腔，如清真〔蘭陵王〕、白石〔暗香〕〔疏影〕之類，須嚴守四聲。至於通行之調，如〔金縷曲〕〔沁園春〕〔水龍吟〕之類，則無四聲可守。〔摸魚子〕〔齊天樂〕〔木蘭花慢〕之類，一調中祇有數處仄聲須分上去，不必全守四聲也。四聲調叶之詞，今雖以音譜失傳而不可歌，然較之僅分平仄者，讀時尚覺鏗鏘可聽。故詞家之守律者，必辨四聲分上去，以爲不如是，不合乎宋賢軌範。淺學者流，每謂守四聲如受桎梏，不能暢所欲言，認爲汨沒性靈。其實能手爲之，依然行所無事，并無牽强不自然之病。觀清末況蕙風、朱彊邨諸家守四聲之詞，足證此語不誣。

二　守四聲濫觴於南宋

詞守四聲，濫觴南宋。在北宋并無守四聲之説。南宋發生此種詞派，亦非無因。四聲之不同，全在高低輕重。去高而上低，平輕而入重，其大較也。歌辭之抗墜抑揚，全在四聲之配合恰當。非然者，必至生硬不能上口，又何能美聽乎。在深通音律之詩人詞人，隨意發爲詩詞，無不可歌，無不叶律。非然者，其用字必待樂工之校正，方能入調。史稱溫飛卿能逐弦管之音，爲側艷之辭，其詩詞自可入樂。李太白、王摩詰不聞知音，而《清平調》《渭城曲》唱遍一時，未始不由於前説。唐人歌絶句，五代歌小令，其歌法均甚簡單。北宋初，仍循五代遺法歌小令。中葉以後，慢詞漸盛，詞樂始突飛猛進，内容遂日趨於繁復矣。當時創調製譜最有名者，首推柳耆卿。所製新聲獨多，飲水處都歌柳詞，是其一證。繼之者爲周美成，曾充大晟府樂官。文人而通音律，故其詞和協流美，都可入樂，一時稱爲絶唱。南渡後，大晟樂譜散失，不獨柳譜全亡，周譜亦所存無幾。坊曲優伎，有能歌清真詞一二調者，人莫不視同球璧。（參看拙著《樂府指迷箋釋》"可歌之詞"條下小注第四段按語。）惟其審音用字之法既不傳，如是群視周詞四聲爲金科玉律。方千里、楊澤民、陳西麓諸家和清真調，謹守四聲，少有踰越，即其一例。厥後詞家，因守周詞之四聲，遂推而守其他音律家詞之四聲，此南宋守四聲詞派所由成立也。無論何事物，在原始時代，均純任自然，本無所謂法。漸進則法立，更進則法密。音樂進展，亦復如是。始何嘗有五音六律與四聲，其後覺天然歌唱，過於簡單凌亂，於是始有音律之發明。其實此音律，仍含於自然法則中，特後人加以發明。雖出人爲，謂仍屬自然法則，亦無不可。慢引近詞之成爲宋代詞樂，實由進步使然。其内容之繁復，迥非唐人絶句、五代小令可比。欲明其故，非將宋代燕樂所以承前啓後者，加以徹底之研討不可。總之，守四聲詞派，實有其甚深之根據。篇幅所限，兹僅發其凡而已。

三　初學不必守四聲

詞守四聲，乃進一步作法，亦最後一步作法。填時須不感拘束之苦，方能得心應手。故初學填詞，實無守四聲之必要。否則辭意不能暢達，律雖叶而文不工，似此填詞，又何足貴。惟世無難事，習之既久，熟能生巧，自無所謂拘束，一以自然出之。雖守四聲，而讀者若不知其爲守四聲矣。北宋尚無守四聲之説。通音律之詞家，大都能按宮製譜，審音用字。（參看拙著《樂府指迷箋釋》"去聲字"條下小注第一後按語。）南渡後，此法漸失傳。於是始有守四聲詞派出，以求於律不迕。至所謂守四聲，在一調中，有全守者，有半守半不守者。方、楊諸家之和清真，每有此現象。全守者不必論。半守者，即詞中此一部分四聲，有絲毫不容假借處。故諸家於此等處，均不肯違背。半不守者，即詞中此一部分四聲，有可通融處。故諸家可各隨其意。又同一人所創之調亦然。如夢窗〔鶯啼序〕三首中四聲雖大致相同，亦間有不同處。總之皆隨各宮調音譜之性質，而填詞用字各如其量。惟四聲在調之何部即可通融，宋賢亦無定則傳後。故今日填詞，不講律則已，講律則惟有遵守宋賢軌範，亦步亦趨矣。入可代平，去不代上，本宋賢成説，不妨按調之情形采用。王半塘、鄭叔問、況蕙風、朱彊邨爲清末四大詞家，守律之嚴，王、鄭似不如朱、況。而朱、況之嚴於守律，前期之作，似不如其後期。總之宋詞之音譜拍眼既亡，即守四聲，亦不能入歌。守律派之守四聲，無非求其近於宋賢叶律之作耳。近年社集，恒見守律派詞人，與反對守律者互相非難，其實皆爲多事。詞在宋代，早分爲音律家之詞與文學家之詞。音律家聲文并茂之作，固可傳世。文學家專重辭章之作，又何嘗不可傳世。各從其是可也。

四　自然與人工各占地位

詞尚自然固矣，但亦不可一概論。無論何種文藝，其在初期，莫不出乎自然，本無所謂法。漸進則法立，更進則法密。文學技術日進，人工遂多於自然矣。詞之進展，亦不外此軌轍。唐五代小令，爲詞之初期，故《花間》、後主、正中之詞，均自然多於人工。宋初小令，如歐、秦、二晏之流，所作以精到勝，與唐五代稍異，蓋人工甚於自然矣。宋初慢詞，猶接近自然時代，往往有佳句而乏佳章。自屯田出而詞法立，清真出而詞法密，詞風爲之丕變。如東坡之純任自然者，殆不多見矣。南宋以降，慢詞作法，窮極工巧。稼軒雖接武東坡，而詞之組織結構，有極精者，則非純任自然矣。梅溪、夢窗，遠紹清真，碧山、玉田，近宗白石，詞法之密，均臻絶頂。宋詞自此，殆純乎人工矣。總之尚自然，爲初期之詞。講人工，爲進步之詞。詞壇上各占地位，學者不妨各就性之所近而習之。必是丹非素，非通論也。

五　填詞須講字法句法章法

填詞即捨律而論文，亦正難言。意境神韻無論矣，字法句法章法，一毫鬆懈不得。字法須講倖色揣稱，句法須講層深渾成，章法須講離合順逆貫串映帶。如何起，如何結，如何過變，均須致力。否則不成佳構。

六　作詞須立新意

作詞之法，造意爲上，遣辭次之。欲去陳言，必立新意。若換調不換意，縱有佳句，難免千篇一律之嫌。

七　意貴清新境貴曲折

詞以意境爲上。但意貴清新，境貴曲折。若換調不換意，或境祇表面一層，則一覽無餘，一二讀便同嚼蠟。

八　陳言務去

陳言務去，乃詞成章後所有事，非所論於初學。初學縛於格調，囿於聲韻，成章已不易，遑論及此。楊守齋言，詞忌三重四同，去陳言自是其中一事。但好語都被古人說盡，欲其不陳甚難。惟有立新意、造新境，庶可推陳出新耳。昌黎標此義以論文，其集中未見陳言盡去，亦可見茲事之不易矣。

九　小令首重造意

小令猶詩中絕句，首重造意，故易爲而不易爲。若祇圖以敷辭成篇，日得數十首何難。作小令，須具納須彌於芥子手段，於短幅中藏有許多境界，勿令閑字閑句占據篇幅，方爲絕唱。如太白〔憶秦娥〕，即其一例。此詞一字一句，都有著落，包含氣象萬千。若但從字面求之，毫釐千里矣。善學之，方有入處。

一〇　治小令途徑

自來治小令者，多崇尚《花間》。《花間》以溫、韋二派爲主，餘各家爲從。溫派穠艷，韋派清麗，不妨各就所嗜而學之。若性不喜《花間》，尚有二途可循。或取清麗芊綿家數，由漱玉以上規後主，參以後唐之韋莊，輔以清初之納蘭，此一途也。或取深俊婉約家數，由宋初珠玉、六一、淮海諸家，上溯正中，更以近代王靜庵之《人間詞》擴大其詞境，此亦一途也。

一一　慢詞與小令作法不同

慢詞與小令，不獨體制迴殊，即文心內容，亦一繁一簡。文心何物，換言之，即意匠也。詞境之構成如何，全視意匠之工拙。設喻以明之。小令如布置庭園一角，無多結構，奇花異石，些少點綴，便生佳致。慢詞則不同，如建大廈然，其中曲折層次甚多，入手必先慘淡經營，方能從事土木。若枝枝節節爲之，外觀縱極堂皇，內容必破碎不成格局。小令祇要些新意，便易得古人句。作慢詞，全篇有全篇之意，前遍有前遍之意，後遍有後遍之意。故運意時，須先分別主從，庶詞成後聯貫統一，脉絡井然。慢詞與小令之文心既繁簡迴殊，構成之辭章即因之異色，而作法亦因之截然不同矣。

一二　詞賦少而比興多

詞尚空靈，妙在不離不即，若離若即，故賦少而比興多。令引近然，慢詞亦然。曰比曰興，多從反面側面著筆。賦者，敷陳其事而直言之，便是從正面説。至何者宜賦，何者宜比興，則須相題而用之，不可一概論。慢詞作法，須講義法，與古文辭同。古文用筆，有正反側。然有時何嘗不用正筆，亦在相題用之。宜用反側，即用反側，宜用正筆，即用正筆。此例詩詞古文中甚多，故曰不可一概論。

一三　小令慢詞各有天地

小令以輕、清、靈爲當行。不做到此地步，即失其宛轉抑揚之致，必至味同嚼蠟。慢詞以重、大、拙爲絶詣，不做到此境界，落於纖巧輕滑一路，亦不成大方家數。小令、慢詞，其中各有天地，作法截然不同。何謂輕、清、靈，人尚易知。何謂重、大、拙，則人難曉。如略示其端，此三字須分別看，重謂力量，大謂氣概，拙謂古致。工夫火候到時，方有此境。以書喻之最易明，如漢魏六朝碑版，即重大拙三者俱備。輕清靈不過簪花美格而已。然各有所詣，亦是一種工夫，特未可相提并論耳。如以作小令之法作慢詞，以作慢詞之法作小令，亦猶以習簪花格之法習碑版，以寫碑版之法寫簪花格。反其道而用之，必兩無是處。

一四　詞學通於書道

詞中有澀之一境。但澀與滯異，亦猶重大拙之拙，不與笨同。昔侍臨川李梅盦夫子几席，聞其論書法，發揮拙、澀二字之妙，以爲聞所未聞。後治慢詞，乃悟詞中亦有此妙境，但非深入感覺不到。由此見詞學亦通於書道。

一五　填詞貴能以輕馭重

填詞貴能以輕馭重。此則關乎工力，不外熟能生巧。難題澀調，守四聲，辨陰陽，以及限韵、步韵等，在能手爲之，何嘗不舉重若輕。非然，未有不手忙脚亂者。

一六 填詞三步

初學填詞，第一步求穩妥，第二步求精警，第三步求超脫。先言第一步，穩有字穩、句穩、韵穩、章穩數種。入手求穩，當先字句韵三者。至於章法求穩，則功夫已到七八成矣。填詞煉章法，尤難於煉字、煉句。時下詞流，講章法者，十中難得二三人，可慨也。入手填詞，字句有不穩處，不足爲病。最忌者，穩而平庸，則難期精進耳。

一七 詞須熟誦

詞本可歌，音節鏗鏘，理所應有。填詞能入調，自無生硬之病，故覺鏗鏘可聽。欲求入調，惟有熟誦古名家詞，久之自然純熟。周介存《詞辨》，乃選本中最精者，首首可誦。

一八 叠字句法創自易安

叠字句法，創自易安。以〔聲聲慢〕係叠字調名，故當時涉筆成趣。一起連叠十四字，後人以爲絶唱。究之非填詞正軌，易流於纖巧一路，衹可讓弄才女子偶一爲之。王湘綺云："諸家賞其七叠，亦以初見故新，效之則可嘔。"誠然。否則兩宋不少名家，後竟無繼聲者，豈才均不若易安乎，其故可思矣。

一九 咏物詞貴有寓意

咏物詞，貴有寓意，方合比興之義。寄托最宜含蓄，運典尤忌呆詮，須具"手揮五弦，目送飛鴻"之妙，方合。如東坡〔水龍吟〕，咏楊花而寫離情。夢窗〔瑣窗寒〕，咏玉蘭而懷去姬。白石咏梅，〔暗香〕感舊，〔疏影〕吊北狩扈從諸妃嬪。大都雙管齊下，手寫此而目注彼，信爲當行名作。此雖意別有在，然莫不抱定題目立言。用慢詞咏物，起句便須擒題。過變更不可脫離題意，方不空泛，方能警切。

二〇　學詞勿先看近人詞

學詞切勿先看近人詞。近人詞多重敷浮字面，不尚意境，不講章法，不守格律。從此入手，以後即不能到宋名賢境界。清詞亦祇末季王、朱、鄭、況等數家可以取法，餘不足觀也。

二一　清詞三期

清詞派別，可分三期。浙西派與陽羨派同時。浙西派倡自朱竹垞，曹升六、徐電發等繼之，崇尚姜、張，以雅正爲歸。陽羨派倡自陳迦陵，吳薗次、萬紅友等繼之，效法蘇、辛，惟才氣是尚，此第一期也。常州派倡自張皋文，董晉卿、周介存等繼之，振北宋名家之緒，以立意爲本，以叶律爲末，此第二期也。第三期詞派，創自王半塘，葉遐庵戲呼爲桂派，予亦姑以桂派名之。和之者有鄭叔問、況蕙風、朱彊邨等，本張皋文"意內言外"之旨，參以凌次仲、戈順卿審音持律之說，而益發揮光大之。此派最晚出，以立意爲體，故詞格頗高。以守律爲用，故詞法頗嚴。今世詞學正宗，惟有此派。餘皆少所樹立，不能成派。其下者，野狐禪耳。故王、朱、鄭、況諸家，詞之家數雖不同，而詞派則同。

二二　作慢詞分二派

慢詞行文，現分二派，一從裏面做出，一從外面做入。從裏面做出，便是以意遣辭。此派作法，以布局爲先務。下手時，先須立定主意，通篇即抱定此意做去。敷藻下字，均有分寸。如何起、如何結、如何過變、如何鋪叙，均須意在筆先。故詞成後，語無泛設，脉絡分明，一氣捲舒。宋賢矩矱，本應如是。此即以意遣辭，所謂從裏面做出者也。從外面做入，便是因辭造意。此派作法，以琢句爲先務，字面務取華美，隨其組織以造意。貼切與否，在所不顧。全詞無中心，湊合成篇。承接貫串，起伏照應，更所不講。故詞成後，其佳者，亦祇有好句可看，無章法脉絡可言。其劣者，堆砌粉飾，支離破碎，一加分析，疵類百出。此即因辭造意，所謂從外面做入者也。從裏面做出之詞，譬如内家拳，外表不必如何動人，真實工夫，全在裏面。詞之煉意、煉章、行氣、運筆者似之。惟工力深者，一見能知其佳處。此類詞，若僅從字面求之，毫釐千里矣。從外面做入之詞，譬如外家拳，其至者，亦有身法、手法、步法可看，工夫全在表面。如僅以句法見長之詞，其未至者，花拳繡腿而已。餖飣獺祭之詞流似之。可以駭俗目，未能逃法眼也。今世詞流如鯽，以句法見長者，尚車載斗量。講究章法者，二三老輩外，幾如鳳毛麟角，洵可慨已。

二三　看詞宜細分析

作詞固難，看詞亦不易。看前人詞，最宜仔細分析，能洞見前人工拙，方能發見自己短長，而加以改進。大鶴、蕙風，最善論詞。彊邨則心知其故而不多言。方今論詞具法眼者，當推嘉興張孟劬、南海陳述叔。孟劬深受大鶴陶鎔，述叔則傳彊邨衣鉢者。二人一病一老，此後恐成《廣陵散》矣。

二四　看詞偏見與陋見

看人詞極難，看作家之詞尤難。非有真賞之眼光，不易發見其真意。有原意本淺，而視之過深者。如飛卿〔菩薩蠻〕，本無甚深意，張皋文以爲感士不遇，爲後人所譏是也。有原意本深，而視之過淺者，如稼軒詞多有寓意，後人但看其表面，以爲豪語易學是也。自來評詞，尤鮮定論。派別不同，則難免入主出奴之見。往往同一人之詞，有揚之則九天，抑之則九淵者。如近世推崇屯田、夢窗，而宋末張玉田《詞源》，則非難備至，即其一例。至於學識敷淺，則看詞見解失真，信口雌黃，何異扣槃捫燭，目砆砆爲寶玉，認騄驥作駑駘，更不值識者一哂矣。偏見多蔽，陋見多謬，時人論詞，多有犯此病者。

二五　正宗詞別具一種風格

正中詞，纏綿悱惻，在五代，別具一種風格。穠艷如飛卿，清麗如端己，超脱如後主，均與之不同家數。其詞最難學，出之太易，則近率滑，過於鍛煉，又傷自然，總難恰到好處。

二六　正中鵲踏枝十四章

正中〔鵲踏枝〕十四章，鬱伊惝恍，究莫測其意恉。劉融齋謂其詞流連光景，惆悵自憐。馮夢華則以爲有家國之感寓乎其中，然歟否歟。

二七　正中詞難學在不用力處

正中詞難學，在其輕描淡寫不用力處。一著濃縟字面，即失却《陽春》本色。近代王靜庵《人間詞》，接武歐、晏，其實歐、晏仍自《陽春》出。《人間詞》中，〔蝶戀花〕調最多，亦最佳，即〔鵲踏枝〕也。

二八　東坡詞筆無點塵

東坡詞，胸有萬卷，筆無點塵。其闊大處，不在能作豪放語，而在其襟懷有涵蓋一切氣象。若徒襲其外貌，何異東施效顰。東坡小令，清麗紆徐，雅人深致，另闢一境。設非胸襟高曠，焉能有此吐屬。

二九　少游小令出自六一

少游詞，雖間有《花間》遺韵，其小令深婉處，實出自六一，仍是《陽春》一脉。慢詞清新淡雅，風骨高騫，更非《花間》所能範圍矣。

三〇　屯田詞得失參半

屯田爲北宋創調名家，所爲詞，得失參半。其倡樓信筆之作，每以俳體爲世詬病,萬不可學。至其佳詞,則章法精嚴,極離合順逆貫串映帶之妙,下開清真、夢窗詞法。而描寫景物,亦極工麗。〔雨霖鈴〕調,在《樂章集》中,尚非絕詣。特以"楊柳岸,曉風殘月"句得名耳。

三一　柳詞勝處在氣骨

柳詞勝處,在氣骨,不在字面。其寫景處,遠勝其抒情處。而章法大開大闔,爲後起清真、夢窗諸家所取法,信爲創調名家。如〔玉蝴蝶〕"望處雨收雲斷"、〔夜半樂〕"凍雲黯淡天氣"、〔安公子〕"遠岸收殘雨"、〔傾杯樂〕"木落霜洲"、〔卜算子慢〕"江楓漸老"、〔甘州〕"對瀟瀟暮雨灑江天"諸闋,寫羈旅行役中秋景,均窮極工巧。

三二　周詞全自柳出

周詞淵源,全自柳出。其寫情用賦筆,純是屯田家法。特清真有時意較含蓄,辭較精工耳。細繹《片玉集》,慢詞學柳而脫去痕迹自成家數者,十居七八。字面雖殊格調未變者,十居二三。陳裴碧有言:能見耆卿之骨,始能通清真之神。目光如炬,突過王晦叔、張玉田諸賢遠甚。夢窗深得清真之妙,其慢詞開闔變化,實間接自柳出。惟面貌全變,另具神理,不惟不似屯田,并不似清真。看詞者若僅於字句表面求之,更不易得其端倪矣。

三三　周吳小令及慢詞

清真令曲,閑婉似叔原,而沉著亦近之。慢詞疏宕類耆卿,而精湛則過之。於以見其作法非同一機杼矣。夢窗亦然,慢詞極凝煉,令曲却極流利。故玉田於其慢詞,譏爲凝澀晦昧,謂如七寶樓臺,碎拆下來,不成片段。而獨賞其〔唐多令〕之疏快,以爲不質實。集中尚有。又以其令曲妙處與賀方回并稱。令曲慢詞,截然兩途,觀此益信。

三四　周吳慢詞最難學處

清真慢詞，沉鬱頓挫處最難學，須有雄健之筆以舉之。若無此筆，慎勿學清真，否則必流於軟媚。夢窗慢詞，高華麗密處最難學，須有靈變之筆以馭之。若無此筆，慎勿學夢窗，否則必流於晦澀。

三五　稼軒詞不盡豪放

稼軒詞，豪放師東坡，然不盡豪放也。其集中，有沉鬱頓挫之作，有纏綿悱惻之作，殆皆有爲而發。其修辭亦種種不同，焉得概以“豪放”二字目之。

三六　白石詞騷雅絕倫

白石詞在南宋，爲清空一派開山祖，碧山、玉田皆其法嗣。其詞騷雅絕倫，無一點浮烟浪墨繞其筆端，故當時有詞仙之目。“野雲孤飛，去留無迹”，有定評矣。

三七　碧山玉田各具面貌

碧山、玉田生當宋末元初，黍離麥秀之感，往往溢於言外。二家雖同出白石，而各具面貌。碧山沉鬱處最難學，近代王半塘，即瓣香碧山者。玉田輕圓甜熟，最易入手。不善學之，則流於滑易而不自覺，蓋無其懷抱與工力也。清初學玉田者，多蹈此弊。

三八　納蘭慢詞不如小令

納蘭小令，丰神迥絕，學後主未能至，清麗芊綿似易安而已。悼亡諸作，膾炙人口。尤工寫塞外荒寒之景，殆扈從時所身歷，故言之親切如此。其慢詞則凡近拖沓，遠不如其小令，豈詞才所限歟。

三九　大鶴詞吐屬騷雅

大鶴詞，吐屬騷雅，深入白石之室。令引近尤佳。學清真，升堂而已。辛亥以後諸慢詞，長歌當哭，不知是聲是泪是血，殆所謂"亡國之音哀以思"歟。此則變徵之聲，不可以家數論者。

四十　彊邨詞融合蘇吳之長

彊邨慢詞，融合東坡、夢窗之長，而運以精思果力。學東坡，取其雄而去其放。學夢窗，取其密而去其晦。遂面目一變，自成一種風格，真善學古人者。集中各詞，皆經千錘百煉而出，正如韓文杜律，無一字無來歷。其詞多性情語，辛亥以後，尤多故國之思。然較大鶴稍含蓄，殆如其為人。彊邨小令亦極工，然鮮當行者。微覺用力太多，故未能如初寫黃庭，蓋過猶不及也。

四一　蕙風詞及其詞話

蕙風詞，才情藻麗，思致淵深。小令得淮海、小山之神，慢詞出入《片玉》、梅溪、白石、玉田間。吐屬雋妙，為晚清諸家所僅有。然以好作聰明語，有時不免微傷氣格。少作以側艷勝。中年以後，漸變為深醇。論慢詞，標出"重大拙"三字境界，可謂目光如炬。其《蕙風詞話》五卷，論詞多具卓識，發前人所未發。

四二　水龍吟句法

填詞，一調有一調之體制，一調有一調之氣象，即一調有一調之作法。〔水龍吟〕本非難調，亦無難句，惟前後遍中四字組成之六排句，太整太板，不易討好。詞中遇此等句法，須於整中寓散，板中求活。換言之，即各句下字時，須將實字虛字動字靜字，分別錯綜組織以盡其變。前言字法須講倖色搨稱，此其一端也。細玩東坡"似花還似非花"一首，稼軒"楚天千里清秋"一首，於此前後六排句，手法何等靈變。又此調二二組成之四字句太多，故講究作法者，末尾四字句，多用一三句法，亦無非取其變化之意。詞之句法，故不嫌變化多方也。如東坡之"是離人泪"，稼軒之"搵英雄泪"，即其一例。

四三　木蘭花慢有句中韵

〔木蘭花慢〕，有句中韵三處，如屯田作《清明》一首，前遍中間之"傾城"，後遍換頭之"盈盈"，及中間之"歡情"，均作一頓，極有姿致。兩字押韵，一稱短韵，因在句中，又稱暗韵，最能發調。稼軒作四首，則此三處均不押韵，不足爲訓。故《古今詞話》謂〔木蘭花慢〕惟屯田得音調之正也。又前後遍中間暗韵下，若接以去平去上四字，二結六字句兩句，若上句配以去上平平去上，音節流美，更爲動聽。填此調如致力此數者，所作必極沉鬱頓挫、蕩氣回腸之能事。

四四　河傳創自飛卿

〔河傳〕調，創自飛卿。其後變體甚繁，《花間集》所載數家，圓轉宛折，均遜溫體。此調句法長短參差相間，溫體配合最爲適宜。又換叶極難自然，溫體平仄互叶，凡四轉韵，無一毫牽强之病，非深通音律者，未易臻此。又溫體韵密多短句，填時須一韵一境，一句一境。換叶必須換意，轉一韵，即增一境。勿令閑字閑句占據篇幅，方合。

四五　小梅花係東山創調

〔小梅花〕，係東山創調，一名〔梅花引〕，體近古樂府，宜徑用古樂府作法。軟句弱韵，均所最忌。賀作筆力陡健。《詞律》收向子諲作，不逮賀作遠甚，而反謂勝之，真賞識於牝牡驪黄之外矣。

四六　戚氏爲屯田創調

〔戚氏〕爲屯田創調，《晚秋天》一首，寫客館秋懷，本無甚出奇，然用筆極有層次。初學慢詞，細玩此章，可悟謀篇布局之法。第一遍，就庭軒所見，寫到征夫前路。第二遍，就流連夜景，寫到追懷昔游。第三遍，接寫昔游經歷，仍落到天涯孤客，竟夜無眠情況，章法一絲不亂。惟第二遍自"夜永對景"至"往往經歲遷延"，第三遍自"別來迅景如梭"至"追往事空慘愁顏"，均是數句一氣貫注。屯田詞，最長於行氣，此等處甚難學。後人遇此等處，多用死句填實，縱令琢句工穩，其如懨懨無生氣何。

四七　夢窗鶯啼序

〔鶯啼序〕爲序子之一體，全章二百四十字，乃詞調中最長者。填此調，意須層出不窮，否則滿紙敷辭，細按終鮮是處。又全章多至四遍，若不講脉絡貫串，必病散漫，則結構尚矣。此外更須致力於用筆行氣，非然者，不失之拖沓，即失之板重。此調自夢窗後，佳構絕鮮。夢窗作三首，以"殘寒正欺病酒"一首尤佳。此詞第一遍，寫湖上羇人又當春暮。第二遍，寫昔日湖游遇艷情景。第三遍，寫重來湖上，物是人非，追尋昔游，都成陳迹。第四遍，傷高嘆老，撫時悲逝，總寫感懷。竟體固章法井然，而三四兩遍用大開大闔之筆，純自屯田、清真二家脫化而出。大力包舉，一氣舒捲，尤爲僅見。

　　己卯辛巳間，同學江都臧祜佛根、丹徒柳肇嘉貢禾、靖江謝承煐硯馨，同避兵海上，海上猶桃源也。端居多暇，月課數詞以自遣。時予則遁迹竹西江村，亦以讀詞遣日。諸友以予治詞有年，或寄篇章以相酬和，或舉疑義以相商兌。緘札月必數至，每次作答，累千百言不能盡，所論者莫非詞也。長女宜隨侍在側，爲録而存之。滬局變後，佛根物化，柳、謝亦非復以前興致矣。暇日檢點函稿，爰摘其論詞之言，略加詮次，構成是編以貽來學。初非有意於著述也，題曰《柯亭詞論》，亦不過曰此一人之言而已。甲申春仲，柯亭詞人自識。

柯亭唐宋名家詞評

蔡嵩雲◎著

　　《作法集評唐宋名家詞選》，鈔本，南京圖書館藏。
該書於詞作後，均附録《柯亭詞評》。《柯亭唐宋名家
詞評》即爲《柯亭詞評》部分。據書後跋語，可知此
書成於 1948 年。本書即據此整理。曹辛華、張響曾
整理刊布於《詞學》第 30 輯（華東師範大學出版社，
2013）。

《柯亭唐宋名家詞評》目録

柯亭唐宋名家詞評

作法集評唐宋名家詞選例言

一、詞發源於唐而發揚於宋，兩宋詞學，盛極一時。然論及詞之作法者，僅沈伯時《樂府指迷》及張玉田《詞源》等書。《樂府指迷》云："作大詞先須立間架，將事與意分定了，第一要起得好，中間衹鋪叙，過處要清新，最緊是末句，須是有一好出場，方妙。小詞衹要些新意，不可太高遠，却易得古人句，然亦要煉句。"《詞源》云："作慢詞看是甚題目，先擇曲名，然後命意。命意既了，思量頭如何起，尾如何結，方始選韵。然後述曲，最是過片不要斷了曲意，須要承上接下。如姜白石詞云：'曲曲屏山，夜闌獨自甚情緒。'於過片則云：'西窗又吹暗雨。'此則曲之意脉不斷矣。"觀此，可見前人作法一斑。

一、詞之作法，煉字煉句外，尤貴煉章。劉融齋《藝概》云："詞以煉章法爲穩，煉句法爲秀，秀而不穩，是猶百琲明珠而無一綫穿也。初學煉章，先須注意三事。

第一，前後遍內語句之承接，須謹守法度。切勿但求藻采，隨意拼凑，則詞成後，方能竟體一氣捲舒。

第二，前後遍須有脉絡貫串。全章語句能互相連繫，方無散漫之嫌。

第三，前後遍須求意境統一。全章語句能彼此照應，方免支離之病。

《詞源》云："詞之語句，太寬則容易，太工則苦澀。如起頭八字相對，中間八字相對，却須用功著一字眼。若八字既工，下句便合稍寬，庶不窒塞，約莫寬易，又著一句工致者，便覺精粹。"又云："詞中句法，要平妥精粹，一曲之中，安能句句高妙？祇要相搭襯副得去，於好發揮筆力處，極要用功，不可輕易放過，讀之使人擊節可也。"此均論語句承接，然不過其中之一端。陸輔之《詞旨》云："製詞須布置停勻，血脈貫穿，過片不可斷意，如常山之蛇，救首救尾。"觀此，則前後遍宜如何使之發生關繫，則脈絡尚矣。《詞源》又云："詞既成，試思前後之意不相應，即爲修改，前後意不相應，乃犯不統一之病。一詞中前後各自爲遍，一遍中前後各自爲句，焉有情致可言？焉得成爲佳構，每闋三遍或四遍之詞，尤宜注意以上三者。"

古名家詞，大都順理成章，平易可誦。後人作，反多扞格難通，再三讀尚有不明其意旨所在者，即講作法與不講作法之分耳。

一、昔人謂北宋初期慢詞，有佳句而乏佳章。語不盡然。詞法之超妙，實首推北宋，非南宋所及也。蓋詞之最初，本無所謂法。耆卿出而詞法始立，美成出而詞法始密。今細繹《樂章》《清真》二集，作法便見。蓋耆卿詞最有法度，美成家法實出耆卿，又獨能發揮而光大之，故其詞法冠絕諸家。《樂府指迷》稱："清真詞下字運意皆有法度。"信然。其實各名家詞，莫不各有家法，所謂情至文生，文成法立，不言法而法自具，一切文體皆然。詞亦何獨不然？故東坡、少游，有東坡、少游之作法；子野、方回，有子野、方回之作法；推而至於珠玉、六一、小山，有珠玉、六一、小山之作法；再推而至於金荃、浣花、二主、陽春，有金荃、浣花、二主、陽春之作法。未經發見，但覺一片渺茫，一經明眼人指出，則柳暗花明，境界畢現矣。

一、言有物，有序，有則，古文辭然，詞亦然。故古文辭有義法，詞亦有義法。自譚復堂據古文筆法以評周氏《詞辨》，發見古名家詞多少作法，於其奇正、虛實、抑揚、開合、工易、寬緊之故，一經指出，頭頭是道，是真能以金針度人者。近年陳述叔海《絅翁説詞》，選評清真、夢窗二家，於其用筆之道，闡發盡致。不惟使用事下語太晦、人不易曉之夢窗詞，變爲平易可誦，而於循夢窗以達清真之途徑，亦歷歷可尋。似此評詞，可謂自宋以來所未有。惟看詞方法，人人眼光不必盡同，是編既爲作法集評，譚、陳二家當然選列，其古今各名家評騭，有見解透闢，深入而能顯出者，長言片語，均有采録，而以拙作《柯亭詞評》附焉。

一、初學作詞，必先知看詞，看詞之法，首重分析。所謂分析，即分析其作法與作旨是也，能洞見前人工拙，方能發見己作短長，而加以改進。詞不外抒情、寫景。景有情中景，情有景中情，融情入景，融景入情，二者交融，最爲上乘。所謂作旨，即作詞貴有意義，男女怨慕之辭，友朋贈答之章，賞花對酒之篇，吟風弄月之什，未嘗全無意義，但所見猶小。必如屈子之《騷》，少陵之詩，忠愛之忱，溢於言表，所見乃大。王觀堂云："尼采謂一切文學，余愛以血書者，後主之詞，真所謂以血書者，宋道君皇帝〔燕山亭〕詞，亦略似之。然道君不過自道身世之感，後主則有釋迦、基督，擔荷人類罪惡之意。"其大小不同，此意内言外之詞，所謂最有意義者也。他如南宋人抒懷咏物之詞，無處不寫家國之感，手寫此而目注彼，亦可謂之有意義。

一、本編爲河大國文系《詞選》講稿，所選各名家詞，以作法昭著可供學子取則者爲準，故與其他選本微有不同。太白〔菩薩蠻〕〔憶秦娥〕二詞，真僞不無疑問，然作法超絶，自來詞家，均目爲冠絶古今之作。吳子律《蓮子居詞話》云："唐詞〔菩薩蠻〕〔憶秦娥〕二闋，花庵以後，咸以爲出自太白，然太白集中不載。胡應麟《筆叢》疑其僞托，不爲無見。"謂詳其意調絶類溫方城，殊不然。如"暝色入高樓，有人樓上愁""西風殘照，漢家陵闕"等語神理高絶，却非金荃手筆所能。劉融齋《藝概》云："梁武帝《江南弄》、陶宏景《寒夜怨》、陸瓊《飲酒樂》、徐孝穆

《長相思》，皆具詞體，而堂廡未大，至太白〔菩薩蠻〕之繁情促節，《憶秦娥》之長吟遠慕，遂使前此諸家，悉歸環內。"《蕙風詞話》亦云："胡元瑞斥太白二詞爲僞作，姑勿與辨，試問此僞詞，孰能作，孰敢作，未必兩宋名家克辦。"本編所取，祇在作法，不重考據，故仍以二詞冠諸編首。

民國二十二年癸未春日，蔡嵩雲寫於河南大學之西齋。

作法集評唐宋名家詞選卷上唐五代詞評

一 李白

李白，字太白，蜀人，一云山東人，供奉翰林。

菩薩蠻（平林漠漠烟如織）

柯亭詞評云：此詞《藝概》以爲作於明皇西幸後，蓋哀唐室思明皇而發也。"烟林""寒山"是静境，"歸鳥"是動境，皆寫晚景。曰"平林"，曰"一帶"，曰"長亭""短亭"，均自樓上望遠光景。"愁"字承"傷心"句，"玉梯"承"高樓"句，"暝色"句綰合全篇，蓋"烟林""寒山""歸鳥"無一不包括在内也。"空佇立"之"空"字，尤爲詞中點睛處，蓋因"歸鳥"而思歸人，故睹"烟林""寒山"之"暝色"而發生無限愁懷也。

憶秦娥（簫聲咽）

柯亭詞評云：《藝概》謂此詞亦作於明皇西幸後，蓋追傷長安殘破而發也。"秦娥"自是托辭，"秦樓月"言往日風光，"樂游原"言昔時勝地，曰"夢斷"，曰"音塵絶"，言此情此景今已不可復睹矣。灞陵柳色，年年祇有傷別之情，陵闕風日，清秋蓋增故國之感。長吟遠慕，與少陵《秋興》詩同一旨趣。"秦樓""灞陵""樂游""咸陽"皆明點長安，"漢家"則暗指唐室，蓋不忍直言之耳。

二 張志和

張志和，字子同，金華人，擢明經，肅宗命待詔翰林，坐貶不復仕。居江湖，自稱"烟波釣徒"，每垂釣不設餌，志不在魚也。

漁歌子（西塞山前白鷺飛）

柯亭詞評云：上二句，寫漁家環境之美。下三句，寫漁人生涯之樂。通體無一閑字，脉絡貫串，妙造自然。

三 温庭筠

温庭筠，本名岐，字飛卿，太原人，宰相彥博之後，累舉不第，大中末，官方山尉，有《握蘭》《金荃》等集。

菩薩蠻（小山重叠金明滅）

柯亭詞評云：前半首二句，就服禦中擇舉山枕，以概全室服禦之精；就美人全體擇舉鬢雲、腮雪，以概美人之美，是修辭擇舉精要之例證。下二句，情與事融合，"嬾"字、"遲"字，本以言事，而情亦在其中。後半首二句，因鏡中影而生感喟，以花比人，是比。下二句，因鷓鴣之雙雙，引起人孤獨之感，即由上二句生出，是興。

菩薩蠻（水晶簾裏頗黎枕）

柯亭詞評云：上半前二句，叙入夢原由。後二句，叙夢中境界。下半前二句，叙昔年裝飾。後二句，言今日乖違。

菩薩蠻（玉樓明月長相憶）

柯亭詞評云：上半追憶別時情景，下半自述別後況味。

菩薩蠻（寶函鈿雀金鸂鶒）

柯亭詞評云：上半前二句，寫別前景況。後二句，寫別後經歷。下半前二句，言望斷行人消息。後二句，自傷華年易逝。攬鏡增悲，恨行者不識居者之苦也。

更漏子（柳絲長）

柯亭詞評云：上半由景説到情，"漏聲""紅燭"，均點夜景。下半情景交融，"夢長"句承"畫屏"句來。

更漏子（星斗稀）

柯亭詞評云：上半六句寫景，下半六句抒情。"星斗""鐘鼓"點夜景，"春欲暮"承上半後四句。

更漏子（玉爐香）

柯亭詞評云：上半首三句，由景説到情。下三句，寫情，由"秋思"生出。下半寫景中情，由"夜長衾枕寒"句生出。

夢江南 （梳洗罷）

柯亭詞評云：此詞寫閨情。就江樓獨望所見，寫來何等蘊藉！結句尤有悠然不盡之致。

四　韋莊

韋莊，字端己，杜陵人，乾寧元年進士。入蜀，王建辟掌書記，尋召爲起居舍人，累官至吏部尚書。有《浣花集》。

菩薩蠻 （紅樓別夜堪惆悵）

柯亭詞評云：此爲教坊別樂伎之作。"紅樓"四句，寫別時情景。"琵琶"四句，亦蘊藉，亦空靈。"金翠羽"言琵琶之飾，"黃鶯語"言琵琶之音。

菩薩蠻 （人人盡說江南好）

柯亭詞評云："春水"二句，寫江南風景。"爐邊"二句，寫江南美人。前後二"老"字相呼應，言江南好，則中原之不好，自在言外。

菩薩蠻 （如今却憶江南樂）

柯亭詞評云："騎馬"二句，承"年少"句來。下半寫追歡情景。（按：莊以北人，值黃巢之亂，避地江南十年，北歸成進士，已在中年以後。最後以校書郎奉使入蜀，爲王建所留。此詞乃被留後，追憶少年經歷之作。）

菩薩蠻 （洛陽城裏風光好）

柯亭詞評云：此爲留蜀後，憶中原之作。（莊以僖宗中和初年離長安，小住洛陽。中和三年，避亂江南，曾游三江兩湖，至昭宗景福二年北歸，其間約經十年。昭宗乾寧元年舉進士，并任校書郎之職。乾寧三四年間，第一次入蜀，光化元年北歸。昭宗光化初年，第二次入蜀。天福初年，應聘爲蜀書記。唐召爲起居舍人，未受命。天福三年，復北歸，爲王建連朱全忠。梁開平元年，朱全忠稱帝，莊亦向王建勸進，爲左散騎常侍，官至吏部尚書，同平章事。開平四年，卒於成都。）

小重山 （一閉昭陽春又春）

柯亭詞評云：所謂"萬般惆悵"，即"銷魂"之"陳事"也。臥則暗思，立則凝情，其怨可知。"夢君恩"，反言之也。"宮殿"句，回顧"昭陽"句。

五　牛嶠

牛嶠，字松卿，隴西人，乾符五年進士，歷官拾遺，補尚書郎。王建鎮蜀，辟爲判官，後仕蜀爲給事中。

菩薩蠻（舞裙香暖金泥鳳）

柯亭詞評云：“畫梁語燕”，門外飛花，正錦屛春晝之時，前後遍情景須連屬，觀此益信。

菩薩蠻（綠雲鬢上飛金雀）

柯亭詞評云：兩闋均寫閨中睡時情狀，前寫晝，後寫夜，而用意則同。

六　毛文錫

毛文錫，字平珪，唐進士，事蜀，爲翰林學士，遷內樞密使，歷文思殿大學士、司徒。

巫山一段雲（雨霽巫山上）

柯亭詞評云：“散”與“連”，均寫雲之變化。“暗濕”“高籠”，寫行雲栩栩欲活。

七　顧敻

顧敻，仕蜀，爲太尉，字里不傳。

訴衷情（永夜抛人何處去）

柯亭詞評云：此詞須玩其轉折處及用意回互處。“月將沉”承“永夜”來。“眉斂”句，已逗“怨”字。

八　鹿虔扆

鹿虔扆，事蜀，爲永泰軍節度使，加太保。

臨江仙（金鎖重門荒苑静）

柯亭詞評云：起二句，寫荒苑久無人到，故重門金鎖。與“秋空”相對者，祇此“綺窗”耳。下三句，“翠華”而曰“無踪"，"歌吹"而曰"聲斷"，已不勝今昔之感。後半寫"深宮""烟月"，不知"人事"，"野塘""藕花"，暗傷亡國。似"烟月"無情而"藕花"有意者。其實"烟月"何知？"藕花"又何知？所以覺其如是，全屬我見。王觀堂云："以我觀物，無物不著我之色采。"此蓋著我之色采者。故見仁見智，不同如此。然發而爲詞，何其哀以思耶！

九　毛熙震

毛熙震，蜀人，官秘書監。

後庭花（鶯啼燕語芳菲節）

柯亭詞評云：一二兩句，寫目前景。三四兩句，寫昔時景。下半前二句，是自昔到今感想。後二句，是目前感想。均情景夾寫。

一〇　孫光憲

孫光憲，字孟文，貴平人。仕荆南高從誨，爲書記，歷官御史大夫。後歸宋，授黃州刺史。

思帝鄉（如何）

柯亭詞評云：此詞宜作旁觀看，乃別後追憶其容止。雨打團荷，喻其裙波窣地之姿態，非真寫雨荷也。

浣溪沙（蓼岸風多橘柚香）

柯亭詞評云：首句是近景。"江邊"以下，是一望楚天所見。"瀟湘"仍結到"楚天"，是行人所往之地。

一一　李璟

李璟，南唐嗣主，初名景，烈祖長子。

浣溪沙（菡萏香銷翠葉殘）

柯亭詞評云："香銷""愁起"，人花共悴，韶光易逝，遲暮之感所由生。"還與"者，言此情此景已非止一度也。"夢回塞遠"，言征人不歸。"吹徹笙寒"，言獨居無賴。"多少"句，承"還與"

句來。"倚闌干"，回顧起句，蓋處境如此，倚池闌看此衰荷，愈覺其不堪也。全章融情景爲一片，故神理獨絶。

浣溪沙（手卷真珠上玉鈎）

柯亭詞評云：遠信不來，幽怨空結，所謂"春恨"者即此。"重樓"指獨居之地，珠簾未捲，已在恨中。及其既捲，近睹風裏"落花"，遠睇"綠波""三峽"，無一不引起悠悠之思，而恨愈無窮，故曰"依前"耳。"鎖"字煉，此句爲全闋關鍵。

一二　李煜

李煜，南唐後主，字重光，初名從嘉，嗣主李璟第六子。

玉樓春（晚妝初了明肌雪）

柯亭詞評云："誰共"句承"魚貫"句來，"夜月"句回顧"晚妝"句，確是一時情景。此詞有富貴氣象，與後"簾外雨潺潺"一闋對看，一歡樂，一凄慘，處境不同，而立言之工則一。

清平樂（別來春半）

柯亭詞評云："落梅"句自本身生感，"青草"句自行人著想，皆"春半"應有之景。"音信無憑"，"歸夢難成"，所以"觸目"令人腸斷。"離恨"句回顧"別來"句，造語靈妙之極。

浣溪沙（轉燭飄蓬一夢歸）

柯亭詞評云：此詞疑係大周后卒後之作。所謂"待月池臺""蔭花樓閣"，皆欲尋之陳迹。今則"逝水""斜暉"，前塵似夢。臺閣猶是，人已非故，故曰"一夢歸"也。"心願"句，或指白首之盟。"更沾衣"句，即由"恨人非"句轉出，辭意悱惻纏綿之至。

相見歡（無言獨上西樓）

柯亭詞評云：首句由情入景，以下二句，似寫景矣，其實仍融情景爲一片。"如鈎"者，以"缺月"喻離人也。曰"寂寞"，曰"鎖"，皆應上"獨"字。下半純寫離愁，末句回顧"無言"二字。

相見歡（林花謝了春紅）

柯亭詞評云：花謝匆匆，乃不堪朝雨、晚風所致。下半首二句，言落紅著雨，分外醉人。“幾時重”者，言此景亦不過一霎，即“太匆匆”之意。此“人生長恨”所以如水之長東乎？

浪淘沙 （簾外雨潺潺）

柯亭詞評云：“五更寒”即起於潺潺之雨，愁人而當殘春，何堪遣此。“夢裏”句，因往日繁華，而身世之感益增。“憑闌”句，因眼前惆悵，而亡國之痛愈切。“春去也”三字，有良時不再之意，又回顧“闌珊”句。人間天上，此恨綿綿，非身歷其境者，出語不能如是沉痛，亦可謂之“哀以思”矣。

虞美人 （春花秋月何時了）

柯亭詞評云：首句大有厭世之概。蓋撫今追昔，總覺其難堪也。“往事”句，包括已往不少花月在。“小樓”“東風”，又到花時，故國如何，已不忍言，祇贏得月中回首而已。“雕闌”句，是懸想故國。“朱顏改”者，言今昔歡戚不同也。“幾多愁”從“往事”中生出，“春水”東流，仍收到“故國”，“故國”在江南，故云。

一三　馮延巳

馮延巳，字正中，其先彭城人。唐末徙家新安，事南唐，爲左僕射，同平章事。有《陽春集》一卷。

蝶戀花 （六曲闌干偎碧樹）

柯亭詞評云：“落絮”從“楊柳”生出，從柳初芽説至柳飛絮，可見經時不少。“紅杏”二句係倒裝，蓋杏雨之後，又見飛絮也。“誰把”二句，暗點“驚”字。“濃睡”二句，明點“驚”字。詞中必有本事，此蓋有爲而發耳。

蝶戀花 （誰道閑情抛弃久）

柯亭詞評云：花前病酒、小樓獨立，皆不能抛却“閑情”所致。河草、堤柳，正點“春來”，“新愁”即由“閑情”生出，“惆悵還依舊”，是舊愁不斷，“何事年年有”，是新愁又生。前後均作推敲語，入妙。

蝶戀花 （幾日行雲何處去）

柯亭詞評云："雙燕"二句，意謂忘歸之游客，見來燕雙飛，亦應念閨人之獨處，非閑閑之景語也。"陌上"句與"寒食路"句，前後呼應。全章均作自問語，爲前所未有之創格。

蝶戀花 （庭院深深深幾許）

柯亭詞評云：〔蝶戀花〕一名〔鵲踏枝〕，正中〔鵲踏枝〕十四章。此四章均自作商量語氣，即竹垞《詞綜》所采錄者。"誰把鈿箏移玉柱""誰道閑情抛弃久""香冢繫在誰家樹"，是同一問法。"爲問新愁，何事年年有""雙燕來時，陌上相逢否"，亦是同一問法。"幾日行雲何處去""庭院深深深幾許"，亦是同一問法。"庭院深深"一章結句云："泪眼問花花不語，亂紅飛過秋千去。"并說出問之結果矣。且"泪眼問花花不語"，與第三章"泪眼倚樓頻獨語"，句法亦類似。陳亦峰謂："此一章與上四章，筆墨的是一色。"信然。前人誤爲歐公作，蓋歐詞亦師法正中者。遂因李易安詞序一言，而將馮詞誤入歐集，其實不足據也。

醉花間 （晴雪小園春未到）

柯亭詞評云：前半四句，寫時。"梅自早"句，由"春未到"句生出。後半上二句，寫地。下三句，寫情。

南鄉子 （紅雨濕流光）

柯亭詞評云：前半起二句，寫時。"鳳樓"句，寫地。"鸞鏡"是恨韶顔之易逝，"鴛衾"是恨獨居之無賴，故曰"兩斷腸"。"楊花滿綉床"，點殘春。"斜陽"應"流光"句，"泪幾行"應"恨長"句。

抛毬樂 （坐對高樓千萬山）

柯亭詞評云：此詞造境恢宏，出語壯麗，《花間集》中無此氣象。《人間詞話》謂："馮正中詞，雖不失五代風格，而堂廡特大，開北宋一代風氣。"此類庶乎近之。

作法集評唐宋名家詞選卷中北宋詞評

一　范仲淹

范仲淹，字希文，其先邠人，後徙吳縣。祥符八年進士，仕至樞密副使、參知政事。卒贈兵部尚書、楚國公。有《丹陽集》。

漁家傲（塞上秋來風景異）

柯亭詞評云："衡陽"句，言因雁南飛而動思鄉之情也。下三句，均寫塞上秋景。"濁酒"句是羈旅之感，"燕然"句是身世之慨，"羌管"句仍回到塞上秋景。後結一句，雙承"濁酒""燕然"兩句收束。

蘇幕遮（碧雲天）

柯亭詞評云：前半全寫秋景，後半專寫離情。後結三句，愁酒化淚，設想奇絕。

御街行（紛紛墜葉飄香砌）

柯亭詞評云：前半寫秋夜景物，後半仍寫離情。"愁腸已斷無由醉，酒未到，先成淚"，較前"酒入愁腸，化作相思淚"，更深一層。

二　晏殊

晏殊，字同叔，臨川人。景祐二年同進士出身，官至同中書門下平章事，兼樞密使。卒諡元獻。有《珠玉詞》一卷。

浣溪沙（一曲新詞酒一杯）

柯亭詞評云：前半流連光景，後半"花""燕"疑有所指。"小園香徑"與前"舊亭臺"，境界統一。

浣溪沙（一晌年光有限身）

柯亭詞評云："念遠"句，承"離別"句來。"滿目"一聯，的是好句。

玉樓春 （綠楊芳草長亭路）

柯亭詞評云：全闋均作抒情語。起句"綠楊芳草長亭路"，景中有情。"樓頭"二句，亦情景交融，與他闋有別。

踏莎行 （小徑紅稀）

柯亭詞評云：此詞前後片多作景語。惟前後二結，情景夾寫。

蝶戀花 （檻菊愁煙蘭泣露）

柯亭詞評云：以"燕子雙飛去"引起以下"離恨苦"，是比，是興。後片望盡天涯、寄書無處，乃實寫"離恨苦"。

三 歐陽修

歐陽修，字永叔，廬陵人。第進士，歷官禮部侍郎，兼翰林侍讀學士，拜樞密副使，參知政事。卒諡文忠。有《六一居士詞》三卷。

采桑子 （群芳過後西湖好）

柯亭詞評云："春空"句，承"狼藉""殘紅"句來，是前後片"意須相應"之例。

訴衷情 （清晨簾幕捲輕霜）

柯亭詞評云：此詞寫眉意，刻畫入微，"都緣自有離恨，故畫作遠山長"二句尤妙。蓋即有恨亦何與畫眉事，以畫眉作使性事，真是小兒女性格也。

臨江仙 （柳外輕雷池上雨）

柯亭詞評云：此詞王湘綺謂："寫閨人睡景，非狎語也，豈有自嘲自狀之人？"語頗近理。惟謂："'窺畫棟'應作'歸畫棟'，垂簾矣，何得始窺？"則殊未然。蓋因簾垂不能歸棟，故窺耳。且"窺"字下得極妙，燕子因窺棟，無意中見閨人睡景，閨人睡景却從燕子眼中寫出，設想何等靈幻！

踏莎行 （候館梅殘）

柯亭詞評云："草薰風暖搖征轡"句，已伏"春山外"之行人。"離愁"二句，寫行人栩栩欲活。"平蕪"句承"草薰"句。

蝶戀花 （永日環堤乘彩舫）

（按：此首柯亭無評，衹引《唱經堂》評語。）

蝶戀花 （越女采蓮秋水畔）

（按：此首柯亭無評，衹引《唱經堂》評語。）

少年游 （闌干十二獨憑春）

（按：此首柯亭無評，引有吳虎臣、王觀堂詞評二則。）

四　林逋

林逋，字君復，錢塘人。結廬孤山二十年，英宗聞其名，詔長史，歲時勞問。卒賜謚和靖先生。有集。

點絳唇 （金谷年年）

（按：此詞柯亭無評，引有《藝苑雌黃》、黃蓼園詞評二則。）

五　梅堯臣

梅堯臣，字聖俞，宣城人。嘉祐初，召試賜進士，擢國子監直講，歷尚書都官員外郎，卒。有《宛陵集》。

蘇幕遮 （露堤平）

（按：此首柯亭無評，引有劉融齋、許蒿廬詞評二則。）

六　晏幾道

晏幾道，字叔原，號小山，殊幼子。監潁昌許田鎮，能文章，尤工樂府。有《小山詞》。

臨江仙 （夢後樓臺高鎖）

柯亭詞評云：《小山詞跋》言："始時沈廉叔、陳君寵，家有蓮、鴻、蘋、雲四侍兒，品清謳娛客，每得一解，即以草授諸兒，吾三人持酒聽之，以爲笑樂。"此詞殆追思蘋、雲而作。前半寫現在，後半寫當年。前後結兩名句可入錦囊，故至今膾炙人口。

鷓鴣天 （彩袖殷勤捧玉鐘）

柯亭詞評云：前半寫當年，後半寫現在，文勢直瀉而下，非有前後二名句襯托，章法未免平直，學者須知。

阮郎歸 （天邊金掌露成霜）

柯亭詞評云：前結之"綠杯""紅袖"，後結之"沉醉""清歌"，此亦"前後片意相應"之例。

蝶戀花 （庭院碧苔紅葉偏）

柯亭詞評云："凉風醒酒面"，承上"重陽宴"來，過片不要斷了曲意，小令亦當如此。

七 張先

張先，字子野，吳興人。爲都官郎中，有《安陸集詞》一卷。

天仙子 （水調數聲持酒聽）

柯亭詞評云："午醉"是寫晝，"花""月"是寫夜。"明日落紅"由"風不定"生出，應前"送春"句。臨鏡傷景，因春去不回，此聽水調而酒醒愁未醒之由來，前後意境統一之至。

青門引 （乍暖還輕冷）

柯亭詞評云：此不過閑閑描寫春緒。晚來風雨，入夜明月，是一日閑事，前結連寫到去年之"殘花中酒"，便覺全局皆活，不嫌平直矣。

生查子 （含羞整翠鬟）

柯亭詞評云：填詞欲得佳句，祇將目前本色語結撰，照耀得好，便覺此借彼襯都成妙諦。如此詞第三、第四兩句，"一一"字祇從"十三"字注瀝而出，"鶯語"字祇從"雁柱"字影射而成是也。第五、第六兩句如此，用夢雲事，便如未曾經用。"深院鎖黃昏"句尤妙，黃昏如何鎖得？且"鎖黃昏"與人何與？祇說"鎖黃昏"更不説怨，而怨無窮矣。

八 柳永

柳永，初名三變，字耆卿，樂安人。景祐元年進士，官至屯田員外郎。有《樂章集》一卷。

雨霖鈴（寒蟬淒切）

柯亭詞評云：此詞全非青樓中人送客口吻，代爲推想到別前別後。起第二句"對長亭晚"，點時與地，已伏"別"字。"都門帳飲"至"無語凝噎"，寫別時情景。"念去去"兩句，想到別後，是蘭舟正發時。過片"冷落清秋節"，不脱時令，應起句"寒蟬""驟雨"。"今宵"以下，均推想別後。由近及遠，"千里烟波"是蘭舟所向之處。"楊柳岸曉風殘月"，是蘭舟夜泊之地。前後照映，極有情致。全詞意境統一，此其一例。

玉蝴蝶（望處雨收雲斷）

柯亭詞評云：此詞全用賦筆。"目送"句，即從"望處"句生出。"水風"一聯，承"晚景蕭疏"句來，亦即"目送秋光"之一也。"故人何在？"即在"望處雨收雲斷"處。"難忘"四句，寫別後，追懷聚時。"海闊天遙"二句承"故人何在"句，即所謂"烟水茫茫"處也。"念雙燕"一聯，仍自"故人何在"句生出，"黯相望"三句，仍結到"目送秋光"，觀此可悟"前後意須相應"之理。

夜半樂（凍雲黯淡天氣）

柯亭詞評云：柳詞大都用賦筆，所謂敷陳其事而直言之。寫景然，抒情亦然。此詞寫舟行感想。第一遍，起句點明初冬時令，以下則寫離江渚、度岩墅、入深溪，途中所歷，如濤息、風起、舉帆、泛鷁，無一不自行舟生出，結句拍到"過南浦"。第二遍，是南浦途中遠望情形，而描寫酒旆、烟村、霜樹、漁人、游女等，如觀畫圖，次第開展，工細之極。殘日、敗荷、衰楊等，均切定初冬時令。故前後遍詞境甚統一。第三遍即因前遍之游女而引出，"繡閣輕抛"以下，則全寫去國離鄉之感，"嘆後約"至"長天暮"數句層遞而下，一氣貫注，大力盤旋，前所未有。

傾杯樂（木落霜洲）

柯亭詞評云：上半是行客自道途中所歷景況，下半是行客想到閨人不知行旅之苦，自己空有惜別之懷，所謂無聊之極思也。

八聲甘州（對瀟瀟暮雨灑江天）

柯亭詞評云：上半寫秋景，極有次序，是江樓眺望所見。“當樓”“登高”“倚闌”，前後脉絡一貫。下半寫鄉思，“苦淹留”以上是自己打算。“想佳人”以下，是爲人設想。

安公子（遠岸收殘雨）

柯亭詞評云：前半見聞，後半感想，均由“短檣吟倚閑凝竚”句生出，故此句爲全詞關鍵。前半寫江天向晚景物，次第鑿然。後半因江行晚眺，頓起感觸，結到歸思。“萬水千山迷遠近”，寫晚景已成夜景，先後有序不紊。其上三下七十字句，及上三下五八字句，惟屯田獨擅，繼之者清真而已。另有〔祭天神〕亦屯田創調，其句法多與〔安公子〕相類。

卜算子慢（江楓漸老）

柯亭詞評云：“滿目”句，緊承“江楓”“汀蕙”二句。“暮秋天氣”點時令，“引疏砧”句是見亦是聞。“對晚景”二句，由景入情。“脉脉人千里”承上“念遠”句，所謂“過片不斷曲意”也。後半演舊愁新恨，分三層寫隔別之苦：“兩處風情，萬重烟水”一層；“雨歇天高，望斷翠峰”二層；“離腸萬種，孤鴻誰寄”三層。“憑高”應上“登臨”句，章法謹嚴之至。

望海潮（東南形勝）

柯亭詞評云：“東南”三句，寫史迹。“烟柳”三句，寫都會。“雲樹”三句，寫形勝。“市列”三句，寫繁華。“錢塘”句、“參差”句，均緊承以上二句。後段“重湖”三句，寫風景。“羌管”三句，寫游樂。“千騎”三句，寫游人。“異日”二句，結到東京。章法整齊，句法雄渾，在柳詞中爲別格。“三秋桂子，十里荷花”之句，百餘年後，流播至金，金主亮聞之，欣然起投鞭渡江、立馬吳山之志。謝處厚詩云：“誰把杭州曲子謳？荷花十里桂三秋。那知卉木無情物，牽動長江萬里愁。”以一時興到之作，而引起國家百年之患，殊非耆卿所及料。

蝶戀花（竚倚危樓風細細）

柯亭詞評云：前半情景夾寫，後半實寫春態。"衣帶"二句，婉曲之至。柳詞抒情慣用賦筆，似此者，集中尚不多見。

九　王安石

王安石，字介甫，臨川人。舉進士，熙寧初，同中書門下平章事，封舒國公，加司空。卒贈太傅，謚曰文。有《臨川集詞》一卷。

桂枝香（登臨送目）

柯亭詞評云："千古憑高對此"，承"登臨送目"句。"六朝舊事隨流水"應"故國"，"但寒烟衰草凝綠"應"晚秋"，脉絡井然。

一〇　王安國

王安國，字平甫，安石弟。舉進士，熙寧初，除西京國子教授，終秘閣校理。有《王校理集》。

清平樂（留春不住）

柯亭詞評云："不肯畫堂朱戶，春風自在楊花"，具見作者身分。楊花輕薄之物，而能如此寫出，真是錦心綉口。

一一　蘇軾

蘇軾，字子瞻，眉山人。嘉祐初，試禮部第一，歷官中書舍人，翰林學士，至禮部尚書。紹聖初，坐訕謗，安置惠州，徙昌化。徽宗立，赦還。提舉玉局觀，建中靖國元年，卒於常州。高宗朝贈太師，謚文忠。有《東坡居士詞》二卷。

水調歌頭（明月幾時有）

柯亭詞評云：前半從天上寫月，後半自人間寫月，寓意高遠，運筆空靈，寄慨無端，別有天地。

永遇樂（明月如霜）

柯亭詞評云："清景無限""寂寞無人見""黯黯夢雲驚斷"，均各緊承以上三句。"覺來"句，自"夢雲驚斷"句生出。"何曾夢覺"又自"覺來"句生出，而用翻騰之筆以出之，亦可目爲詞論。

水龍吟（似花還是非花）

柯亭詞評云：此詞運筆空靈之極，題咏楊花，實寫離情。起句"似花還是非花"，便得"咏物貴不即不離"秘訣，劉融齋謂："可作全詞評語。"信然。"拋家傍路"六排句，寫楊花之情狀。"夢隨風"三句，始點出離情。換頭"不恨此花飛盡，恨西園、落紅難綴"承"也無人惜從教墜"句，與之呼應一氣。"曉來雨過"六排句，寫楊花之身世，用筆何等空靈！"細看來"三句，仍結到離情，與前結相呼應。

卜算子（缺月挂疏桐）

（按：此詞柯亭無評，引有黃蓼園、陳倦鶴詞評二則。）

蝶戀花（花褪殘紅青杏小）

（按：此詞柯亭無評，衹引王阮亭詞評一則。）

蝶戀花（春事闌珊芳草歇）

（按：此詞柯亭無評，衹引王阮亭詞評一則。）

浣溪沙（道字嬌娥苦未成）

（按：此詞柯亭無評，衹引賀黃公詞評一則。）

一二　黃庭堅

黃庭堅，字魯直，分寧人。舉進士，元祐初，爲校書郎，遷集賢校理，擢起居舍人。追諡文節，有《山谷詞》二卷。

鷓鴣天（黃菊枝頭破曉寒）

（按：此詞柯亭無評，引有沈天羽、黃蓼園詞評二則。）

一三　秦觀

秦觀，字少游，高郵人。登第後，蘇軾薦於朝，官至秘書省正字，兼國史院編修。坐黨籍，徙柳州，編管橫州，又徙雷州。徽宗立，放還，至藤州卒。有《淮海詞》三卷。

望海潮 （梅英疏淡）

柯亭詞評云："梅英"三句，寫時。"金谷"三句，寫地。"長記"以下至"飛蓋妨花"，是憶舊游。"蘭苑"二句，仍回到目前。"重來"句點醒，與"長記"句呼應。"烟暝"以下，所謂"堪嗟"之事，由"行人漸老"生出。"金谷""蘭苑"均指西園，"流水"句回顧"冰澌融泄"句。

八六子 （倚危亭）

柯亭詞評云：此詞自首至尾一氣捲舒，須玩其領字"念""無端""怎奈向""那堪""正"等轉折呼應處。"念"字直貫至"翠銷香減"句，"聲斷""香減"緊承上"流水"。"那堪"以下，均是"倚危亭"所見："飛花"一層，"殘雨"二層，"黃鸝"三層。此即如芳草之恨所由生。後半文勢聯翩而下，"正銷凝"一頓收住，恰好。

踏莎行 （霧失樓臺）

（按：此詞柯亭無評，引有王阮亭、王觀堂、陳倦鶴詞評四則。）

減字木蘭花 （天涯舊恨）

柯亭詞評云：此亦被謫後之作，故不覺其辭之淒婉。馮夢華謂："淮海，古之傷心人。其淡語皆有味，淺語皆有致。"觀此蓋信。

好事近 （春路雨添花）

柯亭詞評云：夢境奇，造語亦奇，在《淮海集》中爲別調。

一四　晁補之

晁補之，字無咎，巨野人。受知蘇軾，舉進士，元祐初，除秘書省正字，遷校書郎，以秘閣校理通判揚州，召還，爲著作郎。坐黨籍徙，大觀末，起知泗州，卒。有《鷄肋集》《琴趣外篇》。

摸魚兒（買陂塘旋栽楊柳）

柯亭詞評云：此詞前半寫隱居之樂，後半叙功名遲誤，爲隱居之因。"買陂塘"句及"功名浪語"句，爲前後片關鍵。"淮岸湘浦"襯"陂塘"，"東皋"四句寫水邊景物，承"陂塘"句來。"無人"四句，從"旋栽楊柳"句生出。"青綾被"從"翠幕""柔茵"聯想而得。"休憶"四句，寫功名誤人。"君試覰"二句，自傷老大。"功名"四句，故作覺悟語。末句仍收到歸隱。

洞仙歌（青烟羃處）

柯亭詞評云：起三句，就月寫目前情景。"露凉"以下，於景物中寫別情。言神京之佳人不得見，可見者，藍橋之佳人耳。過片"水晶"三句，承"藍橋"句來，仍不脫"月"字。以下寫金尊對月、南樓玩月，竟體空靈之至。

鹽角兒（開時似雪）

柯亭詞評云：前片上三句，寫色。下三句，寫香。後片上三句，寫花之丰韻。結二句，雙管齊下，是花？是人？不復可辨。

憶少年（無窮官柳）

柯亭詞評云：前後二結句，均作進一步語。"桃花顏色"即所謂"高城人"也。此闋與前闋，均語意清新，不言愁而愁在其中，是另出一機杼爲之者。馮夢華謂："無咎所爲詩餘，無子瞻之高華，而沉咽則過之。"此殆所謂"沉咽"者矣。

一五 張耒

張耒，字文潛，楚州淮陰人。第進士，歷官起居舍人，以直龍圖閣知潤州。坐黨籍謫官，晚監南岳廟，主管崇福宮。有《宛丘集》。

風流子（亭皋木葉下）

柯亭詞評云："亭皋"三句，感時序遷流。"奈愁人"四句，嗟年華老大。"楚天"以下泛寫秋景，結二句逗入懷人。換頭"玉容知安否"緊承前結，所謂"過片不要斷了曲意"，此類是也。"香箋"四句，寫消息兩隔。"向風前"四句，從對面著想。後結二句，寫無聊之極思。

一六　賀鑄

賀鑄，字方回，衛州人。元祐中，通判泗州，又倅太平州，退居吳下，自號慶湖遺老。有《東山寓聲樂府》三卷。

石州引（薄雨收寒）

柯亭詞評云：“薄雨收寒”八句，均寫目前景物。但因“柳蓓”而想到折柳贈行，因“歸鴻”而想到龍荒雪消，情景交融，全神已籠罩。下闋則目前景物亦非泛寫矣。“猶記出關來”至“回首經年”，均寫分別時情景。“杳杳音塵都絕”以下，方寫現在別懷，且包括兩面言之。後結“憔悴一天涯，兩厭厭風月”，有語盡意不盡之妙。

望湘人（厭鶯聲到枕）

柯亭詞評云：“厭鶯聲到枕”至“湘天濃暖”，正寫春思，大有物是人非之感。“被惜餘熏”承“到枕”句。“佩蘭香老”承“花氣”句。“記小江”以下，轉作追憶語。過片均自作商量。“鸞弦”句，緊接前片。“羅襪”“弄波”“棹欹”“蘋洲”，均承“小江”“游伴”來，是此詞脈絡所在。“臨皋飛觀”有室邇人遐之意。以“厭鶯聲”起，以幸歸燕結，前後映帶成趣。

薄幸（淡妝多態）

柯亭詞評云：前半追思邂逅始末。後半自述間阻情懷。“花梢日在”承“晝永”句，言百無聊賴中，每覺日長似年也。

青玉案（凌波不過橫塘路）

柯亭詞評云：《中吳紀聞》言：“鑄有小築在姑蘇之橫塘，嘗往來其間，作此詞，山谷最稱之，有詩云：‘解道江南斷腸句，祇今惟有賀方回。’”其爲前輩推重如此。因詞中有“梅子黃時雨”之句，人皆服其工，故稱爲“賀梅子”。

踏莎行（楊柳回塘）

（按：此詞柯亭無評，祇引許萬廬詞評一則。）

浣溪沙 （雲母窗前歇綉針）

（按：此詞柯亭無評，衹引況蕙風詞評一則。）

浣溪沙 （鬢外紅綃一縷霞）

（按：此詞柯亭無評，引有《漁隱叢話》、陳倦鶴詞評二則。）

一七　周邦彥

周邦彥，字美成，錢塘人。元豐中，獻《汴都賦》，召爲太學正，徽宗朝，仕至徽猷閣待制，提舉大晟府，出知順昌府，提舉洞霄宮，晚居明州，卒。自號清真居士。有《片玉詞》。

瑞龍吟 （章臺路）

柯亭詞評云：通篇以“柳”爲骨幹，而寫一舊識雛妓。首段一起便充滿物是人非之感。“章臺路”已伏“柳”字。“還見褪粉梅梢，試花桃樹”，又用“梅”“桃”襯“柳”字，而“痴小個人”已湧現筆端。第二段始出“痴小個人”，“侵晨”三句，乃回想其姿態、裝飾，蓋“劉郎重到”時感想。第三段始點出“劉郎重到”，“舊家秋娘”陪襯“痴小個人”。“燕臺”句，用義山柳枝故事，又暗點“柳”字。“知誰伴”二句，言已“無痴小個人”爲伴，而秋娘又不足伴也。“還見”二句，是因舊物而思舊人。“猶記”三句，是因舊人而懷舊迹。“事與孤鴻去”將以上種種一筆勾消。“探春盡是，傷離意緒”言以上所寫，莫非“傷離意緒”，都因“探春”而發也，此句是一篇題旨所在，以下全是本篇餘波，仍句句不脫傷離之意。“官柳低金縷”，明應一起“章臺路”句。“斷腸院落，一簾風絮”仍收到“柳”上，令人低徊不盡。

蘭陵王 （柳陰直）

柯亭詞評云：題雖賦柳，實寫別情，蓋河干送客之作也。首段是寫過去多次之別，寫柳絲、柳綿、柳條，均極有情致。雖未點出行舟，而“隋堤”“長亭”自是泊舟所在。次段是目前之別。過片“閑尋舊踪迹”一語，緊承前段“酒趁哀弦，燈照離席”，是目前景。領以一“又”字，遂與首段一氣呼應，“梨花榆火”作柳陪襯。"愁一箭風快"至"望人在天北"數句，寫行舟栩栩欲活。三段是別後情景。"淒惻。恨堆積"亦緊承次段"別浦縈回，津堠岑寂"，是行舟已去之景象。"斜陽冉冉春無極"句總束一筆，黯然魂銷。"月榭""露橋"均別前聚首處，所以回想"淚滴"。"沉思"二句，極沉鬱頓挫之致。以上種種，皆"京華倦客"所親經，故此句爲一篇之主。

六醜（正單衣試酒）

柯亭詞評云：是調多於四字句叶韵，如"一去無迹"，如"輕翻柳陌"，如"時叩窗隔"，如"東園岑寂"，如"別情無極"，如"向人敧側"，如"何由見得"，與其他長句、短句配合，而極頓挫跌宕之能事。填此調，若拙於行氣必病糾纏拖遝。清真此詞，反復吞吐，操縱自如，良由行氣功深，故能六轡在手如此。

浪淘沙慢（曉陰直）

柯亭詞評云：首段寫別時情景。中段寫別後追憶。末段寫別後悵恨。各段多用八字長句，與五字、七字句配合，而其他各長句、短句，亦配合相稱，又用入聲韵，故全詞極沉鬱頓挫之能事。其實皆自柳法出也。

齊天樂（綠蕪凋盡臺城路）

（按：此詞柯亭無評，引有周介存、譚復堂、陳亦峰詞評三則。）

滿庭芳（風老鶯雛）

（按：此詞柯亭無評，引有周介存、陳亦峰、陳洵詞評三則。）

花犯（粉牆低）

（按：此詞柯亭無評，引有黃花菴、周介存、陳亦峰、陳倦鶴詞評四則。）

西河（佳麗地）

柯亭詞評云：首段寫金陵形勝。次段寫金陵舊迹。末段由現在之金陵，推想過去之金陵。劉夢得《石頭城》詩云："山圍故國周遭在，潮打空城寂寞回。淮水東邊舊時月，夜深還過女牆來。"此詞前二段，即融化此詩成之，而別有境界。又《烏衣巷》詩云："朱雀橋邊野草花，烏衣巷口夕陽斜。舊時王謝堂前燕，飛入尋常百姓家。"此詞末段,亦運化此詩,而以沉咽之辭出之,更覺淒異動人。

瑞鶴仙 (悄郊原帶郭)

柯亭詞評云:詞中"春酌""醒眠""殘醉"貫串成章法,是全詞脉絡所在。

蘇幕遮 (燎沉香)

柯亭詞評云:前段景,後段情。由眼前之風荷,想到故鄉之芙蓉。

木蘭花 (桃溪不作從容住)

柯亭詞評云:前段是奇遇,當前無端弃擲,以致恩斷緣絕,下二句言重來時不勝今昔之感。後段言獨尋舊路時,祇見"烟中列岫""雁背斜陽",而人已不可復見矣。下二句喻人散難逢,墜歡難拾。

少年游 (并刀如水)

柯亭詞評云:"錦幄""獸香"二句,與"馬滑霜濃"句,是詞中脉絡所在。言室內情形如此,由室外情形如彼也。

菩薩蠻 (銀河宛轉三千曲)

柯亭詞評云:"銀河"句,寫江路之長。"澄波"句,寫江水之深,波濤險惡。舟有歸人,故因雪而喜。"天憎梅浪"因雪寒,又憐到江上歸人。運思婉曲,不獨造語奇險而已。

關河令 (秋陰時作漸向暝)

柯亭詞評云:"寒聲",雁聲也。以"雲深"故祇聞聲而不見影,且秋陰之作,亦以雲深,景物變化,寫來歷歷。曰"向暝",曰"更深",曰"夜永",寫時間變化,亦絲毫不紊。

夜游宮 (葉下斜陽照水)

柯亭詞評云:一盼信耳。而橋上、窗底、衾中,寫來層次歷歷。

秋蕊香 (乳鴨池塘水暖)

柯亭詞評云:寫春日閨中情景,細膩無匹。

浣溪沙（水漲漁天拍柳橋）

柯亭詞評云："拖"字妙，雨如何拖？狀鳩聲耳。"又移日影上花梢"，自東山詞"猶有花梢日在"脫化而出。

一八　李冠

蝶戀花（遥夜亭皋閑信步）

柯亭詞評云："數點雨聲風約住"，著一"約"字，而境界全出。"朦朧淡月雲來去"，比張子野"雲破月來花弄影"更覺自然。"桃杏依稀"承"春暮"句，前後脉絡分明。

一九　李元膺

李元膺，東平人。南京教官，紹聖間人也。

洞仙歌（簾纖細雨）

柯亭詞評云：借雨寫情，別開一格。

二〇　李薦

李薦，字方叔，東坡門下士。

虞美人（玉闌干外清江浦）

（此詞柯亭無評，祇引況蕙風詞評一則。）

二一　張舜民

張舜民，字芸叟，邠州人。

賣花聲（木葉下君山）

柯亭詞評云：此亦傷離念遠之詞，何悲壯蒼凉乃爾。

二二　萬俟咏

萬俟咏，字雅言。

長相思（短長亭）

柯亭詞評云：此亦觸景傷情之作。"暮山橫"以上是見，"不要聽"以上是聞,均是夜景。

二三 徐伸

徐伸,字幹臣,三衢人。政和初,以知音律爲太常典樂,出知常州。有《青山樂府》。

二郎神 (悶來彈鵲)

柯亭詞評云:前段從眼前景物叙入,因"彈鵲"而惜花影之碎,因"試衫"而思熏爐之冷,此愁病之所以來,而"沈腰""潘鬢"之所以改舊也。後段"重省""別時"忽從對面著想,空靈之至。"芳景"句,仍回縮"一簾花影",篇法緊煉。"空竚立"句,見得彼此音信隔絕,獨居無賴,與"雁足""馬蹄"句,有一氣呵成之妙。

二四 李玉

賀新郎 (篆縷銷金鼎)

柯亭詞評云:此亦觸景傷情之作,寫香閨情景細膩之極。"遍天涯尋消問息",與"芳草王孫知何處"句相呼應。

二五 廖世美

燭影搖紅 (靄靄春空)

柯亭詞評云:別情無極,言之黯然。"紫薇登覽"承"畫樓"句,"朱闌共語"亦應"畫樓"句。"流水""波聲",均從"雲渚"生出。意境統一,脉絡分明。

二六 查荎

透碧霄 (樣蘭舟)

柯亭詞評云:前段從別時寫到別後。後段換頭三句,回憶別時情景,使人黯然魂消。"雙槳"句應"蘭舟"句,以下因采梅而想到纖柔之手,因説游而想到粲發之歌。後結"念故人"以下,寫傷離中無聊情景。

二七　李清照

李清照，號易安居士，濟南人。格非之女，趙明誠妻。有《漱玉集》

醉花陰（薄霧濃雲愁永晝）

柯亭詞評云："簾捲西風"是"半夜涼初透"之因，"暗香盈袖"是"瑞腦銷金獸"之果。前後綰合無痕。

一剪梅（紅藕香殘玉簟秋）

柯亭詞評云："花自飄零"應"紅藕香殘"句，"水自流"應"蘭舟"句，脉絡井然。

聲聲慢（尋尋覓覓）

柯亭詞評云：此闋須玩其虛字呼應處。運用俗語，最貴自然，一出生硬，便墮惡道。

作法集評唐宋名家詞選卷下南宋詞評

一　趙鼎

趙鼎，字元鎮，聞喜人。崇寧初進士，累官尚書左僕射，同中書門下平章事，兼樞密使。卒贈太傅，諡忠簡。有《得全居士集詞》一卷。

點絳唇（香冷金爐）

柯亭詞評云："一枕江南恨"疑有所指，"東風緊"言不勝寒也。

二　葉夢得

葉夢得，字少蘊，吳縣人。紹聖四年進士，官至戶部尚書，以崇信軍節度使致仕，贈檢校少保。有《建康集·石林詞》一卷。

賀新郎（睡起流鶯語）

柯亭詞評云："暗塵侵尚有乘鸞女"因扇及人也。"無限樓前

滄波意"，所謂在水一方也。感時序之推遷，恨伊人之遠隔。低徊
咏嘆，一往情深。

三　汪藻

汪藻，字彥章，婺源人。崇寧中，第進士，官至兵部侍郎，兼
侍講，拜翰林學士。有《浮溪集》。

點絳唇（新月娟娟）

柯亭詞評云："梅影橫窗瘦"自"新月"生出。"歸興濃如
酒"自無酒生出。"霜天"應"夜寒"句。

四　徐俯

徐俯，字師川，分寧人。紹聖初，賜進士出身，累擢端明殿學
士，簽書樞密院事，參知政事。有《東湖集》。

卜算子（胸中千種愁）

柯亭詞評云："鶯啼"言得意者，"如簧語"應"鶯啼"句。
曰"愁挂斜陽樹"，曰"山不能遮斷愁來"，言愁多，而不言愁之
所以然，含蓄得妙。

五　陳與義

陳與義，字去非，季常孫，本蜀人，後徙居河南葉縣。政和
中，登上舍甲科，紹興中，拜翰林學士，知制誥，參知政事。有
《簡齋集·無住詞》一卷。

臨江仙（憶昔午橋橋上飲）

柯亭詞評云：前半寫二十餘年前事，後半寫現在感想。"吹笛
到天明""漁唱起三更"，均是夜中情景，而冷熱各殊。

六　朱敦儒

朱敦儒，字希真，洛陽人。以薦起賜進士出身，官至兩浙東路
提點刑獄，上疏乞歸，晚除鴻臚少卿。有《樵歌》三卷。

鷓鴣天 （檢盡曆頭冬又殘）

柯亭詞評云："拖條竹杖""上個籃輿"，都是老來消遣。"梅花醉夢"與"風雪寒冬"句應，寫盡悟徹人生活。曰"痴頑"，自謙耳。

孤鸞 （天然標格）

柯亭詞評云：筆意均在"早"字上盤旋，故下字皆有分寸，如"淡竚""淺點""先折""難寄""怎描""更那堪""休摘"等，無處不見字法，作咏物題最宜玩味。

七 康與之

康與之，字伯可，渡江初，以詞受知高宗，官郎中。有《順庵樂府》五卷。

滿庭芳 （霜幕風簾）

（按：此詞柯亭無評，祇引賀黃公詞評一則。）

八 曾覿

曾覿，字純甫，汴人。紹興中，爲建王内知客，淳熙初，除開府儀同三司，加少保，醴泉觀使。有《海野詞》一卷。

阮郎歸 （柳蔭庭館占風光）

柯亭詞評云：人臣欲挽回已去之國運，猶燕子欲銜歸已去之春光，寫意含蓄之至。

九 韓元吉

韓元吉，字無咎，號南澗，許昌人。隆興間，官吏部尚書。有《南澗甲乙稿·焦尾詞》一卷。

好事近 （凝碧舊池頭）

柯亭詞評云："管弦凄切"已成嗚咽之聲，"御溝流斷"是溝水已涸，乃説止流，惟恐增人嗚咽。杏花之發亦尋常事，傍野花發，則宮苑已淪爲榛莽可想，均係烘托寫法，而其辭則甚含蓄。

"御溝"句，又回顧"舊池"句。

一〇 張元幹

張元幹，字仲宗，長樂人。紹興中，坐送胡銓及寄李綱詞除名。有《歸來集·蘆川詞》一卷。

賀新郎（夢繞神州路）

柯亭詞評云："聚萬落千村狐兔"以上，悲外侮之凌逼。"更南浦送君去"，方敘到別情。換頭"涼生柳岸"三句點時令，以下則全寫別情矣。

滿江紅（春水連天）

柯亭詞評云："楚帆帶雨烟中落"以上，寫環境。"引杯孤酌"以上，是自傷。"人如削"以上，是念遠。

一一 張孝祥

張孝祥，字安國，烏江人。紹興二十四年，廷試第一，累遷中書舍人，直學士院，兼都督府參贊軍事，領建康留守，尋以荊南湖北路安撫使請祠，進顯謨閣直學士。有《于湖集詞》一卷。

六州歌頭（長淮望斷）

柯亭詞評云："悄邊聲"以上，寫目前景況。"遣人驚"以上，均追想當年。"歲將零"以上，自傷老大，無地用武。"有泪如傾"以上，痛斥和議，氣憤填膺。"黯銷凝""渺神京"，均爲承上啓下之句，本詞中關鍵所在。

念奴嬌（洞庭青草）

柯亭詞評云："穩泛滄溟""叩舷獨嘯"，均從"扁舟一葉"句生出，此即所謂"前後遍之意相應"也。"孤光自照"與"素月""明河"句相應，"肝膽皆冰雪"，即所謂"表裏俱澄澈"也。"更無一點風色"，即"穩泛滄溟"之因。觀此，可悟前後意境統一之説。

一二 辛弃疾

辛弃疾，字幼安，號稼軒，濟南歷城人。耿京聚兵山東，節制忠義軍馬，留掌書記，紹興三十二年，令奉表南歸，高宗召見，授承務郎。寧宗朝，累官浙東安撫使，加龍圖閣待制，進樞密都承旨。德祐初，以謝枋得請贈少師，謚忠敏。有《稼軒長短句》十二卷。

賀新郎（緑樹聽啼鴂）

柯亭詞評云：起五句言禽鳥，傷春去不回，雖屬一般苦恨，然其恨總未抵人間離別之苦。"算未抵"句，一筆撇開，以下便實寫人間離別，昭君、陳后、莊姜，恨之屬於美女者。李陵、荆軻，恨之屬於英雄者。啼鳥仍回應起處。"誰伴我"二句，始拍到本題，無非滿腹牢愁，有觸即發而已。

又曰：此詞用事雖多，其運棹空靈處，實見良工心苦。"算未抵"句承上啓下，仍接叙許多人間許多離別。"如許恨"句，總束一筆，進一層説，落到本題，回應起處，故此二句，爲此詞前後關鍵。"杜鵑""鷓鴣"二句，入手擒題，亦非暮春泛語。言茂嘉歸而已"行不得"，故有此別也。後結二句，拍合本題，言此後明月雖共，伴醉無人，故不勝其惆恨也。中間臚列許多別恨，看似陪襯，疑亦有寓意。"馬上"句，用昭君事似悲二帝不還。"長門""燕燕"，似自傷因讒見弃，與〔摸魚子〕詞用陳后事同。後段用李陵、荆軻事，或迫於異族，或壓於强鄰，國家之耻，尤稼軒生平恨事，思之所觸，不覺盡情傾吐，借此題而一發之。然一轉即收到本題，俱見筆力橫絶處。

賀新郎（鳳尾龍香撥）

柯亭詞評云：起三句言琵琶盛時。以下言潯陽商婦、出塞昭君，皆不得意之琵琶。後段曰"泪珠盈睫"，曰"涼州哀徹"，正是借弦説恨，蓋承前結二句而言。"千古"句，總束一筆。"賀老"二句，言琵琶無復盛時。"沉香亭北"回應前段"開元"句，章法嚴密之至。題寫琵琶，實自況也。

水龍吟 （楚天千里清秋）

柯亭詞評云：“江南游子”以上，純寫目前景。“楚天”二句，寫水天。“遥岑”三句，寫山。“落日”二句，寫時。“吳鈎看了”“闌干拍遍”四句，言北望中原，英雄無用武之地。後段“休道”二句，言欲歸不得。“求田”三句，言欲罷不能，歲月蹉跎，無日不在憂愁中，如秋樹飽經風雨，不勝零落之感。“倩何人”三句，言欲以聲色自遣，亦不能致，徒自搵其英雄之泪而已。

摸魚兒 （更能消幾番風雨）

柯亭詞評云：此詞開闔動蕩，純以古文筆法爲之。昔人謂“稼軒詞論”，殆指此類。詞中用虛字極多，其前後呼應處，最宜細玩。

永遇樂 （千古江山）

柯亭詞評云：前段言南朝無人，追想仲謀、寄奴事，不勝今昔之感。後段言南北同歸於盡。“元嘉”三句，“可堪”三句，言宋文之弱，太武之强，都成陳迹。“四十三年”謂稼軒歸宋所歷之年。歸宋時，曾經過元魏南侵之道路，祇今北望，感喟無窮。“廉頗”句，蓋自喻南人誠無用，即有廉頗之將，亦不能用也。

念奴嬌 （野棠花落）

柯亭詞評云：此詞疑亦有寓意。言別地而追想到樓中人，因樓中人而追想“行人曾見”，純用倒鈎之筆。“野棠”五句，寫目前景況。“曲岸”五句，寫昔日游踪。後段“聞道”句，推開另起波瀾。“簾底”句應“樓空”句，所謂“纖纖月”殆指“樓中人”而言。“舊恨”二句，繳上逗下，“重見”已成“鏡裏花”，此新恨所由來。“華髮”正恨之結果所致，蓋所謂舊恨者，別離之恨；所謂新恨者決絕之恨也。

漢宮春 （春已歸來）

柯亭詞評云：起三句，指宴安一流人。“無端”二句，指外侮。“年時”五句，指遺民。後段“却笑”五句，指煽動黨禍者。“清愁”四句，寫家國之恨。

沁園春（疊嶂西馳）

柯亭詞評云："疊嶂"句，至"缺月初弓"，言山川之形勢。"老合"句，至"風雨聲中"，言隱居之志趣。後段"爭先"二句，仍回寫到山，極言山之可愛。"謝家子弟"喻一，"相如庭戶"喻二，"文章太史公"喻三。後結三句拍題，言有願未成。

祝英臺近（寶釵分）

柯亭詞評云：此亦傷春惜別之詞，前後二結，融情景爲一片。"花卜""夢語"，均寫別後相思。

菩薩蠻（鬱孤臺下清江水）

（按：此詞柯亭無評，引有張皋文、周介存、譚復堂、陳亦峰、梁卓如詞評五則。）

蝶戀花（誰向椒盤簪彩勝）

（按：此詞柯亭無評，引有周介存、譚復堂、陳亦峰詞評三則。）

青玉案（東風夜放花千樹）

（按：此詞柯亭無評，引有彭駿孫、譚復堂、梁卓如詞評三則。）

一三　陳亮

陳亮，字同甫，婺州永康人。淳熙中，詣闕上書光宗，紹熙四年，策進士，擢第一，授簽書建康府判官廳公事，未至官卒。端平初，諡文毅。有《龍川集間詞》二卷。

水龍吟（鬧花深處層樓）

（按：此詞柯亭無評，引有黃蓼園、劉融齋詞評二則。）

一四　劉過

劉過，字改之，號龍洲道人，吉州太和人。嘗伏闕上書，請光宗過宮，復以書抵時宰，陳恢復方略，不報，放浪湖海間。有《龍洲集詞》一卷。

賀新郎（老去相如倦）

（按：此詞柯亭無評，引有許蒿廬、況蕙風詞評二則。）

唐多令（蘆葉滿汀洲）

（按：此詞柯亭無評，引有沈天羽、譚復堂、黃蓼園詞評三則。）

一五 劉克莊

劉克莊，字潛夫，莆田人。以蔭仕，淳祐中，賜同進士出身，官龍圖閣直學士。有《後邨別調》一卷。

賀新郎 （思遠樓前路）

（按：此詞柯亭無評，衹引黃蓼園詞評一則。）

玉樓春 （年年躍馬長安市）

（按：此詞柯亭無評，衹引況蕙風詞評一則。）

一六 范成大

范成大，字致能，吳郡人。紹興中進士，累官權吏部尚書，拜參知政事，進資政殿學士，領洞霄宮，卒，諡文穆。有《石湖詞》一卷。

眼兒媚 （酣酣日腳紫烟浮）

（按：此詞柯亭無評，引有王湘綺、況蕙風詞評二則。）

一七 陸游

陸游，字務觀，越州山陰人。以蔭補登仕郎，隆興初，賜進士出身，范成大帥蜀為參議官，累知嚴州，嘉泰初，詔同修國史，兼秘書監，升寶章閣待制，致仕，卒。有《渭南集》《劍南集》詞一卷。

水龍吟 （摩訶池上追游路）

柯亭詞評云：前段追憶舊游，景物何等熱鬧！後段感懷現況，景物何等凄涼！宜對比看。

鵲橋仙 （華燈縱博）

柯亭詞評云：前半寫酒徒，後半寫漁父，亦對比局格。

一八 陸淞

陸淞，字子逸，號雲溪，山陰人。官辰州守，放翁雁行也。

瑞鶴仙 （臉霞紅印枕）

柯亭詞評云：此詞描寫閨思。前半寫別離憔悴情景，後半由重省當日寫到歸來責教，委宛盡致。

一九　俞國寶

俞國寶，臨川人。淳熙太學生。有《醒菴遺珠集》。

風入松 （一春長費買花錢）

柯亭詞評云：通首以“醉”字爲眼，“玉驄”“畫船”，前後映帶。

二〇　張鎡

張鎡，字功甫，號約齋，西秦人。居臨安，循王諸孫，官奉議郎，直祕閣。有《南湖集》《玉照堂詞》一卷。

滿庭芳 （月洗高梧）

（按：此詞柯亭無評，引有賀黃公、許蒿廬詞評二則。）

二一　姜夔

姜夔，字堯章，鄱陽人。寓居吳興之武康，與白石洞天爲鄰，自號白石道人，慶元中，曾上書乞正太常雅樂，得免解，訖不第而卒。有《白石道人詩》一卷、《詞》五卷。

暗香 （舊時月色）

柯亭詞評云：此章寫別情。因湖廳夜宴，梅香入席，憶及西湖梅月下舊事，對酒發生感慨，乃是興體。“舊時”五句，均寫過去。“何遜”四句，均寫現在。“江國”四句，仍寫現在。“翠尊”二句，由現在又說到過去。“長記”二句，均說過去，回顧“舊時”五句。“又片片吹盡也”，即眼前之“竹外疏花”。“幾時見得”，并收到西湖月下、携手攀摘之樹，筆力橫絶。

疏影 （苔枝綴玉）

柯亭詞評云：此章乃吊隨二帝北狩諸妃嬪、公主而作。因見籬角梅花，而想到昭君墓梅及壽陽宮梅，發抒一段感慨，亦是興體。"苔枝綴玉"至"自倚修竹"，是眼前梅花。"昭君"以下四句，融合唐王建《塞上咏梅詩》、杜工部《咏明妃詩》檃括而成。"小窗橫幅"已成畫稿，言眼前梅花將來如此，重來已無幽香可覓，亦與昭君、壽陽諸美同歸於盡，徒留此殘影供人憑吊而已。"金屋"與"籬角"對照，言此幽花不受春風管領，落後寧隨流水，方能自保其潔。今諸美扈從北狩，難保無如王昭儀輩之隨圓缺者，帝王失勢，不能庇及婦人，故有玉龍之哀怨。玉龍，笛名。笛中有《落梅曲》，故名哀曲。

揚州慢（淮左名都）

柯亭詞評云："淮左"五句，是兵燹前初到之揚州。"自胡馬"以下五句，是兵燹後重到之揚州。過片借杜牧事點明重到，發抒感慨，言雖有"豆蔻梢頭"之詩、"青樓薄幸"之夢，因劫後人空，深情亦無可賦處。"清角吹寒""波心蕩月"，均劫後景物，却分前後遍夾寫，格局便不平直。喬木"厭言兵"，見"樹猶如此，人何以堪"，是進一層説法。紅藥爲誰生，愈使深情難賦之意完足，借草木發抒感慨，均是從側面用筆寫法。

長亭怨慢（漸吹盡枝頭香絮）

柯亭詞評云：調名〔長亭怨慢〕，故題旨專就離情抒寫。前段全借"柳"説。起三句寫老柳絮盡綠深，已令人生感。"遠浦"二句，點明離情。"閲人"四句，仍説到柳，"長亭樹"即柳也。"青青如此"應"綠深"句。後段全寫離情。高城亂山，觸景生愁。"韋郎"二句，用韋皋、玉簫故事。"第一"以下，實寫離情，語盡而意不盡。

翠樓吟（月冷龍沙）

柯亭詞評云：起三句，正寫安遠樓成張宴。"新翻"二句，爲安遠盛事渲染。"層樓"三句，入題實寫落成。"人姝麗"三句，蓋宋代官宴時必有營妓侑觴，故云。然過片四句，特就妓席作翻論，言此雅地宜仙而不宜妓也。"玉梯"三句，言仙不可見，祗見芳草千里而已。故"天涯"三句，發生悵嘆。"玉梯"句承上"層樓"，"酒被"句應上"漢酺"，"花消"句應上"人殊麗"。"西山"三句，雖閑閑寫景，而仍有感喟在中。按：是時外患方深，遑言安遠，且樓成張宴挾妓更涉荒謬。宜白石發生感慨，托辭婉諷也。陳亦峰謂此詞應有所刺，信然。

點絳唇（燕雁無心）

（按：此詞柯亭無評，袛引陳亦峰詞評一則。）

淡黃柳（空城曉角）

（按：此詞柯亭無評，引有王湘綺、譚復堂詞評二則。）

二二　張輯

張輯，字宗瑞，號東澤，履信之子，鄱陽人。馮深居目爲"東仙"有《欸乃集·東澤綺語債》二卷。

疏簾淡月（梧桐雨細）

柯亭詞評云："潤逼衣簏"因雨故潤，"夜寒鴻起"因雨故寒。久居客裏，故消受以上凄涼況味。"草堂春綠"是春，"竹溪空翠"是夏，"落葉西風"是秋，言辜負故鄉春夏許多佳日，而受盡客裏秋風之凄涼也。"吹老幾番塵世"應上"悠悠歲月"句，言從前雖諳盡作客滋味，今則聽商歌而引起無窮之鄉思矣。"無寐"句，蓋因雨後月出，望月而思鄉更切。

二三　盧祖皋

盧祖皋，字申之，又字次夔，號蒲江，永嘉人。慶元五年進士，爲軍器少監，嘉定十四年，權直學士院。有《蒲江詞》。

江城子（畫樓簾幕捲新晴）

（按：此詞柯亭無評，袛引況蕙風詞評一則。）

清平樂（柳邊深院）

（按：此詞柯亭無評，袛引況蕙風詞評一則。）

二四　高觀國

高觀國，字賓王，山陰人。有《竹屋痴語》一卷。

齊天樂（晚雲知有關山念）

（按：此詞柯亭無評，引有姜白石、況蕙風詞評二則。）

賀新郎（月冷霜袍擁）

（此詞柯亭無評，引有吳子律、許蒿廬詞評二則。）

二五　史達祖

史達祖，字邦卿，汴人。有《梅溪詞》一卷。

雙雙燕（過春社了）

柯亭詞評云："翠尾分開紅影"以上，寫初來之燕。"便忘了天涯芳信"以上，寫久居之燕。情詞俱到，體物入微。張功甫賞其"清新閑婉"，姜白石稱其"奇秀清逸"，可見當時已成名作。

綺羅香（做冷欺花）

柯亭詞評云："愁裏欲飛還住"以上，說春雨情狀。"鈿車不到杜陵路"以上，說春雨結果。"沉沉江山望極"至"和淚謝娘眉嫵"，寫春雨中所見。"新綠""落紅"二句，是春雨之後情景。後結二句是雨後回憶。

湘江静（暮草堆青雲浸浦）

柯亭詞評云："暮草"句，點明現境。"記匆匆"至"西風隨去"，是追憶昔游。前結四句，"蕩晚""弄秋"二句，是眼前景物，"還重到"二句，拍合後半"酒易醒"二句，是現況。"桂香懸樹"，即小山招隱之意。"孤吟意短""烟鐘津鼓"，寫作客身世。"倦篙曾駐"是舟行，"屐齒厭登臨"是山行。"倦"字、"厭"字宜對看，便知前後神理一貫。後結三句，點明題旨。"閑居"句，與"想空山"句呼應。

臨江仙（倦客如今老矣）

柯亭詞評云："舊時不奈春何""枉教裝得舊時多"，撫今追昔，不堪回首。

二六　吴文英

吴文英，字君特，號夢窗，晚號覺翁，四明人。從吳履齋諸公游。有《夢窗甲乙丙丁稿》四卷。

霜葉飛 （斷烟離緒）

柯亭詞評云：此詞因重九遇雨，待至傍晚，仍不能登高而作。"斜陽"句至"誰吊荒臺古"，正寫今年之重九。"記醉踏南屏"三句，回想去年之重九。"聊對"三句，綜合去今兩年説。"小蟾"二句，又説到目前。"斜陽紅隱霜樹"是雨日，并無斜陽。"小蟾影轉東籬"是晚晴，乃見斜月。"殘蛩"與前"咽寒蟬"相映帶。"早白髮"二句，是觸景生情。"捲烏紗"用重九龍山落帽故事，題意已完。後結二句，是預想到明年之重九。"翠微高處"應前"醉踏南屏"句。

憶舊游 （送人猶未苦）

柯亭詞評云：此詞寫別情，當另有寓意，特借別潛翁而發耳。起三句，先退一步再進一步説，極得勢。"片紅"三句寫景，是春去。"賦情"二句抒情，是人去。"嘆病渴"三句，正寫別情。後段"西湖"三句，追憶聚時。"葵麥"三句，仍説到別情。"迷烟處"即"夢逐塵沙"處，亦即人去之天涯也。"故人"二句，總寫別情。"寫怨"與前"賦情"相應，所謂深怨，即指"病渴淒涼，分香瘦減"而言，前後一氣呵成，而脉絡分明可見。後結"殘陽草色"，自屯田"草色烟光殘照裏"句脱化而出。

齊天樂 （烟波桃葉西陵路）

柯亭詞評云："烟波桃葉"至"危亭獨倚"，均過去陳迹。"涼颸"三句，景中有情，是目前景況。"江花"二句，情景夾寫，是目前感慨。"華堂"句至"分瓜深意"，均回憶已往情事。"清尊"二句，自寬自解。後結"可惜"二句，仍有不勝惆悵之意。

高陽臺 （宮粉雕痕）

柯亭詞評云：起三句"雕痕""墮影"，均切落梅。"野水荒灣"，是落梅地。起句便見所咏之意，此宋人詞法也。"埋香""鎖骨"，是落後語，故"古石"二句云云。笛中有《落梅曲》，"關山"係懷人之地，故"南樓"二句已神注。後段"離魂"二句、

“半飄零”三句，言落梅之時與地，就景頓住。後段乃入人事。“壽陽”三句，言梅既落盡，無以點額，無需對鏡，故曰“空埋愁鸞”。“細雨”“孤山”，又説落梅之時與地。“鴻歸”言離魂難招，喚起下句，“縞衣解佩”，不辨是梅是人，貼落梅有神無迹。“最愁人”三句收，到落後結子，而以爲“最可愁”，疑有寓意。

三姝媚（吹笙池上道）

柯亭詞評云：此詞宜與後〔風入松〕一詞參看，皆爲清明思去姬作。而此詞之作在後，故詞情之凄艷大同小異。特彼詞之清明爲風雨之清明，此詞之清明爲“禁烟殘照”之清明耳。彼詞寫柳曰“門前緑暗”，此詞寫柳曰“稚柳闌干”。彼詞寫鶯曰“交加曉夢啼鶯”，此詞寫鶯曰“過半春猶自，燕沉鶯悄”，是景物不同處。然此詞之“曲榭方亭”，即彼詞西園日掃之“林亭”，此詞之“印蘚迹雙鴛”，即彼詞惆悵不到之“雙鴛”。蓋彼時姬去未久，猶望其去而復還，故但云惆悵不到。此時則已成絶望，故雲但有印迹可記而已。曰“客又去，清明還到”，可見去後不止歷過一清明，幾於每逢此節必思，故曰“頓隔年華”“青梅已老”也。

賀新郎（喬木生雲氣）

柯亭詞評云：滄浪亭舊址本吳越錢元臻池館，廢爲僧寺，寺又廢。蘇子美得之，建滄浪亭於邱上，後爲韓蘄王別墅，故詞中云云。此詞爲傷時之作，故激昂慷慨，與他作之纏綿悱惻者不同，在吳詞中爲別格。首段自“喬木”句，至“花竹今如此”，全是吊古，落到滄浪亭。“如此”二字，無限感慨。“枝上”二句，承“如此”來，恰作歇拍。後段“遨頭”句，寫履齋游步。“蒼苔”二句，寫看梅。“重唱”二句，夢窗自叙陪游。“此心”句，東君指履齋，其時夢窗與履齋同爲吳客也。“後不如今”二句中，藏多少感慨。其時國事日非，英雄無用武之地，惟有付之一醉，故後結二句云云。蓋游必有宴，宴必有酒，正好借醉作收場。

水龍吟（艷陽不到青山）

柯亭詞評云：惠山有唐陸羽品茶古迹，夢窗游惠山時，天必重陰，故全詞都寫陰景。起句高唱而入，上句因，下句果，已籠罩全闋。"吳娃"六排句，上三句寫外山之陰，下三句寫本山之陰。"二十年"四句，從昔游上寄慨。後段"龍吻"二句，言挹泉煮茶。"臨泉"三句，言茶座近池，故可"照影"。"鴻漸"三句，切酌泉。"重來"二字，應上"二十年"數句。後結"閑愁""滄波"等字，有低徊不盡之致。用"換與"意便深，與尋常紀游有別。

鶯啼序（殘寒正欺病酒）

柯亭詞評云：此調多至四遍，長至二百四十字，不講結構，必病散漫。夢窗此作以"離痕歡唾，尚染鮫綃"二句，爲一篇關鍵，而以"西湖"爲一篇綫索。"畫船載酒，清明過却"，是目前之西湖，祇有羈情可念。"傍柳繫馬，趁嬌塵軟霧"，是昔游之西湖，此段全寫歡聚。"訪六橋無信，事往花委"，是重來之西湖，此段全寫慘離，而於最後段以"離痕歡唾，尚染鮫綃"八字作一總束。後段"傷心千里江南"，回顧首段"晴烟冉冉吳宮樹"句，章法謹嚴之至。又此調第三遍、第四遍，於數聯四字排句後，接以七字、八字句，作者若以死句填實，縱令如何典麗，非板重即拖遝。夢窗此作獨靈氣往來，運以大開大闔之筆，音節態度，絕類柳詞〔夜半樂〕，人但知清真詞多自屯田脫化而出，不知夢窗此闋，其用筆亦出自屯田也。

風入松（聽風聽雨過清明）

（按：此詞柯亭無評，引有許蒿廬、譚復堂、海綃翁、陳倦鶴詞評四則。）

踏莎行（潤玉籠綃）

（按：此詞柯亭無評，引有王觀堂、海綃翁詞評二則。）

浣溪沙（門隔花深夢舊游）

（按：此詞柯亭無評，祇引海綃翁詞評一則。）

浣溪沙（門隔花深夢舊游）（波面銅花冷不收）

柯亭詞評云：〔浣溪沙〕結句，貴情餘言外、含蓄不盡。兩詞後結如"東風臨夜冷於秋""西風梧井葉先愁"，韻味悠然，耐人尋玩。張玉田謂："令曲末句最當留意，有有餘不盡之意始佳。"

吳夢窗亦有妙處，殆此類歟?!

二七　蔣捷

蔣捷，字勝欲，陽羨人。德祐進士，自號竹山，遁迹不仕。有《竹山詞》。

賀新郎（夢冷黃金屋）

（按：此詞柯亭無評，引有譚復堂、陳亦峰詞評二則。）

虞美人（絲絲楊柳絲絲雨）

（按：此詞柯亭無評，祇引許蒿廬詞評一則。）

二八　陳允平

陳允平，字君衡，一字衡仲，四明人。著有《西麓詩稿》一卷，《繼周集》一卷，《日湖漁唱》二卷。

八寶裝（望遠秋平）

（按：此詞柯亭無評，引有周介存、陳亦峰詞評二則。）

綺羅香（雁宇蒼寒）

（按：此詞柯亭無評，引有許蒿廬、陳亦峰詞評二則。）

二九　周密

周密，字公瑾，號草窗，濟南人。流寓吳興，居舟山，自號弁陽嘯翁，又號蕭齋，又號四水潛夫。淳祐中爲義烏令。有《蠟屐集·草窗詞》二卷，一名《蘋洲漁笛譜》。

玉京秋（烟水闊）

柯亭詞評云：“碧砧度韵，銀床飄葉”以上，純寫新凉時候景物。“衣濕桐陰露冷”句，始融景入情。“嘆輕別”句，點題。“吟商”句，承上。“翠扇恩疏，紅衣香褪”，正寫別怨，亦即“砌蛩能說”之幽事也。“玉骨西風”，應上“衣濕桐陰露冷”句。清詞麗藻，竟體生妍。後結二句，更有悠然不盡之致。

一萼紅（步深幽）

柯亭詞評云：“步深幽”下二句，點出時令。“檻曲寒沙，茂林烟草", 是遠矚。"磴古松斜, 厓陰苔老", 是近瞰。蓋因登樓縱目, 乃起蒼茫之慨也。後段"回首天涯歸夢"句, 從"飄零漸遠"句生出。"魂飛南浦, 淚灑西洲", 是羈旅閑愁。"故國山川, 故園心眼", 是家國隱恨。"王粲登樓", 陪襯"登閣"。"最負他、秦鬟妝鏡", 應"魂飛"二句。"好江山、何事此時游", 應"故國"二句。盛慨深矣。

獻仙音 (松雪飄寒)

柯亭詞評云: 題爲《吊雪香亭梅》, 非吊梅花, 傷故國耳。起二句點時令。"紅破數椒春淺", 指花。"襯舞臺荒, 浣妝池冷", 指人。"凄涼市朝輕換", 亡國之恨, 已明明點出矣。"問東風""應慣識"二句中, 有許多人在。"廢綠平烟空遠""斜陽衰草淚滿""殘笛數聲春怨", 目之所接, 耳之所觸, 無一而非悲慘。亡國之音哀以思, 身歷其境, 殆有發於不自覺者。

少年游 (簾銷寶篆捲香羅)

柯亭詞評云: 前半就物寫, 後半就人寫, 均係盛時光景, 而以反振之筆出之, 言外意自見。

三〇 王沂孫

王沂孫, 字聖與, 號碧山, 又號中仙, 會稽人。有《碧山樂府》一卷, 又名《花外集》。延祐《四明志》:"至元中, 王沂孫慶元路學正。"

眉嫵 (漸新痕懸柳)

柯亭詞評云: 借新月寫已缺之山河, 有十分悼惜之意。"便有團圓意", 希望其缺而復圓也。"嘆謾磨玉斧, 難補金鏡", 嘆其既缺已無復圓之望也。"試待他、窺戶端正", 仍作萬有一然之想, 望其由缺而圓。"看雲外山河, 還老桂花舊影", 意謂雲外之山河難重圓, 而人間之山河則永缺矣。"太液"二句, 用太祖宴宰執賞新月, 盧多遜詩有"太液池邊看月時"故事, 今與昔比, 不堪回首。"新痕""淡彩", 均寫新月依約未穩。"難補""試待", 均在

"新"字上盤旋，與朱希真賦早梅手法同，須看他字法，而此更有意義。

齊天樂（一襟餘恨宮魂斷）

（按：此詞柯亭無評，引有周介存、譚復堂、端木埰詞評三則。）

齊天樂（冷烟殘水山陰道）

柯亭詞評云：此詞疑宋亡以後作。"冷烟殘水山陰道""想渠西子更愁絕""山色重逢都別"，似均指宋亡後殘破之臨安。言已無家可歸，歸亦非復舊時景象也。"江南恨切"，已無人共歌。"江雲凍結"，雖有梅堪折，而繁華似夢，無限舊事，祇有付之一嘆而已。凄咽那忍卒讀。

高陽臺（殘雪庭除）

柯亭詞評云：此詞疑亦宋亡以後作。起三句點時令。"小帖"二句，言金泥依然小帖，而春已不知是誰家之春矣。"相思"二句，所夢"個人"疑非尋常之個人。"但凄然"三句，言梅花雖依舊，自我觀之，但覺凄惻動人。換頭"江南自是離愁苦，況游驄古道，歸雁平沙"，更進一層說。疑前段所謂"水隔天遮"之個人，是指宋亡後爲元人俘虜北去之君后，若是尋常離愁苦，言之不至如此沉痛。"怎得"以下數句，言年華老大，去日苦多。"芳草""天涯""憑高""不見"，與前"水隔天遮"句相應。"更消他"三句，見得春來固凄然，春去益惆悵。總之，亡國之恨，無窮而已。

瑣窗寒（趁酒梨花）

（按：此詞柯亭無評，祇引譚復堂詞評一則。）

三一　張炎

張炎，字叔夏，號玉田，又號樂笑翁，循王六世孫，本西秦人，家臨安，生於淳祐間，宋亡落魄縱游。有《山中白雲詞》

高陽臺（接葉巢鶯）

柯亭詞評云：題爲《西湖春感》，實寫宋亡後之臨安。曰"萬綠西泠，一抹荒烟”，曰“苔深韋曲，草暗斜川”，無一而非黍離麥秀之感。“能幾番游？看花又是明年”，是寫春光之易去。“無心再續笙歌夢，掩重門、淺醉閑眠”，是寫春游之索然興盡。故薔薇、燕子、閑鷗、飛花、啼鵑，在在皆足以引起哀思，以玉田之家世，故寫來十分沉痛，而行文却極流暢之能事，此是玉田家法。

甘州（記玉關踏雪事清游）

柯亭詞評云：此詞亦宋亡以後作。“記玉關”五句，自叙過去與堯道同時北游，以寫經入上都舊事。“此意悠悠”者，言亡國之人，雖多感觸，有口不能言之痛苦也。“短夢”四句，言回南後，仍對剩水殘山，惟有“一灑老泪”。雖有題葉之詩思，安能形諸吟咏？仍抱此悠悠之意而已。換頭三句，寫堯道來聚，復又別去。“誰留”“弄影”，言其無所成就，空載取山中白雲歸去而已。“折蘆花”二句，言人與蘆同此飄零。贈遠不折柳而折蘆，何等蕭瑟！“向尋常”二句，言野橋流水依舊，而無舊侶之沙鷗可招，見得河山變易，友朋寥落處，此畸零身世，徒有感喟耳！後結三句，言對斜陽，最怕憑高，悠悠此恨，竟成終古。

木蘭花慢（水痕吹杏雨）

柯亭詞評云：前半寫深春舟中愁夢，後半寫昔游種種歡樂，結收到“尋春較晚”。章法簡净，極便初學。

疏影（黃昏片月）

柯亭詞評云：竟體均在“影”字上盤旋，處處扣定“梅”字，此咏物題作法。一起“黃昏片月”四字，已控制題要，蓋“影”之所由來也。前半平鋪直叙。後半“莫是”“還驚”，換作推敲語。觀此可悟用筆之法。

瑣窗寒（斷碧分山）

柯亭詞評云：起三句，言碧山之死。“香留”四句，言碧山生死醉中。“自中仙”三句，言碧山詞賦無雙。換頭“都是凄凉意”，將前段總束一筆。“悵玉笥”以下四句，推想碧山死後。“那知”二句，點出自己追悼本懷。後結二句，就眼前景物，寫不盡之哀思。"候蛩愁暗葦"，與前"秋聲碎"句縮合，前後意相應，此又其一例。

清平樂 （候蛩淒斷）

（按：此詞柯亭無評，衹引許葊廬詞評一則。）

三二　翁孟寅

翁孟寅，字五峰，錢塘人。

燭影搖紅 （樓倚春城）

（按：此詞柯亭無評，衹引王湘綺詞評一則。）

三三　黃孝邁

黃孝邁，字雪舟。

湘春夜月 （近清明）

（按：此詞柯亭無評，引有麥儒博、俞小甫詞評二則。附俞小甫詞評如次：前半空際盤旋，搖曳出之，將翠禽、柳花一齊請出作陪，何等旖旎！後半一波三折，惝恍迷離。）

三四　唐珏

唐珏，字玉潛，號菊山，越州人。

水龍吟 （淡妝人更嬋娟）

（按：此詞柯亭無評，衹引譚復堂詞評一則。）

三五　文天祥

文天祥，字宋瑞，一字履善，吉安人。寶祐四年進士，德祐初官至右丞相，兼樞密使，後以都督出江西，兵敗，被元兵執，不屈死。有《指南》《吟嘯》等集。

大江東去 （水空天闊）

（按：此詞柯亭無評，引有陳臥子、劉融齋詞評二則。附劉融齋詞評如次：文文山詞，有風雨如晦，雞鳴不已之意。不知者以爲變聲，其實乃變之正也。故詞當合其人之境地觀之。）

三六　鄧剡

鄧剡，字光薦，號中齋，廬陵人。祥興時，歷官禮部侍郎，丞相文信公客也。有《中齋集》。

南樓令（雨過水明霞）

（按：此詞柯亭無評，衹引王湘綺詞評一則。）

跋

右《唐宋名家詞選》三卷，爲予主河大詞學講習時選本，所以昭示諸學子者也。中經事變，其稿幸存。然久扃篋中，已無心問世矣。歲戊子拙集《柯亭長短句》刊成，金陵盧冀野聲家爲之序，有云：“十四五年前，與先生同教授河大，比屋而居，談藝無間，偶及片玉〔瑞龍吟〕〔蘭陵王〕〔西河〕諸詞，聞先生論議，一字不忽，一言無廢。探尋脉理，昭然不紊。心竊敬之，而先生所以發諸生者，從可知之，所謂能以金針度人者非耶？”金針度人，予何敢承，第念當時説詞，屢以詞之義法昭示諸子，俾成爲有物有序有則之言。歲癸酉，諸子裒集二三年來課卷，有《夷門樂府》之刊，有物之言，雖尚有待，亦既有序有則，斐然成章矣。兹友人見盧序，索閲舊選稿。多聳恿付梓，連年衰病，且兼老嬾，頗憚執筆，而廣陵老詞人，哈蓉村先生哲嗣與之，願獨任繕寫及校讎之役，因略加詮次，删節以成是編。溝瞀之見，臆斷之辭，實不足存。惟狂夫之言，聖人擇之，一得之愚，或亦識者所不弃也。戊子秋九月蔡嵩雲附識。

讀詞雜記

王仲聞◎著

　　王仲聞（1901～1969），名高明，字仲聞，後以字行。號幼安，晚又號學初，浙江海寧鹽官鎮人，著名學者王國維次子。曾任中華書局臨時編輯，參與《全宋詞》的校訂工作。著有《全宋詞審稿筆記》《李清照集校注》《南唐二主詞校訂》《讀詞識小》等。《讀詞雜記》原載《現代郵政》1947年第1卷第3期，本書即據此收錄。王亮曾整理刊載於《詞學》第29輯（華東師範大學出版社，2013）。

《讀詞雜記》目録

讀詞雜記

一 李後主搗練子

世傳李後主〔搗練子〕詞二首，其一云：“深院静，小庭空，斷續寒砧斷續風。無奈夜長人不寐，數聲和月到簾櫳。”此首見《南詞》本、吕遠本、錫山侯氏本《南唐二主詞》，其爲後主詞，世無疑問矣。另一首云：“雲鬢亂，晚妝殘，帶恨眉兒遠岫攢。斜托香腮春笋嫩，爲誰和泪倚闌干。”此詞《南詞》本《南唐二主詞》未載，升庵《詞林萬選》始以爲後主，其後各本從之。案石孝友《金谷遺音》（汲古閣本及武進陶氏影印汲古未刊詞。）集句〔浣溪沙〕引“爲誰和泪倚闌干”一句，不作後主而作中行（殆即田中行，見王灼《碧雞漫志》。），疑非後主詞也，余友唐圭璋采余説入《夢桐軒詞話》。

又升庵《詞品》（卷一）云：“李後主〔搗練子〕云：‘深院静，小庭空，斷續寒砧斷續風。無奈夜長人不寐，數聲和月到簾櫳。’調名〔搗練子〕，即咏搗練，乃唐詞本體也。”賀黄公《皺水軒詞筌》云：“李重光‘深院静’小令，升庵曰，詞名〔搗練子〕，即咏搗練也，復有‘雲鬢亂’一篇，其詞亦同，衆刻無異。嘗見一舊本，則俱係〔鷓鴣天〕，二詞之前，各有半闋：‘節候雖佳景漸闌。吴綾已暖越羅寒。朱扉日暮隨風掩，一樹藤花獨自看。　　雲鬢亂，曉妝殘。帶恨眉兒遠岫攢。斜托香腮春笋嫩，爲誰和泪倚闌干。’‘塘水初澄似玉容。所思還在别離中。誰知九月初三夜，露似珍珠月似弓。　　深院静，小庭空。斷續寒砧斷續風。無奈夜長人不寐，數聲和月到簾櫳。' 增前四語，覺神彩加倍。" 世據黃公之説，而不檢升庵《詞品》，以爲升庵作僞，不免厚誣升庵矣。"露似珍珠月似弓" 二句，白樂天《暮江吟》，〔搗練子〕與〔鷓鴣天〕下半首平仄不協，自非後主之作，世有定評，不再述焉。

二　尹師魯水調歌頭

龔鼎臣《東原録》云："劉仲芳上曹瑋〔水調歌頭〕第三句云'六郡酒泉'，蘇子美亦有此曲，則云'魚龍隱處'，尹師魯和之，亦云'吳王去後'，其平仄與蘇同，而音與劉異。"（下略）師魯詞全首，見雙照樓影印宋本《歐陽文忠公近體樂府》卷三續添，題作"和蘇子美滄浪亭詞"，與《東原録》合。詞云："萬頃太湖上，朝暮浸寒光。吳王去後，臺榭千古鎖悲涼。誰信蓬山仙子，天與經綸才器，等閑厭名繮。斂翼下霄漢，雅意在滄浪。　　晚秋裏，烟寂静，雨微涼。危亭好景，佳樹修竹繞回塘。不用移舟酌酒，自有青山綠水，掩映似瀟湘。莫問平生意，別有好思量。"大理周咏先氏輯《蘭畹集》，以爲歐公詞，唐圭璋氏輯《全宋詞》，亦以爲歐公，而另據《東原録》引師魯"吳王臺榭"斷句，均失考。

三　劉仲方六州歌頭

劉仲方〔六州歌頭〕《咏項羽廟》"秦亡草昧"一首，載《唐宋諸賢絶妙詞選》卷五，案明抄《説郛》本《朝野雜記》云"〔六州歌頭〕，在國初時京東張、李二生能之，凡作四闋，今世傳'秦亡草昧，劉項起吞并'云云，此追傷項籍者也，其一號玉清昭應宮者，則追咏真廟者，故慈聖光獻每聞必泣下。仁宗時尚幼，嘗問左右，是誰激惱大娘娘，左右具言之，遂編置二生以讟瀆宗廟之罪，自後少有繼之者。然聲調雄遠，於長短句中殊雅麗"，不云劉作，未知孰是。《花庵詞選》卷六另有李冠一首咏驪山，與《朝野遺記》所云張、李二生相合，花庵選詞頗慎，當有所本也。

四 蔣興祖女減字木蘭花

《梅磵詩話》云：“靖康間金人犯闕，陽武蔣令興祖死之，其女爲賊擄去，題字於雄州驛中，叙其本末，仍作〔減字木蘭花〕詞云：‘朝雲橫度，轆轆車聲如水去。白草黃沙，月照孤村三兩家。 天天去也，萬結愁腸無晝夜。漸近燕山，回首鄉關歸路難。’蔣令浙西人，其女方笄，美顏色，能詩詞，鄉人皆能道之。此湯岩起詩，《滄海遺珠》所載。”《詞苑叢談》卷七引《梅磵詩話》，誤以其女爲其父，臨桂況夔笙《蕙風詞話》，遂以爲老翁之作，老人豈有年方笄美顏色之理，弗思甚矣，殆未檢《梅磵詩話》原書之故。

五 李後主佚詞

《能改齋漫録》卷十六云：“《顏氏家訓》：‘別易會難，古人所重，江南餞送，下泣言離，北間風俗不屑此，歧路言離，歡笑分首。’李後主長短句蓋用此耳。故云‘別時容易見時難’，又云‘別易會難無可奈’。然顏説又本《文選》陸士衡苔賈謐詩云‘分索則易，携手實難’。”案後主“別時容易見時難”即〔浪淘沙〕“流水落花春去也，天上人間”一首，久已膾炙人口矣，其“別易會難無可奈”一句，《南唐二主詞》及各家所輯後主佚詞均未收。《樂府雅詞·拾遺》下載無名〔楊柳枝〕云“蔌蔌花飛一雨殘。乍衣單。屏風數幅畫江山。水雲閑。別易會難無計那，泪潸潸。夕陽樓上憑欄干。望長安”，第五句“別易會難無計那”與“別易會難無可奈”相似，或即無名氏詞，而吳虎臣誤引也。

周煇《清波雜志》卷五云：“小詞‘夕陽樓上望長安，憑欄干’，或改爲‘憑闌干，望長安’。”《樂府雅詞》已作“憑闌干，望長安”矣，附識於此。

今古一爐室談詞

郝少洲◎著

　　郝樹（1912～?），又作郝庶，字紹洲、少洲、孝
洲，別號樹之。江蘇淮安（現屬寶應）曹甸人。江蘇
省文史館館員。原祖居“臨渠別業”。抗戰後期，輾轉
去上海謀生，與易君左、吳調公、董天狂、郭益文、趙
元成等文藝界知名人士辦“樂天詩社”，爲上海文藝作
家協會會員。著有《不廢江河集》《鶴墅詞》《孝洲紙
談》《曹甸鎮志》《曹甸詩話》《談詩短片》等。《今古
一爐室談詞》，原名《臨渠別業詞話》，約兩萬字，《和
平日報》爲刊載十之一二。後重加編次刪汰，名之爲
《今古一爐室談詞》，刊載於《永安月刊》1947 年第
99、101 期，本書即據此收録。

《今古一爐室談詞》目録

今古一爐室談詞

本篇，初名《臨渠別業（舊居小園）詞話》，全編約兩萬言，去歲《和平日報》爲刊十之一二，今日重爲編次，如《鶴墅談詩》之例，精思而汰選之，約取萬言如次。卅六年七月八日，郝樹少洲。

一　作詞話之難易

詞話之作，雖遜詩話之多，試於目錄觀之，亦不鮮見，即我個人所及，知凡詩詞話者，最難亦復最易。所謂最難作者，當然中説所以然，能洗一切之籠統語，能寫一二之驚人語，其作法品評之處，綜合之，既能高大，分析之，又能精細，有登高一呼之氣概，有獨往獨來之精神，此謂難作者也。所云最易作者，取四方聞見作品，與一切交游倡和，搜求而廣博之，或鈔短句，或用長篇，句尾句中，加以零碎之讚嘆語，按以一切唐人筆法，似宋人句，可傳之作，通首無疵，與夫脱俗、渾成、精細、豪雄等字，便算了事。

二　詞話通套之五大項

每見昔人詞話，繁衍貪多之處，無論其炫目紛華，著手細緻，一自巨眼裁之，不出通套之五大項。關詞史者，十之一二；（較有價值）關詞事者，（非詞學史）十之二三；詞家個人之掌故者，十之四五；詞章之格調者，字句之引論者，命名之異同者，倡和之交游者，十之大半；所謂新議論，新啓發，一無所有。嗚呼，如此談詞，所謂“詩話作而詩亡”也。

三　綜合與分析

余謂詩詞用話之旨，以上數例，祇可偶爾用之，緊要之意，要以綜合分析二義爲歸。能綜合者，方能有所取捨；能分析者，方能有所識別。能綜合前人之議論者，方得意義之折中；能分析古人之作品者，方得作風之歸納。非惟綜合分析之術，可見學者之工，亦惟綜合分析之事，方能有益於後人也。

四　詞之六義

詩有六義，詞亦有之。六義者，六法是也，（妄解之處，閱者諒之。）與作者之法門也。六義之有比興，作法之尤方便者，比可虛中用實，化有爲無，興中忙中取閑，閑中得用。如余之昔年步少游（秦觀）韻，“曲曲情如楊柳，掬掬愁如醇酒”（〔如夢令〕）。兩如字，虛其實矣。（古句甚多恕不列舉。）前年庚辰，和王化霖“弦管爲誰傷不語，說也何妨。此地無鸚鵡”（〔蘇幕遮〕）。一“無”字，化其有矣。又如古人“春花秋月何時了，往事知多少”（李後主〔虞美人〕）。“菡萏香銷翠葉殘，西風愁起綠波間。”（李中主〔攤破浣溪沙〕）忙中取閑者也。（作者時地非閑適之情景。）余之〔蘭陵王〕詞，“正門閉、雀踏花枝投地。閑滋味，近晚風來，撩得清愁偶然起”。閑中得用者也。人之善比興者，莫不如是。（只身來滬，一無參考書籍，鄙句與古人名句，錯雜引用，用以舉例而已。）

五　詞之風雅

六義之有風雅，風所以避直率也，雅所以避邪曲也，故風取婉曲，而雅取純正。人之作詞，溺於物質，無時代之史事者，有風雅無所用之，故不見有風雅，故曰“風雅墜而詩亡”（古人成語，作者當注意此句。），以風雅二字之義，不有史事，無所附也。兹略舉其例如下（古人詞集不在身旁，且此等古句亦少，僅以鄙人詞稿取例列之。）：余之〔獻衷心〕句：“山水外，久飄零。便幾番征稅，君子懷刑。”〔水調歌頭〕句：“倒懸之恨久矣，還爲揠苗悲。”（某部曲，無謀而動，日寇出而反逃竄，結果民舍被焚。）〔烏夜啼〕句：“天高不救民愁，溺神州，流水年年常載落花舟。”大都類風，又〔獻衷心〕句（其二）：“天不遠，日將斜，壺漿簞食引戎車，……休再感姜伯約，賈長沙。”〔滿江紅〕句：“我家鄉，原爲我江山，休愁戚。”〔定西番〕句：“旦旦威風雄起，有時而伐之，帷幄昨宵神往，爾何知。”大都類雅。

六　詞之興

六義之興，詞中用此，較詩之句整齊者，尤爲便利。大凡一事一物，皆以隨興爲妙。如人之舉步出門，抬頭一望，見月可以談月，見星可以談星，推之而禽獸花草，無不可隨手取來，用以入咏，所貴於取裁者，要必聯絡及本義耳。古人詞句，“秋月娟娟，人正遠”……（題寄興）見月者也；“晚山青，一川雲樹冥冥”（題西湖）見山者也；“橋影流虹，湖光映雪”（紀恨）因湖而見橋者也；“暗柳啼鴉，單衣仁立”聞鴉而見柳者也。其藉興以收下者，王晋卿之惜春也，“燕子來時，黃昏庭院”。謝無逸事之夏景也，“人散後，一鈎新月天如水”。秦少游之春游也，“疏烟淡日，寂寞下蕪城”。至於薩都剌之懷古，“到而今祇有蔣山青，秦淮碧”。張杲卿之懷古，“悵望倚層樓，寒日無言西下”。汪大有之過金陵，“東風歲歲還來，吹入鍾山，幾重蒼翠”。陸放翁之寄友人，“空悵望，孤美蒓香，秋風又起”。皆爲用興之處。

七　詞之比法

比法之用填詞中活套尤多，或正或反，或實或虛，或者用物，或者用人，或者兩兩雙照（如下一），或者一面深沉（如“眼底山河，樓頭鼓角，都是英雄泪”之比意。），故曰，“客裏似家家似寄”（雙照）比也。“底事昆侖傾砥柱，九地黃流亂注”（虛）亦比也。“劉表坐談，機會失之彈指間”（正、實，用人。）比也。“三十功名塵與土，八千里路雲和月"（實）亦比也。"借問孤山林處士，但搖頭笑指梅花蕊"（用物）比也。"笑多情似我，春心不定。"（咏游絲）云云，（用反）又一比也。他若"暗塵隨馬"，以塵喻人，"吹花搖柳"，因物照我，"輕裝照水，纖裳玉立"，以人妝喻白蓮，皆比法之隨便者。

八　詞之賦法

用賦之法，惟以爽直爲上，"天若有情天亦老"，何其爽耶。"雕欄玉砌應猶在，衹是朱顏改"，何其直耶。"多少六朝興廢事，盡入漁樵閑話"，何其爽耶。"明月樓高休獨倚，酒入愁腸，化作相思淚""殘燈明滅枕頭欹，諳盡孤眠滋味"，何其直耶。其尤壯者，金折元禮"恨儒冠誤我，却羨兜鍪"，宋呂居仁"眼底山河，樓頭鼓角，都是英雄淚"，宋辛弃疾"熊羆百萬堂堂，維師尚父鷹揚，看取黄金假鉞，歸來異姓真王"。言之有物，乃能言之有序，言之有序，斯爲賦之本色，斯賦法之常途歟。

九　前人論詞之法通病

前人論詞之法，第一通病，皆由作品太多，作法太細。所舉之詞，又且規矩準繩者多，氣概縱橫者少。閑嘗讀如干闋，按用以下諸字：曰静，曰幽，曰生，曰煉，曰層叠，曰點綴，從而美之，曰深，曰厚，曰淡泊，曰悠遠。若以近代文學比之，無怪乎新文學者，高聲打擊，稱爲病文學，死文學也。

一〇　作詞之弊

普通作詞之弊，多由於用物太多。（多用實字。）用物太多之故，由於花草風月，鱗蟲鳥獸，日及耳目之間，溺之而不自知覺也。（亦有才學較淺之人，以此字類，充填篇幅。）夫人生生活之間，觸於心者，事也，觸於耳目手足之相接者，物也，人能知耳目手足之接觸，日取諸物而材料。不知萬物之靈，靈在我心之接觸，日取諸我之可珍。同一筆墨，同寫文章，抑何寶珠玉者，知珠玉之爲貴，不知我之體膚，我之心靈，較珠玉爲尤貴也。

一一　詞取法外本領

大凡詞之爲藝，純取法外本領。一方面步矩引規；一方面大刀闊斧，以辭爲緯，以意爲經，縱橫之處，皆以神氣貫注。一切字句法律之不純，不必正眼視之，習之既久，强奴不能壓主，自無格格不入之律韵也。

（以上《永安月刊》1947 年第 99 期）

一二　詞之外表與内心

詞之本身，本無桎梏。所以如桎梏者，人之自入於板滯也。詞之本身，亦非易板滯也。所以多板滯者，人之不能利用六義之作法也。詞非不易用法也，所以不能用六義者。人但知風花雪月，依韵爲句，依句爲調，知有詞之外表，不知時地人我之間，自有大文章真文章之内容在。失其寸心，失在方寸之中，乃謹取區區耳目之外之聞見耳。

一三　詞六義之最淺解釋

余以作詞之人，不用人事，不見風雅，同於風雅墜而詩亡，大唱六義之説。余友某君，不知六法之益，方便於作者甚多，轉謂我"摭拾陳言，不合時代進化"。此志不明，心中莫釋。我乃益肆狂妄，敢取六義之説，大膽而加以最淺之解釋。因云賦者，如此如此者也；頌者，如彼如彼者也（有揚無抑。）；比者，以彼喻此者也；風者，以此喻彼者也；興者，因彼及此者也；雅者，因此及彼者也。（周禮教六詩注：雅，正也，言今之正者以爲後世法。）六義云云，物我之間，交相利用者也。亦即虛中有實，實中用虛，難中取易，小中見大法也。千百年難釋之義，吾以"彼""此"二字化解，雖曰不經，未出古人文典。自我談話後，學者深淺味之，由此清淺而上，不愈於隔靴搔癢，半空抽象。至於人云亦云，雜亂無章者乎？

一四 詞學之深不易見功力

詞之立法，於文之有經；詞之立意，等於文之有權；詞之有體，等於武之有兵；詞之有用，等於武之有略。不知用權，惟經是守，不知用略，惟兵是衛者。語人曰，詞學之深不易見功力者，郝隆之日中曬腹，趙括之徒讀兵書類也。

一五 花本與枝葉之關繫

詞之有字，等於花之有葉；詞之有句，等於花之有枝。得花本而生枝葉，是爲真花；積枝葉而爲花本，是乃花匠，所爲市販所售形式之僞花耳。

一六 詞之調與韵

詞之有調，等於舟之有水，借水者所以通行。若謂變調不如正調，新腔不如舊腔，是謂海水不如江水，新渠不如舊港，意在擇水，意不在行舟矣。詞之有韵，等於舟之有舵，用舵者所以穩舟，若或守古韵（沈約韵書支爲宜爲一韵，元樊存爲一韵。），不用聲韵（真韵之因、文韵之欣、庚韵之卿、青韵之青、侵韵之心、蒸韵之冰宜爲一韵之類。），和人韵不用己韵，是謂新舵，不可以穩。舊舟百千萬，舟喜用一二舵工，所用之老舵也。

一七 兩宋詞家不能遠取人天

六朝唐宋卑靡作家，大都近取景物，不能遠取人天。一自眼光較大者出，一則曰"韓文載道"，二則曰"杜詩入史"，謂其有爲而言，言之能有物也。詩文而外，獨恨兩宋詞家"暗香""消息"之餘，"石頭城上""大江東去""怒髮衝冠"之作太少。

一八 詞記事論説者少

今之別文章者曰抒情，曰寫景，曰記事，曰論説。前二者取義稍狹，可謂人物文字。後二者有關社會，有關國家，有關學術真理。溯此而前，文章分類不如此，說簡而意賅。我於古大詞人讀如干集，寫景抒情者多，記事論說者少，若不振興大義，取徑風雅，文章之有填詞，是直贅疣而已。

一九　詞由簡趨繁

詩由古體而近體，由繁入簡者也。詞由小令（始於花間。）而長調，由簡趨繁者也。古體之負重者，猶有近體可讀；長調之靡衍者，并小調而不得清新。讀清人多少小令，令人長嘆不已。

二〇　詞爲一體

詞之立名，詞與辭可以隨分觀之（不必如說詩者，詩，持也。詞，×也，××也。）。自有文字以來，文爲一體，詩爲一體，有詞則詞爲一體，有曲則曲爲一體，有一體皆爲一藝，有一藝皆可風雅，皆有四旨（抒情，寫景，記事，論說。），皆有六藝，皆可以合我心思，用我身手，若以爲詞嚴於詩，步趨法律之時，靜以制動，深於用淺，心細如髮，至於靈光大錮文學之病，果誰人桎梏之哉！

二一　立意爲上

文藝之作，立意爲上，字句爲末。今之論詞曲者，動曰字有陰陽，甚至於慨稱詞譜已亡，認爲詞不可歌。愚以爲字之陰陽，喉舌中之輕重也，伶工譜樂，取詞於文士耳，喉舌陰陽，自成樂府，（古人詩詞，用以合樂奏者，以爲特別，故名樂府。普通詩詞，不曾合樂器者，不名樂府，非謂其他詩詞，不能爲樂府也。鄙人獨闢是說，曾撰《詩詞與樂》一篇。）未定譜前，有詩而後有詞，因文而後入樂，今日之文士爲詞，乃反而求之伶譜。且曰：“譜亡而詞不可歌。”何其顛倒錯亂，捨本而逐末如是！

二二　樂曲與詞曲之別

樂曲，與人聞也；詞曲，與人見也。樂曲主聲，悦耳已足；詞曲主意，意在動心者也。音節圓潤，蕩氣回腸，此歌者伶人之口技也。詩古文詞之作，雖亦相宜，要當色大而後聲宏，聲色并重爲主，若或偏聲廢色，取樂忘意，三家村中鑼鼓，丁丁當當，亦可悅耳，何用詞爲，安用文字爲哉！

二三　詞之法律

詞之法律，較詩之祗對偶者，既有拘謹，爲此筆者，最宜興比兼用，虛實相通。立意既新，自可心靈手敏，酬唱之作，同韵（同一韵目不必同字。）不可和韵，和韵不可步韵，（和韵謂顛倒原韵數字，步韵則依次相同。）必須入於森嚴，出於和靄，入於法律，出於放縱，否則寧可不作。不然調調相因，模脱木偶，讀其積字爲句，積句爲詞。但見風花雪月，不見警策之意，但見字句之多，不得情趣之來，縱以渾厚深沉目之，要非自然之含蓄。

二四　填詞大須性靈

昔人言用兵者，動曰神出鬼没，用法之不固圍也。余謂詞之有律，填詞作家正如將之用兵，出入之間，大須性靈作用，凡文人天縱之才，不可汩没於筆硯紙墨之中。去歲曾與易君君左論詞，生當此世，當以大刀闊斧爲之。易君報余語中，亦曰，自製新腔，我行我素，別樹風格，衝破古律樊籬，皆此意也。入事入史之作，入詞者少，古人有之，大都隱微之間，其入事入史之處，或則題爲先引，或則注而後知，雖曰經意，詞之本身，總如附會之辭，不能情事如指。如武穆之〔滿江紅〕，無他，無此才情，不脱詞格之窠臼，用筆不靈故也。

二五　詞以立意爲主

詞以立意爲主，古人莫不知之，今人亦莫不知之。然而立意之道，或失之煩，或失之雜，或失之深，或失之晦。夫文，辭遠而已，夫意，簡潔而已，詞以明意者也。悲哀歡樂，即由此一意而生，草花風月，既隨此一意爲用，意可一，而不可二，更何能煩與雜耶？彼煩雜而不明，深晦而不顯者，豈繁華之眩人哉？抑深藏之謎語耶？金聖嘆曰："詩者，人之心頭忽然之一聲也。"詩詞同爲一體，所貴乎此一聲者，能大聲而擊夢也，能一棒而喚人也，能與人刺激也，能動人啼笑也。詞雖藝之一端，與一切文章各派，同有文化之責，故當亦樹一職，迎合時代，上可以前繼古人，別有新音，下可以進化來者，不落陳套。

二六　填詞之調與韵

詞爲軟性散漫之文體，爲此調者，務必精神貫注，氣概盤旋。內以立意爲主，外以行神爲用，取調既合，用韵之時，可以隨筆逢源。我於舊日爲詞，提筆數語，合則留，不合則易，易之而大同小異者，往往出律出韵，其後涵咏輾轉，或變其字，或變其音，（如異奇、如似、微薄、可能、紅赤、青翠，同意之異音，議論、感慨、廣大、聽聞、辭詞、話語，同意之異字。）伸縮字句，往往老嫩自如。

二七　官吏之言法律

官吏之言法律，機械語也，一自司法立法之人言之，莫不從容雄辯，優裕精神，其故何也？全神在握，道理非虛，知而能化，由人而由我也。

二八　詞之神與氣

詞之有神，如物之有骨幹也；詞之有氣，如人之有呼吸也。捨神氣而不知取，徒事於字句平仄，有如貌醜女子，不幸而未得其貌，恃用其脂粉鉛筆，七寶樓臺，拆蕪片段，識者觀之，讀之欲睡之時，唾弃之聲難免。

二九　豪壯之詞

民廿九年，屢讀古名人詞，取其豪壯而新穎者，選鈔一冊，名曰《神靈小鈔》。所選作品，大都"石頭城上""怒髮衝冠""地雄河岳""何處神州""水天空闊""一勺西湖"等作，後附鄙人二十餘調，暫錄一二，以代表自己短長。〔離亭燕〕《題曹甸》："瘴雨蠻烟飄灑。剩水殘山之下。不聽蜩螗聲——，眉蹙畫堂飄瓦。誰效屈靈均，留得騷經愁大。　利涉爻占蠱卦。枌杜詩吟小雅。懿鑠武功思敵愾，誰指病夫東亞。太白久經天，莫誚紅塵車馬。"〔滿江紅〕《哭曹甸》："萬馬奔馳，留一角，殘棋未歇。驚風雨，搖搖心火，肝腸徒熱。衛國千秋曹甸土，圍城一戰庚辰血。（"共軍"圍戰三十三師。）我家鄉，原爲我江山，休愁絕。　長原草，何時滅！涇河水，移時折。（破堤取水）看英雄用武，石田可裂。民我同胞當供米，物吾同與宜分劫。國和民，休戚本相依，毋悲咽。"〔獻衷心〕《或曰，日寇已衰，我軍欲至，作此調以迎王師。越數日，雖成虛話，已爲今日之先讖矣》："漸冷天過了，寒醒胡笳。風雪裏，舞龍蛇，算苦心思漢，長盼春華。人指斗，雲待月，冷啼鴉。　天不遠，日將斜。壺漿簞食引戎車，看眼前文武，未合桑麻。休再感，姜伯約，賈長沙。"（姜伯約，勞而無功，賈長少，痛哭無益。同時詩句，"功無可立姜天水，詠可無端阮嗣宗"。皆謂某部曲也。）

東坡詞説

顧　隨◎著

　　顧隨（1897～1960），本名寶隨，字羨季，號苦水、駝庵等。河北清河人。1920 年畢業於北京大學英文系。先後任教於燕京大學、北平大學、北京大學、中國大學、輔仁大學、河北大學等。著有《稼軒詞説》《東坡詞説》等。《東坡詞説》，原手稿標題作《倦駝庵東坡詞説》，作於 1943 年秋，原刊載於 1947 年天津《民國日報》，本書即據此收録。《顧隨全集》（河北教育出版社，2014）收録。北京出版社將《東坡詞説》與《稼軒詞説》合刊，題爲《蘇辛詞説》，出版單行本。

《東坡詞說》目録

詞　目

附　錄

東坡詞説

前 言

　　吾自學詞，即不喜東坡樂府。衆口所稱〔念奴嬌〕"大江東去"一章，亦悠忽視之，無論其他作。舊在城西校中，偶當講述蘇詞，一日上堂，取〔永遇樂〕"明月如霜"一首，爲學人拈舉，敷衍發揮，聽者動容。爾後漸覺東坡居士真有不可及處，向來有些辜負却他了也。今年夏秋之交，説稼軒詞既竟，無所事事，更以讀詞遣日。初無説蘇詞之意，案頭適有龍榆生箋注本，因理一過，乃能分疏坡詞何處爲佳妙，何處爲敗闕，遂選而説之。吾之説辛，其意見則幾多年來久蘊於胸中，不過至是以文字表而出之耳。兹之説蘇，則大半三五日中之觸礚。如謂説辛爲漸修，則説蘇其頓悟歟？二三子得吾之説而讀之者，宜先依詞目，盡讀其詞，每一首，首宜速讀，以遇其機，次則細讀，以求其意，最末，掩卷思之，以會其神，必有好有不好，有解有不解，然概念既得，好者解者無論矣，若其不好者亦勿弃置，不解者更不必穿鑿，然後取吾之説，仍先閲原詞一過，略一沉吟，意若曰：彼苦水將奚以説耶？於是乃逐字逐句讀吾之説，以相與印證焉。如是讀者爲得之。不然者，一得是編，流水看畢，是則不獨辜負東坡，亦且辜負苦水，辜負學人自己矣。又凡爲學之事，不可隨人脚跟，亦不可先有成見。如讀吾説則遂謂其鐵案如山，苦水并不歡喜，祇有叫屈。誠如是，苦水將置學人於何地，學人又將何以自處乎？如讀吾說而乃謂其信口開河，苦水雖不煩惱，却亦不甘。審如是，學人將置苦水於何地，而苦水又將何以自處乎？苦水雖無馬祖振威一喝，百丈直得三日耳聾底本領，學人也須如同臨濟參了大愚，重歸黃檗之後，須向黃檗隨聲便掌方得也。非然者，大家鈍置，何日是了期耶？吾之說詞，雖似說理，意袛在文。學人首須去會，不可徒事求解，解得許多張長李短，不會得古人文心，有甚干涉？如有所會，且莫須問苦水肯不肯，須知苦水首先要問學人肯去會不肯去會也。學人亦須自悟自證。即如苦水說詞，一無可取，何必睬他？若有可取，又是那個先生教底也？至於說詞之外，時復拈舉一兩則公案，一兩個話頭，與學人商量，學人又須會得苦水苦心，勿作節外生枝看也。雖然，吾上所云云，爲二三子從余游者言之耳。若是明眼大師，辣手作家，吾文現在，贓證俱全，一任橫讀竪看，薄批細抹，印可棒喝，苦水無不歡喜承當。

卅二年仲秋苦水識

一 永遇樂

徐州夢覺北登燕子樓作

明月如霜，好風如水，清景無限。曲港跳魚，圓荷瀉露，寂寞無人見。紞如三鼓，鏗然一葉，黯黯夢雲驚斷。夜茫茫、重尋無處，覺來小園行遍。　　天涯倦客，山中歸路，望斷故園心眼。燕子樓空，佳人何在，空鎖樓中燕。古今如夢，何曾夢覺，但有舊歡新怨。異時對、黃樓夜景，爲余浩嘆。

坡仙寫景，真是高手，後來幾乎無人能及。即如此詞之"明月"八字、"曲港"八字、"紞如"十四字，寫來如不費力，真乃情景兼到，句意兩得。但細按下去，亦自有淺深層次，非復隨手堆砌。"明月""好風""如霜""如水"，泛泛言之而已；"曲港""圓荷""跳魚""瀉露"，則加細矣。曲港之魚，人不静不跳；圓荷之露，夜不深不瀉。雖是眼前之景，不是慧眼却不能見，不是高手却不能寫。更無論鈍覺與粗心也。至於"紞如三鼓，鏗然一葉"，明明是"紞如"，明明是"鏗然"，明明是有聲，却又漠漠焉，靉靉焉，如輕雲，如微靄，分明於數點聲中看出一片色來。要說祇此八字，亦還不能至此境地。全虧他下面"黯黯夢雲驚斷"一句接連得好，"黯黯"字、"夢雲"字、"斷"字，無一不是與前八字水乳交融，沆瀣一氣，豈止是相得益彰而已哉？至於"驚"字陰平，剛中有柔，故雖含動意，而與前八字仍是相反而又相成。讀去，聽去，甚至手按下去，無處不鋒芒俱收，圭角盡去。好笑世人狃於晁以道"天風海雨逼人"之說，遂漫以豪放目之，動與辛幼安相提并論，可見於此等處不曾理會得半絲毫也。者個且置。譬如苦水如此說，頗得坡老詞意不？若說不，萬事全休，祇當苦水未曾說。坡詞俱在，苦水之說，亦何嘗損其一毫一髮？若說得，難道老坡當年填詞時，即如苦水之所說枝枝節節而爲之耶？決不，決不。祇緣作者生來稟賦，平時修養，性情氣韵中有此一番境界，所以此時此際，機緣觸磕，心手湊泊，適然來到筆下，成此妙文。若不如此，又是弄泥團漢也。所以苦水平日爲學人說文，嘗道：苦水今日如此說，正是個說時遲；古人當日如彼寫，正是個那時快。當其下筆，兔起鶻落，故其成篇，天衣無縫。若是會底，到眼便知，次焉者，上口自得，又其次者，聽會底人讀過，入耳即通。若不如此，縱使苦水老婆心切，說得掰瓜露子，饒他聽苦水說時，直喜得眉開眼笑，又將苦水所說，記得滾瓜爛熟，依舊是"君向瀟湘我向秦"。閑話揭開，如今且說坡仙此詞，開端"如霜""如水"，兩個"如"字，不免著迹。"跳魚""瀉露"，"跳"字、"瀉"字又不免著力。總不如"紞如"十四個字渾融圓潤。"清景無限"，"寂寞無人見"，苦水早年總疑是坡老敗闕。以爲若作者覺得不如此寫不足興，便是作者見短。若讀者覺得不如此寫不明了，便是讀者低能。總之，此等處於人於己兩無好處。於今却不如此想，何以故？且待說了"夜茫茫，重尋無處"二句再說。"尋"字承上"夢雲"而言。此時人尚未清醒,亦并未起床,祇是在半醒半睡中尋繹斷夢。所以下句方是"覺來小園行遍"也。説到者裏,再回頭追溯開端"明月"直至"無人見"六句二十五個字所寫之景,不獨是覺來行遍之所見,而且是覺了行了見了之後,方纔悟得適間睡裏夢裏,外面小園中月之如霜,風之如水,與夫魚之跳,露之瀉,早已好些時候了也。嗟嗟,人自睡裏夢裏,月自如霜,風自如水,魚亦自跳,露亦自瀉。人生斯世,無邊苦海,無限業識,將幻作真,認賊爲子,且不須説高不可攀處、遠不可及處,祇此眼前身畔,有多少好處,交臂失之,不得享受,真乃志士之大痛也。然則"清景無限""寂寞無人見"兩句,寫來一何其感喟,而又一何其蘊藉,謂之敗闕,如之何則可?苦水當年失却一隻眼,今日須向他坡老至心懺悔始得也。如問"夢雲"之"夢",果何所指?苦水則謂:夢祇是夢而已,不必指其名以實之,或任指一名以實之亦無不可。但絶不是夢關盼盼。静安先生詩曰:"不堪宵夢續塵勞。"苦水則説,宵夢更非別有,祇是塵勞。坡老此處,亦是此意。所以苦水於此詞録題時,擬删去"登燕子樓"四字。詞中并無"登"意也。然則祇是"夜夢覺"便得,何必又標"徐州"?苦水蓋以爲若無此二字,詞中之"燕子樓空",則又忒殺突如其來矣。有一本題作"夜宿燕子樓,夢盼盼,因作此詞"。鄭大鶴訶之曰居士斷不作痴人説夢之題,是已。然鄭又取王案説,謂是夢登燕子樓,翌日往尋其地作。此又是刻舟求劍了也。學人將疑不知苦水見個什麽,便説得如此斬釘截鐵。不知祇是學人不肯細心參求,并非苦水無事生非。試看老坡此詞過片,曲曲折折寫來,祇道得個人生之痛,半點也無兒女之情,已是自家據實自首,不須苦水再爲問案追贓。"天涯"三句,嘆息人生無蒂,不如落葉猶得歸根。"燕子"三句,説得不拘遺臭流芳,凡是前人生涯,祇不過後人話靶。"古今"三句更是説他苦海衆生,業識茫茫,無本可據。結尾則是由燕子樓聯想到黄樓,後人千載而下,見燕子樓,便想到盼盼,而不禁感慨繫之。黄樓是老蘇所創,後人亦將見之而想

到東坡，繫之感慨，輾轉流傳，何時是了？正所謂後人復哀後人
也。如此寫來，盡宇宙，徹今古，號稱萬物之靈底人也者，更無一
個不是在大夢之中，更無覺醒之期。然後愈覺睡裏夢裏，而月如
霜、風如水、魚之跳、露之瀉爲可悲可痛也。夫如是，與登燕子
樓，夢關盼盼，有甚干繫？具眼學人且道：坡仙作此詞時，夢醒也
未？莫是仍在夢裏麽？若然，則苦水更是夢中説夢也。於古有言：
啼得血流無用處，不如緘口度殘春。

二　洞仙歌

余七歲時，見眉山老尼姓朱，忘其名，年九十歲。自言嘗
隨其師入蜀主孟昶宮中，一日大熱，蜀主與花蕊夫人夜納涼
摩訶池上，作一詞。朱具能記之。今四十年，朱已死久矣，人
無知此詞者。但記其首二句，暇日尋味，豈〔洞仙歌令〕乎？
乃爲足之云。

冰肌玉骨，自清涼無汗。水殿風來暗香滿。繡簾開、一點
明月窺人，人未寢，欹枕釵橫鬢亂。　　起來携素手，庭户無
聲，時見疏星渡河漢。試問夜如何，夜已三更，金波淡、玉繩
低轉。但屈指、西風幾時來，又不道流年，暗中偷換。

論詞者每以蘇、辛并舉，或尚無不可。且不得看作一路。如以
寫情論，刻意銘心，老坡實大遜稼軒。然辛之寫景，往往芒角盡
出。神游意得，須還他蘇長公始得。固緣天性各別，亦是環境不
同。即如此〔洞仙歌〕一首，真乃坡老自在之作。饒他辛老子蓋
世英雄，具有拔山扛鼎之力，於此也還是出手不得。"冰肌玉骨，
自清涼無汗"，真乃絶世佳人。劉彦和曰："粉黛所以飾容，而倩
盼生於淑姿。""淑姿"便了，"倩盼"作麽？唐人詩曰："却嫌脂
粉污顔色，淡掃蛾眉朝至尊。""蛾眉"自好，"淡掃"則甚？總不
如此二語之淡雅自然。"冰""玉"二字，不見怎的，"清涼"恰
好，尤妙在"自"。自來詩家之寫佳人、寫面貌、寫眉宇、寫腰

肢、寫神氣，却輕易不敢寫肉。寫了，一不小心，往往俗得不可收
拾。此二語却竟寫肉。豈止雅而不俗，簡直是清而有韵。寫至此，
倘若有人大喝：住，住！苦水錯了也！者個是蜀主底，不是老坡
底。苦水則亦還他一喝：管甚你底我底，文章天地之公，大家有
分。老坡尚說一部陶詩是他所作，一句兩句，分甚彼此？若説作之
不易，但鑒賞亦難。老坡能鑒賞及此，亦自非凡，更不須説他自首
減等也。者個揭開去。下面"水殿風來暗香滿"，總該是東坡自
作。既曰今日大熱，且道風來是熱是凉？水殿外想來有荷，且道暗
香是人是花？若分疏得下，許你檢舉蘇鬍子。若分疏不下，還是大
家葫蘆提好。自家屋裏事，尚且無計畫。捨己耘人，陳米糟糠，替
他古人算什麼閑賬？過片"起來"至"河漢"三句，寫出夏之大、
夜之靜。寫靜夜尚易，寫大夏却難。寫大夏有何難？要將那熱乎
乎、潮漉漉，静化得昇華了，不但使人能忍受，且能欣賞玩味之却
難耳。所以自來詩文寫春、寫秋、寫冬底多，而且好底確是不少。
寫大夏底便少，而好底更爲稀有。家六吉極推《楚辭》之"滔滔
孟夏"，與唐人之"熏風自南來，殿閣生微凉"。然《楚辭》是大
處見大，唐人是大處見小，惟有老坡此處，乃是小處見大，風格固
自不同。"試問夜如何"以下直至結尾，一句一轉換，有如此手
段，方可於韵文中説理用意。不則平板干癟，縱使詞能達意，祇是
叶韵格言，填詞云乎哉？若單論此處，長公與幼安，大似同條生，
但辛老子用時多，蘇長公用時少，而且方圓生熟，截然兩事，仍是
不同條死也。學人自會去。此外尚有一則公案，苦水分明舉似，再
起一番葛藤。有不識慚愧者流，改坡公此詞，爲七言八句。更有不
知好歹底人，便説彼作遠勝此詞，且不用説音律乖舛，世上沒有
恁般底〔玉樓春〕。祇看"起來瓊户啓無聲"，祇一"啓"字，便
將坡詞"庭户無聲"之大氣，縮得小頭鋭面，趣味素然。更不須
説他首句"清無汗"之删去"凉"字之不通，與結句之改"又不
道"爲"祇恐"之平庸也。眼裏無筋，皮下無血，何其無恥，一
至於此？

日昨往看同參穎公，具説已選得東坡樂府十餘首，將繼《稼軒長短句》而説之。穎公劈頭便問：可有〔賀新郎〕"乳燕飛華屋"一首麼？苦水答曰：無有。但是選時確曾費過一番斟酌。不曾收入，并非遺漏，亦非嫌弃。説辛詞時，曾經説明苦水詞説，原備學人反三之助，所以選外仍有佳詞；不過苦水之所欲言，已盡於現所入選之數首，不必重叠反覆。譬如穎公所舉之〔賀新郎〕，"乳燕飛華屋"五字又是寫夏日底名句，情象原不怎的。但讀後令人自然覺得有一種夏日氣息撲面打鼻而且包身而來，直至"悄無人，庭陰轉午"，依舊暑氣不退。待到"晚凉新浴"，方纔有些子凉意。所以"手弄生綃團扇，扇手一時似玉"之下，便自然而然地"漸困倚、孤眠清熟"也。然而仍是逃暑，并非清凉。眼前情事，寫得如此韵致，又是非老蘇不辦。但自此以下，尤其是過片而後，直至結尾，因爲直咏榴花，苦水却覺得無甚可説。況且〔洞仙歌〕之"庭户無聲，時見疏星渡河漢"，足足敵得過此"乳燕"以下數語。而"冰肌玉骨，自清凉無汗"，也實實好似他"手弄生綃白團扇，扇手一時似玉"也。所以既收〔洞仙歌〕之後，終於捨此〔賀新郎〕。然而道是不説，不説，也終竟是説了。不怨他穎公多口多舌，祇怨苦水拖泥帶水，自救不了。

三　木蘭花令

次歐公西湖韵

霜餘已失長淮闊。空聽潺潺清潁咽。佳人猶唱醉翁詞，四十三年如電抹。　　草頭秋露流珠滑。三五盈盈還二八。與余同是識翁人，唯有西湖波底月。

不知可確，據説會泅水底人，想要跳水自殺却非易事，以其浮而不沉故。説也可笑，平時慣浮，及其自殺有意求沉，却仍舊是浮。後天底習或可以變易先天底性，而一時之意却難左右後天底習也。者個且置。至如長公爲詞，擒縱殺活，在兩宋作者之中，并無大了得。祇是出入之際，他深深理會得一個出字訣。者個他亦未必有意，祇是天性與學力所到，自然而然有此神通。所以作來不拘長調小令，悲愁歡喜，總還你一個寬綽有餘。文心無迹，書法有形，祇看他作字便知。後來學書人，一爲蘇體，往往模糊一片，更無一個能及得他疏朗清爽。有人説：長公詩文書法，俱似不十分著力。苦水則謂：這也還是那個出字訣在那裏作用著。亦復即是開端所説，會泅水底人跳在水裏，雖在有意自殺之時，也仍舊浮而不沉也。此一章〔木蘭花令〕，是和六一翁之作。説起六一翁，不獨是坡老前輩，而且在文字上，也有一番香火因緣。在文學震撼一世，及身享名這一點上，兩人又正復相同。如今老坡移守潁州，正是六一翁四十三年以前舊治。撫今追昔，常人尚爾，何況坡老一代才人，與歐公又非泛泛之交乎？據年譜，坡老是年五十六歲。蓋亦已垂垂老矣。此詞雖是和作，莫祇看他技巧，且復理會幾個入聲韵是何等淒咽。開端"霜餘"兩句，分明是凛凛深秋。當此之際，追念昔者，心中又是何等感喟。若是別個，便祇有能入而不能出，然而又非所論於長公也。前片四句，一口氣讀下去，不知怎的，沉著之中，總溢出飄逸，而淒涼之中，却又暗含著雄壯。若説"長淮"之"闊"雖然已失，畢竟點出"闊"來，何況"清潁"正在"潺潺"，而"霜餘"二字又暗示天宇之高、眼界之寬乎？若如此説，未必便辜負作者文心。但"佳人猶唱醉翁詞，四十三年如電抹"兩句之中，并無與前二語中類似字樣，何以仍舊如彼其飄逸而雄壯耶？"猶唱"者何？前人不見也；"如電"者何？去日難追也。字法如此，固宜傷感到柔腸寸斷、壯志全消矣，而仍舊如彼其飄逸與雄壯者何耶？讀者於此，非於字底形、音、義三者求之不可。看他"佳"字、"翁"字，何等闊大。"人"字、"電"字，何等鮮明。"三年"兩字，何等結實。"抹"字是借得歐公底，且不必説他真形容得日月如石火駒隙也。若謂苦水如此説詞，何異三家村中説子路，則何不將此二句試改看：歌兒還自唱歐詞，四十載來空一抹。總還不失作者原意，但讀來豈但不復是詞，簡直不成東西。如此説來，難道那兩句詞便似賈閬仙一般驢背上推敲出來底麼？真個是不，不，一點也不。此義已於説〔永遇樂〕章"統如"三句時説過，此處不再絮聒。夫長公當此境地，所作之詞，依然不爲悲傷所制，而別具風姿，豈不又是出字訣底神通作用？又豈非一如没人跳水自殺，依舊浮而不沉乎？而苦水所云，後天底習或可變易先天底性，而一時之意，却難左右後天底習者，豈不又可於此消息之乎？坡仙追悼歐公之詞，此章之外，尚有一首〔西江月〕："三過平山堂下，半生彈指聲中。十年不見老仙翁。壁上龍蛇飛動。 欲吊文章太守，仍歌楊柳春風。休言萬事轉頭空。未轉頭時皆夢。"據龍榆生箋，是老蘇四十四歲之作。大約尚在壯年，豪氣能制悲感，所以作來金鐘大鏞，滿宫滿調，學人容易理會得出，故弃之而取此〔木蘭花令〕。至於〔西江月〕歇拍兩句，"萬事轉頭空"者，言現在既成過去，日後回想，與夢無殊也。"未轉頭時皆夢"者，即身處現在，俗人俱認爲非夢者，而有心之士亦以爲皆夢也。就詞論詞，或者不見怎底。若以意旨而論，却是坡老底擅場，學人又不可忽略過去。

又龍箋引傅注引《本事曲集》，謂：六一翁〔木蘭花令〕原唱與坡公和作"二詞皆奇峭雅麗"。苦水曰：歐詞足足當得起此四字。若坡作，"奇峭雅"有之，"麗"則未也。

四 西江月

項在黄州，春夜行蘄水中，過酒家飲。酒醉，乘月至一溪橋上，解鞍曲肱，醉卧少休。及覺已曉，亂山攢擁，流水鏗然，疑非塵世也，書此語於橋柱上。

照野彌彌淺浪，横空曖曖微霄。障泥未解玉驄驕。我欲醉眠芳草。 可惜一溪明月，莫教踏碎瓊瑶。解鞍欹枕緑楊橋。杜宇一聲春曉。

筆記載：長公與黄門既各南謫，相遇於途中。同在村店中食

湯餅。黃門微嘗，置箸而嘆，長公食之盡一器，謂黃門曰："子尚
欲咀嚼耶?"大笑而起。千載而下，讀此一節，長公風姿尚可想
見。學人於此一重公案，且道坡老此等處爲是豪氣? 爲是雅量? 學
人如欲加以分疏，首先須對豪氣、雅量加以理會。要知豪氣最是
誤事，一不小心，便成顛頇；再若左性，即成痛癢不知，一味叫
囂。雅量亦非可强求，須是從胸襟中流出，遮天蓋地始得。倘若誤
會，便成悠悠忽忽、飄飄蕩蕩、無主底幽靈。要説坡公天性中，原
自兼有此二者。早期少年，逞才使氣，有些脚跟不曾點地，亦不必
爲之掩飾。待到屢經坎坷，固有之美德，加以後天之磨礱，雖不能
如陸士衡所謂"石蘊玉而山輝，水懷珠而川媚"，亦頗渾融圓潤，
清光大來。所來老坡豪氣雅量雖然俱有，學人亦且不得草草會去，
致成毫釐相差，天地懸隔。此〔西江月〕一章，小序已佳，大約
前人爲詞，不曾注意及此。先河濫觴，厥維坡老，後來白石略能繼
響。然一任自然，一尚粉飾，天人之際，區以別矣。苦水平時常爲
學人分説，文人學文，一如俗世積財，須是閑時置下忙時用，且不
可等到三節來至，債主臨門，方去熱亂。所以魯迅先生説："不是
説時無話，祇是不説時不曾想。"苦水亦常説：文章一道，不可以
無心得，不可以有心求。亦復正是此意。大凡古今文人，一到有意
爲文，饒他慘澹經營，總不免周章作態。惟有不甚經意之時，信筆
寫去，反能露出真實性情學問與世人相見。吾輩所取，亦遂在此
而不在彼。坡公書札、題跋與詞序之所以佳妙，高處直到魏晉，亦
復正是此一番道理。若有人問：苦水本是説詞，扯到詞序，已是骈
拇枝指，今更扯到書札、題跋，豈不更是喧賓奪主? 苦水則曰：要
知北宋人詞之妙處，與此亦更無兩致。他們原個個有詩集行世，
推其意，亦自矜重其詩。若夫小詞，大半是他們酒席筵前信手寫
來分付歌者之作。其忒煞率意者，淺而無致，亦并非沒有。若其高
者，則又其詩所萬不能及者也。此亦猶如右軍之《樂毅論》《東方
畫贊》，雖是筆筆著力，字字用心，倒是《蘭亭》一序，冠絶平
生。又其短帖，亦往往得意外之意也。一首〔西江月〕字句之美，

有目共賞。苦水若再逐字逐句，細細説下去，便是輕量天下學人，罪過不小。不過須要注意者，坡老此詞，乃酒醒人静，曠野水邊，題在橋柱上面底。即此，便與彼伸紙吮毫與人争勝之作不同。更與彼點頭晃腦、人前賣弄者異趣。如説此詞雖寫小我，而此小我與大自然融成一片，更無半點抵觸枝梧，所以音節諧和，更無罅隙。這也不在話下。但所以致此之因，却在坡老此時確具此感。維其感得深，是以寫得出，遂能一揮而就，毫無勉强。如問：苦水見個什麼，便敢擔保東坡確實如此，更無做作？苦水則曰：詩爲心聲，惟其音節諧和圓妙，故能證知其心與物之毫無矛盾也。不見《愣嚴經》中，佛問："妝等菩薩及阿羅漢，從何方便，入三摩地？"憍陳那五比丘即白佛言："於佛音聲，悟明四諦。"又言："我於音聲得阿羅漢。佛問圓通，如我所證，音聲爲上。"夫音聲尚可以入佛，何至詩人所作之韵文，吾輩讀之而不能得其文心哉？古亦有言：聲音之道感人深矣。苦水曰：如是，如是。世人動以蘇、辛并稱，而苦水則以蘇爲圭角盡去，而以辛爲鋒芒四射。然其所以致此之因，苦水仍未説破。於此不妨再行漏逗。老辛一腔悲憤，故與自然時時有格格不入之嘆。饒他極口稱讚淵明，半點亦無濟於事。老蘇豪氣雅量化爲自在，故隨時隨地，露出無入而不自得之態。鄉村野店，一碗麵條子，其於坡老也又何有？如此説了，更不煩再説蘇、辛二人之於詞有方圓生熟出入難易之分也。

五　臨江仙

送王緘

忘却成都來十載，因君未免思量。憑將清泪灑江陽。故山知好在，孤客自悲涼。　　坐上別愁君未見，歸來欲斷無腸。殷勤且更盡離觴。此身如傳舍，何處是吾鄉。

詩之爲用，抒情寫景，其素也。漸而深之爲説理，抑揚爽朗，而情與景於是乎爲賓。擴而充之爲紀事，縱横捭闔，情輔景佐，包抱義理，蔚爲大觀。詞出於詩，而其爲體，紀事爲劣，説理或可，亦難當行，苟非大匠，輒傷淺露。惟於抒情、寫景二者曲折詳盡，乃能言詩所不能言。然大家之作，多爲寓情於景，或因景見情。若其徒作景語而能佳勝，亦不數覯。西國於詩，抒情一體，區分獨立。華夏之"詞"，總核名實，謂之相副，無不可者。顧情之爲辭，乃是總名。疆分界畫，累楮難盡。詳而長之，請俟異日。若其寫之於詞，普遍通常，傷感而已。平居常謂：傷感也者，人所本有。故雖非作者，而見月缺以情移，睹花落而心悲，上智下愚，或當別論，吾輩具是凡夫，陷此大網，鮮能脱離。若其施之詩詞，尤爲抒情詩人之所共具。惟其一觸即發者，每失膚泛，不堪回味。至其衷心回蕩醖釀，發之篇章，温馨朗潤，感人之力，至不可忤。或出不中規，言過其實，魯莽滅裂，乃成嘶嗄。是則小泉八雲氏所謂痙攣，非所論也。亦有搔首弄姿，競趣巧麗，浮漂不歸，空洞無實。如是之作，尤無取焉。此〔臨江仙〕一章，龍篋引朱彊邨先生曰："按本集，'仲天貺、王元直自眉山來見余錢塘，既行，送之詩。'施注：'王箴字元直，東坡夫人同安君之弟也。'王緘未知即箴否。"苦水曰：當是也。何以故？吾嘗舉此詞與〔江城子〕"十年生死兩茫茫"一章，爲長公極度傷感之代表作。老坡平日見解既超，把握亦牢，苟非骨肉親戚之間，生死別離之際，所言必不如此。且兩章俱用陽韵，幾如失聲痛哭。如非情不自禁，當不至是。於此可知人類無始以來，八識田中有此一種本惑種子，復加熏習，遂乃滋生，有如亂草，雨露所濡，蔓延無際，吾人墮落日以益深。《遺教經》言："譬如老象溺泥不能自出，真可痛也。"夫以坡老如彼才識，尚復如此，況在中下，寧有既乎？或問：子爲是言，類出世法，與詞何有？苦水則曰：此無二致。傷感雖爲抒情詩歌創作之源，而詩家巨人，每能芟除，或以擔荷，或以透出。前者如曹公，如工部，後者如彭澤。故其壯美也，有似海立而雲垂；其優美也，一如雲烟之捲舒。不同小家數者，利用傷感，蠱惑讀者，又如惡疾專事傳染已。夫食以養生，苟其無食，一日則飢，十日則死。此其重要當復何若？而袁安雪中忍飢高臥，又有人焉，學道辟穀，乃成飛仙。苦水雖曰傷感實爲創作源泉，究其重要，非食於生。姑云云者，不獨爲是向中人説，亦且令學人慎重鑒彼曹公、少陵與淵明者，知所取則，雖未刈除類如辟穀飛仙，亦當忍耐如彼袁安也。或者又曰：此詞結尾二句“此身如傳舍，何處是吾鄉”，坡公固已透出矣。苦水曰：不然，人有喪其愛子者，既哭之痛，不能自堪，遂引石孝友〔西江月〕詞句，指其子之棺而晉之曰：“譬似當初没你。”常人聞之，或謂其徹悟，識者聞之，以爲悲痛之極致也。此詞結尾二句與此正同。若能於此悟入，心死一番，或有徹悟之時。遂謂此爲是，未見其可也。集中尚有〔臨江仙〕《送錢穆父》“一別都門三改火”一章，若以詞致論，似較勝於今兹所説之作。其結尾曰“人生如逆旅，我亦是行人”，雖未必即到莊子所謂“送君者自涯而返，而君自此遠矣”之境界，但亦悠然有不盡之意。其透出傷感，亦遠過於適間所説之二語。苦水之終於弃彼取此者，其故有二。一者，彼爲朋友，此爲懿親，已象他象之際，情感不免有厚薄之分，而透出遂亦不無難易之别。二者，兹余所選，不盡佳詞，前已言之。但能藉彼篇什，盡我言説，足矣。苦水尚不敢輕量天下士，其敢遂以衹手掩盡天下人耳目哉！

六　定風波

三月七日，沙湖道中遇雨。雨具先去，同行皆狼狽，余獨不覺。已而遂晴，故作此詞。

莫聽穿林打葉聲。何妨吟嘯且徐行。竹杖芒鞋輕勝馬，誰怕？一蓑烟雨任平生。　　料峭春風吹酒醒，微冷。山頭斜照却相迎。回首向來蕭瑟處，歸去，也無風雨也無晴。

吾觀大家之作，殆無不工於發端。不獨孟德之“對酒當歌”、子建之“明月照高樓”也。此在作者未必有意，推其命篇之意，尤不必在此發端，竟工至如是者，殆以不甚經意之故。蓋當其開端之時，神完氣足，愈不經意，愈臻自然。至於中幅，學富才優者，或不免於作勢，下焉者竟至於力疲，所以者何？有意也。迨及終篇，大家或竟羅掘，下者直落敗闕。所以者何？意盡也。元喬夢符之論製曲，有鳳頭、豬肚、豹尾之説，蓋亦嘆其難於兼備。吾謂此豈獨然於曲，凡爲夫文，莫不胥然矣。夫坡公之爲是〔定風波〕也，其意在"一蓑烟雨任平生"與"也無風雨也無晴"乎？世人之賞此詞也，其亦或在二語乎？苦水則以爲妙處全在發端之"莫聽穿林打葉聲，何妨吟嘯且徐行"，而尤妙在首句。即以此爲潘大臨之"滿城風雨近重陽"，亦殆無不可，或竟過之，亦未可知。何以故？潘老未免凄苦，坡仙直是自在也。且也曰"穿"，曰"打"，而風之"穿林"與雨之"打葉"，不徒使讀者能聞之，且使如竟見之也。而冠之以"莫聽"，繼之以"何妨"，寫景與用意至是乃打成一片。千載而下，吾人遂直似見風雨中髯翁之豪興與雅量也。學人試持此與辛幼安〔鷓鴣天〕之"莫避春陰上馬遲，春來未有不陰時"，比并而讀之，則於吾所謂出入與透出、擔荷者，或亦不復致疑矣乎？"一蓑"七字，尚無不可。然亦衹是申明上二語之意。若"也無風雨也無晴"，雖是一篇大旨，然一口道出，大嚼乃無餘味矣。然苦水所最不取者，厥維"竹杖芒鞋輕勝馬，誰怕"二韵。如以意論，尚無不合。惟"馬""怕"兩個韵字，於此詞中，正如絲竹悠揚之中，突然銅鉦大鳴；又如低語訴情，正自綿密，而忽然呵呵大笑。此且無論其意之善惡，直當坐以不應。所以者何？雖非無理取鬧，亦是破壞調和故。是以就詞論詞，"料峭春風"三韵十六字，迹近敷衍，語亦稚弱，而破壞全體底美之罪尚淺於"馬""怕"二韵九字也。學人如謂苦水爲深文周内，則苦水將更吹毛求疵。夫竹杖芒鞋之輕，是矣，勝馬奚爲？晚食當肉，安步當車，人猶謂其心目中尚有肉與車在，則此勝馬，豈非正復類此。拖泥帶水，不挂寸絲之謂何？透網金鱗之謂何？若夫"誰怕"，此是何事而用怕耶？或者將曰：此言誰怕，是不怕也。苦水則曰：無論不與非不，總之不能用怕。當年黃龍公舉拳問學人曰：

喚作拳頭則觸，不喚作拳頭則背。東坡於此，縱使不背，亦忒煞觸了也。吾不能起髯蘇於九原而問之。學人如不肯苦水，則請別下一轉語。莫衹道苦水不識慚愧，衹會去呵佛罵祖也。

七　南鄉子

梅花詞，和楊元素

寒雀滿疏籬。爭抱寒柯看玉蕤。忽見客來花下坐，驚飛。踏散芳英落酒巵。　　痛飲又能詩。坐客無氈醉不知。花盡酒闌春到也，離離。一點微酸已著枝。

楊誠齋絕句曰："百千寒雀下空庭，小集梅梢話晚晴。特地作團喧殺我，忽然驚散寂無聲。"苦水早年極喜之，以爲寫寒雀至此，真不辜負他寒雀也。"特地作團"四字，令人便直頭聽見啁啾即足之聲，説"喧殺我"，遂真喧殺我。"忽然驚散"四字，又令人直頭覺得群雀哄然一陣，展翅而去。説"寂無聲"，遂真個耳根清净，更没音響也。而持以與此〔南鄉子〕開端二語相比，苦水不嫌他楊詩無神，却衹嫌他楊詩無品。"寒雀滿疏籬，爭抱寒柯看玉蕤"，"滿"字、"看"字，頰上三毫，一何其清幽高寒，一何其湛妙圓寂耶？便覺誠齋絕句二十八個字，縱然逼真煞，縱然生動煞，與蘇詞直有雅俗之分，又豈特上下床之別而已？便是"忽見客來花下坐，驚飛。踏散芳英落酒巵"，亦高似他"忽然驚散寂無聲"。苦水并非壓良爲賤，更非胸有成見，一雙勢利眼直下看他楊萬里，高覷他蘇髯子。何以故？楊詩"驚散"之下，而繼之以"寂無聲"，是即是，衹是死却了也。不然，也是滄殺了也。蘇詞"驚飛"之下却繼之以"踏散芳英落酒巵"，雖不能比他"高館落疏桐"，亦自餘韵悠然。爛不濟，亦比楊詩爲寬綽有餘。若道這個又是詩詞之分，苦水聽了，便衹有大笑而起，更不置辯，一任具眼學人自去理會。若道苦水顢頇，楊詩意在寫雀，故如彼，蘇之〔南鄉子〕，明題作"梅花詞"，故而如此也。於此，苦水若説誠齋不是明明道他"小集梅梢"麼？便是纏夾，不免另竪起葛藤樁子。
辛稼軒〔瑞鶴仙〕《賦梅》曰："倚東風，一笑嫣然，轉盼萬花羞
落。"苦水向日亦極喜之，以爲從來寫梅者不曾如此寫，辛老子如
此寫了，真乃又使梅花既不失品格，而又活生生地與世人相見也。
記得當年明公曾問苦水：此不是寫杏花耶？爾時苦水便休去。及
今思之，倚風嫣然，或是杏花。萬花羞落，杏花縱轉盼煞，却萬萬
不辦。然持以與此〔南鄉子〕開端二語相比，又覺稼軒寫來吃力，
著色太濃，不如坡老筆下自在，情韵澹雅。學人或者又曰：老辛正
面攻殺，老蘇側擊旁敲，故爾如然。苦水曰：車行舟行，兩可到
家，吾輩祇看他到家與否便得，分甚舟之與車？若説側擊旁敲，原
自不無。但亦不過論文之士方便説法，立此假名，學人切勿執爲
實有，以致東西悠蕩，不著邊際也。此義大長，如今急於説詞，姑
止是。一首〔南鄉子〕，高處妙處，祇此開端二語。"忽見"二韵
十六個字，苦水雖曾以之壓倒誠齋之詩，與前兩句衡量之，已有
自然與人力之差。最糟是過片之"痛飲又能詩，坐客無氈醉不
知"。"坐客無氈"自可，"醉不知"也去得，然已自嫌他作態自喜
矣。若"痛飲又能詩"，則決是糟。不知怎地，後來詩人作品中祇
一説到自家之飲酒賦詩，縱不出醜，也總酸溜溜的。以文論之，到
此之際，十九有拼補湊合之迹。且不可舉他老杜之"此身飲罷無
歸處，獨立蒼茫自咏詩"。須看"無歸處"是甚底情境？"立蒼茫"
是何等氣象？到此田地説不説俱得，否則一説便不得也。又且不
可舉他彭澤老子之篇篇説酒。今且不須檢閱全集，祇如"忽與一
觴酒，日夕歡相持"，後來哪個又有此胸襟情韵耶？老蘇作此詞
時，雖曰紀實，亦不合草，以至今日竟向苦水手裏納却敗闕也。至
於歇拍兩韵，有底喜他"一點微酸已著枝"一句。苦水却不然。
學人問這"不然"麼？苦水原擬待汝一口吸盡西江水時，再與汝
説。如今也不必了。還記得苦水説〔西江月〕"照野彌彌淺浪"一
章，論及詞序、書札、題跋處否？倘若并不記得，祇仍參此章開端
二語亦得。參禪衲子好問：西來何意？這個與我輩今日無干。祇今

且道：那"寒雀"十二個字是何意？

八　南鄉子

送述古

回首亂山橫。不見居人祇見城。誰似臨平山上塔，亭亭。迎客西來送客行。　　歸路晚風清。一枕初寒夢不成。今夜殘燈斜照處，熒熒。秋雨晴時淚不晴。

坡公傷感之詞，吾所選錄，前此已有〔木蘭花令〕及〔臨江仙〕，并此一章，鼎足而三。然生離死別，其迹近似，出入變化，内容實殊。〔臨江仙〕之送王緘，情溢乎辭，純乎其爲傷感者也。〔木蘭花令〕筆力沉雄，氣象闊大，蓋於傷感有似超出，且加變化。説已詳前，兹不復贅。至於斯篇，前片既嘆人不如塔，亭亭無覺，迎送來去；後片復寫殘燈初寒，秋雨或歇，淚雨難晴。夫如是，則其傷感當至深矣。而試一觀其命辭構語，工巧清麗，蓋已不純置身傷感之中，一任包圍，但聽支配；而已能冷眼情感之旁，細心觀察，加意抒寫。推究根源，一則任情，一則有想。夫情之與想，勢難兩大。此僕彼起，彼弱此強。當情盛旹，想不易起。及想熾旹，情必漸殺。古今中外，法爾如然。此則"送述古"之情固淺於"送王緘"，而〔南鄉子〕之辭較工於〔臨江仙〕者也。《孝經》有言，喪言不文。老聃亦云，美言不信。喪言不文者，意不暇及也。美言不信者，華過其實也。然則文事，難言之矣。言之無文，文之謂何？過飾藻麗，情或近僞。必也情經濾净，辭能稱情，施之篇章，庶乎近之。是故傷感雖爲創作源泉，苟無羈勒，譬彼逸馬，即有駿足，適能覂駕。若其情不真摯，修辭雖巧，藻繪粉飾，徒成浮漂。吾於説詞，屢及之矣。夫創作之源，厥本乎情，遣詞之工，實基於想。顧今所謂情、想二名，借自釋氏，善巧方便，即何敢言。能近取譬，或助參悟。而哲人之想，一本理智，排斥感情。有如惡木遮山，伐木而山方出；亂草侵花，刈草而花始繁。其旨務在以想殺情，是其爲想力求真實，排除虛妄，總歸一有。若文士之想，間或不無藉助理性。要其本旨，乃在顯情。有如畫月者，月無可畫，畫雲而月就。繪風者，風本難繪，繪水而風生。是其爲想，今世所謂幻想、聯想。固亦求真，而與彼哲人，標的不同，取經亦異。籀而繹之，判然別矣。苦水於是乃説坡詞，藉資證明。臨平山上，一塔亭亭，固已。若夫送迎去來，塔本無知，於彼何有？是則"亭亭"爲真，而送迎也者，詞人之想。秋雨曰晴，是已。泪既非雨，何有晴否？是則"秋雨"爲真，而泪雨不晴，又詞人所想也。以上二處，持較〔臨江仙〕之"憑將清泪灑江陽，故山知好在，孤客自悲涼"，如以情論，則前者多僞，而後者多真。如以詞論，則又前者較勝，後者較遜也。若是，其果僞者爲優，真者爲劣耶？喪言不文，美言不信，豈其然乎？然真者誠真，而僞者果僞耶？厨川白村之論文也，文學之真，科學之真，區分爲二。世有二真，殆類戲論。吾兹竊謂：二者之外，當更別立哲理之真。真乃有三，大似囈語矣。自慚小智，屢經思維，迄於終竟，不得不爾。析其奧微，俟之明哲。而在英國淮爾德氏，乃復致慨於彼説謊之衰頹。是則於文，以僞立論。與吾中土古聖所謂修辭立誠，大相徑庭。淮氏製作，未臻上乘。若其品性，時涉乖僻。至於斯論，雖類詭辯，實有可采，未可遽爾以人廢言。吾國詩教，溫柔敦厚。溯在往古，允當斯旨。漢魏以來，不失平實。洎乎六代，宗老、莊者惟曠达，崇釋氏者尚空無。其有志於文之士，善感鋭察。又劉彥和氏所謂"窺情風景之上，鑽貌草木之中"者也。獨於紀事長篇，奇情壯采，推波助瀾，甚苦無多。《孔雀東南飛》《木蘭辭》，自推巨擘，終似貧弱。降及唐代，詩稱極盛。其有作者，少陵之《北征》《奉先咏懷》，而其中心，究爲小我。縱極張皇，亦傷局促。"三吏""三別"，雖近客觀，既無主名，非純叙述。自兹而下，益等自鄶。白樂天氏之《長恨歌》，體制近是，而抒寫鋪叙縱使詳明，補綴破碎，究未閎闊。衆口膾炙，餘無取焉。遥觀西國，希臘之劇，荷馬之歌，夐乎遠矣。莎翁之鉅制及十八世紀仿古之名作，吾國至今，仍屬闕如。推其大原，何其非説謊衰頽之所致歟？顧維兹義，非數言可了。吾今説詞，沿流討源，聊發其端。因念坡公在黃州時，强人説鬼，昔者以爲無聊，以爲風趣，及今思之，情爲作因，而想以佐情，僞以顯真。此正坡老之文心，而説謊之妙用也。若然，則此臨平之一塔，泪雨之不晴，殆尚其豹之一斑，而龍之半爪耶？

九　蝶戀花

暮春別李公擇

籜籜無風花自墮。寂寞園林，柳老櫻桃過。落日多情還照坐。山青一點橫雲破。　　　路盡河回人轉舵。繫纜漁村，月暗孤燈火。憑仗飛魂招楚些。我思君處君思我。

一部《東坡樂府》，苦水祇選他十首，人或不免嫌其太苟。而此一首〔蝶戀花〕居然入選，人將更笑苦水之抛却真金抱綠磚也。不須學人指摘，如今苦水且先自行檢舉一番。詞題曰《暮春別李公擇》，儼然是個截搭題。要説惜別本可包括時令，何須別標暮春？可見老坡於此，自己亦覺悟到前後片之少聯絡，蓋前片之寫暮春，既不露惜別，與後片之寫惜別，更不見暮春也。爲文終非寫八股，祇要過渡下去，便可打成兩橛。計出無奈，祇好寫成怎樣一個題目，聊作解嘲。學人莫捉苦水敗闕，説：稼軒豈不亦有“讀《莊子》聞朱晦庵即世”底一首〔感皇恩〕乎？何以日前説辛時如彼招，如今説蘇時便如此搦耶？且莫致疑於苦水之一眼看高，一眼看低。試看老辛前半闋之“忘言”“知道”，眼光直射到後半闋之“《玄經》遺草”，後半闋之“江河流日夜，何時了”，神情直回到前半闋之“梅雨霽，青天好”，便可証知他針綫密縫，不似老蘇此詞之拆開來，東一片，西一片也。既如是，果何所取而録此詞耶？也祇愛他發端高妙耳。夫寫春而寫暮春，寫花而寫落花，詩人弄筆，成千累萬，老蘇於此，有甚奇特？試參他第一句“籜籜無風花自墮”，“籜籜”字、“自”字，真將落花情理寫出，再不爲後人留些兒地步。尤妙在"無風"，便覺落花之落，乃是舒徐悠揚，不同於風雨中之飄零狼藉。及至"墮"字，落花乃遂安閑自在地脚跟點地了也。"簌簌無風花自墮"之下，而繼之曰"寂寞園林，柳老櫻桃過"。澹泡之春光已去，清和之初夏將臨。一何其神完氣足？"落花相與恨，到地一無聲"，妙句也。硬扭他落花，相與客情作麼？"一片花飛減却春，風飄萬點正愁人"，健句也。減春愁人，將何以堪？更有進者，"簌簌無風花自墮，寂寞園林，柳老櫻桃過"，直透出天地之妙用，自然之神機，自然而然，行乎其所不得不行。人力既無可施，造化亦祇任運。更不須説瓜熟蒂落、水到渠成也。到這裏，虛空縱尚未成齏粉，而悲戚歡喜早已一齊百雜碎了也。不説品之高，即祇此韵之遠，坡公以前以後，詞家有幾個到得？學人莫祇道他寫景好。苦水當日讀簡齋詩，極喜他"歸鴉落日天機熟"一句。今日持較蘇詞，嫌他簡齋老子一口道破，反成狼藉耳。如論藴藉風流，仍須是髯公始得也。大凡大英雄行事，豈必件件盡屬驚天動地，但總有一二事，做到前人做不到處。大文人之作，豈必句句震古爍今，但總有一二語，説到前人説不出處。若不如是，屋上架屋，床下安床，縱非依草附木底精靈，也是賊德害道底鄉願。争怪得苦水爲此兩韵，録此一詞？但兩韵之後，"落日多情"十四字，讀來總覺得硬骨磔地，不似坡公平日筆致之圓融。過片"路盡"兩韵，吾觀宋人之詞，送別之作，往往寫送客一程，居人獨歸之情景，坡詞於此，想亦是也。"月暗孤燈火"，"火"字須是"明"字，修辭格律始合。今以爲韵所牽，易"明"爲"火"，不得，不得。如謂"燈火"二字合成一名，原無不可。但祇著一"孤"字形容，未免凑合。結尾之"我思君處君思我"，雖乏遠韵，亦自去得。但上句之"憑仗飛魂招楚些"，又何耶？《水滸傳》裏李鐵牛大哥見了羅真人歸來之後，乃云不省得説些甚底。苦水於蘇詞此處亦復不省得蘇髯子説些甚底。或當是楚些招飛魂之意。若然，則又是削足適履了也。老坡此詞，如是敗闕。苦水今日一一分明舉似學人，豈是苦水才情高似東坡，苦水更別有

說在。賞觀名家之作，一集之中，往往有幾篇，一篇之中，往往有
數語，簡直一敗塗地。數語在一篇，瑕不掩瑜，且自聽之。幾篇之
在全集，何似删之爲愈？如說前人有作，後人編集，不免求備，故
有斯愚，則作者當時何如不作？作了又何必示人？這個便是中土
文人顢頇處，不經意處。極而言之，不自愛惜處。何況詞在北宋，
尚未列入正統文學之中乎？然而有一利必有一弊底反面，却又是
有一弊也有一利。更不用說短處即是長處。古人神來之筆，不必
另起葛藤，即此〔蝶戀花〕發端兩韵，苦水再三讚美而不能已者，
也還是此顢頇、此不經意、此不自愛惜。劉彦和《文心雕龍·總
術》篇曰：“執術馭篇，似善弈之窮數。弃術任心，似博塞之邀
遇。”又曰：“博塞之文，借巧儻來，雖前驅有功，而後援難繼。”
又曰：“善弈之文，則術有恒數，按部整伍，以待情會，因時順
機，動不失正。數逢其極，機入其巧，則義味騰躍而生，辭氣從雜
而至。”論文之文，善巧方便，一至於此，而其行文，亦復大有
“義味騰躍而生，辭氣叢雜而至”之樂。苦水衹有頂禮讚嘆，而又
雖不能至，心嚮往之矣。但苦水却亦有小小意見，要共者位慧地
大師理會一向。博塞之文，不如善弈之文，此在學人參脩，原自不
誤。若大家創作，神游物化，却不拘拘於此。所以陸士衡曾說
“或竭情而多悔，或率意而寡尤”也。若邀遇絕對不如窮數，陸氏
便不如是說了也。誠如彦和所云善弈强似他博塞，何以下文又說
“以待情會，因時順機”乎？所謂情會與時機者，豈非仍有類於博
塞邀遇底“遇”耶？如衹任術便得，尚何須乎機與會之順與待耶？
即以博弈而論，諺亦有云：棋高無輸，牌高有輸。其故亦在窮術與
任運，饒你賭中妙手，無如牌風不順，等張不來，求和不得，仍是
大敗虧輸。若棋則不然，高手決不會輸。若偶爾漏著，輸却一盤，
定是棋術尚未十分高妙也。然而此亦言其常耳。若是手氣旺盛，
則雖賭場雛手，無奈他隨手擲去，盡成盧雉。此則東坡詞中所謂
六衹骰子六點兒，賽了千千并萬萬者。饒你多年經驗，不免向他
雛手手中，落花流水一般納敗闕也。若是著棋却不然。縱使高手，

倘遇勁敵，所差不過一子半子，即便費盡心機，贏則決定是贏，而所贏仍不過此一子半子，決定不會楸枰之上，黑子盡死，白子全活也。雖曰文事不能全類博弈，然而那顢頇，那不經意，甚至那不自愛惜，有時如著棋，真能輸却全盤。若是如賭博，忽然大運亨通，合場彩物便盡歸他一人手裏。若然則坡老此詞之開首兩韵，其博塞之遇來，是以如有神助，而其以下直至歇尾，又其弈棋之術疏，是以全軍俱覆也乎？

一〇 減字木蘭花

> 錢塘西湖有詩僧清順，所居藏春塢，門前有二古松，各有凌霄花絡其上，順常晝臥其下。時余爲郡。一日屛騎從過之。松風騷然，順指落花求韵，余爲賦此。
>
> 雙龍對起。白甲蒼髯烟雨裏。疏影微香。下有幽人晝夢長。　　湖風清軟。雙鵲飛來爭噪晚。翠颭紅輕。時下凌霄百尺英。

兩株古松，上絡凌霄，而清順却常晝臥其下，者位闍梨，忒煞風流。而東坡又屛騎從過之，且爲此作小詞，者位太守，也忒煞好事。雖公案分明，而往事成塵，如今也不索掂掇。且就此小詞，與學人葛藤一番。“雙龍對起”，妙哉，妙哉，便真有拔地百尺、突兀凌雲之勢也。“白甲蒼髯”，著迹矣，尚自可。“烟雨裏”，倘不是真指烟雨，便不知其何所指；倘真指烟雨，不與“晝夢長”抵觸耶？如謂“烟雨裏”謂特殊有雨之时，“晝夢長”言其常也。然則常之與殊，於此連續説之，不益相矛盾耶？“疏影微香”，其指凌霄花矣。“下有幽人晝夢長”，此大似隱士，豈復是和尚，殆欲逃禪矣乎？“湖風清軟”，恰好，恰好。若祇是兩株古松，著此四字，不得，不得。爲是松上絡有凌霄花，得也，得也。“雙鵲飛來”，無不可，但何必定是雙？若再一邊樹上一個，不足呆相，亦是笑話了也。“爭噪晚”，著一“噪”字，與清軟之湖風又抵觸矣，是又大不可者也。若道爾時，恰值有雙鵲在松上爭噪，苦水於此，將大喝一聲：有也寫不得。而況"疏影微香"之中，幽人夢長之際，噪已不可，爭個什麼？一爭，一噪，好容易拈出清軟，與影與香與人與夢融成一片，至是，俱被他攪得稀糟，使不得也。此又是蘇長公顢頇處、不經意處、不自愛惜處。苦水亦不復替他謙了也。夫如是，苦水之於此詞，半肯半不肯，選而說之，何爲也？祇爲他"翠颭紅輕，時下凌霄百尺英"二韵，割捨不得而已。學人莫祇看翠之颭，紅之輕。若祇如是，又是錯認驢鞍橋作阿爺下頦。近代修辭論文，有所謂形容與描寫之二名也者。苦水不怨此二名誤盡天下蒼生，却祇惜有許多學人錯認却定盤星，以致自誤。處處尋枝摘葉，時時掂斤播兩。自誇形容之工，描寫之細，其實十足地心爲物轉，將境殺心，沉淪陷溺，永無覺醒。熏習日甚，祇成詩匠，更非詩人，簡直自救不了，說甚超凡入聖！所以苦水平日堂上說詩，每每拈舉韓翰林"惜花"一章，警戒學人。若說此詩之"皺白離情高處切，膩紅愁態靜中深"，亦自煞夠工細。亦自爲他貼將去，脫不開，死却了，不肯活，更無半點高致，不須再檢舉他無神韵也。有一塾師出杜詩"好雨知時節"題，令其弟子作五言八韵底試帖詩，即得時字。一本卷子中有一聯曰："不先還不後，非早亦非遲。"說時遲，者老夫子一見此詩，便扯將那學生子過來，教他自讀此十字一過；那時快，更不說甚青紅皁白，他痛痛地與他二十戒尺。完了方說："我祇打你個不先還不後，非早亦非遲。"若說不先不後，非早非遲，豈不扣得那杜詩"好"字、"知"字、"時節"字，嚴嚴地、密密地？但二十戒尺打得定是，決不冤枉那學生子也。至如蘇詞之"翠颭紅輕"，豈可與此學生子之低能相提并論？亦尚還不至如致堯那兩句之呆板。苦水何必如此神經過敏，嘵嘵不休？不見道涓涓不塞，將成江河。又道南轅北轍，發腳便錯。祇緣婆心，遂成苦口耳。至於"時下凌霄百尺英"，又是前說所謂坡老底賭運亨通。王靜安先生說宋景文之"紅杏枝頭春意鬧"曰："著一'鬧'字，而境界全出。"難道苦水於此不好說：著一

"下"字而境界全出耶？一個"下"字，抉出神髓，表出韵致，無意氣時添意氣，不風流處也風流。尚何有乎形容與描寫，何處更著得工與細耶？學人於此會得，苦水得好休時便好休。倘不，苦水更有第二勺惡水在。北宋以後，詞人咏物之作，正文不露題字。苦水曰：他自作燈虎，我無閑心哄他猜謎；他自繞彎子，莫更怪我不陪他吃螺螄也。坡公於此，明點出凌霄花，吾輩今日難道不能賞其"下"字之妙耶？夫凡花之落，皆可曰下，此有甚奇特？然而須理會得此是凌霄花百尺之英，自古松白甲蒼髯裏，徐徐墜落，所以是下也。莫又怪苦水何以知其徐徐，不曰"湖風清軟"乎？準物理學，苟無空氣之阻隔，物之下墜，同此遲速，無分重輕。但大氣之中，花體本輕，高處墜落，祗緣阻隔，更覺徐徐。且凌霄之花朵較大，花色金紅，而其落也，不似他花碎瓣離蕚，而爲全朵辭枝。試思晝臥百尺之樹下，仰見蒼髯之枝間，忽然一點金紅，悠悠焉，漸降漸低，愈落愈近，安然而及地焉。蓋良久，良久，而又一點焉。良久，良久，而又一點焉。不説"下"，而將奚説耶？莫又怪苦水何以知其是良久一點也。苦水於此，更自嘆息，説詞至是，惹火燒身。夫文士爲文，亦須格物。凌霄之落，既不是風飄萬點之愁人，亦不似桃花亂落之紅雨也。凡夫落朵而不落瓣之花，當其落也，蓋無不是如此之良久，良久，而始一點也。不道是"下"，道個什麼？苦水説時，用墜、落、降等字，祗是不得已而用之。先自供出，省得又被告發。"時下"，本或作"時上"。大錯，大錯，絶不可從。試問甚底上？又上個甚底？莫是雙鵲上他凌霄麼？笑殺，笑殺。兩個野鵲上在花上，有甚風光？若再問：者個較之上章"簌簌無風"一句，何如？苦水則曰：那個多，者個少。者個是朵，那個是瓣。那個若是自然底大機大用，者個祗是道心底虛空昭靈。不會麼？不會。者裏尚有個末後句在：者個祗是個無意。莫見苦水如此説，便又大驚小怪。不見古德説達摩西來，也祗是個無意。好好一首〔減字木蘭花〕，今被苦水説東話西，肢解車裂，真真何苦。其實一部《東坡樂府》，其中好詞，亦俱不許如此説。

然而苦水十日之間，居然説了整整十首。雖然心不負人，面無慚色，也須先向他東坡居士懺悔，然後再向天下學人謝罪。

附　錄

吾擬説蘇詞，選目既定，細檢一過，而覺諸選家所俱收，或盛膾炙人口而未入吾録者，得五首焉。夫諸家俱選，且盛膾炙矣，是有目共賞之作也，將不須吾之説耳。初故捨之。然吾於此五章，亦不無欲言者在。故終取而略説之。匯爲説蘇之附録云爾。

卅六年九月霍亂預防之際，苦水識於净業湖南之倦駝庵

一　念奴嬌

赤壁懷古

大江東去，浪淘盡、千古風流人物。故壘西邊，人道是、三國周郎赤壁。亂石穿空，驚濤拍岸，捲起千堆雪。江山如畫，一時多少豪杰。　　遙想公瑾當年，小喬初嫁了，雄姿英發。羽扇綸巾，談笑間、强虜灰飛烟滅。故國神游，多情應笑我，早生華髮。人生如夢，一樽還酹江月。

坡公以此詞得名。世之目坡詞爲豪放，且以蘇與辛并舉者，亦未嘗不以此詞也。吾於論詞，雖不甚取豪放之一名，然此〔念奴嬌〕，則誠豪放之作。"大江東去，浪淘盡、千古風流人物"，本極可悲可痛之事，而如是表而出之，遂不覺其可悲可痛，衹覺其氣旺神怡。即其過片"故國神游"以下直至結尾，亦皆如是。更無論其"江山如畫"兩句，及"遙想公瑾當年"以下直至"灰飛烟滅"之兩韵也。然謂之豪放即得，遂以之與稼軒并論，却未見其可。辛詞所長：曰健，曰實。坡公此詞，衹"亂石"三句，其健、其實，可齊稼軒。即以其全集而論，如謂亦衹有此三句之健、之實，可齊稼軒，亦不爲過也。全章除此三句外，衹見其飄逸輕

舉，則仍平日所擅場之出字訣耳。即以飄逸輕舉論，亦以前片爲當行。若過片則浮淺率易矣，非飄逸輕舉之真諦也。公瑾之雄姿英發，何與小喬之嫁？然如此説，尚無不可。若夫强虜，顧可談笑間使之灰飛烟滅耶？昔讀左太沖《咏史》詩曰："左眄澄江湘，右盼定羌胡。功成不受爵，長揖歸田廬。"以爲功成身退或尚不難，若江湘左眄而澄，羌胡右盼而定，遂開文士喜爲大言之風氣，竊嘗笑其如非欺人，定是不慚也。坡詞於是，雖謂周郎，而非自謂，然其神情，無乃類之。至"故國神游"，想指三國。"多情應笑"，其謂公瑾乎？"早生華髮"，則自我矣。然三語蟬聯，一何其無聊賴耶？稼軒之"不恨古人吾不見，恨古人不見吾狂耳"，人或猶嫌之，而況此之空膚耶？煞尾二句，更顯而易見飄逸輕舉之流爲浮淺率易。至於後人學之不善，成爲濫調，則後人自負其責。苦水尚不忍以是爲坡公罪。

二 水調歌頭

丙辰中秋，歡飲達旦，大醉，作此篇，兼懷子由。

明月幾時有，把酒問青天。不知天上宮闕，今夕是何年。我欲乘風歸去，又恐瓊樓玉宇，高處不勝寒。起舞弄清影，何似在人間。　　轉朱閣，低綺户，照無眠。不應有恨，何事長向別時圓。人有悲歡離合，月有陰晴圓缺，此事古難全。但願人長久，千里共嬋娟。

東坡之作，舉世所欽，震爍耳目，首推前篇。淪浹髓骨，厥維此章。何者？〔念奴嬌〕篇，大氣磅礴，易於駭俗；〔水調歌頭〕，情致圓熟，善中人意也。以余觀之，此章精華乃在前片之瓊樓玉宇，高處自寒，起弄清影，人間可住耳。西國詩人，信道之士，時或讚美大神，傾心天國，唾弃現實，嚮往永生。其有抱憤懷疑，崇情尚智，又復鄙薄往生，别尋樂土，執著地上，歌咏人間。竊謂二者俱非所論於中土。則以吾國智士，習論性天，否亦喜莊列者每任自然，崇釋氏者輒宗空無。雖有三別，實歸一玄。綴文之士，專命騷雅；遯世之士，托身岩阿，大都不免縱情詩酒，流連風月。至於發憤抒情，慷慨悲歌，獻酬奉酢，歌功頌德，尚匪所論。綜上以觀，韻文神致，西國中土，實不同科。故夫高舉者既非同乎熱烈之信仰，而住世者仍有異於現實之執著也。吾曩者讀蘇詞此章前片之“不知”以下直迄“人間”，頗喜其有與西洋近代思想相通之處。及今思之，坡公之意，若有若無，惟其才富，故縱情而言，自具高致。與彼西士有意入世，固自不同。朱敦儒〔鷓鴣天〕詞曰“玉樓金闕慵歸去，且插梅花醉洛陽”，與此相近。惟朱語淺露，易見作態；坡詞朗潤，遂更移人。究其源流，尚非異致。韓吏部詩曰：“我能屈曲自世間，安能從汝巢神山？”則語意憤激，未若坡老情致醞藉矣。過片而後，圓融太過，乃近甜熟。此在長公，放情稱意，不失本色。從來學人，步趨失真，滋多流弊，吾意弗善，不復費辭。

三　水龍吟

次韻章質夫楊花詞

　　似花還似非花，也無人惜從教墜。拋家傍路，思量却是，無情有思。縈損柔腸，困酣嬌眼，欲開還閉。夢隨風萬里，尋郎去處，又還被，鶯呼起。　　　不恨此花飛盡、恨西園、落紅難綴。曉來雨過，遺踪何在，一池萍碎。春色三分，二分塵土，一分流水。細看來，不是楊花，點點是離人淚。

　　靜安先輩之論詞，吾所服膺，其論咏物之作，首推是篇。又曰：“和韻而似元唱。”苦水則不以其似元唱而喜此詞。或吾於詩詞，不喜咏物之作之故耶？總之，不復能強同於王先生而已。少陵之詩有拙筆而無俗筆，太白有俗筆矣。稼軒之詞有率筆而無俗筆，髯公有俗筆矣。此或以才雖高，而學不足以濟之，即李與蘇之於詩詞，稍不經意，猶不免於俗耶？吾於上章，不取過片，即嫌其近俗，然猶未至於俗也。至於是篇，直俗矣。前片開端至"呼起"，濫俗類如元明末流作家之惡劣散曲。"抛家傍路"，"尋郎去處"，其尤顯而易見者也。過片"不恨"兩句，可。然曰"恨西園、落紅難綴"，則無與於楊花也。"曉來雨過"，"一池萍碎"，好。雖不免滯於物象，乏於韵致，而思致微妙，可喜也。嫌他"遺踪何在"一句楔在中間，累玉成瑕耳。"春色"三句，苦水不理會這閑賬。結尾"是離人淚"，苦水直報之曰：不是，不是，再還他第三個不是。幾見離人之淚如斯其没斤兩也耶？虧他還説是細看。因知老坡言情并非當家。刻骨銘心，須讓他辛老子出一頭地。

四　蝶戀花

春景

花褪殘紅青杏小。燕子飛時，綠水人家繞。枝上柳綿吹又少。天涯何處無芳草。　　牆裏秋千牆外道。牆外行人，牆裏佳人笑。笑漸不聞聲漸悄。多情却被無情惱。

筆記謂朝雲每歌"枝上柳綿"二句，便如不勝情。又謂其隨坡至南海，日誦二語，病極猶不釋口。而朝雲既没，子瞻亦終身不復聽此詞。吾意此説或當不虛。然陸平原曰："落葉俟微風以隕，而風之力蓋寡。孟嘗遭雍門以泣，而琴之感以末。何者？欲隕之葉，無所假烈風；將墜之泣，不足繁哀響也。"彼朝雲之有動於此二詞也，此物此志也夫。而王漁洋氏乃曰："枝上柳綿，恐屯田緣情綺靡，未必能過，孰謂坡但解作'大江東去'耶？觀直是超倫絕群。"夫超倫絕群，或者不無。若緣情綺靡，直恐未必。何者？心與物既爲緣，情與致即俱生。二語致過於情，是以出而非入。雖曰柳綿漸少，芳草遍生，有情於此，不免傷春。然柳綿之少，無大重輕，芳草青青，至可玩賞，況乃天涯無處而非芳草，則吾人隨地皆可自怡，吾之所云致過於情、出而非入者，不益信耶？試再以辛詞"待得來時春盡也，梅結子，笋成竿"，與此相較，則吾之言不益明耶？苟其吹毛求疵，摛章摘句，不獨天涯芳草，已嫌於損情而益致，而枝上柳綿尤爲不揣本而齊末。此不當雲枝上柳綿耶？枝爲遍名，總賅萬木，柳乃特舉，何有衆枝？雖然，吾如是説，聊爲學人修辭警戒，非於坡公深文周内。彼自豁達，不妨疏潤耳。至於過片，如非濫俗，亦近輕薄，説詳上章，不復述焉。

五　卜算子

黄州定慧院寓居作

缺月挂疏桐，漏斷人初静。誰見幽人獨往來，縹緲孤鴻影。　　驚起却回頭，有恨無人省。揀盡寒枝不肯栖，寂寞沙洲冷。

附録五篇，吾肯此章。如是短什復三“人”字，豁達可想，無事吹求。“缺月”二語，境況幽寂，幽人之幽，坡老自道。鴻影縹緲，既實指鴻，又以自況。“驚起”者何？人爲鴻驚也。“回頭”者誰？東坡老人也。“有恨”者，人與鴻同此恨也。“無人省”者，坡公有觸，他人不省也。結尾二語，謂鴻不栖樹，自宿沙洲，無枝葉之托庇，有霜露之侵陵也。所謂“恨”者，其指此也。於是而人之與鴻，一而二，二而一，不可復辨矣。若是，則吾於此詞殆全肯矣。竟不入選而歸附録者，抑又何耶？吾於是幾無以自解。然而有説焉。以文字之表現論，如是即可。如以意境論，則是固吾國詩人千百年來之傳統，而非坡公之所獨有也。文士之文，固不可刻意怪險，以致自外於天理人情；亦不可墜落坑塹，以致無別於前賢舊制。坡老此作，尚不至如吾後者所云。然格調既暗合乎曩篇，即酸鹹乃無殊乎衆味。況乎風骨未甚遒上，以詔後學，易生枝蔓者哉。如曰：苦水雖復嘵嘵苦口，亦屬緦緦過慮。人娶少妻，極相愛悦，既見妻母皤然一婆，歸而出妻。親朋詫異，詢其何説。乃云：“日後吾妻必類其母。”苦水於此，正復如然。顧學者立身，希聖希賢，釋者發心，成佛作祖。取法乎上，僅得乎中。防微杜漸，著眼不妨略高耳。此自吾意，不關蘇詞。私心不滿，匪寧惟是。憶吾每誦此章，輒覺雖非惡鬼森然撲人，亦似靈鬼空虛飄忽，祇有惝恍，了無實質。即彼天仙不食烟火，吾猶弗喜，矧此鬼趣無與人事者哉？或曰：《楚辭·山鬼》，子亦將如是說之耶？則曰：屈子之作，離憂後來，艱難辛苦，命曰《山鬼》，實皆世諦，未似蘇公之雖曰"幽人"，乃祇幽靈，雖曰"有恨"，徒成幽恨也。吾如是說，人或不諒。言發由衷，吾意至誠，豈獨於蘇詞，軒輊殿最一準乎是，吾於一切前賢篇什，無不如此。即吾個人學文，創作批評，取徑發足，亦復胥然也。

后　叙

　　苦水既說辛詞竟，於是秋意轉深，霖雨間作，其或晴時，涼風颯然。夙苦寒疾，至是轉復不可聊賴。乃再取《東坡樂府》選而說之，姑以遣日。所幸事少身暇，進行彌速，凡旬有二日而卒業。復自檢校，不禁有感，乃再爲之序焉。《典論》之論文也，曰："文以氣爲主。"而繼謂："氣之清濁有體，不可力強而致。"曰"清濁"，曰"有體"，曰"不可力強"，則子桓所謂氣者，殆氣質之氣，稟之於文者也。吾讀《論語》，不見所謂氣，至孟氏乃曰："我善養吾浩然之氣。"王充《論衡·自紀》篇曰："養氣自守。"吾於浩然無所知，姑捨是。若仲任之意，乃在養生，與子輿氏似不同旨。以氣論文，文帝之後則有彥和。《文心雕龍》，篇標《養氣》，蓋至是而子桓之氣，孟氏之養，并爲一名，施之論文。顧劉氏曰："神之方昏，再三愈黷，是以吐納文藝，務在節宣。清和其心，調暢其氣，煩而即捨，勿使壅滯。"語意至顯，義匪難析。約而言之，氣即文思，故其前幅有曰"志盛者思銳以勝勞，氣衰者慮密以傷神"也。是與子桓亦正異趣。至唐韓愈則曰："氣盛則言之長短高下皆宜。"至是氣之於文，始復合流孟子所言浩然之氣。故蘇子由直謂氣可以養而至。自是而後，文所謂氣，泰半準是。子桓言氣，授自先天，韓氏曰盛，蘇氏曰養，盡須乎養，養之始盛。是則後天熏習，大異文帝所云不可力强者矣。及其末流，乃復鼓努爲勢，暴恣無忌，自命豪氣，實則客氣。施之於文，既無當於立言，存乎其人，尤大害於情性。吾於論詞，不取豪放，防其流弊或是耳。世以蘇、辛并舉，雙標豪放，翕然一詞，更無區分。見仁見智，余不復辯。今所欲言，乃在二氏之同異。吾於説中已建健、實之二義，爲兩家之分野。説雖非玄，義尚未晰，今兹聊復加以淺釋。東坡之詞，寫景而含韵；稼軒之作，言情以折心。稼軒非無寫景之作，要其韵短於坡。東坡亦多言情之什，總之意微於辛。至其議論説理，統爲蹊徑別開。而辛多爲入世，蘇或涉仙佛。説中所立出入二名，即基乎是。世苟於是仍不我諒，我非至聖，亦嘆無言矣。吾嘗稽之史編，漢、魏以還，莊、列之説，變爲方士，極之爲不死，爲飛升。大慈之教，蜕爲禪宗，極之爲參學，爲頓悟。其繼也，流風所被，舉世皆靡，善玄言者以之爲指歸。説義理者，藉之見心性。而詩家者流，未能自外，扇海揚波，墜坑落塹。即以唐代論之，太白近仙，摩詰宗佛，其著者矣。其在六代，魁然杰出，不隨時運，得一人焉，曰陶元亮。其爲詩篇，平實中庸，儒家正脉，於焉斯在，醇乎其醇，後難爲繼。其有見道未能及陶，而卓爾自立，截斷衆流，詩家則杜少陵，詞人則辛稼軒。雖於世諦未能透徹，惟其雄毅，一力擔荷，不可謂非自奮乎百世之下，而砥柱乎狂瀾之中者矣。至於東坡，雖用釋典，并無宗風。故其詩曰："溪聲便是廣長舌，山色豈非清净身。"又曰："兩手欲遮瓶裏雀，四條深怕井中蛇。"若斯之類，於禪無干，吃棒有分。倘其有悟，不爲此言矣。即其詞集，凡作禪語，機至淺露。如〔南歌子〕"師唱誰家曲"一章與"浴泗州雍熙塔下"之〔如夢令〕二章，雖非譾言，亦屬拾慧。固知髯公於此，非惟半塗，直在門外也。昔與家六吉論蘇詩，六古舉其《游金山寺》之"悵然歸卧心莫識，非鬼非人定何物"，謂爲老坡自行寫照。相與軒渠。夫非鬼非人，殆其仙乎？其詩無論。即吾所選，如〔南鄉子〕之"争抱寒柯看玉蕤"，〔減字木蘭花〕之"時下凌霄百尺英",皆净脱塵埃,不食烟火。又凡其詞每作景語,皆饒仙氣,而非禪心。吾向日甚愛其〔水龍吟〕之"推枕惘然不見,但空江,月明千里",與〔滿江紅〕之"憂喜相尋,風雨過,一江春綠",謂有禪家頓悟氣象。今則以爲前語近是,然集中亦衹此一處。後者仍是詞家好語,作者文心,特其闊大有異恒制耳。然則東坡之詞,於仙爲近,於佛爲遠,昭然甚明。遠韵移人,高致超俗,有由來矣。或曰:在道在禪,同出非入,意態至近,區分胡爲?則以禪家務在透出,故深禪師致讚美透網金鱗。明和尚謂:"争如當初并不落網?"深師訶之以爲欠悟。若夫道流務在超出,故騎鯨跨鶴,翼鳳乘鸞,蟬蛻塵埃,蹴踏杳冥,滄溟飛過,八表神游,雖亦不無神通變化,衲子視爲邪魔外道者也。至兩家於"生",町畦尤判。道曰長生,佛曰無生。道家爲貪,佛家爲捨矣。縱論及此,實屬贅疣,自維吾意在説韵致。學人用心,其詳覽焉。抑吾觀東坡常不滿於柳七,然《樂章集》〔八聲甘州〕之"霜風凄緊,關河冷落,殘照當樓",坡嘗譽之,以爲此語於詩句不減唐人高處。坡公此言,或謂傳自趙德麟,或謂傳自晁無咎,趙、晁俱與蘇公過從甚密,語出二子,皆當可謂。然則坡所致力,可得而言。夫柳詞高處,豈非即以高韵遠致,本是成篇,故其寫悲哀,既常有以超出悲哀之外;其寫歡喜,亦復不肯陷溺於歡喜之中。疏寫景物,遥深寄托,情致超出,於是乎見。柳詞既爲坡公所譽,坡公爲詞時,八識田中必早具有此種境界,可斷言也。今吾所選,若〔木蘭花令〕之"霜餘已失長淮闊",〔蝶戀花〕之"簌簌無風花自墮",以及集中凡作景語,高處皆然。至〔永遇樂〕之前片,又其變清剛而成綿密,去圭角以爲圓融者也。向説辛詞〔青玉案〕之"衆裏尋他"三句,以爲千古文心之秘。而辛詞混雜悲喜而爲深,故當之入。蘇詞超越悲喜而爲高,故偏之出。吾如是説二家之詞,豪放之義早已不成,豪氣一名,將於何立矣?是故稼軒非無景語,要在轉景以益情;東坡亦有情語,要在抒情以寄景。吾於説中已略及之,學人於是將更不疑吾爲戲論也。夫寫情之詞,而有耆卿，出語淫鄙，爲世詬病。宋人詩話載：東坡謂少游曰："不意別後，公却學柳七作詞。"少游曰："某雖無學，亦不如是。"東坡曰："'銷魂當此際'，非柳七語乎？"審如是，則東坡於詞，其作情語，所立標的，亦可準知。顧情之一名，義有廣狹。凡夫生緣所遇，感動觸發，舉謂之情，此則廣義。至若男女兩性悲歡離合，是所謂情，乃是狹義。廣狹雖分，淵源無別。取其易曉，始舉後者。孔子説詩，其謂"《關雎》樂而不淫"，《大序》乃曰："不淫其色。"混淆視聽，殊乖蕉旨。金聖嘆氏魯莽滅裂，遂謂好之於淫，相去幾何。以吾觀之，中土文人每寫女性，既輕蔑其人格，遂幾視爲異類。聲色狗馬，同爲玩好；子女玉帛，盡等貨幣。其在前古，尚不至是。降自六代，遂乃同聲。則以文人多習官妓之歌舞，盡忘良家之德性，壞心術，傷風化，庸詎尚有甚於是者乎？詩教滋衰，民族不振，自命風雅，實則淫鄙。唐代之詩，尚多蘊含；宋代之詞，至成扇煬。有心之士，作品之中務避異性，欲求雅正，乃成枯淡。先聖有言："食色，性也。"意在創作，至忘本性，緣木求魚，是之謂夫。偉哉居士，呵彼屯田，不唯具眼，實乃自愛。然吾讀其詞，除"十年生死兩茫茫"之〔江城子〕外，緣情之作，未臻騷雅。即非玩弄，亦爲玩賞。不過昔者視如犬馬，坡公擬之琴鶴，較之柳七，五十步百步之間耳。佛法平等，既未夢見，儒曰同仁，複乎遠矣。以視稼軒之作，蘇公不獨遜其真情，亦且無其卓識。是以吾取稼軒寫情，東坡寫景。世乃於蘇徒喜其鐵板銅琶，於辛亦衹賞其回腸蕩氣。口之於味，即有同嗜，味之在舌，乃復異覺。則吾之説辛、説蘇，真有孟氏所云不得已者在耶？自維素性褊急，習成疏闊，學識既苦謭陋，思想亦未成熟。篇中立説或有矛盾，二三子須會馬祖前説即心即佛、後説非心非佛之旨。務通意前，勿死句下。孟氏有言："人之患在好爲人師。"如苦水者，敢居表率倡導之列？然舌耕爲業，既已有年，會衆聽講，爲數不鮮。德不稱師，迹實無別。古亦有云："師不必賢於弟子。"諸子有超師之見，吾之是説，譬之椎輪大輅可，以之覆瓿引火亦無不可。如其不然，不得錯舉。至於行文，體每苦雜，語時不達。則以平生學文，鮮爲散行，七載以來，衣食逼迫，疾病糾纏，愈少餘暇，留心此事。今茲說詞，每於率興信手，輒復逾閑蕩檢。或亦稍求工整，亦非務事艱深。蓋仿諸語錄者，成之稍易，疏乃滋甚。自覺此病，一至古人篇章理致細密，情趣微妙，吾之說即專用文言，力排語體，下筆較遲，用心庶密耳。復次，口語用字，含義未周。未若文言，所包爲廣。紀述情事，或尚不覺，說明義理，方知其弊，維茲短說，并非宏著。文筆得失，尚在其次。所冀海內賢達，見其俳諧之辭，不視爲戲論；遇其恢詭之筆，勿目爲怪誕。鑒其至誠，知其苦心，庶乎彼此兩不相負。然而不虞求全，責雖在我，報毀致譽，豈能自必。言念及此，彌深慨嘆矣。至吾自視，說蘇較之說辛，用心較細，行文較暢。此是我事，無關他人。又凡書之有序，類冠諸篇之前。吾之是序，乃置諸文後。吾向於說辛之序，曾有所謂綜合、補足與恢宏者。此序之旨亦復如是。夫既曰綜合、補足與恢宏矣，自應後附，方合條貫。若夫前賢之作，馬遷之自序，班氏之敘傳，體既弗同，豈敢援以爲例。《論衡》之《自紀》，《雕龍》之《序志》，意亦有殊，不必引以解嘲。蓋吾之自叙，實等於結論爾。至其氾濫枝蔓，吾亦自知之。

卅二年九月十日苦水自叙於舊京淨業湖南之倦駝庵

稼軒詞説

顧　隨◎著

　　《稼軒詞説》，原手稿標題作《倦駝庵稼軒詞説》，作於 1943 年夏，原刊載於 1947 年天津《民國日報》，本書即據此收録。《詞學》第 6 輯（華東師範大學出版社，1988）、《顧隨全集》（河北教育出版社，2014）收録。北京出版社將《東坡詞説》與《稼軒詞説》合刊，題爲《蘇辛詞説》，出版單行本。

《稼軒詞説》目録

原詞目

右所選稼軒詞凡二十章。詞中之辛，詩中之杜也。一變前此之蘊藉恬淡，而爲飛動變化，却亦自有其新底蘊藉恬淡在。世之人於詩尊杜爲正統，於詞則斥辛爲外道，何耶？杜或失之拙，辛多失之率。觀過知仁，勿求全而責備焉，可。學之不善而得其病，則不可。善乎後邨之言曰："公所爲詞，大聲鏗鍧，小聲鐽轕，横絶六合，掃空萬古。其穠麗綿密者，亦不在小晏、秦郎之下。"鏗鍧鐽轕者，吾之所謂飛動變化者也。世人所認爲鏗鍧鐽轕者，太半皆其糟粕也。無已，其於穠麗綿密求之乎，吾之所謂新底蘊藉恬淡也。莘園且爲吾鈔之，吾將細爲之説。卅一年四月苦水記。

詞目後記

去歲擬説稼軒詞時，選詞既定，曾有記如右。比莘園鈔來，竟不曾説。今日再閲一過，回想爾時胸中所欲言者俱已幻滅，如雲如烟，不可追求。但約略記得，其時頗有與諸家理會一向之意。今所寫，則極力避免與前人鬥口，若其間有不合則固然耳，與去歲無以異。吾甚幸去歲之不曾説，省却多少口舌是非。吾又甚悔去歲之不曾説，事過境遷，遂致曾無踪迹可證吾之學力與識力有無進益也。舊説既無有，而今吾所説又稍稍異前所見。又舊所選，不曾分卷，今釐而二之，上卷多飛動之作，下卷所選稍較恬静。又於下卷中弃〔臨江仙〕"金谷無烟"一首、〔鷓鴣天〕"晚日寒鴉"一首、"有甚閑愁"一首。而補以今之〔青玉案〕〔感皇恩〕〔清平樂〕。則舊記本可不存。而仍存之者，敝帚自珍之外，意者小小意見，或亦有可供二三子參會處耶。自吾初著筆爲此"説"，時在中伏，曰長天暑，今雖立秋，仍在三伏，秋老虎之餘烈，猶未稍減。吾之病軀雖較舊時爲健，而苦思久坐，頭之眩，腰之楚，亦屢屢迫我停筆卧床。至於揮汗如雨，倦目生花，可無道矣。吾寫至此，《詞説》真將卒業矣。雖曰自喜，終竟慚愧。圜悟和尚問其弟子宗杲曰："達摩西來，將何傳授？"杲曰："不可總作野狐精見解。"又問："據虎頭，收虎尾，第一句下明宗旨。如何是第一句？"杲曰："此是第二句。"吾今茲之"詞説"，其皆野狐精見解與第二句乎？

丗二年八月十二日記於净業湖南之倦駝庵

稼軒詞說

自　序

　　苦水曰：自吾始能言，先君子即於枕上口授唐人五言四句，令哦之以代兒歌。至七歲，從師讀書已年餘矣。會先妣歸寧，先君子恐廢吾讀，靳不使從，每夜爲講授舊所成誦之詩一二章。一夕，理老杜《題諸葛武侯祠》詩，方曼聲長吟“遺廟丹青落，空山草木長”，案上燈光搖搖顫動者久之，乃挺起而爲穗。吾忽覺居室牆宇俱化去無有，而吾身乃在空山中草木莽蒼裏也。故鄉爲大平原，南北亙千餘里，東西亦廣數百里，其地則《列禦寇》所謂“冀之南漢之陰，無隴斷焉”者也。山也者，爾時在吾亦衹於紙上識其字，畫圖中見其形而已。先君子見吾形神有異，詰其故，吾略通所感。先君子微笑，已而不語者久之，是夕遂竟罷講歸寢。吾年至十有五，所讀漸多，始學爲詩，一日於架上得詞譜一册讀之，亦始知有所謂詞。然自是後，多違庭訓，負笈他鄉。廿歲時，始更自學爲詞。先君子未嘗爲詞，吾又漫無師承，信吾意讀之，亦信吾意寫之而已。先君子時一見之，未嘗有所訓示，而意似聽之也。顧吾其時已知喜辛稼軒矣。世間男女愛悦，一見鍾情，或曰宿孽也。而小泉八云説英人戀愛詩，亦有前生之説。若吾於稼軒之詞，其亦有所謂宿孽與前生者在耶？自吾始知詞家有稼軒其人以迄於今，幾三十年矣。是之間，研讀時之認識數數變，習作之途徑亦數數變，而吾每有所讀，有所作，又不能囿於詞之一體。時而韵，時而散，時而新，時而舊，時而三五月至三五年擯詞而不一寓目，一著手。而吾之所以喜稼軒者或有變，其喜稼軒則固無或變也。意者稼軒籍隸山東，吾雖生爲河北人，而吾先世亦魯籍，稼軒之性直而率，戇而淺，故吾之才力、之學識、之事業，雖無有其萬之一，而習性相近，遂終如針芥之吸引，有不能自知者耶。噫，佛説因緣，難言之矣。然自是而友好多目余填詞爲學辛，二三子從余治詞者亦或以辛詞爲問，而頻年授書城西校中，亦曾爲學者説《稼軒長短句》。卅年冬，城西罷講，是事遂廢。會莘園寓居近地安門，與吾廬相望也，時時過吾談文。一曰吾謂平時室中所説，聽者雖有記，恐亦難免不詳與失真。莘園曰：“若是，何不自寫？”吾亦一時興起，乃遴選辛詞廿首，付莘園鈔之。此去歲春間事也。然既苦病纏，又疲飢驅，荏苒一載將半，始能下筆，作輟廿餘日，終於完卷。亦足以自慰，足以慰莘園，且足以慰年來函詢面問之諸友也。夫説辛詞者衆矣，吾嘗盡取而讀之，其犁然有當於吾心者，蓋不數數遘。吾之説辛，吾自讀之，亦覺有稍異夫諸家者。吾之視人也既如彼，則人之視吾也，其必能犁然有當於心也耶？彼此是非，其孰能正之？雖然，既曰説，則一似爲人矣。吾之是説，如謂爲爲人，則不如謂爲自爲之爲當。此其故有三焉。其一，吾廿餘年來讀辛詞之所見，零星散亂，藉此機緣，遂得而董理之。其二，吾初爲上卷時，筆致甚苦生澀，思致甚苦艱辛，情致甚苦板滯，及至下卷，時時乃有自得之趣。其三，吾平時不喜爲説理之文，於是亦得而練習之。爲人之結果若何，吾又烏能知之，若其自爲，則吾已有種豆南山之感矣。勝業雖小，終愈於無所用心耳。或有謂既以自爲而非爲人，又何必詞説之爲？曰：既非爲人而以自爲，又何不可爲詞説也？陶公詩時時言酒，而人謂公之意不在酒，藉酒以寄意耳。夫其意在酒，固須言酒；若其意不在酒，而陶公之詩乃又不妨時時言酒也。且夫宇宙之奧，事物之理，吾人其必不能知耶？苟其知之，吾人又必能言之耶？孔子爲天縱之聖，釋迦爲出世之雄，是宜必能知矣。孔子循循善誘，誨人不倦，而曰：“予欲無言。”釋迦在世，説一大藏教，超度眾生，而曰：“若人言如來有所説法，即爲謗佛。”以聖人與大雄，尚復如是，則説之難歟？抑説之無益歟？月固月也，人不識月，而吾指以示之，則有認指爲月者矣。水固水也，析之爲氫二氧，無毫髮虛僞於其間也，説之確當無加於是矣。然既氫二氧矣，又安在其爲水也？若是夫説之難且無益也。孔子與釋迦所説者道，而今吾所欲言者文。道無形而文有體，則説道艱而説文易。古來説文之作，吾所最喜，陸士衡《文賦》，劉彥和《雕龍》，是真意能轉筆，文能達意者。然士衡曰：“是蓋輪扁之所不得言，故亦非華説之所能精。”又曰：“蓋所能言，具於此云。”則有欲言而不能言者矣。至劉氏之《文心雕龍》，較之《文賦》，加詳與備。然其《序志》亦曰：“雖復輕采毛髮，深極骨髓，或有曲意密源，似近而遠，辭所不載，亦不勝數。”以二氏之才識與思力，專精於文，尚復如是，吾未見説文之易於説道也。是故知之愈多，言之愈寡；知之彌邃，説之彌艱；文與道無殊致也。彼孔子與釋迦，陸機與劉勰，皆知道與知文者也，宜其言之如是。吾於道無所知，自亦不言，至今之説辛詞，詞亦文也，説詞亦豈自謂知文？陸氏與劉氏，維其知文，雖不能妄言，要不肯易言，故有前所云云耳。若夫苦水維其不知文，故轉不妨妄言之，是亦陶公飲酒之別一引申也。夫子之言性與天道，不可得而聞。彼村氓山樵，釋末弛擔，田邊林下，亦間談性天。此豈能與夫子并論？彼村氓山樵，不獨無方聖人之意，亦并無自謂有知性天之心，要之，亦不能不間或一談而已，亦更不須援蒭蕘之言，聖人擇焉而爲之解嘲也。於是乃不害吾説文，又不害吾説辛詞也。而吾又將奚以説也？於古有言：文以載道。若是乎文之不能離道而自存也。然吾讀《論語》《莊子》及大雄氏之經，皆所謂道也，而其文又一何其佳妙也？《論語》之文莊以溫，《莊子》之文縱而逸，佛經之文曲以直、隱而顯。如無此妙文，則其書將誰誦之？而其道又奚以傳？若是乎道之有賴於文也。彼載道之文，且復如是，則爲文之文將何如邪？古亦有言：詩心聲也，字心畫也。夫如是，則學文之人將何如以涵養其身心，敦勵其品行乎？殆必如儒家之正心誠意，佛家之持戒修行而後可。雖然，審如是，即超凡入聖，升天成佛，於爲文乎何有？且吾即將如是以說耶？則雖談天雕龍，辨析秋毫，於說文又何有？奈學文者又決不可忽視上所云之涵養與敦勵。然則如之何而可？於此而有簡當之論，方便之門，夫子之忠與恕，初祖之直指本心，見性成佛是。所謂誠也。故曰："修辭立其誠。"故曰："誠於中，形於外。"吾嘗觀夫古今大文人大詩人之作，以世諦論之，雖其無關於道義之處，亦莫不根於誠，宿於誠。稼軒之詞無游辭，則何其誠也。復次，文者何？文也，文采也。無文，即不成其爲文矣。吾之所謂文采，非脂粉熏澤之謂。脂粉熏澤，皆自外鑠，模擬襲取，非文采也。而欲求文采之彰，又必須於文字上具爐捶，能驅使，始能有合。小學家之論小學也，曰形，曰音，曰義。今姑借此固有之假名，以竟吾之說。曰義者，識字真，表意恰是，此盡人而知之矣。然所謂識字，須自具心眼，不可人云亦云。否則仍模襲，非文采也。曰形者，借字體以輔義是。故寫茂密鬱積，則用畫繁字。寫疏朗明净，則用畫簡字。一則使人見之，如見林木之翁鬱與夫岩岫之杳冥也。一則使人見之，如見月白風清，與夫沙明水净也。曰音者，借字音以輔義是。故寫壯美之姿，不可施以纖柔之音；而洪大之聲，不可用於精微之致。如少陵賦櫻桃曰"數回細寫"，曰"萬顆勻圓"。"細寫"齊呼，櫻桃之纖小也；"勻圓"撮呼，櫻桃之圓潤也。以上三者，莫要於義，莫易於形，而莫艱於聲。無義則無以爲文矣，故曰要。形則顯而易見，識字多則能自擇之，故曰易。若夫聲，則後來學人每昧於其理，間有論者，亦在恍兮惚兮、若有若無之間，故曰艱。曰要，曰易，曰艱，以上云云，就知之而言也。若其用之於文也亦然。雖然，古來大家，其亦果知之耶？要亦行乎其不得不然，不如是，則不愜於其文心而已。今吾亦既再三言之，則亦似知之矣，而吾之所作，其果能用之耶？即能用之，其果能必有合耶？吾嘗笑東坡"魂飛湯火命如雞"一句之非詩，其義淺而無致，其形

粗而無文，其聲則噪雜而刺耳。東坡世所謂才人也，而其爲詩，乃
有此失，其他作家，自宋而後，雖欲不等諸自鄶以下不可得也。若
夫往古之作，《三百篇》《楚辭》《十九首》，曹孟德、陶淵明，於
斯三者，殆無不合。李與杜，則有合有離矣。然其高者，亦殆無不
合。今姑以杜爲例。七言如“風吹客衣日杲杲，樹攪離思花冥
冥”，如“子規夜啼山竹裂，王母晝下雲旗翻”，如“駿尾蕭梢朔
風起”，如“萬牛回首丘山重”，五言如“重露成涓滴，疏星乍有
無”，如“露從今夜白，月是故鄉明”，如“雲臥衣裳冷”，如
“側目似愁胡”等，皆於形、音、義三者，無毫髮憾。學人有心，
細按密參，自有入處，不須吾一一舉也。稼軒之詞，亦有合有離
矣。其合者，一如老杜，即以今所選諸詞論之，如〔念奴嬌〕之
“凄凉今古，眼中三兩飛蝶”，如〔沁園春〕之“叠嶂西馳，萬馬
回旋，衆山欲東”，如〔鷓鴣天〕之“紅蓮相倚渾如醉，白鳥無言
定自愁”，如〔南歌子〕之“月到愁邊白，鷄先遠處鳴”等，學人
亦可自會，又不須吾一一説也。雖然，吾上所拈舉，聊以供學人之
反三云爾。吾非謂二家之合作即盡於是，亦非謂其有句而無篇也。
即今所選辛詞二十章，亦豈遂謂足以盡稼軒哉？抑吾尚有不能已
於言者，凡夫形、音、義三者之爲用也，助意境之表達云爾。是故
是三非一，亦復即三即一。一者何？合而爲意境而已。一者何？即
三者而爲一而已。故視之而睹其形，誦之而聽其聲，而其義出焉。
又非獨唯是也，聽其聲而其形顯焉，而其義出焉。若是則聲之輔
義更重於形也。三即一者，此之云爾。且三者之合爲文而彰爲采
也，不可以無心得，不可以有心求。稍一勉强，便非當家。古之作
者，其入之深也，常足以探其源而握其機。故能操縱殺活，太阿在
手。其出之徹也，又常冥然如無覺，夷然如不屑。故能左右逢源，
行所無事。於是而所謂高致生焉。吾乃今然後論高致。吾國之作
家，自魏、晋、六朝迄乎唐、宋，上焉者自有高致；其次知求之，
有得不得；其次雖知求之，終不能得；若其未夢見者，又在所不論
也。稼軒之爲詞，初若無意於高致，則以其爲人，用世念切，不甘

暴弃，故其發而為詞，亦用力過猛，用意太顯，遂往往轉清商而為變徵，累良玉以成疵瑕，英雄究非純詞人也。然性情過人，識力超衆，眼高手辣，腸熱心慈，胸中又無點塵污染，故其高致時時亦流露於字裏行間。即吾所選二十首中，如〔水龍吟〕之“楚天千里清秋，水隨天去秋無際”，〔鵲橋仙〕之“看頭上風吹一縷”，〔清平樂〕之“誰似先生高舉，一行白鷺青天”，皆其高致溢出於不覺者中也。義已詳《説》中，兹不贅。問：既曰高致，則作品所表現，亦嘗有關於作者之心行乎？曰：此固然已。而吾又將嗚呼論之？且此寧須論也？且吾前此拈心畫、心聲時固已稍稍及之矣，故於此亦不復論。若高致之顯於作品之中也，則必有藉乎文字之形、音、義與神乎三者之機用。是以古之合作，作者之心、力既常深入乎文字之微，而神致復能超出乎言辭之表，而其高致自出。不者，雖有，不能表而出之也。而世之人欲徒以意勝，又或欲以粉飾熏澤勝，瘉已。吾如是説，其或可以釋王漁洋之所謂神韵，王靜安之所謂境界乎？雖然，吾信筆乘興，姑如是云云耳。吾年來於是之自悟、自肯也，亦已久矣。即與兩家所標舉之神韵與境界無一毫髪合焉，吾之自肯如故也。即舉世而不見肯，吾之自肯仍如故也。吾之為此詞説也，豈有冀於世之必吾肯也？二三子既有問，吾適有所欲言，聊於此一發之云爾。吾説而無當也，則等於大野之風吹，宇宙空虛，亦何所不容。其當也，又豈須吾説之耶。上智必能自合之；次焉者，研讀創作，日將月就，必能自得之。若是者又奚吾説之為耶？下焉者，雖吾説，其有稍濟耶？且四十九年，三百餘會，一部大藏經，亦何嘗非説？而其終也，世尊拈花，以不説説，迦葉微笑，以不聞聞。二三子雖求知心切，欲得頓悟，來相叩擊，希冀觸磕，吾亦已不能無言，而果能言之耶？言所以達意，而果能達耶？即達矣，二三子之所會，果為吾意耶？嗟夫，初祖西來，教外別傳，直指本心。而六祖目不識丁，且謂諸佛妙理，非關文字，顧尚有《壇經》。馬祖出而曰即心即佛，繼而曰非心非佛；雖其言之簡，固亦不能無言也。弟子大梅謂其惑亂人未有了日，宜哉。後來子孫，拈槌竪拂，滾球弄獅，極之而棒，而喝，而打地，而一指，苦矣，苦矣。吾嘗推其意，蓋皆知其不能言而又不能不有所表現以示來學，所謂不得已也。出家大事，如此糾紛，亦固其所。若夫詞説，有何重輕。謂之説《稼軒長短句》可，謂之非祇説《稼軒長短句》亦可。謂之爲人可，即謂之自爲亦可。謂之意專在説可，即謂之意不在説，尤大無不可。漆園老叟，千古達人，而曰呼我爲牛者應之，呼我爲馬者應之。莊子果牛與馬耶，即不呼不應，莊子之爲牛馬自若也。果非牛與馬耶，人呼之即應之，莊子之爲莊子自若也。嗟嗟，釋迦有言：萬法唯心。中哲亦言：貪夫殉財，烈士殉名。吾輩俱是凡夫，生於斯世，心固不能不有所繫維。苟有以繫維吾心，而且得以自樂焉，斯可矣。呼牛與馬可應之，而名之與財，又奚以區而別之也耶？至是而吾之自序，亦將畢矣。自吾初著手爲此序，未意其冗長如是。而終於如是冗長者，欲稍稍綜合《説》中之言，一。欲稍稍補足《説》中之義，二。欲稍稍恢宏《説》中之旨，三也。雖然，冗長至如是，而所謂綜合、補足與恢宏也者。吾自讀此序一過，仍覺有欲言而未能言與夫言之而未能盡者，則亦不能不止於是矣。《稼軒長短句》自在天壤之間，讀之者而好之者，會之者，大有人在，將不待吾之選之、説之、序之也。至於文則一如道。道無不在，而文亦若中原之有菽。學文之士自得之者，亦大有人在，更不需吾之説也。法演禪師謂陳提刑曰："提刑少年曾讀小艷詩否？有兩句頗相近：'頻呼小玉元無事，祇要檀郎認得聲。'"吾姑鈔此，以結吾序。

卷　上

一　賀新郎

賦琵琶

鳳尾龍香撥。自開元、霓裳曲罷，幾番風月？最苦潯陽江

頭客，畫舸亭亭待發。記出塞、黃雲堆雪。馬上離愁三萬里，
望昭陽宮殿孤鴻没。弦解語，恨難説。　　遼陽驛使音塵絶。
瑣窗寒、輕攏慢撚，淚珠盈睫。推手含情還却手，一抹涼州哀
徹。千古事、雲飛烟滅。賀老定場無消息，想沉香亭北繁華
歇。彈到此，爲嗚咽。

讀辛老子詞，且不可徒看他橫撞直衝，野戰八方。即如此詞，
看他將上下千古與琵琶有關的公案，顛來倒去，説又重説。難道
是幾個典故在他胸中作怪？須知他自有個道理在。原夫咏物之作，
最怕爲題所縛，死於句下；必須有一番手段使它活起來。獅子滾
繡球，那球滿地一個團團轉，獅子方好使出通身解數。然而又要
能發能收，能擒能縱，方不致不可收拾。稼軒此作，用了許多故
實，恰如獅子滾繡球相似，上下，前後，左右，獅不離球，球不離
獅，獅子全副精神，注在球子身上。球子通個命脉，却在獅子脚
下。古今詞人一到用典咏物，有多少人不是弄泥團漢。龍跳虎卧，
鳳翥鸞翔，幾個及得稼軒這老漢來？雖然如是，尚且不是辛老子
最後一著。如何是這老子最後一著？試看換頭以下曲曲折折，寫
到“輕攏慢撚”，“推手”“却手”，已是回腸蕩氣；及至“一抹涼
州哀徹”，真是四弦一聲如裂帛，又如高漸離易水擊筑，字字俱作
變徵之聲。若是別人，從開端至此，費盡氣力，好容易挣得一片家
緣，不知要如何愛惜維護，兢兢業業，惟恐失去。然而稼軒却緊釘
一句：“千古事雲飛烟滅。”這自然不是“曲終人不見，江上數峰
青”。但是七寶樓臺，一拳粉碎，此是何等手段，何等胸襟。真使
讀者如分開八片頂陽骨，傾下一瓢冰雪水。又如虬髯客見太原公
子，值得“心死”兩字也。要會稼軒最後一著麼？祇這便是。然
而若認爲是武松景陽岡上打虎的末後一拳，老虎便即氣絶身死，
動彈不得，却又不可。何以故？武行者雖是一片神威，千斤臂力，
却祇能打得活虎死去，不會救得死虎活來。辛老子則既有殺人刀，
亦有活人劍，所以不但活虎可以打死，亦且死虎可以救活。不信

麼？不信，試看他"賀老定場無消息，想沉香亭北繁華歇"十五個字，一口氣便呵得死虎活轉來了也。

二 念奴嬌

重九席上

龍山何處？記當年高會，重陽佳節。誰與老兵供一笑？落帽參軍華髮。莫倚忘懷，西風也解，點檢尊前客。凄涼今古，眼中三兩飛蝶。　　須信采菊東籬，高情千載，祗有陶彭澤。愛説琴中如得趣，弦上何勞聲切？試把空杯，翁還肯道：何必杯中物？臨風一笑，請翁同醉今夕。

稼軒性情、見解、手段，皆過人一等。苦水如此説，并非要高抬稼軒聲價，乃是要指出稼軒悲哀與痛苦底根苗。凡過人之人，不獨無人可以共事，而且無人可以共語。以此心頭寂寞愈藴愈深，即成爲悲哀與痛苦。發爲篇章，或涉憤慨。千萬不要認作名士行徑、才子習氣。彼世之所謂名士才子者，皆是綉花枕，麒麟楦，裝腔作勢，自抬身分，大言不慚，陸士衡所謂"詞浮漂而不歸者"也。即如明遠、太白，有時亦未能免此，況其下焉者乎。稼軒即不然，實實有此性情、見解與手段，實實感此寂寞，且又實實抱此痛苦與悲哀，實實怪不得他也。

此詞起得不見有甚好，爲是是重九席上，所以又祗好如此起。迤邐寫來，到得"誰與老兵供一笑，落帽參軍華髮"兩句，便已透得些子消息。老兵者誰？昔之桓温，今之稼軒也。桓温當年面前尚有一個孟嘉，可供一笑。稼軒此時眼中却并一個孟嘉也無。往者古，來者今，上是天，下是地，當此秋高氣爽，草木摇落之際，登高獨立，眇眇餘懷，何以爲情？所以又有"莫倚忘懷，西風也解，點檢尊前客"三句，是嘲是罵，是哭是笑，兼而有之。却又嫌他忒殺鋒鋩逼人，所以今日被苦水一眼覷破，一口道出。直劍"凄涼今古，眼中三兩飛蝶"，寫得如此其感喟，而又如彼其含蓄；

納芥子於須彌，而又納須彌於芥子。直使苦水通身是眼，也覷不破，遍體排牙，也道不出。英雄心事，詩人手眼，悲天潤人，動心忍性，而出之以蘊藉清淡，若向此等處會得，始不辜負這老漢；若一味向鹵莽滅裂處求之，便到驢年也不會也。

稼軒手段既高，心腸又熱，一力擔當，故多煩惱。英雄本色，爭怪得他？陶公是聖賢中人，擔荷時則掮起便行，放下時則懸崖撒手。稼軒大段及不得。試看他〔滿江紅〕詞句，"天遠難窮休久望，樓高欲下還重倚"，提不起，放不下，如何及得陶公自在。這及不得處，稼軒甚有自知之明，所以對陶公时時致其高山景行之意。一部長短句，提到陶公處甚多。祇看他〔水調歌頭〕詞中有云："我愧淵明久矣，猶借此翁湔洗，素壁寫《歸來》。"真是滿心欽佩，非復尋常讚嘆。古今詩人，提起彭澤，那個又不是極口讚嘆，何止老辛一人？然而他人效陶、和陶，扭捏做作，祇緣人品學問，不能相及，用盡伎倆，祇成學步，捉襟見肘，百無是處。稼軒作詞，語語皆自胸臆流出。深知自家與陶公境界不同，祇管讚嘆，并不效顰。所以苦水不但肯他贊陶，更肯他不效陶；尤其肯他雖不效陶，卻又瞭解陶公心事。此不止是人各有志，正是各有能與不能，不必綴腳跟、拾牙慧耳。祇如此詞後片，忽然借了重九一個題目，一把抓住彭澤老子，大開頑笑，不但句句天趣，而且語語尖刻。即起陶公於九原，恐亦將無以自解。且道老辛是肯淵明，不肯淵明？若道不肯，明明説是高情千古。若道肯，卻又請他試把空杯。不見道：祇因愛之極，不覺遂以愛之者謔之。又道是："故將別語惱佳人，要看梨花枝上雨。"苦水如此説，甚是不敬，祇爲老辛頑皮，所以致使苦水輕薄。下次定是不敢了也。

三　沁園春

靈山齊庵賦，時築偃湖未成

疊嶂西馳，萬馬回旋，衆山欲東。正驚湍直下，跳珠倒濺，小橋橫截，缺月初弓。老合投閒，天教多事，檢校長身十萬松。吾廬小，在龍蛇影外，風雨聲中。　　爭先見面重重。看爽氣朝來三數峰。似謝家子弟，衣冠磊落，相如庭戶，車騎雍容。我覺其間，雄深雅健，如對文章太史公。新堤路，問偃湖何日，煙水蒙蒙。

　　讀辛詞，一味於豪放求之，固不是；若看作沉著痛快，似矣，仍未是也。要須看他飛針走綫，一絲不苟，始為得耳。即如此詞，一開端便即氣象崢嶸，局勢開拓，細按下去，何嘗有一筆軼出法度之外？工穩謹嚴處，便與清真有異曲同工之妙。笑他分豪放、婉約為兩途者之多事也。

　　閑話且置。即如此詞，如何是辛老子一絲不走處，一毫不曾軼出法外處？看他先從山説起，次及泉，及橋，及松樹，然後纔是吾廬，自遠而近，秩秩然，井井然。換頭以下，又是從廬中望出去底山容山態。然後説到將來的偃湖。脚下幾曾亂却一步。雖然苦水如是説，仍不見得不曾辜負稼軒這老漢。何以故？步驟雖然的的如此，却不是稼軒獨擅，即亦不能以此為稼軒絕調。一切作家，誰個筆下又不是有頭有尾，有次第，有間架？誰個又許亂説來？他人如是，稼軒亦如是。丈夫自有沖天志，不向如來行處行。且道如何又是稼軒所獨擅的絕調。自來作家寫山，皆是寫它淡遠幽静，再則寫它突兀峻厲。稼軒此詞，開端便以萬馬喻群山，而且是此萬馬也者，西馳東旋，跼足鬱怒。氣勢固已不凡，更喜作者羈勒在手，故作驅使如意。真乃倒流三峽，力挽萬牛手段。不必説是超絕千古，要且祇此一家。但如果認為稼軒要作一篇翻案文字，打動天下看官眼目，則大錯，大錯。他胸中原自有此鬱勃底境界，所以群山到眼，隨手寫出，自然如是，實不曾有心要與古人爭勝於一字一句之間，又何曾有心要與古人立異？天下看官眼目，又幾曾到他心上耶？雖然，是即是，終嫌他太粗生。稼軒似亦意識及此，所以接説珠濺、月弓，是即是，却又嫌他太細生。待到交代過十萬松後，換頭以下，便寫出“磊落”“雍容”“雄深雅健”，有見解，有修養，有胸襟，有學問，真乃擲地有聲。後來學者，上焉者硬語盤空，祇成乖戾；下焉者使酒罵座，一味叫囂。相去豈止千里萬里，簡直天地懸隔。而且此處說是寫山固得，說是這老漢夫子自道，又何嘗不得。寫到此處，苦水幾番想要擱筆，未寫者不想再寫，已寫者也思燒去。饒我筆下生花，舌底翻瀾，葛藤到海枯石爛，天窮地盡，數十頁《稼軒詞說》，何曾搔著半點癢處？總不如辛老子自作自贊，所供并皆詣實。讀者若於此會去，苦水詞說，盡可以不寫，亦盡不妨寫。若也不然，則此詞說定是燒去始得。

四　滿江紅

稼軒居士花下與鄭使君惜別醉賦，侍者飛卿奉命書

莫折荼蘼，且留取、一分春色。還記得、青梅如豆，共伊同摘。少日對花渾醉夢，而今醒眼看風月。恨牡丹、笑我倚東風，頭如雪。　　榆莢陣，菖蒲葉。時節換，繁華歇。算怎禁風雨，怎禁鶗鴂。老冉冉兮花共柳，是栖栖者蜂和蝶。也不因、春去有閑愁，因離別。

花下傷離，醉中得句，侍兒代書，此是何等情致。待到一口氣將九十許字讀罷，有多少人嫌他忒煞質直。杜少陵詩曰：“黃四娘家花滿蹊，千朵萬朵壓枝低。”楊誠齋詩却說：“霜幹皴裂臂來大，祇著寒花三兩個。”若祇許他蜀中黃四娘家千朵萬朵，不許他紹興府學門前寒花霜幹得麼？換頭自“榆莢陣”直至“怎禁鶗鴂”，雖非金聲玉振，要是斬釘截鐵，一步一個腳印，正是辛老子尋常茶飯，隨緣生活。及至“老冉冉兮花共柳，是栖栖者蜂和蝶”，多少人贊他前用《離騷》，後用《論語》，真乃運斤成風手段。苦水却不如是說。若謂冉冉出屈子，栖栖出聖經，所以好，試問花共柳、蜂和蝶，又有何出處？上面恁麼冠冕堂皇，底下恁麼質俚草率，豈非上身紗帽圓領，腳下却著得一雙草鞋？須看他“老冉冉兮花共柳”是怎的般風姿？“是栖栖者蜂和蝶”是怎的般情緒？要在者

裏，體會出一個韵字來，方曉得稼軒何以不求與古人異，而自與古人不同；何以雖與古人不同，却仍然與古人神合。隔岸觀火之徒動是説："如教坊雷大使之舞，雖極天下之工，要非本色。"苦水却笑他如何不説，雖非本色，要極天下之工乎？且夫所謂本色者何也？山定是青，水定是綠，天定是高，地定是卑，若是之謂本色歟？大家如此説，我不如此説，便非本色。苟非真切體會，縱如此説了，又何異瞎子所云之"諸公所笑，定然不差"？假如真切體會了，便不如此説，亦何嘗不是本色？且稼軒如此寫，豈非正是稼軒本色乎？若謂祇是太粗生，則何不思：無性情之謂粗，没道理之謂粗，稼軒此詞，至情至理，粗在甚麽處？你道塗粉抹脂，便是細麽？揭起那一層塗抹，十足一個黄臉婆子，面皰雀斑，青痣黑疤，累積重叠，細在甚麽處？

五　水龍吟

登建康賞心亭

　　楚天千里清秋，水隨天去秋無際。遙岑遠目，獻愁供恨，玉簪螺髻。落日樓頭，斷鴻聲裏，江南游子。把吴鈎看了，闌干拍遍，無人會，登臨意。　　休説鱸魚堪膾。盡西風、季鷹歸未？求田問舍，怕應羞見，劉郎才氣。可惜流年，憂愁風雨，樹猶如此。倩何人喚取，紅巾翠袖，搵英雄泪？

　　千古騷人志士，定是登高遠望不得。登了望了，總不免泄漏消息，光芒四射。不見阮嗣宗口不臧否人物，一登廣武原，便説："時無英雄，遂使竪子成名。"陳伯玉不樂居職，壯年乞歸，亦像煞恬退。一登幽州臺，便寫出"念天地之悠悠，獨愴然而涕下"。況此眼界極高、心腸極熱之山東老兵乎哉？

　　此〔水龍吟〕一章，各家詞選録稼軒詞者，都不曾漏去。讀者太半喜他"落日樓頭"以下七個短句，二十七個字，一氣轉折，沉鬱頓挫，長人意氣。但試問此"登臨意"究是何意？此意又從何而來？倘若於此含糊下去，則此七句二十七字便成無根之木、無源之水，與彼大言欺世之流，又有何區別？何不向開端兩句會去？此正與阮嗣宗登廣武原、陳伯玉登幽州臺一樣氣概、一樣心胸也。而且"千里清秋""水隨天去"，浩浩落落，蒼蒼茫茫，一時小我，混合自然，卻又抵拄枝梧，格格不入，莫衹作開闊心胸看去。李義山詩曰："花明柳暗繞天愁，上盡層樓更上樓。欲問孤鴻向何處？不知身世自悠悠。"與稼軒此詞，雖然花開兩朵，正是水出一源。此處參透，下面"意"字自然會得。好笑學語之流，操觚握筆，動即曰無人知，沒人曉，衹是你自己胸中沒分曉。試問有甚底可知可曉？即使有人知得曉得了，又有甚麼要緊？偏偏要説無人知，沒人曉，真乃痴人説夢也。

前片中"遙岑"三句，大是敗闕。後片中用張翰事，用劉先主事，用桓溫語，意衹是説，欲歸又歸不得，不歸亦是空度流年。但總不能渾融無迹。到結尾"紅巾翠袖，搵英雄泪"，更是忒煞作態。若説責備賢者，苦水詞説并非《春秋》，若説小德出入，正好放過。

六　八聲甘州

夜讀《李廣傳》不能寐，因念晁楚老楊民瞻約同居山間，戲用李廣事賦以寄之

故將軍飲罷夜歸來，長亭解雕鞍。恨灞陵醉尉，匆匆未識，桃李無言。射虎山橫一騎，裂石響驚弦。落魄封侯事，歲晚田園。　　誰向桑麻杜曲？要短衣匹馬，移住南山。看風流慷慨，談笑過殘年。漢開邊、功名萬里，甚當時、健者也曾閒？紗窗外、斜風細雨，一陣輕寒。

《白雨齋詞話》曰："稼軒詞中之龍也。"因忽憶及小説一則：一龍墮入塘中，極力騰踔，數尺輒墜，泥塗滿身，蠅集鱗甲。凡三日。忽風雨晦冥，霹靂一聲，龍便掣空而去云云。苦水讀辛詞，雖不完全肯《白雨齋詞話》，但於此〔八聲甘州〕一章，卻不能不聯想到小説中所寫之墮龍。看他開端二語，夭矯而來，真與一條活龍相似。但逐句讀去，便覺此龍漸漸墮落下去。“匆匆”者何也？或是草草之意耶？“匆匆未識”，以詞論之，殊未見佳。“桃李無言”，雖出《史記·李廣傳》後之“太史公曰”，用之此處，不獨隔，亦近湊。“落魄”兩句便是因地一聲墮入泥中。《傳》中明説，李廣不言家產事，“田園”二字，作何著落？換頭云“誰向桑麻杜曲”，是又不事田園也。“短衣匹馬”出杜詩，是説看李將軍射虎，非説李將軍射虎也。“匹馬”字與前片“雕鞍”字、“一騎”字重復，是龍在塘中，泥塗滿身，蠅集鱗甲時也。“風流慷慨，談笑過殘年”，縱然極力騰踔，仍是不數尺而墜。直至“漢開邊”十五個字，方是風雨晦冥，霹靂一聲，掣空而去。龍終究是龍，不是泥鰍耳。至“紗窗外，斜風細雨，一陣輕寒”，則是滿天雲霧，神龍見首不見尾矣。昔者奉先深禪師與明和尚同行腳，到淮河，見人牽網，有魚從網透出。師曰：“明兄，俊哉！一似個衲僧。”明曰：“雖然如此，爭如當初不撞入羅網好？”師曰：“明兄，你欠悟在。”苦水今日，斷章取義，采此一節，説此一詞，得麼？雖然，似即似，是則非是。

七　漢宮春

立　春

春已歸來，看美人頭上，裊裊春幡。無端風雨，未肯收盡餘寒。年時燕子，料今宵、夢到西園。渾未辨，黃柑薦酒，更傳青韭堆盤。　　却笑東風從此，便熏梅染柳，更沒些閑。閑時又來鏡裏，轉換朱顏。清愁不斷，問何人、會解連環。生怕見，花開花落，朝來塞雁先還。

苦水二十年前讀此詞時，於換頭“却笑”直至“連環”六句，悟得健字訣。今日不妨葛藤一番，舉似天下看官。看他三十六個字，曲曲折折寫來，逐句換意，不叫囂，不散漫，生處有熟，熟中見生。説他勁氣內斂，潛氣內轉，庶幾當之無愧。尤妙在説"不斷"，説"連環"，此三十六個字，便真有不斷與連環之妙。若祇見他聲東擊西，指南打北，而不見他謹嚴綿密，豈非既負古人，又誤自己。苦水於此處有個悟入，決不敢説從此一切珍寶皆歸吾有。然而亦頗有一番小小受用。不過今日若遇有人來共苦水商略此詞，苦水却要舉他前片開端二句。若論"春已歸來"，實實不見有甚奇特。但"美人頭上，裊裊春幡"八字上，加之以"看"，却何等風韵，何等情致。夫美人頭上，金步搖，玉搔頭，尚矣。又若簪花貼翠，亦其常也。今日何日？忽然於金玉花翠之外，裊裊然而見此春幡焉。春歸來乎？誠哉其歸來也。況且雖曰立春，而餘寒尚烈，花未見其開也，柳未見其青也，又何從得見春之歸來乎？今不先不後，近在眼前，突然於美人頭上，見此春幡之裊裊然，則一任餘寒之尚烈，花之未開，柳之未青，而春固已歸來矣。亦何須乎寒之轉暖，而梅之熏與柳之染也耶？近代人論文動曰經濟，即此便是經濟。動曰象徵，即此便是象徵。動曰立體描寫，即此便是立體描寫。古人曰"狀難寫之景，如在目前，含不盡之意，見於言外"，亦復即此便是。《四庫書目提要》説辛老子詞"於剪紅刻翠之外，別立一宗"。別立一宗且置，即此豈非剪翠刻紅底真本領？一般人又道辛詞非本色，即此又豈不是稼軒底惟大英雄能本色也？葛藤半日，祇説得"美人頭上，裊裊春幡"，尚漏去"看"字未説。要會這個"看"字麼？但看去即得。

周止庵説："稼軒由北開南；夢窗由南追北。"開南不見得，要且屹然於南北之外。但"年時燕子"十一字，却是南宋詞人氣味，思致既深，遂成爲隔。集中此等處時時而有。要一一舉來，即是起哄，且休去。

八　祝英臺近

晚春

寶釵分，桃葉渡，烟柳暗南浦。怕上層樓，十日九風雨。

斷腸片片飛紅，都無人管，更誰勸、啼鶯聲住。　　鬢邊覷。
試把花卜歸期，纔簪又重數。羅帳燈昏，哽咽夢中語。是他春
帶愁來，春歸何處，却不解、帶將愁去。

　　有人於此詞，特舉他結尾三句，説是出自趙德莊〔鵲橋仙〕，
而趙又體之李漢老咏楊花之〔洞仙歌〕云云。又解之曰："大抵後
輩作詞，無非前人已道底句，特善能轉換耳。"苦水謂此論他人詞
或者也得，然非所論於稼軒。因爲這老漢處處要獨出手眼，別開
蹊徑也。偶而不檢，落在古人窠臼裏，却是他二時粥飯，雜用心
處。學人如何得在此等處認取他？苦水廿年前讀此詞，於前片取
"怕上層樓"九字，於後片亦取此結尾三句。近日看來，俱不見有
甚好。一首〔祝英臺近〕，祇説得没奈何三個字。説起没奈何來，
自韋端己、馮正中，多少詞人跳這個圈子不出。稼軒這位山東老
兵拈筆填詞，表現手段，有時原也推倒智勇。但一腔心緒，有時也
便與古人一鼻孔出氣，也還是没奈何三字。不過前片"怕上"九
字，後片結尾三句，没奈何尚是是物而非心；尚是貧無立錐，不是
連錐也無。既是怕上，不上即得；春既不曾帶得愁去，也祇索由
他。所以者何？權非己操，即責不必自負也。今日看來，倒是
"試把花卜歸期，纔簪又重數"十一個字，是心非物，是連錐也
無，真是没奈何到苦瓠連根苦。夫花本所以簪之也，詞却曰"纔
簪又重數"，則其簪之前，固已曾數過矣，已曾卜過歸期矣。若使
數過卜過而後簪，如今又復摘下重數，則其於花意固不專在於簪
也。意不在於簪，故數過方簪，簪過重數。則其重簪之後，誰能必
其不三數三簪，四數四簪，且至於若干簪若干數，若干數若干簪
耶？内心如此拈掇不下，如此擺布不開，較之風與雨，春與愁，其
没奈何固宜有深淺之別矣。六祖曰："非風動，非幡動，仁者心
動。"其斯之謂歟？
　　此章與前〔漢宮春〕章，有人説俱是諷刺時事。苦水謂如此
説亦得。但苦水却絶不是如此説。所以者何？譬如傷別之人，見月

缺而長籲，睹花落而下泪，其心傷原不專在月之圓缺、花之開落，但機緣觸磕，學者又不可放過花月，一味捉住傷別，去打死蛇。否則是祇參死句，不參活句也。杜少陵即使真個"每飯不忘君"，也須是情真見實，方纔寫得好詩。若情不真，見不實，祇按定"每飯不忘君"五字作去，便是村夫子依高頭講章作應舉制義，揞黑豆和尚傍文字說禪伎倆。詩法未夢見在。

九　江神子

和陳仁和韵

寶釵飛鳳鬢鸞鸞。望重歡，水雲寬。腸斷新來，翠被粉香殘。待得來時春盡也，梅結子，笋成竿。　　　湘筠簾捲泪痕斑。珮聲閑，玉垂環。個裏温柔，容我老其間。却笑平生三羽箭，何日去，定天山。

此章是稼軒和韵之作。看他集中此調前一章也是這幾個韵脚，明明注出"和陳仁和韵"，便可證知。步綫行針，左右逢源，直似原唱，技術之高，固已絕倫，而性情之真，尤見本色。祇如"待得來時"十三個字，又是值得讀者身死氣絕底句子也。夫所思者而不來，真乃無地可容，此生何爲。若所思者而既來，則不祇是啞子掘得黄金，而且天下掉下活龍，固宜一切圓滿，無不如意矣。稼軒却曰"春盡也，梅結子，笋成竿"焉。是則一錯既鑄，百身莫贖，直合天地，可世界，成一個沒量大底沒奈何也，如何而使讀者不身爲之死、氣爲之絕乎哉？不過不免又有人說是性情語，非學問語。若有人真個以此爲問，苦水則答之曰：所謂學問者何也？學問如有別解，則吾不敢知。若是會物我，了生死，明心性之謂，則稼軒此等處雖非學問語，却正是德山棒，臨濟喝手段。會底自然於喝下、棒下大澈大悟去在。若於棒下、喝下死去，雖未得向上關捩子，尚不失爲識痛癢。若既不能死，又不肯活，痛癢亦復不知，正是所謂佛出也救不得，一個山東大兵，又好中底用？若謂苦水於此，是爲老辛辯護，即又不然。苦水原不曾説這個便是學問語。但是，千古詩人，説到學問，怕祇有彭澤老子一位。李太白、杜少陵，饒他兩個"寤寐思服"，有時也逐是"求之不得"。争怪得稼軒一人？況且稼軒一説到陶公，便一力頂禮讚美，頂禮得自然是心悦誠服，讚美得也是歸根究底，莫祇道他没學問好。

後片大意是説住在温柔鄉中，便没日去定天山。苦水却不肯他。温柔鄉住得住不得，干他定天山何事？若是定得天山底人，住得温柔鄉，也不礙去定。如其不然，縱然不住温柔鄉，天山依舊定不得。但如此説了，老辛還是不服輸。要使他服輸，不如説他文采不彰。且道如何是彰底文采？開端"寶釵飛鳳鬢鬌鸞"是。亦且莫看他鳳釵鸞鬌，"飛"字、"驚"字是句中眼。要識取稼軒句法、字法，且不得放過。

一〇 破陣子

爲陳同甫賦壯詞以寄之

醉裏挑燈看劍，夢回吹角連營。八百里分麾下炙，五十弦翻塞外聲。沙場秋點兵。　　馬作的盧飛快，弓如霹靂弦驚。了却君王天下事，贏得生前身後名。可憐白髮生！

右一章各家詞選太半收録。苦水選時，幾番想要割愛，終於保留。比來説詞，又幾番要剔出，此刻仍然未能放過。有人讀此詞，嫌他直率，有人却又愛他豪放。是非未判，愛恨分明。苦水於此詞，既是一手抬，一手搦，於上二説亦是半肯半不肯。看他自開首"醉裏"一句起，一路大刀闊斧，直至後片"贏得"一句止，稼軒以前作家，幾見有此。若以傳統底詞法繩之，似乎不謂之率不可得也。苦水則謂一首詞前後片共是十句，前九句真如海上蜃樓突起，若者爲城郭，若者爲樓閣，若者爲塔寺，爲廬屋，使見者目不暇給，待到"可憐白髮生"，又如大風陡起，巨浪掀天，向之所謂城郭、樓閣、塔寺、廬屋也者，遂俱歸幻滅，無影無踪，此又是何等腕力，謂之爲率，又不可也。復次，稼軒自題曰"壯詞"，而詞中亦是金戈鐵馬，大戟長槍，像煞是豪放。但結尾一句，却曰"可憐白髮生"。夫此白髮生，是在事之了却、名之贏得之前乎？抑在其後乎？苦水至今尚不能明瞭老辛意旨所在。如在其前，則所謂金戈鐵馬大戟長槍也者，僅是貧子夢中所掘得之黃金，既醒之後，四壁仍然空空，其凄凉悵惘更不可堪。如在其後，則雖是二十年太平宰相，勛業爛然，但看看鐘鳴漏盡，大限將臨，回憶前塵，都成虛幻。饒他踢天弄井本領，無奈他臘月三十日到來，於此施展手脚不得，此又是千古人生悲劇，其哀苦愁凄，亦當不得。謂之豪放，亦是皮相之論也。夫如是，則白髮之生於事之了却、名之贏得之前之後，暫可勿論。總而言之，統而言之，稼軒這老漢作此詞時，其八識田中總有一段悲哀種子在那裏作祟，亦復忒煞可憐人也。其實又豈止此一首？一部《稼軒長短句》，無論是説看花飲酒，或臨水登山；無論是慷慨悲歌，或委婉細膩，也總是籠罩於此悲哀的陰影之中。此理甚明，倘無此種子在八識田中作祟，亦無復此一部《長短句》也。不須苦水饒舌，讀者自會去好。

抑更有進者，陶公號稱千古隱逸詩人之宗，苦水却極肯朱晦翁所下豪放二字批評。又有一好友告我：昔時或逢愁來，不得開交，取陶詩讀之，心便寧静。如今愁時讀了，愈發擺布不下。此語於我心有戚戚焉。此理亦甚明，如果淵明老子祗是一味恬適安閑，亦便不須再寫詩也。同例，世人於老辛之爲人，動是説他英雄，於其爲詞，動是説他粗豪，已是知人知面不知心，又有人説他填詞是散仙入聖。世之人要且祗會他散仙，不會他入聖。如何是入聖底根苗？不得放過，細會去好。倘若會不得，畫蛇添足，恰好有個譬喻。玄奘法師在西天時，見一東土扇子而生病。又有一僧聞之，讚嘆道："好一個多情底和尚。"病得好，讚嘆得亦是。假如不能爲此一扇而病，亦便不能爲一藏經發願上西天也。周止庵曰："稼軒固是才大，然情至處，後人萬不能及。"又曰："稼軒斂雄心，抗高調，變温婉，成悲凉。"苦水曰：如是，如是。

秦檜之有言："作官如讀書,速則易終而少味。"此語甚妙。如引而申之,不獨似惜福之語,且亦大似見道之言也。張宗子爲其弟燕客作傳,亦引檜之此言,且病燕客以欲速一念,受魯莽滅裂之報,趣味削然,不堪咀嚼。而結之曰："孰意吾弟之智,乃出秦檜下哉?"宗子是妙人,固應又有此妙語。這也不在話下。苦水則謂秦檜之此語,不獨是做官與讀書之名言,如改速爲好盡,亦可以之論文。要説辛老子爲人,才情學識,原自曠代難逢。其填詞亦盡有不朽之作。他原是諡忠敏底人,似乎不好與繆醜公并論。但其填詞底技術,有時大不如檜之做官底體會。所以老辛有時亦如宗子令弟之趣味削然,不堪咀嚼。於此將不免爲繆醜公所竊笑也。大概作文固當應有盡有,亦須應無盡無。稼軒之於詞,大段不及晚唐之温、韋,北宋之晏、歐,或者是他衹作到應有盡有,而不曾理會得應無盡無之故,亦未可知。好好一部《稼軒長短句》,好好一位辛幼安,今日被苦水拉來,説東話西,且與檜之相比,冤枉殺,冤枉殺。聖人有云："不得中道而與之,必也狂狷乎。"静安先生不亦曰稼軒"詞中之狂"乎。學人莫錯會苦水意好。況且苦水如今寫此詞説,尚作不到應有盡有,有甚嘴臉説他辛老子作不到應無盡無。

上卷説畢。續説下卷。

卷　下

一　感皇恩

讀《莊子》,聞朱晦庵即世

案上數編書,非《莊》即《老》。會説忘言始知道。萬言千句,不自能忘,堪笑。今朝梅雨霽,青天好。　　一壑一丘,輕衫短帽。白髮多時故人少。子雲何在?應有《玄經》遺草。江河流日夜,何時了。

　　曩與家六吉論詩，六吉主無意，當時余頗不然之。比來覺得無意兩字，實有至理。蓋詩一有意，非窄即淺，爲意有竟故。王靜安先生論詞，首拈境界，甚爲具眼。神韵失之玄，性靈失之疏，境界云者，兼包神韵與性靈，且又引而申之，充乎其類者也。樊志厚爲《人間詞乙稿》作序，則又專標意境，且離意與境爲二義。其言曰："古今人詞之以意勝者，莫若歐陽公。以境勝者，莫若秦少游。至意、境兩渾，則惟太白、後主、正中數人足以當之。"其評靜安先生詞曰："意、境兩忘，物、我一體。"是樊之所謂意境者可知也。六吉之無意，其即兩忘與一體之謂乎？必能如是，乃始合乎靜安先生所謂之有境界耳。老辛之詞，決不傍人門戶，變古則有之，學古則不肯。（集中雖亦有效"花間"，效易安之作，祇是興到之筆，却并非其致力所在。）令人真覺有"不恨古人吾不見，恨古人不見吾狂"之概，全仗一意字。但有時率直生硬，爲世詬病，亦還是被此意字所累。才富情真，一觸即發，盡吐爲快，其流弊必至於此。如以此攻擊稼軒，則何不思求全責備，古今能有幾個完人？況且觀過知仁，也正不必爲老辛回護。苦水寫此詞說，有時偶爾乘興，捉他敗闕，其本意却在洗出廬山真面，與世人共鑒賞之也。

　　此〔感皇恩〕一章，題曰《讀〈莊子〉聞朱晦庵即世》，明明是個截搭題。若就文論文，此二事原本不必纏夾。譬如良朋高會，看花飲酒，其間不妨更衣便旋，如寫之於文，紀之以詩，便祇有看花飲酒，而無更衣便旋也。今也稼軒却故故將兩件并不調和之事，扭在一起，則其有意可知。則其有意要作非復尋常追悼傷感底文字，亦復可知。再看他開端五句，一把抓住莊子（老子是賓，莊子是主，看題可知。），輕輕開一玩笑，遂使這位大師，幾乎從寶座上倒頭撞下，也祇是一個意字底作用。難道稼軒是不肯莊子？決不然，決不然。須知正是極肯他處。試看"今朝梅雨霽，青天好"，真正達到得意忘言境界，真正抉出蒙叟神髓，難道不是極肯他？而且辛老子於此收起平日虎帳談兵聲口。忽然揮起麈尾，善談名理，令人想起韓蕲王當年騎驢湖上，尋僧山寺風度，果然大英雄非常人也。又有進者，吾人平時，一總是眼罩魚鱗，心生亂草，遂而捏目生花，扭直作曲。即不然者，亦是許多知解情見，興妖作怪。今也稼軒於"不自能忘"之下，輕輕將葛藤樁子放倒，放出"今朝梅雨霽，青天好"八個字。古德有言："此是選佛場，心空及第歸。"即此二語豈非即是心空？古德又言："與桶底脱相似。"即此二語豈非即是桶底脱？僅僅説他意、境兩忘，物、我一如，已是屈他，若再作恬適安閑會去，屈枉殺這老漢了也。待到過片，"一壑一丘，輕衫短帽"，徐徐而來；"白髮多時故人少"，漸漸提起；"子雲何在，應有《玄經》遺草"，輕輕落題；"江河流日夜，何時了"，微微嘆息。辛老子於此，真做到想多情少地步。吾人難道還好説他有性情，没學問？若説雖有《玄經》遺草，而無補於江河日下，是稼軒對道學先生之微詞，若説稼軒此時既痛道學之無補，同時又悲自身功業之無成，所以一則曰"故人少"，再則曰"江河流"。苦水曰：也得，也得。要如此會，但不可僅如此會。若説此詞好雖是好，衹是有欠沉痛在。苦水曰：不然，不然。不見當年鄧隱峰到潙山后，見潙山來，即做卧勢。潙歸方丈，師乃發去。少間，潙山問侍者："師叔在否？"曰："已去。"潙曰："去時有甚麽語？"曰："無語。"潙曰："莫道無語，其聲如雷。"苦水於此，曾下一轉語曰：何必如雷？總之，不是無語。如今要會取稼軒此詞沉痛處麽？向這一段公案細參去好。

二　青玉案

元　夕

東風夜放花千樹。更吹落、星如雨。寶馬雕車香滿路。鳳簫聲動，玉壺光轉，一夜魚龍舞。　　蛾兒雪柳黄金縷。笑語盈盈暗香去。衆裏尋他千百度。驀然回首，那人却在，燈火闌珊處。

静安先生《人間詞話》曰："古今之成大事業、大學問者，必經過三種之境界。'昨夜西風凋碧樹。獨上高樓，望盡天涯路。'此第一境也。'衣帶漸寬終不悔，爲伊消得人憔悴。'此第二境也。'衆裏尋他千百度。回頭驀見，那人正在，燈火闌珊處。'此第三境也。"此三種境界，若依衲僧參禪功夫論之，則一是發心，二是行脚，三是頓悟。苦水如此説，且道是會不會？是具眼不具眼？若道不會、不具眼，苦水過在什麼處？請會底與具眼底人別下一轉語。假若苦水是會，是具眼，縱然得到靜安先生印可，與上舉三段詞，又有甚交涉？靜安亦曾理會到此，所以又道："遽以此意解釋諸詞，恐爲晏、歐諸公所不許也。"如今苦水亦祇好就詞論詞，另起一番葛藤。一首〔青玉案〕，題目注明是《元夕》，寫烟火，寫鰲山，寫游人，寫歌舞，寫月光，寫鬧蛾兒與雪柳，若是別一個如此寫，苦水便直截以熱鬧許之。但以稼軒之才情、之功力論之，苦水却嫌他熱鬧不起來。莫道老辛於此江郎才盡好。須知他當此之際，有不能熱鬧起來底根芽在。要會這根芽，祇看他結尾四句便知。夫曰"衆裏尋他千百度"，則其此夕之出，祇爲此事，祇爲此人，彼烟火、鰲山、游人、歌舞、月光、鬧蛾兒與雪柳也者，於其眼中心中也何有？此人而在，此事而成，烟火等等，有也得，無也得。此事而不成，此人而不在，烟火等等，祇見其刺目傷心而已。熱鬧云乎哉？烟火等等，今也亦姑置之，而那人固已明明在燈火闌珊處矣，又將若之何而可？稼軒平時，傾心吐膽與讀者相見，此處却戛然而止，留與讀者自家會去。吾輩且不可辜負他。夫那人而在燈火闌珊處，是固不入寶馬雕車之隊，不逐盈盈笑語之群，爲復是鬧中取静？爲復是別有懷抱？爲復是孤芳自賞？要之，不同乎流俗，高出乎儕輩，可斷斷言。此亦姑置之。若夫"驀然回首"，眼光霍地一亮，而於燈火闌珊之處而見那人焉，此時此際，爲復是欣慰？爲復是酸辛？爲復是此心跛跳，幾欲衝口而出？不是，不是，再還他一個不是。讀者細細體會去好。莫怪苦水不説。倘若體會不出，蒼天，蒼天！倘若體會得出，不得呵呵大笑，不得點點泪抛，祇許於甘苦悲歡之外，釀成心頭一點，有同聖胎，須得好好將養，方不辜負辛老子詩眼文心。東坡謂柳儀曹《南澗》詩，“憂中有樂，樂中有憂”，千古絶調。試移此評以評此詞，并持柳詩與此詞相較，依然似是而非，嫌他忒煞孤寂，有如住山結茅。杜少陵詩曰“摘花不插鬢，采柏動盈掬。天寒翠袖薄，日暮倚修竹”，似之矣，嫌他忒煞客觀。韓翰林詩曰“輕寒著背雨淒淒，九陌無塵未有泥。還是平時舊滋味，漫垂鞭袖過街西”，似之矣，嫌他忒煞寒酸。有一比丘尼得道之後，作得一偈曰“鎮日尋春不見春，芒鞋踏遍嶺頭雲。歸來笑撚梅花嗅，春在枝頭已十分”，最近之矣，嫌他忒煞沾沾自喜。雖然，縱使苦水寫得手酸腕痛，說得舌敝唇焦，要不是末後一句，倘遇好事者流問：末後一句如何說，如何寫？苦水將不惜口孽，分明說似，諦聽，諦聽“衆裏尋他千百度，驀然回首，那人却在，燈火闌珊處”。

結尾尚有不能已於言者，畫蛇仍要添足。其一，静安先生雖說是第三境，且不可做第三境會。此與大學問、大事業無干。其二，苦水爲行文便利，用此語録體裁，且不可作禪會，此與禪宗没交涉。其三，此是文心中一種最高境界，千古秘密，偶被稼軒捉來，於筆下露出些子端倪，釘住虛空，截斷衆流。苦水詞說祇是戲論，堪中底用。學人且自家會去。

三　臨江仙

手撚黃花無意緒，等閑行盡回廊。捲簾芳桂散餘香。枯荷難睡鴨，疏雨暗池塘。　　憶得舊時携手處，如今水遠山長。羅巾浥淚別殘妝。舊歡新夢裏，閑處却思量。

一首〔臨江仙〕六十個字，而前片“手撚”，後片“携手”，復“手”字；前片“等閑”，後片“閑處”，復“閑”字；後片“舊時”“舊歡”，復“舊”字；“携手處”“閑處”，復“處”字。稼軒才大如海，其爲長調，推波助瀾，搞山趕日，不曾有竭蹶之象，何獨至此小令，遂無騰挪？豈能挾山超海而不能折枝乎？此正是辛老子豁達處，細謹不拘，大行無虧也。

　　"枯荷難睡鴨，疏雨暗池塘"，純是晚唐人詩法。出句寫得顥顥，對句寫得淒涼，"難"字"暗"字，俱是靜中一段寂寞心情底體驗。學辛者一死向粗處疏處印定去，合將去，何不向這細處密處，一著眼一用心耶？然而苦水如是說，祇是借此十字因病下藥，一部《稼軒長短句》，要且不可祇在一聯兩聯佳句上會去。老辛豈是與人爭勝於一字一句底作家？所以苦水平時又說：與其會佳句，不如會警句。佳句祇是表現情景一點小小文字技術，若於此陷溺下去，饒你練到宜僚弄丸，郢人運斤手段，也還是小家子氣。若夫警句，則含有靜安先生所謂意境者在。警句二字，亦是假名，又不可認定警字，一味向險處怪處會去。即如此〔臨江仙〕一章，與其取此"枯荷"一聯，何如細參開端"手撚黄花無意緒，等閑行盡回廊"兩句？"無意緒"之上而冠之以"手撚黄花"，"回廊"之上而冠之以"等閑行盡"，不獨儼然是葩經"愛而不見，搔首踟躕"氣象，而且孤獨寂寞之下，綿密蘊藉之中，又儼然是靈均思美人、哀眾芳底心事。如但震於"枯荷"一聯之烹煉，而忽視開端二語之淡雅，殊未見其可。

四　鷓鴣天

鵝湖歸病起作

　　枕簞溪堂冷欲秋。斷雲依水晚來收。紅蓮相倚渾如醉，白鳥無言定自愁。　　書咄咄，且休休。一丘一壑也風流。不知筋力衰多少，但覺新來懶上樓。

　　曹公詩曰："老驥伏櫪，志在千里；烈士暮年，壯心不已。"真是名句，必如是，乃可謂之爲慷慨悲歌耳。然而雖曰"志在千里"，無奈仍是"伏櫪"。雖曰"壯心不已"，其奈已到"暮年"。千古英雄，成敗尚在其次。惟有冉冉老至，便是廉頗能飯，馬援據鞍，一總是可憐可悲。倒是稼軒此〔鷓鴣天〕一章，有些像一個老實頭，既本分，又本色，遂令人覺得"志在千里""壯心不已"
之爲多事也。且道如何是稼軒老實頭處？《老學庵筆記》記上官道
人之言曰："爲國家致太平與長生不死，皆非常人所能。然且當守
國使不亂，以待奇才之出；衛生使不夭，以須異人之至。不亂不
夭，皆不待異術。惟謹而已。"苦水理會得甚的叫作治天下與長
生？今日且權假此一則話頭來談文，且與天下學人共做個商量。
大凡爲文要有高致，而且此所謂高致，乃自胸襟見解中流出，不
假做作，不尚粉飾，亦且無絲毫勉强，有如伯夷柳下惠風度始得。
不然，便又是世之才子名士行徑，盡是隨風飄泊底游魂，依草附
木底精靈，其於高致乎何有？但奇才異人，間世而一出，吾人學文
固須識好醜，尤不可不知慚愧。是以發願雖切，著眼雖高，而步武
却決不可亂，則謹是已，所謂老實頭也。耳之所聞，目之所見，心
之所感，雖一草一木，一花一葉，一毫端，一微塵，發而爲文，苟
其誠也，自有其不可磨滅者在，又何必定要鞭笞鸞鳳，呼吸風雷，
始爲驚世駭俗底神通乎？依此努力，堆土爲山，積水成河，久而久
之，自有脱胎換骨白日飛升之日。否亦不失爲束身自好之君子。
如其不然，躁急者趨於叫囂，庸弱者流於膚淺；自命爲才情，自號
爲風雅，其俗更不可耐，則不肯守國使不亂，衛生使不夭之害也。
尚何有乎治天下與長生不死也耶？葛藤半日，畢竟於此小詞何處
見得稼軒之謹、之老實？夫稼軒之人爲英雄，志在用世，盡人而
知。今也謝事歸來，老病侵尋，其爲此詞，微有嘆惋，無大感慨，
已自難能。且也不學仙，不學佛。是以既不覓長生不死之藥，亦不
求解脱生死底禪，祇將老年情味，釀作一杯清酒，結成一個橄欖，
細細品嚼，吞咽下去。亦常人，非仙佛故；亦英雄，能擔荷故。總
之，老實到家而已。所以開頭二語，盡去渣滓，大露清光。"紅
蓮"一聯，更爲婉妙。夫"紅蓮相倚"之"如醉"固已；至若
"白鳥"之"無言"，何以知其是愁，且又加之以"定"耶？然而
説"定"便決是定也。換頭以下三句，不見得好，承上啓下，祇
得如此。待到結尾兩句，却實在好。但細按之，此有何好？亦祇是

不謊不詐，據實報銷，又是道道地地老實頭也。況蕙風曰："'不知'二句入詞佳，入詩便稍覺未合，詞與詩體格不同處，其消息即此可參。"苦水曰：如此沒要緊語，說他則甚？假使真個向者裏參去，即使會了，又有甚干涉？倒是《白雨齋詞話》說他"信筆寫去，格調自蒼勁，意味自深厚，不必劍拔弩張，洞穿已過七札"，有些兒道著也。

五　鵲橋仙

己酉山行書所見

> 松岡避暑。茅簷避雨，閑去閑來幾度。醉扶怪石看飛泉，又却是、前回醒處。　　東家娶婦。西家歸女，燈火門前笑語。釀成千頃稻花香，夜夜費、一天風露。

周止庵曰："蘇辛并稱，蘇之自在處，辛偶能到；辛之當行處，蘇必不能到。"知言哉，知言哉。稼軒性情、思致、才力，俱過人一等，故其發之於詞也，或透穿七札，或光芒四照，而渾融圓潤，或隔一塵，故宜其多當行而少自在。即如此〔鵲橋仙〕一章，豈非可謂爲作之自在者，然而細按下去，便覺得仍是當行有餘，自在不足。夫"松岡""茅簷"，"避暑""避雨"，舊時數曾"閑去閑來"，豈非自在？然而"醉扶怪石看飛泉"，祇緣"怪"字"飛"字，芒角炯炯，遂使"扶"字"看"字，亦不免著迹露象。至"又却是、前回醒處"，草草看去，亦祇是尋常回憶，但"又却是"三個極平常字，使人讀之，又覺得有如少陵所謂"萬牛回首丘山重"。如此小景，如此瑣事，如此寫去，獅子搏象用全力，搏兔亦用全力，如是，如是。至於過片"東家娶婦，西家歸女"，本是山村中極熱鬧場面，"燈火門前笑語"，短短一句，輕輕托出，而情景宛然，豈非自在？但"釀成千頃稻花香，夜夜費、一天風露"兩句，雖極力藏鋒，譬之顔平原書小字《麻姑仙壇記》，渾厚之中，依然露出作大字時握拳透爪意度。所以稼軒此處用"釀

成"、用"費"、用"千頃"、用"一天"，仍是當行而非自在。要
其功力情致，能以自舉其堅，世之人遂有祇以自在目之者耳。若
以恬適視之，則去之益遠。所以者何？稼軒這老漢有時雖能利用
閑，却一生不會閑。但如要説他不會，不如説他不肯會。這老漢如
何肯在無事甲裏坐地乎？苦水平時讀山谷詩，最不喜他"看人獲
稻午風凉"一句。覺得者位大詩人不獨如世所謂嚴酷少恩，而且
幾乎全無心肝。獲稻一事，頭上日曬，脚下泥浸，何等辛苦？"午
風凉"三字，如何下得？可見他是看人，假使親手獲稻，還肯如
此寫、如此説麽？苦水時時疑著天下之所謂恬適者，皆此之類。試
看陶公"種豆南山下"一章詩，是怎底一個意態胸襟？便知苦水
説山谷全無心肝之并非深文周内也。閑話休提，如今且説稼軒此
二語所以并非恬適，不是自在底原故。夫"娶婦""歸女"，"燈
火""笑語"，像煞一個太平景象矣。然而要"千頃稻花香"，也須
是費他夜夜"一天風露"始得。不見六一《豐樂亭記》道："幸生
無事之時也。"若是常人，幸生便了，稼軒則非常人也，自然胸中
別有一番經綸，教他從何處自在起？從何處閑起？從何處恬適起？
然則辛詞祇作到個當行即得，不自在也罷。

六　鵲橋仙

贈鷺鷥

溪邊白鷺，来吾告汝：溪裏魚兒堪數。主人憐汝汝憐魚，
要物我、欣然一處。　　　白沙遠浦，青泥別渚，剩有蝦跳鰍
舞。聽君飛去飽時來，看頭上、風吹一縷。

詞中有所謂俳體者，頗爲學人詬病。苦水却不然。竊以爲俳
體除尖酸刻薄、科諢打趣及無理取鬧者外，皆真正獨抒性靈之作
也。以其人情味獨重故。詞之初興，作者本無以正統文學自居之
觀念，且亦無取詩而代之之野心。俳體雖不爲士大夫所尚，而亦
不爲士大夫所鄙弃，間有所作，其高者真有當於溫柔敦厚之旨。

如祇以清新活潑目之，尚是皮相之論也。自白石、夢窗而後，一力趨於清真雅正，吾亦不識其所謂清真雅正，果到如何程度？要之學力日深，天機日淺，而吾之所謂俳體者，乃遂窒息以死於士大夫之筆下矣。是真令人不勝其惋惜之至者也。即如稼軒此詞，忽然對著鷺鷥大開談判，大發議論，豈不即是俳體？然而何其温柔敦厚也。是蓋不獨爲俳體詞之正宗，即謂爲一切詞皆應如此作，一切詩文皆應如此作，即做人亦應如此做，亦何不可之有？開端二語，莫單單認作近代修辭學中之擬人格，情真意摯，此正是静安先生所謂之"與花鳥共憂樂"，而亦即稼軒詞中所謂之"山鳥山花好弟兄"也。"溪裏魚兒堪數"，寫得可憐，便有向白鷺告饒之意。至"主人憐汝汝憐魚，要物我欣然一處"，辛老子胸襟見解，一齊傾倒而出，不須苦水饒舌。然白鷺生性，以魚爲養，如今靳其食魚，豈非絕其生路？主人憐魚，固已。若使鷺也憐魚，則憐鷺之謂何也？是以過片又聽其飛去沙浦泥渚，盡飽蝦鰍，且囑其飽食重來，何以故？憐之也。此等俳體，是何等學問，民胞物與，較之談風月，説仁義，是同是别？不此之會，而徒以游戲視之，錯下一轉語，五百世墮野狐身，更不須説，吃棒有分。或有人問：審如辛言，爲主人，爲鷺，爲魚計已三得。奈蝦鰍何？不見當年世尊在室羅筏城祇園精舍，爲大衆演説戒殺，亦令比丘食五净肉。且曰："爲婆羅門地多蒸濕，加以沙石，草萊不生。我以大悲神力所加，因大慈悲，假名爲肉，汝得其味。"如今辛老告彼白鷺，聽飽蝦鰍，亦同此義。然如此説，是出世法。如依世法，則彼蝦鰍，祇堪鷺食。譬如蒔花，必芟惡草，佳花始茂。倘若憐草，如何憐花？倘若憐花，無須憐草。鷺飽蝦鰍，其義猶是。頗有人問：葛藤至是，有剩義無？苦水應曰：今我所説，至是爲止，皆是剩義，非第一義。如何方是其第一義？俟於下節，續起葛藤。

夫苦水之説此詞也，先從論俳詞入手，此自是論俳詞，何干於稼軒之此詞？繼之又論稼軒之見解，有如説教，何干於稼軒之此詞？若此詞之所以爲詞，其第一義，其畫龍點睛處，則結尾之

"聽君飛去飽時來，看頭上風吹一縷" 是已。昔支道林愛馬，或病道人畜馬不韻。支曰："道人愛其神駿。" 妙哉此言，必如是乃可以超凡入聖，可以解脱生死，可以升天成佛。世之學佛學道者動曰：我心如槁木死灰。信斯言也，則槁木死灰之悟道成佛也久矣。有是理也哉？明乎此，則白鷺頭上之一縷風吹，雖非神駿，然一何俊耶？明乎此，則主人憐汝之憐爲非阿私也。明乎此，則作文須有高致者，又豈特思過半而已哉？吾之所謂第一義者，於是乎在。蓋必有是，乃可成爲詞，無前此之 "物我欣然"，無害也。苟其無是，則不成其爲詞，雖有前此之 "物我欣然"，乾巴巴地説道談理，不幾於學佛學道者之心如槁木死灰乎哉？以是而曰：民之吾胞，物之吾與。其孰能信之？於是苦水説此詞第一義竟。

憶苦水幼時曾聞先君子舉一首打油詩，亦是咏鷺鷥者，曰："好個鷺鷥兒，毛羽甚皎潔。青天無片雲，飛下一團雪。" 試以此無名氏之打油詩，較諸辛稼軒之〔鵲橋仙〕詞，學人將無不笑苦水爲刻畫無鹽，唐突西子。然而請勿笑也。往古來今所有咏物詩，不類如此打油詩之刻舟求劍，以至於木雕泥塑者幾何哉！

七　西江月

夜行黃沙道中

　　明月別枝驚鵲，清風半夜鳴蟬。稻花香裏説豐年，聽取蛙聲一片。　　七八個星天外，兩三點雨山前。舊時茅店社林邊，路轉溪橋忽見。

作詩詞而説明月，濫矣。明月驚鵲，用曹公 "月明星稀，烏鵲南飛" 句，亦是盡人皆知之事，不見有甚奇特。但曰 "明月別枝驚鵲"，則簇簇新底稼軒詞法也。作詩詞而曰清風，濫矣。清風鳴蟬，則王輞川詩固已云 "倚杖柴門外，臨風聽暮蟬" 矣，亦不見有甚生色。但曰 "清風半夜鳴蟬"，則簇簇新底稼軒詞法也。而此尚非稼軒之絶致也。至 "稻花香裏説豐年，聽取蛙聲一片"，則苦水雖曰古今詞人惟有稼軒能道，亦不爲過。鼻之於香也，耳之於聲也，那個詩人筆下不寫？今也稼軒則曰“稻花香”，曰“蛙聲”。稻花亦花，而與詩詞中常見之花異矣。至於蛙聲，則固已有人當作一部鼓吹，或曰“青草池塘處處蛙”矣。而皆非所論於稼軒也。所以者何？彼數少，此數多；彼聲寡，此聲衆故。即曰不爾，而彼雖曰一部，曰處處，其意旨固在於清幽寂静。今也稼軒於漫漫無際静夜之下，漠漠無垠稻田之中，而曰“聽取蛙聲一片”，其意旨則在於熱鬧喧囂，而不在於清幽寂静也。若是則此所謂蛙聲與他人所謂蛙聲也者，又異已。夫稼軒於此，其意果祇在於寫陣陣稻花香之撲鼻，陣陣鳴蛙聲之聒耳乎哉？果祇如是，不礙詞之爲佳詞；果祇如是，則稼軒之所以爲稼軒者何在？稼軒之詞，固以意勝。以意勝，則不能無所謂。此稻花香中蛙聲一片，固與〔鵲橋仙〕中之“千頃稻花”“一天風露”同其旨趣。然彼曰“釀成”，此曰“豐年”。彼爲因，爲辛苦；此爲果，爲享受。“稻花香裹説豐年，聽取蛙聲一片”，真乃鼓腹謳歌，且忘帝力於可有，千秋之盛事，而衆生之大樂也。而稼軒之所以爲稼軒者乃於是乎在。尚何須説“別枝驚鵲”“半夜鳴蟬”之簇簇新，與夫稻花、鳴蛙之於鼻根、耳根，異乎其他詩人詞人所染之香塵、聲塵也耶？復次，過片“七八個星天外，兩三點雨山前”一聯，粗枝大葉，別具風流。元遺山《論詩絶句》，盛稱退之《山石》句之有異於女郎詩。持以較此，覺韓吏部雖然硬語盤空，而飾容作態，尚遜其本色與自然。此種意境，此種句法，入之小詞，一似太古遺民，深山老農，布襖氈笠，索帶芒屩，闖入措大堂上、歌舞場中，舉止生硬，格格不入，而真摯之氣，古樸之容，有使若輩不敢哂笑者在。又如閉關老僧，千峰結茅，破衲遮身，嘴與瓶鉢，一齊挂壁，使口裹水瀧瀧地談心説性之堂頭大和尚見之，亦似蚊子上鐵牛，全無下嘴處。如謂此非詞家正宗，何不一讀杜少陵之七言絶句？如謂工部七絶亦不見怎的，亦非詩家正宗，則苦水亦祇有自恨雖不能如雲門老漢一棒將世尊打煞與狗子吃，也將老杜活埋却了，圖得個天下太平也。如今莫惹閑氣，且説此詞末尾之"舊時茅店社林邊，路轉溪橋忽見"。學人且不可説辛老子至此理屈詞窮，貂不足，將狗尾續也。試思旅途深夜，人困馬乏，突然溪橋路轉，林邊店在，則今宵之茶香飯飽，洗脚上床，便有著落，此是何等樂事？蓋一首小詞，五十個字，無不是寫一樂字。這老漢先天下憂，後天下樂，詞中寫没奈何處，比比皆是。若夫樂則固未有樂於是篇者矣。或曰：苦水何以便知稼軒今夜定歇此店？情知有此問。不見"茅店"二字之上，明明冠以"舊時"乎？浮屠尚不三宿桑下，况乎辛老性情過重，感覺極敏，夜行之際，而見此舊時之茅店焉，則眷念往日於此曾有一碗粗茶、三杯淡酒之因緣，今夕縱不宿此，中心亦安能恝然而已乎？

八　清平樂

書王德由主簿扇

溪回沙淺。紅杏都開遍。鷗鷺不知春水暖。猶傍垂楊春岸。　　片帆千里輕船。行人想見欹眠。誰似先生高舉，一行白鷺青天。

漁洋論詩，力主神韵。静安先生獨標境界，且以爲較神韵爲探其本。苦水則謂境界可以包神韵，而神韵者，不過境界之一種，但不可曰境界即神韵，譬之馬爲畜，而畜非馬也。苦水於古大家之詩，不喜漁洋。二十年來，并漁洋所主之神韵，遂亦唾弃之。近年始覺漁洋之詩，誠不足以言神韵，而漁洋對神韵之認識，亦衹在半途，故不獨其身後無多沾漑，即其生前，門下亦寂若寒灰。然論中國詩，神韵一名，終爲可取而不可廢。蓋神者何？不滅是。韵者何？無盡是。中國之詩，實實有此境界，如淵明之"采菊東籬下，悠然見南山"，韋蘇州之"落葉滿空山，何處尋行迹"，孟襄陽之"微雲淡河漢，疏雨滴梧桐"，謂之玄妙，謂之神秘，謂之禪寂，舉不如神韵二字之得體。此説甚長，且俟他日有機緣時，另細詳之，今姑捨是。

　　苦水平日爲學人説詞，常謂詞富於情致，而乏於神韵。神韵長，情致短。是以每論詞未嘗不引以爲憾。今得辛老子此小令一章，吾憾或可以稍釋乎？題中注明是書王主簿扇，恐是席上匆匆送王罷官歸去之作。前片寫景，皆泛語、淺語，然過片"片帆千里輕船，行人想見欹眠"，情致已自可念；至"誰似先生高舉，一行白鷺青天"，高情遠致，不屬不佻，脱俗塵，透世網，説高舉便真是高舉。笑他山谷老人"江南春水碧於天，中有白鷗閑似我"之未免拖泥帶水行也。夫"一行白鷺"之用杜詩，其孰不知之？但若以氣象論，那一首七言四句排萬古而吞六合，須還他少陵老子始得。若説化板爲活，者位山東老兵，雖不能謂爲點鐵成金，要是胸具錘爐，當仁不讓。"一行白鷺青天"，删去"上"字，莫道是削足適履好。著一"上"字，多少著迹吃力。今删一"上"字，便覺萬里青天，有此一行白鷺，不支拄，不牴牾，渾然而靈，寂然而動，是一非一，是二非二。莫更尋行數墨，説他詞中上句"高舉"兩字，便替却"上"字也。蓋辛詞中情致之高妙，無加於此詞者。如是而詞中之情致，可以敵詩中之神韵，而苦水之夙憾，亦可以稍釋矣。

　　記得十五年前，苦水尚在行脚，同參有純兄者，爲説默師當年上堂，曾拈此二語示弟子輩。可惜苦水爾時未得列席，未審老師如何舉揚。今姑臆説如上，留待異日求師印可。

九　南歌子

山中夜坐

　　世事從頭減，秋懷徹底清。夜深猶送枕邊聲。試問清溪，底事未能平。　　月到愁邊白，鷄先遠處鳴。是中無有利和名。因甚山前，未曉有人行。

　　者老漢真是可笑。如此小詞，也要復"底"字、復"事"字、

復"清"字、復"邊"字、復"未"字、復"有"字。更可笑是
苦水廿餘年讀稼軒此詞,一見便即成誦,直到如今,時時掂掇,還
是此刻手寫一過,纔覺察出。若説苦水於辛老子是相賞於牝牡驪
黄之外,苦水不免慚惶。若説辛老子膽大心粗,更是罪過。何以
故?大體還他肌膚好,不擦紅粉也風流。

　　苦水平日披讀詩文,輒復致疑:如是云云者,果生於其心,而
絶非抄襲與模擬耶?果爲由衷之言,而無少粉飾與誇張耶?讀
《三百篇》《離騷》《古詩十九首》與《陶淵明集》,無此疑矣。最
後則讀稼軒之長短句亦然。苦水非謂辛詞即等於《三百篇》《離
騷》《十九首》與《陶集》也。要之,無疑則同然耳。即如此詞,
稼軒曰"世事從頭減",苦水即謂其"從頭減"。曰"秋懷徹底
清",苦水即信其"徹底清"。此不幾於武斷盲從乎哉?曰:不然,
苟稼軒而非"世事從頭減,秋懷徹底清"也,則過片"月到愁邊
白,鷄先遠處鳴",何爲其然而奔赴於辛老子之筆下耶?世之人填
胸滿腹,萬斛俗塵,妄念狂想,前滅後生,即置身於玉闕蟾宫,亦
不覺月之爲白。今稼軒則曰"月到愁邊白"。此所謂愁,豈棼如亂
絲之苦心焦慮哉?静極生愁,静之極也。曹子桓曰:"樂往哀來,
愴然傷懷。"所謂哀,亦即所謂愁,豈李陵所云"晨坐聽之不覺泪
下"之哀哉?魯迅先生曰:"静到聽出静底聲音來。"當此之際,
"世事從頭減"之詩人,未有不愁者也。於是乃益感於白月之白
也。六一詞曰:"寂寞起來搴綉幌,月明正在梨花上。"寂寞者何?
愁也。月上梨花者何?白也。若夫"鷄先遠處鳴"者,抑又何也?
老杜詩曰:"遮莫鄰鷄下五更。"曰鄰,則近也。世之人而有耳,
而不聾,而五更頭不盹睡如死漢者,固莫不聞近處之鷄鳴矣,至
於遠處鷄聲之先鳴,則固非"世事從頭減,秋懷徹底清"之大詩
人不能聞之也。且山中静夜,獨坐無眠,而遠處鷄聲,忽首先破空
穿月而至,已復沉寂於灝氣清露之中,一何其杳冥也?一何其寥
廓也?而且愈益增加世事之減、秋懷之清也。夫如是,將不獨苦水
無疑於辛老子之"世事從頭減,秋懷徹底清",蓋舉天下之人,殆

無一而不信之者也。

至於前片之後二語，與後片之後二語，不知何以稼軒於事減、懷清之際，乃忍於出此。是殆舉"世事"十字"月到"十字所締造之境界、釀成之空氣，盡摧拉之而無餘也。雖然，稼軒之所以爲稼軒，亦可於此消息之。觀過知仁，苦水前已數言之矣。

一〇　生查子

題京口郡治塵表亭

悠悠萬世功，矻矻當年苦。魚自入深淵，人自居平土。
紅日又西沉，白浪長東去。不是望金山，我自思量禹。

悠悠之功，矻矻之苦。何也？魚之入淵，人之居陸。是已。蓋水之行地中，民之不昏墊者，於茲三千有餘歲矣。翳何人，何人，何人？則禹是已。稼軒有用世之才之心，故登京口郡治之塵表亭，見西沉紅日之冉冉，東去掃浪之滔滔，遂不禁發思古之幽情，嘆禹乎？自傷也。

具眼學人，且道一首小詞，苦水如此拈舉，爲是會不會？爲是辜負不辜負這作者？不須學人肯苦水，苦水早已先自肯了也。所以者何？詞意自明，稍一沉吟，便已分曉，自無錯會。雖然錯即不錯，雖然辜負即不辜負，而苦水拈舉此首之旨，却不在乎此。苟審如吾前此之所言，此詞固又以意勝，即使力透紙背，不幾於有韵之散文乎？詞之所以爲詞者安在？苟審如吾前此之所言，則前片四句與後片結尾二句之間，楔入"紅日又西沉，白浪長東去"十個大字，又奚爲也？如曰：登高望遠，對此茫茫，百感交集，而舉頭又見依依之落日，滾滾之江濤，吊古悲今，益覺無以爲懷，有此二語，便覺阮嗣宗之登廣武原尚遜其雄渾，陳伯玉之登幽州臺尚遜其悍鷙也。如是說，最爲近之。然則腳跟仍未點地在。具眼學人又何不於"又"字"長"字會去？"又"者何？一日一回也。"長"者何？不捨晝夜也。傳神阿堵，頰上三毫，尚不足以喻之。

稼軒真詞家大手筆也。夫必如是説，此詞乃可成爲詞，而不同乎有韵之散文。然而稼軒作詞，雖句有句法，字有字法，而者老漢又豈與人較量於字法、句法者哉。然則是又不可如此會也。自會去好。苦水説不得。

於是苦水説稼軒詞竟。

無庵説詞

詹安泰◎著

　　詹安泰（1902～1967），字祝南，號無庵，又曾署無想庵。廣東省饒平縣。曾任教於韓山師範學院、中山大學等。著有《宋詞研究》《李璟李煜詞校注》《花外集箋注》等。《無庵説詞》，原載於中山大學文學院院刊《文學》1947年7月第1期，本書即據此收録。張璋《歷代詞話續編》、《詹安泰全集》（上海古籍出版社，2011）均收録此詞話。

《無庵説詞》目録

無庵説詞

一　令詞重情意

令詞最重情意。情深意厚，即平淡語亦能沉至動人。否則鏤金錯采無當也。

二　寫令詞不可立意取巧

寫令詞不可立意取巧。一經取巧，即陷尖纖，必無深長之情味。尤西堂、李笠翁輩即犯取巧之病，驟看煞有意致，按之情味索然。好逞小慧，終身無悟入處也。

三　令詞非鋪叙之具

令詞非鋪叙之具。寫令詞不可立意鋪叙，須立意精煉；精煉而覺晦昧時，則當力求其自然。精煉而能出之以自然，則進乎技矣。古來令詞之精煉無過飛卿者，試讀飛卿詞，有不自然之句不？溫詞最麗密，人驚其麗密，遂目為晦昧，失之遠矣！

四　寫景言情

寫景言情，分之為二，合之則一。善言情者，但寫景而情在其中；善寫景者亦然，景中無情，感人必淺，其能摇蕩心魂者，即景亦情也。溫飛卿之“江上柳如烟，雁飛殘月天”，孫孟文之“片帆天際閃孤光”，馮正中之“細雨濕流光”，何嘗不是景語，而情味濃至，使人低回不盡。作令詞固當會此，讀令詞亦當會此。唐五代人小詞之不可及多在此等處，不獨寫情之拙重而已。

五　重拙大

以重、拙、大言，南唐二主及馮正中詞實過《花間》。常州詞人主重、拙、大而高抬飛卿，殆不可解。飛卿詞措語下筆，重則有之，大猶可强爲傅合，將安得拙耶？而此三義中似尤以拙爲首著，蓋惟拙爲能得重且大。能重且大者未必能拙。

六　輕清微妙之境界

重、拙、大爲作詞三要，固也；然輕清微妙之境界亦不易到，因此等境界，不容不用意，又不容大著力也。馮正中"風乍起"詞，深得此中三昧。宋詞家惟韓子耕、范石湖時有此境；淮海〔浣溪沙〕"漠漠輕寒"首，亦能寫此境界，然頗著奇語，便覺矜持。

七　讀花間集

讀《花間集》，學飛卿或失之難；學端己或失之易；惟學孫孟文可無所失。

八　拙重之筆

如有巧妙之意境，則貴出之以拙重之筆，庶不陷於尖纖。巧妙而不尖纖，爲孟文所特擅，但或出之以奇橫，不盡拙重耳。

九　令詞忌纖巧

奇橫非險巧之謂也，令詞最忌纖巧而不妨奇橫，如張子野之"昨日亂山昏，來時衣上雲"，奇橫極矣，然是何等氣象，其得謂之險巧耶！

十〇　孫孟文

《花間》詞派，孫孟文是一大家，與温、韋可鼎足而立，《花間集》録孫作特多，不爲無故。宋人張子野、賀方回均由孫出，張得其意，賀得其筆，故賀猶遜張一籌。

一一　周止庵論詞

周止庵以李後主詞爲亂頭粗服，以比飛卿之嚴妝與端己之淡妝，論奇而確，飛卿多比興；端己間用賦體；至後主則直抒心靈，不暇外假矣。

一二　李煜與馮延巳詞之差異

南唐後主與馮正中詞亦自有別：正中雖不乏寄意深遠之作，選聲設色，猶不盡脱《花間》習氣，如後主之氣象雄偉力大聲宏者，殆不可得。此則性情襟袍，遠不相及，非關學養也。

一三　李煜與馮延巳詞之高下

正中詞可學，故爲宋初諸家所祖。若後主之"林花謝了春紅，太匆匆。無奈朝來寒雨晚來風。　　胭脂泪，相留醉，幾時重？自是人生長恨水長東"。哀艷而復雄奇，悲憤而復仁愛，曲折深至而復痛快淋漓，兼包羅長，無美不備，直是天地間第一等文字，詎可學而能耶！即此可判李、馮之高下。

一四　周止庵論詞尊飛卿

以亂頭粗服比後主詞，周止庵可謂善於取譬。余謂惟"亂頭粗服亦不失其爲國色"者乃係天下之至美。若温之"嚴妝"，韋之"淡妝"，終輸一著，以其猶有"妝"在也。周氏特尊飛卿，竟不悟此！

一五　范希文詞

范希文詞，雖所傳不多，殆足以壓倒一世，論氣象，論情境，幾可踵美南唐；所不及者，著意奇創，不免矜持耳。

一六 歐晏詞

歐、晏并稱，歐詞清深，晏詞和美，小晏運以巧思，尤多麗句，故較易學。

一七 張子野詞

張子野詞，能斂能橫，善挑善刷，有含蘊深厚者，亦有力破餘地者，創意甚多，讀之可增詞識。

一八 張子野木蘭花

"人生無物比多情，江水不深山不重"，子野〔木蘭花〕句子，覺古今形容多情之句，無出其右者，人徒賞其"三影"及"桃杏嫁東風"等句，可謂"貌相"。

一九 柳耆卿詞句法

柳耆卿詞，寓曲折於平直，氣機最爲流暢，可藥破碎，可救艱澀。

二〇 耆卿叙句樸拙

耆卿叙句樸拙處，爲美成所祖。特耆卿轉筆輕圓，美成則多潛轉；耆卿意脉拈連，美成則多起落；耆卿一瀉無餘，美成如往而復；輕重厚薄，固自有不同耳。

二一 耆卿詞長於鋪叙

耆卿詞最長鋪叙，隨意抒寫，無微不至，以其精樂律，善創調，一無拘束，得以舒捲自如也。然而取材不精，故時不免俗濫。

二二 賀東山詞

賀東山詞，古艷絕倫，而筆力精健，氣韵亦高，讀之久久，可以滌除俗穢，引動雄懷。王觀堂《人間詞話》謂：“北宋名詞，以方回爲最次。”未爲公論。

二三　東山天香詞

東山〔天香〕詞，騰空實氣，凌屬無前，刷羽彩鸞，有時自賞，當爲壓卷之作。

二四　東山詞幽咽俊快

幽咽俊快，兼有二長，東山合作，直如參軍樂府，讀之神王。

二五　東坡樂府

東坡樂府，氣體高妙，前無古，後無今，於詞境爲最高，最不易學。蓋既不雕鐫句調，又不用拙重之筆，天趣流行，大氣包舉，學之者不失之庸，即失之肆，恰如分際，恰到好處，正不易言也。

二六　坡詞北行

坡詞北行，金源作手蔡伯堅、吳彥高、元裕之等均多摹擬之作，足爲坡公羽翼。求之於宋，反不可得。

二七　東坡詞

詞至東坡，境界最大，取材最廣，可以發抒懷抱，可以議論古今，其作用不亞於詩文，蓋至是而詞體乃尊矣。

二八　東坡水調歌頭

東坡〔水調歌頭〕上闋“我欲乘風歸去，又恐瓊樓玉宇，高處不勝寒”，“去”“宇”協韵，下闋“人有悲歡離合，月有陰晴圓缺，此事古難全”，“合”“缺”協韵，似係偶合，非有意爲此；集中他作，亦無於此處用韵者。顧坡派詞家，每依此首用韵，如蔡伯堅《明秀集》中〔水調歌頭〕八首無一例外，顯係有意仿此。

作始者無心，而步趨者固執，積之已久，遂成定律，天下事類此者衆，此特其一端耳。

二九 宋後學坡詞者

宋以後學坡詞者大率走稼軒一路，稼軒固不能與東坡例視也。武進張皋文不以學蘇自命，所作〔水調歌頭〕乃真神似東坡，用知此事自有解悟，非可點滴以求也。

三〇 讀東坡詞

東坡天人姿，胸襟、學養種種，均非凡夫所能學步。但亦不能因噎廢食。讀東坡詞多，不惟可以擴胸襟，開眼界，於慢詞驅遣馳驟之法，亦大有裨益。

三一 淮海詞

淮海詞，不懾不怒，不茹不吐，其音和，其氣静，其神穆，而深入淺出，情味濃至，讀之令人低徊不盡。周止庵謂其遜清真之辣；又病其少用重筆，殆非真知淮海。不辣不重，正其所以爲淮海也。

三二 淮海詞多白描方言

淮海〔滿園花〕〔品令〕諸作，純用白描，間入方言，多不可解。此係有意存真，故爲塵下，戲謔之作，并時多有，不足爲大雅之累。與耆卿之不免俗濫有關風格者，正自有別。

三三 讀淮海詞

讀淮海詞多，覺他人所作，多是偏才，浪費氣力。

三四 少游擅場

鬆而能厚，平而能深，是少游特擅。

三五　晁無咎詞

晁無咎詞，超妙遜東坡，厚重遜少游，而有清剛之氣，深沉之思，高視闊步，不肯作猶人語，自是一大家數。

三六　山谷詞

山谷詞，專重意趣，不避險怪，雖有佳作，究非當行，轉不如濟北詞人之猶可學步。

三七　褻諢之作

褻諢之作，山谷、耆卿均喜爲之。惟耆卿體貼入微處用常語便得，山谷則非運用俗語方音不成，此固可見山谷之好奇，要之。對此等事之描繪，山谷究非耆卿敵手。

三八　清真詞

清真詞，神完法密，思沉力健。周止庵謂"讀得清真詞多，覺他人所作，都不十分經意"，信然。

三九　善於融化詩句

張玉田謂清真"善於融化詩句"。實則清真以前，若耆卿，若東坡，若山谷，均喜以詩句入詞；并時賀方回，運用詩句亦不減清真。耆卿〔醉蓬萊〕之"漸亭皋木下，隴首雲飛"，〔傾杯〕之"梨花一枝春帶雨"，山谷〔鷓鴣天〕之"且看欲盡花經眼"，〔南鄉子〕之"莫待無花空折枝"，方回〔第一花〕之"飛入尋常百姓家"，〔忍泪吟〕之"十年一覺揚州夢"（亦見山谷〔鷓鴣天〕。），其明征也。至若東坡〔定風波〕之括杜牧之詩，〔水調歌頭〕之括韓退之詩；方回〔晚雲高〕之演杜牧之詩（此例起自顧敻，用韵微不同耳。），通篇均剪裁詩句爲之，不惟摘句而已。

四〇 滕宗諒臨江仙

滕宗諒〔臨江仙〕，前結"氣蒸雲夢澤，波撼岳陽城"，用孟浩然詩句；後結"曲終人不見，江上數峰青"，用錢起詩句，是又在坡、谷之先矣。用知以詩句入詞，非詞家所忌，特不能專以此見長耳。融化沿用，原出一轍，清真所長，固別有在。若以此論，則衆人之所同能，非爲清真所獨擅矣。

四一 美成詞

於富艷精工中見沈頓，詞家所難，美成能之，以工力言，不能不推聖手。然終覺用心太細，氣格不高，殆猶詩中義山，不足以當工部也。

四二 李易安詞

漁洋服膺易安，至推爲婉約宗主，然則將置少游於何地！平心而論：易安於此道致力甚深，其自命亦殊不凡，觀其論北宋諸公詞可見。以詞心言，真可不愧少游；特矜氣太重，時欲出奇制勝，畢竟女流，襟抱尚覺褊隘。

四三 易安工於言情

易安工於言情，其〔聲聲慢〕〔鳳凰臺上憶吹簫〕〔一剪梅〕〔武陵春〕諸闋，均纏綿悱惻，足以蕩氣回腸。〔醉花陰〕之"簾捲西風，人比黃花瘦"，雖傳誦一時，通首不稱，惟以句勝耳。

四四 易安點絳唇

"蹴罷秋千，起來慵整纖纖手。露濃花瘦。薄汗輕衣透。見有人來，襪剗金釵溜。和羞走。倚門回首。却把青梅嗅。"女兒情態，曲曲繪出，非易安不能爲此。求之宋人，未見其匹，耆卿、美成，尚隔一塵。

四五　陳簡齋詞

陳簡齋不以詞名，而《無注詞》中〔臨江仙〕〔虞美人〕諸闋，骨氣奇高，直可摩坡仙之壘。惜所作不多，不能自成家數。

四六　辛弃疾詞

辛稼軒詞，思力沉透，筆勢縱橫，氣魄雄偉，境界恢闊，每一下筆，即有籠蓋一切之概。此由其書卷多、襟抱廣、經驗豐得來，絕非粗莽淺率者所得藉口。

四七　蘇辛

坡詞由南而北，稼軒由北而南，雖作風不同，而辛受蘇影響之迹象却可按索。

四八　稼軒詞

稼軒詞最沉著處，每以最渾脱之筆出之，此層最須體會。有似脱口而出，實乃幾經錘煉，沉痛至極者，尤不可草草看過。

四九　稼軒詞至難學

稼軒詞至難學，然不可不讀，盤礴之氣，堅蒼之骨，得於此植其基也。周止庵標稼軒爲一宗，而其詞於稼軒實無所得。近賢如文芸閣、王半塘、沈子培、朱古微等乃真知取氣植骨於稼軒者。

五〇　學稼軒不易貌襲

稼軒詞真力瀰滿，不易以貌襲也。徒襲其貌必平淺，患平淺也而益之以風趣，則學稼軒乃轉入竹山一路矣，烏睹所謂稼軒者！蔣心餘、鄭板橋輩均如此。

五一　稼軒令詞直率

稼軒詞以力量勝，性情勝，所謂"滿心而發，肆口而成"也。

惟其如此，故爲令詞，時不免失之直率。直率不爲稼軒病，學稼軒而專師其直率，乃真大病矣！

五二　白石詞

劉融齋謂白石詞“擬諸形容，在樂則琴，在花則梅”，以格韵言也；張玉田謂白石詞“如野雲孤飛，去留無迹”，以意境言也。余謂白石實兼眾長，集中有絕類稼軒者，如〔玲瓏四犯〕〔翠樓吟〕〔永遇樂〕諸闋是；有絕類美成者，如〔霓裳中序第一〕〔秋宵吟〕〔月下笛〕詣闋是；至若〔惜紅衣〕〔念奴嬌〕〔揚州慢〕〔琵琶仙〕〔長亭怨慢〕以及〔暗香〕〔疏影〕等作，於清虛騷雅中自饒激楚之音，淒婉之味，則前無古人，自開氣派。玉田以下，歷數百年，宗風不墜，胥於此中求之也。常州詞人尊稼軒、美成而力詆白石，門戶之見甚深，然於白石亦何曾有毫髮損哉！

五三　白石令詞

令詞非白石所長，然如〔點絳唇〕〔隔溪梅令〕等，亦非凡手可及。王觀堂衹賞其“淮南皓月冷千山，冥冥歸去無人管”，殆取其有遠韵耶？以此兩語，較之“今何許？憑闌懷古，殘柳參差舞”與“謾向孤山山下覓盈盈，翠禽啼一春”，情味孰爲濃至，必有能辨之者。

五四　石湖詞

石湖小詞有絕佳者，如〔眼兒媚〕之“春慵恰似春塘水，一片縠紋愁；溶溶曳曳，東風無力，欲避還休”，香軟溫麐，中人欲醉，使淮海爲之，恐不外是。惜石湖詞如其濤，專主清潤，類此者不多耳。夢牕和作，幸不及此，否則，將不知要費許多氣力也。

五五　梅溪雙雙燕

梅溪〔雙雙燕〕，體物之工，古今第一。東坡〔水龍吟〕詠楊花如不遺貌取神者，恐亦不能出其右也。

五六　梅溪詞

梅溪詞盡態極妍，思精筆靈，可療粗率，可藥腐俗。

五七　梅溪詞佳者

梅溪詞用心過細，時病巧琢；然清麗圓美，自是出色當行之作，其佳者便可比肩美成，筆力差弱耳。或以儕之白石，非知言也；白石工力未必勝梅溪，白石格韵，斷非梅溪可到。

五八　朱希真詞

朱希真詞，清超拔俗，合處極似東坡，而少奇逸之趣。襟抱亦自灑落，聰明才學不及東坡也。用韵特寬，白話方言亦時見，希真於此等處自有分曉。

五九　夢窗詞

夢窗詞煉字煉句，迥不猶人，足救滑易之病。

六〇　夢窗詞以麗密勝

夢窗詞以麗密勝，然意味自厚，人驚其麗密而忘其意味耳。其源出自飛卿。

六一　夢窗詞陷於晦澀

夢窗詞亦有氣勢，有頓宕，特不肯作一平易語，遂不免陷於晦澀。讀者須於此處求真際，不應專講情韵，獵采藻也。

六二　夢窗詞脉絡

夢窗詞用意過事曲折，故有"不成片段"之譏。然能細加按索，自有脉絡可見，非湊雜成章也。惟不可穿鑿求之耳。況蕙風謂

"非絕頂聰明，勿學夢窗"，恐以湊雜爲夢窗也。

六三　王碧山詞

王碧山詞，品高味厚，托意深遠，而句調安雅，不雕不率，於兩宋諸家中最爲純正。陳亦峰至欲尊之爲古今第一人，雖屬私嗜，然以醇雅言，雖少游亦當却步也。《花外集》中，無游戲之作，無粗率之筆，求之兩宋詞集中未見其比。

六四　碧山事迹

碧山事迹，最難考索，因有疑其曾入翰苑者（朱彝尊跋《樂府補題》及劉毓盤《詞史》。）；又碧山詞或作二卷（黃虞稷《千頃堂書目》，朱彝尊《詞綜·發凡》引目，《歷代詩餘》等。）或不分卷（名《花外集》者均不分卷，錢大昕《元史藝文志》作《碧山樂府》一卷，《花外集》二卷，似誤。以余所考，碧山詞原名《花外集》，不分卷；後易名《碧山樂府》，始有二卷之分。），因有疑其已佚一卷者：蓋無實據，均不可信。以草窗題辭推之，碧山或非布衣，然不能謂其入翰苑也；以陸輔之《詞旨》考之，碧山詞必有遺佚，然不能謂其脱去一卷也。

六五　碧山詞多托物寓意

碧山詞多托物寄意，故情味殊厚。然即以咏物詞觀，亦曲折深透。以其不用險仄之筆，故高於夢窗。

六六　張玉田感慨特深

張玉田以故國王孫，遭覆亡之痛，故其詞感慨特深。惟其過事句調之流轉與騰躍，故時時陷於空滑。

六七　玉田非白石之儔匹

玉田警句最多，善用翻仄之筆；亦不少回復蕩漾之境，然非白石之儔匹也。白石超逸排蕩處，句調乃極精潔；玉田稍一用力，便覺浮粗矣。白石層折多而鋪排少，故有開闔，有頓宕；玉田以鋪排爲層折，故貌似開闔，實乃平平，甚至有筆無意。

六八　玉田不及白石

玉田專學白石"高柳垂陰，老魚吹浪"一類句調耳，非真白石也。二白并稱，不免冤煞堯章。

六九　研習令詞與長調之別

研習令詞，須先細事分析，然後求其脉絡；研習長調，須先看其脉絡，然後細事分析。

七〇　讀令詞與慢詞之別

令詞易纖，慢詞易滯，故讀令詞須留意其凝重處，讀慢詞須留意其曲折處。

七一　令詞與慢詞之別

令詞不難於穠艷而難於凝重，慢詞不難於鋪排而難於頓宕。能凝重則意味深厚，能頓宕則局寬筆靈。

七二　讀名家令詞與慢詞

讀名家令詞，於看似平易者最須切實體會；讀名家慢詞，於看似瑣屑者最須加意玩素。平易每多本色語，必其意味甚深厚也，不則淺率矣；瑣屑每多渲襯語，必於前後情意有關也，不則冗濫矣。

七三　詞之渲染

詞家生香出色，每於渲染處見之。有全篇不多著主語而渲染得淋漓盡致者，不得以其喧賓奪主而目爲浮濫之辭。

七四　詞法

詞法雖多端，然亦不外順逆、承轉、正反、主賓之類，能加按索，必無不可通者。如不可通，非雜湊即晦昧。雜湊與晦昧，均非佳詞，不讀可也。

七五　詞穿插變化處

古詞有於描寫景物中間忽插入情語者，此正是穿插變化處，不可認爲破碎，須細尋其關繫。

七六　詞中高境

突如其來，戛然而止，不粘不脫，若即若離，此詞中甚高境界，應於氣格神味中求之。

七七　今昔之感

詞人今昔之感最深，故一觸景物即追懷往昔，追懷往昔即感慨繫之。作長調如若不能下筆時，即依次抒寫，亦可終篇。但老於此道者，每喜錯綜運用。

七八　留字訣

詞家有所謂“留”字訣者，亦非奇創。蓋猶歐公所謂“擬歌先斂，欲笑還顰”耳。爲欲“最斷人腸”，故“先斂”，故“還顰”，不則盡可筆直寫下，誰爲拘管者？又安所用其“留”耶？“留”與“頓”有別，或以“留”爲留下遥頂者，非是。

　　右居澄江時爲同學講授詩詞，談鋒偶及，隨筆札出者，故意甚淺近，辭不加點。以其尚非抄襲，或於初學有裨，爰爲過録於此。語止於詞，其談詩部分，容後再録。

三十六年四月廿四日祝南識於石牌

（以上《文學》1947 年 7 月第 1 期）

曼殊室詞論

梁啓勳◎著

　　梁啓勳（1879～1965），字仲策，廣東新會人。齋名曼殊室。梁啓超長弟。善填詞，著有《海波詞》《詞學》《詞學詮衡》《中國韵文概論》《稼軒詞疏證》《曼殊室隨筆》等。《曼殊室隨筆》原連載於《晨報》，1948 年正中書局出版單行本。本書即據此版輯録論詞之語，編爲兩卷：卷一爲《詞論》，卷二由《曲論》《史論》《雜論》輯録。張璋《歷代詞話續編》曾輯録 8 則，屈興國《詞話叢編·補編》因襲張書分爲 24 則；朱崇才《詞話叢編·續編》將《曼殊室隨筆》中《詞論》部分分爲兩卷，其他四論中論詞之語爲卷三。

《曼殊室詞論》目錄

曼殊室詞論

自　序

　　溯自新紀元之第十五年，丙寅春正月，始作讀書隨筆。觸目如有疑義、感想、互證、校勘等，輒援筆記之。歲月易得，於今二十又一年矣。叢稿盈篋，約之可得四十萬言，分類而銓次之，都爲五卷，曰詞論、曲論、宗論、史論、雜論。敢云有得，亦曰備忘而已。三十五年丙戌臘將半仲策識於曼殊室。

卷一

一　詞之摹擬

　　作品互相摹仿，乃文人之常，不足爲病，但摹仿過甚，則有迹近剽竊者矣。大約詩詞一類，若欲摹擬一名作，切忌采取同一韵脚，否則易涉於剽竊之嫌疑。如周清真之〔滿路花〕一闋，實竊取柳耆卿之〔定風波〕不少。周之“朱消粉褪，絕勝新梳裹”，即柳之“終日厭厭倦梳裹”，周之“日上三竿，殢人猶要同卧”，即柳之“日上花梢，猶壓香衾卧”。全首多類此。此采取同一韵脚之病也。當知所戒。

　　盧蒲江之〔謁金門〕“風不定。移去移來簾影”，静境妙觀，不減後主之"風壓輕雲"。陳西麓之〔謁金門〕"風不定。吹漾一簾波影",乃抄襲蒲江,而意境便不如矣。調名既同,而韻腳亦同,故痕迹愈顯。尤當引為大戒。

康伯可居翰林時,值南渡之初,頗受知於高宗。一次重陽大雨,奉勅賦詩。康口占雙調〔望江南〕一闋曰:"重陽日,風雨苦淒淒。戲馬臺前泥拍肚,龍山會上水平臍。直浸到東籬。 茱萸潤,黃菊濕滋滋。落帽孟嘉尋箬笠,休官陶令覓簑衣。兩個一身泥。"真堪解頤。

辛稼軒壽王道夫之〔清平樂〕"料得今宵醉也,兩行紅袖爭扶",黃公紹之〔青玉案〕"落日解鞍芳草岸。花無人戴,酒無人勸,醉也無人管",環境不同,各自有其美感。

賀方回有〔蝶戀花〕一首,曰:"幾許傷春春復暮。楊柳清陰,偏礙游絲度。天際小山桃葉步。白蘋花滿湔裙處。 竟日微吟長短句。簾影燈昏,心寄胡琴語。數點雨聲風約住。朦朧淡月雲來去。"李世英亦有一首〔蝶戀花〕曰:"遙夜亭皋閑信步。纔過清明,漸覺傷春暮。數點雨聲風約住。朦朧淡月雲來去。 桃杏依稀香暗度。誰在秋千,笑裏輕輕語。一寸相思千萬緒。人間没個安排處。"此調之韻與叶共八個,賀、李兩首從同者居其七,若云暗合,恐世間無如是之巧。"數點雨聲風約住。朦朧淡月雲來去。"是誠佳句,兩首乃一字不易,則未免太無聊矣。李世英名冠北宋之山東人。

蘇東坡之"溪風漾流月"與張功甫之"光搖動一川銀浪",趙汝愚之"江月不隨流水去"與張叔夏之"長溝流月去無聲",意境相同,唯觀察各異,皆不愧為佳句。是以作品須首重意境。

李後主之"別時容易見時難",世傳名句,但較於李義山之"相見時難別亦難",則不逮矣。後主少却一層意思。

二 文人習用之語

文人之習用語,各自有其不同之好尚。周止庵謂:"梅溪好用偷字，品格便不高。"故劉融齋有"周旨蕩而史意貪"之誚。信然，史梅溪之作品，"偷"字誠不少用，試録列之，看是否非用此字不可。梅溪詞品雖不甚高，但格律最稱嚴謹。

做冷欺花，將烟困柳，千里偷催春暮。（〔綺羅香〕）

巧剪蘭心，偷黏草甲，東風欲障新暖。（〔東風第一枝〕）

諱道相思，偷理綃裙，自驚腰衩。（〔三姝媚〕）

應念偷剪酴醿，柔條暗縈繫。（〔祝英臺近〕）

芳意欺月矜春，渾欲便偷許。（〔祝英臺近〕）

墜絮孳萍，狂鞭孕竹，偷移紅紫池亭。（〔慶清朝〕）

冷截龍腰，偷拏鷺爪，楚山長鎖秋雲。（〔夜合花〕）

輕衫未攬，猶將泪點偷藏。（〔夜合花〕）

向黄昏竹外寒深，醉裏爲誰偷倚。（〔瑞鶴仙〕）

更暗塵偷鎖鸞影，心事屢羞團扇。（〔玲瓏四犯〕）

杏牆應望斷，春翠偷聚。（〔齊天樂〕）

犀紋隱隱鶯黄嫩，籬落翠深偷見。（〔齊天樂〕）

《牡丹亭》《長生殿》，總算得兩部名作，一稱詞藻第一，一稱格律第一，世有定評。湯臨川好用"則"字，且每次用得均甚有力；洪昉思則好用"不提防"，試分别舉之：

則怕的羞花閉月花愁顫。（《驚夢·醉扶歸》）

則爲俺生小嬋娟。（《驚夢·山坡羊》）

則索因循腼腆。（同上）

則爲你如花美眷，似水流年。（《驚夢·山桃紅》）

也則待你忍耐温存一晌眠。（同上）

單則是混陽烝變。（《驚夢·鮑老催》）

則把雲鬟點，紅鬆翠偏。（《驚夢·山桃紅》）

坐起誰忺，則待去眠。（《驚夢·綿搭絮》）

則待把飢人勸。（《尋夢·月兒高》）

也則爲水點花飛在眼前。（《尋夢·懶畫眉》）

則咱人心上有啼紅怨。（同上）

則道來生出現。(《尋夢·尹令》)

偏則他暗香清遠。(《尋夢·二犯么令》)

則挣的個長眠和短眠。(《尋夢·川撥棹》)

也則是照獨眠。(《尋夢·意不盡》)

《驚夢》八個,《尋夢》七個,不爲少矣,"則"字個個響喨。《長生殿》之"不提防"亦甚有趣,試列舉之:

不提防番兵夜來圍合轉。(《賄轉·解三醒》)

不提防爲着橫枝,陡然把連理輕分。(《獻髮·泣顔回》)

不提防柙虎樊熊,任縱橫社鼠城狐。(《疑讖·集賢賓》)

不提防透青霄橫當仙路。(《神訴·么篇》)

不提防餘年值亂離。(《彈詞·一枝花》)

不提防撲通通,漁陽戰鼓。(《彈詞·轉調賀郎兒》)

不提防斷砌頹垣,翻做了驚濤沸濤。(《雨夢·黑麻令》)

不提防慘凄凄月墜花折。(《補恨·普天樂》)

雖則曰好尚不同,但此三君之不厭其多,真可謂有特殊情味者矣。

三　協律

晁無咎評東坡詞曰:"人謂東坡詞多不諧音律,然橫放杰出,自是曲子中縛不住者。"推許之意,溢於言外。又沈寧庵嘗爲湯若士改易《牡丹亭》字句之不協律者,若士不懌曰:"彼惡知曲意哉。吾意之所至,不妨拗折天下人嗓子。"若東坡與若士者,真可稱詞曲中豪杰之士也已。試思"曲子縛不住"及"拗折天下人嗓子"二語,是何等氣概。然必須有兩君之聰明,有兩君之學力,庶可語此。若初學而欲執此二語以自文其短,勢必將沈淪萬劫,永無重見天日之期。須知兩君之所以如此,乃入而復出,非空疏也。試觀《東坡樂府》及《牡丹亭傳奇》兩部作品,非至今仍能保持其最高地位耶,并未因此而損其聲價也,斯可知矣。入而復出則可,若不入尚何出之足云,終久是門外漢而已。

四　集句聯

集句爲聯，是亦一格。日前因綴蘇辛詞句賀人新婚，精神既已集中，遂得數十副，姑録存之。

對景難排，重按霓裳歌遍徹。（後主〔浪淘沙〕，後主〔木蘭花〕。）

有誰堪摘，未成沉醉意先融。（漱玉〔聲聲慢〕，漱玉〔浣溪沙〕。）

宗風嗣阿誰，正商略遺篇，晚來明月和銀燭。（東坡〔南歌子〕，稼軒〔哨遍〕，東坡〔千秋歲〕。）

文字起騷雅，怎安排心眼，胸中書傳有餘香。（稼軒〔水調歌頭〕，東坡〔殢人嬌〕，稼軒〔虞美人〕。）

鸞鏡與花枝，紅幕半垂清影。（溫飛卿〔菩薩蠻〕，孫光憲〔更漏子〕。）

香箋共錦字，烏絲重記蘭亭。（張文潛〔風流子〕，辛稼軒〔臨江仙〕。）

歌扇輕約飛花，眉峰壓翠。（姜白石〔琵琶仙〕，陸子逸〔瑞鶴仙〕。）

濃香暗黏襟袖，闌影敲涼。（周美成〔玉燭新〕，史梅溪〔玉簟涼〕。）

笛在月明樓，欲喚飛瓊起舞。（後主〔憶江南〕，碧山〔無悶〕。）

鳥啼花滿徑，且教紅粉相扶。（蒲江〔謁金門〕，東坡〔西江月〕。）

舞歇歌沉，凄凄更聞私語。（夢窗〔三姝媚〕，白石〔齊天樂〕。）

愁濃酒惱，年年負却薰風。（漱玉〔怨王孫〕，碧山〔慶清朝〕。）

不堪聽急管繁弦，憑虛醉舞。（美成〔滿庭芳〕，夢窗〔齊天樂〕。）

漫想念清歌錦瑟，盡付沉吟。（草窗〔大酺〕，梅溪〔月當廳〕。）

望殘烟草低迷，珠簾半捲。（李後主〔臨江仙〕，秦淮海〔水龍吟〕。）

冷淡胭脂勻注，鬢翠雙垂。（宋徽宗〔燕山亭〕，張玉田〔國香慢〕。）

翠葉吹涼，漫寫入瑤琴幽憤。（白石〔念奴嬌〕，稼軒〔賀新郎〕。）

歌橈喚玉，試憑他流水寄情。（玉田〔臺城路〕，碧山〔瑣窗寒〕。）

且教紅粉相扶，驚殘好夢。（東坡〔西江月〕，放翁〔瑞鶴仙〕。）

載取白雲歸去，曾賦高情。（玉田〔甘州〕，梅溪〔夜合花〕。）

舞歇歌沉，翠袖倚風縈柳絮。（夢窗〔三姝媚〕，東坡〔浣溪沙〕。）

潭空水冷，飛雲當面化龍蛇。（稼軒〔水龍吟〕，淮海〔好事近〕。）

清影徘徊，耿耿素娥欲下。（子野〔燕臺春〕，美成〔解語花〕。）

淡烟飄薄，濛濛殘雨籠晴。（耆卿〔女冠子〕，淮海〔八六子〕。）

待翠管吹破蒼茫，夜潮正落。（碧山〔無悶〕，美成〔一寸金〕。）

爲玉樽起舞廻雪，羅帶輕分。（白石〔琵琶仙〕，淮海〔滿庭芳〕。）

兩行紅袖爭扶，非關病酒。（稼軒〔清平樂〕，漱玉〔鳳簫〕。）

一片蒼雲未掃，惱亂愁腸。（玉田〔掃花游〕，東坡〔滿庭芳〕。）

玉漏已三更，濃睡不消殘酒。（李知幾〔臨江仙〕，李易安〔如夢令〕。）

寒雲飛萬里，曉霜初著青林。（趙西里〔八聲甘州〕，王碧山〔水龍吟〕。）

簾捲西風，斷送一年殘暑。（漱玉〔醉花陰〕，東坡〔謁金門〕。）

雁橫南浦，連娟十樣宮眉。（文潛〔風流子〕，稼軒〔滿庭芳〕。）

燭映簾櫳，萬枝香裊紅絲拂。（方回〔天香〕，飛卿〔菩薩蠻〕。）

暖回雁翼，一夜風吹杏粉殘。（美成〔渡江雲〕，叔原〔采桑子〕。）

舞榭歌臺，粉面都成醉夢。（稼軒〔永遇樂〕，稼軒〔西江月〕。）

風簾露井，孤山無限春寒。（子逸〔瑞鶴仙〕，夢窗〔高陽臺〕。）

夜來秋氣入銀屏，雁橫烟水。（汪彥章〔小重山〕，高竹屋〔齊天樂〕。）

風送菊香黏綉袂，人倚西樓。（顧敻〔玉樓春〕，張文潛〔風流子〕。）

日長蝴蝶飛，池臺遍滿春色。（永叔〔阮郎歸〕，美成〔應天長〕。）

睡起流鶯語，東風暗換年華。（石林〔賀新郎〕，淮海〔望海潮〕。）

楊柳拂河橋，晝日移陰，烟裏絲絲弄碧。（美成〔憶舊游〕，美成〔滿江紅〕，美成〔蘭陵王〕。）

井床聽夜雨，瑣窗睡起，斷腸點點飛紅。（稼軒〔臨江仙〕，稼軒〔念奴嬌〕，稼軒〔祝英臺近〕。）

紫陌飛塵，誰把香奩收寶鏡。（稼軒〔滿江紅〕，稼軒〔念奴嬌〕。）

虛簷轉月，莫因長笛賦山陽。（東坡〔滿庭芳〕，東坡〔浣溪沙〕。）

月色忽飛來，冷浸佳人淡脂粉。（秦淮海〔生查子〕，晁無咎〔洞仙歌〕。）

東風休放去，誰憐季子敝貂裘。（辛稼軒〔菩薩蠻〕，蘇東坡〔浣溪沙〕。）

剗襪下香階，素面翻嫌粉涴。（後主〔子夜啼〕，東坡〔西江月〕。）

翠輦辭金闕，侵晨淺約宮黃。（稼軒〔賀新郎〕，美成〔瑞龍吟〕。）

回首月明中，殘照猶在庭角。（李後主〔虞美人〕，周美成〔丹鳳吟〕。）

起來花影下，冰姿自有仙風。（李知幾〔臨江仙〕，蘇東坡〔西江月〕。）

覺來聞曉鶯，我欲醉眠芳章。(温飛卿〔菩薩蠻〕，蘇東坡〔西江月〕。)
高會盡詞客，有人夢斷關河。(聶冠卿〔多麗〕，辛稼軒〔清平樂〕。)

五　詞選

詞選之最古者，首推歐陽炯之《花間集》(後蜀孟昶廣政三年，庚子，九四〇。)，最近者，則爲朱祖謀之《宋詞三百首》(民國十三年，甲子，一九二四。)，上下相距恰千年。若斷代選本，祇以當代爲限者，則前有周密之《絕妙好詞》，專選南宗；近有譚獻之《篋中詞》，專選清代。至若徐乃昌之《小檀欒室閨秀詞》，則又以性爲別者矣。

周密之《絕妙好詞》，去取之間頗謹嚴，至清初而有查爲仁、厲鶚二公爲之作箋注，查、厲皆博雅君子也。宋刻《花間集》，則以圈點斷句，韻用圈而句用點，詞集之有斷句者，當以此爲最先矣。康熙中葉，以帝者之力，命詞臣編輯《歷代詩餘》，所選者自唐迄明，計詞人九百五十七，調一千五百四十，詞九千零九首，真可稱選本之洋洋大觀者矣。雖所選未必盡精粹，然此種雄偉之氣魄，非帝者莫能辦也。

六　張子野繪影之作

張三影以“雲破月來花弄影”等數語得名。實則子野詞繪影之作最多，佳句尚不止此。試舉其顯著者如左。

雲破月來花弄影。(〔天仙子〕)
隔墙送過秋千影。(〔青門引〕)
柔柳輕搖，墜飛絮無影。(〔剪牡丹〕)
嬌柔嬾起，簾幕捲花影。(〔歸朝歡〕)
無數楊花過無影。(〔木蘭花〕)
橫塘水静花窺影。(〔傾杯〕)
固向鸞臺同照影。(〔木蘭花〕)
鴛鴦集，仙花鬭影。(〔雙韵子〕)
苕水天搖影。(〔虞美人〕)

子野詩更有"浮萍破處見山影"之句，意境亦殊俊逸。以上所列舉，均屬以"影"字爲韵脚，用重筆描寫者也。此外復有輕描淡寫之影，亦殊見佳妙。如：

花影閑相照。（〔謝池春慢〕）

掉影輕於水底雲。（〔南鄉子〕）

願教清影長相見。（〔相思兒令〕）

花上月，清影徘徊。（〔宴春臺慢〕）

隔簾燈影閉門時。（〔醉桃源〕）

草樹爭春紅影亂。（〔木蘭花〕）

寒影透清玉。（〔憶秦娥〕）

人在銀潢影裏。（〔鵲橋仙〕）

水天溶漾畫船遲。人影鑒中移。（〔畫堂春〕）

風烏弄影畫船移。（〔芳草渡〕）

綠定見花影并照。（〔勸金船〕）

高鬟照影翠烟搖。（〔西江月〕）

水影橫池館。（〔卜算子慢〕）

照影紅妝，步轉垂楊岸。（〔蝶戀花〕）

梧桐雙影上珠軒。（〔虞美人〕）

花影瀲金尊。（〔慶春澤〕）

漸樓臺上下，火影星分。（〔泛青苔〕）

更日高院静，花影重重。（〔漢宮春〕）

此外更有寫影而不着影字者，如：

湖水亦多情。照妝天底清。（〔菩薩蠻〕）

片段落霞明水底，風紋時動妝光。（〔河滿子〕）

絲綸慢捲，牽動一潭星。（〔滿庭芳〕）

由此觀之，可見此翁對於燈影、月影、水影，與夫各種之影，固具特殊興趣而別有會心者也。

七　劉辰翁詞

　　劉辰翁《須溪詞》有〔虞美人〕一首，題曰《壬午中秋雨後不見月》，詞曰："濕雲待向三更吐。更是沉沉雨。眼前兒女意堪憐。不説明朝後日、説明年。（原注：今年十七望。）　　當年知道勝三鼓。便似佳期誤。笑他拜月不曾圓。祇是今朝北望、也淒然。"案壬午乃元世祖至元十九年，亦即入主中夏之第六年，翌年頒行授時曆。又案朔望之不準確，原易補救，祇要接連兩個月小盡，即可挪移適合。但當日所用者，乃度宗咸淳六年所頒之成天曆，原欠精密。觀於陸秀夫輔帝昺至閩南，即改用鄧光薦所造之本天曆，而同時元世祖亦改用郭守敬所造之授時曆，則成天曆之不能滿人意，於斯可見。辰翁字會孟，廬陵人，生於理宗紹定初年，第進士，目睹南宋之亡，入元不仕。《須溪集》中有〔蘭陵王〕兩首，一曰《丙子送春》，一曰《丁丑感懷》，悲苦殊甚。丙子乃恭帝德祐二年，即元兵入臨安擄恭帝北去之年。丁丑乃元世祖至元十四年，即外族入主中夏之年。哽咽之聲，與靖康元年汪水雲之〔水龍吟〕略相似。但水雲身世祇是送病人入醫院，而須溪則送殯矣。

　　元兵入臨安，全太后及恭帝北行，乃丙子閏三月事，故須溪有送春之〔蘭陵王〕。其第三叠換頭曰："春去。尚來否。正江令恨別，庾信愁賦。（原注：二人皆北去。）蘇堤盡日風和雨。嘆神游故國，花記前度。"無限幽怨。《須溪集》中不少傷春詞，多屬緬懷故國之作。如〔寶鼎現〕之"等多時春不歸來，到春時欲睡。又説向、燈前擁髻。暗滴鮫珠淚。便當日、親見霓裳，天上人間夢裏"。又〔摸魚兒〕之"怎知他春歸何處，相逢且盡尊酒。少年裊裊天涯恨，長結西湖烟柳。休回首。但細雨斷橋，憔悴人歸後。東風似舊。問前度桃花，劉郎能記，花復認郎否"。又〔瑣窗寒〕之"記匹馬經行，風林烟樹。家山何在，想見綠窗啼霧。又何堪滿目凄涼，故園夢裏能歸否"。最爲沉痛。

八 詞之斷句

詞之斷句，嚴格乃在韵脚；至於句與逗，則解音律者未嘗不可以伸縮。如〔八聲甘州〕之第一韵，趙西里一首曰：“寒雲飛萬里，一番秋、一番攪離懷。”辛稼軒一首曰：“把江山好處付公來，金陵帝王州。”要之此一韵乃十三字，作五八也可，八五也亦可。又〔漢宮春〕之第二韵，辛稼軒所作，一則曰：“無端風雨，未肯收盡餘寒。”一則曰：“山河滿目雖異，風景非殊。”張子野兩首，一則曰：“奇葩異卉，漢家宮額塗黃。”一則曰：“無聊强開强解，蹙破眉峰。”可見此十字一韵，四六或六四，可隨意也。

夢窗詞之於音律，最稱嚴整，試舉其〔水龍吟〕兩首之結二韵以作參證。“鴻漸重來，夜深華表，露零鶴怨。把閑愁換與，樓前晚色，掉滄波遠。”此〔水龍吟〕之正格也。又一首曰：“携手同歸處，玉奴喚綠窗春近。想驕驄又踏西湖，二十四番花信。”更有趙長卿一首曰：“簾幕中間垂處，輕風送一番寒峭。正留君不住，瀟瀟更下黄昏後。”結二韵共計二十五字，三首相同，唯斷句則大不相同，愈可知此中消息。

又〔水龍吟〕起韵乃十三字，吳夢窗一首曰：“艷陽不到青山，古陰冷翠成秋苑。”陸放翁一首曰：“摩訶池上追游路，紅綠參差春晚。”吳作六七，陸作七六。似此實不勝枚舉，〔八聲甘州〕、〔漢宮春〕與〔水龍吟〕，乃最普通之長調而爲人所共知者，特引之以爲方。

〔念奴嬌〕一調，名作如林，而以和“大江東去”之作爲尤多。試將李易安一首，蘇東坡一首，并列而比較之，則余所謂“嚴韵脚活句逗”之説倍更明顯：

蕭條庭院，又斜風細雨，重門須閉。(李)

大江東去，浪淘盡、千古風流人物。(蘇)

寵柳嬌花寒食近，種種惱人天氣。(李)

故壘西邊，人道是、三國周郎赤壁。(蘇)

樓上幾日春寒，簾垂四面，玉蘭干慵倚。(李)

遥想公瑾當年，小喬初嫁了，雄姿英發。(蘇)

被冷香消新夢覺，不許愁人不起。(李)

羽扇綸巾，談笑間、檣櫓灰飛烟滅。(蘇)

清露晨流，新桐初引，多少游春意。(李)

故國神游，多情應笑我，早生華髮。(蘇)

人或執此詞以誚坡公之粗疏，但試以上文之列舉作例證，則坡公亦未可遽以粗疏見誚耳。或則以坡詞爲〔念奴嬌〕之又一體，猶是淺見。

然而凡此所云，亦唯有深得此中三昧，而達到游行自在之境界者，乃能出此，若新學而欲藉此以作不守繩墨之口實，則大惑矣。

萬紅友對於詞學之所供獻，實有不可磨滅之勞績。至於同一調而斷句偶有差別者，輒曰"又一體"，則難免空疏之誚矣。

九　宋詞變爲元曲之原因

宋詞之所以變爲元曲，雖則原因種種，大約自然與人工參半，固歷歷可稽。但當日南宋諸賢，自以爲詞之境界，都被五代北宋人占盡，難出其範圍。然又不能如詩學之歐蘇梅王，特闢新意境，用洗晚唐泛浮纖仄之病，徒相率在含蓄蘊藉上用過分之工夫，結果遂流爲夢窗等之晦澀，至是已入絶境，此而不變，則亦可以無作矣。曲與詞之別，形式結構，無甚差殊，所異者祇在活潑流麗間，約略不與宋詞同，此正晦澀之反動矣。然而一種文體之轉變，殊非偶然，蘊釀化分，胥循軌轍，恰似蝸牛緣壁，痕迹可尋。楚騷、漢賦、唐詩、宋詞，其銜接遞嬗之程序，固自宛然。詞與曲亦當不能外此例。試舉一事作佐證：

金章宗泰和乙丑，元遺山赴并，道逢捕雁者，獲一雁，殺之，其一飛鳴不忍去，竟自投地死，因買而葬諸汾水上，累石爲識，名曰雁丘。元之友李仁卿倚〔摸魚兒〕以賦其事，中有句曰："摧勁羽。儻萬一、幽冥却有重逢處。"又曰："霜魂苦。算猶勝、王嬙青冢貞娘墓。"又泰和中，大名民家小兒女，有以情私不遂，雙雙赴水者，自是此陂荷花，開皆并蒂。仁卿亦有〔摸魚兒〕一闋寫其事。中有句曰："香澂灎、銀塘對抹胭脂露。"詞誠佳絕，但絕非宋人語，尤非南宋。以青冢及貞娘墓陪襯雁丘，宋賢固亦能之，但運用之技術，必不能若是之流麗輕倩。至於以"對抹胭脂"寫并頭蓮，宋人似不能有此意境，已全入曲之韵味。金在宋元之間，其中不乏文學知名，試讀元遺山、韓溫甫、李欽叔、蔡伯堅、王拙軒、李莊靖及殷氏弟兄誠之、復之諸人之集，則詞曲遞嬗之消息，未嘗不可尋。其中如所舉之李仁卿佳句，正自不少也。

一〇　藝術

藝術乃一槩括名詞。以空間言之，是多方面的；以時間言之，是無止境的。若欲以一語包舉之，則曰"唯美"。美亦多方面的，無止境的。有天然之美，有人工之美。思如何而後可以模仿天然，補助天然，改造天然，此等工作，謂之曰藝，而成功則有術焉。

吾人對於"美"之一字，第一個觀念曰"柔"，換言之，即軟性的，證於寫美之形容詞可以知之，不遑列舉。第二個觀念曰"歡娛"，凡讚揚美麗者多用愉快語，亦隨在可以得佐證。第三個觀念曰"復雜"，復雜之對面曰單調，太單調云者，即不美之意義矣。此三種觀念，誰也不能謂之錯誤。

然而美是多方面的，必不能僅以此三種觀念而盡之也。唐太宗語人曰：人言魏徵舉止疏慢，態度崛強；自我視之，則愈覺其嫵媚。嫵媚即美之意。以一鬚髮斑白之田舍翁而譽之曰美，則美非衹限於柔性可知矣。（謂魏徵爲田舍翁亦唐太宗語。）袁紹與董卓爭論廢立事，卓按劍叱紹曰：豎子敢爾，將謂乃公之刀爲不利乎。紹亦勃然曰："天下健者，豈唯董公。"引佩刀橫揖，昂然而出。試閉目凝想括弧內之數語，衹覺袁紹之態度美不可言。此亦非柔性也，然而真美。

美誠與歡娛有密切關繫，纔曰美，便即與怡情悅性生聯想，此則通常觀念矣。然而馮延巳之"和泪試嚴妝"，每一念及，輒生

美感，泪非愉快事也。姜白石之"別母情懷，隨郎滋味，桃葉渡
江時"，別母亦非愉快事也，但每一念及，彌覺其美。泪與嚴妝兩
絕對，苦的情懷與樂的滋味兩絕對，二者調合，乃竟發生一種特
殊美感，此殆與東坡所謂"剛健含婀娜"同一韵味，剛健之與婀
娜，固兩絕對也。

姹紫嫣紅，繁弦急管，寫美之詞句也，足見美是須要復雜。單
音不可以爲曲，必要疾徐高下，七音克諧，而優美之歌曲乃得成
立。美人裝束較復雜於男子，其理亦同。但成功之要竅，端在調
和，復而不調，無寧單簡。"秋水長天"，祇是一種顏色；"明月照
積雪"，祇是一種顏色；"玉人和月摘梅花"，也祇是一種顏色。斯
三者，作者以爲美，讀者亦以爲美。然而顏色祇是單純，又何必定
要嫣紅姹紫，新綠嬌黄，而後可以描寫良晨美景哉。此無他，得調
和之韵味而已。西印度及馬來婦女之裝束，顏色與佩帶，何嘗不
復雜，但失調和之藝術，雖多亦無當耳。柳耆卿之"楊柳岸曉風
殘月"，是三種天然景物集合而成，但美感無限，傳誦千古。秦少
游之"斜陽外，寒鴉數點，流水繞孤村"，是四種天然景物集合而
成，晁無咎謂雖不識字人亦知是天生好言語。此無他，亦曰調和
而已。可見美感不外調和，形色如是，聲音亦復如是。着意調和，
是即藝術之所謂"術"。

金之初葉，澤州李俊民，字用章，有《莊靖先生樂府》一卷，
詞品頗似遺山。中有〔謁金門〕十二闋，題曰："西齋得梅數枝，
色香可愛，一日爲澤倅崔仲明竊去，感嘆不已，賦〔謁金門〕十
二章以寫其悵望之懷。"曰《寄梅》《探梅》《賦梅》《嘆梅》《慰
梅》《賞梅》《畫梅》《戴梅》《別梅》《望梅》《憶梅》《夢梅》，
凡十二首。《紅樓夢》作者或亦嘗見《莊靖樂府》。

一一　品令多作俳語體

詞之〔品令〕一調，多作俳語體，因此可以略識時代方言。
如秦少游一首曰："幸自得。一分索强，教人難吃。好好地惡了十

來日。恰而今，較些不。　　須管啜持教笑，又也何須朒織。衡倚賴臉兒得人惜。放軟頑，道不得。"由今讀之，多不可解，得其意而已。中國文字演形而不演聲，所以此民族得維持其萬世不變之統一。而不然者，恐一部二十四史之面目與內容，定不如是。

"殘雪無多，莫教容易成流水"，此顧梁汾詞句也，語甚平常，但似未經人道，此其所以爲佳。蓋新意境祇應在眼前覓取，隨手拈來，便成佳構，方是上乘。

"祇覺上清塵土絕，那知玉宇高寒甚"，已微露下僚匏繫之無聊，時梁汾年未三十也。至於"飄泊青衫，隨例屬天家拘管。憶二十年前慧業，侍玉皇香案"，厭倦之情，見於辭色矣。

一二　惜紅衣起韵

鄭叔問《樵風樂府》，有借白石韵之〔惜紅衣〕詞六首，均於第二句"日"字起韵。并代詞流如朱彊邨、潘若海諸公，亦有從而和之者。但此調是否第二句起韵，不能無疑。白石原唱起三句曰："枕簟邀涼，琴書換日，睡餘無力。"文氣三句直落，似可以不必在第二句停頓。〔惜紅衣〕乃白石自度曲，自是前無古人，然而雖不能援例於先，亦未嘗不可以求證於後。吾見夢窗集亦有〔惜紅衣〕一首，起三句曰："鷺老秋絲，蘋愁暮雪，鬢那不白。"文氣亦是三句直落。按戈順卿《詞林正韵》，"白"字在第十七部陌職韵，而"雪"字則在第十八部黠屑韵，顯然非協。又按周德清《中原音韵》，"白"字在第六部皆來韵，而"雪"字則在第十四部車遮韵，亦顯然非協。韵文之道，不能逢韵而不協，但可以非韵而偶協。即令"日"與"力"可借協，焉知非行文偶協也。夢窗之於詞律，最稱嚴謹，即以此詞而論，白石於換頭第三韵"故國渺天北"，"國"字乃暗韵。而夢窗於此句亦曰"繡箔夜吟寂"，可見不苟。且"鷺老秋絲"一首，乃爲石帚而作，其詞題曰："余從姜石帚游苕霅間三十五年矣，重來傷今感昔，聊以咏懷"云。叔問先生固最服膺夢窗者也，吾寧信夢窗。

一三　詩詞之題

王靜安先生之《人間詞話》，語語精警，每節均有獨到處。其中有一節曰："詩之三百篇、十九首，詞之五代、北宋，皆無題也；非無題也，詩詞中之意不能以題盡之也。如觀一幅佳山水，而即曰此某山某水，可乎？詩有題而詩亡，詞有題而詞亡。"讀畫之喻，精警獨絕。但"詩有題而詩亡，詞有題而詞亡"一語，則未免太極端矣。太白詩九百九十餘首，除古樂府例以篇名爲題外，其餘詩歌似未見有無題者；杜詩一千四百四十餘首，無題者祇三十餘首，若是者豈得曰詩至李杜而詩亡哉？東坡詞三百三十餘首，無題者祇一百十餘首，約及三之一強；此猶是以朱氏《彊邨叢書》本言之也，若毛氏汲古閣本則無題者祇十餘首耳。稼軒詞六百二十三首，無題者祇八十七首，約及七之一強。若是者，豈得曰詞至蘇辛而詞亡哉？《人間詞話》，於五代而外，特崇蘇辛，固甚明顯，想是於下筆時文章奔放而不可勒，偶出此極端之言而已。要而論之，五代之詞皆無題，誠是也。揆厥所由，約有二因，請言其旨：初期之詞祇是小令，寄興言情，一以歌咏式出之，言簡而意賅，純任自然，隨所感以流露，初無取乎特立一題而結構之也，此其一。又詞之初起，每一調之創造，調名即是題意，實無重立一題之必要；迨乎後世，則調名已變爲符號，更莫問其本意矣。此其二。斯二者，雖不敢謂即可以探其源，亦曰一端而已。

一四　選詞

焦里堂《雕菰樓詞話》曰：周密《絕妙好詞》，所選皆同於己者，一味輕柔潤膩而已。黃玉林《花庵絕妙詞選》，不名一家，其中如劉克莊諸作，磊落抑塞，真氣百倍，非白石玉田輩所能到。可知南宋詞人，不盡草窗一派也。近來朱彝尊所選《詞綜》，規步草窗，學者不復周覽全集，而宋詞遂爲朱氏之詞矣。王阮亭選唐五七言詩亦然。

大抵選録古人之詩古文詞者，祇是憑一己之好惡以爲去取，所好即取之，所惡即去之。無所謂標準，己之好惡即標準也；無所謂理由，己之好惡即理由也。此乃純粹的主觀作用，更不容有絲毫客觀存乎其間。

民國二三年間，余正研讀蘇辛詞，知詩詞之有和韵體，實創始於東坡，前無古人。又見東坡和章質夫〔水龍吟〕之楊花一首，實突過元白。於是將蘇辛詞集之朋儔步韵唱和詞兼收而羅列之，較其優劣。又嘗於民國十五六年間，欲研究環境與情緒之關繫，曾將東坡詞分作徐州、杭州、黄州、惠州四部分，又將稼軒詞分作上饒、鉛山及宦游三部分，用察其情感之變化。此種笨工作，乃純粹的客觀作用，不容有絲毫主觀存乎其間。

計此兩次之笨工作，勞力誠不少，叢稿盈篋。既非欲重刻蘇辛分類詞，又非欲編蘇辛之朋儔酬唱集，亦曰樂其所好而已。後作《稼軒詞疏證》，此稿乃大得用。

一五　聲與韵

田同之《西圃詞説》曰："古人名作中轉折跌宕處多用去聲。蓋三聲之中，上入可以作平，去則獨異。故論聲雖以一平對三仄，論歌則當以去對上平入也。其中當去者非去則激不起，用入且不可，斷勿用平上也。"此與萬紅友"上入可替平，去則獨異"之説相同。

江順詒《詞學集成》曰："韵與音異。平上去入謂之韵，喉舌唇齒牙謂之音，由喉舌唇齒牙之音可以配合宫商，由平上去入之韵不能配合宫商。"江氏之所謂韵與音，似即田氏之所謂聲與歌。我國之專門術語，多未經過共同審定以求劃一之工作，比辭差異，在所不免，且勿具論。但江氏所謂喉舌唇齒牙可以配合宫商，而平上去入乃不能配合宫商，未免令人迷惑。獨惜江氏并未進一步示人以能不能之方，不無遺憾。

江氏又曰："填詞入律，苟無弦索之變，北曲詞至今亦可不變南曲。"原來江氏之音律學問乃如此，無怪其謂四聲不能配合宫商矣。案北曲之興，正以當日之入主中夏者乃漠北民族，發音之緩急輕重，詞不能按，乃製北曲。然而北方無入聲，四聲闕一，不適用於南方，乃生南曲。假令如江氏所言，四聲與宮商無關，則古人亦何必不憚煩而委曲遷就也。至於"苟無弦索之變"一語，尤爲大奇。歌曲隨弦索乎，抑弦索隨歌曲乎。主從不辨，其蔽也愚。

江氏又曰："詞即樂府，廟廷用之，又何曲之變哉。"案詞雖亦稱樂府，但廟廷上所用之樂府，決非如兩宋之詞。平調、清調、瑟調，鼓吹、橫吹，及郊廟、讌饗等樂歌，雖與後世之詞有幾許因緣，但小令、引、慢等靡靡之音，定非用以奏諸廟堂者也。至於詞曲之轉變，全出於娛樂之需要，與朝廷製禮作樂之動機，曾無關繫。東塗西抹，貌爲淵博以嚇人，殊非學者態度。總而言之，江氏抹煞四聲陰陽而侈言音律，無論如何，恐亦不能自完其說。

江氏又云："玉田所舉之〔惜花〕詞，'深'字不協，改'幽'亦不協，再改爲'明'字乃協。'深''幽''明'三字同是平聲，而或協或不協，足徵四聲之與五音毫不相涉。"此真乃門外漢語。"深""幽""明"三字雖同是平聲，但"深""幽"二字乃陰平，而"明"字則陽平故也。

吳衡照《蓮子居詞話》曰："'折'乃高半格，'掣'乃低半格。"案"折"之音符爲"ㄅ"，"掣"之音符爲"ㄣ"，恰如五綫譜之#與♭。音樂本乎天籟，原理原則，曾無古今中外之分。

陸次雲述曲工金叟之言曰："字有四聲，度曲者四聲各得其是，雖拙亦佳。如陽平拖韵稍長，即類於陰；陰平發音稍亮，即類於陽。"（見《湖壖雜記》。）謝章鋌曰："音樂之道，儒者解其義而不習其器，樂工習其器而不解其義。故樂工鮮能著書，而儒者之張皇楮墨，祇如話鈞天、望神山，持論愈高，實用愈少。至今日則文人多啞而樂工多盲，雖有妙製，輒遭荼毒，非齮刪其句即句更其字。"（見《賭棋山莊集》。）啞文士、盲樂工之喻，實爲昆曲衰落之本源。

葛長庚《玉蟾詩餘》有〔菊花新〕九首，長短不一，平仄互協，一韵貫徹，甚似元曲之散套。徐誠庵謂〔菊花新〕一調，以

宋仙韶院中菊部頭得名云。案張子野集有〔菊花新〕一首，爲大
呂調，五十二字，與葛作九首全不相同。葛長庚號白甫，南宋光寧
間人，學道於武夷山，有封號。

元曲散套，乃以同一宮調而曲牌各異之諸曲合組而成。此九
首雖長短各別，而皆以〔菊花新〕名，若以趙德麟之十二首〔蝶
戀花〕例之，則此較爲活潑矣。要之河水湯湯，必有泉源；元曲
之發生，亦必非突然轉變，無根而植者也。

一六　張史詞誤入稼軒集

《歷代詩餘》所選之稼軒詞共二百九十一首，其中有〔端正
好〕一首，曰：“軟波拖碧蒲芽短。畫橋外、花晴柳暖。今年自是
清明晚。便覺芳情較嬾。　　春衫瘦、東風剪剪。過花塢、香吹醉
面。歸來立馬斜陽岸。隔水歌聲一片。”更有〔菩薩蠻〕一首，
曰：“東風約略吹羅幕。一簾細雨春陰薄。試把杏花看。濕紅嬌暮
寒。　　佳人雙玉枕。烘醉鴛鴦錦。折得最繁枝。暖香生翠幄。”
此二首爲諸本稼軒詞所無。〔端正好〕即〔杏花天〕，乃誤入《梅
溪詞》，題曰《清明》。早年作《稼軒詞疏證》時，已發見其誤入。
唯〔菩薩蠻〕一首，當時雖未敢認爲稼軒作，但未得主名。己卯
長夏，偶翻閱《于湖詞》，此首乃忽然入目，題曰“諸客赴東郊之
集”，共三首，此其一也。張、史與稼軒同時，但三人集中，并無
唱和之作。蓋以于湖之騰達略先於稼軒，而梅溪則較晚。《歷代詩
餘》未審何所據而致誤也。

然而詩詞最易誤入他人集，不比文章。蓋文章有議論，有事
實，且篇幅較大，故不易相亂。詩詞則不然，本是小品，酬唱投
贈，原屬閑情，并未嘗視作正經大事。投簡偶雜入叢稿中，後人彙
刻，最易相蒙，一也。錄他人之作品爲筆墨酬應，在作書者或偶喜
其清新，隨手拈來，若當時不標出錄某人作等字，則後之收輯詩
文集者每爲所惑，二也。此“六曲闌干”之於歐陽永叔與馮延巳，
“遙夜亭皋”之於李後主、李世英、歐陽永叔，所以聚訟紛紜，莫

知誰屬也。

一七　説愁説恨

“鳳髻金泥帶，龍紋玉掌梳。走來窗下笑相扶。愛道畫眉深淺、入時無。　弄筆偎人久，描花試手初。等閑妨了繡工夫。笑問鴛鴦兩字、怎生書。”此六一居士之〔南歌子〕也，不似理學名臣語氣。

“天接雲濤連曉霧。星河欲轉千帆舞。仿佛夢魂歸帝所。聞天語。殷勤問我歸何處。　我報路長嗟日暮。學詩漫有驚人句。九萬里風鵬正舉。風休住。蓬舟吹取三山去。”此易安居士之〔漁家傲〕也，不似弱女子語氣。

“暖雨無情漏幾絲。牧童斜插嫩花枝。小田新麥上場時。汲水種瓜偏嘗早，忍烟炊黍又嗔遲。日長酸透軟腰肢。”此丹陽女子賀雙卿之〔浣溪沙〕也。雙卿富於文藝天才而嗇於命，適一樵子爲妻，姑惡夫暴，備受折磨。讀此詞則其日常生活可知。雙卿嘗發一心願曰：但願人間苦惱悉集於我躬，藉以超脱天下之可憐女子。真傷心人也。雙卿家庭無筆墨，詩詞稿多用針尖畫於蘆葉上，鄰女拾而存之。譚仲修之《篋中詞》，曾録其長調兩首。

“銷减芳容，端的爲郎煩惱。鬢慵梳宮妝草草。別離情緒，待歸來都告。怕傷郎又還休道。　利鎖名繮，幾阻當年歡笑。更那堪鱗鴻信杳。蟾枝高折，願從今須早。莫孤負鏡中人老。”此孫夫人之〔風中柳〕也。説愁説恨，一望而知爲尋愁覓恨，蓋福慧雙修人也。

一八　詞爲譚資

舊説，一妓女偶因誤唱秦少游之門韵〔滿庭芳〕，而臨時改作江陽韵者。又有因一時窘迫，不得已而强改柳耆卿之可韵〔定風波〕者。并録之以作譚資之助。

秦少游之〔滿庭芳〕曰：

　　山抹微雲，天黏衰草，畫角聲斷譙門。暫停征棹，聊共飲離尊。多少蓬萊舊事，空回首、烟靄紛紛。斜陽外，寒鴉數點，流水繞孤村。　　消魂。當此際，香囊暗解，羅帶輕分。漫贏得青樓，薄幸名存。此去何時見也，襟袖上、空惹啼痕。傷情處，高城望斷，燈火已黃昏。

　　歌者誤唱"譙門"爲"斜陽"，座客目之而笑，靜聽以觀其窘。而此人乃從容不迫，仍用江陽韵續唱到底。詞曰：

　　山抹微雲，天黏衰草，畫角聲斷斜陽。暫停征棹，聊共飲離觴。多少蓬萊舊事，空回首、烟靄茫茫。斜陽外，寒鴉數點，流水繞宮墙。　　堪傷。當此際，輕分羅帶，暗解香囊。漫贏得青樓，薄幸名揚。此去何時見也，襟袖上、空惹餘香。傷情處，高城望斷，燈火已昏黃。

柳耆卿之〔定風波〕曰：

　　自春來、慘綠愁紅，芳心是事可可。日上花梢，鶯穿柳帶，猶壓香衾臥。暖酥消，膩雲嚲。終日厭厭倦梳裹。無那。恨薄情一去，音書無個。　　早知恁麼。悔當初、不把雕鞍鎖。向雞窗祇與，蠻牋象管，拘束教吟課。鎮相隨，莫抛躱。針綫閒拈伴伊坐。和我。免使年少，光陰虛過。

　　開封府尹錢可，字可道，性嚴峻而迂，人多畏之。一日讌客，傳營妓來供應。有歌者卿此詞者（或曰謝天香。），至第一韵"可可"，其人猛憶此字犯長官之諱，懼獲譴，乃將"可"字發音臨時收束，餘韵在喉中盤旋，變爲"呵嗚噫"，三轉而發一"已"字音。府尹瞋目視之，聽其續歌曰：

自春來、慘綠愁紅，芳心是事已已。日上花梢，鶯穿柳帶，猶壓香衾睡。暖酥消，膩雲鬢。終日厭厭倦梳洗。無奈。恨薄情一去，音書誰寄。　　早知恁地。悔當初、不把雕鞍繫。向雞窗祇與，蠻牋象管，拘束教儂字。鎮相隨，莫拋弃。針綫閒拈静相對。和你。免使年少，光陰虛費。

歌未竟，此穆然之府尹，早已顏色和霽，繼則點頭按拍，報以微笑。

此兩首所難在臨時更改而流麗自然，堪稱妙品。但〔滿庭芳〕一首，變易原文十一字，〔定風波〕一首，變易原文十八字。然而倉猝之間，其亦難能矣。

〔多麗〕亦名〔綠頭鴨〕，乃一百三十九字長調，原是平韵。聶冠卿一首改填入聲。平韵轉入，原不犯律。余嘗戲將聶作復由入轉平，照原文不易一字，并録之以助譚笑。原詞曰：

想人生，美景良辰堪惜。向其間、賞心樂事，古來難是并得。况東城、鳳臺沁苑，泛晴波、淺照金碧。露洗華桐，烟霏絲柳，綠陰搖曳蕩春色。畫堂迥，玉簪瓊佩，高會盡詞客。清歌久、重然絳蠟，別就瑤席。　　有翩若驚鴻體態，暮爲行雨標格。逞朱唇、緩歌妖麗，似聽流鶯亂花隔。慢舞縈回，嬌鬟低嚲，腰肢纖細困無力。忍分散、彩雲歸後，何處更尋覓。休辭醉、月明花好，莫漫輕擲。

平調有從首句第三字起韵者，因即以生字爲韵。詞曰：

想人生。堪惜美景良辰。向其間、賞心樂事，古來得是難并。况東城、鳳臺沁苑，照金碧、波淺泛晴。露洗華桐，烟霏柳色，綠絲搖曳蕩春陰。玉佩迥、畫堂高會，詞客盡簪瓊。別重就、久然絳蠟，瑤席歌清。　　有標格暮爲行雨，體態翩若鴻鶩。逞朱唇、緩歌妖麗，隔亂花聽似流鶯。纖細腰肢，舞困無力，嬌鬟低軃慢回縈。何處覓、彩雲分散，歸後忍更尋。休漫擲、莫辭輕醉，月好花明。

全詞共十二韻，字之參伍錯綜，亦祇以本韻爲界，無移用他韻字者。然而亦祇可謂之點金成鐵而已。（宋詞有以真文、庚青、侵尋互叶者。如草窗〔少年游〕："松風蘭霧滴崖陰。瑤草入簾青。玉鳳驚飛，翠蛟時舞，噴薄濺春雲。"）

用語體作律詩，若元微之《悼亡》三首，已屬難能。至於朱敦儒、謝應芳等詞集中偶見之別體，則較於"謝公最小偏憐女"，活潑多矣。更有蜀中妓之〔鵲橋仙〕，尤爲本色。詞曰：

說盟說誓，說情說意。動便新愁滿紙。多應念得脫空經，是那個先生教的。　　不茶不飯，不言不語。一味供他憔悴。相思已是不曾閑，又那得工夫咒你。

光緒中葉，旅居淞滬，客有眷一雛妓者，沉醉經年。端陽節後，聞此妓適人，甫一月而殞。或作〔卜算子〕以調之曰：

客歲端陽起，今歲端陽止。問你銅錢有幾多，人生行樂耳。五月十三嫁，六月十三死。問你恩情有幾多，死者長已矣。

一九　汲古閣影宋鈔本章華詞

汲古閣影宋鈔本《章華詞》，佚前八葉，致作者姓名因而湮沒，憾事也。詞筆甚高，超逸有生氣，置於兩宋詞林，堪稱上品。中有〔清平樂〕一首，題曰《辛卯清明日》，起韻曰："風不定。舞碎海棠紅影。"此非〔清平樂〕，乃〔謁金門〕也，似是和盧蒲江之"風不定。移去移來簾影"。若是，則其人應生於寧宗慶元以後。考南宋一百五十年間袛有兩辛卯，一在孝宗乾道七年，一在理宗紹定四年。既曰慶元以後，宜是紹定四年。若是，似可決爲理宗朝之人物矣。

卷中屢見"湘""楚"等名。如〔虞美人〕之"又是一番紅葉、下三湘"，〔清平樂〕之"誰管天涯顦顇，楚鄉又過清明"，〔醉蓬萊〕之"又值生初，故鄉何在，三楚雲高，謾勞回首"。則其人固嘗久客荊楚者。

又如〔秦樓月〕之"秋漠漠。登臨常羨東飛鶴"，〔木蘭花〕之"登樓準擬故人書，殷勤試問西歸雁"，寫鴻雁多曰南歸北來，言東西飛者實所罕見，客荊楚而東望思歸，則其人之故鄉應是江西或浙江。

又〔西江月〕之"捲簾獨坐撚髭鬚"，〔朝中措〕之"看取星星潘鬢，花應羞上人頭"，則其人作客湖湘時，應在中年以後。

又如〔朝中措〕之"宦游袛欲賦歸休"，〔西江月〕之"天涯流落歲將殘。望斷故園心眼"，足見其人實宦游他鄉，下僚沉滯，不甚得意。

《辛卯清明》一首，起二句既以〔謁金門〕亂〔清平樂〕，復有《春日述懷》之〔木蘭花〕，起二句曰："小桃枝上東風轉。草綠江南岸。"此二句乃〔虞美人〕，而非〔木蘭花〕。可見此稿不但佚前八葉，即存者亦多顛倒屢雜。

以上所云，袛是隨筆掇錄所見，或可供顯微闡幽者之采擇焉。

二〇　悼亡詞

顧梁汾《彈指詞》有〔金縷曲〕一首，題曰《悼亡》。詞曰："好夢而今已。被東風、猛教吹斷，藥爐烟氣。縱使傾城還再得，夙昔風流盡矣。須轉憶、半生愁味。十二樓寒雙鬢薄，遍人間、無此傷心地。釵鈿約，悔輕弃。　茫茫碧落音誰寄。更何年、香階剗襪，夜闌同倚。珍重韋郎多病後，百感消除無計。那袛爲、個人知己。依約竹聲新月下，舊江山、一片啼鵑裏。雞塞杳，玉笙起。"

納蘭容若《飲水詞》亦有〔金縷曲〕一首，題曰《亡婦忌日有感》。詞曰："此恨何時已。滴空階、寒更雨歇，葬花天氣。三載悠悠魂夢杳，是夢久應醒矣。料也覺、人間無味。不及夜臺塵土隔，冷清清、一片埋愁地。釵鈿約，竟拋弃。　　重泉若有雙魚寄。好知他、年來苦樂，與誰相倚。我自終宵成轉側，忍聽湘弦重理。待結個、他生知己。還怕兩人俱薄命，再緣慳、剩月零風裏。清淚盡，紙灰起。"

兩詞所用之韵，除下半闋第三韵而外，餘悉相同，顯然步韵之作，但不知誰步誰之韵耳。顧梁汾夫人爲誰氏，卒於何年，未及細考。查其門人鄒升恒所撰之《梁汾公傳》，及無錫新舊兩縣志之《文苑傳》，均未叙及。納蘭容若夫人盧氏，據徐健庵所撰之《納蘭君墓志銘》及韓慕廬所撰之《納蘭君神道碑》，亦衹言盧夫人先於君而卒，未指何年。但《彈指詞》有寄吳漢槎〔金縷曲〕二首，題曰《寄吳漢槎寧古塔，以詞代書。時丙辰冬，㝢京師千佛寺，冰雪中作》。丙辰乃康熙十五年。其第二首中有句曰"薄命長辭知己別，問人生、到此凄凉否"，則梁汾悼亡，不能在丙辰之後。

《飲水詞》有〔沁園春〕二首，題曰《丁巳重陽前三日，夢亡婦澹妝素服，執手哽咽，語多不復能記憶。但臨別有云，銜恨願爲天上月，年年猶得向郎圓。婦素未工詩，不知何以得此。覺後感賦長調》。則容若悼亡，不能在丁巳之後。

丙辰、丁巳，相差衹在上下一年間，但是否即以是年賦悼亡，未敢武斷。故誰是原唱，誰爲步韵，迄未可知。又按"亡婦忌日"一首，有"葬花天氣"一語，則納蘭夫人似是卒於暮春，曰忌日云者，已不是悼亡之當年，而"入夢"一首則在丁巳九月。是則容若悼亡，亦不能在丙辰以後。

"亡婦忌日"一首有曰"三載悠悠魂夢杳"，又曰"忍聽湘弦重理"，可見此詞之作已在悼亡之後三年，且既續弦矣。又据梁汾寄漢槎詞，有"兄生辛未吾丁丑"一語，得知梁汾生於崇禎十年，長於容若十八歲，蓋容若乃生於順治十一年甲午也。梁汾享大年，七十八歲，容若卒年祇三十一歲而已（容若生於甲午十二月，卒於乙丑五月，實得廿九歲零五個月。）。若兩人果於康熙乙丑丙辰間賦悼亡，則容若祇二十左右，無怪其悼亡詞悲苦特甚也。

二一 詞之句讀

詞之格律，祇要嚴守每一韵之字數，至於句讀，未嘗不可以通融。此語似未經人道，或有之而未獲見也，前已略舉其端。茲更將陳允平、楊澤民、方千里三家所和周邦彥詞，列舉其句讀之互有出入者，用資比照，以周詞爲主而陳、楊、方之和韵爲賓。若陳、楊所作與周同，而方獨異，則陳、楊從闕，餘仿此。下注調名者即周之原作也。

歸騎晚，纖纖池塘細雨。（〔瑞龍吟〕）

憶桃李春風，梧桐秋雨。（楊）

似楚江暝宿，風燈零亂，少年羈旅。（〔瑣窗寒〕）

似向人欲說離愁，因念未歸行旅。（楊）

梁間燕，社前客。（〔應天長〕）方曰：春依舊，身是客。

江湖幾年倦客。（陳）

金釵試問妙客。（楊）

天便教人，霎時廝見何妨。（〔風流子〕）陳曰：春已無多，祇愁風雨相妨。

唯恨小臣資淺，朝覲猶妨。（楊）

都爲酒驅歌使，也應無妨。（方）

樓下水，漸綠遍，行舟浦。（〔荔枝香〕）楊曰：開宴處，俯北榭，臨南浦。

天際漸迤邐，片帆南浦。（陳）

大都世間最苦，惟聚散。（〔荔枝香〕）

素蟾屢明晦，彩雲易散。（楊）

到得春殘，看即是，開離宴。（〔荔枝香〕）

玉瑟無心理，嬾醉瓊花宴。（陳）

正泥花時候，奈何客裏，光陰虛費。（〔還京樂〕）陳曰：奈春光漸老，萬金難買，榆錢空費。

念鶯輕燕怯媚容，百斛明珠須費。（楊）

行路永，客去車塵漠漠。（〔瑞鶴仙〕）

愛樹色參差，湖光渺漠。（陳）

有松桂扶疏，烟霞渺漠。（楊）

更暮草萋萋，疏烟漠漠。（方）

任流光過却，猶喜洞天自樂。（〔瑞鶴仙〕）

但無心萬事由天，夢中更樂。（陳）

待開池剩起林亭，共宴同樂。（楊）

早歸休月地雲階，剩追歡樂。（方）

念漢浦離鴻去何許，經時音信絕。（〔浪淘沙慢〕）

望日下長安近，莫使鱗鴻成間絕。（陳）

但悵惘章臺路，多少相思拼愁絕。（方）

秋意濃，閑佇立庭柯影裏，好風襟袖先知。（〔四園竹〕）

獨向閑亭步月，闌干瘦倚，此情唯有天知。（陳）

羅袖恩恩敘別，凄涼客裏，異鄉誰更相知。（楊）

菖蒲漸老，早晚成花，教見薰風。（〔塞翁吟〕）

年年對賞美質，朝朝披翫香風。（楊）

寒瑩晚空，點清鏡斷霞孤鶩。（〔蕙蘭芳引〕）

池亭小，簾幕初下，散飛鳧鶩。（楊）

登山臨水，此恨自古，消磨不盡。（〔丁香結〕）

青青榆莢滿地，縱買閑愁難盡。（方）

官柳蕭疏甚，尚挂微微殘照。（〔氏州第一〕）陳曰：潮帶離愁去，冉冉夕陽空照。

徐整鸞釵，向鳳鑒低徊斜照。（楊）

芳草如薰，更瀲灩波光相照。（方）

還是獨擁秋衾，夢餘酒困都醒，滿懷離苦。（〔解蹀躞〕）陳曰：無奈歷歷寒蟬，爲誰喚老西風，伴人吟苦。

那況泪濕征衣，恨添客鬢，終日子規聲苦。(方)

霽景對霜蟾乍昇，素烟如掃。(〔倒犯〕) 方曰：盡日任梧桐自飛，翠階慵掃。

百尺鳳皇樓，碧天暮雲初掃。(陳)

畫舫并仙舟，遠窺黛眉新掃。(楊)

入尋常巷陌，人家相對，如説興亡斜陽裏。(〔西河〕)

對三山半落青天，數點白鷺飛來，西風裏。(陳)

〔西河〕結韻，句讀大率如周作，但陳和不能作如是斷。雖則周詞可點作"入尋常巷陌人家，相對如説興亡，斜陽裏"。然楊、方所作，又必不能作如是斷。方千里所和曰："好相將載酒，尋歌互對，酬答年華鶯花裏。"楊澤民所和曰："袖青蛇屢入，都無人對，唯有枯松城南裏。"周、楊、方均押"對"字，計此字亦有用韻者。誠如是，則周詞更不能在"家"字斷。若"對"字是韻，則陳詞爲脱却一韻矣。然而四印齋所收之清真集外詞中，有〔西河〕一首，結句乃三字，與陳作同。詞曰："想當時萬古雄名，盡作往來人，淒凉事。"人字句少一字。又可見若用三字結，則少却一韻，亦無礙。

〔西河〕一調，作者無多，清真而外，於南宋諸大家中，唯見稼軒、玉田、夢窗各一首，皆用七字句結。稼軒一首，丘宗卿有和韻，結句乃改用三字，與陳西麓之和清真同。稼軒原作曰："過吾廬定有，幽人相問，歲晚淵明歸來未。"丘之和韻曰："想天心注倚方深，應是日日傳宣，公來未。"可見此調用七字結或三字結，於歌時無礙。

如上文所標舉，已足證衹要每韻不失律，句讀盡可由人。清真、西麓，均馳譽詞壇，非泛泛者。即楊、方所賡和，亦復字字清圓，意新韻愜，允爲佳構。可見譜律別出東坡赤壁之〔念奴嬌〕爲"又一體"，猶是淺見，無有是處。若以杳不相涉之兩人，各自吟咏，猶得曰各人所據之體，本不相同。但陳、楊、方三人固指名和清真詞者也。各將一部《片玉集》自首至尾逐韻賡和，豈有和他人之作，而自用別體者哉。萬紅友祇斷斷於上四下六或上六下四，每以惡聲向人，貌爲自得，殊屬所見不廣。

楊澤民《和清眞詞》一卷，乃據江建霞所收之《宋元名家詞》本，共十三種，實轉鈔汲古閣之未刊本，而於光緒二十一年督學湖南時刻於長沙者也。其中唯張玆夫之《古山樂府》一種收入《彊邨叢書》，餘均未見。計江之所鈔共二十二種，因與四印齋避免重出，故祇刻十三種。

因寫此稿，乃發見萬紅友《詞律》不但句讀時見武斷，脫韵處亦復不少。各家所作間有出入，猶得曰此韵可協可不協。至於和韵詞，若兩家或三家均協此韵，則必不能認爲非協矣。主觀蔽人，賢者不免。是以茲篇於屬稿時，祇用純客觀之笨方法，將周、陳、楊、方四家詞陳於案上，逐字對勘。而徵用之參考書亦復羅列當前，凡三日而畢，三十一年十一月二十八日寫記。

二二　稼軒體

每見南宋詞人，偶有運用散文句法入詞者，輒曰"效稼軒體"。如姜白石次韵稼軒之〔漢宮春〕曰："雲曰歸歟。縱垂天曳曳，終反衡廬。……知公愛山入剡，若南尋李白，問訊何如。年年雁飛波上，愁亦關予。"又次韵稼軒蓬萊閣之〔漢宮春〕曰："一顧傾吳。苧蘿人不見，烟杳重湖。當時事如對弈，此亦天乎。……秦山對樓自綠，怕越王故壘，時下樵蘇。祇今倚闌一笑，然則非歟。"白石詞最爲清麗，似此兩首，祇是貼旦反串外末，終不掩其婀娜。

此種風格，實則稼軒集并不多見。祇有《盟鷗》之〔水調歌頭〕一首曰："凡我同盟鷗鷺，今日既盟之後，來往莫相猜。"因此詞當代即已傳誦，和者甚衆，因强名之曰"稼軒體"。其實劉後邨最好運用此種技術，集中不少見。如《喜歸》之〔水調歌頭〕曰："街畔小兒拍笑，馬上是翁孾鑠，頭與璧俱還。"又〔沁園春〕之"天下英雄，使君與操，餘子誰堪共酒杯。……使李將軍遇高皇帝，萬戶侯何足道哉"，又〔滿江紅〕之"嘆臣之壯也不如人，今何及"。白石、後邨均與稼軒同時。

向滈有〔如夢令〕一首曰："誰伴明窗獨坐。和我影兒兩個。燈燼欲眠時，影也把人抛躲。無那。無那。好個恓惶的我。"絕似朱希真，以入《樵歌》，可以亂真。滈字豐之，有《樂齋詞》一卷，見江刻《宋元名家詞》。案此詞亦見四印齋《漱玉詞補遺》，云輯自《詞統》，但半塘已認爲界於疑似。樂齋〔如夢令〕共八首，前三首有題，後五首無題，此乃五首之一。五首意境一貫，應是樂齋作。江刻《宋元名家詞》後出，當日半塘或未見也。

元人詞頗有類似《樵歌》處，別具一種風格，多本色而少雕鏤，詞曲轉變之踪迹，固自宛然。如謝應芳之〔驀山溪〕曰："無端湯武，吊伐功成了。賺盡幾英雄，動不動、東征西討。"又《吳江阻風》之〔滿江紅〕曰："怪底東風，要將我、船兒翻覆。行囊裏、是群賢相贈，數篇珠玉。江上青山吹欲倒，湖中自浪高於屋。幸年來、阮藉慣窮途，無心哭。"又《梅花》之〔風入松〕曰："歲寒心事舊相知。相別去年時。如今重睹春風面，比年時消瘦些兒。"又《初度》之〔點絳唇〕曰："海上歸來，鬢毛枯似經霜草。薄田些少。茅屋園池小。　　三子犁鋤，三婦供蘋藻。村居好。兔園遺稿。是我傳家寶。"應芳字子蘭，有《龜巢詞》一卷。

舒頔有《貞素齋詩餘》一卷，亦多本色語。如《晴雪》之〔滿江紅〕曰："萬里豈無祥瑞應，四方已在飢寒裏。"別有會心。又〔謁金門〕之"休説邊陲蕭索。米白魚肥如昨。別後情懷何處托。寒光倚山閣"。又〔折桂令〕之"想無愧乾坤俯仰。且隨緣詩酒徜徉"，又〔風入松〕之"故人情況近如何。應被酒消磨。醉來笑倚娉婷卧。傷心處暗揾香羅"，以旖旎寫沉痛，而不見斧鑿痕，自是高手。隨便牽取他人衣袂以擦自己的眼泪，妙不可言。又〔沁園春〕之"平生性，喜不爲酒困，常帶書痴。……赫赫功名，堂堂事業，不博先生這肚皮。休瞞我，任高官厚禄，也要些兒"，又《端午》之〔水龍吟〕曰"輕雲閣雨還晴，蒼皇又負端陽節。……

看連城瀕洞，大家愁惱，這光景，何時歇"，又〔沁園春〕之"風回太液清池。欲留住、東皇共笑嬉。想乾坤浩浩，誰曾整頓，干戈擾擾，孰問安危。籠絡人才，登崇祿秩，赤箭青芝敗鼓皮。都休間，看營巢燕子，哺乳鶯兒"，又〔太常引〕"菱花再照，鸞膠再續，應笑雪盈顛。深夜語嬋娟。也曾是都門少年"。頓字道原，績溪人，生於元季，時天下已大亂，故多悲憤語。

詞由五代之自然，進而爲北宋之婉約，南宋之雕鏤，入元復返於本色。本色之與自然，祇是一間，而雕鏤之與婉約，則相差甚遠。婉約祇是微曲其意而勿使太直，以妨一覽無餘；雕鏤則不解從意境下工夫，而唯隱約其辭，專從字面上用力，貌爲幽深曲折，究其實祇是障眼法，揭破仍是一覽無餘，此其所以異也。

二三　梅

南宋詞人對於花草之吟咏，似以梅爲特多，蓋以此花之品格既高，而江南嶺北之間又特盛故也。白石爲此花特製二曲。曰〔暗香〕、曰〔疏影〕，古今獨絕，固然論矣，即其他詞人之名作，亦復美不勝收。周草窗則獨運其才思，不寫梅花而寫梅影，曰"素壁秋屏，招得芳魂，仿佛玉容明滅。疏疏滿地珊瑚冷，全誤却撲花幽蝶"，的確是影而非花。把"影"字刻畫得入神入妙，可稱化工之筆。王碧山亦有《梅影》一首，曰"幾度黃昏，忽到窗前，重想故人初別"，與草窗工力略相敵。

《花外集》有〔西江月〕一首賦畫梅，詞曰："褪粉輕盈瓊臘，護香重叠冰銷。數枝誰帶玉痕描。夜夜東風不掃。　　溪上橫斜影淡，夢中寂寞魂銷。峭寒未肯放春嬌。素被獨眠清曉。"此非樹上之花，亦非牆上之影，實絹本上之畫梅也。碧山以咏物擅場，集中名作如咏春水之〔南浦〕，雪意之〔無悶〕，新月之〔眉嫵〕，落葉之〔水龍吟〕，螢與蟬之〔齊天樂〕，榴花之〔慶清朝〕，均屬神來之筆，刻畫入微。

黃子由夫人胡與可，元功尚書之女公子也。一日，值大風後，入書齋，見桌上塵封，乃以指甲畫折枝梅於其上，并題〔百字令〕一闋。詞曰："小齋幽僻，久無人到此，滿地狼藉。几案塵生多少憾，玉指親傳踪迹。畫出南枝，正開側面，花蕊俱端的。可憐風韻，故人難寄消息。　　非共雪月交輝，者般造化，豈費東君力。祇欠清香來撲鼻，亦有天然標格。不上寒窗，不隨流水，應不鈿宮額。不愁三弄，祇愁羅袖輕拂。"既非枝上之梅花，亦非窗上之梅影，更非絹素上之畫梅。雖屬游戲之作，具見慧心。子由名由，長洲人，舉淳熙進士第一，終刑部尚書。

　　寫花之色香易，寫花之身分難。如白石之"客裏相逢，籬角黃昏，無言自倚修竹。昭君不慣胡沙遠，但暗憶、江南江北。想佩環月夜歸來，化作此花幽獨"，則真能畫出梅之身分者。又如夢窗《連理海棠》之〔宴清都〕，"東風睡足交枝，正夢枕瑤釵燕股。障瀲蠟滿照歡叢，嫠蟾冷落羞度"，尚不失海棠身分。拙作有〔菩薩蠻〕一首咏海棠，曰："困眠慵起遲春晝。香融粉膩胭脂透。贏得最憐伊。輕顰薄媚時。　　深深庭院静。紫燕雕梁并。闌角月如鈎。低鬟眉黛愁。"亦未唐突。

二四　徐誠庵詞律拾遺疏忽處

　　徐誠庵著《詞律拾遺》八卷，杜筱舫補注及校勘二卷，對於萬紅友多所是正，厥功甚偉，但疏忽處時亦有之。甚矣，考訂之不易也。

　　〔夏初臨〕一調原是平韻，筱舫補注曰："此調王碧山有入聲韻，音節極諧，已補列《拾遺》內。"見杜刻《詞律》卷十五葉八。查《花外集》并無〔夏初臨〕，繼檢《詞律拾遺》之卷四葉三，見所錄乃王碧山"疏簾蝶粉"之〔應天長〕，而非〔夏初臨〕也。詞曰：

　　　　疏簾蝶粉，幽徑燕泥，花間小雨初足。又是禁城寒食，輕舟泛晴淥。尋芳地，來去熟。尚仿佛大堤南北。望楊柳，一片陰陰，搖曳新綠。　　重訪艷歌人，聽取新聲，猶是杜郎曲。蕩漾去年春色，深深杏花屋。東風裏，曾共宿。記小刻近窗新竹。舊游遠，沉醉歸來，滿院銀燭。

復查《詞律》卷五葉三十，見〔應天長〕本調所收之九十八字體，乃周美成"條風布暖"一首，錄之以資比較。詞曰：

　　條風布暖，霏露弄晴，池臺遍滿春色。正是夜堂無月，沉沉暗寒食。梁間燕，社前客，似笑我閉門愁寂。亂花過，隔院芸香，滿地狼籍。　　長記那回時，邂逅相逢，郊外駐油壁。又見漢宮傳燭，飛烟五侯宅。青青草，迷路陌。強載酒細尋前迹。市橋遠，柳下人家，猶自相識。

誠庵所輯之《碧山詞》，未知出自何本，致誤〔應天長〕為〔夏初臨〕。但美成之"條風布暖"，人所共知，且筱舫於《詞律》卷五此詞之下，亦有案語。味其聲調，句法與平仄悉相若，亦應不至於無所覺，是誠疏忽。查〔應天長〕與〔夏初臨〕兩調皆無別名也。試將洪咨夔之〔夏初臨〕一闋錄存，以供參證。詞曰：

　　鐵瓮栽荷，銅彝種菊，膽瓶萱草榴花。庭戶深沉，畫圖低映窗紗。數枝奇石嵾衙。染宣和瑞露明霞。於菟長嘯，楓林未落，霜草先斜。　　雪絲香裏，冰粉光中，興來進酒，睡起分茶。輕雷急雨，銀篁逆插檐牙。涼入琵琶。枕幬開又送蟾華。問生涯。山林朝市，取次人家。

上入雖可以通平，但如白石之〔滿江紅〕，西麓之〔絳都春〕，草窗之〔念奴嬌〕等，率皆一韵不失，句逗相依，變其聲而不易其調，以是見巧。此固與自度新曲不同也。試將周詞〔應天長〕與洪詞〔夏初臨〕一對照，豈獨韵之平仄不同而已哉。

二五　宮調與情趣韵味

音樂之能移人，蓋因其與七情相感應也。詞調既按律吕宫調以製譜，豈曰無因。後世不察，不管壽詞挽歌，曾不選調，隨手拈來，便爾填砌，其間必有戾乎情性者矣。兹特從五代兩宋之詞人專集中，擷采其注出宫調之詞牌，按宫分隸。又將《中原音韵》所標舉各宫調之情趣韵味，分別附注。雖則聲調之哀樂於作者下筆時之情緒大有關繫，未必盡屬嚴格如括弧内之四字所云，然大致總不甚遠。又古人詞集於每首之下標出宫調者百不得一，蓋當日人士，應是望名即能舉其宫商，故無取蛇足。以是窮數日之力，僅拾得約及四百調，用資舉例而已。其有一調而分隸兩宫或兩宫以上者，則加△符於上角。即如〔少年游〕一調，周美成"南都石黛掃晴山"一首五十字，隸黄鐘宫，高竹屋"春風吹碧"一首五十二字，隸商調。又如〔定風波〕一調，周美成"莫倚能歌斂翠眉"一首六十字，隸商調；柳耆卿"自春來"一首一百字，隸歇指調；"竚立長堤"一首一百四字，隸雙調。細玩其情味，各各不同。此中消息，下文更分論之，此不過舉例而已。後之所列，乃以金奩、子野、樂章、片玉、于湖、白石、夢窗七人之集爲根據，更旁蒐側求而得此。

正宫即黄鐘宫（富貴纏綿）

醉垂鞭	黄鶯兒	玉女搖仙佩
雪梅香	早梅芳	鬪百花
甘草子	△齊天樂	△虞美人
清平樂	△浣溪沙	醜奴兒慢
惜紅衣	角招（黄鐘角）	徵招（黄鐘徵）

中吕宫即夾鐘宫（高下閃賺）

△南鄉子	△菩薩蠻	△踏莎行
△小重山	△西江月	慶金枝
△浣溪沙	相思兒令	師師令

山亭宴慢　　　謝池春慢　　　惜雙雙
△感皇恩　　　送征衣　　　　晝夜樂
柳腰輕　　　　梁州令　　　　滿庭芳
宴清都　　　　六醜　　　　　綺寮怨
如夢令　　　　揚州慢　　　　長亭怨慢
玉蝴蝶　　　　拜星月　　　　△生查子
柳梢青　　　　玉京秋

中呂調即夾鐘羽

菊花新　　　　△虞美人　　　醉紅妝
△天仙子　　　△菩薩蠻　　　戚氏
輪臺子　　　　△引駕行　　　△望遠行
彩雲歸　　　　△洞仙歌　　　離別難
擊梧桐　　　　夜半樂　　　　△祭天神
過澗歇近　　　△安公子　　　△歸去來
△燕歸梁　　　△迷神引　　　意難忘
宴清都　　　　眼兒媚　　　　△晝錦堂
新雁過妝樓　　探芳信　　　　多麗
△六么令

高平調即林鐘羽（條暢滉漾）

怨春風　　　　於飛樂令　　　△臨江仙
江城子　　　　轉聲虞美人　　△燕歸梁
酒泉子　　　　定西番　　　　△河傳
偷聲木蘭花　　千秋歲　　　　△醉桃源
△天仙子　　　望漢月　　　　△歸去來
八六子　　　　△長壽樂　　　△瑞鷓鴣
瑞鶴仙　　　　△木蘭花慢　　解語花
拜星月慢　　　玉梅令　　　　楊柳枝
探芳新　　　　澡蘭香　　　　倦尋芳
△卜算子　　　歸自遥　　　　△六么令

南昌宮即林鐘宮 (感嘆悲傷)

江南柳	八寶裝	一叢花令
夢江南	△河傳	蕃女怨
荷葉杯	透碧霄	△木蘭花慢
臨江仙引	△瑞鷓鴣	憶帝京

仙呂調 (即夷則羽)

望海潮	如魚水	玉蝴蝶
滿江紅	△洞仙歌	△引駕行
望遠行	八聲甘州	△臨江仙
竹馬子	小鎮西	小鎮西犯
△迷神引	促拍滿路花	惜黃花慢
剔銀燈	紅窗聽	△鳳歸雲
△女冠子	木蘭花令	甘州令
西施	△河傳	郭郎兒近
鬲溪梅令	淒涼犯	絳都春
△六么令		

仙呂宮即夷則宮 (清新綿邈)

宴春臺慢	好事近	△傾杯樂
笛家弄	點絳唇	蕙蘭芳引
滿路花	△倒犯	歸去難
△玉樓春	暗香	疏影
△南歌子	河瀆神	△六么令
鵲橋仙	△踏莎行	減字木蘭花
△醉落魄	桂枝香	

大石調即黃鐘商 (風流蘊藉)

清平樂	△醉桃源	恨春遲
△傾杯樂	迎新春	曲玉管
滿朝歡	夢還京	鳳銜杯
△鶴沖天	受恩深	看花回

柳初新	兩同心	△女冠子
△玉樓春	金蕉葉	惜春郎
傳花枝	△傾杯	△瑞龍吟
風流子	還京樂	玲瓏四犯
蕎山溪	望江南	隔浦蓮
△更漏子	△木蘭花	△法曲獻仙音
過秦樓	側犯	塞翁吟
霜葉飛	塞垣春	醜奴兒慢
△尉遲杯	△繞佛閣	紅羅襖
△感皇恩	三部樂	琵琶仙
燭影搖紅	東風第一枝	高山流水
夜合花	△夜飛鵲	△玉燭新
△荔枝香近	阮郎歸	△西河
渡江雲	△念奴嬌	六州歌頭
水調歌頭	鷓鴣天	醜奴兒
柳初新	歌頭	

道宮即仲呂宮（飄逸清幽）

| △西江月 | △小重山 | △夜飛鵲 |

正平調即仲呂羽

| △菩薩蠻 | 淡黃柳 | 青玉案 |

雙調即夾鐘商（健捷激裊）

慶佳節	采桑子	御街行
玉聯環	武陵春	△定風波
百媚娘	夢仙鄉	歸朝歡
相思令	△少年游	賀聖朝
△生查子	雨霖鈴	△尉遲杯
慢卷紬	徵部樂	佳人醉
△迷仙引	采蓮令	秋夜月
巫山一段雲	婆羅門令	掃花游

△秋蕊香	△迎春樂	一落索
紅林檎近	△玉燭新	黃鸝繞碧樹
△繞佛閣	芳草渡	醉吟商
翠樓吟	歸國遥	△應天長
荷葉杯	謁金門	小重山
獻衷心	賀明朝	鳳樓春
△念奴嬌	漢宮春	惜秋華
金盞子	秋思	△倒犯
雨中花	南鄉子	

歇指調即林鐘商 （急并虛歇）

雙燕兒	卜算子慢	夏雲峰
永遇樂	△卜算子	△荔枝香
鵲橋仙	浪淘仙	浪淘沙令
△祭天神	女冠子	上行杯
天仙子	集賢賓	殢人嬌
思歸樂	△應天長	合歡帶
長相思	△尾犯	駐馬聽
傷情怨	蕙蘭芳引	更漏子
△南歌子	△蝶戀花	△訴衷情
△木蘭花	減字木蘭花	△少年游
△醉落魄	喜朝天	破陣樂
三字令	古傾杯	△傾杯
雙聲子	陽臺路	內家嬌
二郎神	醉蓬萊	宣清
錦堂春	△定風波	訴衷情近
留客住	迎春樂	隔簾聽
△鳳歸雲	拋毬樂	

般涉調即黃鐘羽 （拾掇坑塹）

漁家傲	塞姑	△瑞鷓鴣

△洞仙歌	△安公子	△長壽樂
蘇幕遮	夜游宮	△傾杯

黃鐘宮即無射宮

△少年游	△浣溪沙	華胥引
△尾犯	△齊天樂	鶴沖天
喜遷鶯	△南鄉子	漁父
憶秦娥	連理枝	

小石調即中呂商（旖旎嫵媚）

夜厭厭	△迎春樂	△蝶戀花
△法曲獻仙音	西平樂	法曲第二
△秋蘂香	一寸金	渡江雲
四園竹	花犯	△西河
江南春	△晝錦堂	

越調即無射商（陶寫冷笑）

清平樂	瑣窗寒	丹鳳吟
憶舊游	慶宮春	大酺
水龍吟	蘭陵王	鳳來朝
石湖仙	秋宵吟	遐方怨
△訴衷情	思帝鄉	霜花腴
婆羅門引（羽）	△瑞龍吟	霜天曉角
惜紅衣		

商調即夷則商（凄愴怨慕）

△應天長	解連環	浪淘沙慢
南鄉子	垂絲釣	△訴衷情
丁香結	氏州第一	解蹀躞
△蝶戀花	三部樂	品令
△定風波	霓裳中序第一	龍山會
三姝媚	國香慢	△少年游
醉蓬萊	玉蝴蝶	玉漏遲

一斛珠　　　△更漏子　　　△木蘭花

生查子

試於各宮調中，任取一詞牌，按照《中原音韵》之四字評語，作進一步之研究，細嚼其聲情韵味，藉驗周德清之所標榜，是否有當。如〔永遇樂〕，隸歇指調，《中原音韵》所稱爲"急并虚歇"者：

蘇東坡《夜宿燕子樓》"明月如霜"一首。

李易安"落日鎔金"一首。

辛稼軒《京口北固亭懷古》"千古江山"一首。

劉須溪"璧月初圓"一首。

即此四首，其神情韵味之若何"急并"，讀者自有會心，但絕無半點安詳閑静之神韵，可斷言也。録辛稼軒一首作代表：

永遇樂·京口北固亭懷古

千古江山，英雄無覓，孫仲謀處。舞榭歌臺，風流總被，雨打風吹去。斜陽草樹，尋常巷陌，人道寄奴曾住。想當年、金戈鐵馬，氣吞萬里如虎。　　元嘉草草，封狼居胥，贏得倉皇北顧。四十三年，望中猶記，烽火揚州路。可堪回首，佛狸祠下，一片神鴉社鼓。憑誰問，廉頗老矣，尚能飯否。

又如〔瑞鶴仙〕，隸高平調。《中原音韵》所稱爲"條暢混漾"者：

周美成"悄郊原帶郭"一首。

陸子逸"臉霞紅印枕"一首。

袁去華"郊原初過雨"一首。

陸景思"濕雲黏雁影"一首。

吳夢窗"晴絲牽緒亂"一首。

即此五首，若細細玩味，祇覺情緒仿佛如柳絲摇曳，如湖上波紋，神態微帶幽怨，但絕無凄厲悲切之狀。所云條暢混漾，恰如其分。録陸子逸一首作代表：

瑞鶴仙

臉霞紅印枕。睡起來、冠兒還是不整。屏閑麝煤冷。但眉峰壓翠，泪珠彈粉。堂深晝永。燕交飛、風簾露井。恨無人、說與相思，近日帶圍寬盡。　　重省。殘燈朱幌，淡月紗窗，那時風景。陽臺路迥。雲雨夢、便無準。待歸來、先指花梢教看，却把心期細問。問因循、過了青春，怎生意穩。

又如〔憶舊游〕，隸越調。《中原音韵》所稱爲"陶寫冷笑"者：

周美成"記愁橫淺黛"一首。如"迢迢。問音信，道徑底花陰，時認鳴鑣。也擬臨朱户，嘆因郎顦頷，羞見郎招。舊巢更有新燕，楊柳拂河橋。"

張玉田"記開簾過酒"一首。如"淡風暗收榆莢，吹下沈郎錢。……故園幾回飛夢，江雨夜凉船。縱忘却歸來，千山未必無杜鵑。"

趙虛齋"望紅藥影裏"一首。如"照夜銀河落，想粉香濕露，恩澤親承。十洲縹緲何許，風引彩舟行。尚憶得西施，餘情裊裊烟水汀"。

似此等作品，既非旖旎，亦非幽怨，更非雄豪，祇能名之曰"陶寫冷笑"而已。

又如〔解連環〕，隸商調，《中原音韵》所稱爲"凄愴怨慕"者。

周美成"怨懷無托"一首。如"信妙手能解連環，似風散雨收，霧輕雲薄。……謾記得當日音書，把閑語閑言，待總燒却"。

姜白石"玉鞭重倚"一首。如"問後約空指薔薇，算如此溪山，甚時重至。水驛燈昏，又見在曲屏近底"。

吳夢窗"思和雲結"一首。如"正岸柳衰不堪攀，忍持贈故人，送秋行色"。

似此諸作，雖欲不認爲"凄愴怨慕"，而不可得矣。

又如〔蝶戀花〕，周美成以之隸商調，所謂"凄愴怨慕"者是已。如："桃萼新香梅落後。葉暗藏鴉，苒苒垂亭牗。舞困低迷如著酒。亂絲偏近游人手。　　雨過朦朧斜日透。客舍青青，特地添明秀。莫話揚鞭回別首。渭城荒遠無交舊。"是誠淒愴怨慕。

柳耆卿以之入小石調，則所謂"旖旎斌媚"者。如："蜀錦地衣絲步障。屈曲回廊，靜夜閑尋訪。玉砌雕闌新月上。朱扉半掩人相望。　　旋暖薰爐溫斗帳。玉樹瓊枝，迤邐相偎傍。酒力漸濃春意蕩。鴛鴦繡被翻紅浪。"是誠旖旎斌媚。

張子野以之入歇指調，即所謂"急并虛歇"者。如："檻菊愁烟蘭泣露。羅幕輕寒，燕子雙來去。明月不諳離恨苦。斜光到曉穿朱戶。　　昨夜西風雕碧樹。獨上高樓，望斷天涯路。欲寄彩牋兼尺素。山長水濶知何處。"又曰："有個離人凝淚眼。淡烟芳草連天遠。"又曰："和泪語嬌聲又顫。行行盡遠猶回面。"是誠急并虛歇。

兹三者，同是〔蝶戀花〕，而神韻異殊，有如是者。可見此調，商調、小石、歇指咸宜，隨各人之情緒，皆可就範也。

又如〔應天長〕，周美成一首隸商調，淒愴怨慕。柳耆卿一首隸歇指，急并虛歇。韋莊一首隸雙調，健栖激裊。周詞一百字，柳詞九十三字，韋詞五十字。調名相同，而格律句法各異，故情韵亦異。

至如〔暗香〕與〔疏影〕二調，隸仙呂宮，此乃白石之自度曲，彼自以爲清新綿邈，則自是清新綿邈，更無容置議矣。是以張玉田之"無邊香色"及"碧圓自潔"，亦衹得依樣葫蘆而已。錄白石原作二首：

暗　香

舊時月色。算幾番照我，梅邊吹笛。喚起玉人，不管清寒與攀摘。何遜如今漸老，都忘却、春風詞筆。但怪得、竹外疏花，香冷入瑤席。　　江國。正寂寂。嘆寄與路遙，夜雪初積。翠尊易泣。紅萼無言耿相憶。長記曾携手處，千樹壓、西湖寒碧。又片片、吹盡也，幾時見得。

疏 影

苔枝綴玉。有翠禽小小，枝上同宿。客裏相逢，籬角黃
昏，無言自倚修竹。昭君不慣胡沙遠，但暗憶、江南江北。想
佩環、月夜歸來，化作此花幽獨。　　猶記深宮舊事，那人正
睡裏，飛近蛾綠。莫似春風，不管盈盈，早與安排金屋。還教
一片隨波去，又却怨、玉龍哀曲。等恁時、重覓幽香，已入小
窗橫幅。

至於仙呂調，乃夷則羽，其韵味則迥然不同。如史梅溪之
〔玉胡蝶〕："晚雨未摧宮樹，可憐閑葉，猶抱凉蟬。"吳夢窗之
〔惜黃花慢〕："翠香零落紅衣老。暮愁鎖、殘柳眉稍。"此兩首則
表現凄涼況味矣。

以上之所列舉，并發凡舉例之〔少年游〕〔定風波〕而綜合
之，共得三十二首。計〔少年游〕二，〔定風波〕三，〔永遇樂〕
四，〔瑞鶴仙〕五，〔憶舊游〕三，〔解連環〕三，〔蝶戀花〕三，
〔應天長〕三，〔暗香〕二，〔疏影〕二，〔玉胡蝶〕一，〔惜黃花
慢〕一。其間一調衹入一宮，而諸家所作，神韵不殊者凡六調，
即〔永遇樂〕〔瑞鶴仙〕〔憶舊游〕〔解連環〕〔暗香〕〔疏影〕是
也。其有一調而分隸數宮，諸家所作，神韵悉依其標出之本宮，與
他作迥然不同者一調，即〔蝶戀花〕是也。其有調名相同而格律
各異，字數與句法全不相同，所屬之宮調亦不同，而神韵隨之者
凡三調，即〔少年游〕〔定風波〕〔應天長〕是也。從多方面反覆
尋繹，用歸納法綜覈之，覺其神韵與宮調宛然相合。所得之結果
如此，則周德清標舉之四字評語，不爲武斷矣。後之作者，於調名
之下未注明所屬之本宮，則未敢妄加議論。即有一調除本宮外不
能更入他宮者，衹因未經注出所屬何宮，亦未敢妄議。

二六 四十三年

蘇東坡有〔木蘭花令〕一首，題爲《次歐公西湖韵》，所謂西

湖者，乃潁州西湖也。詞曰：

> 霜餘已失長淮闊。空聽潺潺清潁咽。佳人猶唱醉翁詞，四十三年如電抹。　　草頭秋露流珠滑。三五盈盈還二八。與余同是識翁人，唯有西湖波底月。

歐公原唱曰：

> 西湖南北烟波濶。風裏絲簧聲韻咽。舞餘裙帶綠雙垂，酒入香題紅一抹。　　杯深不覺琉璃滑。貪看六么花十八。明朝車馬各西東，惆悵畫橋風與月。

坡公此詞成於哲宗元祐六年辛未八月，以龍圖閣學士出知潁州時，聞歌之作。上推四十三年，即仁宗慶曆八年戊子。查歐公因朋黨論之嫌疑，以慶曆五年出知滁州，此詞應是道出潁州時作。

辛稼軒有〔永遇樂〕一首，題爲《京口北固亭懷古》，詞曰：

> 千古江山，英雄無覓，孫仲謀處。舞榭歌臺，風流總被，雨打風吹去。斜陽草樹，尋常巷陌，人道寄奴曾住。想當年、金戈鐵馬，氣吞萬里如虎。　　元嘉草草，封狼居胥，贏得倉皇北顧。四十三年，望中猶記，烽火揚州路。可堪回首，佛貍祠下，一片神鴉社鼓。憑誰問、廉頗老矣，尚能飯否。

南宋高宗紹興三十二年，稼軒參耿京戎幕，駐淮北，奉表南歸。還抵海州，聞張安國已殺耿京而投於元。稼軒乃率其部曲二千人突入五萬元兵之壘，生縛安國，挾之馬上，向西南飛馳，至揚州渡江，獻俘於臨安，戮安國於市。寧宗嘉泰四年，稼軒由浙東安撫移知鎮江，上溯匹馬渡江之日，恰四十三年。此詞蓋自傷英雄遲暮，所懷未伸，回憶四十三年前出入烽火時事，故有些元氣淋漓之作。

甲午黃海戰爭至丁丑蘆溝橋事變，中間亦恰是四十三年。根觸廻腸，口占一曲以自遣。〔好事近〕："四十又三年，何事繫人留戀。消得春風幾度，問歸來雙燕。　　蘇辛才氣自拏雲，下筆走雷電。千古山河無定，祇長江如練。"

二七　詞之襯字

〔唐多令〕一調，吳夢窗之"縱芭蕉、不雨也颼颼"，多一字；周草窗之"燕風輕、庭院正清和"，亦多一字。按此調第三韵原是七字，吳詞或可作"芭蕉不雨也颼颼"，或可作"縱芭蕉不雨颼颼"。於律，此句應作三四，第三字宜逗，似以後擬爲是。周詞則"正"字是襯音，似無不宜。此乃詞加襯音之顯例。

又周草窗之〔憶舊游〕結韵，"空江冷月，魂斷隨潮"，亦多一字。此應是七字句，且五六兩字必拗，乃此調之正格，若作"空江冷月魂斷潮"，則恰合矣。如草窗又一首之"空庭夜月羗管清"，又一首"愁痕沁碧江上峰"，周美成之"東風竟日吹露桃"，張玉田之"蕭蕭漢栢愁茂陵"，王碧山之"涓涓露濕花氣生"，是其例矣。

於斯可見，詞之伸縮力原甚強，加襯字也可，七字句添一字而成兩四字句，亦無不可。祇要無礙於按拍，即歌者亦未嘗不可以變更原文，是在知音。明乎此，則詞曲遞嬗之消息及其原理，亦可以知其概矣。

二八　詩人之詞與詞人之詩

東坡之詞，乃詩人之詞；白石之詩，乃詞人之詩。白石詩以七言絕句爲最佳，清空靈妙，不食人間烟火，而古體與律詩，祇是平平。東坡之詞，祇是以作詩之餘勇，效時尚之新聲，以示"我亦能之"而已。白石之詩，則於含商嚼徵之餘暇，自稱詩人，亦曰"我亦能之"而已。東坡以詩人而效爲新聲，順序以行，其詞真可稱“詩餘”。白石以詞人而效爲古風，逆序以行，其詩允可稱“詞餘”。順序者自然，倒捲珠簾總不免帶幾分勉强。是故東坡之詞，大氣滂礴，恰如其詩；而白石之古體，衹是貼旦反串，殊欠自然。是故白石之詩，自不堪與東坡比；若東坡之詞而欲效爲輕清柔媚，亦必貽笑白石。個性使然也。然而東坡固絶世聰明人也，自不學柳七，且復誡少游何必學柳七。率其個性以行，結果乃獨立新體，自成一家。而詩餘在文學上之地位因以提高，變小兒女之柔情旖旎而爲士大夫之蕩氣廻腸，此聰明人之所以爲聰明已夫。

二九　宋詞音譜

宋詞音譜之見於載籍者，并非無痕迹可尋。其爲人所共知者，則有姜夔自度曲及張炎《詞源》。既知ㄅ∧フ八夂ㄎ一△マ之爲上尺工凡六五一合四，則按舊譜而譯以工尺，宜若可以上腔。衹是自宋代以至於今日，八九百年間，展轉繙刻，摹寫雕鎸校對，在在均易致誤。蓋以符號非同正字之有文義可尋，偶或筆誤，尚易於辨證也。

歌曲乃原於天籟，决非佛人之性而强人以所難。既曰天籟，自應婦孺皆知。試味“有井水飲處皆能歌柳詞”一語，可以略知其槩。又白石詞除自度曲而外，邊旁皆不注音符；玉田雖有《詞源》之作，但其詞集無注音符者。可見當日衹是自度新腔乃須做譜，其餘凡屬略有此中常識者，宜是見調名即可按歌，此亦一佐證也。

以工尺譜宋詞而流傳至今者頗不乏。即如童君伯章之《中樂尋源》一書，其間所用以舉例者，散板則有後主之〔浪淘沙〕，東坡之〔念奴嬌〕，稼軒之〔永遇樂〕。繁板則有玉田之〔桂枝香〕，入北曲；白石之〔惜紅衣〕，入南曲；此外尚多。宋代不會有南北曲之名詞，其必爲後人所譜無疑。〔惜紅衣〕且有贈板，詞中如“岑寂”二字，白石舊譜“岑”字之旁注爲“ㄋ”，“寂”字之旁注爲“マフ”；工尺譜則“岑”字占一板半，“寂”字占兩板半，共爲四板。凡十六拍。宛轉低徊，真可謂"聲依永"者矣。

平心而論，研究宋詞音譜，自爲一種學問；以今之工尺譜宋詞，又別爲一種學問。詞與曲既屬同源，且每字之陰陽八聲亦既有定律，則依律以點定宋詞之新譜，俾得重上歌喉，有何不可。但勿如世俗之曲師，强改原文以就我，其亦可以告無罪矣。

三〇　歌曲之所以變爲長短句

《樂府廣題》曰："北齊神武，攻周玉壁不克，恚憤成疾，勉坐以安士衆。悉召諸貴會飲，使斛律金歌《勅勒》，神武自和之。其歌本鮮卑語，易爲齊言，故句之長短不整。"此即有名之《勅勒歌》是已。歌曰："勅勒川，陰山下。天似穹廬，籠蓋四野。天蒼蒼。野茫茫。風吹草低見牛羊。"

歌曲之所以由整齊之四五七言而變爲長短句，其説不一，亦曰各明一義而已。蓋凡百事物之轉變也以漸，不能一蹴而就。其進行也非僅須時，尤須待機，或經數百載未見其寸進，若機會來臨，其進或能以尺。整齊之詩歌漸變而爲長短句，乃因樂律天籟於轉接處之抑揚頓挫，每於正文之外須加以襯音，而腔調乃得輕圓。久而久之，將襯音筆錄以備忘，漸羼入正文，句逗亦因頓挫而變遷，此亦長短句成立之一原因。觀於宋詞，每一韵之字數相同而句逗各異者，作用全在乎頓挫。

如上文所錄，《勅勒歌》因以北齊方言轉譯鮮卑語，故句法之長短不整。此應是長短句成立之主因。計自南北朝以降，中原歌曲已漸攙入西北民族歌謠之格調；而唐代樂歌，多雜西凉龜兹及葱嶺東西諸國之成分，尤屬顯然。《樂府廣題》之此段記載，實長短句因運會而助長進行之鐵證矣。

兩不相同之民族遇合，文化每起變化，固無論彼方程度之高下也。高固可以相互啓發，低亦未必無所獲。西域民族之於中國樂歌，亞拉伯民族之於歐洲算術，是其例矣。蓋相互啓發固是一種作用，但取精多而用物宏，亦是一種作用故也。

三一　漁父詞

東坡詩集有〔漁父詞〕四首，彊邨等按其聲韵，認爲的是長短句，收入詞集，允爲得當。又以《詞律》等書無此調，疑是坡公之自度曲。詞曰：

漁父飲，誰家去。魚蟹一時分付。酒無多少醉爲期，彼此不論錢數。

漁父醉，簑衣舞。醉裏却尋歸路。輕舟短棹任橫斜，醒後不知何處。

漁父醒，春江午。夢斷落花飛絮。酒醒還醉醉還醒，一笑人間今古。

漁父笑，輕鷗舉。漠漠一江風雨。江邊騎馬是官人，借我孤舟南渡。

作〔漁父詞〕者多矣，其深得漁父之神韵者，東坡而外，唯見《樵歌》之〔好事近〕十首，及《盤洲樂章》之〔漁家傲〕十二首。《樵歌》如“搖首出紅塵，醒醉更無時節”，“醉顔禁冷更添紅，潮落下前磧”，“晚來風定釣絲閑，上下是新月”，“昨夜一江風雨，都不曾聽得”，“撥轉釣魚船，江海盡爲吾宅。恰向洞庭沽酒，却錢塘橫笛”，真乃如見其人，呼之欲出。《盤洲樂章》之〔漁家傲〕乃分月描寫，其《正月》一首曰：“正月東風初解凍。漁人撒網波紋動。不識雕梁并綺棟。扁舟重。眠鷗浴雁相迎送。

溪北畫橋彎蟛蜞。溪南古岸添青苔。長把魚錢尋酒甕，春一夢。起來拈笛成三弄。”其《四月》一首中有句曰：“風弄碧漪搖島嶼。奇雲蘸影千峰舞。”《九月》之下半闋曰：“半夜繫船橋北岸。三杯睡著無人喚。睡覺衹疑橋不見。風已變。纜繩吹斷船頭轉。”《十一月》曰：“妻子一船衣百結。長歡悅。不知人世多離別。”《十二月》曰：“江上雪如花片下。宜入畫。一簑披著歸來也。”等句，皆清俊可誦。此乃南宋大曲，其〔破子〕有句曰："漁父醒。月高露下衣裳冷。"又曰："漁父笑。笑中起舞漁家傲。"不減張志和之"西塞山前"。

三二　東坡詩詞

東坡《金山妙高臺》詩曰："長生未可學，請學長不死。"意味深長。孔子生世祇七十三年，但至今未死。可見軀體雖不長生，但其思想猶存留於世人之思想中，則不得謂之死。《列子·楊朱》篇曰："百年猶厭其多，而況久生之苦也乎。"以久生爲苦，百年爲多，自是莊列學派之厭世觀，但因此愈可明長生與不死之別。久生有苦樂不同之觀感，而不死則無之。蓋一在軀體之長存，一在姓名之不滅也。

東坡《盧敖洞》詩曰："上界足官府，飛昇亦何益。"稼軒《壽南澗》〔水調歌頭〕曰："上界足官府，公是地行仙。"東坡《別子由兼從子遲》詩曰："遙想茅軒照水開，兩翁相對清如鵠。"稼軒《呈趙晉臣》〔滿江紅〕曰："一舸歸來輕似葉，兩翁相對清如鵠。"杜子美《游奉先寺》詩曰："天闕象緯逼，雲卧衣裳冷。"稼軒《咏水仙》之〔賀新郎〕曰："雲卧衣裳冷。看蕭然風前月下，水邊幽影。"相師固不嫌相襲也。東坡《次韵孔毅父集古人句見贈》曰："退之驚笑子美泣，問君久假何時歸。"稼軒亦久假而不歸矣。讀東坡此詩，足證集詩爲詩之風，北宋猶未大行。

東坡《墨花》詩，其引子曰："世多以墨畫山水竹石人物者，未有以畫花者也。汴人尹白能之，爲賦一首。"讀此詩題，足證墨畫花卉之風，北宋猶未大行。若近代則墨蘭墨梅墨荷墨竹，隨在皆有。

集詩爲詩，其有不啻口出天衣無縫者已不易，若集詩爲詞，尤屬難能。《東坡樂府》有集句〔南鄉子〕三首，并録之。詞曰：

寒玉細凝膚。（吳融）清歌一曲倒金壺。（鄭谷）冶葉倡條遍相識，（李商隱）爭如。荳蔻梢頭二月初。（杜牧）　年少即須

史。（白居易）芳時偷得醉工夫。（白居易）羅帳四垂紅燭背，（韓偓）歡娛。豁得平生俊氣無。（杜牧）

恨望送春杯。（杜牧）漸老逢春能幾回。（杜甫）花滿楚城愁遠別，（許渾）傷懷。何況清絲急管催。（劉禹錫）吟斷望鄉臺。（李商隱）萬里歸心獨上來。（許渾）景物登臨閑始見，（杜牧）徘徊。一寸相思一寸灰。（李商隱）

何處倚闌干。（杜牧）弦管高樓月正圓。（杜牧）胡蝶夢中家萬里，（崔塗）依然。老去愁來強自寬。（杜甫）明鏡惜紅顏。（李商隱）須著人間比夢閑。（韓愈）蠟照半籠金翡翠，（李商隱）更闌。繡被焚香獨自眠。（李商隱）

集詩句以爲詞，唯小令如〔卜算子〕〔生查子〕〔浣溪紗〕〔菩薩蠻〕等尚可將就，長調則不能也。即如〔南鄉子〕一調，其中之二字句，已屬強湊矣。東坡見孔毅父所貽集句詩，曾表示驚奇，似以爲得未曾有，此三首或是見孔作而作，出奇鬥勝，不肯後人，而故以拘束之詞調爲之，未可知也。惜彊邨翁以此三詞編入不知年，無從稽考。和韻體之詩，創自東坡，集古人之句以爲詞，似亦未之前聞。聰明人固無施不可。

相師固不嫌相襲，即自己作品，亦有時不嫌再三重見者，如《楚辭》：

芳與澤其雜糅兮，唯昭質其猶未虧。（《離騷》）
芳與澤其雜糅兮，羌芳華自中出。（《思美人》）
芳與澤其雜糅兮，孰申旦而別之。（《惜往日》）

三三　東坡與朝雲

東坡嘗令朝雲乞詞於秦少游，少游作〔南歌子〕贈之。詞曰：

靄靄迷春態，溶溶媚曉光。不應容易下巫陽，祇恐翰林
前世、是襄王。　　暫爲清歌住，還因春雨忙。瞥然歸去斷人
腸。空使蘭臺公子、賦高唐。

彊邨本《淮海詞》有〔南歌子〕三首，但無此詞。王敬之輯
《淮海詞補遺》，據袁文《甕牖閑評》補入，查初白《蘇詩補注》
亦據嚴有翼《藝苑雌黃》引用此詞，讀之可以仿佛朝雲之丰神。
紹聖元年，東坡《朝雲》詩曰：“經卷藥爐新活計，舞衫歌扇舊因
緣。丹成逐我三山去，不作巫陽雲雨仙。”查初白謂結二語似因此
詞翻案，誠然。王敬之乃疑此詞爲朝雲歿後作，無有是處，想是因
詞之結二語而生臆斷也。但“瞥然歸去”云者，殆謂若驚鴻之翩
然而逝，正與“舞衫歌扇”句相應，是豈曇花一現之意乎。又
“蘭臺公子”句，乃用宋玉《風》賦序，莊襄王游於蘭臺之宮，亦
與巫陽雲雨句相應，是豈以蘭臺公子喻坡公乎。

紹聖三年丙子七月五日悼朝雲一首，乃用紹聖元年朝雲詩之
韵，詩曰：

苗而不秀豈其天，不使童烏與我玄。駐景恨無千歲藥，
贈行唯有小乘禪。傷心一念償前債，彈指三生斷後緣。歸臥
竹根無遠近，夜燈勤禮塔中仙。

此詩之小引謂朝雲嘗從泗上比丘尼義沖學佛云，應是幹兒殤
後事。蓋東坡之到泗州，正在此時。又曰朝雲誦《金剛經》四句
偈而絕。讀此則“經卷藥爐”句可以自明。此詩以解脫強抑其悲
傷，至同年《丙子重九》詩，終亦不能自己。曰：“……此會我雖
健，狂風捲朝霞。使我如霜月，孤光挂天涯。西湖不欲往，墓樹號
寒鴉。”此蓋指惠州西湖。朝雲字子霞。

東坡幼子遯，即朝雲所生子，小名幹兒，殤於元豐七年七月
二十八日。東坡以建中靖國元年七月二十八日卒，而朝雲亦歿於

紹聖三年七月。父子夫婦皆以七月終，而二十八日尤奇。東坡有
《哭子》詩二首，是亦性情之作。詩曰：

> 吾年四十九，羈旅失幼子。幼子真吾兒，眉角生已似。未
> 期觀所好，蹁躚逐書史。搖頭却梨栗，似識非分耻。吾老常鮮
> 歡，賴此一笑喜。忽然遭奪去，惡業我累爾。衣薪那免俗，變
> 滅須臾耳。歸來懷抱空，老泪如瀉水。

> 我泪猶可拭，日遠當日忘。母哭不可聞，欲與汝俱亡。故
> 衣尚懸架，漲乳已流床。感此欲忘生，一臥終日僵。中年忝聞
> 道，夢幻講已詳。儲藥如丘山，臨病更求方。仍將恩愛刃，割
> 此衰老腸。知迷欲自反，一慟送餘傷。

親子之情，出自天真，含氣以生者皆如是，非祇人類爲然也。
至於事已無可奈何，輒皈依佛法以求解脫。用新名詞釋之，是曰
臨時追認。若出世法則根本無親子關繋，更何由生此苦惱哉。佛
法之入中土，所以爲智識分子樂予接受，良非偶然。

三四　周草窗用韵凌亂無章

侵尋、廉纖、鹽咸三閉口韵，若不得其道，須用强記。宋元之
詞曲大家，守法甚嚴，鮮有出入。唯弁陽老人周草窗，對於閉口
韵，最爲凌亂無章，幾於無首不錯。如集中〔少年游〕一闋“松
風蘭露滴厓陰。瑤草入簾青。玉鳳驚飛，翠蛟時舞，噴薄淺春
雲。”第一韵“陰”字，自應用侵尋閉口韵到底；乃第二韵轉庚
青，則非閉口；第三韵又轉真文，亦非閉口。下半闋之禽韵是侵
尋，而情字又轉庚青矣。又〔鷓鴣天〕一首，曰“燕子時時度翠
簾”，乃廉纖韵，其後則“綿、烟、憐、轆、眠”，亂押一通，祇
有一“憐”字猶是廉纖。又〔浣溪沙〕一首，曰“竹色苔香小院
深”，乃侵尋韵。其下則“扃、塵、清、雲”并用。又〔木蘭花
慢〕曰“恰芳菲夢醒，漾殘月，轉湘簾”，乃簾纖韵。其下則

"烟、籤、眠、鮮、妍、輧、船、懨"并押，祇"籤""懨"二韵
不偶。又一首曰"碧尖相對處，向烟外，挹遥岑"，乃侵尋韵，其
下則"尋、雲、清、明、青、琴、平、笙"并押，祇"尋""琴"
二韵不偶。

又"好夢不分明"之〔唐多令〕，"明"字非閉口，而下押一
"沉"字韵。"粉黄衣薄沾麝塵"之〔戀繡衾〕，下押"深""陰"
二韵。"玉肌多病怯殘春"之〔江城子〕，下押"深"字韵。又一
首曰："羅窗曉色透花明"，下押"陰"字韵。"飛絲半濕乍歸雲"
之〔眼兒媚〕，下押"心"字韵。"不下珠簾怕燕嗔"之〔浣溪
沙〕，下押"心"字韵。"吳山青"之〔長相思〕，下押"心"字
韵。"玉潤金明"之〔國香慢〕，下押"簪"字韵。"塔輪分斷雨，
倒霞影、漾新晴"之〔木蘭花慢〕，下押"簪"字韵。又〔清平
樂〕之下半闋曰"翠羅袖薄天寒"，下押"南"字韵。凡此皆起韵
非閉口，而下協閉口韵，此皆草窗音律不謹處，未可爲訓。試舉兩
宋之名家詞作反證，未得謂詞韵不若詩韵之嚴，用以自解也。

周美成〔南柯子〕：

　　桂魄分餘暈，檀槽破紫心。曉窗初試鬢雲侵。每被蘭膏
香染、色深沉。　　　指印纖纖粉，釵橫隱隱金。有時雲雨鳳幃
深。長是枕前不見、殢人尋。

姜白石〔一萼紅〕：

　　古城陰。有玉梅幾許，紅萼未宜簪。池面冰膠，牆腰雪
老，雲意還又沉沉。翠藤共、閒穿徑竹，漸笑語、驚起卧沙
禽。野老林泉，故王臺榭，呼喚登臨。　　　南去北來何事，蕩
湘雲楚水，目極傷心。朱戶黏雞，金盤簇燕，空嘆時序侵尋。
記曾共、西樓雅集，想垂柳、還裊萬絲金。待得歸鞍到時，祇
怕春深。

張功甫〔滿庭芳〕：

　　月洗高梧，露漙幽草，寶釵樓外秋深。土花沿翠，螢火墜墻陰。静聽寒聲斷續，微韵轉、凄咽悲沉。爭求侶，殷勤勸織，促破曉機心。　　兒時曾記得，呼燈灌穴，斂步隨音。任滿身花影，猶自追尋。携向華堂戲鬥，亭臺小、籠巧妝金。今休説，從渠床下，凉夜伴孤吟。

韓子耕〔高陽臺〕：

　　頻聽銀籤，重然絳蠟，年華衮衮驚心。餞舊迎新，能消幾刻光陰。老來可慣通宵飲，待不眠、還怕寒侵。掩清尊、多謝梅花，伴我微吟。　　鄰娃已試新妝了，更蜂腰簇翠，燕股横金。句引東風，也知芳思難禁。朱顔那有年年好，逞艷游、贏取如今。恣登臨、殘雪樓臺，遲日園林。

此四首皆侵尋閉口韵。雖九韵之長調亦首尾如一，殊非偶然。若夢窗則更嚴整矣。
吳夢窗〔木蘭花慢〕：

　　送秋雲萬里，算舒捲，總何心。嘆路轉羊腸，人營燕壘，霜滿蓬簪。愁侵庾塵滿袖，便封侯、那羨漢淮陰。一醉菊絲膾玉，忍教菊老松深。　　離音又聽西風，金井樹，動秋吟。向暮江目短，鴻飛渺渺，天色沉沉。沾襟四弦夜語，問楊瓊、往事到寒砧。爭似湖山歲晚，静梅香底同斟。

愁侵、離音、沾襟三暗韵，原是可協可不協，乃亦不苟且，是夢窗獨勝處。
此平韵也，試更觀草窗之仄韵。“宮檐融暖晨妝嬾，輕霞未匀酥臉”之〔齊天樂〕，“臉”字乃廉纖韵之上聲，但其下則亂協“見、靨、蒨、染、變、怨、掩、艷、遠”等韵，祇“染”“掩”“艷”三韵不悮。又“寒菊欹風栖小蝶”之〔夜行船〕，下協“月、篋、怯、說、節”等韵，祇“篋”“怯”二韵不悮。又“餘寒正怯”之〔醉落魄〕，下協“揭、褶、折、說、雪、別、蝶”等韵，祇“褶”“蝶”二韵不悮。又“輕剪楚臺雲，玉影半分秋月”之〔好事近〕，“月”字不是閉口，其下不應協“蝶、葉、叠”等韵。又“秋水浸芙蓉，清曉綺窗臨鏡”一首，“鏡”字非閉口，其下不應協“沁”字。凡此非故意挑剔也，試舉夢窗兩首以爲方。

吳夢窗〔一寸金〕：

秋入中山，臂隼牽盧縱長獵。見駹毛飛雪，章臺獻穎，朣腰束編，湯沐疏邑。筬管琹瓊牒。蒼梧恨、帝娥暗泣。陶郎老，憔悴玄香，禁苑猶催夜俱入。　　自嘆江湖，雕龍心盡，相攜蠡魚籃。念醉魂悠揚，折釵錦字，點鬐掀舞，流觴春帖。還倚荆溪榻。金刀氏、尚傳舊業。勞君爲脫帽蓬窗，寓情題水葉。

吳夢窗〔花心動〕：

入眼青紅，小玲瓏、飛檐度雲微濕。繡檻展春，金屋寬花，誰管采菱波狹。翠深知是深多少，都不放、夕陽紅入。待裝綴，新漪漲翠，小園荷葉。　　此去春風滿篋。應時鎖蛛絲，淺虛塵榻。夜雨試鐙，晴雪吹梅，趁取玳簪重盍。捲簾不解招新燕，春須笑、酒慳歌澀。半窗掩，日長困生翠睫。

“獵”字乃簾纖韵之入聲，雖以十韵之長調，亦一貫到底。二窗齊名，若專以韵律言之，則草窗不逮矣。

三五　重字

作近體詩，以不重字爲佳，誠以有限之篇幅，須容納多量之意境，重一字則少一字之含義故也。後世之試帖詩，更以重字爲大戒。此則故意立一窄途徑以鬥巧，又別爲一問題。蓋試帖詩乃詩匠工作，原不問意境之爲何如也。詞則不若詩之嚴，亦以詞未嘗用作取士之工具耳。然爲含義問題，亦自以少重字爲佳。

晏小山有〔御街行〕一首，重字最多，然讀之不但不覺其贅，彌覺其美。詞曰：

> 街南綠樹春饒絮。雪滿游春路。樹頭花艷雜嬌雲，樹底人家朱戶。北樓閑上，疏簾高捲，直見街南樹。　闌干倚盡猶慵去。幾度黃昏雨。晚春盤馬踏青苔，曾傍綠陰深駐。落花猶在，香屏空掩，人面知何處。

計 "街" 字二，"綠" 字二，"樹" 字四，"春" 字三，"花"字二，"南" 字二，"猶" 字二，"人" 字二。以一首七十六字之調，而重出十一字，占七分之一有奇，每不及七個字即重出一字，但讀來殊令人不察。此則關乎文章技術矣。李易安之〔聲聲慢〕異於是，蓋疊字非重字之比。

李易安 "尋尋覓覓" 之〔聲聲慢〕，凡九疊字。其疊也，乃努力出之，有意作驚人之筆。若晏小山之 "渡頭楊柳青青，枝枝葉葉離情"，何嘗不是接連疊六字，但讀來殊不費力，不似 "尋尋覓覓" 之沉重。蓋小山乃以平淡出之，絕不經意，恐彼且不自覺其疊，更何費力之與有。至於易安居士之〔聲聲慢〕祇應重讀，無取細吟。

秦少游之 "杜鵑聲裏斜陽暮"，最爲東坡所賞，但頗嫌 "暮"字與 "斜陽" 意疊。趙德麟之 "斜陽祇與黃昏近"，也是名句子，"斜陽" 之與 "黃昏"，其復更甚於 "暮" 矣。又袁去華之 "斷腸

落日千山暮”，也是名句子，“落日”何異於“斜陽”，“暮”亦復
矣。然而袁、趙各自保其俊語，曾不爲嫌。趙、袁既不以爲嫌，則
秦亦宜若無咎。

雖然，袁之“暮”字乃“千山”之形容詞，謂千山已入暮景
也。趙之“斜陽”與“黄昏”，乃平列之兩名詞，兩不相礙。而秦
則以“暮”字作“斜陽”之形容詞，殊屬不妥。東坡之言是也。

以叠字行文，詞爲數見，近體詩不如也。蓋以詞之格律較爲
活潑，自二字以至於九字，可以各自爲句，各自描寫一單獨意境，
故字雖無多，而容積較大。不若近體七言律，五十六字衹限寫八
句，無伸縮之餘地，呆滯而不靈變，缺乏活潑。

詞之叠字，非衹一叠也，三字四字，亦所常有。如歐公之
〔蝶戀花〕“庭院深深深幾許”，是三叠字。此猶是前四字可以一
逗，第二個“深”字語意屬上而第三個“深”字乃再起。若放翁
之〔釵頭鳳〕“錯錯錯、莫莫莫”，則三叠自爲句矣。更有草窗之
〔醉落魄〕“憶憶憶憶。宫羅褶褶銷金色”，則四叠自成一句矣。近
體律絶，那能有此。此四個“憶”字，有“最令人不能忘懷者”
八個字之含義，非空泛也。

三六　顧太清東海漁歌

顧太清，乃嘉道間貝勒奕繪之側福晉，有《東海漁歌》四卷，
格律直追北宋，奇女子也。余最賞其《題疊影夢痕圖》之〔金縷
曲〕二闋。序曰：“孫静蘭，許雲姜之甥女也，十二歲殁於外家，
外祖母許太夫人爲作是圖，題咏盈卷，因次許淡如韵二闋。”中有
句曰：“照慈幃、殘燈尚在，夢回不見。”又曰：“暮年人、咄咄書
空唤。”第二闋之結韵曰：“料不聞、拍枕千呼唤。青青草，小墳
畔。”輕描淡寫，而具見真性情。不但無斧鑿痕，且不似女子手
筆。歲辛巳，壽君幼卿重刊《東海漁歌》，征題及余，因成〔解連
環〕一闋付之。中有句曰：“問鐵板、誰是元戎，恐擊碎珊瑚，讓
伊眉斌。”或以爲過譽。然而試將《東海漁歌》置於《小檀樂室閨

秀詞》中，定見鶴立。

詞不幸而産生於五季，風尚委靡，文藝之士，多用作鏤月裁雲、牽愁惹恨之工具，甚焉者用以調情。苟世無東坡，則詞之品格將日就衰落矣。女子善懷，其天性也。故以女子而習此種文藝，每易流於卑弱。太清集中，和片玉、白石之作特多，足見門徑。彼其所以不纖不仄，不卑不弱，蓋有由矣。

三七　平淡自然

"晚春盤馬踏青苔，曾傍緑陰深駐。落花猶在，香屏空掩，人面知何處。"此晏小山〔御街行〕也，頗似柳耆卿。"草色烟光殘照裏。無言誰會憑闌意。""衣帶漸寬終不悔。爲伊消得人憔悴。"此柳耆卿〔蝶戀花〕也，極似晏小山。若互入兩人之本集，可以亂真。

詞至北宋，猶有五代遺風。造意以曲而見深，乃文章技術之一種。北宋詞人，雖曲其意境，猶不失其天真，"天然去雕飾"一語，可作總評。至耆卿乃漸流於濃艷，唯小山尚守輕清之家法，然已是尾聲矣。小山結北宋之局，耆卿開南宋之風。（周美成正如詩中之杜甫，乃集大成者。廣大無邊，不能僅以之作畫期之代表。）

其間雖有蘇辛一派，力返自然，欲以雄豪尅濃艷，然而矯枉過直，難免有劍拔弩張之嫌。故南宋詞人目之爲別派，仍相率遵耆卿之作風，以漸入於堆垛之窮途。蓋天然界本是平淡，濃麗終屬人爲。既以濃麗相尚，則去天然漸遠，勢使然也。天然日以遠，意境日以窘，唯賴人爲之雕琢，貌爲深沉，則捨堆垛更有何法。是故南宋末流之晦澀，亦勢使然也。吾嘗謂意境宜曲折，最忌一覽無餘。若用障眼法而貌爲曲折，識破仍是一覽無餘。殊非深文周納之言。

宋孝宗曾欣賞俞國寶之〔風入松〕，但頗嫌"明日重携殘酒"一語未免寒酸，乃爲之改作"明日重扶殘醉"。僅易二字，而氣象便爾不同。孟子曰："居移氣，養移體。"自是至理。大抵人之性情氣度所受環境之影響，與昆蟲變色同一道理，非衹是生存之要素，亦性質之所因以養成者也。路隅之王孫，雖不肯自道其姓名，但器宇必與乞兒異，可斷言也。宋徽宗《北行見杏花》之〔宴山亭〕，雖在顛沛流離中，依舊雍容大雅。據《南燼紀聞》所載，當日徽宗携鄭后，欽宗携朱后，狼狽北行，押解者驅之如犬羊，衣履隨氣候以爲燥濕，無復人形。而詞中亦衹曰"易得凋零，更多少無情風雨"而已。李後主作俘虜時之〔烏夜啼〕曰"燭殘漏滴頻欹枕，起坐不能平"，雖懊惱猶不失其斌媚。至如賀雙卿之"日長酸透軟腰肢"，非不佳，但總乏名貴氣。後世詩人，多少以宮詞爲題者，衹能謂之婢學夫人。

三八　作品須有意境

作品須有意境，尤須有新意境。若意境雖非不佳，但仿佛曾在某人集中見過，則無味矣。然而文藝之發達，已經過相當之長時期，那有如許新意境留待你來發現，固也。但翻舊爲新，是亦一法。如朱服之〔漁家傲〕，"戀樹濕花飛不起"，濕花飛不起，雖屬陳舊，但加"戀樹"二字，則未經人道矣。又如寫游子思家，若用"故鄉渺邈""魚雁沉沉"等，自是陳舊，但陸放翁曰"寫得家書空滿紙。流清淚。書回已是明年事"，則"思"字與"遠"字之精神，自充分表現，此之謂技術。又如劉養源之〔摸魚兒〕曰："何日見。試折藕占絲，絲與腸俱斷。"描寫情思而用"斷腸"及"藕絲"等字，在所常有。但不曰藕斷絲連而曰絲斷，用作腸斷之陪襯，則未經人道矣。此較馮小憐之"欲知心斷絕，先看膝上弦"尤俊。

人類生息於宇宙間，境界即在宇宙內，我見得到，他人亦必見得到。且彼先而我後，若下筆定欲作未經人道語，其事實難。但食人之餘，實所不甘。然而文藝乃精神生活之糧，又不能不寫。其法衹有努力求新而已。俯拾即是者雖或有人用過，但埋藏者亦未或必無。或則用翻新法，將原屬正方形之質料，改爲多角形。或用特別觀察力，改正視而爲側視，則景物自然改觀。如周美成之

"兔葵燕麥，向斜陽、影與人齊"。麥影在地而與自己之影齊，則一人於暮色蒼茫中躑躅於野田蹊徑之景象，自活現於紙上。又如"午陰嘉樹清圓"，題曰《夏日》，祇"清圓"二字，已能把赤日當頭之夏景表現，且深得"午"字之神髓。若在春秋佳日，或朝暾及黃昏時，則樹影橢而長矣。又如"柳陰直。烟裏絲絲弄碧"，祇一"直"字，已能把長條刻畫出來，無待"絲絲"矣。凡此皆如攝影家之取景，轉側欹斜以變其姿勢，則雖習見之景物，亦可改觀。若能運用此法以至於熟極生巧時，則新意境自可以用之而無竭。

更有一種，寫的是習見景物，祇將動詞活用之，意境便新。如歐陽永叔之"綠楊樓外出鞦韆"，佳處祇在一"出"字。又如柳耆卿之"夢覺透窗風一綫"，下句曰"寒燈吹息"，但不用下句，即"透"字與"一綫"等字，已能把戶牖嚴閉之寒夜景象刻畫出來。祇着力在一二動詞，而意境便新。

復有用特殊觀察之法，移主觀以爲客觀。如稼軒之"紅蓮相倚渾如醉，白鳥無言定自愁"，與白石之"樹若有情時，不會得、青青如此"等類，即用此法。鳥之愁不愁，樹之有情無情，孰能知之，祇因反主爲客，而意境便新。

更有以消極爲積極之法。如"尋常相見了，猶道不如初"，"不見又思量，見了還依舊"，"相見爭如不見，有情還似無情"，"不是不相逢，淚空濕年年別袖"等是也。愈消極，愈積極。此之謂加倍寫法，意境亦可以翻新。

更有用畫龍點睛法，如晁元禮之"共凝戀、如今別後，還是隔年期"，以百三十餘字之長調寫中秋，但通篇祇是寫明月，雖則"玉露初零"一韻曾帶及秋字，但祇是泛寫，未涉節序也。至"共凝戀"一韻而中秋對月之情緒乃盡量湧現。正如"群山萬壑赴荆門"，亦所謂"萬牛回首邱山重"，似此則意境便新。

更有一種取巧法，曰鬧中取靜，曰忙裏偷閑，曰苦中尋樂。如夢窗之"隔江人在兩聲中"，鬧中取靜也。雨聲與人聲爭喧，而境界却是十分幽靜。又如李後主之"爐香閑裊鳳凰兒。空持羅帶，

回首恨依依”，忙裏偷閑也。蒼皇出走，偏能有此閑情。又如蔡幼
學之“明年不怕不逢春”，及張玉田之“恨西風不庇寒蟬，便掃盡
一林殘葉。謝他楊柳多情，還有綠陰時節”，苦中尋樂也。玉田之
〔長亭怨〕，題曰《舊居有感》，落魄王孫，園林易主，悲苦無限，
結韵乃强自振作。凡此，或撤去眼前而專取遠景，或跳脱環境而
寄情物外，用取巧方法以新人耳目；耳目新則自覺其意境新矣。

　　復有一法，乃援用幾種不調和之事故，强扭合以行文。如杜
少陵之《哀王孫》“可憐王孫泣路隅”，王孫之與路隅，不相調合
也，而泣，亦非王孫之常態。又如《長生殿·彈詞》之《梁州第
七》“祇得把霓裳御譜沿門賣”，御譜之與沿門，不相調合也，而
賣，尤非所以語於御譜。讀者至此，精神鮮有不爲之震蕩者矣。此
無他，亦曰强扭不相調合之事故，以不倫不類爲當行，使讀者之
心目猛覺異樣，嘆爲得未曾有，而意境自新。

　　此一段亂雜無章之隨筆，老友有謬許爲度人金針者，愧不敢承。
亦曰識途老馬，略知此中甘苦而已。三十三年八月二十二日寫記。

三九　詞題

　　詩以無題爲例外，凡無題者亦特署“無題”二字作代表。詞
則幾以有題爲例外，無題爲當行，一任讀者猜啞謎，隨各人之主
觀以糊猜一通。或曰，此忠君愛國之言也；或曰，此期待情人而不
至也。應否如此，別爲一問題，且勿具論。

　　無題已如此，即有題者亦仍須猜謎。如韓玉汝之〔鳳簫吟〕，
題曰《草》；周美成之〔蘭陵王〕，題曰《柳》。“長行長在眼，更
重重、遠水孤雲”，誠然咏草。“長亭路，年去歲來，應折柔條過
千尺”，誠然咏柳。唯據《石林詩話》，則曰：“元豐初，虜人來議
地界，玉汝自樞密都承旨出分畫。玉汝有愛妾劉氏，臨行劇飲通
夕，且作樂府詞留別。翌日，神宗已密知，忽詔步軍司，遣兵爲搬
家追送之。玉汝初莫測所因，久之，方知其自樂府詞發也。”劉貢
甫有一小詩贈玉汝，言及此事。貢甫乃玉汝媤親，當可據。讀此乃

感覺"鎖離愁，連綿無際，來時陌上初薰。繡幃人念遠，暗垂珠露，泣送征輪"之別有韻味，非祇咏草而已也。

《古今詞話》曰："美成以李師師事獲譴。一日，徽宗見師師淚痕界粉，問何所苦，曰適送周邦彥行耳。問邦彥亦有留別詞否。曰有之，乃歌〔蘭陵王〕詞。上惻然，翌日而美成召還。"讀此乃感覺"斜陽冉冉春無極。念月榭攜手，露橋聞笛。沉思前事，似夢裏，淚暗滴"之別有韻味，非祇咏柳而已也。

由此言之，則有題猶不足，且更須知本事，庶幾可得其回蕩之精神。又如劉辰翁之〔寶鼎現〕，"等多時春不歸來，到春身欲睡"，讀此，亦曰寫春困之幽情而已。若一考辰翁身世，知有德祐丙子春三月元兵入臨安擄恭帝與全太后北行之事，且此事乃辰翁所目擊，則必不以辰翁爲發春困之幽情矣。

劉辰翁尚有送春之〔蘭陵王〕曰："送春去，春去人間無路。……春去。誰最苦。……春去。尚來否。"又〔摸魚兒〕曰："怎知他春歸何處，相逢且盡尊酒。少年裊裊天涯恨，長結西湖烟柳。休回首。但細雨斷橋，憔悴人歸後。東風似舊。問前度桃花，劉郎能記，花復認郎否。"須先知作者生於南宋德祐間，又知有德祐丙子春間事，乃可得其神韻，有題猶未足也。當日南宋遺民，實在可憐，猶日日盼望打一勝仗，帝后得歸以來也。

四〇　以詩入詞

周美成最善於運用古人詩句以入詞，如"定巢燕子，歸來舊處"，即杜少陵之"頻來語燕定新巢"也。"正野店無烟，禁城百五"，即元微之"初過寒食一百六，店舍無烟宮樹綠"也。諸如此類，試展《片玉集》，觸目皆是。

此宋人而用唐人詩句也。更有援用當代人詩句者。如宋真宗強征楊璞詣闕，璞作一滑稽小詩以自脫，辛稼軒用其詩作〔山花子〕一首。參觀《雜論》第一則。又謝師厚居鄧，其妹婿王存奉使荊湖，枉道過之，夜至其家。師厚有詩曰："倒著衣裳迎戶外，盡呼兒女拜燈前。"稼軒之〔木蘭花慢〕曰:"秋晚蒓鱸江上,夜深兒女燈前。"又如張乖崖在蜀,有錄曹參軍老病廢事,公責之曰:"胡不歸。"明日參軍求去,且以詩留別。中有句曰:"秋光都似宦情薄,山色不如歸意濃。"公驚謝曰:"吾過矣,同僚有詩人而我不知。"因留而慰薦之。見東坡《送路都曹》詩序。但此參軍之姓氏,東坡亦既忘之矣。草窗之〔唐多令〕曰:"輦路又迎逢。秋如歸興濃。"此二公者,均不嫌借當代人之詩句以入詞,實所罕見。

然而原作必有大過人處,脫稿即已傳誦,乃得邀當代名流之采用。如楊璞詩,雖非鎚煉之作,但滑稽可喜。謝師厚之絕句,山谷以爲似杜,謂"倒著衣裳迎户外,盡呼兒女拜燈前"二語,置於杜集,可無愧色。錄曹參軍之句,則爲張乖崖所傾倒,宜其傳誦一時也。乖崖此舉,足留一儒林佳話,但非所以論於吏治矣。

四一 本色語

劉一止之〔喜遷鶯〕,"怨月恨花煩惱,不是不曾經著",此乃北宋詞人之本色語。即此便佳,何必雕鏤。又如"無可奈何花落去,似曾相識燕歸來","風乍起,吹皺一池春水",及"和淚試嚴妝"等,亦是本色語。馮延巳好用"嚴妝"二字,"和淚試嚴妝","嚴妝纔罷怨春風","嚴妝欲罷囀黄鸝",皆《陽春集》中語。

吳夢窗之〔宴清都〕:"繡幄鴛鴦柱。紅情密,膩雲低護秦樹。芳根兼倚,花稍細合,錦屏人妒。東風睡足交枝,正夢枕、瑶釵燕股。障灧蠟、滿照歡叢,嫠蟾冷落羞度。　人間萬感幽單,華清慣浴,春盎風露。連鬟并暖,同心共結,向承恩處。憑誰爲歌《長恨》,暗殿鎖、秋燈夜語。叙舊期、不負春盟,紅朝翠暮。"詞非不佳,但不知所云。題曰《連理海棠》,唯於"芳根兼倚",及"東風睡足交枝,正夢枕瑶釵燕股",可約略理會出連理來。又因見詞題,始識以楊妃况海棠而已。此一首可稱爲夢窗派之模範作品,學夢窗者,面貌大抵如斯。此與義山詩之《碧城》,同一象征。讀來好聽,艱於理解。晚唐之詩,晚宋之詞,走入同一途徑。

四二　喜遷鶯

〔喜遷鶯〕一調，長短不一。有四十六字、四十七字、百零三字、百零四字者，而以百零三字爲最普通。但內容仍頗有出入。試擇錄兩首，然後加以檢討。

喜遷鶯（劉一止）

曉光催角。聽宿鳥未驚，鄰雞先覺。迤邐烟村，馬嘶人起，殘月尚穿林薄。淚痕帶霜微凝，酒力衝寒猶弱。嘆倦客，悄不禁重染，風塵京洛。　　追念人別後，心事萬重，難覓孤鴻托。翠幌嬌深，曲屏香暖，爭念歲華飄泊。怨月恨花煩惱，不是不曾經著。者情味，望一成消減，新來還惡。

喜遷鶯（史達祖）

月波疑滴。望玉壺天近，了無塵隔。翠眼圈花，冰絲織練，黃道寶光相直。自憐詩酒瘦，難應接許多春色。最無賴，是隨香趁燭，曾伴狂客。　　踪迹。漫記憶。老了杜郎，忍聽東風笛。柳院燈疏，梅廳雪在，誰與細傾春碧。舊情拘未定，猶自學當年游歷。怕萬一，誤玉人夜寒簾隙。

劉詞百零三字，史詞百零一字。上半闋第四韵，與下半闋第三韵，劉作六六，史作五七。同是十二字，而句讀不同，是所常有。又過片第一句，劉作五字，不協韵。史作二三，協兩韵。亦所常用，不成問題。所欲討論者，結韵而已。

劉之結韵曰"者情味，望一成消減，新來還惡"，凡三句，十二字。史之結韵曰"怕萬一，誤玉人夜寒簾隙"，凡二句，十字。此外每韵之字數，無不相同，唯結韵少二字，此史作之所以爲百零一字也。查各家所刻之《梅溪詞》，此首皆作百零一字，唯戈順卿所選，此首獨作百零三字。結韵曰"怕萬一，悞玉人寒夜，窗際簾隙"，凡三句，十二字，句讀悉與劉作同。試將諸家所作之

〔喜遷鶯〕結韵，録列以作參證：

> 願歲歲，這一厄春酒，長陪佳節。（胡浩然）
>
> 待歸也，便相期明日，踏青挑菜。（吳子和）
>
> 棹歸晚，載荷香十里，一鈎新月。（吳子和）
>
> 翠深處，看悠悠幾點，楊花飛落。（蔣竹山）
>
> 嘆濱海，道難留指日，榮遷飛驟。（趙長卿）
>
> 倦游也，便檣雲柁月，浩歌歸去。（馮去非）

竊以爲戈選所據之本，是對的，史作仍是百零三字體，諸刻所據，應是別出一源，結韵將“寒夜”二字顛倒，而“簾隙”之上脱二字耳。

四三　大酺起韵

周美成之〔大酺〕，乃一首名作。起韵曰：“對宿烟收，春禽靜，飛雨時鳴高屋。”首句用一字領起，“宿烟收，春禽靜”成對偶。方千里和韵曰：“正夕陽閑，秋光淡，駕瓦參差華屋。”草窗一首曰：“又子規嗁，荼蘼謝，寂寂春陰池閣。”句法悉與美成同。然而亦有立異者。陳西麓一首曰：“霧幕西山，珠簾捲，濃靄凄迷華屋。”又一首曰：“漸入融和，金蓮放，人在東風樓閣。”吳夢窗一首曰：“峭石帆收，歸期差，林沼半銷紅碧。”首句四字，并非一領三，與第二句更不成對偶，句法悉與美成異。雖則首四字用仄仄平平，五人無出入，但句之構造，則大不相同矣。若用一字領起，辭氣須貫串兩句，恍如既對“宿烟收”，又對“春禽靜”也。苟非用一字作領，則首句與次句竟無連鎖關繫矣。如“峭石帆收”，“漸入融和”，四字獨立，無所依傍。西麓“霧幕西山”一首乃和清真，而夢窗亦精於音律而謹小慎微者。足證〔大酺〕首句，可不必定用一字領起。

周草窗《吊雪香亭梅》之〔法曲獻仙音〕，是一首名作。尤以“一片古今愁，但廢綠平烟空遠。無語銷魂，對斜陽衰草泪滿”，最爲清俊而沉痛。李賀房有和韵曰：“池苑鎖荒凉，嗟事逐鴻飛天遠。香徑無人，甚蒼蘚黃塵自滿。"王碧山亦有和韵曰："荏苒一枝春，恨東風人似天遠。縱有殘花，灑征衣鉛泪都滿。"均不及原唱。萍房猶是對景，碧山祇是傷別，借題發揮而已。

稼軒《元日立春》之〔蝶戀花〕曰"往日不堪重記省。爲花常把新春恨"，夢窗《除夕立春》之〔祝英臺近〕曰"殘日東風，不放歲華去"，均能認定搭截題，融會而貫通之，不愧名作。

顧梁汾《閏月》之〔步蟾宮〕曰"恨無端添葉與青梧，却倒減黃楊一寸"，語亦俊。

四四　萬紅友詞律武斷處

萬紅友《詞律》，其有功詞學，固無待言。然而錯誤、武斷、孤陋等處抑亦不少。如張于湖之〔六州歌頭〕，上半闋之"隔水氈鄉落日，牛羊下、區脫縱橫"，與下半闋之"聞道中原遺老，常南望、翠葆霓旌"，句法正同，"下"字與"望"字，微逗而已。《詞律》乃斷"鄉"字爲一句，"下"字爲一句。又韓南澗有同調一首，《詞律》并收。其上半闋曰"草軟沙平驟馬，垂楊渡、玉勒爭嘶"，下半闋曰"前度劉郎幾許，風流地、也自應悲"，句法與于湖正同。而《詞律》亦於上闋作三句斷，"平"字與"渡"字各自爲句，而上半闋與下半闋遂參差矣。愚竊以爲不妥。試將此兩詞錄列其上下闋對照之二韵，而有×作符號以明其句逗：

隔水氈鄉落日，牛羊下̽區脫縱橫。看名王宵獵，騎火一川明。
（張）

聞道中原遺老，常南望̽翠葆霓旌。使行人到此，忠憤氣填膺。
（張）

草軟沙平驟馬，垂楊渡̽玉勒爭嘶。認蛾眉凝笑，臉薄拂燕脂。
（韓）

前度劉郎幾許，風流地̽也自應悲。但茫茫暮靄，目斷武陵溪。
（韓）

於斯可見，上下兩半闋此二韵乃遥對整齊。其七字句皆作三四。兩五字句一作三二，一作二三，兩首如一，曾無出入。足證《詞律》之武斷。

又韓作"認蛾眉凝笑"一韵，因"眉"字偶與支思韵協，《詞律》遂斷作"認蛾眉（叶）凝笑臉（豆）薄拂燕脂（叶）"，非祇武斷，且有意矜奇矣。試問"宵獵騎"，"到此忠"，"暮靄目"，其亦可以自爲逗乎，斯不然矣。

〔六州歌頭〕隸大石調，南澗一首曰"東風着意，先上小桃枝"，誠可稱爲風流蘊藉。但于湖一首曰"長淮望斷，關塞莽然平"，允可稱爲惆悵雄壯。是則此調亦可以入正宮矣。此調聲韵悠揚，音節極美，而三字句甚多，不易運用。是以古今來作者無多，約略不過一二十首。

四五　韵書

中國韵書，通轉雜糅，多未能愜人意。蓋自齊梁以前，四聲且未成立，韵書更無論矣。即後來之作韵書者，率以古人詩歌爲依據，於無標準之中求標準，此法允爲最善，杜韓即其宗匠矣。然而中國文字，衍形而不衍聲，至使方言不統一，隨地異殊，適於此者未必合於彼，此乃根本之困難問題。即如元周德清之《中原音韵》，詞曲家所奉爲圭臬者矣。然而中州音不協於江南者殊多，斯亦無可如何之事矣。豈唯周作，諸家莫不皆然。其間最武斷而最支離者莫若時本韵書，如清之《佩文詩韵》等類。彼之通轉，率祖述宋吳棫《韵補》、明楊慎《轉注》，而參以臆斷，前後齟齬，幾不能自完其說。他勿具論，即以開合音言之，已是誤人不淺，列舉其錯謬如下：

真通侵	刪通覃咸	先通鹽咸
軫通寢	震通沁	質通緝
宥通沁	艷通霰	陷通諫
勘通翰	感通銑	支通佳

　　凡此皆昧於發音六義之原理，逞其臆斷，誤己誤人。如真、刪、先、軫、震、質，皆抵齶發音，侵、覃、咸、鹽、寢、沁、緝，則皆閉口音，閉口如何能與抵齶通。又宥乃斂脣音，而沁則爲閉口音，閉口如何能與斂脣通。至於艷、陷、勘、感，皆閉口音，而霰、諫、翰、銑，則爲抵齶音，抵齶如何能與閉口通。支乃展輔音，而佳則爲半抵齶，若嚴格亦不可通。舉其大略，已足驚奇。以此而侈言通轉，不知如何能通，如何能轉也。

　　時本韵書已如此，即如嘉道間戈順卿載之《詞林正韵》，王半塘等尊之爲最晚出而最精審之韵書，前無古人，爲填詞家之金科玉律者矣。參觀四印齋本《詞林正韵》王氏跋。全書分爲十九部門，計平韵十四部，而上去隸之，入聲五部。所收共一萬三千十四字，謂皆取則於古名家詞，參酌而審定之，盡去其弊。參觀原書《發凡》。然第十四部平聲之“覃”而附以“凡”，上聲之“感”而附以“范”，去聲之“勘”而附以“梵”，是抵齶雜於閉口矣。又第十七部入聲之“質”而附以“緝”，第十八部入聲之“勿”而附以“葉”“帖”，則又閉口雜於抵齶矣。又第十九部入聲之“合”而附以“乏”，則又以抵齶雜於閉口矣。凡此諸端，不無微瑕。

四六　謝元淮碎金詞譜

　　謝默卿元淮之《碎金詞譜》，板本有二。其一刻於道光二十三年癸卯，所收之詞共一百八十闋，乃以許穆堂之《自怡軒詞譜》爲底本。而許之所收，則根據《九宮大成譜》，凡唐宋元人詞之標出宮調者，分類而輯錄之，都爲六卷。計卷一乃仙呂宮、仙呂調、中呂宮、中呂調，卷二乃大石調、越調，卷三乃正宮、高宮、小石調、小石角，卷四乃高大石調、高大石角、南昌宮，卷五乃商調、商角、雙調、雙角，卷六乃黃鐘宮、羽調，所收凡六宮十三調。每一詞之後附以譜。譜之左方注四聲，右方則爲工尺，句讀分明。凡閉口音則加○以爲別。

第二板刻於道光二十七年丁未，所收之詞共五百五十八闋。於《九宮大成譜》之外，復據《欽定詞譜》及《歷代詩餘》之標注宮調者而廣收之，增爲十四卷。計卷一乃南仙呂宮，卷二乃北仙呂調，卷三南中呂宮，卷四北中呂調，卷五南大石調、北大石角，卷六南越調、北越角，卷七南正宮、北高宮，卷八南小石調、北小石角，卷九南高大石調、北高大石角，卷十南南呂宮、北南呂調，卷十一南商調、北商角，卷十二南雙調、北雙角，卷十三南黃鐘宮、北黃鐘調，卷十四南羽調、北平調，凡六宮十八調。詞不附譜，唯於原詞每字之左方注四聲，右方則注工尺。二刻皆套板精印，工尺乃紅字。

自元明以後，以爲宋詞之歌譜，久已失傳，豈圖吉光片羽，尚得此五百餘闋可以附諸歌喉，是誠可喜。默卿自序曰："茲譜之作，即以歌曲之法歌詞，亦冀由今之聲以通於古樂之意焉耳。按宋人歌詞，一音協一字，故姜夔、張炎輩所傳詞譜，四聲陰陽，不容稍紊。今之歌曲，則一字可協數音，曼衍抑揚，縈紆赴節，即使分寸節度，不能如宋詞之謹嚴，亦足以諧協竹肉矣。"讀此，則工尺譜應是許穆堂、謝默卿二公依宮調以爲聲容，以工尺易ㄗㄟ，而自製今譜者矣。

然而宋詞歌譜，其流傳至今而爲人所共知者，厥爲白石之自製曲。考〔揚州慢〕一闋，宮高則爲中呂宮。"淮左名都"四字，宋譜爲"淮（ㄨ）左（ㄣ）名（ㄗ）都（ㄟ）"，即所謂一字協一音是已。若譯以今譜，應作"淮（六）左（凡）名（工）都（尺）"，然《碎金詞譜》乃作"淮（工）左（六工）名（工六）都（五）"，與宋譜全不相侔。若按宋譜則"六凡工尺"乃自高而低，其聲沉着而高古。而今譜之"工六工工六五"則自低而高，由"名"字之陽平，轉落"都"字之陰平，故用"工六五"以揭之。

復次，余嘗據金奩、子野、樂章、片玉、于湖、白石、夢窗七人之本集，擷取其標注宮調之詞，共得四百零五闋，亦以宮調爲綱而分隸之。但與《碎金詞譜》相對照，所隸屬之宮調多不相同。

且余之所輯有般涉調九闋，歇指調二十三闋，正平調三闋，道宮三闋，高平調三十闋。此五宮調爲《碎金詞譜》所未收。雖則道宮、歇指已失於金元時，餘三調則未亡也。其或名稱之各異歟，未可知矣。(參觀本集二五。)

　　《碎金詞譜》之工尺與白石集旁綴之音譜，各不相侔，已如上述。但昆曲以"上尺工凡六五一合四"爲音符，究竟始於何時，是不可以不問。

　　張嘯山文虎《舒藝室餘筆》卷三，有《白石道人歌曲校語》一篇，曰"宋人詞集存於今者，唯張子野、柳耆卿分箸宮調，其有旁譜者唯堯章此集耳。據張叔夏《詞源》，言其父斗南有《寄閑集》，亦旁綴音譜，今已不傳，則此集實吉光之片羽矣"。又曰"宋人歌詞，以合下四四下一一上勾尺下工工下凡凡等十二聲配十二律，以六下五五一五配四清聲，凡十六聲"云。試將白石詞集所用之符號，與張炎《詞源》所用之符號，暨《詞源釋文》并明代管色表列如左。

1 十二律呂	2 白石譜	3 詞源譜	4 詞源釋文	5 明朝管色
黃鐘	（符號）		合	合
大呂	（符號）		下四	背四
太簇	（符號）		四	四
夾鐘	（符號）		下一	背一
姑洗	（符號）		一	一
仲呂	（符號）		上	上
蕤賓	（符號）		勾	勾
林鐘	（符號）		尺	小尺
夷則	（符號）		下工	緊工
南呂	（符號）		工	小工
無射	（符號）		下凡	緊凡
應鐘	（符號）		凡	小凡
黃鐘清	（符號）		六	六
大呂清	（符號）		下五	緊五
太簇清	（符號）		五	五
夾鐘清	（符號）		一五	一五

　　由是觀之，白石與玉田所用之符號曾無異同，祇字勢略殊而已。據舒藝室校語，謂"厶疑本作𠆢，乃合之半字也。么亦作ㄅ，疑本作匕，乃上字草書也。久疑本作又，乃六字草書也"云。所言如是。余以爲万之爲五，八之爲凡，亦皆形似。以此論之，則此十二律呂四清聲之十六符號，祇是樂工之速記，力求簡便，字源猶是上尺工凡六五一合四也。又如明代之背四啞工啞凡小凡等，亦祇是樂工之術語而已。玉田生於南宋末，則工尺已行於南宋，似無疑義。白石生於北宋末，而所用之音譜亦與南宋同，則工尺已行於北宋，亦無疑義。

　　或者曰，謂工尺與宋譜符號爲形似，誠然。疑二者原是一體，不爲無因。但是否宋符號由工尺等字蛻變，抑工尺等字乃宋符號之轉變，不可不察，若因果倒置，則後先易位矣。此實一强有力之反詰，允宜審慎。欲答此問，應先明符號之意義。

　　符號之作用，或取其便於書寫也，或取其易於記憶也。質言之，即化繁爲簡是已。畫（＋－×÷）四符號，較於寫（加減乘除）四字，便捷多矣。"人"乃二畫，而"尺"字則爲四畫。"マ"乃二畫，而"四"字則爲五畫。"厶"乃二畫，而"合"字則爲六畫。以此論之，則似宋符號應在工尺之後，因其筆畫乃由繁而化簡故。

　　《儀禮經傳通釋》所載《風》《雅》十二篇詩譜，其《關雎》一篇之音符如左。

　　關（清黃）關（南）雎（林）鳩（南）在（黃）河（姑）之（太）洲（黃）窈（黃）宨（南）淑（清黃）女（姑）君（清黃）子（林）好（南）逑（清黃）。

　　此詩之譜，學者咸認爲成周元音。計《關雎》一篇，共八十個字，若全録其譜，不知須費幾許時間，乃得完成。此豈樂工之所能忍耐哉。《詞源》稱ㄅ人フリ等符號曰俗譜，其出於伶工之俗手，殆無疑義。但自速記方面著眼，則較填與十二律呂之名，便捷多矣。由"仲林南應"而變爲"ㄅ人フリ"或"上尺工凡"，中間不知幾經更革。今之所欲追求者，正爲此事耳。

或者又曰，マムフ人等符號已行於北宋，魏良輔生於明中葉，而昆曲乃用四合工尺作音譜，而不用マムフ人。既曰符號之意義乃去繁就簡，而昆曲音譜乃去簡就繁，此原則不已破壞乎。斯亦一有力之質詰。

考《詞源》之管色應指譜，有丿掣𠃌折人大凡𠃌打等符號，乃笛工之暗記。其形相與丿凡𠃌上人尺等音符，每易相亂。後之捨宋譜而用工尺譜，原因或在於是歟。昆曲用"上尺工凡六五一合四"等九字作音譜，皆筆畫比較簡潔之字，既曰"字"，則填譜時縱偶或草率，猶有痕迹可尋，易於區別。不至如凡掣打三符號之易於相蒙，而上與折之難分，尺與大凡之易混耳。若是，則又似工尺在宋符號之後矣。

或有根據《楚辭·大招》之"四上競氣，極聲變衹"一語，疑以爲工尺已用於戰國時，殆未必然。王逸《楚辭注》："四上，謂上四國，即代秦鄭衛也。"因代秦鄭衛四國之樂歌，《大招》本篇上文曾叙及之，故曰四上，爲上四國。洪興祖《楚辭補注》："四上，謂聲之上者有四，即代秦鄭衛是也。"若是，則四上非指音符可知。

四七　淒涼犯結韵

〔淒涼犯〕亦名〔瑞鶴仙影〕，乃白石自製曲，曰仙呂犯變調。其結韵曰"怕恩恩不肯寄與誤後約"，萬紅友以"怕恩恩"爲一讀，"不肯寄與誤後約"爲七仄句，徐誠庵亦同此主張。吾則以爲不若作"怕恩恩不肯寄與"爲一句，"誤後約"爲一句，似較妥協。試將姜白石、吳夢窗、張玉田諸人之作録列如下，用資比較：

怕恩恩不肯寄與，誤後約。（白石）

倚瑤臺十二金錢，暈半滅。（夢窗）

且行行平沙萬里，盡是月。（玉田）

夢三十六陂流水，去未得。（玉田）

"不肯寄與誤後約"，"十二金錢暈半滅"，"平沙萬里盡是月",雖未嘗不可以獨立成句,但"六陂流水去未得"則不能矣。因"三十六陂"四字,不可分離,"夢三十"三字難成句讀也。

白石一首,題曰《合肥秋柳》,其結二韵曰"謾寫羊裙,等新雁來時繫着。怕恩恩不肯寄與,誤後約",無論以文氣,以音節,結韵均以七三爲宜。夢窗一首,題曰《重臺水仙》。玉田之第一首,題曰《北游道中》,第二首題曰《過鄰家見故園有感》。又白石此詞,誤入夢窗集,朱彊邨已剔除之矣。

卷二

一 上下闋接聯處術語

詞中之雙調者,其上下兩半闋接聯處,所用之術語各有不同。張玉田謂之"過片",周止庵謂之"換頭",沈伯時謂之"過腔",花庵謂之"拽頭",北宋詞人謂之"過變",更有謂之"過接"者。術語雖不畫一,然望文尚可領會,不若"務頭"兩字之難索耳。

二 古琴曲

古琴曲有五曲、九引、十二操等名。五曲曰《鹿鳴》《伐檀》《騶虞》《鵲巢》《白駒》。九引曰《列女引》《伯妃引》《貞女引》《思歸引》《霹靂引》《走馬引》《箜篌引》《琴引》《楚引》。十二操曰《將歸操》《猗蘭操》《龜川操》《越裳操》《拘幽操》《岐山操》《履霜操》《朝飛操》《別鶴操》《殘形操》《水仙操》《襄陵操》。五曲之名見於《三百篇》,九引、十二操有雜見於古樂府及唐宋詞者,有祇存其名而未見其辭者。

宋釋惠洪《冷齋夜話》云:世傳琴曲宮聲十小調,乃隋賀若弼所製,音律絕妙。一曰《不博金》,二曰《不換玉》,三曰《泛峽吟》,四曰《越溪吟》,五曰《越江吟》,六曰《孤猿吟》,七曰

《清夜吟》，八曰《葉下聞蟬》，九曰《三清》，十失名，琴家但名賀若而已云。古琴曲謂傳自商周，此十小調乃起於隋，去古遠矣。又云宋太宗酷愛此曲之聲調，而嫌一二兩曲之名不雅馴，因易《不博金》爲《楚澤涵秋》，《不換玉》爲《塞門積雪》，命詞臣各探一調製詞。當時蘇易簡探得〔越江吟〕，其詞曰：

> 非雲非烟瑤池宴。片片。碧桃零落誰見。黃金殿。蝦鬚半捲天香散。　　奏雲和孤竹，清婉入霄漢。紅顏醉態爛縵。金輿轉。霓旌影乱簫聲速。（〔越江吟〕）

東坡云："琴曲有《瑤池燕》，其詞不協而聲甚怨咽，或改其詞作閨怨云。"見《漁隱叢話》。詞曰：

> 飛花成阵春心困。寸寸。別腸多少愁悶。無人問。偷啼自搵殘妝粉。　　抱瑤琴尋出新韵。玉纖趁。南風未解幽愠。低雲鬢。眉峰歛暈嬌和恨。（〔瑤池燕〕）

詞之韵律悉同〔越江吟〕。萬紅友以此詞爲東坡作，但《東坡樂府》不載。據《漁隱叢話》之語氣，則分明非東坡作矣。又《詞律》及《漁隱叢話》所載蘇易簡一首，均脱"誰見"二字，據《花草粹編》補入。又〔瑤池燕〕之名或即因〔越江吟〕首句之"瑤池宴"而立，"燕""宴"同音，故亦作〔瑤池宴〕。《東山詞》有一首曰〔秋風嘆〕，亦即此調，詞曰：

> 瓊鈎褰慢秋風嘆。漫漫。白雲聯度河漢。長宵半。參旗，爛爛何時旦。　　命閨人金徽重按。商歌彈。依稀廣陵清散。低眉怨。危弦未斷腸先斷。（〔秋風嘆〕）

三首調名不同，而音韵則一。〔瑤池燕〕乃因〔越江吟〕之第

一句而立名，〔秋風嘆〕則以本詞之第一句而立名，可證蘇易簡之
〔越江吟〕，實此調之本名也。又〔越江吟〕之"烟、捲、亂"三
字，〔瑤池燕〕之"陣、搵、暈"三字，〔秋風嘆〕之"幔、爛、
斷"三字，《詞律》定爲"句斷韵"。若是，則〔越江吟〕之
"烟"字，音韵雖同而平仄不恊。余以爲不若將此三字點作暗韵，
則聲容愈覺優美，而"烟"字亦不嫌失恊矣。

　　《冷齋夜話》稱此曲爲琴曲宮聲小調。曰宮聲，曰小調，有類
似宋元詞曲術語，文辭亦與古琴曲之《鹿鳴》《伐檀》等各異其
趣，即較於古樂府之《箜篌引》《龜山操》等亦殊不相類。聲容并
茂，搖曳多姿，頗似元曲。晚唐五代之小令，稱爲詞曲之祖，如
〔菩薩蠻〕〔如夢令〕等，句法整齊，祇是五七言詩略爲轉變而已，
遠不若此曲之活潑玲瓏。誠如《冷齋》所云，豈宋詞之宮商規律，
已成立於陳隋間耶？

三　意境及實景

　　婉約之作品，首重意境；意境之有無，即文章厚薄之所攸分。
上文所謂弦外之音，所謂納深意於短幅，即意境是已。王靜安先
生之《詞話》，分境界爲二：曰有我之境，曰無我之境。以"泪眼
問花花不語，亂紅飛過秋千去""可堪孤館閉春寒，杜鵑聲裏斜陽
暮"，爲有我之境。以"采菊東籬下，悠然見南山""寒波澹澹起，
白鳥悠悠下"，爲無我之境。其論斷曰："有我之境，以我觀物，
故物皆著我之色彩；無我之境，以物觀物，故不知何者爲我，何者
爲物。"議論自是精警。然吾則以爲，有我無我，有物無物，皆是
主觀。"萬物靜觀皆自得"，靜觀是主，自得是反主爲客。物之自
得不自得，孰能知之，我自得則見其自得矣。"辛苦最憐天上月"，
憐是主，辛苦是反主爲客，月之辛苦不辛苦，孰能知之，我見其可
憐斯可憐矣。如帶雨春鋤，夕陽牛背笛等，文學家認爲美不勝言，
樂不可支，但農夫與牧童之身心，爲苦爲樂，旁人那得知，彼固非
專爲供他人作詩料來也。是則所謂以物觀物，猶是以我觀物而已。

讀《琵琶記·賞月》數折，最可以證明此意。

《三百篇》開出比興與賦體之兩途徑，貽後人以無限地步。比興有如上述，賦體則爲敘事詩之所從出。我國之敘事詩雖不甚多，然少陵之《北征》，昌黎之《南山》，玉溪之《韓碑》等，亦卓絕千古。更有《孔雀東南飛》，乃一首長篇之敘事詩，古今獨絕，夫人而知之矣，然亦祇一千七百八十餘字。至於杜工部之《八哀》詩，可稱古今最長篇之敘事體。八首之中，最長者凡四十三韵，短者亦二十韵。篇雖爲八，格局則一貫到底，實祇一篇。八首合計，共爲二百四十三韵。緊接《八哀》之後復有《壯游》一首，乃杜老之自傳，總束前八首成爲一氣。《壯游》五十六韵，并《八哀》共爲二百九十九韵，可作一篇讀。三千字一貫到底之五言敘事詩，能不謂爲偉大。

詞則爲格律所限，非敘事之工具，可無待言。更進一步而論，詞不難於寫情感而難於寫實景，蓋以輕清之筆寫凌空之感想，或較便於寫實耳。吾見皇甫松之小令，其寫實技術真有獨到處。如〔天仙子〕之“躑躅花開照水紅，鷓鴣飛繞青山嘴”，〔浪淘沙〕之“灘頭細草接疏林。浪惡罾船半欲沉。宿鷺眠鷗非舊浦，去年沙嘴是江心”，〔夢江南〕之“桃花柳絮滿江城。雙髻坐吹笙”，〔采蓮子〕之“菡萏香連十頃陂。小姑貪看采蓮遲。晚來弄水船頭濕，更脫紅裙裹鴨兒”。試讀“鷓鴣飛繞青山嘴”，“浪惡罾船半欲沉”，“去年沙嘴是江心”，“雙髻坐吹笙”，“晚來弄水船頭濕，更脫紅裙裹鴨兒”等句，何等靈妙。北宋以後，詞之作風漸趨向於過度之婉約，隣於象徵，無復五代之輕清自然矣。

四　詞韵

謝元淮曰：周氏《中原音韵》之十九部，既以兩字爲韵目，自應取陰陽各一，方洽立韵之旨。乃東鍾、支思、先天、歌戈、車遮、庚青，兩字皆陰；齊微、魚模、尤侯，則兩字皆陽；寒山、桓歡、廉纖，則陰陽倒置。僅江陽、皆來、真文、蕭豪、家麻、侵尋、監咸七韻不誤。要亦偶合，非真有定見也。（見《填詞淺説》。）所議不爲無因，立目誠不合理，實授人以可議之道。

《詞林正韻》分“東、江”等平韻爲十四部，而以上去隸之，“屋、覺”等入聲別爲五部，而以二十九個入聲韻分隸之，共爲十九部。此詞韻也。其書乃以宋之《集韻》爲依據。

謝元淮《碎金詞譜》曰：字有陰聲陽聲，而齊齒、捲舌、收鼻、開口、合口、撮口、閉口，亦皆有別，唯閉口極難得法。“侵尋”易混“真文”，“覃咸”易混“寒删”，“廉纖”易混“先天”。此則粵語最爲便捷，必無相混之虞。

五　犯調

詞有犯調之法，即由此調而轉入他調，集以成章是也。但其轉接處必此調之句法偶與彼調之句法相同，因而度過。如〔江月晃重山〕，乃〔西江月〕與〔小重山〕集合而成。〔江梅引〕，乃〔江城子〕與〔梅花引〕集合而成是也。此之謂犯調，宋詞中不乏其例。元曲亦有犯調之法，其源自是出於宋詞，而氣象則較大。且南北曲所用之方法各有不同，北曰借宮，南曰集曲，統名之曰犯調。元曲於每套或每齣，其第一支曲牌屬何宮調，則全套或全齣必須悉用此宮調所屬之曲牌。借宮云者，即如此齣原是仙吕宮，中間忽借用一支中吕宮所屬之曲，是曰仙吕犯中吕。但所借之宮必須與本宮管色相同，否則音律之高低差殊而管弦斯亂矣。蓋仙吕與中吕同是小工調，故可借也。至於集曲，其法大略如宋詞。所不同者，詞則以句法相同爲過度之樞紐，曲則以宮調相同爲集合之準繩。故所謂集曲云者，非如借宮之集合同管色諸宮調之曲牌而成一套，乃取同一宮調中數曲牌各截取數句以成一曲，而別立一新名者也。曲源於詞，但較復雜而多變化，此其所以爲進步。

六　史浩鄮峰大曲

《鄮峰大曲》二卷，乃南宋淳熙間鄞縣史浩作。讀之足見詞曲遞嬗之迹。試尋繹而銓次之，則當日讌饗之排場，及樂隊之歌容舞態，亦可以仿佛得見。其每套聯綴之節目如次：一曰延遍、二曰攧遍、三曰入破、四曰袞遍、五曰實催、六曰袞、七曰歇拍、八曰煞袞，是曰一曲。其歌詞則長短句錯綜，平仄韻互協，音節直開元曲先河。

卷一凡四曲：一曰《采蓮》，即上列之八節目是。大抵延遍、攧遍，歌而不舞。入破則羯鼓與絲竹齊奏，會爲繁響，歌容舞態亦由徐而疾。至歇拍復變爲緩歌慢舞。二曰《采蓮舞》，三曰《太清舞》，四曰《柘枝舞》。卷二曰《花舞》，曰《劍舞》，曰《漁父舞》。《采蓮舞》之場面凡六人，其一曰竹竿子，司領隊及指揮之職，餘五人則裝束如仙女。竹竿子念開場白，詞句爲駢儷之美文。五仙女則一字橫排於臺前，齊唱〔采蓮令〕一闋。歌畢，弦管仍奏〔采蓮令〕，衆仙女舞以和之，行作五方分立，成花朵形，中一人曰花心。

花心出與竹竿子答白，旋獨唱〔漁家傲〕一闋，且歌且舞，作折花狀，餘四人則站立不動。一闋既竟，五人復合舞，花心更易。如是五人迭作花心，五奏〔漁家傲〕，唯歌詞各異，故舞態亦因而不同。五闋既竟，竹竿子念駢儷之諛詞，復請清唱以娛嘉賓。

於是奏細樂，衆仙女齊唱〔畫堂春〕一闋，作頌聖侑觴之詞。歌畢，絲竹仍奏〔畫堂春〕曲，衆仙女以妙舞和之。繼唱〔河傳〕一闋作尾聲，竹竿子念七言四句，遣隊下場。

唐代之樂，歌舞未嘗合一。一人歌而一人式舞以應之，以舞態迎合歌辭。讀《鄮峰大曲》，足證宋代之歌舞，既已合一矣。因《采蓮舞》之歌詞念白，約略得見其排場如此。

七　詞之叠闋

凡曲之叠用前調者，北曲曰么或么篇，南曲則曰前腔；詞之叠闋則曰換頭或過片。曲乃詞之變，所謂么篇與前腔，自然是由換頭得來。前腔二字易明，唯“么”頗費解，疑即“叠”之意。

詞調有〔六么令〕，試録晏小山一首而加以説明：

> 緑陰春盡，飛絮繞香閣。晚來翠眉宮樣，巧把遠山學。一
> 寸狂心未説，已向橫波覺。畫簾遮匝。新翻曲妙，暗把閑人帶
> 偷掐。　　前度書多隱語，意淺愁難答。昨夜詩有回紋，韵險
> 還慵押。都待笙歌散了，記取來時霎。不消紅蠟。閑雲歸後，
> 月在庭花舊闌角。

首句雖祗四字，但發音若略爲婉轉而帶“祗見”“却是”“又
到”等虛聲即成六字句，此則曲之襯音所由起也。上半闋之“閣、
學、覺”，與下半闋之“答、押、霎”，實等於用六五句法連叠六
韵，音節如一。其上下兩結韵之四四七則尾聲也。“六么”之名，
疑即六叠之意，其義或取於是。

由此言之，凡叠處即謂之么，事實乃如是。但“么”即“幺”
字之別寫，有細小之意，有單一之意，無訓叠者。或則爲曲師所用
之符號，非“幺”字也。沈璟《南詞九宮譜》釋換頭之總論曰：
“篇中么或袞，大率即是前腔。”可見“么”乃“袞”之省文，
“么篇”即“袞遍”之別寫。“袞”與“袞遍”，皆宋大曲之名稱。
但此種專門術語，今已無能釋之者。宋陳暘《樂書》曰：“大曲前
緩叠不舞，唯一工獨進，以手袖爲容，蹋足爲節。至入破則羯鼓襄
鼓大鼓與絲竹合奏，句拍益急，舞者登場，投節制容，變態百
出。”讀此可以仿佛其歌容舞態。沈括《夢溪筆談》曰：“《霓裳
曲》凡十三叠，前六叠無拍，至第七叠方謂之叠遍。”兩説可以
互證。

史浩《鄮峰大曲》，其編排之節目曰：延遍、攧遍、入破、袞
遍、實催、袞、歇拍、煞袞，前後凡八段。王灼《碧鷄漫志》曰：
凡大曲，有散序、靸、排遍、攧、正攧、入破、虛催、實催、袞
遍、歇指、煞袞，凡十段，始成一曲，謂之大遍。又曰：余嘗見
《涼州排遍》一本，共二十四段。後世就大曲製詞者，類從簡省，

而管弦家又不肯自首至尾吹彈云。可見大曲之段數，饒有伸縮力。再證以陳暘所謂"前緩疊不舞"一語，及沈括"前六疊無拍"一語，或則入破以後，即變爲緊疊妙舞，亦未可知。若是則袞之與疊，亦可以略得其意義相同之邊際矣。"疊鼓"即鼓聲不斷之意，其義與"滾"同，俗語謂之滾花鼓，又疑"袞"乃"滾"之省文。

宋大曲之神髓，至今罕能道其詳，已如上述。沈璟生於有明中葉，去南宋不過二百有餘歲，其對於宋大曲所用之術語，已作影響之譚，觀於"大率"二字可知。祇因詞至南宋，已入沉悶之境，入元乃大起反動，由獨奏之北曲，再進而爲酬唱之南曲。單調之場面，一變而爲繁復。九十年間，舉南宋沈悶晦澀之歌曲一掃而空，歌詞則回復五代北宋之活潑，而排場又復革新。是故僅以二百數十年之歲月，宋大曲遂至於無痕迹之可尋。反動之烈，於斯爲最。此固循窮則變之原則以遞嬗，而新民族衝入之激刺，亦有以致之也。觀於南曲之所以興，由於北曲無入聲，四聲缺一；應社會之要求，遂不得不努力於創造。此則天時人事，更有互爲因果者矣。

陸放翁曰："詩至晚唐五季，氣格卑陋，千家一律，而長短句獨精巧高麗，後世莫及。此事之不可曉者。"豈有他哉，亦曰遵"窮則變、變則通"之原理以運行而已。放翁生於南宋，所謂"後世"云者，自然是指其生在之當時。可見南宋之詞，已入窮境，等於晚唐之詩；即南宋之當代人，亦既自認爲不滿人意矣，革新之機，寧待金源。縱臨安之鐘簴不移，而詞壇亦將起革命。然以晚唐詩之委靡，變化乃起自宋詩；以南宋詞之晦澀，變化乃起自元曲。恐氣運之來，亦必有待於易代而後可致也。噫，其機微矣。

八 敘事詞

詩三百篇，約略可區分爲比、興、賦三體。鍾嶸曰："文盡而意有餘，興也。因物喻志，比也。直書其事，寓言寫物，賦也。"

僧皎然曰：“取象曰比，取義曰興。”又曰：“比興用事不同。”若以今語釋之，則比興乃漫寫之歌咏，而賦體則爲叙事詩也。自楚騷發揚三百篇之比興體，漢魏承其緒，比興遂成爲詩體之正宗。如《古詩十九首》，可稱爲比興體之模範，流風所被，至今未已。其間雖未嘗無叙事之賦體詩如《孔雀東南飛》，少陵之《北征》與《八哀》、昌黎之《南山》、義山之《韓碑》等，皆屬卓犖之叙事詩，然究不足與比興争衡。至於詞則爲格律與字數所限，不宜於叙事，更無論矣。中間唯趙德麟以十二首〔蝶戀花〕寫《會真記》，開出以詞曲叙事之法門。厥後遂有孔芸亭之《桃花扇》傳奇，以四十齣之長篇叙述晚明南朝故事之杰作。元明之傳奇，實不啻舉詞曲不宜叙事之桎梏，揉碎而摧廢之也。噫嘻，此非窮則變、變則通之明效歟。

九　熱字韻

楊升庵夫人黃氏，嫻文學，有〔羅江怨〕四首，乃憶外之作，蓋升庵時正遠戍雲南也。録其每首之“熱”字韻，足見工力。曰“世情休問凉和熱”，曰“紅爐火冷心頭熱”，曰“鴛鴦被冷雕鞍熱”，曰“倚樓人冷闌干熱”。第一句祇是平淡，隨後愈出而愈奇。第二句已將深閨思婦之情緒，婉轉透露，氣象凄楚。第三句於雕鞍之下着一“熱”字，遂把長途遠征之艱苦，刻畫入微。第四句更匪夷所思，竟把倚闌凝望，神思凄迷之情味，描寫盡致。

周美成之〔過秦樓〕曰：“人静夜久憑闌，愁不歸眠，立殘更箭。”以重筆寫憑闌久立之景況，情真意切。晁次膺之〔多麗〕曰：“瑶臺冷，闌干憑暖，欲下遲遲。”用一“暖”字，不言久而久自見，已較美成之意深刻一層。至於“倚樓人冷闌干熱”，以“熱”易“暖”，意味倍爲深刻。自非生具玲瓏之心思，忒透之腸胃，豈能至此。此一“熱”字，與宋子京“紅杏枝頭春意鬧”之“鬧”字，工力略相敵。李笠翁痛詆子京之“鬧”字，謂爲無理，適足以成其爲簽片名士而已。

一〇 音律

工尺之調協陰陽四聲，有一定之法則，固也，而所謂一串歌喉之"一串"，亦大有關繫。蓋聲調連續出之而成爲一串，自與單音異。蓋歌曲乃活的，不能以呆滯之法求之耳。然而樂既以律名，定應自有其規則，天下豈有無規則之律哉。活的規則，其公例之復雜與謹嚴，較於呆定法繁重多矣。且歌曲與語言同一途徑，語言由簡單而漸臻於繁復，此可由學語小兒及林野間之原人證之，唯歌曲亦然。朱熹《儀禮經傳通解》，載趙彥肅所傳唐開元鄉飲酒禮所奏之風雅十二篇歌譜，其爲一字一音，固甚明顯。即降而至於南宋，試讀白石道人之自度曲，其邊旁所注之音符，亦祇是一字一音。至於元代之北曲，則已一字數轉，若明代之南曲，更有一字十轉者。可見人類之審美觀念，由簡而繁，殆爲定則，音樂更其顯著之例矣。

歌曲乃天籟，以嬰兒證之，最初之發音爲哭，次爲歌，又次乃爲語言。然而天籟亦因時而變，殊非固定。原人社會，凡百皆簡，音律自不能獨繁。隨後因交通而起變化，五方雜處，匯衆簡而集合之，一加一便成二矣。此則事理之所必至，無所用其疑。中國音律，以中原爲基礎，漸集合江淮、荆楚、巴渝、塞北、嶺表、西域、印度、波斯，以至於希臘，會繁響於一爐，則今之天籟自非昔之天籟可比，實自然之趨勢。蓋籟之量既增加，則所得之總和，自應有別，理所宜然。

中國文字，衍形而不衍聲，故樂歌之譜式特難。非製譜之難，殆流傳之不易也。即以白石詞譜而論，距今不過七百有餘歲，試按其譜而度之，已多疑似而莫能決。此非僅因時代之遷移，恐地理方言之關繫尤大耳。譬諸北曲則七聲并用，而南曲則祇用五正聲而無乙凡，此其一。又自昆山魏良輔創立昆腔以後，今南曲中之字，有非念蘇音不可者，否則聲調不諧，此其二。於斯可見，中國歌譜有空間及時間之兩重束縛，此其所以難於流傳者一也。

　　復次，昆曲中陰陽四聲之定律，其細如髮，其密如縷。一句之中，每因上一字之陰陽，而映帶下一字之高低。試將《九宮大成譜》所載東坡之〔永遇樂〕，與吳瞿庵諸公所訂正稼軒之〔永遇樂〕，兩相比較，則此中消息，亦可以知其概矣。蘇詞首句曰"明月如霜"，其陰陽四聲則爲陽平、陽入、陽平、陰平。辛詞首句曰"千古江山"，其陰陽四聲則爲陰平、陰上、陰平、陰平。若祇以平仄論，兩句同是"平仄平平"，然而陰陽各異，故工尺亦因而大異。"明月如霜"之工尺曰"四上上尺工"，"千古江山"之工尺曰"尺上尺工工"。可見詞曲之歌譜，雖調名相同，而千百曲則有千百譜，必不能執一以例其餘。細密過甚，此其所以難於普遍者二也。

　　至於外國歌譜則大異乎此。中國因詞製譜，而外國則按譜填詞。一字之高唱低唱，曼吟促節，悉因譜以爲則。每不惜截一字爲兩半，一半屬上句之末，一半作下句之首，拗其字音，唯譜是依，與中國之樂歌恰成反比例。雖則曰中國之字，一字一音，乃世界上最宜於作韻語之一種文字，因一詞而特製一譜，乃輕而易舉之事。蓋以陰陽四聲之工尺，若何連綴，若何映帶，均有一定之法則，口吟哦而足按拍、手秉筆，應聲以畫工尺，歌既竟而譜亦成矣。雖然，此乃學者之事業，豈可以例於群衆哉。正所謂可爲知者道，難與俗人言矣。

　　昆曲日就衰微，至今已不絕如縷。考其所以衰落之原因，非祇一端。論者每曰，曲文太雅，難於通俗。持此説者最爲普遍。此實似是而非之言。元曲最以本色名於世，何嘗太雅。吾竊以爲因詞製譜，而譜復囿於方言，乃昆曲不能普及於全社會之最大原因。如論者所云，難於通俗誠是矣，然必非在曲文之太雅，可斷言也。嗟乎，學問竟有因縝密而即於滅亡者，其然，豈其然乎。

　　詞曲既不適於普及也如此，然歷宋元明以至於清初，七百年間，曾不浸衰，則又何也。吾既言之矣，此殆因當日社會機構之不同，非歌曲之本身問題也。在距今二百年前，中國以地理之關繫，未受世界工業革命之影響，猶得以繼繩其封建餘緒，貴族與平民之兩階級，鴻溝猶自分明，士大夫之家，多蓄聲伎而養家樂，後堂絲竹，比戶相聞。文藝之士，自製曲而自教歌，用以自娛。且更有借戲之風，循環往復，競巧鬥奇，故耳目得以常新，不至有歷久生厭之虞。斯時也，顧曲之座上客，咸屬知音，對於樂律，非唯不厭其繁復，更可以指點歌者，爲之導師。爰及清初，猶有陳繼儒、李漁之輩，以評戲曲、教歌舞爲業。康雍以後，我國始捲入大社會經濟潮流中，士夫之家，漸無力以蓄聲伎，不得不讓出此業任社會共同經營。自茲以往，歌曲雖猶是昔日之譜式，但顧曲之座上客非復曩時矣。此實昆曲日就衰落之總原因也。聞近日滬上之富商大賈，營第宅者，恒備置戲臺，而士女習歌之風，亦流行於閨閫。然吾則以爲此不過變態生活之一種病狀，殊未敢因此而遂爲昆曲抱樂觀耳。

論者或將曰，宋詞豈無優美之價值，而歌譜竟以失傳，則又何説。此則又是不察因果之浮辭矣。宋詞譜是否已失傳，是否以其不能通俗而失傳，試分別論之：

宋詞歌調之見於傳奇雜劇者，不在少數，而用於開場或過曲者尤數見不鮮，至今尚流行於吹臺讌榭，豈得曰詞譜云亡，此其一。試讀"有井水飲處皆能歌柳詞"一語，則其通俗也可知，其普遍而深入於民間也可知，此其二。上文不嘗謂昆曲不能普遍而慮其失傳乎，當日宋詞之普遍若此，宜其無復失傳之患矣。是故當知，元曲乃宋詞跨竈之子，不得曰子能跨竈而謂爲絶嗣也。

（以上節録自《曲論》）

一一　辛稼軒山花子

大中祥符元年，宋真宗舉行東封大典，禪泰山。途次訪得隱士楊璞，載以俱歸。上問璞曰：卿行時可有人作詩相送否。對曰，有臣妻一小詩，曰："更休落魄眈杯酒，莫再倡狂愛作詩。今日捉將官裏去，這回斷送老頭皮。"上大笑，知璞之無意仕進也，因厚賜之而送歸田里。辛稼軒五十三歲時，起用福州按撫使，作〔山花子〕一首，其上半闋曰：“記得瓢泉快活時。長年眈酒更吟詩。驀地捉將來，斷送老頭皮。”即用此事。時紹熙三年，上距楊璞一百八十四年，可見璞妻詩之傳誦一時也。

一二　東坡减字木蘭花

晋元帝生子，大賜群臣湯餅宴。殷羨前致謝辭曰：“慶陛下嗣統之有人，愧微臣無功而受賜。”上笑曰：“是何言，此事豈可令卿有功耶。”可謂妙語天下，真堪絕倒。熙寧七年，東坡過吳興，時李公擇適生子三日，會客求歌辭。東坡作〔减字木蘭花〕一闋曰：“惟熊佳夢。釋氏老君親抱送。壯氣橫秋。未滿三朝已食牛。

犀錢玉果。利市平分沾四坐。多謝無功。此事如何着得儂。”舉座哄然大笑，有翻酒噴飯者。時東坡三十九歲。

一三　韵文

所謂文體云者，其大別則爲散文與韵文，兹篇則縮小範圍，專就韵文方面立論。因爲散文無大變化，近代之散文與古代之散文，在文體組織上無甚差別。若謂今不如古，亦祇是文章技術問題，非文體之不同也。唯韵文則不然，漢賦之與駢文，古樂府之與近體詩，詞之與曲等等，結構絕然不同。蓋以中國之文字，乃一字一音，最宜於韵文，故我國之韵文，變化特多，爲世界任何民族之所不能及。又兹篇所謂韵文之“文”字，乃廣義的，包括樂府詩詞曲等在内。

……

中唐白居易、元稹等新樂府出，雜用長短句。而貞觀間之十部樂，又上承漢代清商曲之遺音，旁及西凉龜兹樂，與吳歌楚調，經五代之蘊釀，至宋而詞乃勃興。蓋以新舊樂府雖雜用長短句，但無一定之格律，浪漫而已。至於詞乃由樂府之浪漫而變爲謹嚴，句之長短，字之四聲，若在同一調名之下，均有一定之格律。金元之曲，則復由詞體之謹嚴而變爲解放。以“拍”爲主，句之長短，字之多少，可隨意伸縮，有彈力性，此則韵文變化之過程矣。（參觀拙著《詞學》之《總論》。）

一四　婉約爲正宗

詞及近體詩，大都以婉約爲正宗，蓋一則上承三百篇之遺風，而格律之拘束亦有以致之也。漢魏樂府，無篇幅之制限，長言永嘆，了無拘管。唯近體詩則以二十字至五十六字爲限，若不采含蓄蘊藉之技術，取弦外之音，納深意於短幅，則作品將薄而寡味矣。唯詞亦然，且以其格律愈謹嚴，故婉約之技術亦愈巧。蘇辛以前，幾無以詞作工具而表示亢進之情感者。蘇辛以後，詞風雖略有轉變，然猶是以高亢爲別派，婉約爲正宗。或則此種工具特宜於婉約，未可知耳。詞之表情技術，於拙著《詞學》固嘗分析言之，可供參照。更不便以復雜之舉例奪此短篇之幅。兹唯録宋徽宗〔燕山亭〕數語，用作婉約之代表：“憑寄離恨重重，這雙燕何曾，會人言語。天遥地遠，萬水千山，知他故宮何處。”題曰《北行見杏花》，當是被虜北遷時作矣，如聞哽咽之聲。

一五　環境與情緒

吾嘗爬剔蘇辛詞，分地而比較之，覺得環境之與情緒，影響至大。葛常之論杜詩曰：“《北征》詩云：‘經年至茅屋，妻子衣百結。慟哭松聲廻，悲泉共幽咽。’是時方脱身於萬死一生，以得見妻兒爲幸。至《秦州》則云：‘曬藥能無婦，應門亦有兒。’已非北征時矣。及成都卜居後，《江村》詩云：‘老妻畫紙爲碁局，稚子敲針作釣鈎。’《進艇》詩云：‘晝引老妻乘小艇，晴看稚子浴清江。’其優游愉悦之情，見於嬉戲之際。則又異於客秦州時矣。”吾嘗謂環境之與情緒，互相影響：同是一太陽，朝暾則令人發皇，夕照易令人沉悶，此環境之影響於情緒者也；同是一明月，心境怡悦者見其可愛，若離人思婦則見其淒凉矣，此情緒之影響於環境者也。試以杜詩證之，愈可見此説之不謬。松濤與泉聲，無異大自然之音樂，在心境怡悦者聽之，正不知若何愉快，而杜工部北征時，祇覺其撩動凄凉，徒亂人意。且妻兒猶是妻兒，而鄜州、秦州、成都三地，主觀與客觀雙方，觀感均各異其趣，豈有他哉，情緒之不同而已。

一六　静中景物

李後主之"風壓輕雲貼水飛。乍晴池館燕爭泥"，寫静中景物，可稱深入膝理。杜少陵之"仰蜂粘落絮，行蟻上枯梨"，庶幾近之。

一七　意境純任自然

癸酉七夕，嘗倚聲作〔夜飛鵲〕詞一首，中有句曰"流螢時被衆星亂，掠檐低墮還飛"。時正在郊外消夏，小兒女陳瓜果於中庭，流螢亂點，蓋寫實也。後讀杜詩有《見螢火》一首，中有句曰："忽驚屋裏琴書冷，復亂檐前星宿稀。"杜詩雖嘗數讀，但此首却并不在記憶中。可見意境若純任自然，亦未嘗不可與古人合。

一八　稼軒與易安故居

辛稼軒在少年時期即南遷，其文章志節均成就於南遷後，是以人但知上饒、鉛山之稼軒宅，至於歷城故居，鮮有聞者。頃見一段關於濟南掌故之記載，謂稼軒故里在歷城東北二十里之四風閘地方。任宏速《鵲華山人詩集》有《四風閘訪辛稼軒故宅》一首，詩曰："南宋詞人宅，當年詎隱淪。可知持節地，不異拜鵑人。古木飛黃葉，秋風動白蘋。誰將遺恨遠，一水碧粼粼。"詩祇是平平。

歷城才女李易安故宅則在柳絮泉，其地當趵突泉之西，臨金綫泉。廖炳奎《柳絮泉》詩曰："龍潭西去趵泉東，錦綉才人住此中。過眼烟雲《金石録》，年年惱恨是春風。"又曰："不將牙慧拾

前人，譜出新詞字字新。一盞寒泉分柳絮，瓣香合供藕花神。”其
地有藕花神廟云。詩亦平平。

稼軒與易安雖生長濟南，但鄉居之歲月殊尠。稼軒七八歲時
即隨其大父宦游開封，年弱冠，足迹遍大河南北。二十三歲奉表
南歸，至老未嘗返里門。易安年十八歸諸城趙明誠，即離鄉井。四
風閘與柳絮泉，亦祇是兩君之閭里而已。

一九　創業三十年

又是雙十節矣。創業已垂三十年，猶是羹沸蜩螗，飄搖風雨，
孑遺野老，迄未得遂其熙朝優息之私。試回溯國史，於世所稱爲
黃金時代之四朝，視其開國三十年間之氣象果何如矣。其在漢，
則當文帝在位之第七年，定南越，却匈奴。其在東漢，則爲建武三
十年，通西域，平交趾。其在唐，則爲貞觀二十一年，滅高昌，威
震突厥，置燕然都護。其在清，則爲康熙十二年，平準噶爾，收臺
灣，暹羅來朝。凡此皆在天下既定，偃武修文，政治已入常軌，國
內大治，乃宣揚國威於四裔者也。於今則何如矣。即當日之弱冠
少年，嘗隨父母流離顛沛於鼎革兵燹中者，今亦既華髮盈顚，百
年過半矣。問太平百姓之風味果何如，未之知也，真所謂到死不
聞羅綺香者矣，不亦太可哀也耶。口占一曲以自遣：

減字木蘭花　辛巳十月十日感懷
兒時曾記。小別解憐珍重意。隨分低昂。茅店燈昏水驛
長。　　天心未卜。漫說蝸牛行戴屋。欲待何如。喜怒還同朝
暮狙。

二〇　詞題

時流作詩，莫不有題，其間有不署題意者則綴以“無題”二
字，方諸玉溪。案玉溪之無題詩多屬側艷之作，每見“無題”二

字，題意却已自明。唯填詞家則多謂調名已寓題意，競以無題爲當行，是惑也。揆諸古人度曲伊始，調名誠寓題意，無事重叠。但時至後世，調名既成符號，已無寓意之可言。東坡之"大江東去"乃懷赤壁，"明月幾時有"是咏中秋。試問〔念奴嬌〕三字與赤壁何涉，〔水調歌頭〕更無關於中秋。既屬心有所感而形諸筆墨，縱略標出吟咏之本旨，庸何傷，更何執執焉。白石、遺山之詞題動逾百字，蔡松年且有長及數百字者，未必因此而損其價值也。

二一　李易安念奴嬌

李易安"蕭條庭院"之〔念奴嬌〕，中有句曰"清露晨流，新桐初引，多少游春意"，世傳名作。此乃六朝人語。劉宋臨川王所撰之《世說新語》曰："晋安帝時，王恭與王忱少相善，後雖睽離，然每至興會，未嘗不相思。恭嘗行散至京口，於時清露晨流，新桐初引，恭目之曰，王大故自濯濯。"見《世說新語》卷中之下，易安居士偶襲而用之耳。

二二　李清照醉花陰

李清照《九日》〔醉花陰〕詞，世傳名作，而尤以"莫道不消魂，簾捲西風，人比黃花瘦"三句，曾壓倒趙明誠。人比黃花瘦，與秋高馬肥，相映成趣。

二三　本國人運用本國文化長處

柳耆卿"寒蟬凄切"之〔雨霖鈴〕，其上半闋結韵曰"暮靄沉沉楚天濶"；又"凍雲黯淡"之〔夜半樂〕，其下半闋結韵曰"斷鴻聲远長天暮"。一以天爲濶，一以天爲長。實則凡屬茫無際涯者祇能謂之濶，不得謂之長。"斷鴻"句之"長"字乃從上文之"远"字得來，如雁過長空，亦是此類。若云雁過濶空，則不妥矣。蓋雁程含有遠字之意，故曰長。一物之形容詞，每有因他物而變其容貌者，此類是也。

古者鄉舉里選，鄉與里，乃平民之所居，如"放歸田里"，可以爲證。然而柳耆卿之"帝里風光好"，"杳杳神京路"，同是指京都而言。莊嚴鄭重，則曰神京皇都；親切有味，則曰帝鄉帝里。鄉里固不必專隸於平民。此乃本國人運用本國之文化，無施不可，借用則不逮矣。

二四　康南海蝶戀花

光緒十一年，梁鼎芬以法越事件，彈劾北洋大臣李鴻章，因而去官。當日南海先生嘗有〔蝶戀花〕一闋慰問之。詞曰：

> 記得珠簾初捲處。人倚闌干，被酒剛微醉。翠葉飄零秋自語。曉風吹墮橫塘路。　　詞客看花心意苦。墜粉零香，果是誰相誤。三十六陂飛細雨。明朝顏色難如故。

梁和韻答之，其下半闋曰："多謝詞人心太苦。儂自摧殘，豈被西風誤。昨夜月明今夜雨。人生那得長如故。"十七年辛卯，南海先生講學於廣州之萬本草堂，梁贈以近體七言律詩三首，其第一首曰：

> 牛女星辰夜放光，樵山雲氣鬱青蒼。九流混混誰真派，萬木森森一草堂。但有群倫尊北海，更無三顧起南陽。荎衣蘭佩夫君意，憔悴行吟太自傷。

其時南海先生亦以中法之《北京條約》喪權失地，乃伏闕上書，有所論列。所志不行，歸而講學，故二三兩聯云云。西樵，乃先生故里。

二五　凄涼犯咏灰鶴白鷺

北京大廟古柏林中之灰鶴白鷺，優游自在，不解畏人。秋去春來，年年不誤。蓋所謂候鳥也。丙戌長夏，忽有自南來之悍卒，縱獵園中。遂使雛墜巢傾，群起高翔，哀鳴竟日，始相率而去。從此寂寂空林，數百年之城市逸趣，不復得矣。倚白石自製之〔淒涼犯〕以寄意（代荷花說幾句話。）。此調所用之去聲最嚴而最多，夢窗亦不敢有異，自應依照，亦曰形似而已：

淒涼犯　　（又名〔瑞鶴仙影〕）

態慵意遠，長林外、荷葉亂點烟渚。曉珠露冷，風裳墜粉，翠雲障暑。芳心最苦。自懷想年時舊侶。記臨流、并肩照影，去去向何許。　　惆悵年華誤，伴我晨昏，慰情唯汝。爲伊淚落，盡淒涼、那更延佇。鎩翮飄零，萬千恨憑誰寄語。鎮無聊、拔劍起舞，夜正午。

二六　癸未竹枝詞

苦悶生涯，於茲六載。門庭多暇，時或學秋蟲唧唧，用以自娛。自春徂秋，凡得二十四首。亦姑存之，以助記憶。統名之曰《癸未竹枝詞》：

一

鏤月裁雲費巧思。避人心事卜佳期。閑情憑寫深深願，遷向黃陵拜古祠。

二

湘簾未動却聞聲。半面窺人最有情。左右逢源君莫笑，此生曾不負虛名。

三

短衣濟楚小兒郎。愛好偏宜武士裝。明月一庭花影動，却教前後捉迷藏。

四

橋邊紅藥可憐生。潮送鷗還浪未平。天外行雲山影動，歸鴉猶帶夕陽明。

五

黑風吹下水雲間。垂翅鵾鵬去不還。灰劫昆池勞索解，天南
留得月彎彎。

六

上蔡東門躑躅行。重環鬈首美如英。顰眉王段悲蒼頡，肯與
斯文訴不平。

七

憔悴行吟恨有餘。天涯飄泊泣鰥魚。乞憐豈是男兒志，繾綣
心情淡欲無。

八

千載騷魂意未平。洞庭風起月生明。似聞角黍新來大，湘水
湘波無限情。

九

太息垂垂頷下牌。黑章黃綬巧編排。亂離堪羨昇平犬，應識
圓顱未必佳。

一〇

朱門佳話滿金臺。艷迹流傳暖玉杯。誰信東樓家裏物，祇今
還得舶中來。

一一

泰否乾坤共六爻。是誰顛亂錯相交。不仁已自憐菊狗，無用
更成倒繫匏。

一二

晴絲垂柳綠雲鬟。誰遣鴉巢壓翠鈿。昔日柔條今斷梗，背人
懸淚晚風前。

一三

浪轉江流石亦輕。荊門南望楚山橫。咎將誰執渾如夢，閑倚
高樓看月明。

一四

浮海居夷迄未曾。卦爻垂象却分明。謂他人父思綿葛，追遠
情懷亦可矜。

一五

漆城老死不聞歌。行路艱難可若何。掩卷兩眸清炯炯，虛堂
閑坐看秋河。

一六

物換星移亦夙因。當年遺恨楚江湄。苞茅不入知余罪，浮楫
君其問水濱。

一七

必也正名可忽諸。春秋懸義孰能誣。馨香乍覺盈懷袖，肯道
今吾是故吾。

一八

烈澤寧勞運斧斤。吁嗟世事何紛紜。却教禮鼠拱而立，四境
雞狗時相聞。

一九

啼飢靈鵲怯高翔。未得橋成意自傷。憑寄銀雲訴離恨，瓣香
適拜小牛郎。

二〇

醉來時復響空弦。青粉墻高欲上天。徙倚追凉就槐影，不堪
回首話當年。

二一

驚疑滋味足歡娛。一夜東風燕引雛。玉果犀錢沾四座，論功
曾到使君無。

二二

濛濛絲雨暗前村。來去江潮亦有痕。畦畛縱橫芳草綠，自成
蹊徑入衡門。

二三

巨黿驚怒幾多時。展轉思量總不宜。見獵玉皇亦心喜，照臨

猶覷弄潮兒。

二四

　　霜林愁對可憐紅。南雁依微度碧空。已拼年年行役苦，肯隨嬌鳥入樊籠。

（以上節録自《雜論》）

詞　話

高毓浵◎著

　　高毓浵（1877～1956），字淞荃，號潛卿（潛子），時人多稱潛公，直隸靜海（今屬天津）人。光緒二十九年（1903）進士，選庶吉士，散館授翰林院編修，兼任京師大學堂教習。1907 年派赴日本早稻田大學留學，歸國後任教於京師大學堂。辛亥革命後，曾短暫出任江蘇省督軍公署秘書長，最終淪落草野，輾轉於南京、上海、北京之間。高毓浵幼耽詩文，辛亥後與遺老名流多有唱和，在上海時加入漚社，在北京組建了"國學書院"，與友人創辦《國學書院叢刊》，刊發了國學研究論文。高毓浵一生著述頗豐，主要有《潛子文鈔》《潛子詩鈔》《微波詞》等。《詞話》，見《潛公手稿》卷七。《潛公手稿》（十四卷），高氏後人影印本。本書即據此收錄。楊傳慶、和希林《輯校民國詞話三十種》曾收錄該詞話。

《詞話》目録

詞　話

詞話上

一　周星譽洞仙歌

　　祥符周畇叔都轉星譽最工倚聲，所著《東鷗草堂詞》有〔洞仙歌〕十闋，余酷好誦之，與元人較，後人何必不突過前人邪？茲備録之。一、"綉帆收了，正雨絲初歇。七里香塵熨柔碧。看緑楊陰外、樓閣溟蒙，是多少，春睡初醒時節。　　犀帷催喚起，餳眼慵揉，剗襪玲瓏向人立。檀盞遞完時、低項回身，傍娘坐、怎般羞澀。又小婢催人、去梳頭，向鏡裏流眄、驀然偷瞥"。二、"呵鈿縮翠，坐棗花簾底。華鈿斜簪小鴉髻。想妝成力怯、換了鶯衫，停半晌，纔見盈盈扶起。　　問名伴不説，淺笑低聲，暗裏牽衣教娘替。衆畔坐隨肩、道是知情，却偏又、怎懕懕地。也忒煞難猜、個人心，笑事事朦朧，者般年紀"。三、"深深笑語，膩湘桃花影。削哺金泥護春暝。看珠燈出玫、錦匼藏彄，却難得，隨意猜來都準。　　起身鬆綉氍，瑣步伶仃，釵尾丫蘭顫難禁。怯醉泥秋奩、親醮豪犀，替重抿、牡丹雙鬢。似欲向郎言、又還停，但小靨緋紅，可憐光景。"四、"荼蘼風軟，散閑愁無數。吹送青鳧到花步。算鴛鴦卅六、排作郵籤，好細與，記個相思程譜。　　尋春三度也，永福橋西，門閉枇杷舊時路。小隔又生疏、道罷勝常，更没些、離情低訴。但佯笑兜鞋、倚娘邊，問梅雨連宵，別來寒否？"五、"卓金車子，接么娘來早。鸚鵡銀籠隔花報。聽纖纖綉屧、纔近胡梯，驀一陣，抹麗濃香先到。　　進房攏袖立，瘦蝶腰身，寫上紅簾影都俏。側坐錦墩邊、女伴喁喁，盡背地、贊伊嬌小。看悄撚羅巾、不抬頭，怎比在家時，更矜持了"。六、"猜花輸後，露些些嬌惰。怯飲瓊蘇繭眉鎖。把銀蕉殘酒、笑倩郎分，消受者、一抹口脂紅浣。

雁箏撟義甲，唱罷廻簧，蓮箭沉沉月西矬。席散點紗燈、臨去殷勤，問明日、郎來還麼。正風露街心、夜涼時，囑換了輕容，下樓方可"。七、"吳綃三尺，屑輕煤初畫。錦髻瓊題恁姚冶。祇花般性格、漚樣聰明，描不出，留待填詞人寫。　　翻香么令艷，細字紅蠶，鳳紙鳥絲替親界。譜上女兒青、偷拍鞋尖，低唱向、黃栀花下。好宜愛重熏、喚真真，辨一片誠心，向伊深拜"。八、"閑情新賦，把靈犀一點。寫入香羅白團扇。好羞時低障、浴後輕攏，長傍著，小小桃花人面。　　橫塘重寄與，滿握冰蟾，比似華年一分欠。畫裏說春愁、紅錦褁溫，反輸與、翠禽雙占。倘長得隨伊、鏡臺邊，便掃地添香，也都情願"。九、"離腸一寸，化萬千紅豆。底事花前又分手。便不曾春去、已是無憀，況又到，深院月黃時候。

玉鵝衾底夢，酒雨香雲，薄福簫郎怎消受。無計贖珍珠、待說成名，可知道、甚時能彀。便僥幸雙栖、也生愁，看半搦弓腰，恁般纖瘦"。十、"江湖載酒，遍青衫塵積。玉笛聲中過三七。道飄零杜牧、慣解傷春，原不爲、歌扇酒旗凄悒。　　惺惺還惜惜，儂自憐花，此意何曾要花識。一霎畫屏前、香夢迷離，盡後日。思量無益。待提起重來、又傷心，怕門巷斜陽，落紅如雪。"十詞柔情綺思，細膩風光，漫唵數過，蕩魄搖魂如入巫山十二峰也。

二　許克孳齊天樂咏雲䕃孃傳

明季女子英雄雲䕃孃尤爲奇特，鄺湛若曾爲司書記，所著《赤雅略》紀其事，英姿艷色，生長蠻荒，與秦良玉、沈雲英同時，遙相照耀。許克孳明經題其傳後〔齊天樂〕云："蘆笙吹綠珠崖草，人來鬼門秋暮。洞雨飛符，林雲合陣，兒女英雄如許。天魔罷舞。恨破碎中原，幾聲杜宇。一隊天姬，月明聯臂踢歌去。翩翩書記老矣，歎功名事業，無分銅柱。赤雅編書，黃衫説劍，酒畔愁聽蠻鼓。沉湘萬古。祇粉黛當年，也歸黃土。彈斷冰弦，悔空聞雁語。"

三　無名氏江城梅花引

〔江城梅花引〕一調，本以〔江城子〕與〔梅花引〕合成，向少佳構。《兩般秋雨盦筆記》録郭頻迦太史一闋，謂可嗣響伯可"娟娟霜月"之章。余曾見一詞云："酴醿香裏駐郎車，説還家。未還家。幾日小屏，蘭語碎於沙。真個還家無一語，空自把，淚零星種燭花。　　燭花燭花半支斜。是愁芽。是恨芽。照也照也，忍照到今夜窗紗。付與聲聲，秋雨咽琵琶。著意温存闌夕夢，明日是，夢山涯，夢水涯。"詞甚佳，惜忘作者名氏。

四　郭頻迦桂枝香咏秋鳥

郭頻迦有〔桂枝香〕《咏秋鳥》云："荒林落照。認宰樹蒼茫，一群驚噪。纖緲鳴弦，已有弋人尋到。陶村馬瞳披綿好，算總輸、酒邊風調。蜀姜鳴釜，吳鹽點雪，審瓶開了。　　問何事、輕離海嶠？有緑衣同戲，紅椒堪飽。萬里頭顱，來博樽前人笑。雲羅滿地西風早，想江湖覊雌多少。料應夢斷，蠻天一角，暮烟孤島。"如許小題，刻畫玲瓏，有神無迹，真絶唱也。秋鳥者，出乍浦陳山屠康僖公墓，秋來春去，相傳爲海東所産。初至，剖其腹，猶有青椒，亦名鷝鶘，味絶美，食者□切以豕膏，和糖膏、椒末漬酒蒸之。

五　辛弃疾浪淘沙咏虞美人花

稼軒〔浪淘沙〕《咏虞美人花》云："不肯過江東。玉帳匆匆。至今草木憶英雄。唱著虞兮當日曲，便舞春風。　　兒女此情同。往事朦朧。湘娥竹上淚痕濃。舜目重瞳堪最恨，羽亦重瞳。"幼時於類書注中見此詞末三句，甚愛之。今見全詞，其美仍在尾也。

六 沈維賢詞

武進沈思齋大令維賢有詞一卷，〔水調歌頭〕《咏李廣》云：“將軍猿臂在，何用覓封侯。漢家驃騎年少，蹴鞠下涼州。我便短長匹馬，獵盡南山猛虎，劍氣夜橫秋。倘遇霸陵尉，醉矣浚何尤。怎持節，黃河曲，黑山頭。數奇縱竟蹉跌，莫自怨靈修。任是伏波矍鑠，祇恐明珠薏米，載得一車愁。君欲為功狗功大，總難酬。”又〔水龍吟〕《咏明妃》云：“幾曾畫得蛾眉，當時枉殺毛延壽。人言塞上琵琶，風雪怎能生受。我道年年，貯將金屋，也應消瘦。況千金買賦，漢家薄幸，君不見長門後。　　試向玉關回首。有幾株江南楊柳。和親誤了，他年帝子，青衣行酒。何時春風，護將香冢，青青如舊。祇貂裘馬上，一般佳話，付丹青手。”慷慨淋漓，頗近稼軒，寫英雄兒女之情，各極其妙。

七 徐樹錚詞

蕭縣徐中將樹錚，其人故桀驁一流，而詞采亦殊雋妙，曾見兩詞。〔側犯〕《咏九日食蟹》云：“暮樽對雨，老紅一背前村買。霜薤。恰半殼腴黃照觥海。捶姜薦翠琖，斫雪驕銀膾。堤外。還記得，泥沙舊風采。　　江湖大使，虎豹雄魁拜。應自悔，浪登高，疏籬送寒瀨。細苦尖酸，夢沉秋痗。絕世橫行，到頭安在。”〔憶舊游〕云：“正疏簾挂午，曲沼通涼，倦客江南。夢遠龍沙雪，帶霜蹄十萬，酒褪春衫。故人舊同游處，青綠滿生縑。問鶯老西湖，雲迷渭水，幽恨能添。　　停驂。送斜照，認碎玉泉聲，潭柘精藍。對影空凝睇，料禪香詩鬢，都付塵淹。薊門幾叢烟樹，飛雨暗花龕。怕細語天風，驚回怨鶴秋睡酣。”

八 楊揖臺城路

曾見楊叔子揖所作《熙春行樂圖》，歷繪新年景物而各繫以詩詞，於元宵作籌燈一具，題〔臺城路〕云：“堪堪爐了還愁，坐蘭膏，可能添否？芒角都消，虛靈未泯，一霎痴魂廝守。吟餘醉後，祇顧影淒涼，分甘生受。浪説聰明眼光，我亦小於豆。　　誰家畫梁雲構。正華星千點，照來如晝。有淚成堆，無心可爇，也到昏黃時候。孤檠依舊，較鑿壁匡家，盡誇豪富，記得寒窗，五更相伴久。”末署六十三老人，以貽幼女端妍，楊不知何許人，或云隨園友人笠湖之子也。

九　回文詞

回文爲詞不能如詩之易，蓋音律拘束，句法參差，可作者祇有小令數首而已。有每句回文者，如王匯升宗蔚〔菩薩蠻〕云：“小樓春夢啼鶯曉。曉鶯啼夢春樓小。斜影日移花。花移日影斜。

雀屏金尾掠。掠尾金屏雀。門掩草亭深。深亭草掩門。”此體習見亦不難成，究屬回文之變格。俞仲茅彥〔虞美人〕云：“悠悠碧海青天遠，目極愁山淺。畫眉人去恨懨懨，却惹嫩絲垂柳舞前檐。　　凝銷漸爐芳蘭麝，掩泪亭皋下。月隨雲淡晚窗明，奈可懶妝濃鬢黛眉輕。”此體萬紅友《璿璣碎錦》中亦有之。董文友以寧有《雪江晴月》回文，順讀〔卜算子〕，倒讀〔巫山一段雲〕，各成一調，真神巧不可思議矣。詞曰：“明月淡飛瓊，陰雲薄中酒。收盡盈盈舞絮飄，點點輕鷗咒。　　晴浦晚風寨，青山玉骨瘦。回看亭亭雪映窗，淡淡烟重岫。”此調順讀前後之次句，倒讀前後之首句，次句尚未盡合，然在目難見，巧之中亦不必復苛求也。

一〇　菩薩蠻寫嬌態

閨中情態慧不如憨，薄妒微嗔皆含妙趣，嘗記舊詞〔菩薩蠻〕云：“牡丹含露真珠顆。美人折向庭前過。含笑問檀郎。花強妾貌強？　　檀郎故相惱。祇道花枝好。一向發嬌嗔。碎挼花打人。”寫嬌態入妙，可比後主之“爛嚼紅絨，笑向檀郎唾”也。

一一 王次回艷體詞

王次回彥泓以艷體詩名，而詞不多見。《詞筌》稱其善改昔人詞，有頰上填毫之技。改徐文長〔菩薩蠻〕《咏纖趾》曰：“多嬌最愛鞋兒淺。有時立在秋千板。板已窄棱棱。猶餘三四分。　　一鈎渾玉削。紅綉幫兒雀。休去步香堤。游人量印泥。”改馮偉壽〔眼兒媚〕《咏春情》曰：“自噸雙黛聽啼鴉。簾外翠烟斜。社前風雨，重來燕子，未入人家。　　鞋兒試著無人問，莫是略寬些。想他樓上，悶拈簫管，憔悴菱花。”改洪叔璵〔浪淘沙〕《咏別意》曰：“花霧漲冥冥，欲雨還晴。薄羅衫子著來輕。解道明朝寒食近，且莫成行。　　花下酒頻更。纖手重增。十三弦畔訴離情。又得一宵相傍也，無限丁寧。”

一二 檃括詞

詞家有檃括一格，如東坡改蜀後主夜同花蕊夫人避暑摩訶池上〔玉樓春〕爲〔洞仙歌令〕。又改張志和〔漁歌子〕爲〔浣溪沙〕是也。習見不錄。其詞又有〔哨遍〕檃括《歸去來辭》曰：“爲米折腰，因酒弃家，口體交相累。歸去來，誰不遣君歸？覺從前皆非今是。露未晞，征夫指予歸路，門前笑語喧童稚。嗟舊菊都荒，新松暗老，吾年今已如此！但小窗容膝閉柴扉，策杖看孤雲暮雁飛，雲出無心，鳥倦知還，本非有意。　　噫！歸去來兮，我今忘我兼忘世。親戚無浪語，琴書中有真味。步翠麓崎嶇，泛溪窈窕，涓涓暗谷流春水。觀草木欣榮，幽人自感，吾生行且休矣！念寓形宇內復幾時？不自覺皇皇欲何之？委吾心、去留誰計？神仙知在何處？富貴非吾願。但知臨水登山嘯咏，自引壺觴自醉。此生天命更何疑？且乘流、遇坎還止。”

一三 檃括赤壁詞

朱希真、宋謙父有檃括前後赤壁二詞，朱調寄〔秋霽〕云：

"壬戌之秋，是蘇子與客，泛舟赤壁。舉酒屬客，月明風細，水光與天相接。扣舷唱月。桂棹蘭槳堪游逸。又有客。能吹洞簫倚和聲嗚咽。　　追想孟德、困於周郎，到今空有，當時踪迹。算惟有、清風朗月。取之無禁用不竭。客喜洗盞還再酌。既已同醉，相與枕藉舟中，始知東方，晃然既白。"宋調寄〔賀新郎〕云："步自雪堂去。望臨皋、將歸二客，從予遵路。木葉蕭蕭霜露降，仰見天高月吐。共對影、行歌頻顧。月白風清如此夜，嘆無肴、有酒成虛度。聞薄暮，網罾舉。　　歸而斗酒謀諸婦。便携鱗、載酒相從，舊追游處。斷岸橫江尋赤壁，不復江山如故。但放舟、中流容與。客去冥然方就睡，夢蹁躚、羽衣揖余語。相顧笑，遂驚悟。"

一四　以詞代書金縷曲

顧梁汾貞觀寄吳漢槎〔金縷曲〕二闋，以詞代書，語意悲摯，竟以此感動明相國公子成容若，力爲漢槎營救生還，爲世艷稱。詞云："季子平安否。便歸來，平生萬事，那堪回首。行路悠悠誰慰籍，母老家貧子幼。記不起、從前杯酒。魑魅攫人應見慣，總輸他、覆雨翻雲手。冰與雪，周旋久。　　泪痕莫滴牛衣透。數天涯、依然骨肉，幾家能夠。比似紅顏多命薄，更不如今還有。祇絕塞、苦寒難受。廿載包胥承一諾，盼烏頭馬腳終相救。置此札，兄懷袖。"又云："我亦飄零久。十年來，深恩負盡，死生師友。宿昔齊名非忝竊，試看杜陵消瘦。曾不減、夜郎僝僽。薄命長辭知己別，問人生、到此凄凉否。千萬恨，從君剖。　　兄生辛未吾丁丑。共些時、冰霜摧折，早衰蒲柳。詞賦從今須少作，留取心魂相守。但願得、河清人壽。歸日急翻行戍稿，把空名料理傳身後。言不盡，觀頓首。"此詞《隨園詩話》亦載之，然將兩闋摘句合而爲一，直不辨爲何調也。

一五　陳蒙庵滿江紅

岳州城北門內有小喬墓，封高丈許，四周甃以石，繞以回廊，上有女貞樹，古色蒼然，紫藤施其上，旁有憩軒，爲游者憩息地，取孫榮謂周郎二喬雖流離，得吾兩人亦足相憩之意。陳蒙庵得斷甎，文曰"小喬之墓"，賦〔滿江紅〕題其拓本云："一片苔花，猶未滅，當年名字。更想像，雄姿英發，金龜夫婿。玉筯香銘芳草外，銅臺往事東風裏。付浪濤人物，盡風流，今誰是。　摹遺迹，依稀似。尋短碣，消沉未。剩殘珪碎璧，香魂憑寄。赤壁祇今餘水月，黃昏應見歸環珮。仁鸚洲，一例感前塵，蒼茫意。"

一六　陳蘭甫詞

番禺陳蘭甫，經學名儒，倚聲亦雋，咏朝雲墓，調寄〔甘州〕云："漸斜陽淡淡下平堤，塔影浸微瀾。問秋墳何處，荒亭葉瘦，廢碣苔斑。一片零鐘碎梵，飄出舊禪關。杳杳松林外，添做蕭寒。

須信竹根長臥，勝丹成遠去，海上三山。祇一坏香冢，占斷小林巒。似家鄉，水仙祠廟，有西湖、爲鏡照華鬢。（惠州有西湖，朝雲墓在湖側，每歲清明，傾城士女酹酒羅拜。休腸斷，玉妃烟雨，謫墮人間。）"譚仲修《篋中詞·續集》錄之。

一七　呂碧城詞

旌德呂氏姊妹并有才名，碧城詞尤工麗。〔瑞龍吟〕《和清真》云："橫塘路。還又冶葉抽條，繁英辭樹。最憐老去方回，斷魂尚戀，芳塵送處。　悄延仁。愁見唾茸珠絡，舊時朱戶。蠹篋暗褪芸香，不堪重認，題紅密語。　苦憶前游如夢，翠裙長曳，錦襜低舞。巢燕歸來，雕梁春好非故。餘哀零怨，寫盡閑詞句。更誰見，湘婆蘸影，襪羅微步。春共行雲去。吳蠶猶牽病緒，織就愁千縷。釀一寸，芳心黃梅酸雨。罘罳悶倚，倦懷誰絮？"又〔祝英臺近〕云："墜銀瓶，牽玉井，秋思黯吳苑。蘸淥搴芳，夢墜楚天遠。最憐娥月含顰，一般消瘦，又別後、依依重見。　倦凝眄。可奈病葉驚霜，紅蘭泣騷畹。滯粉黏香，繡屟悄尋遍。小欄人影凄迷，和烟和霧，更化作、一庭幽怨。"又〔喜遷鶯〕云："層巒幽迴，步石徑行回，瘦笻斜引。籟響清心，藥香療肺，病起閒身相稱。茶花半埋雲霧，植向高寒偏勁。天風外、泛瓊香玉蕊，落千尋頂。　　重省。空嘆我，塵浣素衣，忍說鷗盟冷。櫺拾霜紅，蘿牽晚翠，甚日岩栖纔穩。暫教倦影句留，依舊歸期未準。碧雲杳，鎖篁陰十里，竹鷄啼暝。"

一八　邵次公齊天樂

遼蕭后梳妝臺爲塞北古艷迹，過者多留題咏。淳安邵次公瑞彭有〔齊天樂〕云："東風吹斷前朝夢，塔鈴悄聞私語。孤燕辭巢，雙虹卧水，猶想翠華行處。蕭娘老去，漸剩黛零鉛，暗銷塵土。祇有西山，對人猶展舊眉嫵。　　十香誰記恨事，素波吹不起，一經凉雨。璧月秋圓，蓮衣晚墜，作弄離宮朝暮。凝情吊古，已換却回心，鬥芳門户。坐暝層臺，隔城歸姹女。"

一九　吳蘋香詞

南陵徐氏刻《小檀欒室百家閨秀詞》，頗多佳者，就中以仁和吳蘋香藻爲最。《兩般秋雨庵》所錄外，如〔清平樂〕："一庭苦雨。送了春歸去。祇有詩情無著處。散入碧雲紅樹。　　黃昏月冷烟愁。湘簾不下銀鈎。今夜夢隨風度，忍寒飛上瓊樓。"又〔虞美人〕："曉窗睡起簾初捲。入指寒如剪。一宵疏雨一宵風。無數海棠瘦得可憐紅。　　分明人也因花病。幾度慵拈鏡。日高猶自不梳頭。祇聽喃喃燕子話春愁。"又〔酷相思〕："炙了銀燈剛一會。獨自把、紗屏背。怎幾個、黃昏偏不寐。心上也、愁難諱。眉上也、愁難諱。　　薄紙窗兒寒似水。一陣陣、風敲碎。已坐到、纖纖殘月墜。有夢也、應該睡。無夢也、應該睡。"又〔疏簾淡月〕："黃昏人醉。又幾陣西風，紙窗敲碎。昨日今宵，一樣薄寒如水。釵敧鬢嚲紗屏背，不成眠，夢來無謂。瓶花香細，筆花艷冷，釭花紅萎。　　算何必蓮臺懺悔。悔愁根未剪，休言聰慧。幅幅雲箋，灑滿幾行清泪。羅襟長把秋蘭佩，一聲聲、歌斷山鬼。況禁病裹。

年光去也，祇添憔悴。"又〔疏影〕："空庭似雪，有滿天露氣，滿地明月。纔看團團，又唱彎彎，無端多此圓缺。秋來已是難消領，況病過、薄寒時節。望碧雲、隱約瓊廔，想見素娥愁絕。　待把傷心細問，欲瞑更彊起，羅幕重揭。幾處笙歌，幾處關山，幾處照人離別。西風了不知霜信，但亂撲、打窗紅葉。甚夜深、猶倚闌幹，翠袖冷將花折。"諸闋纏綿幽怨，殆亦善病工愁，修慧不兼修福者乎？

二○　孫雲鶴咏後鬌

隨園女弟子孫蘭友雲鶴有《聽雨樓詞》，《隨園詩話》曾錄入《咏指甲》〔沁園春〕一闋，又有前調咏後鬌尤佳，詞云："青縷針長，靈犀梳小，妝成內家。正蘭膏試後，微黏繡領，紅絲繫處，低襯銀叉。背面豐神，鏡中側影，愛好工夫著意加。端詳久，要雙分燕尾，雅稱盤鴉。　春寒較重些些。被護耳、貂茸一半遮。甚羅巾風掩，輕籠頸玉，鬌雲醉舞，欲度腮霞。蟬翼玲瓏，鸞釵勾惹，髻畔斜承半墜花。香閨伴，問垂髫攏上，幾許年花。"

二一　尤西堂西江月

吳梅村《物幻》八律，尤西堂以小調和之，最爲精妙。調寄〔西江月〕《咏繭虎》云："五道蠶叢初闢，三盆虎圈俄修。采桑秦女自風流。翻學下車馮婦。　浴罷恰如得子，繰成便可封侯。采絲束縛挂釵頭。傍向盤龍欲鬥。"《咏茄牛》云："小菜放於牧野，太牢起自田家。樊遲老圃大開衙。演出伯牛司馬。　入瓮莫愁觳觫，著鞭却喜丫叉。兒童牽綫笑喧嘩。唱道夕陽來下。"《咏韰鶴》云："聞説枯魚欲泣，何爲化鶴來歸。霓裳玉佩自清輝。入肆終慚形穢。　北海已成速朽，南山幾見高飛。鯤鵬變化是邪非。小作逍遙游戲。"《咏蟬猴》云："齊女一朝怨死，王孫再興嬉游。三聲哀叫斷腸秋。却恨當年無口。　跳擲不憂螳臂，沸羹早兆羊頭。從來蟬冕拜通侯。問是沐猴冠否。"《咏蘆筆》云："書帶草生筆冢，墨池人在蘆中。白頭翁變黑頭公。夜夜飛花入夢。　　畫荻教成孺子，編蒲學近儒宗。雁行銜去向江東。寫出錦書珍重。"《咏橘燈》云："金顆千頭火樹，玉荷四照霜花。書生懷袖向窗紗。長伴紅衣不夜。　　心事任教分剖，風光尚費周遮。美人對影暗嗟呀。決意爲郎吹罷。"《咏桃核船》云："種自玄都道士，載從渡口漁翁。小兒偷出碧雲宮。頃刻帆檣飛動。　　蘆葦似來江上，竹枝擬泛圖中。桃根桃葉棹歌同。兩槳春風吹送。"《咏蓮蓬人》云："妾比芙蓉解語，郎如碧藕多思。個人憔悴倒懸時。知道無心憐子。　　空洞此中無物，崛强猶昔孤支。亂頭粗服貌如斯。未必六郎相似。"

二二　彭金粟咏螢火

　　彭金粟少宰遹有〔宴清都〕《咏螢火》云："四壁秋聲静。疏簾外、數點飛來破瞑。輕沾葉露，暗栖花蕊，亂翻銀井。有時團扇驚回，又巧坐、人衣相映。空自抱、熠耀微光，願增照金樞景。

　　幾番去傍深林，來穿小幔，高低不定。隨風欲墮，帶雨猶明，流輝耿耿。隋家宮苑何在，腐草於今無片影。向山堂且伴幽人，琴書清冷。"漁洋云："僕每讀史邦卿咏燕詞，以爲咏物至此人，巧極天工，惜無復嗣響矣。從素紉得金粟此詞，至'輕沾葉露'五句嘆爲傳神，至'隨風欲墮'二句，不禁叫絶。令梅溪復生，抽毫拂素，何以過之，誰謂古今人不相及耶？"

二三　梁鼎芬詞

　　曾在友人扇頭見梁星海太史鼎芬句云："短狗迎門群燕舞"，嘆其纖俏。未見其詞，而知其能詞也。近得葉遐庵贈所刻《欵紅樓詞》，纔數十闋，〔浣溪沙〕一調最多。小序云："余愛斯調，得數十首，離合斷續，不知爲何題也。"兹摘其尤佳者録之。"并載金臺二月天。海棠巢下杏花前。試將明鏡照華年。　　一晌綠窗纔記夢，幾回錦瑟未張弦。傷春無處不堪憐。"又："祇有桃花比舊紅，燕昏鶯晚爲誰慵。鞦韆門外水西東。　　那惜芳踪和柳絮，更無隱語寄芙蓉。別離真個不相同。”又：“纔説當時淚暗傾。宵宵寒雨綠陰成。有人簾外盼天晴。　　獨自空庭花細落，那堪今夜月微明。藥烟茶夢斷平生。”又：“苔網零星綉屧廊，秋疏幽綠景如霜。冷蛩猶自説凄凉。　　坐懶放書刪半晌，酒醒彈指又重陽。便無愁處也思量。”又：“客意飄烟不爲風，曲璚簾底翠玲瓏。數聲啼鳥一聲鐘。　　檢點夢痕初酒裹，懶殘情事碎花中。悔教雙燕昨相逢。”各首恍惚迷離，讀者亦不知其意之所在也。

二四　顧羨季詞

清河顧羨季隨，性孤介，不諧於時，每借倚聲寫其抑塞，有《味辛》《無病》《荒原》等詞，〔風入松〕云：“隔窗日影下層檐。無病也懨懨。從今莫恨江南遠。一城中，遠似江南。夜短兩人同夢，夜長各自垂簾。　　時時似見晚妝嚴。猶著舊時衫。中年如此無聊賴，是堪憐。還是堪嫌。索性吐絲作繭。一生直似春蠶。”〔灼灼花〕云：“不是豪情廢。不是雄心退。月底花前，纔抽歡緒，已流清淚。祇年來詛咒早心煩，也無心讚美。　　一種人間味。須在人間會。有限青春，蒲桃釀注，珊瑚盞内。待舉杯一吸莫留殘，更推杯還睡。”〔清平樂〕云：“怕看風色，掩户眠高閣。索索塵沙窗隙，落睡也怎生睡得。　　春來不信春來，花開不信花開。窗外絳桃一樹，無言落滿空階。”〔好事近〕云：“燈火伴空齋，恰似故人親切。無意開窗却見，好一天明月。　　欣然啓户下階行，滿地古槐葉。脚底聲聲清脆，踏荒原積雪。”〔浣溪沙〕《咏馬纓花》云：“一縷紅絲一縷情。開時無力墜無聲。如烟如夢不分明。雨雨風風嫌寂寞，絲絲縷縷怨飄零。向人終覺太盈盈。”

二五　陳克明美人八咏

陳克明《美人八咏》，調寄〔一半兒〕，曩惟見《春妝》一闋，詞品所爲務頭者也。兹見其全，亟備録之。《春夢》云：“梨花雲繞錦香亭。蛺蝶春融軟玉屏。花外鳥啼三四聲。夢初驚。一半兒昏迷，一半兒醒。"《春困》云："瑣窗人静日初曛。寶鼎香消火尚温。斜倚綉床深閉門。眼昏昏。一半兒微開，一半兒盹。"《春妝》云："自將楊柳品題人。笑撚花枝比較春。輸與海棠三四分。再偷匀。一半兒胭脂，一半兒粉。"《春愁》云："厭聽野鵲語雕檐。怕見楊花撲綉簾。拈起綉針還倒拈。兩眉尖。一半兒微舒，一半兒斂。"《春醉》云："海棠紅暈酒初妍。楊柳纖腰舞自偏。笑倚玉奴嬌欲眠。粉郎前。一半兒支吾，一半兒軟。"《春綉》云："綠窗時有唾茸黏。銀甲頻將彩綫撏。綉到鳳皇心自嫌。按春纖。一半兒端詳，一半兒掩。"《春夜》云："柳綿撲檻晚風輕。花影横窗淡月明。翠被麝蘭熏夢醒。最關情。一半兒温和，一半兒冷。"《春情》云："自調花露染霜毫。一種春心無處描。欲寫寫殘三四遭。絮叨叨。一半兒連真，一半兒草。"八詞工麗調協，盡態極妍，小令之精品也。

二六　謝榆孫詞

餘姚謝榆孫兵曹掄元，詞學彊邨，有稿數百闋，同寓海上，得讀其詞。〔安公子〕云："院落沉沉夜飄燈，獨自歸妝榭，經過凌波微波地，正素箏彈罷。薄醉後，香篝寒怯銖衣挂。知爲誰枯坐，情無那。撥蕙爐凝想，笳管㦬㦬慵把。　　　蘭棹何時迓。鯉魚風起，驚還詫。桃葉桃根何處渡，又芙蓉將謝，檢玉合蘭膏，紅豆羅囊，卸看錦屏上，有垂鸞畫。又曉鴉啼後，人倚象床未下。"〔大酺〕云："閱一番寒，一番暖，多恐春歸無路。綠窗須乞護。且携尊花下，與花爲主。栀抱禪心，絮多才思，仍是連宵風雨。湔裙人歸後，有桃根桃葉，畫橈尋渡。奈蠶事初忙，鵑啼正急，客懷愁苦。　　　紅樓遥隔雨。更何必，珠箔飄燈去。念日下，笛家裁譜花市，追歡問當年，舊游何處。幾載滄桑夢，愁極目，薊門烟樹。況風鶴驚羈旅，今世何世，忍見江山殘畫，孤懷向誰共語。"〔一萼紅〕云："掩柴關。春來幾日，春去幾時還。梅雨連宵，蘋花新漲，羅袖猶怯天寒。鎮清晝，空庭寂寂，漸苔痕，綠滿舊闌幹。客去吟詩，愁來殢酒，百感無端。　　追憶舊游踪迹，恨蕉埋玉輦，露冷金仙。鶴唳驚風，鵑魂怨月，無那長夜漫漫。最愁聽，吳娘水調，度新聲，莫唱念家山。爲問昆明浩劫，證取華鬟。"

二七　林鐵尊詞

吳興林鐵尊孝廉鷗翔，余壬寅同年也，學詞於況夔笙，爲入室弟子。〔掃花游〕《咏春雨》云："柳陰翠滴，冒恨縷綿綿。小樓聲軟。黛眉畫懶。紅窗夢續，被伊隔斷。漫捲珠簾，恐惹傷時泪眼。個人遠。衹一夕閉門，階暈苔蘚。　　長夜情繾綣。料檻畔。明朝定驚紅淺。繡轙去緩。便温存片刻，總傷緣短。倦客江南，剩得愁留未剗。意何限。記西窗幾回燈剪。"〔渡江雲〕云："高歌青眼底，西風一夕，添得雙鬢霜。話滄桑，事影飄緲，仙山小劫咽殘陽。銅盤泪滴，伴沉沉箭漏聲長。空寄意，瓊樓高處，尋夢過宮牆。　　堪傷。鴻溝盼斷，馬影催回，説關山無恙。珍重意，尊前寶劍，別後河梁。分明一點羅浮月，引詩魂，飛到花旁。魂斷未，時時自爇鑪香。"〔陌上花〕《題訒庵填詞圖》云："斜陽倦倚瓊樓，還又歲寒盟晚。杜宇啼殘風雨，夜窗凄斷。十年不記花開謝，一笑白頭愁遣。甚紅簫夢裏，後游猶共，好春都換。　　竚雲涯酒醒，霓裳世上舊曲，凉宵誰按。縷縷梅魂，付與素心蘭畹。月明便得闌幹拍，休惱無情鶯燕。衹吾家，枉有吟巢，幽寂望中天遠。"

二八　林子有自題填詞圖

訒庵即閩縣林子有葆恒，贊虞尚書之嗣，家承名德，詞翰皆工。自題填詞圖，調寄〔揚州慢〕云："文采清門，故家喬木，老來百事無成。嘆虞淵莫挽，早兩鬢星星。剩睎髮，江湖獨往，舊宮禾黍，長念周京。便彌天忠憤，哀弦彈與誰聽。　　五湖倦夢，問何時，重訂鷗盟。看野水平橋，高松繞屋，空寄退情。寄語故山猿鶴，斯圖在，息壤堪征。待馨香姜史，銀箋勤譜偷聲。"

二九　洪澤丞勺廬詞

　　歙縣洪澤丞汝闓，著有《勺廬詞》。辛未秋，余歸自皖，與君同舟數日，別後匆匆，不知踪迹。越年餘，乃重逢於漚社，知有文字之緣也。〔南浦〕《咏春草》云："幽夢醒池塘，大堤邊，一帶烟痕籠曉。南浦幾魂銷。尋春去、苔徑餘寒尚裊。平蕪二月，天涯又送東風到。認取落花，紅濕處，便有蝶圍蜂繞。　　朝來鶺鴒聲聲，問王孫底事，歸期不早。芳景畫中看，河橋路、鬢影衣香多少。蘅皋信杳。園林瘦碧凄殘照。沅芷汀蘭生意殢，望斷暮雲瓊島。"〔憶舊游〕《題西溪圖》云："看溪流縈帶，峰翠回環，月映新眉。西堰橋邊路，訪荒庵香火，蘆雪平磶。舊游歲華飄瞥，塵鬢老莼絲。恨此夕披圖，湖山眼底，涼夢僧扉。　　依依。寄縑素，趁鷗館盟秋，蟹舍尋詩。別有蒼茫感，對當前岩壑，慚負荷衣。夕陽畫祠簫鼓，喬木又殘暉。試喚起吟筇，扁舟故國人未歸。"

三〇　黄窅庵詞

　　閩縣黄窅庵孝紓在漚社中序齒最少，學富才雄，餘事工詞，長調尤佳。〔選冠子〕《用清真韵有懷鑒園》云："水冷鷗心，山當龍尾，風外雨絲吹斷。尋詩笛步，賣醉箏船，消盡畫樓歌扇。商女厭説興亡，露泣蓮房，風摧蒲箭。繫黄昏單舸，碧簫促暝，俊游人遠。　　空悵惘、舊雨池臺，劫後湖光，一碧怕教塵染。楊枝海上，桃葉江干，誰吊露花三變。羿縠浮生，百年浩蕩，騷愁蛾眉餘倩。便招魂、九地夢墜，譙門鼓點。"〔大酺〕云："記艷樓陰，垂楊靚、珠幌斜褰晴旭。酬春心劫迥，有簪天雲子，翠蛾雙蹙。綉沓窗虛，紅葹枕静，便傿螭烟如纛。憑闌沉吟處。絓殘陽一桁，燕雛窺熟。恨簫局禁寒，笙囊坼綉，自傷幽獨。　　銀蚓聲斷續。算惟有、夢魂無拘束。千萬恨、雄鳩佻巧，訴盡相思，怕難酬、泪珠盈斛。燕几歌紋石，奈一夕、錦猧棋覆。信音隔、蓬萊闕。携手無計，離合神光如玉。青禽待通款曲。"

詞話下

三一 東鷗洞仙歌令

〔洞仙歌令〕音節柔媚，最宜寄托閑情，《東鷗草堂》十闋最佳，余既備録前卷矣。東鷗之詞，寔效竹垞《静志居琴趣》，有十七闋，蓋與《風懷》二百韵同指一事也。一、"書床鏡檻，記相連斜栭。慣見修蛾遠山學。倩青腰受簡，素女開圖，纔凝盼，一綫靈犀先覺。　　新來窺宋玉，不用登牆，近在蛛絲畫屏角。見了乍驚回，點屐聲頻，分明睹翠帷低擢。旋手揭，流蘇近前看，又何處迷藏，者般難捉"。二、"謝娘春曉，借貧家螺黛。須拗花枝與伊戴。傍妝臺，見了已慰相思。原不分，雲母船窗同載。　　叢祠燈火下，暗祝心期，衆裏分明并儂拜。盡説比肩人，目送登艫，香漸辣晚風羅帶。信柔櫓，嘔啞撲魚衣，分燕尾溪流，赤欄橋外"。三、"津亭回首，望高城天遠，何況城中玉人面。數郵簽萬里，嶺路千重，行不得，懊惱鷓鴣啼遍。　　鬱孤臺畔水，解送歸人，三板輕船疾於箭。指點莫愁村，樹下門前，怪别後雙蛾較淺。若不是，臨風暗相思，肯猶把留題，舊時團扇"。四、"仲冬二七，算良期須果。若再沉吟甚時可。況薰爐漸冷，窗燭都灰，難道又，各自抱衾閑坐。　　銀灣橋已就，冉冉行雲，明月懷中半霄墮。歸去忒匆匆，軟語丁寧，第一怕，襪羅塵涴。料消息青鸞定應知，也莫説今番，不曾真個。"五、"别離改月，便懨懨成病。鎮日相思夢難醒。唤連船渡口，晚飯蘆中，相見了，不用藥爐丹鼎。　　雙銀蓮葉盞，滿貯椒花，同向燈前醉司命。昵枕未三更，蘭夜如年，奈猶憶亂鴉初影。起折贈黄梅鏡奩邊，但流睇無言，斷魂誰省。"六、"東風幾日，覺春寒猶甚。纖手偷携笑誰禁。對初三微月，重到團欒，鋪地水，處處襪羅涼浸。　　周郎三爵後，顧曲無心，爭忍厭厭夜深飲。祇合并頭眠，有限春宵，切莫負暖香鴛錦。最難得，相逢上元時，且過了收燈，放船由您"。七、"佳期三五，問黃昏來否。說與低帷月明後。怕重門不鎖，仙犬窺人，愁未穩，花影匆匆分手。　　鷄缸三兩盞，力薄春醪，何事卿卿便中酒。翻喚養娘眠，底事誰知，燈一點尚懸紅豆。恨殺尺繩河隔三橋，全不管黃姑，夜深來又。"八、"城頭畫角，報橫江艫舳。催上扁舟五湖曲。怪芻尼嗓罷，蟢子飛來，重携手，也算天從人欲。　　紅牆開窔奧，轉入回廊，小小窗紗拓金屋。隨意楚臺雲，抱玉挨香。冰雪净素肌新浴。便歸觸簾旌侍兒醒，祇認是新凉，拂檐蝙蝠"。九、"韶光最好，甚眉峰長聚。相勸乘船漾南浦。盼海棠開後，插到荼蘼，同夢裏，又是棟花風雨。　　橋東芳草岸，勝樂游原，勾隊争看小蠻舞。雀舫曳疏簾，蛛網浮杯，但日日鶯簫吹度。聽唱遍青春驀山溪，待拆了歌臺，放伊歸去。"十、"三竿日出，愛調妝人近。鳧藻薰爐正香潤。看櫻桃小注，桂葉輕描。圖畫裏，祇少耳邊朱暈。

　　金簪二寸短，留結殷勤，鑄就偏名有誰認。便與奪鶯篦，錦髻梳成，笑猶是，少年風韵。正不在相逢合歡頻，許并坐雙行，也都情分"。十一、"花糕九日，綴蠻王獅子。圓菊金鈴鬢邊媚。向閑房密約，三五須來，也不用，青雀先期飛至。　　恩深容易怨，釋怨成歡，濃笑懷中露深意。得個五湖船，雉婦漁師，算隨處可稱鄉思。笑恁若伊借人看，留市上金錢，盡贏家計。"十二、"隔年芳信，要同衾元夕。比及歸時小寒食。悵鴨頭船返，桃葉江空，端可惜，誤了蘭期初七。　　易求無價寶，惟有佳人，絶世傾城再難得。薄命果生成，小字親題，認點點淚痕猶裏。怪十樣蠻箋舊曾貽，祇一紙私書，更無消息"。十三、"蘋洲小棹，約兜娘相共。豈意錢塘片帆送。逢故人江上，一路看山，寧料我，過了惡溪靈洞。　　東甌城下泊，孤嶼中流，明月秋潮夜來湧。此際最消凝，苦憶西樓，想簾底玉鈎親控。捨舊枕珊瑚更誰知，有淚雨烘乾，萬千愁夢"。十四、"蕭郎歸也，又燒燈時節。白馬重嘶畫橋雪。早青綾幛外，含笑相迎，花枝好，綉上春衫誰襯。　　十三行小字，寫與臨摹，幾日看來便無别。排悶偶題詩，玉鏡臺前，渾不省竊香人竊。待和了封題寄還伊，怕密驛浮沉，見時低説”。十五、“明湖碧浪，枉輕帆尋遍。咫尺仙源路非遠。訝杜蘭香去，已隔多時，又誰料，佳約三年還踐。　　纖腰無一把，飛入懷中，明月重窺舊時面。歸去怯孤眠，鏡鵲晨開，雲鬟掠小唇徐染。偏走向儂前道勝常，渾不似西窗，夜來曾見”。十六、“行舟已發，又經旬調笑。不算匆匆別離了。奈飛龍骨出，束竹腸攢，月額雨，持比泪珠差少。　　羅囊針管就，絡以朱繩，淡墨疏花折枝裛。中有錦箋書，密囑歸期，道莫忘翠樓烟杪。枉孤負，劉郎此重來，戀小洞春香，尚餘細草”。十七、“崔徽風貌，信十分姚冶。八尺吳綃問誰借。悔丹青不學，殺粉調鉛，呈花面，輸與畫工傳寫。　　乘閑思挂壁，分付裝池，卷處香生一囊麝。自化彩雲飛，蟲網蝸涎，又誰對芳容播喏。盡沉水烟濃向伊薰，覬萬一真真，夜深來也。”

三二　朱彝尊玉樓春

《静志居詩餘》有〔玉樓春〕四闋，蓋亦指前詞中人，兹并録之。一、“松兒林下饒風致。不比夭桃與穠李。草堂回想乍移時。三尺多長小年紀。　　夢中腹上分明記。果結同心來樹底。纏綿願作兔絲花，抱向層樓翠釵倚”。二、“山姑愛掃眉峰翠。芳草爲裙雲挽髻。桃花底下小門開，棹入仙源迎淺水。　　明璫欲解非容易。夢雨催歸情未已。望夫片石肯飛來，祇合移他安屋裏”。三、“亥娘濃笑書名字。解道生平是三豕。定情猶記夜將分，十二時辰思到底。　　雖然不嫁心同契。注想桃孩傍結子。垂金屈玉篆成文，二首六身真個似”。四、“壽奴對我論心事。井水波濤都不起。幬牽翠羽卸紱巾，錢鑄青鳧嵌金字。　　歌詞愛唱千秋歲。花底梅霙易飄墜。教塗蜥蜴便愁眉，催上氍毹還齲齒”。詞内松兒、山姑等名蓋皆一人，壽其名，山其號，松其別字，亥其生年也。四闋句中各隱本詞首字，而又不出一韵，所以明其爲一人一事，涉筆狡獪，不欲人解，而亦不忍没其名字，故解人亦不難索也。

三三　鄒程村惜分飛

武進鄒程村祗謨有感事〔惜分飛〕五十闋，《序》略云："僕本恨人，偶逢嬌女。斯人也，四姓良家，三吳雅質。清風細雨，無不詡爲針神；綺月流雲，咸共欽其墨妙。目成紫姑乩畔，嬌小未諳；眉語朱鳥窗前，慧痴時半。樂府擬合歡之曲，妝臺鮮累德之辭。心既悦君，身請爲妾，珠樓所以設館，江氾於焉待年。漢渚在前，問授雜珮；明河不遠，特泛輕槎。犀鉑將催，願脱守宮之志；錯刀雖贈，空虛貯屋之期。邯鄲才人，終歸廝養；左徒弟子，空賦閑情。猶復遠寄鴻緘，微求故劍；近尋鵲會，急索亡簪。恨輕委於庸奴，悵妄授於老嫗。溝中紅葉，好謝殷勤；塘上青蒲，忍教訣絶。"詞難悉録，摘十餘闋可以見一斑矣。"人去珠簾花影動。依舊南樓月湧。人日春寒重。氍毹曾向狻爐擁。　　翻被鮑娘春信哄。望蜀何如得隴。沒分香籌寵。兩邊鋤斷鴛鴦冢。""紫玉化烟千萬縷。變作寒窗舊雨。鈴閣經相聚。數年叨做居停主。　　却怪浄持原老嫗。生得霍王小女。一點心相許。紫姑乩畔偷眉語。""雲母屏前紅泪灑。繡帕銀環自解。締約經三載。紫鵝橋畔曾相待。　　花草他鄉應有在。權囑何郎莫采。一晌春風罷。落紅滿地深如海。""竹葉同傾飛鵲盞。低覷玉兒青眼。細辮爲儂綰。剩將寸髮調伊懶。　　蕩子天涯歸未晚。輕把同心解散。長恨疑荒誕。自編小傳鄒郎撰。""再浴女蠶難作繭。舊日鴛鴦結卷。春風鶯暗囀。畫樓此夜晶簾捲。　　半面相逢重覰腆。辜負芳心繾綣。恨被黃蜂踐。情絲應付并州剪。""翠幰流蘇聲細悄。義甲冰弦裊裊。門外蕭郎擾。鶴簪驚向犀奩掉。　　金鴨爐中香篆裊。翠盉文魚長繞。聽説相思鳥。紅潮兩點檀痕小。""畫梅寫字都閑雅。更善彈棋打馬。憶去年初夏。妮他細語荼蘼下。　　浪卜瓣香雙鳳瓦。誰信金錢盡假。風雲偏瀟灑。林逋不遇梅花寡。""河滿數聲催阿沈。拼向蟬窗痛飲。分別思香寢。并頭閑看紅蕤枕。　　低訴幾番聲尚喋。郎欲歸時寒甚。門外珠霜凛。衣（去聲）郎半臂葡萄錦。"

"執手榴屏權雪涕。此後更休相弃。鴻便須頻寄。延平再合君牢記。 短後征衫驅北薊。指望珀盂春第。不道盧江吏。伯勞飛燕卿夫婿。""春夢闌珊愁老大。惟有相思廝耐。一點青山黛。留伊絳炬心休壞。 斗酒長將他頂戴。博得些些盼睞。落下情仇派。五年還却三生債。""叠得蓉箋書幾瓣。喚住人人去雁。聊慰伊家盼。花鬢亂挽聞長嘆。 細語蟬簾今不辦。籠裏雪衣分散。莫慰加餐飯。半生愁裏逍遥慣。""分手柴扉陳數願。一願郎心不變。二願娘身健。今生爲妾圖方便。 三願雙環常裹絹。四願重投鳳釧。五願重相見。香車再到回心院。"芍藥仍開花步障。小閣春愁一晌。潛入葡萄帳。床頭私致聲無恙。 歲歲青陵臺畔望。人在薜蘿曲巷。再到添惆悵。夕陽芳草閑相向。""畢竟書生真薄命。還是佳人薄幸。待把山盟訂。海棠單受梅花聘。 辛苦相携酬玉鏡。漫把雙環投贈。芳訊親教證。近來小玉聞多病。""紫雪脂香光灔灔。名繡紅絲作驗。銀筋垂垂釅。不堪回首將伊念。 楊柳章臺愁作壍。心比蘭膏更焰。應是前生欠。不平莫按神干劍。"漁洋老人評云:"纏綿斷絕,動魄驚心,事既必傳,人斯不朽,正使續新咏於玉臺,不必貯阿嬌於金屋也。"

三四 程村答十索

程村詞善寫麗情,有《答十索》詞甚佳,兹錄其六。〔少年游〕《答索粉》:"蛾黃淡掃。輕添螺黛,雨濕海棠嬌。知儂別後,香奩用盡,小暈露紅潮。 雙眉鬥盡青山小。和恨不成描。待儂歸後,何郎餘粉,著意代卿消。"〔雨中花〕《答索花》:"二月春光未老。枝上紅顏猶好。薄命桃花,斷腸棠蕊,欲寄疑卿惱。窗外落紅閑不掃。留伴膽瓶人悄。好向綠雲邊,簪殘置案,香氣猶繚繞。"〔虞美人〕《答索扇》:"玉奴立向風前倦。自把新團扇。上圖蛺蝶下鴛鴦。但願從今懷袖鎮雙雙。 宵來莫把流螢撲。長怕羅紈薄。權教收拾避秦篝。不道許多冷暖到紅樓。"〔惜分飛〕《答索鏡》:"長伴犀梳光欲暝。片片碧池應冷。無語看金井。瀟湘映出芙蓉景。　　一點秋波能作鏡。莫向鄰娃相并。寄與紅樓省。等閑藏却孤鸞影。"〔清平樂〕《答索琴》："琮琤寒玉。清調隨秋竹。舊時慣弄求鳳曲。莫作朝飛輕續。　　一彈明月輕紗。再彈夜雨梨花。莫使高山流水，三分攙入琵琶。"〔更漏子〕《答索香》："博山寒，沉水歇。香在梅冰樹隙。薰豆蔻，解羅襦。親承薌澤餘。　　綠紗深，銀葉剪。莫漏檀心一點。藏犀合，貯紅箱。須留待粉郎。"

三五　易實甫六憶詞

寫情穠艷者，以龍陽易實甫順鼎《六憶詞》爲最，調寄〔八聲甘州〕。"憶來時提著縷金鞋，剗襪下香階。似流雲吐出，一輪華月，光照樓臺。渾把春風帶到，沿路牡丹開。香自伊懷裹，暗撲儂懷。　　底事佩聲又遠，早知人性急，故要遲回。甚工夫未破，猶待小鬟催。肯相憐停辛仵苦，爲驚鴻，費盡魏王才。還祇怕，空言少據，定所難猜。""憶坐時端正不夭斜，故意遠些些。但焚香掃地，莫思閑事，誤了年華。儂學善才童子，甘拜九蓮花。纔把雙鈎撚，暈起微霞。　　朋比薰爐何意，任海棠紅綻，懶去看他。怕起來時侯，略略有些麻。記憑肩吹笙花底，故嗔人，壓損畫裙沙。方錦褥，鎮常親近，軟玉無瑕。""憶食時初竟曉梅妝，對面飽端相。是天生兩口，甜恩苦怨，總要同嘗。還把檀郎二字，細嚼當檳榔。漱水休傾却，中有脂香。　　聞道別來餐減，祇相思一味，當作家常。想瓠犀微露，剔著盡思量。恁桃花煮成紅粥，早拼他，心裏葬春光。儂祇夢，胡麻熟否，不夢黃粱。""憶眠時鳳帳掩嬌鬟，臉印枕痕新。任金釵壓扁，羅衫摺皺，休喚真真。祇恐和人和夢，都化作梨雲。夢裏何滋味？猶咽香津。　　那日迴廊中酒，有猩紅萬點，鋪作重茵。被檀奴欺負，偷解茜紗裙。甚東風相扶不起，被春愁，困了柳腰身。憑仗著，三生恩眷，消受橫陳。""憶立時初出繡幃中，偏愛畫欄東。正傷春人獨，落花微雨，歸燕簾攏。添個小鬟扶著，高下四眉峰。遮却湘裙半，一樹嫣紅。　　曾似羽林夜約，累卿卿待久，酸透雙弓。鬥腰支誰俊，私語更喁喁。願天憐比肩人瘦，把雙魂，吹化海棠風。還記否，柳綿撩亂，驀地相逢?"
"憶去時紅浪漲衾窩，一半淚痕多。把蘭心玉體，通宵贈遍，重贈秋波。指點畫樓珠箔，明日是星河。留著飛龍骨，甘爲伊拖。若道夢中遇也，却分明換得，鳳帊香羅。便生涯是夢，夢肯再來麼。送春歸一天花雨，問何人，禪榻伴維摩。從此後，凄年苦夜，細細消磨。"

三六　贈李金鴻詞

津門名伶李金鴻，色藝冠絕一時。景曾源贈以詞，調寄〔洞仙歌令〕曰："凍金流粉，桑七香車穩。利涉鵲橋卜鞋順。喜雲飛、魏博玉護於闐，偏不讓，結綺連天人俊。　宵雷鳴羯鼓，唾月推烟，珠祓蠻纖裊跗寸。小妹説延年，日下胭脂，新雨濕、火冰嬌暈。更蕭娘、蕃釐比瓊華，祝南北、征鴻者回初軔。"又："四緋皆順，昨夜芻尼訊。報導驚鴻麗華遜。想梨槍、颭雪桂棍飄烟，雖泐石，小小鄉親尤近。　春嬌紅滿眼，倚扇垂鸞，蓮瓣重臺淺深印。好料理寒温，月子河邊，風似箭、漫撩蟬鬢。悵花山、獅蠻阻歸期，待收拾、茱萸紫香囊紉。"

三七　芝仙題壁過秦樓

佳人零落，驛路凄凉，每有題壁詩詞寄其幽怨。馬頭驛有妓女芝仙題壁，調寄〔過秦樓〕云："月舊愁新，宵長夢短，今夜如何能睡。燈疑淚暈，酒似心酸，一夜斷腸滋味。獨自背這燈兒，數盡殘更，懶尋鴛被。更空槽，馬囓荒郵人語，嘈嘈盈耳。　空嘆息、落絮沾泥，飛花墮溷，往事不堪提起。美人紅拂，詞客黃衫，不信當時如此。試問茫茫大千，可有當年，昆侖奇士。提青萍三尺，訪我枇杷花裏。"

三八　蒲留仙惜餘春

〔過秦樓〕即〔惜餘春〕，因李景元詞末句"雙燕來時，曾過秦樓”，遂以爲名。而魯逸仲〔惜餘春慢〕詞後結多二字，自爲一體。《聊齋》〔惜餘春〕詞即此體也。其詞曰：“因恨成痴，轉思作想，日日爲情顛倒。海棠帶醉，楊柳傷春，同是一般懷抱。甚得新愁舊愁，剗盡還生，便如青草。自别離，祇在奈何天裹，度將昏曉。　　今日個蹙損春山，望穿秋水，道弃已拼弃了。芳衾妒夢，玉漏驚魂，要睡何能睡好？漫説長宵似年，儂視一年，比更猶少。過三更已是三年，更有何人不老！”蒲留仙似不擅長倚聲，然此詞自佳。

三九　盛叔允詞

吴趨盛叔允孚泰著有《燕市筑聲》，曾見其稿，手録小令三闋。〔雨中花〕云：“因甚芭蕉偏喜雨。隔秋窗，耗人情緒。約篆爐香，凝波簾桁，碧炯一莖蘭炷。　　罷展羅衾愁幾縷。怕今夜夢痕没據。滴瀝空階，羈懷和泪，拼了五更天曙。”〔定風波〕云：“雲隙斜陽漏一絲，晚來天氣酒杯知。雁過江南梅信動，誰送，折來先與寄相思。　　惆悵香塵衣上滿，腸斷，自將歸夢寫新詞。數到譙門更鼓四，無睡，荒鷄偏近枕函啼。”〔菩薩蠻〕云：“歸鴻嘹唳移筆住。汀洲杜若抽離緒。欲寄尚徘徊。寫牋封又開。　　垂楊嬌乏力。落絮東風急。淺黛不曾描。斂愁安翠翹。”皆楚楚有致。

四〇　袁簡齋滿江紅

長調仄韵〔滿江紅〕，音節最爲悲壯，略近於詩，故不好填詞者多能之，岳武穆、文信國皆有此詞流傳。袁簡齋太史自謂不耐學詞，然《詩話》亦有自填此詞一闋，爲揚州女子作也。詞云：“我負卿卿，撑船去、曉風殘雪。曾記得庵門初啓，嬋娟方出。玉手自翻紅翠袖，粉香聽摸風前額。問嫦娥何事不嬌羞，情難説。

即已别，還相憶。重訪舊，杳無迹。説廬陽小吏，公然折得。珠落掌中偏不取，花看人采方相惜。笑平生雙眼太孤高，嗟何益。”事載《詩話》，不復備録，此詞寫恨抒情，了無軟媚之致，是詩人之變態，非詞家之正則也。

四一　何承燕咏留須

《隨園詩話》錄有何承燕〔踏莎行〕《咏留鬚》云：“馬齒頻加，鵬程屢蹶。還容爾面添何物。丈夫欲表必留鬚，試問那個些兒沒。　　窺鏡多慚，染羹誰拂。鬖鬖博得羅敷悅。從今但擬學詩人，閑吟便好將他捋。”小令亦佳。

四二　吳穀人鶯啼序

〔鶯啼序〕爲最長之調，昔時海上漚社曾以命題，而作者無事可叙，率多雜湊可厭。吳穀人太史有《金陵懷古》寄此調云：“垂楊者般掩冉，送繁華早歇。祇深巷、斜照重來，舊時飛燕能識。算留得平蕪，一片傷心，畫出興衰迹。便前朝、金粉都消，恁消愁碧。　　紫蓋黃旗，鬱鬱王氣，數東南半壁。料經過，黿憤龍爭，往時多少豪杰。嘆平沙骨縈，蔓草尚遺鏃，未湔寒血。甚匆匆、三尺降旛，石頭高揭。　　如塵似電，紙醉金迷，付砌蛩太息。剩到處斷垣荒井，雨也風也。歲歲年年，亂苔濃積。黃奴舊夢，玉奴餘怨，江山羞被胭脂涴，西風落葉齊飄瞥。秋墳唱罷，休愁冷了漁燈，壞衣也化蝴蝶。　　天涯過客，獨立蒼茫，惹鬢毛如雪。可奈是，新亭人去暗咽。凉潮舊院，春歸已消殘笛。鷗邊鷺外，蕭蕭流水休更問，怕官私惹。後蝦蟆説，但看影裏山河，丁字簾前，一鈎落月。”此詞沉鬱蒼凉，可比汪水雲之作，水雲詞曰：“金陵故都最好，有朱樓迢遞。嗟倦客、又此登高，檻外已少佳致。更落盡梨花，飛盡楊花，春也成憔悴。問青山、三國英雄，六朝奇偉。麥甸葵丘，荒臺敗壘，鹿豕銜枯薺。正潮打孤城，寂寞斜陽影裏。聽樓頭、哀笛怨角，未把酒、愁心先醉。漸夜深，月滿秦淮，烟籠寒水。　　淒淒慘慘，冷冷清清，燈火渡頭市。慨商女不知興廢。隔江猶唱庭花，餘音靊靊。傷心千古，泪痕如洗。烏衣巷口青蕪路，認依稀、王謝舊鄰里。臨春結綺。可憐紅粉成灰，蕭索白楊風起。　　因思疇昔，鐵索千尋，漫沉江底。揮羽扇、障西塵，便好角巾私第。清談到底成何事。回首新亭，風景今如此。楚囚對泣何時已。嘆人間、今古真兒戲。東風歲歲還來，吹入鍾山，幾重黃翠。”詞內字數句法多與各家不同，疑是傳本有誤。

四三　鶯啼序又一體

〔鶯啼序〕又有添字一體，本於夢窗詞，三四叠俱多字，句法亦有不同，但以二百三十餘字之長調衹多數字，似不足立添字之名，衹爲另一體可已。與水雲詞亦多異。

四四　毛澤東沁園春

曾見毛澤東咏雪〔沁園春〕云：“北國風光，千里冰封，萬里雪飄。看長城內外，惟餘莽莽；大河上下，盡是滔滔。山舞銀蛇，原馳蠟象，欲與天公共比高。須晴日，看紅裝素裹，分外妖嬈。

山河如此多嬌，引無數英雄盡折腰。惜秦皇漢武，略輸文采；唐宗宋祖，稍遜風騷。一代天驕，成吉思汗，衹識彎弓射大雕。俱往矣，數風流人物，還看今朝。”豪宕縱橫，不可一世，比完顏亮之〔鵲橋仙〕意態更勝。

四五　俞曲園詞

俞曲園先生爲余世父中丞公庚戌同年，經學大儒，不以詩名，自謂不諳音律，蓋不願以詞傳，而集中有詞三卷，佳者亦夥，比近人之以詞自雄者，殆亦有過之。〔釵頭鳳〕云：“蓬萊島。風光好。昔年曾記游春到。春消息。來無迹。錦筝潛聽，玉書偷譯。密。密。密。　　仙源杳。桃花老。武陵迷了漁郎棹。秋風夕。誰家笛。信沉青鳥，字消烏鰂。覓。覓。覓。”又：“嵇中散。從來懶。偶然偷吃胡麻飯。陳杯杓。同諧謔。玉女投壺，井公行博。樂。樂。樂。　　芙蓉岸。茱萸泮。一年光景看看晚。東飛雀。南飛鶴。投我瓊瑤，報之紅藥。薄。薄。薄。”

四六　鄭板橋詞

鄭板橋詞頗超逸，雖非正宗，自見才氣。其田家四時苦樂倚〔滿江紅〕調，而以苦樂二字爲韵，前後調各用一韵，名過橋新格，是板橋之創製奇體也。《春季》云："細雨輕雷，驚蟄後和風動土。正父老催人早作，東畲南圃。夜月荷鋤村吠犬，晨星叱犢山沉霧。到五更驚起是荒雞，田家苦。　　疏籬外，桃花灼。池塘上，楊絲弱。漸茅檐日暖，小姑衣薄。春韭滿園隨意剪，臘醅半瓮邀人酌。喜白頭人醉白頭扶，田家樂。"《夏季》云："麥浪翻飛，又早是秧針半吐。看壟上鳴槔滑滑，傾銀瀉乳。脱笠雨梳頭頂髮，耘苗汗滴禾根土。更養蠶忙殺采桑娘，田家苦。　　風蕩蕩，搖新篛。聲淅淅，飄新籜。正青蒲水面，紅榴屋角。原上摘瓜童子笑，池邊濯足斜陽落。晚風前個個説荒唐，田家樂。"《秋季》云："雲淡風高，送鴻雁一聲凄楚。最怕是打場天氣，秋陰秋雨。霜穗未儲終歲食，縣符已索逃租户。更爪牙常例急於官，田家苦。　　紫蟹熟，紅菱剥。桃桔響，村歌作。聽喧填社鼓，漫山動郭。挾瑟靈巫傳吉兆，扶藜老子持康爵。祝年年多似此豐穰，田家樂。"《冬季》云："老樹槎枒，撼四壁寒聲正怒。掃不盡牛溲滿地，糞渣當户。茅舍日斜雲釀雪，長堤路斷風吹雨。盡村春夜火到天明，田家苦。　　草爲榻，蘆爲幕。土爲鉎，瓢爲杓。砍松枝帶雪，烹葵煮藿。秫酒釀成歡里舍，官租完了離城郭。笑山妻塗粉過新年，田家樂。"

四七　曲園書生佳人苦樂詞

曲園有書生佳人苦樂各一闋，用前體，云："一片青氈，遮不住、萬千風雨。止落得、飄零書劍，頭顱如許。老大長充村學究，科名不到劉司户。剩凄涼、文冢哭秋風，書生苦。　　出建節，芙蓉幕。入畫像，麒麟閣。尚青春年少，風姿如鶴。束髮交都收鐵網，畫眉人共聽金鑰。待功名、成了便神仙，書生樂。"又："天付紅顏，便交付、一生愁緒。渾不管、飄茵落溷，名花無主。玳瑁繞栖梁上燕，胭脂又吼閨中虎。是前生、注定惡姻緣，佳人苦。

葉子戲，樗蒲博。錦作帳，珠爲箔。有風流夫婿，相嘲相謔。姊妹甘心推福命，兒曹轉眼登臺閣。看妝成、綠鬢尚如初，佳人樂。”曲園此詞蓋以自寓，先生早歲罷官，未竟所願，然上壽高名，佳耦偕老，其福亦不減神仙也。

四八　壽石工題啼笑因緣

近時言情小説，張恨水《啼笑因緣》頗中時好，山陰壽石工鑈題詞，調寄〔三姝媚〕云：“蟬嫣紅燭半。蕩春空啼聲，笑聲無限。倦屐尋山，縱故情如許，舊人能見。替月星明，還照影、真真誰喚。去後昆侖，莫咒東風，髩函凌亂。　　媒葉重陽催晚。衹片雲陰晴，夢回輕換。幾日城南，剩誤人歌皷，訊巢殘燕。念别傷高，渾不道、翠瀛三淺。鄭重後期歡緒，瑶臺近遠。”此書中有沈鳳喜、何麗娜、關秀姑三女，與詞牌名巧合。

四九　壽石工得意之詞

石工録其得意之作爲余書扇，〔芳草渡〕《題畫紈扇仕女》云：“凝晴黛，試霞妝。量錦瑟，比人長。偷聲減字漫吟將。齊紈在手，圓月替斜陽。　　誰與坐，合歡床。誰共老，白雲鄉。當時漢武盡疏狂。人難再渾，底事費思量。”〔梁州令〕《題畫月季雙貓》云：“逐逐歌圍錦。綉砌苔茵相并。分明狂效柘枝顛，花前戲結同心衽。　　東風不把閑情禁。烟景誰題品。月移還對窗蔭。望中小朵疏黄浸。”〔國香〕《題凌波圖》云：“唤起騷魂。付亭亭皓月，草草黄昏。銷凝淡然春意，不問靈均。片雲凌波扶起，倚東風、悄掩微矕。水空更天遠，露盤旋移，砌影芳根。　　重逢迷一瞥，料臺杯滿引，鵝管無痕。汜人依舊，娉婷知爲誰春。對此金明玉潤，伴青珊、泪濕王孫。飄揺念身世，曉色薰鑪，素髷緇塵。”

五〇　陳雲誥詞

易水陳紫綸太史雲誥，晚號蟄廬，亦工倚聲。〔桂枝香〕《和王荆公》云：“風沙蔽目，怪冀北早春，天近秋蕭。俄頃香街兩散，畫樓烟簇。春衫未試猶嫌冷，奈凌寒遠山高矗。塓餘花徑，銜來燕子，舊巢泥足。　　憶故國，溪山夢逐。遇寒食，清明花事相續。垂老滄桑萬感，問誰榮辱。夾城茂樹昆明水，又東風千里吹綠。澹雲微雨尋芳，慵過杜陵韋曲。”〔過秦樓〕《和李景元》云：“霽雨芳原，良辰烟景，望中鄉思悠悠。又客歸春暮，恨小聚、清尊餞別無由。正是牡丹開後，斜陽静鎖紅愁。念天涯羈旅，思歸心眼，香草芳洲。　　有萬千舊感，縈懷抱，怯空齋夢醒，風送鄰謳。尋五侯池館，剩烟塵冷落，暗記前游。誰識少陵蒲柳，傷春踏遍江頭。但城南買醉消遣，煩襟時上層樓。”

五一　飲水詞與紅樓夢

滿洲納蘭容若《飲水詞》頗饒清麗，其人與楝亭有舊，意曹雪芹所作《紅樓夢》說部即容若秘事。詞中“紅樓”屢見，如〔菩薩蠻〕云：“窗間桃蕊嬌如倦。東風泪洗胭脂面。人在小紅樓。離情唱石州。　　夜來雙燕宿。燈背屏腰綠。香盡雨闌珊。薄衾寒不寒。”〔減字木蘭花〕《咏新月》云：“晚妝初罷，更把纖眉臨鏡畫。準待分明，和雨和烟兩不勝。　　莫教星替，守取團圓終必遂。此夜紅樓，天上人間一樣愁。”〔雨霖鈴〕《咏種柳》云：“横塘如練，日遲簾幕，烟絲斜捲。却從何處移得，章臺仿佛，乍舒嬌眼。恰帶一痕殘照，鎖黄昏庭院。斷腸處、又惹相思，碧霧濛濛度雙燕。　　回闌恰就輕陰轉。背風花、不解春深淺。托根幸自天上，曾試把、霓裳舞遍。百尺垂垂，早是酒醒鶯語如剪。祇休隔、夢裏紅樓，望個人兒見。”解人難索，憑虛推測，或不謬也。

五二　小令爲五言絶句

詞譜小令，如劉采春之〔囉貢曲〕即五言絶句。〔竹枝〕〔楊柳枝〕〔小秦王〕及皇甫松之〔采蓮子〕、李白之〔清平調〕、閻選之〔八拍蠻〕、元結之〔欸乃曲〕，即七言絕句。此皆樂府詩體，非詞也。惟王摩詰之《陽關曲》，雖亦拗體，乃有一定平仄可以入譜，若〔生查子〕〔美少年〕爲五言八句，〔木蘭花〕〔玉樓春〕爲七言八句，雖頗似仄韵之詩，而平仄有定律，又非其例也。

五三　詞牌名

詞牌名即以本詞中語爲之者：〔好時光〕，唐玄宗詞末句"莫負好時光"；〔秦樓月〕，即〔憶秦娥〕李太白詞第二句"秦娥夢斷秦樓月"；〔憶江南〕，白香山詞末句"能不憶江南"；〔如夢令〕，後唐莊宗詞重句"如夢如夢"；〔一葉落〕，莊宗詞首句；〔庭院深深〕及〔蝶戀花〕，馮延巳詞首句"庭院深深深幾許"；〔玉樓春〕，顧敻詞"月照玉樓春漏促"；〔江南春〕，寇萊公詞第五句"江南春盡離腸斷"；〔美少年〕即〔生查子〕，晏幾道詞首句"金鞍美少年"；〔憶王孫〕，秦少游詞首句"萋萋芳草憶王孫"；〔碧紗夢〕，張泌詞第四句"驚斷碧紗殘夢"；〔水晶簾〕，牛嶠詞第五句"簾捲水晶漁浪起"；〔桃花水〕即〔訴衷情〕第三體，毛文錫詞首句"桃花流水漾縱橫"，末句"訴衷情"；〔後庭花〕，毛熙震詞"後庭花發"；〔大江東去〕一名〔酹江月〕，蘇東坡詞首句"大江東去"，末句"一尊還酹江月"；〔乳燕飛〕即〔金縷曲〕，東坡詞首句"乳燕飛華屋"；〔小樓連苑〕即〔水龍吟〕，秦觀詞首句"小樓連苑橫空"；〔人月圓〕，王晋卿詞"華鐙盛照人月圓時"；〔貧也樂〕即〔漁家傲〕，高憲詞後段第二句"須信在家貧也樂"；〔眉峰碧〕，無名氏詞首句"蹙破眉峰碧"；其餘此類尚多。又〔花非花〕，白居易詞首韵"花非花，霧非霧"；〔梧桐影〕，吕岩詞末句"教人立盡梧桐影"；〔珠簾捲〕，歐陽修詞首韵"珠簾捲，暮雲愁"；〔燭影搖紅〕即〔憶故人〕，王詵詞首句"燭影搖紅向夜闌"；〔一剪梅〕，周邦彥詞首句"一剪梅花萬樣嬌"；〔雙鸂鶒〕，朱敦儒詞第二句"一對雙飛鸂鶒"；〔蘇幕遮〕，一名〔鬢雲松〕，周邦彥詞首韻"鬢雲松，眉葉聚"；〔醜奴兒慢〕一名〔愁春未醒〕，潘元質詞首二句"愁春未醒，還是清和天氣"；〔剔銀燈〕，毛滂自製詞後段第三句"頻剔銀燈"；〔換巢鸞鳳〕，史達祖後段第九句"換巢鸞鳳教偕老"；〔魚游春水〕，宋無名氏詞前段末二句"鶯囀上林，魚游春水"；〔雙雙燕〕，吳文英詞首三句"小桃謝後雙雙燕，飛來幾家庭户"；〔并蒂芙蓉〕，晁端禮詞首三句"太液波澄，向檻中照影，芙蓉同蒂"；〔畫屏秋色〕，吳文英詞第二句"驟夜聲，偏稱畫屏秋色"。

五四　詞家四聲之説

　　詞家四聲之説，始盛於王半塘，其後朱古微、况夔笙復起而揚其波，一時學詞者咸奉爲玉律金科，按照清真、夢窗等詞，字字推敲移換，填詞已苦，如砌墙之磚，然拘於尺寸，而又限於五色，故此派之詞皆奄奄無生氣，但求四聲不失而已，而實則四聲亦不能盡合，往往以他聲注爲作平、作上、作入，是不惟作泫自欺，而又自亂其例也。且宋詞刻本多不同，或有訛脱，亦不盡知，以訛傳訛，尤爲可笑。其習見之調如〔滿江紅〕〔金縷曲〕〔齊天樂〕〔念奴嬌〕之類，則諸家各自不同，四聲無從確定，亦姑任之。蓋詞調重在音律，能入歌曲方爲正宗，即平仄亦非至要，况四聲乎？不能訂其工尺，不能施於管弦，而斷斷於四聲以相訾謷，甚無謂也，而乃自詡爲專家哉？

圖書在版編目（CIP）數據

民國詞話叢編：八冊／孫克強，楊傳慶，和希林編
. -- 北京：社會科學文獻出版社，2020.8（2021.1 重印）
　ISBN 978 - 7 -5201 - 6083 - 4

　Ⅰ.①民⋯　Ⅱ.①孫⋯　②楊⋯　③和⋯　Ⅲ.①詞話（
文學）- 中國 - 民國　Ⅳ.①I207.23

　中國版本圖書館 CIP 數據核字（2020）第 032193 號

民國詞話叢編（八冊）

編　　者／孫克強　楊傳慶　和希林

出 版 人／王利民
組稿編輯／宋月華
責任編輯／吳　超

出　　版／社會科學文獻出版社·人文分社（010）59367215
　　　　　地址：北京市北三環中路甲 29 號院華龍大廈　郵編：100029
　　　　　網址：www. ssap. com. cn
發　　行／市場營銷中心（010）59367081　59367083
印　　裝／北京虎彩文化傳播有限公司

規　　格／開　本：787mm×1092mm　1/16
　　　　　印　張：247.5　字　數：3153 千字
版　　次／2020 年 8 月第 1 版　2021 年 1 月第 2 次印刷
書　　號／ISBN 978 - 7 - 5201 - 6083 - 4
定　　價／4800.00 圓（八冊）